Edgar Hilsenrath
Das Märchen vom letzten Gedanken

Band 1505

Zu diesem Buch

Im »Märchen vom letzten Gedanken« erzählt Edgar Hilsenrath die Geschichte des armenischen Volkes und seiner Ausrottung durch die Türken im ersten Holocaust dieses Jahrhunderts. Dieser historische Roman, der sich in seiner Schönheit und seiner Grausamkeit wie ein orientalisches Märchen liest, erhielt den Alfred-Döblin-Preis 1989.

In ihrer Rede zur Preisverleihung sagte Sibylle Cramer: »Wie unheimlich der Boden ist, auf dem wir leben, wie dünn seine zivilisatorische Decke, die Barbarei, die unter ihr lauert, das kann – Hilsenrath zeigt es – auf besondere Weise das Märchen vermitteln, denn es steht mit einem Bein tief in der Vergangenheit... Das Märchen verbindet archaisches und rationales Denken. Es hält zusammen, was im Innersten auseinanderfallen will: das Primitive sinnloser Grausamkeit und den Fortschritt der Methoden, die Planmäßigkeit, das Systematische der Greuel, ihre Rationalität.«

Beim Vergleich mit dem bislang berühmtesten Roman über die armenische Tragödie, Franz Werfels »Die 40 Tage des Musa Dagh«, stellte Alexander von Bormann in der »Neuen Zürcher Zeitung« fest: »Doch finde ich Hilsenraths Roman dem Werfels bedeutsam überlegen: er ist historischer und poetischer zugleich.«

Edgar Hilsenrath, geboren 1926 in Leipzig. 1938 flüchtete er mit der Mutter und dem jüngeren Bruder nach Rumänien. 1941 kam die Familie in ein jüdisches Getto in der Ukraine. Hilsenrath überlebte und wanderte 1945 nach Palästina, 1951 in die USA aus. Heute lebt er in Berlin.

EDGAR HILSENRATH

Das Märchen vom letzten Gedanken

ROMAN

Piper
München Zürich

Von Edgar Hilsenrath liegen
in der Serie Piper außerdem vor:

Nacht (1137)
Der Nazi & der Friseur (1164)
Bronskys Geständnis (1256)

ISBN 3-492-11505-5
Neuausgabe 1991
3. Auflage, 17.–28. Tausend Dezember 1991
(1. Auflage, 1.–12. Tausend dieser Ausgabe)
© R. Piper GmbH & Co. KG, München 1989
Umschlag: Federico Luci,
unter Verwendung eines Aquarells von Natascha Ungeheuer
Foto Umschlagrückseite: Eduard de Kam
Satz: Kösel, Kempten
Druck und Bindung: Clausen & Bosse, Leck
Printed in Germany

Prolog

»Ich bin der Märchenerzähler in deinem Kopf. Nenne mich Meddah.

Und nun sei ganz still, Thovma Khatisian. Ganz still. Denn es dauert nicht mehr lange. Bald ist es soweit. Und dann ... wenn deine Lichter allmählich ausgehen ... werde ich dir ein Märchen erzählen.«
»Was für ein Märchen, Meddah?«
»Das Märchen vom letzten Gedanken. Ich werde zu dir sagen: Es war einmal ein letzter Gedanke. Der saß im letzten Angstschrei und hatte sich dort versteckt.«
»Warum, Meddah?«
»Na, warum wohl, Thovma Khatisian? Was ist das für eine Frage? Bist du etwa völlig bekloppt? Das ist doch ganz einfach. Der hatte sich dort versteckt, um mit dem letzten Angstschrei ins Freie zu segeln ... durch deinen sperrweit aufgerissenen Mund.«
»Wohin, Meddah?«
»Nach Hayastan.«

»Nach Hayastan also?«
»Ja, Thovma Khatisian.«
»Ins Land meiner Vorfahren? Das Land am Fuße des Berges Ararat?«
»Dorthin.«
»Ausgerechnet dorthin?«
»Wohin sonst, Thovma?«
»Ins heilige Land der Armenier, das die Türken entweiht haben?«
»Entweiht, Thovma. Sie haben es entweiht.«
»Dort, wo Christus gekreuzigt wurde, zum zweiten Mal?«
»Du sagst es, Thovma.«
»Vielleicht zum letzten Mal? Endgültig!«
»Das weiß man nicht.«
»Sag, Meddah – wie ist das eigentlich?«
»Was denn, Thovma?«
»Wo sind die Armenier aus Hayastan?«

»Sie sind verschwunden, Thovma.«
»Das stimmt aber nicht, Meddah.«
»Und wieso stimmt das nicht?«
»Weil ich weiß, daß sie noch dort sind. Ihre geschändeten Leiber faulen tief unter der heiligen Erde.«
»Da hast du recht, Thovma. Eigentlich bist du gar nicht so dumm, wie du aussiehst. Du scheinst eine Menge zu wissen.«
»Ich weiß so manches, Meddah.«
»Und warum fragst du mich dann?«
»Nur so, Meddah.«
»Du willst mich wohl für dumm verkaufen?«
»Nein, Meddah.«

»Sag, Meddah...«
»Was ist denn schon wieder?«
»Wenn mein letzter Gedanke ins Freie fliegt ... wird er Hayastan finden?«
»Aber Thovma Khatisian. Was für eine dumme Frage. Natürlich wird er es finden.«
»Bist du auch sicher?«
»Ich bin ganz sicher.«
»Du müßtest zu ihm sagen: Es liegt dort, wo die Sonnenblumen bis in den Himmel wachsen.«
»Bis in den Himmel?«
»Oder bis zu den Pforten vom Paradies.«
»Aber Thovma Khatisian. Das ist doch weit übertrieben.«
»Glaubst du?«
»Ganz bestimmt.«
»Hayastan ... wo die Wassermelonen runder und größer und saftiger sind als der fetteste Weiberarsch?«
»Dort liegt Hayastan.«
»Wo man den Bulgur mit Honig anrührt? Und den Saft reifer Maulbeeren auf dem Dachgarten trocknet?«
»Ja, Thovma Khatisian.«
»Wo die Milch in den Ziegenhäuten geschüttelt wird, bis sie zu Butter wird?«
»Natürlich. Dort ist es.«

»Oder in irdenen Butterfässern wie bei meiner Großmutter? Sie wiegte es auf dem Schoß, so wie sie meinen Vater gewiegt hatte. Und dazu sang sie das Butterlied: *Garak geschinem* ... ich mache Butter ... für Hagob mach ich Butter ... für Hagob?«
»So ist es.«
»Wo die Weiber pralle Brüste haben, perlig, feucht ... wie taufrische Granatäpfel am frühen Morgen?«
»Nur, wenn sie jung sind und wenn sie schwitzen.«
»Na ja, das ist ja egal.«
»Egal, Thovma Khatisian.«
»Wo alte und junge Männer um den Dorfbrunnen schleichen, wenn die Weiber Wasser schöpfen? Denn die Weiber bücken sich tief über den Brunnenrand, so tief wie nirgendwo auf der Welt?«
»Ja.«
»Hayastan? Dort, wo die Berge die Wolken berühren. Wo starke Männer sich vor den *Kuthan* spannen, den großen, armenischen Pflug – dort auf den Kümmerfeldern – um mit den Ochsen um die Wette zu ziehen. Wo mein Urgroßvater beim Dreschen die Spreu in die Luft warf, die der armenische Wind einfach wegtrug, zu den Bergen oder hinunter zum Meer. Wo es Fettschwanzschafe gab und Hammelfleisch und Joghurt. Weißt du noch? Den Joghurt, den Großmutter *Madsun* nannte?«
»*Madsun.* Ja.«

»Sag mir, wie ich aussehe, Meddah.«
»Du siehst häßlich aus, Thovma Khatisian. Keine Frau würde sich in dich verlieben, außer deiner Mutter. Deine Augen sind leicht verdreht und gucken auf den Fußboden. Aus deinem halbgeöffneten Mund rinnt stinkender Speichel. Bald wirst du ihn weit aufreißen, um den letzten Gedanken herauszulassen, der ... wie ich's dir gesagt hab – mit dem letzten Angstschrei in die Luft hinaussegelt.«
»Und meine Hände? Sag mir, Meddah. Was ist mit meinen Händen?«
»Die schwitzen nicht mehr. Sie sind so gut wie tot.«
»Und meine Füße?«
»Genauso.«

»Dabei bist du gar nicht alt, Thovma Khatisian. Jahrgang 1915. Du bist 73. Ein junger Schnösel, der noch voller Kraft gegen den Wind pissen müßte. Was ist nur los mit dir?«
»Ich weiß es nicht, Meddah.«
»Deine Vorfahren waren ganz anders, Thovma Khatisian. Besonders einer von ihnen, der Urgroßvater deines Großvaters. Der war aus ganz anderem Holz. Er ist ja auch über hundert geworden.«
»Ja, Meddah.«
»Es ist doch so, Thovma Khatisian. Diese Armenier aus Hayastan werden uralt vom vielen Ficken und vom vielen Joghurt, den sie *Madsun* nennen und den sie kübelweise trinken.«
»Ja, Meddah.«
»Die sterben nur jung, wenn die Türken oder die Kurden ihnen die Köpfe abschlagen.«
»Ja, Meddah.«
»Oder sie irgendwie anders umbringen, zum Beispiel: mit dem krummen Schlachtmesser.«
»Ja, Meddah.«

»Hör zu, Thovma Khatisian: Besonders dieser eine Ahne, der Urgroßvater deines Großvaters, der war aus ganz anderem Holz. Der konnte mit siebenundneunzig noch zwei Nummern schieben, eine vor dem Einschlafen und eine in aller Frühe.«
»Wie war das, Meddah?«
»Das war so: Vor dem Einschlafen machte er's mit der Urgroßmutter deines Großvaters, denn er war klug wie alle Armenier, die ja bekanntlich klüger sind als die Juden und die Griechen. Der Urgroßvater deines Großvaters sagte sich also: wenn ich's nicht mit ihr mache, dann rührt sie morgen anstatt Honig etwas von der getrockneten Kuhscheiße in den Bulgur. Und das will ich lieber nicht riskieren, obwohl mein Magen noch in Ordnung ist und ich furzen kann wie ein junger Schnösel von dreiundsiebzig.«
»War das so?«
»Das war so.«
»Und in aller Frühe?«
»Wenn die Urgroßmutter deines Großvaters noch schlief, dann schlich er sich in den Stall. Und dort machte er's mit der kleinen

Kurdin. Sie war neun und hatte ein Loch von der Größe eines Taubeneis. Jawohl, Thovma Khatisian. So ein Kerl war dein Ahne. Aber einmal wollte die kleine Kurdin nicht und stellte sich trotzig an die hintere Stallwand.«
»Und was passierte dann?«
»Dein Ahne rannte wütend, mit steifem Glied, auf sie zu. Aber das kleine Biest sprang schnell weg. Und so rammte dein Ahne ein schwanzgroßes Loch in die Stallwand. So ein Kerl war der.«
»War die Stallwand aus Holz?«
»Nein. Sie war aus Lehm und aus dem getrockneten Kuhmist, den die Leute in jener Gegend *Tezek* nennen.«

»Hör auf damit, Meddah. Sag mir lieber nochmal, wie ich aussehe.«
»Ich hab's dir doch gesagt. Du siehst so aus wie einer, den nur noch seine Mutter lieben kann. Denn für die Augen einer Mutter ist auch ein alter Sack wie du der süßeste kleine Engel. Deine Mutter sieht die Quallenaugen nicht, und sie riecht nicht deinen stinkenden Speichel. Spürst du es, Thovma Khatisian? Deine Mutter ist jetzt bei dir. Sie streicht dir über die Hände, die nicht mehr schwitzen können. Und sie streichelt deine erkalteten Füße. Sie streicht dir über die häßliche Glatze, und sie küßt deine halbtoten Augen.«
»Wo ist meine Mutter?«
»Sie ist schon wieder weg, Thovma Khatisian.«

»Sag mir, Meddah, wie ich auf diese Welt kam. Denn ich habe meine Mutter nie gekannt.«
»Hayastan hat dich geboren, Thovma Khatisian. Und der Wind aus den Bergen Kurdistans. Der Staub hat dich geboren. Und die heiße Sonne damals über der Landstraße.«
»Ich hab also keine Mutter gehabt?«
»Du hast nie eine gehabt.«
»Ist das die Wahrheit?«
»Das ist die Wahrheit.«

»Und doch kann es nicht sein, Thovma Khatisian. Denn sogar unser Heiland, Jesus Christus, wurde vom Weibe geboren. Oder glaubst

du, daß der Geist Gottes die Sonne beschattet hätte? Oder den Wind aus den Bergen Kurdistans? Oder den Staub einer elenden Landstraße damals in Hayastan?«
»Nein, Meddah.«
»Na, siehst du, Thovma Khatisian. Ein Weib hat dich geboren. Und doch hast du nie eine Mutter gehabt, wenigstens keine, die dir ein Wiegenlied sang, keine, die dich gestillt oder in den Schlaf geschaukelt hat.«
»Aber irgend jemand muß mich doch gestillt haben?«
»Natürlich hat dich jemand gestillt. Aber das war nicht deine leibliche Mutter.«
»Wer war das?«
»Eine Türkin. Sie hat dich damals gefunden. Auf der Landstraße. Und sie hat dich mitgenommen. Und sie hat dich gestillt. Und in den Schlaf geschaukelt. Und sie hat dir viele Wiegenlieder gesungen.«
»Armenische Wiegenlieder?«
»Nein. Türkische.«
»Sind die so zärtlich wie die armenischen?«
»Sie sind genauso zärtlich.«

»Ich stelle mir folgendes vor, Thovma Khatisian. Ich stelle mir also vor, daß du, Thovma Khatisian, durch einen Kaiserschnitt zur Welt gekommen bist.«
»Was redest du da für Unsinn, Meddah. Wer sollte denn auf einer elenden Landstraße einen Kaiserschnitt machen?«
»Ein Türke, Thovma Khatisian. Die waren darin Spezialisten. Ich stelle mir also vor: Es ist August 1915. Ein heißer Tag. Tausende von ausgehungerten Armeniern taumeln unter den Peitschenhieben der türkischen Gendarmen auf einer Landstraße in Richtung Mesopotamien dahin, noch im armenischen Hochland, am Rande der Berge Kurdistans. Unter ihnen ist deine Mutter. Ja. Deine Mutter. Sie ist schwanger. Im neunten Monat. Gerade fangen die Wehen an. Es ist um die Mittagszeit.«
»Weiter, Meddah. Weiter.«
»Ich weiß nicht genau, wie viele Armenier an jenem Tag auf jener Landstraße waren; einige Tausend aber werden es wohl gewesen

sein. Sie waren schon wochenlang unterwegs, denn die Saptiehs – so nannte man die türkischen Gendarmen – trieben sie absichtlich im Kreis herum. Sie kamen aus allen Richtungen, diese Armenier, aus Erzurum und Musch, aus Mersiwan und Kharput, aus kleinen und größeren Städten, Dörfern und Marktflecken. Hunderttausende waren es, die man verschleppt hatte, vielleicht sogar Millionen, aber diese hier waren nicht viele. Was hab ich vorhin gesagt: einige Tausend, denn ich erzähle dir ja nur von dieser einen Landstraße.«
»Sag, Märchenerzähler. Sag mir, mein Meddah. Können deine Augen in diesem Moment auch meinen Vater sehen?«
»Nein, Thovma Khatisian. Dein Vater war nicht in der Kolonne, denn die Saptiehs hatten alle armenischen Männer erschossen, alle, die noch halbwegs sicher auf den Beinen stehen konnten, noch nicht grau waren oder noch Zähne im Mund hatten.«
»Sie hatten also meinen Vater erschossen?«
»Nein, Thovma Khatisian. Dein Vater war eine Ausnahme.«
»Wieso war der eine Ausnahme?«
»Das erzähl ich dir später.«
»Später?«
»Ja. Später.«

»Da war deine Mutter. Sie war größer als die meisten Frauen in der Kolonne.«
»Hatte sie ein schönes Gesicht?«
»Sie hatte gar kein Gesicht. Sie hatte nur noch Augen.«
»Was für Augen?«
»Die Spiegelaugen einer Schwangeren. Große Augen, die widerspiegelten, was sie in ihrem Schoß trug, denn mitten im Augenspiegel saß der kleine, ungeborene Thovma Khatisian und winkte.«
»War es soweit?«
»Es war soweit.«

»Es war um die Mittagszeit, Thovma Khatisian. Du gucktest durch die Augen deiner Mutter auf die langen Reihen der Frauen, Kinder und Greise, und du hast dich damals gefragt: Wohin gehen alle diese komischen Leute? Warum scheint die Sonne, wenn niemand lacht?

Warum ist es so heiß? Und warum gehen die Leute alle barfuß? Warum gibt es nirgendwo Wasser, und warum prügeln die Saptiehs auf die Leute ein, die sich doch sowieso nicht zur Wehr setzen? Geht es ihnen nicht schnell genug? Und warum sollten sie schneller gehen, wo sie doch sowieso nur im Kreis herumgetrieben werden? Und warum bleibt meine Mutter jetzt stehen? Und warum geht sie plötzlich in die Knie? Paß auf, Mutter! Sei vorsichtig, denn du könntest mich aus deinen Augen verlieren.

Als deine Mutter zusammenbrach und sich schreiend hin- und herwälzte, als sie plötzlich kapiert hatte, daß sie gebären mußte, mitten auf der Landstraße, da riß sie sich mit letzter Kraft die Pluderhose vom Leibe, legte sich auf den Rücken, lag im Straßenstaub, spreizte die Beine und hob die Füße in Richtung Sonne und Himmel.

Ja. Und das war so«, sagte der Märchenerzähler. »Die Wachmannschaft war wütend, weil deine Mutter die ganze Kolonne aufhielt, und einer der Saptiehs riß sein Pferd herum und sprengte zu der Stelle auf der Landstraße, wo sie lag, schreiend im Staub, die Füße gen Himmel und Sonne gereckt. Er riß den Säbel aus der Scheide und sprang vom Pferd herunter.«
»Hat der Saptieh meiner Mutter den Kopf abgeschlagen?«
»Nein, Thovma Khatisian. Die Saptiehs schlagen zwar öfter den Armeniern die Köpfe ab, aber sie schlitzen auch gerne Bäuche auf, besonders bei schwangeren Frauen. Das scheint ihnen Spaß zu machen. Nun, Thovma Khatisian. Deine Mutter hatte Glück. Der Saptieh setzte nämlich die Spitze des Säbels auf ihren nackten Bauch, aber eher verspielt als wütend, und er ritzte nur ein bißchen. Und siehe da...«
»Siehe da?«
»Da warst du schon, Thovma Khatisian, einfach herausgerutscht aus dem Leib deiner Mutter. Als der Saptieh aus reinem Spaß mit dem Säbel die Nabelschnur durchschnitt, fingst du zu krähen an wie der allererste Hahn, den Gott erschaffen hatte, um auf dem allerersten Misthaufen den ersten Tag zu begrüßen. Und der Saptieh guckte und lachte und steckte den Säbel wieder ein, weil er im Grunde nicht

bösartiger war als die meisten, die dem Staat dienen und gehorsam ihre Pflicht erfüllen.

Es könnte natürlich auch anders gewesen sein«, sagte der Märchenerzähler. »Es könnte ja sein, daß deine Mutter den heißen Sonnentag überstanden hatte, ohne dich endgültig loszulassen. Erst als es Abend wurde und es allmählich zu dunkeln begann, machte die Kolonne halt, denn auch die Saptiehs waren müde und die Pferde störrisch. Die Saptiehs befahlen den Gefangenen, sich hinzusetzen; sie wollten auch die Pferde füttern und tränken.

In jener Gegend«, sagte der Märchenerzähler, »wird es schnell dunkel, denn die Kurden hoch oben in den Bergen sind flink, und sie holen die Sonne allabendlich heim mit ihren Seilen aus schwarzem Ziegenhaar, denn sie haben Angst, daß die Teufelsanbeter, von denen es viele in jener Gegend gab, die Sonne stehlen könnten. Nachts verstecken die Kurden die Sonne in einem großen Zelt, das ebenfalls aus schwarzem Ziegenhaar ist, und lassen sie erst wieder los, wenn der Steinadler aus dem Schlaf erwacht, den ersten Schrei ausstößt, dessen Echo weit über die Berge hallt und den man auch unten hört in den Schluchten und Tälern und Weideflächen des Landes Hayastan.

Es wurde also schnell dunkel«, sagte der Märchenerzähler. »Deine Mutter hatte sich schlafen gelegt, zusammen mit den anderen. Alle lagen im Straßenstaub. Manche schliefen wirklich, andere lagen nur benommen da. Manche waren stumm, andere brüllten nach Wasser. Als es stockdunkel war, setzten bei deiner Mutter die Wehen ein.«

»Ich wurde also mitten in der Nacht geboren, als die Kurden die Sonne noch im großen, schwarzen Zelt versteckt hatten?«
»So war's, Thovma Khatisian. Als deine Mutter merkte, wie du langsam aus dem Spiegel ihrer Augen verschwandest, dich einfach zurückzogst, tief zurück in ihren Schoß, um als selbständiges Lebewesen ins Freie zu drängen, da taumelte sie auf und hockte sich in den Straßengraben.«
»Dann hat sie mich also in Hockstellung geboren?«
»Viele in jener Gegend gebären in Hockstellung.«
»Wie ist das, Meddah?«

»Sie kacken ihre Kinder einfach aus.«
»Und wie war das mit mir?«
»Es war so und so, Thovma Khatisian. Deine Mutter hat dich einfach ausgekackt. Was sollte sie sonst tun? Plötzlich lagst du im Straßengraben, ein Stück krähender Scheiße in der Nacht. Die Saptiehs merkten nichts, denn viele Frauen in der Kolonne hatten kleine Kinder, die ähnlich krähten wie du. In der Früh, nachdem die Kurden die Sonne befreit hatten und die Morgendämmerung aus den Bergschluchten bis zur Landstraße gekrochen war, da zog der jämmerliche Haufen weiter. Dich ließen sie einfach zurück.«

»Warum hat mich meine Mutter nicht mitgenommen?«
»Ich weiß es nicht. Vielleicht glaubte sie, die verlassene Landstraße sei die einzige Rettung für dich. Und es war ja auch so, Thovma Khatisian. Denn später am Tage kam die heilige Jungfrau Maria vorbei. Sie kam in Gestalt einer muselmanischen Türkin und war in Begleitung ihres Mannes, der da hieß Yussuf. Und Maria erkannte dich gleich, und auch Yussuf erkannte dich und sagte zu seiner Frau:
– Siehe, dieser da ist der ohnmächtigste Zeuge der Welt, und auch der dümmste, denn er weiß nicht mal, was er gesehen hat.
– Es ist egal, ob er's weiß oder nicht, sagte Maria. Wichtig ist nur, daß er einmal bezeugen wird, daß nicht alle Menschen böse sind. Und Maria lächelte und stieg von ihrem Esel und nahm dich auf den Arm. Und später, auf ihrem Lager, ließ sie dich von dem Türken Yussuf streicheln und wiegte dich in den Schlaf.«

Nun wurde es ganz still in meinem Kopf, und ich glaubte, es sei nun soweit. Ich dachte an meinen letzten Gedanken, der bald zurückfliegen würde ins Land meiner Ahnen, um sie alle zu suchen, die ich nicht gekannt hatte. Aber ich hatte mich geirrt. Denn mir fiel noch etwas ein. Es war nur ein Gedanke, und ich mußte auflachen und ließ einen Furz.
»Das war dein letzter«, sagte der Meddah.
»Ist es soweit?«
»Noch nicht ganz«, sagte der Meddah.
»Vielleicht werde ich noch einmal furzen«, sagte ich.

»Vielleicht«, sagte der Meddah. Und der Meddah fragte: »Warum hast du soeben gelacht, Thovma Khatisian?«
»Weil ich vor einer Sekunde mit dem türkischen Ministerpräsidenten gesprochen habe.«
»Hat er irgendwas gesagt?«
»Ja.«

»Endlich hatte ich ihn erwischt: den türkischen Ministerpräsidenten. Seine Stimme am Telefon klang gefährlich. Er fragte nämlich: Wer wagt es, hier zu telefonieren? Und ich, der am anderen, sicheren Ende der Leitung saß, sagte: Ich wage es!
– Und wer sind Sie?
– Ich bin Ihr armenischer Psychiater.
– Und was wollen Sie von mir?
– Gar nichts.
– Soll das bedeuten, daß ich es bin, der etwas von Ihnen will?
– Richtig.
– Dann komme ich morgen in Ihre Praxis.
– Kommen Sie ruhig.

Ich hatte ihm meine Adresse gegeben. Er kam auch. Pünktlich.
– Ich habe Alpträume, sagte er.
– Alle Türken haben Alpträume, sagte ich.
– Und warum?
– Wegen der Armenier.
– Also wegen der Armenier?
– Ja.
– Was ist mit den Armeniern?
– Sie wurden von den Türken ausgerottet.
– Damit habe ich nichts zu tun. Keiner hat was damit zu tun. Kein Türke von heute.
– Das hab ich ja auch nicht behauptet.

– Es ist wirklich schon sehr lange her, sagte ich. Im Jahre 1915. Während des Ersten Weltkrieges. Da wurde ein ganzes Volk ausgelöscht.
– Einfach ausgelöscht?

– Einfach ausgelöscht.
– Irgendwann hab ich mal was davon gehört, sagte der türkische Ministerpräsident, aber ich habe immer geglaubt, das wären nur die Lügenmärchen unserer Feinde.
– Es ist kein Märchen, sagte ich.
– Ein Völkermord?
– Jawohl.
– Der spontane Wutausbruch des türkischen Volkes?
– Nein.
– Dann kam es nicht von unten?
– Es kam von oben, sagte ich. Alles kam auf Anordnung der damaligen türkischen Regierung. Alles war wohlorganisiert. Denn es handelte sich damals um den ersten organisierten und geplanten Völkermord des 20. Jahrhunderts.
– Ich dachte, den hätten die Deutschen erfunden.
– Sie haben ihn nicht erfunden.
– Dann waren wir Türken ihre Lehrmeister?
– So ist es.

– Es steht aber nichts in unseren Geschichtsbüchern, sagte der türkische Ministerpräsident.
– Das weiß ich, sagte ich.
– Ist es wegen der Lücke?
– Wegen der Geschichtslücke, sagte ich.

– Und deswegen hab ich solche Angst, sagte der türkische Ministerpräsident. Ich träume nämlich nur von Lücken und Löchern.

– Nehmen Sie Platz, sagte ich.
– Wo denn?
– Irgendwo in meiner Praxis.
– Das ist aber keine Praxis. Das ist ein türkisches Geschichtsbuch.
– Das macht doch nichts.
– Soll ich mich wirklich setzen?
– Ja.
– Oder hinlegen?
– Wie Sie wollen.

– Am besten, Sie setzen sich da auf den Hocker.
– Ich sehe aber keinen Hocker.
– Dann setzen Sie sich auf meine Couch. Sie können sich auch hinlegen.
– Ich sehe aber keine Couch.
– Dann setzen Sie sich meinetwegen auf den Fußboden.
Der türkische Ministerpräsident nickte. Er sagte nur: Ich sehe aber keinen Fußboden. Und dann fing er zu schreien an.«

»Niemand kann dich hören, Thovma Khatisian«, sagte der Märchenerzähler, »denn deine Rede ist stumm. Aber ich habe dich gehört.«
»Hast du auch seinen Schrei gehört – den Schrei des türkischen Ministerpräsidenten – als er ins Bodenlose fiel?«
»Den hab ich auch gehört.«

»Ich habe den türkischen Ministerpräsidenten noch einmal getroffen«, sagte ich zum Märchenerzähler.
»Wann?«
»Vor einigen Sekunden.«
»Und wo?«
»Im großen Sitzungssaal des Vereinten Völkergewissens. Es war während der üblichen Vollversammlung.«

»Er saß neben dem Regierungsvertreter, unauffällig und abseits. Wie ich erfuhr, war er nicht mehr Ministerpräsident, sondern Archivar beim Vereinten Völkergewissen, offiziell gewählt von allen vertretenen Nationen. Als er mich sah, verließ er seinen Platz und ging hinunter ins Archiv. Ich folgte ihm.

– Ich suche die armenische Akte, sagte ich. Es handelt sich um einen Bericht über den vergessenen Völkermord.
– Den vergessenen Völkermord?
– Ja.
– Und wann soll der stattgefunden haben?
– Im Jahre 1915.
– Das ist schon sehr lange her. Wir haben jetzt das Jahr 1988.

– Ja, sagte ich.
– Sehen Sie, sagte er.

Und dann führte er mich zum Aktenschrank. Er sagte: Unser Aktenschrank hat keine Schranktür. Es sind offene Regale, für jedermann zugänglich, denn wir haben hier keine Geheimnisse.
– Dann zeigen Sie mir, wo ich die armenische Akte finden kann.
– Das geht leider nicht, sagte er, denn eine so alte Akte wie die armenische ist längst verstaubt, so sehr verstaubt, daß sie unauffindbar geworden ist.
– Dann rufen Sie Ihre Putzfrau und veranlassen Sie, daß die Akte entstaubt wird.
– Das habe ich längst getan, sagte der Archivar, aber das ist nicht so einfach.
– Warum?
– Weil die Putzfrauen des Vereinten Völkergewissens alle asthmatisch sind und keine alten Akten entstauben wollen, besonders so alte wie die über den vergessenen Völkermord. Das würde eine Menge Staub aufwirbeln und reizt zum Husten.
– Ich sagte: Kann ich verstehen.
– Das Vergessen soll man nicht entstauben, sagte der Archivar. Es ist zu gefährlich. Und nach diesen Worten war er verschwunden.

Später ging ich hinauf in den großen Sitzungssaal. Ich stand mehrmals aus dem Publikum auf, um den türkischen Redner zu unterbrechen, aber die Ordnungshüter wiesen mich aus dem Saal.

Einmal gelang es mir, wieder hineinzuschlüpfen. Ich stellte mich neben den Generalsekretär und hielt eine zündende Rede. Ich erzählte von meinem Volk, das die Türken ausgelöscht hatten, und die Vertreter aller Nationen hörten mir eine Zeitlang zu. Dann aber begannen sie sich zu langweilen, und einer nach dem anderen verließ den Sitzungssaal. Schließlich blieb ich ganz allein.

Und da kam die Putzfrau herein. Sie war wirklich asthmatisch und sagte hustend zu mir: Was machen Sie denn noch hier?
– Ich habe auf Sie gewartet.

– Auf mich?
– Ja. Auf Sie.
– Gehören Sie zu den Diplomaten, die es mit Putzfrauen treiben?
– Nein.
– Was wollen Sie dann von mir?
Ich sagte: Ich möchte, daß Sie das Vergessen entstauben.
Sie lachte nur.

Während die Putzfrau den Fußboden schrubbte, erzählte ich ihr meine Geschichte, denn ich dachte mir, daß Putzfrauen geschwätzig sind und sie meine Geschichte in den Vorzimmern und Korridoren des Vereinten Völkergewissens weitererzählen würde, so daß die Vertreter aller Nationen sie zu Ohren bekämen, aber die Putzfrau hörte mir gar nicht zu. Sie zeigte mir während des Schrubbens den Hintern und verließ dann den großen Sitzungssaal.

Jetzt war ich wieder allein. Ich schlenderte ein wenig benommen an den Tischen der einzelnen Nationen vorbei, las die Schilder und blieb schließlich vor dem Platz des Generalsekretärs stehen. Ich trat hinter sein Stehpult und sprach zu dem leeren Saal.

Ich erzählte dem Schweigen die Geschichte des Völkermords. Ich machte das Schweigen darauf aufmerksam, wie wichtig es sei, daß man offen darüber sprach. Ich sagte: jeder müsse es wissen! Denn wie sollte in Zukunft der Völkermord verhindert werden, wenn jeder behauptet, er habe nichts gewußt und habe auch nichts verhindert, weil er sich so was gar nicht vorstellen konnte. Ich sprach lange und ausführlich. Ich forderte nichts für mein Volk, und ich verlangte auch keine Bestrafung der Verfolger. Ich sagte: Nur das Schweigen möchte ich brechen.

Erst viel später begann ich, über mich zu sprechen. Ich erzählte dem leeren Saal meine Geschichte und die Geschichte meiner Familie. Ich sprach von meinem Vater und meiner Mutter, meinen Groß- und Urgroßeltern, meinen Tanten und Onkeln. Ich sprach über alle, die ich nicht gekannt hatte, solange, bis ich erschöpft innehielt, die Augen schloß und den Kopf in die Hände stützte.

Als ich aufblickte, stand der Generalsekretär neben mir. Er sagte: Sie haben mich nicht gesehen, aber ich stand die ganze Zeit neben Ihnen.
– Dann haben Sie alles gehört?
– Ich habe alles gehört.

– Werden Sie es weitererzählen?
– Nein, sagte der Generalsekretär. Ich werde es nicht weitererzählen.

Wir rauchten dann zusammen eine Zigarette. Der Generalsekretär sagte: Besonders wirr und unglaubhaft fand ich die Geschichte Ihrer Familie, ich meine: wie sie gelebt haben vor dem großen Massaker und wie sie dann ausgelöscht wurden. Einfach so.
Ich nickte und sagte nichts.
– Es ist nur merkwürdig, sagte der Generalsekretär, daß Sie, Herr Khatisian, sich so genau an alles erinnern. Wenn ich nicht irre, haben Sie niemanden aus Ihrer Familie gekannt, nicht mal Ihre eigene Mutter. Denn als Sie zur Welt kamen, Herr Khatisian, im Jahre 1915, da waren sie alle entweder tot oder verschollen.
– Meine Mutter war bei mir.
– Woher wissen Sie das?
– Ich weiß es nicht, Herr Generalsekretär, und doch weiß ich es ganz genau.

– Sie haben vorhin dem leeren Saal erzählt, daß zwei Türken Sie gefunden hätten, damals auf der Landstraße.
– Ja, Herr Generalsekretär. Ein Mann und eine Frau.
– Und später – so erzählten Sie – hätten die beiden Sie in einem Waisenheim abgegeben, in irgendeinem Waisenheim, von denen es damals viele gab.
– Ja.
– Kurz nach dem Großen Krieg kamen zwei Damen vom Roten Kreuz und brachten Sie in die Schweiz? Das haben Sie doch vorhin erzählt?
– Richtig, Herr Generalsekretär.
– Dort blieben Sie auch, und heute sind Sie Schweizer Staatsbürger?

– Ja.
– Ein Schweizer also?
– Nein, Herr Generalsekretär. Ich bin Armenier. Ein Armenier mit einem Schweizer Paß.

– Aber Ihre Familie, Herr Khatisian! Die haben Sie doch gar nicht gekannt! Niemanden haben Sie gekannt. Nicht mal den Namen Ihrer Familie.
– Das stimmt.
– Irgendwann legten Sie sich den Namen Khatisian zu, weil Sie glaubten, so könnte Ihre Familie geheißen haben.
– Ja, Herr Generalsekretär. Der Name Khatisian ist ein häufig vorkommender armenischer Name.
Der Generalsekretär lächelte. Er sagte: Sie wissen nicht einmal, woher Ihre Familie kommt, auch nicht den Namen der Stadt oder des Dorfes. Sie wissen nichts von ihnen. Nichts.

– Sehen Sie, Herr Generalsekretär, sagte ich. Als ich 13 war, fing ich an, nachzuforschen. Und ich habe 60 Jahre lang nichts weiter getan als geforscht.
– Sind Sie auf Spuren gestoßen?
– Ich bin auf viele Spuren gestoßen, aber sie führten alle ins Nichts.
– Dann stimmt es also! Sie wissen nicht, wer Sie sind?
– Es stimmt nicht, sagte ich. Ich weiß, wer ich bin.

Ich habe mir 60 Jahre lang von Überlebenden des Massakers Geschichten erzählen lassen, Geschichten aus Hayastan, das auch Türkisch-Armenien oder Anatolien genannt wird – wie Sie wollen –, und aus den vielen Geschichten habe ich mir dann meine eigene zurechtgebastelt. Und so hatte ich dann eines Tages eine echte Familiengeschichte. Ich kannte meine Wurzeln. Ich hatte wieder einen Vater und eine Mutter, und ich hatte viele Verwandte. Ich hatte auch einen Namen mit Tradition, einen, den ich fortpflanzen konnte an meine Kinder und Enkel. Und sehen Sie, Herr Generalsekretär: diese Geschichte ist noch etwas wirr in meinem Kopf. Aber bald wird sie Gestalt annehmen, und sie wird so wirklich sein wie alle wirklichen Geschichten.
– Wann wird das sein?

– Es wird bald sein.
– Die letzte Klarheit kommt immer zu spät, sagte der Generalsekretär. Und er fügte fast scherzend hinzu: Sie kommt erst mit dem letzten Gedanken.
– Das ist aber nicht zu spät, sagte ich. Ich sagte: Mit dem letzten Gedanken wird alles klar werden. Und ich sehe es schon: Der letzte Gedanke wird das Wirrwarr in meinem Kopf ordnen. Und die Ordnung in meinem Kopf wird mich sanft aus dem Leben wiegen. Die Leute werden von mir sagen: Siehe, dieser da ist wie ein Baum gestorben. Ein Baum kann seine Blätter verlieren, aber nie seine Wurzeln. Und warum sollte es bei den Menschen anders sein?«

Und jetzt liege ich wieder auf meinem Sterbelager. Und der Meddah in meinem Kopf sagt: »Du bist voller Erwartung, Thovma Khatisian. Du erwartest den letzten Gedanken wie die Braut den Bräutigam, der da kommt zu ihr, um ihr die eigenen Wurzeln zu zeigen. Aber ich warne dich, Thovma Khatisian: der letzte Gedanke ist kurz, er ist kürzer als der Bruchteil einer einzigen Sekunde.«
»Kann man seine Zeit nicht verlängern?«
»Nein, Thovma Khatisian.«

Und der Meddah sagte: »Ich könnte dir aber schon jetzt vom letzten Gedanken erzählen, der da sitzt im letzten Angstschrei und zurückfliegen wird voller Erwartung zu deinem Vater und deiner Mutter und zu allen, die du nie gekannt hast. Und ich kann dir auch schon jetzt verraten, daß der letzte Angstschrei sich verwandeln wird.«
»Wie meinst du das?«
»In einen freudigen Erwartungsschrei.«
»Dann werde ich ohne Angst sterben?«
»Du wirst nicht in Ungewißheit sterben.«
»Ist das dasselbe?«
»Das ist dasselbe.«

Und ich sagte zum Meddah in meinem Kopf: »Erzähl mir vom letzten Gedanken, um die Wartezeit auszufüllen und um zu verlängern, was in weniger als dem Bruchteil einer Sekunde zu allerletzt durch meinen Kopf leuchten wird. Du hast es mir schließlich versprochen.«

»Ich habe dir nur ein Märchen versprochen.«
»Das Märchen vom letzten Gedanken?«
»Das Märchen vom letzten Gedanken.«

Und der Meddah sagte: »Einst hielt ich deinen Urgroßvater auf meinem Schoß. Es war auf dem Marktplatz von Bakir, einer großen türkischen Stadt. Ich erzählte ihm ein türkisches Märchen und sagte zu ihm: *bir varmisch, bir yokmusch, bir varmisch* ... Es war einmal einer, es war einmal keiner, es war einmal ... So fangen nämlich alle Märchen in jener Gegend an. Und warum sollte das Märchen, das ich dir jetzt erzählen werde, anders anfangen?
Und nun höre, Thovma Khatisian. Ich sage zu dir: *bir varmisch, bir yokmusch, bir varmisch* ... Es war einmal einer, es war einmal keiner, es war einmal ...«

Erstes Buch

1

Es war einmal ein letzter Gedanke. Der konnte in alle Richtungen der Zeit fliegen, auch in die Zukunft und in die Vergangenheit, denn er war unsterblich.

Als nun der letzte Gedanke mit dem letzten Erwartungsschrei durch den sperrweit aufgerissenen Mund des Sterbenden flog, da sagte er zu sich: Bevor du in die Zukunft fliegst, solltest du erst mal einen Abstecher nach Bakir machen, jener großen türkischen Stadt, wo deine Eltern auf dich warten. Und so trug es sich zu:

Der letzte Gedanke flog zurück in die Zeit und landete im Kriegsjahr 1915, an einem Frühlingstag, auf der Kuppel des einen Stadttors, des östlichen, das da heißt Bab-i-Se'adet, das Tor der Glückseligkeit. Es war ein großes, schmiedeeisernes Tor im jahrtausendealten Gestein der Festungsmauer von Bakir. Niemand hatte die Landung des letzten Gedankens auf der Kuppel des Stadttors gesehen, weil er weder gesehen noch gehört werden konnte. Und deshalb sprach er ganz ungeniert zum Märchenerzähler:

»Wo bist du, Meddah?«

»Ich bin bei dir«, sagte der Märchenerzähler.

»Ich habe aber keinen Körper.«

»Das macht nichts.«

»Wo sitzt du?«

»Ich sitze in dir. Und du bist ein Teil des Thovma Khatisian, der gerade dabei ist, seine Seele auszuhauchen.«

»Wie lange braucht man, um die Seele auszuhauchen?«

»Weniger als den Bruchteil einer Sekunde.«

»Das ist aber nicht lange.«

»Es ist nicht lange. Das stimmt. Oder es stimmt auch nicht. Denn es ist möglich, daß die Ewigkeit kürzer ist als der Bruchteil einer Sekunde. Sie wird nur anders gemessen.«

»Sag mir, wo ich bin, Meddah!«

»Du sitzt auf dem Tor Bab-i-Se'adet, dem Tor der Glückseligkeit. Wenn du nach Südosten schaust, dann blickst du genau nach Mekka,

dem Ort, nach dem alle gläubigen Muslims wenigstens einmal im Leben pilgern müssen, denn dort hat der Prophet gelebt und gewirkt. Dort ist auch die heilige Ka'aba.«
»Die Ka'aba? Und Mekka? Das Tor der Glückseligkeit? Dann verstehe ich aber nicht ... warum gerade unter diesem Tor drei Armenier hängen? Ihre Münder sind weit aufgerissen, als stecke der letzte Angstschrei noch zwischen den Zähnen. Sie baumeln an einem langen Strick, bewegen sich leise im Abendwind und starren geradeaus.«
»Es sind Landesverräter.«
»Stimmt das auch?«
»Die Türken behaupten es.«
»Ist mein Vater unter diesen drei toten Armeniern?«
»Nein. Der ist nicht darunter.«

»Führst du mich nun zu meinem Vater und meiner Mutter?«
»Noch nicht«, sagte der Meddah. »Warte noch ein bißchen.

Deine Träume haben dir immer erzählt, daß Bakir die schönste Stadt der Welt sei«, sagte der Meddah. »Die Türken nennen sie die Stadt der tausend und einen Moschee. Tausend Störche und einer sitzen im Sommer auf goldenen Kuppeln. Bei Tagesanbruch, wenn die Sonne sich vom Ziegenstrick der Kurden befreit und sich anschickt, die letzten Spuren der Nacht mit ihren Feuerstrahlen wegzulecken, wenn der erste Vogel seine Stimmbänder prüft, dann baden die Störche auf den Kuppeln der Moscheen ihre weißen Flügel im Morgenlicht, klappern mit den langen Schnäbeln und rufen die Muezzins herbei, damit sie auf den Minaretten ihr *Allahu Akbar* in den Himmel schreien.«
»Ich sehe aber keine Störche.«
»Die sind noch in Mekka und kommen erst, wenn es wärmer wird.«
»Ich sehe auch nicht so viele Moscheen. Tausend und eine hast du gesagt?«
»Tausend und eine.«
»Ich sehe aber nur elf. Ich habe sie gerade gezählt. Elf Moscheen gibt es in Bakir.«

»Das kommt davon, mein Sohn, weil die Türken gerne übertreiben, ebenso wie die Juden und die Griechen und die Teufelsanbeter und die Zigeuner, überhaupt alle in dieser Gegend. In Wirklichkeit stehen hier nur elf Moscheen. Du hast recht. Ich habe sie auch gezählt. Acht stehen im Türkenviertel, zwei im Kurdenviertel und eine in der armenischen Mahalle, obwohl sie dort gar nicht hingehört.«
»Warum, Meddah?«
»Weil die Armenier Christen sind. Das weißt du doch, Thovma Khatisian. Und du hast ja auch die Kirchen der Armenier gesehen.«
»Ich habe sie noch nicht gesehen.«
»Dann blicke dich um, Thovma Khatisian. Blicke dich um. Überall wirst du Kirchen sehen, vor allem in der armenischen Mahalle. Sie sind nur nicht so auffällig.«

»Warum nennst du mich Thovma Khatisian?«
»Weil du sein Stellvertreter bist.«
»Und warum nennst du mich *mein Sohn?*«
»Das hat nichts zu bedeuten. Ich könnte dich auch *mein Lämmchen* nennen oder *mein kleiner Pascha*. Ich könnte dir viele Namen geben, obwohl du nur einen wirklichen Namen hast.«
»Welchen Namen?«
»Thovma Khatisian.

Bald wird die Sonne verschwinden, denn die Kurden zerren schon den Abend herbei und fummeln an ihrem Ziegenstrick. Soll ich dir erzählen, was an so einem Abend alles in Bakir passiert?«
»Ja, Meddah. Aber fasse dich kurz, denn ich möchte zu meinem Vater, und ich möchte zu meiner Mutter.«

Und der Meddah sagte: »In diesem Augenblick sitzen vier Herren im Büro des Müdirs von Bakir, im obersten Stock des Hükümets, dem Regierungskonak, einem wetterfesten Gebäude in der *rue Hodja Pascha*, wie die vornehmen, französisch sprechenden Türken diese Straße nennen, sonst heißt sie auch ganz einfach *Hodscha Pascha Sokaghi*. Der eine der Herren trägt eine feldbraune Uniform und hat eine Pelzmütze auf dem Kopf, das ist der einäugige Müdir von Bakir, Statthalter und Oberbefehlshaber der örtlichen Gendarmerie. Die

anderen Herren sind in Zivil und haben nur den roten Fez auf dem Kopf. Zwei von ihnen – der Kaimakam und der Mutessarif – sind ranghohe Beamte in der komplizierten türkischen Verwaltungshierarchie, ihnen unterstehen die einzelnen Bezirke und Landkreise, die Sandschaks und Kasahs, in die das Vilayet Bakir eingeteilt ist. Der vierte der Herren aber ist der Wali persönlich, der Provinzgouverneur des gesamten Vilayets Bakir, ein Vilayet, das so groß ist wie das Vilayet Erzurum oder das Vilayet Van. Die Herren sitzen auf einem kostbaren Teppich, jeder hat ein Kissen unter dem Hintern, buntgestickt, mit Gänsefedern gefüttert, sie haben die Beine überkreuzt, trinken süßen Kaffee aus winzigen Kupfertassen und rauchen ihren Tschibuk.
– Ich werde diesem Wartan Khatisian morgen in aller Frühe den Kopf abschlagen lassen, sagt jetzt der Müdir. Und den Kopf werde ich eigenhändig aufspießen und auf die Festungsmauer setzen.
– An welcher Stelle? fragt der Mutessarif.
– Am Tor der Glückseligkeit, sagt der Müdir, schräg links über den Köpfen der drei Armenier, die ich gestern aufhängen ließ. Der Müdir lacht und blickt mit seinem Glasauge ausdruckslos auf die beiden Herren.
– Das würde ich an Ihrer Stelle nicht tun, sagt jetzt der fettleibige Wali, und er macht eine müde Handbewegung. Dieser Wartan Khatisian hat nämlich noch eine Menge auszusagen.
– Der Wali hat recht, sagt der Mutessarif. Ein lebendiger Wartan Khatisian kann eine Menge aussagen, aber ein toter kann es nicht mehr.
Der Wali macht wieder eine müde Handbewegung. Er sagt: Efendiler. Ich habe mal versucht, einem Toten ein Geständnis zu entlocken, aber der war stummer als ein Fisch aus dem Vansee. Nicht mal ich, der Wali von Bakir, konnte irgend etwas aus ihm herauspressen.«
Die Herren schweigen jetzt, schlürfen den süßen Kaffee und rauchen ihren Tschibuk. Sie können nicht wissen, daß dem letzten Gedanken von Thovma Khatisian eine Gänsehaut über den Rücken gelaufen war, obwohl er als körperloses Wesen gar keinen wirklichen Rücken hatte, aber er hatte sich bei ihren Worten erschreckt, und so fragte er jetzt den Meddah: »Von wem ist hier die Rede?«
»Von deinem Vater, mein Lämmchen. Von deinem Vater.«

»Wo ist mein Vater?«
»Der ist im Gefängnis.«
»Im Gefängnis?«
»Im Gefängnis.«
»Wann bringst du mich zu ihm?«
»Bald, mein Lämmchen. Bald.«
»Werden sie ihm den Kopf abschlagen?«
»Das wird sich bald herausstellen.

Und nun höre, mein Lämmchen«, sagte der Märchenerzähler, »während die vier Herren im Regierungsgebäude noch über das Schicksal deines Vaters beraten, werden in vielen Häusern von Bakir die ersten Öllämpchen angezündet. Die Händler auf den Basaren brechen die Stände ab und laden ihre Ware auf Maultier- und Eselskarren, manche bloß in große Mehlsäcke, die sie entweder selber nach Hause tragen oder von einem Hamal schleppen lassen, dem sie ein paar lausige Paras dafür geben. Diese Hamals von Bakir sind die faulsten Lastträger in der ganzen Türkei, sogar fauler als die im Hafen von Konstantinopel, und weißt du warum? Ich werde es dir sagen, mein Lämmchen: Weil es meistens Kurden sind. Ein Kurde ist entweder stolz und frei und wohnt hoch oben in den Bergen in seinem Zelt aus schwarzem Ziegenhaar, er lebt von seinen Schafen oder vom Raub, besitzt ein Pferd und eine Waffe, oder er gibt seinen Stolz auf und seine Freiheit, und damit auch seine Würde, und er wird Hamal in Bakir. So ist das. Diese kurdischen Lastträger von Bakir stehen rangmäßig noch unter dem Esel.«
»Warum erzählst du mir das, Meddah?«
»Um mir die Zunge zu wetzen, ehe ich dir mehr von deinem Vater erzähle, der auf dich wartet, ohne es zu wissen, und den du bald sehen wirst.«
»Wann?«
»Bald.

Du hast doch nichts dagegen, wenn ich dich Thovma nenne«, sagte der Märchenerzähler zum letzten Gedanken. »Oder *mein Lämmchen* oder *mein Sohn* oder irgendwie?«

»Nein«, sagte der letzte Gedanke. »Nenne mich wie du willst, Hauptsache, du bringst mich zu meinem Vater.«
»Willst du nicht auch deine Mutter sehen?«
»Natürlich«, sagte der letzte Gedanke. »Die ganz besonders. Aber ich glaube, daß es im Augenblick wichtiger ist, daß ich zu meinem Vater komme, denn sonst schlagen sie ihm vielleicht den Kopf ab, ehe ich ihn gesehen habe.«
»Da hast du vollkommen recht«, sagte der Meddah. »Aber blicke dich erst einmal um.«
»Das habe ich schon getan«, sagte der letzte Gedanke.
»Und was siehst du?«
»Ich sehe alle diese Türken auf dem Großen Basar, die gerade ihre Stände abbrechen.«
»Das sind keine Türken«, sagte der Meddah, »es sind armenische Händler, wenigstens die meisten von ihnen. Sie wohnen seit Jahrhunderten mit den Türken im selben Land, und oft kann man sie kaum von den Türken unterscheiden. Du siehst: die meisten Männer tragen den roten Fez, und ihre weiten Pluderhosen oder Tschalvars sind an den Knöcheln zugeschnürt. Ihre ärmellosen Jacken unter den Übergewändern sind dieselben, die auch die Türken tragen. Manche stolzieren auch in westlicher Kleidung herum, genau wie die neue Generation der Jungtürken, und sie tragen dazu eine Pelzmütze oder den Fez. Ihre struppigen Schnurrbärte flößen den Weibern Furcht ein und sind nicht weniger ansehnlich als die der Türken und Bergkurden. Sie rauchen dieselben Zigaretten oder Pfeifen, den Tschibuk zum Beispiel, den auch der Wali von Bakir raucht und der Mutessarif und der Müdir, oder sie rauchen die Nargileh, die Wasserpfeife mit dem gewundenen Schlauch, für die man allerdings Zeit und Muße braucht. Und wenn du einen Armenier fragst, mit welchem Tabak er denn seinen Tschibuk stopfe, so wird er selbstverständlich sagen: mit dem persischen Tabak *Abu Ri'ha*, dem Vater des Wohlgeruchs, was auch ein Türke antworten würde, der etwas auf sich hält.«

Der Meddah sagte: »Mein Lämmchen. Das sind alles äußerliche Dinge. Wenn du wissen willst, ob einer Armenier ist, dann blicke in seine Augen.

Bald wird der Basar wie ausgestorben sein«, sagte der Meddah, »und nur die Wasserverkäufer mit ihren halbgefüllten Wasserschläuchen aus Ziegenhäuten werden den heimkehrenden Händlern hinterherrennen, um noch einige Male zu rufen: *Iyi su, soghuk su, bus gibi, on para.* Gutes Wasser, kaltes Wasser, wie Eis. 10 Para. Die Wasserverkäufer sind immer die letzten auf dem Basar, denn sie nehmen den Propheten beim Wort, der Prophet, der da gesagt hat: Jede Eile ist vom Teufel.

Ja, mein Lämmchen: Jede Eile ist vom Teufel, und nur die Taubstummen scheinen es hierzulande eilig zu haben, wenn sie am Abend zu den Moscheen eilen, um das Namaz-Gebet ohne Sprache zu sprechen, denn sie haben den Ruf der Muezzins nicht gehört, die sich von den Balkonen der Minarette die Kehle aus dem Halse schreien.«
»Wo beten die Taubstummen, Meddah?«
»Überall, wo auch die anderen Muslims beten«, sagte der Meddah, »viele gehen wahrscheinlich in die Moschee *Hirka Scherif Djamissi*, die Moschee des Heiligen Mantels, im Türkenviertel, in der *Kurusebil Sokaghi*, der Gasse der trockenen Wasserschänke, oder sie gehen in die *Deli-Awret-Djami*, die Moschee des närrischen Weibes unten im Kurdenviertel. Ich weiß es nicht, mein Lämmchen, aber ich nehme an, daß die meisten Taubstummen in die Moschee Muhammed Paschas des Wunderarztes gehen: *Dscherah Muhammed Pascha Djami.*

Schade, daß du heute morgen nicht hier warst«, sagte der Meddah. »Da zogen nämlich frischgebackene Rekruten durch die Viertel der Armenier. Sie kamen aus der Kaserne, zogen mit Janitscharenmusik am Bit Bazari vorbei, das ist der Läuse- oder Trödelmarkt, bogen dann in die Divan Yoli ein, die Ratsstraße, marschierten dann durch die armenischen Handwerkerviertel, durch die Straßen der Töpfer und Silberschmiede, sogar bei den Urbadschis kamen sie vorbei, den armenischen Kleidermachern von Bakir, wo schon dein Urgroßvater sich einen *Pamuklu* gemacht hat, den Anzug aus echter Wolle, den später dein Großvater geerbt hat und nachher dein Vater. Und rate mal, wohin die Rekruten gezogen sind?«
»Woher soll ich das wissen, Meddah?«

»Zum Top Kapi sind sie gezogen, zum Kanonentor im Westen der Stadt. Und wer dort hindurchzieht, der kommt direkt nach Erzurum.«
»Was ist in Erzurum?«
»Dort haben die Türken die dritte Armee stationiert.«
»Warum, Meddah?«
»Um die russische Dampfwalze aufzuhalten, mein Lämmchen. Die rollt nämlich gerade über den Kaukasus und ist auf dem Wege nach Konstantinopel.

Den ganzen Vormittag sind Regimenter durch Bakir marschiert«, sagte der Meddah, »meistens *Rediffs*, das sind die Reservisten erster Klasse, aber auch Müstahfis-Regimenter, die Reservisten letzter Klasse, und da habe ich alte Männer gesehen und andere, die wie Kinder aussahen, und Lahme hab ich gesehen und andere Krüppel. Und ob du's glaubst oder nicht: den Müstahfis sind die kreischenden Weiber nachgezogen, und dann kamen die Derwische von der Rufai-Sekte, die waren plötzlich da und schrien *Ya Ghasi, Ya Schahid, Ya Allah, Ya Hu* – o Kämpfer, o Märtyrer, o Allah, o Er. Und auf dem Balkon des Hükümets standen der Wali und der Mutessarif, der Kaimakam und der einäugige Müdir, und sie hätten sich bestimmt bekreuzigt, wenn sie Christen gewesen wären.

Aber jetzt steht der Müdir nicht auf dem Balkon. Und auch nicht der Wali und der Mutessarif und der Kaimakam. Sie sitzen nämlich nach wie vor im Büro des Müdirs und beraten über deinen Vater.«
»Ist schon eine Entscheidung gefallen?«
»Noch nicht, mein Lämmchen, noch nicht. Denn die Herren haben Besuch bekommen, ziemlich spät, einen deutschen Offizier vom Rang eines Majors, einer der Ausbilder der türkischen Armee. Und nun sitzen sie alle auf dem kostbaren Teppich, ein Kissen unter dem Hintern, trinken Kaffee und rauchen Tschibuk.

– Heute morgen, sagt der deutsche Major, als ich mit meinen Leuten in die Stadt ritt, da habe ich drei Armenier unter dem Tor der Glückseligkeit gesehen. Sie baumelten an einem langen Strick.
– Es sind Landesverräter, sagt der Wali.

– Alle Armenier sind Landesverräter, sagt der Müdir, und eigentlich müßte man sie alle aufhängen.

– Wieviel Armenier gibt es in dieser Gegend? fragt der Major.
– Fünf Millionen, sagt der Wali.
– Das kann aber nicht sein, sagt der deutsche Major, denn laut Statistik leben in der ganzen Türkei nur eins Komma zwei Millionen von diesem merkwürdigen Volk.
– Das war die Statistik von Sultan Abdul Hamid, sagt der Wali, und den haben die Jungtürken längst abgesetzt.
– Soll das heißen, daß Abdul Hamid die Minoritäten herunterspielen wollte?
– So ist es, Binbaschi Bey, sagt der Wali.

– Diese Armenier sind ein gefährliches Volk, sagt der Wali. Und sie leben auf beiden Seiten der Grenze. Vier Millionen auf unserer Seite und eine Million bei den Russen.
– Das ist doch weit übertrieben, sagt der Major.
– Nein, Binbaschi Bey, sagt der Wali. Es könnten sogar noch mehr sein, denn dieses Volk vermehrt sich wie Ratten. Der Wali lächelt und schlürft süßen Kaffee. Und alle sind sie miteinander verwandt.
– Wie meinen Sie das?
– Wie sollte ich's meinen, Binbaschi Bey? Nun, wie schon? Die türkischen Armenier haben Tanten und Onkel auf der anderen Seite der Grenze. Manche haben Söhne und Töchter dort drüben, Eltern und Großeltern und sonstige Verwandte. Alle sind miteinander verwandt.
– Und wenn sie auch nicht miteinander verwandt wären, sagt jetzt der Müdir, – ich meine offiziell – dann sind sie trotzdem miteinander verwandt, weil sie nämlich eine besondere Rasse sind, die seit Jahrtausenden Inzucht betreibt. Alle haben dasselbe Blut.
– Es ist schlechtes Blut, sagt der Wali, und es ist vom Teufel.
– Und alle stecken unter einer Decke, sagt der Müdir, alle Armenier auf beiden Seiten der Grenze. Und alle halten es mit den Russen.
– Soll das heißen, fragt der Major, daß die Armenier hier auf der türkischen Seite den Einmarsch der Russen erwarten ... oder ihn sogar unterstützen?

– Sie haben es erraten, Binbaschi Bey, sagt der Wali. Die türkischen Armenier erwarten den Einmarsch der Russen und den Einmarsch ihrer Verwandten von drüben, die für den Zaren kämpfen. Und dieser Einmarsch hat ihre volle Unterstützung.
– Haben Sie dafür handfeste Beweise?
– Die brauchen wir gar nicht, sagt der Wali. Es genügt, daß wir es wissen.
– Eine gefährliche Lage, sagt der Major.
– Und das in Frontnähe, sagt der Müdir. Millionen Armenier mit türkischen Pässen in unserem Rücken, Millionen, von denen wir wissen, daß sie es mit dem Feind halten.
– Eine höchst gefährliche Lage, sagt der Major.

– Sie verstehen, Binbaschi Bey, sagt jetzt der Mutessarif, warum wir mit diesen drei gehenkten Armeniern ein Exempel statuieren mußten.
– Das kann ich verstehen, sagt der Major.
– Und das Tor der Glückseligkeit ist gerade der richtige Ort.
– Ja, sagt der Major.
– Wir haben die drei so aufgehängt, daß sie nicht nach Mekka gucken.
– Wohin gucken sie? fragt der Major.
– In die falsche Richtung, sagt der Müdir.

– Bei dem einen gehängten Armenier haben wir eine Flasche russischen Schnaps gefunden, sagt der Müdir. Das ist ein schweres Vergehen, denn Rußland ist Feindgebiet.
– Er hatte den Schnaps angeblich von seinem Schwager, sagt der Mutessarif, dem Bruder seiner Frau, der drüben auf der falschen Seite eine Schnapsfabrik hat.
– Angeblich hatte er den Schnaps noch aus Friedenszeiten, sagt der Müdir, aber das konnte er nicht beweisen.
– Und was war das Vergehen der anderen beiden Armenier? fragt der Major.
– Bei dem zweiten fand man einen Brief, sagt der Müdir. Einen Brief aus Rußland von seiner Großmutter.
– Kontakt mit dem Feind?

– So ist es, Binbaschi Bey.
– Und wie ist der Brief in die Türkei gekommen?
– Nun, Binbaschi Bey. Der Brief kam mit der Post.
– Also noch vor dem Krieg?
– Natürlich noch vor dem Krieg.
– Stand das Datum mit dem russischen Stempel noch auf dem Kuvert?
– Nein, weder der Stempel noch das Datum standen auf dem Kuvert.

– Es gab nämlich kein Kuvert, sagt der Müdir, weil der Briefträger den Brief geöffnet und das Kuvert weggeschmissen hatte.
– Und warum sollte er das gemacht haben?
– Weil der Armenier ihm ein Trinkgeld schuldete, und weil er den Brief behalten wollte, bis er das Trinkgeld bekam.
– Bakschisch?
– Natürlich. Bakschisch. Das übliche Trinkgeld. Was sonst. Diese Briefträger sind kleine, unterbezahlte Beamte, bestechlich und auf Trinkgelder angewiesen. Was nützt es, daß wir Jungtürken seit dem Regierungswechsel alles im Rahmen der Möglichkeit versuchen, um mit der Bestechlichkeit aufzuräumen, wenn so ein Briefträger noch im Geiste des gestürzten Abdul Hamids lebt und die neue Ethik nicht begreifen kann.
– Richtig, sagt der Wali.
– Sehen Sie, Binbaschi Bey, sagt jetzt der Kaimakam, der Briefträger hat den Brief zwei Jahre lang behalten und ihn erst vorige Woche abgeliefert. Und als wir den Brief fanden, ein Brief ohne Kuvert, da glaubten wir natürlich, daß es ein geschmuggelter Brief wäre. Was sonst sollten wir glauben. Denn im Krieg kommt ja keine legale Post von drüben. Und daß der Brief noch aus Friedenszeiten stammt, konnten wir nicht wissen.
– Hat der Briefträger nichts ausgesagt?
– Doch, Binbaschi Bey. Aber er hat erst ausgesagt, als der Armenier schon vor dem Tor baumelte. Vor dem Tor der Glückseligkeit. Und in die falsche Richtung guckte. Nämlich nicht nach Mekka.
– Ach so ist das, sagt der Major.
– So ist das, Binbaschi Bey, sagt der Kaimakam. Und Allah sei mein Zeuge.

– Und wie ist es mit dem dritten Landesverräter?
– Der ist ein armenischer Priester, sagt jetzt der Müdir. Wir haben ihn bei einer Predigt erwischt.
– Ihr habt natürlich Spitzel in die christliche Kirche geschickt?
– Es ist Krieg, Binbaschi Bey. Es ist Krieg. Was soll man tun?
– Und was hat der Priester gemacht?
– Er hat mit seiner Gemeinde für den Sieg gebetet. Nur wußten wir nicht, für welche Seite.
– Das verstehe ich aber nicht, Müdir Bey.
– Er hat am Ende des Gebets den Landesherrn hochleben lassen, und er sagte wortwörtlich: Es lebe der Padischa! Nur wußten wir nicht, welchen Padischa er gemeint hat. Sie verstehen, Binbaschi Bey. Es gibt einen russischen Padischa und einen türkischen. In Rußland gibt es den Zaren und bei uns den neuen Sultan, den Enver Pascha auf den Thron gesetzt hat. Woher sollten wir wissen, welchen Padischa der Priester gemeint hat?
– Das ist wirklich schwer festzustellen, sagt der Major.
– Wir haben es aber festgestellt, sagt der Müdir jetzt triumphierend, denn der Priester hat während des Satzes mit dem Padischa das Kreuz angefaßt.
– Welches Kreuz?
– Das lange Baumelkreuz auf seiner Brust. Und da wußten wir, er kann nur den russischen Zaren gemeint haben. Nur den.
– Da bin ich aber nicht so sicher, sagt der Major.
– Nun, wir sind sicher, sagt der Müdir.

– Es hat mich verwundert, sagt der Major, daß die Armenier nicht gestreikt haben. Ich habe sogar heute bei den Armeniern eingekauft. Alle Geschäfte waren offen.
– Und warum sollten sie geschlossen sein?
– Weil doch drei von ihnen gehängt wurden.
– Aber Binbaschi Bey, sagt der Müdir. Diese Ratten sind doch viel zu feige, um offen zu protestieren.

– Ich war vor einigen Wochen in Galizien, sagt der Major, an der österreichischen Front. Und wissen Sie, Müdir Bey, was mir dort aufgefallen ist?

– Nein, sagt der Müdir.
– Es gibt dort zu viele Juden. Und wissen Sie, wie sich die Juden beim Feilschen benehmen?
– Nein, sagt der Müdir.
– Wie Armenier, sagt der Major. Diese beiden Völker sind fast zum Verwechseln. Es ist unglaublich.
– Mag sein, sagt der Müdir.
– Haben Sie hier Probleme mit den Juden?
– Nein, sagt der Müdir. Hier haben wir Probleme mit den Armeniern.

– Diese Armenier sind schlimmer als Ratten, sagt der Müdir. Wo immer sie leben, unterwandern sie die Völker, höhlen sie aus und vernichten sie schließlich.
– Ganz recht, sagt der Wali.
– Sie beuten uns Türken aus und spielen sich hier als die Herren auf.
– Ganz recht, sagt der Wali.
– Und diese Armenier schwimmen in Geld, glauben Sie's mir. Ihre Frauen sind in Samt und Seide gehüllt und tragen den teuersten Schmuck. Wie heißt es doch: Jede Armenierin ist ein wandelnder Juwelierladen. Der Müdir lacht. Und alles ist in ihren Händen. Die Banken und die Wechselstuben, das Handwerk und der Handel. Sie sind die Ärzte und die Rechtsanwälte, und ihre Söhne und Töchter schicken sie auf gute Schulen.
– Und sie stecken mit dem Feind unter einer Decke, sagt der Mutessarif.
– Ja, sagt der Müdir. Jeder Armenier ist ein verkleideter Russe.
– Sie warten nur darauf, uns den Dolch in den Rücken zu stechen, sagt der Wali. Und er fügt leise hinzu: Man muß etwas tun! Und er schlürft behaglich seinen Kaffee, zieht an dem Tschibuk und sagt: Man müßte wirklich etwas tun.

– Und wie ist es mit dem Spion, den Sie unlängst verhaftet haben? fragt der Major. Ist er ein Armenier?
– Natürlich ist er ein Armenier. Was sonst?
– Wie heißt er?

– Er heißt Wartan Khatisian.
Der Major lacht. Er sagt: Das ist aber ein ganz gewöhnlicher armenischer Name.

– Die Armenier sind ein uraltes Volk, sagt der deutsche Major. Wenn ich nicht irre, wohnten sie schon in dieser Gegend, als Mohammed erleuchtet wurde.
– Da haben Sie recht, sagt der Wali.
– Sogar schon vorher, sagt der Major, ich meine ... als Christus die Bergpredigt hielt, schon damals.
– Das ist wahr, sagt der Wali.
– Sogar schon vorher, sagt der Major, vor Ihrer, aber auch schon vor unserer Zeitrechnung.
– Ja, sagt der Wali.
Der Wali zieht bedächtig an seinem Tschibuk und lächelt. Wollen Sie etwa behaupten, daß die Armenier schon hier in dieser Gegend waren, ehe die Türken kamen?
– Ich will gar nichts behaupten, sagt der Major.
– Nun ja, das mag stimmen, sagt der Wali, aber was bedeutet das schon?
– Es bedeutet nichts, sagt der Müdir. Sie sind nichts weiter als Ratten, und auch die Ratten waren schon hier, ehe die Türken kamen.

– Und da sind wir wieder bei den Ratten, sagt der Müdir. Er lächelt und sagt: Wissen Sie, Efendiler, unlängst folgte ich einer Ratte in den Keller. Ich hatte natürlich einen Knüppel bei mir, denn ich wollte die Ratte totschlagen. Der Müdir schließt sekundenlang das eine Auge, öffnet es wieder und blickt den Major unschuldig an. Als ich unten im Keller war, sah ich plötzlich noch eine Ratte. Da waren es zwei. Und plötzlich waren es vier. Es wurden immer mehr. Sie kamen aus allen Kellerlöchern. Mehr und mehr wurden es. Hunderte und Tausende. Wo immer ich hintrat, waren Ratten. Plötzlich waren es Millionen. Sie fraßen mir die Kleidung vom Leib, verschlangen meinen Knüppel, sprangen mir an die Schlagader und fraßen mich schließlich auf.

– Sind Sie dann aufgewacht? fragt der Major.

– Nein.
– Aber das kann doch nur ein Traum gewesen sein?

Eine Zeitlang spricht niemand ein Wort. Erst als der Müdir nervös in die Hände klatscht und dem hereinstürzenden Saptieh befiehlt, frischen Kaffee zu holen, räuspert sich der Wali verlegen und richtet dann an den Major die Frage, die längst in der Luft lag:
– Wie steht es mit dem Krieg, Binbaschi Bey? Werden die Deutschen nun Paris besetzen oder nicht?
– Es kann nicht mehr lange dauern, sagt der Major.
– Und Petersburg?
– Wir werden auch bald in Petersburg sein.

– Und wie steht es im Kaukasus?
– Enver Paschas Armee mußte sich vorübergehend zurückziehen.
– Dabei ist der türkische Soldat der beste der Welt.
– Es ist wegen der Cholera, sagt der Major. Und dem kalten Winter.
– Aber der Winter ist doch vorbei?
– Ja, sagt der Major.

– Solange Enver Pascha den Oberbefehl über die Kaukasusarmee hatte, ging alles gut, sagt der Wali. Enver Pascha hätte weitermarschieren sollen, solange, bis er den deutschen Kaiser in Petersburg trifft. Ich verstehe gar nicht, warum die Front zusammenbrach und Enver nach Konstantinopel zurückkehrte.
– Niemand versteht es, sagt der Müdir.
– Vielleicht wegen der Cholera, sagt der Wali. Oder wegen der fehlenden Winterkleider. Oder wegen der Armenier. Die armenischen Soldaten haben unsere Truppen verhext. Sie sind an allem schuld.
– Ja, sagt der Müdir.«

Es ist still um mich geworden, und obwohl ich, Thovma Khatisian, nur noch ein Gedanke bin und zeitlos, höre ich ein Ticken.
»Das ist nur die Zeit«, sagte der Meddah, »und ob du's willst oder nicht: die Zeit verrinnt. Und bald fällt die Entscheidung.«

»Welche Entscheidung?«
»Die Entscheidung des Provinzgouverneurs, des Wali von Bakir, der dem Müdir befehlen wird, deinem Vater den Kopf abzuschlagen oder auch nicht.«
»Bringst du mich jetzt zu meinem Vater?«
»Bald, mein Lämmchen. Bald.«

Und der Meddah sagte: »Siehst du den blinden, alten Bettler neben dem Tor der Glückseligkeit?«
»Ja, den kann ich sehen.«
»Er heißt Mechmed Efendi. Ein kluger Mensch ist dieser Mechmed Efendi, so klug, daß die Leute von ihm sagen ... er sei zwar ein Türke, habe aber den Verstand eines Armeniers.«
»Und der Junge zu seinen Füßen?«
»Das ist sein Enkel Ali.«
»Zwei hungrige Mäuler, die Allah sicher vergessen hat?«
»Du irrst dich, mein Lämmchen. Siehst du das Betteltuch auf dem Bordstein, das mit vier Steinen beschwert ist, damit der Wind es nicht fortträgt? Dort sind nur ein paar lausige Paras drin. Nicht mehr. Aber der Bettler ist ein steinreicher Mann. Das glaubst du wohl nicht?«
»Nein, das glaube ich nicht.«
»Nun, glaube, was du willst«, sagte der Meddah. »Es ist aber so. Und dieser Mechmed Efendi wollte deinen Vater loskaufen, weil dein Vater ihm einmal das Leben gerettet hat. Aber das erzähle ich dir später.«
»Hat der Bettler meinen Vater losgekauft?«
»Nein«, sagte der Meddah.
»Und warum?«
»Weil niemand deinen Vater loskaufen kann. Er ist für den Wali zu wichtig.«
»Es geht also nicht?«
»Es geht nicht.

Natürlich haben auch andere versucht, deinen Vater loszukaufen. Zum Beispiel: deine Mutter. Übrigens: die ganze Familie. Alle haben es versucht. Aber das war vergeblich. Und da sagt man, die türkischen Beamten wären bestechlich.«

»Sind sie bestechlich?«
»Natürlich sind sie bestechlich, mein Lämmchen. Hierzulande kann man fast alles erreichen mit einem Bakschisch. Nur deinen Vater kann keiner loskaufen.«
»Weil er wichtig ist? Für den Wali?«
»Nicht nur für den Wali. Auch für die anderen, besonders den Müdir. Die Behörden haben eine Menge mit ihm vor.«
»Wenn er so wichtig ist, dann wird er doch sicher noch gebraucht, und wenn er gebraucht wird, dann werden sie nicht so dumm sein und ihm vorzeitig den Kopf abschlagen?«
»So ist es, mein Lämmchen. Du siehst es richtig. Daran habe ich nämlich auch gedacht.

In diesem Augenblick, mein Lämmchen ... in diesem Augenblick ... zuckt der alte, blinde Bettler zusammen. Hast du's gesehen?«
»Ja. Das hab ich gesehen.«
»Er tut so, als hätte er sich vor etwas erschreckt, aber es ist nur ein Spiel, denn er treibt gerne Scherze mit seinem Enkel. Und hörst du, was er zu seinem Enkel sagt?«
»Ja. Ich kann es hören.«

Und ich höre, wie der blinde Bettler zu dem Jungen sagt:
– Ali, mein Auge. Ich glaube, der Tod kommt.
– Unsinn, Dede, sagt der Junge. Der Tod kann gar nicht kommen, ehe du mir nicht gesagt hast, wo du dein Geld versteckt hast.
– Da hast du recht, mein Auge, sagt der Blinde. Und Verstand hast du auch. Den hast du von mir geerbt.
– Ja, Dede, sagt der Junge.
Und der Bettler sagt: Es kam mir nur so vor, weil mich was Kaltes am Halse würgt.
– Was für Kaltes, Dede?
– Ein kalter Wind.
– Es weht aber kein Wind, Dede.
– Doch, mein Auge. Es weht ein kalter Wind. Und der kommt vom Tor der Glückseligkeit.
– Vom Tor der Glückseligkeit?

– Ja, Ali, mein Auge. Der kommt von dort. Und ich wette mit dir, daß der Tod auf dem Torbogen sitzt.
– Der Tod sitzt unter dem Torbogen, Dede.
– Und wie sieht er aus?
– Er sieht wie drei Armenier aus, die dort baumeln.
– Also so sieht er aus?
– Ja. So sieht er aus.

– Sag mal, mein Auge. Was tragen die Toten denn auf dem Kopf?
– Nur einer trägt was auf dem Kopf, Dede.
– Und was ist das?
– Eine Külah aus persischem Lamm.
– Glaubst du, daß die was wert ist?
– Ja, Dede. Aber nicht viel.
– Glaubst du, daß die Külah herunterfallen könnte?
– Ja, Dede. Aber nur, wenn der Tote mit dem Kopf wackelt.
– Sowas haben meine blinden Augen schon gesehen.
– Ja, Dede.
– Vielleicht wackelt der Tote mit dem Kopf, wenn der Wind wieder bläst?
– Ja, Dede.

– Sag mal, mein Auge. Kannst du die Külah auffangen, wenn der Tote mit dem Kopf wackelt und ihm die Külah herunterrutscht?
– Nein, Dede.
– Und warum, mein Auge?
– Weil unter den Beinen der Toten ein Wächter steht, einer mit einem Gewehr.
– Ein Gendarm, einer von diesen dummen Saptiehs?
– Ja, Dede.
– Stehen noch andere Leute unter den Beinen der Toten?
– Ja, Dede. Viele von den Hamals und anderes Kurdengesindel. Auch ein paar Türken und sogar ein Armenier.
– Und was machen sie dort?
– Sie warten darauf, daß der Tote mit dem Kopf wackelt und ihnen die Külah zuwirft.

– Also darauf warten sie?
– Ja, Dede.

– Und wie ist es mit den Kleidern der Toten?
– An die ist nicht leicht heranzukommen.
– Und wie ist es mit ihren Schuhen?
– Genauso.

– Man müßte sich etwas einfallen lassen, mein Auge, um an die alten Kleider oder die Schuhe heranzukommen. Und deinem alten Dede fällt immer was ein. Oder glaubst du, daß ich zu alt bin und daß mir nichts mehr einfällt?
– Nein, Dede. Das glaube ich nicht.

– Nun paß mal auf, mein Auge. Das mit den Kleidern schlagen wir uns aus dem Kopf, denn es ist wahrlich nicht leicht, die Toten auszuziehen, wenn so ein dummer Saptieh auf sie aufpaßt... Und da sind noch die vielen Leute, die unter den Gehenkten auf Beute warten. Gar nicht leicht, mein Auge.
– Ja, Dede.

– Aber mit Schuhen ist das was anderes.
– Wie anders, Dede?
– Eben nur anders, mein Auge.

– Sag mal, mein Auge. Was für Schuhe stecken auf den toten Füßen?
– Der eine ist barfuß, Dede. Er ist ein armenischer Priester und sieht wie ein persischer König aus, einer in so einem langen Gewand mit einem Kreuz auf der Brust, aber ohne Krone.
– Die persischen Könige tragen aber kein Kreuz, mein Auge. Sie tragen wirklich kein Kreuz.
– Das kann sein, Dede. Das hab ich nicht gewußt.
– Und was für Schuhe trägt der zweite?
– Er trägt ein Paar Handschuhe aus rotem Samt.
– Den haben sie wahrscheinlich aus dem Bett geholt.
– Ja, Dede.

– Denn diese Armenier schlafen in ihren Hausschuhen, wenn das Feuer im Tonir ausgeht.
– Ja, Dede.
– Für Hausschuhe kriegt man nicht viel, mein Auge. Also vergessen wir das.
– Ja, Dede.

– Und was hat der Dritte an den Füßen?
– Ein Paar Stiefel aus gelbem Ziegenleder.
– Gelbes Ziegenleder, sagst du?
– Ja, Dede.

– Nun paß mal auf, mein Auge. Wie hoch hängen die Toten?
– Sehr hoch, Dede, zu hoch, um an die gelben Stiefel heranzukommen.
– Was soll das heißen, mein Auge? Was heißt zu hoch?
– So hoch wie drei Katzensprünge, Dede.
– Das ist allerdings hoch.
– Ja, Dede.

– Nun paß mal auf, mein Auge. Du wirst jetzt die tausend und eine Stufe heraufsteigen, die Stufen, meine ich, die zu dem Torbogen führen, dem Torbogen vom Tor der Glückseligkeit.
– Dort, wo man die Toten aufgeknüpft hat?
– Ja, mein Auge.
– Zum Ende der langen Stricke?
– Ja, mein Auge.
– Ich sehe aber keine tausend und eine Stufe.
– Das macht nichts, mein Auge.
– Es sind weniger, Dede.
– Um so besser, mein Auge.

– Und nun paß mal auf, mein Auge. Du kletterst da oben hinauf und bindest den Toten los, den mit den gelben Stiefeln.
– Ja, Dede.
– Und dann wird er herunterpurzeln. Genau vor die Beine des Saptiehs. Und der wird sich wundern, woher der Tote kommt. Und

der dumme Saptieh wird einen mächtigen Schreck kriegen und glauben, der Prophet persönlich hätte den Toten vom Himmel gesandt, obwohl er doch eigentlich hängen müßte, nämlich noch hier auf Erden, am Tor der Glückseligkeit.
– Was wird der Saptieh machen?
– Er wird gar nichts machen, mein Auge. Er wird sich am Kopf kratzen und den Toten angucken.
– Und was werde ich machen?
– Du wirst die tausend und eine Stufe herunterlaufen, und zwar schnell. Und du wirst zu dem Saptieh laufen und mit ihm reden.
– Was soll ich ihm sagen?
– Du wirst ihm den Rang eines Hauptmanns verleihen. Denn diese Saptiehs sind dumm und deshalb besonders eitel. Du wirst zu ihm sagen: Jüsbaschi Bey. Man kann den Toten doch nicht einfach hier auf der Straße rumliegen lassen. Aber das weißt du besser als ich. Jüsbaschi Bey.
Und der Saptieh wird sich geschmeichelt fühlen und dir übers Haar streichen, und er wird zu dir sagen: Natürlich weiß ich das besser als du.
– Ich weiß, daß du den Toten wieder aufhängen wirst, wirst du zu ihm sagen, denn es kann ja nicht sein, daß der Müdir drei aufhängen ließ, aber nur zwei unter dem Torbogen hängen.
– Das kann nicht sein, mein Lämmchen, wird der Saptieh sagen. Wenn der Müdir hat drei aufhängen lassen, dann müssen es auch drei sein.
– Dann helfe ich dir, den Toten wieder aufzuknüpfen.
– Das ist keine schlechte Idee, wird der Saptieh sagen. Aber hast du die tausend und eine Stufe gesehen?
– Die hab ich gesehen, wirst du sagen.
– Das sind eine Menge Stufen.
– Ja, Jüsbaschi Bey.
– Und du willst mir wirklich helfen, so viele Stufen hinaufzusteigen bis zu dem obersten Torbogen, mit dieser toten Sau, mit diesem Ungläubigen, mit diesem Unbeschnittenen, dessen Seele längst in der Hölle schmort, wenn er überhaupt je eine gehabt hat?
– Ja, wirst du sagen.

– Und so wird es sein, mein Auge. Da du noch klein bist und schwächer als der Saptieh, wirst du das leichtere Ende des Toten tragen, nämlich die Beine.
– Du meinst die Beine, an deren Ende die gelben Stiefel aus Ziegenleder stecken?
– So ist es, mein Auge. Der Saptieh nimmt also das schwere Ende, packt den Toten unter den Armen, und ihr beide schleppt das Paket keuchend die Stufen hinauf. Dann aber bleibst du plötzlich stehen.
– Warum, Dede?
– Weil du dem Saptieh etwas sagen willst.
– Was will ich ihm sagen?
– Du wirst zu ihm sagen: Jüsbaschi Bey. Du gehst ja rückwärts die Treppe hinauf. Das kann doch gar nicht sein.
– Und warum kann das nicht sein? wird der Saptieh sagen.
– Weil nur ein Esel rückwärts die Treppe raufgeht, und zwar, wenn man versucht, ihn nach vorwärts zu zerren, in die richtige Richtung, am Strick natürlich, den der Esel gewöhnlich um den Hals trägt.
– Du glaubst doch nicht etwa, daß ich ein Esel bin, wird der Saptieh sagen.
– Nein, Jüsbaschi Bey, wirst du sagen. Ein so kluger Mann wie du ist bestimmt kein Esel, und er geht bestimmt nicht eine Treppe rückwärts hinauf.
– Und was ist dann, Dede?
– Nun, was soll schon sein, mein Auge. Der Saptieh wird sich umdrehen und den Toten andersrum anpacken, und er wird die Treppe hinaufsteigen, wie ein normaler Mensch eben die Treppe hinaufsteigt, die Augen vorwärts gerichtet, ich meine ... in Richtung Torbogen, eben dorthin, wo er den Toten wieder aufknüpfen möchte.
– So ist es, Dede.
– Der Saptieh wird dir den Rücken kehren und kann dich folglich nicht sehen. Er wird die Stufen mit dem Toten heraufkeuchen, er wird fluchen und ausspucken. Er wird alle Toten verfluchen, die im Laufe der Geschichte von den Türken gehängt wurden. Und er wird die Ungläubigen verfluchen, besonders die Armenier. Und er wird auf den Krieg schimpfen und auf die Behörden und auf den Wali von Bakir und den Mutessarif und den Müdir und den Kaimakam, auf alle

Großen, die auch das große Bakschisch einstecken, während er, der Saptieh, meistens leer ausgeht oder die Knochen aufliest, die die Großen ihm zurücklassen. Er wird den Tag verfluchen, an dem er geboren wurde. Und er wird alle Mütter verfluchen, die Leute wie den Wali geboren haben oder Leute wie den Mutessarif, den Kaimakam oder den Müdir, Leute, die ein gutes Leben führen, während er, der Saptieh, nicht besser als ein Hund lebt, mit wenig Bakschisch und einem Monatsgehalt von wenigen Paras, das die Behörden in Konstantinopel meistens vergessen auszuzahlen. Wie gesagt: er wird fluchen und dabei schwitzen. Und während er flucht und schwitzt und die Treppen heraufkeucht, wird er das andere Ende des Toten ganz vergessen, ich meine: das schlenkernde Ende des Toten, nämlich die Beine, die ein kleiner Junge festhält.
– Ich halte aber die Stiefel fest, die Stiefel aus gelbem Ziegenleder?
– So ist es, mein Auge. Du hältst die Stiefel fest. Und die wirst du dem Toten ausziehen, ganz gemütlich, denn der Saptieh kann dich nicht sehen. Du wirst die Stiefel auf die Treppe fallen lassen. Und glaube mir, der Saptieh wird nichts merken, gar nichts. Ich aber werde hinter dir hergehen, obwohl ich blind bin. Das macht mir aber nichts, denn ich kenne die tausend und eine Stufe seit vielen Jahren. Wie oft bin ich sie schon hinauf- und hinuntergestiegen. Ich werde also hinterhergehen. Und ich werde die schönen Stiefel in meinen Sack stecken.
– In den Sack?
– Na, wohin denn sonst, mein Auge!

Und so geschah es«, sagte der Meddah zum letzten Gedanken. »Der Knabe Ali band den Toten los. Und der Tote plumpste vor die Füße des dummen Saptiehs. Der verhielt sich nicht anders, als der blinde Bettler Mechmed Efendi vorausgesagt hatte. Er kratzte sich nur am Kopf und guckte den Toten sprachlos an. Seine Lippen flüsterten irgend etwas, was nur der letzte der Propheten verstand.

Ich sehe den Knaben Ali«, sagte der Meddah. »Ich sehe, wie der Knabe die tausend und eine Stufe herunterrennt und auf den Saptieh zustürzt und mit ihm redet. Und ich sehe, wie die beiden den Toten die tausend und eine Stufe hinauftragen, der Saptieh am schwereren

Ende, der Knabe am leichteren. Alles trug sich so zu, ganz genau so. Der Saptieh drehte sich um, weil nur ein Esel rückwärts geht. Er packte den Toten andersherum an und trug den Toten richtig. Während der Saptieh fluchte und schwitzte, streifte der Knabe die Stiefel von den steifen Füßen. Und schon war der blinde Bettler hinter ihnen und ließ die gelben Stiefel in seinem Sack verschwinden.

Als die beiden mit dem Toten oben auf der letzten der tausend und einen Stufe angelangt waren, drehte der Saptieh sich um.
– Man müßte einen besseren Strick haben, sagte der Saptieh.
– Ja, sagte der Junge.
– Dieser Strick könnte wieder reißen.
– Ja, sagte der Junge.
– Man müßte so einen Strick haben wie der Ziegenstrick der Kurden, mit dem sie die Sonne einfangen.
– Ja, sagte der Junge.
– Erst jetzt bemerkte der Saptieh die nackten Füße des Toten.
– Wo sind die Stiefel? fragte der Saptieh.
– Ich weiß es nicht, sagte der Junge.
– Glaubst du, daß auch ein toter Armenier noch hexen kann? fragte der Saptieh.
– Ja, sagte der Junge.
– Es ist wirklich wie verhext, sagte der Saptieh.

Sie legten den Toten dann auf die oberste Stufe, aber so, daß der Tote den Himmel anstarrte.
– Ich muß erst mal verschnaufen, sagte der Saptieh, während er sich den Schweiß von der Stirn wischte, dann wirst du mir helfen, den Toten wieder aufzuknüpfen.
– Ja, sagte der Junge.
– Am besten, wir drehen ihn erst mal um, damit er nicht den Himmel anguckt, sagte der Saptieh, sonst verschwinden am Ende noch die Kleider.
– Ja, sagte der Junge, und er half dem Saptieh, den Toten umzudrehen.
– So ein Armenier kann tatsächlich hexen, sagte der Saptieh. So-

lange sie leben, hexen sie uns Türken das Geld aus der Tasche, und wenn sie tot sind, verschwinden die Stiefel.
– Ja, sagte der Junge.
– Sie sind alle Teufelsanbeter, sagte der Saptieh, so wie die Jeziden im Dorfe Birik, das Nachbardorf von Terbizek, dem Dorf, wo meine selige Mutter mir das Leben geschenkt hat. Allah sei mein Zeuge.
– Die Armenier sind aber nicht wie die Jeziden, sagte der Junge.
– Und woher willst du das wissen?
– Von Mechmed Efendi. Er kennt die Armenier. Mechmed Efendi hat mir gesagt, daß die Armenier zu Jesus beten.
– Und wer ist Jesus?
– Der Gott der Ungläubigen.
– Wer hat das gesagt?
– Mechmed Efendi hat das gesagt.
– Hat er noch was gesagt?
– Ja. Er hat gesagt: Dieser Jesus hängt festgenagelt am Kreuz und kann zaubern.
– Allah sei mir gnädig, sagte der Saptieh.
Der Saptieh zündete sich jetzt eine Zigarette an, eine von der Marke *Amroian*, der billigsten Zigarette, die hier in Bakir von dem Armenier Levon Amroian fabriziert wurde. Glaubst du, daß dieser Jesus dem Gehenkten die Stiefel weggenommen hat?
– Es ist möglich, sagte der Junge, denn Mechmed Efendi hat mir gesagt, daß Jesus ein Paar gelbe Stiefel aus echtem Ziegenleder sicher nötig hätte, weil er doch barfuß am Kreuz hängt.
– Barfuß, hast du gesagt?
– Ja, sagte der Junge.
– Allah sei mir gnädig, sagte der Saptieh.

Und so trug es sich zu«, sagte der Meddah. »Während die beiden den Toten wieder aufknüpften – und das dauerte eine geraume Weile, weil der Saptieh kein geschickter Mann war und den türkischen Henkersknoten nicht kannte, und weil auch der Knabe Ali nicht wußte, wie man einen Knoten narrensicher um einen rostigen Haken wickelt, um einen Haken, der angeblich so alt war wie das Tor der Glückseligkeit, und das war sehr alt, älter als der erste Todesschrei des ersten Gehenkten unter diesem Torbogen – während sich also beide mühten, vor allem der Saptieh, der nur seine Pflicht tat, damit es nicht ihrer zwei, sondern ihrer drei waren, die ordnungsgemäß, wie es der Müdir befohlen, unter dem Tor der Glückseligkeit hingen – während man sich also Mühe gab, die Behörden nicht zu verärgern und alles so einrenkte, wie es sein sollte, während es sich so und so zutrug, war die Nacht aus den kurdischen Bergen in die Stadt gestürzt. Sie kam nie heimlich, die Nacht, wie es so heißt: auf Diebesfüßen geschlichen, nein, mein Lämmchen, die Nacht kam immer schnell nach Bakir, weil die Djins in den Bergschluchten ungeduldige Geister sind, die es kaum abwarten konnten, bis die Kurden die Sonne gefesselt hatten. Sobald die Djins sahen, daß die Sonne entmachtet war, kamen sie lachend aus den Bergschluchten hoch, packten den langen Schatten, den die Sonne vor dem großen Zelt zurückgelassen hatte, packten ihn einfach und warfen ihn über die Stadt.

Den drei Gehenkten war es egal, ob die Sonne noch in Bakir schien«, sagte der Meddah. »Sie kümmerten sich auch nicht um den langen Schatten, den die Djins mit einem einzigen Ruck über die Stadt der tausend und einen Moschee geworfen hatten, oder um die unzähligen kleinen Öllämpchen und Straßenlaternen, die nach und nach im Stadtdunkel angezündet wurden. Sie sahen nichts, denn sie hatten keinen Blick mehr. Und doch: ihre toten Augen blickten in eine bestimmte Richtung.«
»Wie kann man ohne Blick in eine bestimmte Richtung blicken?«
»Die Richtung braucht den Blick nicht, mein Lämmchen.«
»In welche Richtung blickten sie ohne Blick?«
»In verschiedene Richtungen, mein Lämmchen. Jeder von ihnen blickte in eine andere Richtung.«

»Der mit den roten Hausschuhen heißt Muschegh Inglisian. Er war der reichste Getreidehändler von Bakir. Und rate mal, wohin seine toten Augen blicken?«
»Woher soll ich das wissen, Meddah?«
»Die toten Augen blicken zum *Askeri Ambari*, mein Lämmchen, dem Militärproviantmagazin, denn jahrelang hatte Muschegh Inglisian die türkische Armee mit dem besten Getreide aus dieser Gegend

beliefert, und nicht ohne Grund pflegten die Soldaten zu sagen: Dieses Ekmek ist das beste Brot der Welt, denn das Mehl stammt aus den Vorratskammern des reichen Armeniers Inglisian. Es stimmt zwar, daß alle Armenier Betrüger sind, aber dieser Muschegh Inglisian ist eine Ausnahme, denn er ist ein ehrlicher Mann.«
»Ich sehe aber kein Militärproviantmagazin, Meddah.«
»Du mußt nur richtig hingucken«, sagte der Meddah zum letzten Gedanken. »Dann siehst du es. Es ist nicht weit entfernt.«
»Wie weit?«
»Vier Zigarettenlängen, mein Lämmchen. Wenn du durchs armenische Viertel gehst, quer durch die Mahalle, zuerst durch die Straßen der Kupferschmiede, der Töpfer und Kesselflicker, dann durch die Gassen der Gold- und Silberschmiede, der Geldwechsler und Juweliere, dann die Filzmachergasse entlang, dann durch die Gasse unter den Gewölbebögen – die *Kemer alti Sokaghi* – wenn du schnell über den Läusemarkt gehst – den Bit Bazari – dann wieder die Gassen der Tabakhändler, Kleidermacher und Sattler entlang – nämlich der Tütünschis, Urbadschis und Saradschis – wenn du das alles in nur vier Zigarettenlängen durchschreitest, dann stößt du ans Türkenviertel. Dann sind es noch zwei Zigarettenlängen an ärmlichen Lehmhütten vorbei, an wenigen Geschäften, von denen die meisten schon geschlossen haben, an abgeräumten Obst- und Gemüseständen vorbei und über eine kleine, wacklige Holzbrücke, dann kommst du schließlich zur Kaserne.«
»Zur Kaserne?«
»Jawohl, mein Lämmchen. Die Türken nennen sie *Kischla*. Du kannst sie gar nicht übersehen oder überhören, denn aus der Kischla dringt in diesem Augenblick Janitscharenmusik.«
»Janitscharenmusik?«
»Jawohl, mein Lämmchen«, sagte der Meddah. »Die Janitscharen waren einst die Elite der osmanischen Armee. Aber das ist schon lange her. Janitscharen gibt es nicht mehr. Nur ihre Marschmusik ist geblieben.«
»Jetzt kann ich sie hören, Meddah.«
»Also gut, mein Lämmchen. Du gehst jetzt auf die Kaserne zu. Und dann etwas weiter. Und dann siehst du es.«
»Was sehe ich?«

»Das Militärproviantmagazin. Dort, wo die erloschenen Augen des Getreidehändlers hinblicken. Es ist natürlich leer.«
»Wieso ist es leer?«
»Weil Krieg ist, mein Lämmchen. Und die Türken haben keinen Proviant mehr. Der letzte Rest ist vorige Woche nach Syrien geschickt worden, zum Hauptquartier der vierten Armee ... und weiter nach Süden zur englisch-türkischen Front.«
»Und wie ist es mit der russischen Front?«
»Du meinst die Front am Kaukasus?«
»Die meine ich.«
»Dort herrschen Hunger und Cholera. Und die türkischen Soldaten plündern die armenischen Dörfer und holen sich, was sie noch finden können.

Auch der zweite Gehenkte, der Priester, blickt in eine bestimmte Richtung. Und weißt du, wohin?«
»Nein, Meddah.«
»Er blickt zum Himmel, mein Lämmchen, so wie einst Jesus zum Himmel blickte, als er am Kreuze hing.«
»Und was sagen seine toten Augen?«
»Sie sagen: Vater, vergib ihnen, denn sie wissen nicht, was sie tun.

Und jetzt guck dir mal den dritten Gehenkten an, mein Lämmchen. Was siehst du?«
»Es ist zu dunkel, Meddah. Ich sehe nichts.«
»Dann stell dir vor: dieser dritte Gehenkte sieht wie dein Vater aus.«
»Ist es mein Vater?«
»Natürlich nicht, mein Lämmchen. Dein Vater ist im Gefängnis. Dieser hier ist sein Bruder Dikran ... Dikran Khatisian ... dein leibhaftiger Onkel. Die beiden sahen sich immer schon ähnlich.«
»Mein leibhaftiger Onkel Dikran?«
»Jawohl.«
»Dem der blinde Bettler die gelben Stiefel gestohlen hat?«
»Der ist es.«

Und der Meddah sagte: »Dein Onkel war nicht reich. Er war ein armer Schuster, der zwölf Kinder zu ernähren hatte.«

»Und die gelben Lederstiefel?«
»Die waren sein ganzer Stolz. Denn es waren die schönsten Ziegenlederstiefel in ganz Bakir.«

– Hör zu, mein Auge, sagt jetzt der blinde Bettler Mechmed Efendi zu dem Knaben Ali. Das hast du wirklich gut gemacht, das mit den Stiefeln. Denn diese Stiefel sind ein Vermögen wert.
– Weil sie aus echtem Ziegenleder sind?
– Nein, mein Auge. Weil nämlich Gold in den Stiefeln steckt.
– Woher weißt du das?
– Jeder Armenier näht sich ein Goldstück in seine Stiefel ein, sagt der blinde Bettler. Manchmal auch zwei oder mehr.
– Woher weißt du das?
– Jeder weiß das, sagt der blinde Bettler.
– Und warum machen das die Armenier?
– Weil sie eine verfolgte Rasse sind, sagt der blinde Bettler, so wie in anderen Ländern die Juden und die Zigeuner. Ein Armenier weiß nie, wann wir Türken ihnen das Haus über dem Kopf anzünden. Deshalb ist er immer sprungbereit.
– Was heißt sprungbereit?
– Nun, mein Lämmchen, hast du noch nie einen Armenier springen sehen?
– Nein, Dede.
– Ein Armenier springt wie ein Ziegenbock, wenn plötzlich sein Haus brennt. Ich habe mal einen aus dem Fenster springen sehen.
– Kann ein Armenier auch rennen?
– Natürlich kann er auch rennen. Und das ist es ja. Der Armenier rennt mit den Goldstücken im Stiefel. Und eigentlich rennt das Gold mit ihm mit.
– Muß das sein?
– Das muß so sein, mein Lämmchen. Denn wenn der große *Tebk* kommt – und so nennen die Armenier ein *besonderes Ereignis* ... auch ein großes Unglück oder ein Massaker – dann bleibt ihm keine Zeit, sein Hab und Gut zusammenzupacken. Er hat nicht mal Zeit, seine erschlagenen Kinder zu begraben. Oder seine Frau. Oder seine Eltern und Großeltern. Er kann nur noch rennen. Und irgendwann wird er stehenbleiben und das Gold aus den Stiefeln holen.

– Wozu das, Dede?
– Um ein neues Leben anzufangen, eine neue Frau zu nehmen und wieder Kinder zu zeugen.

Und erst jetzt steckt Mechmed Efendi seine alten Hände in den alten Sack, der noch älter war als seine Hände. Er betastet die Stiefel sehr lange, und dann sagt er: Ich kenne diesen Mann, dem die Stiefel gehört haben, denn in ganz Bakir gab es nur ein Paar Stiefel von dieser Art.
– Woher kennst du sie?
– Weil der Mann, dem sie gehört haben, oft mit mir geredet hat. Jedesmal, wenn er einen guten Rat gebraucht hat, kam er zu mir. Er war nicht reich, und so warf er jedesmal nur einen halben Piaster in mein Betteltuch.
– Hast du seine Stiefel denn gesehen?
– Nein, mein Auge. Aber mit meinen Händen hab ich sie befühlt. Ich sage dir: Ich kenne jede Falte dieser einzigartigen Stiefel.
– Wie hieß der Mann?
– Dikran Khatisian. Ein armenischer Schuster.
– Und warum haben sie ihn gehenkt?
– Wegen einer Flasche russischen Schnaps. Es hat sich herumgesprochen.

– Wir haben einem Freund die Stiefel gestohlen, Dede.
– Das stimmt, mein Auge. Aber die Stiefel sind besser in meinem Sack aufgehoben als in der Satteltasche eines Saptiehs.
– Wieso in einer Satteltasche?
– Nun, mein Auge. Das ist so: Morgen früh werden sie die Toten losknüpfen. Oder vielleicht übermorgen. Oder nächste Woche. Ich weiß nicht, was die Behörden beschlossen haben, und wie lange die Toten hängen müssen. Aber irgendwann werden sie losgeknüpft. Und dann werden sich die Saptiehs um die Kleider schlagen. Der Stärkste von ihnen hätte die Stiefel gekriegt, und er hätte sie gewiß in den Stall zu seinem Pferd gebracht und sie in der Satteltasche versteckt. Aber was sollen ein Paar kostbare Stiefel in der Satteltasche eines Saptiehs? Es wäre schade um die Stiefel.

Und der blinde Bettler sagt: Morgen werde ich die Stiefel verkaufen. Aber vorher nehme ich das Gold heraus.
– Aber dieser armenische Schuster war doch nicht reich?
– Nein, mein Auge.
– Dann ist vielleicht gar kein Gold in den Stiefeln?
– Doch, mein Auge. Auch der ärmste Armenier findet irgendwann mal ein Goldstück, für seine Stiefel.
– Kannst du das Goldstück spüren?
– Ich taste schon die ganze Zeit, aber ich spüre nichts.
– Er muß es sehr geschickt eingenäht haben?
– Ja, mein Auge. Es steckt vielleicht im Absatz. Und der ist aus Holz.
– Mach ihn mal ab.
– Nicht jetzt, mein Auge. Nicht jetzt.

– Morgen werde ich die Stiefel verkaufen, sagt Mechmed Efendi. Oder ich werde sie nicht verkaufen, sondern sie wieder zurückgeben.
– Dem armenischen Schuster?
– Ich meine: seiner Frau, die ein Recht auf die Stiefel hat.
– Das wirst du aber nicht machen, Dede. Du hast noch nie etwas zurückgegeben, was du einmal in deinem Sack hattest.
– Da hast du recht, mein Auge. Mich hat immer der Teufel versucht. Aber Allah ist groß. Vielleicht ist es diesmal sein Wille, daß ich die Stiefel zurückgebe für ein kleines Plätzchen im Paradies. Das wäre doch nicht schlecht – wie? – Und Mechmed Efendi sagt:
– Inschallah. Nur Allah weiß, was ich machen werde.

Und dann sammelt Mechmed Efendi die wenigen Paras in seinem Betteltuch, steckt sie ein, schiebt sich das Betteltuch unter den Turban, nimmt auch den Blindenstock aus der Gosse und hängt sich den alten Sack über die Schultern.
– Rat mal, wohin wir jetzt gehen, sagt er zu dem Knaben Ali.

Während sie durch die dunkle Stadt gingen, erzählte der Bettler dem Knaben eine Geschichte: Es war vor langer Zeit, sagte er, da lag ich sterbend unter dem Tor der Glückseligkeit. Niemand kümmerte sich

um mich. Den ganzen Tag fuhren armenische und griechische Händler auf ihren Arabas zu den Basaren von Bakir. Die meisten kamen aus der Gegend von Diyarbakir – die Stadt der großen Wassermelonen. – Aber es zogen auch Kamelkarawanen vorbei und kurdische Reiter aus dem Bergland und Bettelkurden aus den Dörfern der Halbnomaden, die in die Stadt kamen, um hier das große Glück zu machen. Es kamen auch andere, ein buntes Völkergemisch, sogar Zigeuner. Natürlich kamen auch Türken, vor allem Saptiehs, die damals noch bunte Hosen trugen, und Baschi-Bozuks kamen, Freischärlergesindel, die meisten von ihnen Tscherkessen. Es war ein heißer Tag, und niemand gab mir Wasser. Am späten Nachmittag aber blieb ein einzelner Mann dort an der Stelle stehen, wo ich lag. Er gab mir Wasser zu trinken, viel Wasser, einen ganzen Schlauch davon. Dann lud er mich auf seinen Eselskarren und nahm mich mit.
– Wohin, Dede?
– Er fuhr nach Yedi Su, einem armenischen Dorf, eine Zweitagereise von hier.
– Ein Armenier also?
– Ja, mein Auge. Ein Armenier. Er hieß Wartan Khatisian und ist der Bruder des Gehenkten.
– Er hat dir das Leben gerettet?
– Ja, mein Auge. Er brachte mich in sein Dorf. Dort übergab er mich seinem *Kertastan*, das ist die Großfamilie der Armenier. Es waren da viele Weiber und Kinder. Sie pflegten mich solange, bis ich wieder gesund war.
– Und wo ist dieser Wartan Khatisian?
– Der ist im Gefängnis, mein Auge.
– Gehen wir jetzt dorthin?
– Dort gehen wir jetzt hin.
– Was macht er im Gefängnis?
– Er wartet darauf, daß man ihm morgen den Kopf abschlägt.
– Woher weißt du das?
– Von den Leuten auf der Straße.
– Er wird also morgen sterben?
– Wenn Allah es will, mein Auge.
– Und wenn Allah es nicht will?
– Nun, dann eben nicht.

In diesem Augenblick fragte der letzte Gedanke den Meddah: »Kann der blinde Bettler irgend etwas für meinen Vater tun?«

»Das wird sich herausstellen«, sagte der Meddah. »Er wird wahrscheinlich nur bei den Saptiehs im Gefängnis herumschnüffeln, um herauszukriegen, was sich noch tun läßt. Und dann wird er Allah um einen klugen Rat bitten. Man sollte abwarten.«

»Wo ist mein Vater?«

»Das hab ich dir doch gesagt: Er ist im Gefängnis.«

»In einer Zelle?«

»Natürlich. In einer Zelle.«

»Was macht er dort?«

»Er baumelt an einem langen Strick.«

»Dann ist er also schon tot?«

»Nein, mein Lämmchen. Er ist nicht tot.«

2

Als der letzte Gedanke seinen Vater zum ersten Mal erblickte, dachte er: Der Meddah hat recht. Er ist wirklich nicht tot, obwohl die Türken ihn aufgehängt haben. Aber sie haben ihn nicht am Halse aufgehängt, sondern nur an den Beinen. Und die Tatsache, daß er verkehrt hängt, sollte dich freuen, denn Beine haben kein Genick, und wenn sie brechen, ist das nicht tödlich.
Und der letzte Gedanke freute sich und sagte zum Meddah: »Mein Vater lebt!«
Und der Meddah sagte: »Ja, dein Vater lebt!«
»Mein Vater hat die Augen offen!«
»Ja, mein Lämmchen. Aber seine Augen sehen nichts.«
»Sind die Augen blind?«
»Nein, mein Lämmchen. Dein Vater ist nur ohnmächtig. Aber das macht nichts. Bald wird er aufwachen. Und dann wird er den Fußboden seiner Zelle sehen. Und weiter nichts.«
»Dieser Fußboden gefällt mir aber nicht.«
»Mir auch nicht, mein Lämmchen. Ein dreckiger Fußboden ist das. Ein Fußboden aus festgestampftem Lehm und voller Scheiße und Pisse.

Wenn es Tag wäre«, sagte der Meddah, »und nicht finsterste Nacht, und wenn dein Vater das kleine Gitterfenster links oben in der Ecke sehen und sogar hindurchblicken könnte, dann würde er eine große Mauer sehen. Sie stammt noch aus der Seldschukenzeit und ist aus demselben Gestein wie die Festungsmauer von Bakir. Er würde natürlich auch den Gefängnishof sehen und die obersten Stockwerke des Regierungsgebäudes.«
»Du meinst: *des Hükümets?*«
»So ist es, mein Lämmchen.«
»Steht denn das Hükümet auf dem Gefängnishof?«
»Natürlich nicht, mein Lämmchen. Es steht jenseits der Hofmauer, aber so nah, daß der Müdir in seiner Amtsstube nur das Fenster aufzumachen braucht, um die Schreie der Armenier aus den Folterkammern des Gefängnisses deutlich zu hören.«

»Macht ihm das Spaß?«
»Das weiß ich nicht, mein Lämmchen. Aber es regt seine Verdauung an. Er hat ja auch unlängst zum Wali gesagt: Wissen Sie, Wali Bey, seitdem die Regierung endlich beschlossen hat, die Armenier zu verhören, brauche ich kein Rizinusöl mehr, denn die Schreie dieser Ungläubigen bei den Folterungen sind das wirksamste Abführmittel.
– Bei Allah, hatte der Wali gesagt. Es geht mir genauso.
– Nehmen Sie auch kein Rizinusöl mehr?
– Nein, Müdir Bey. Ich habe in meinem langen Leben genug Öl geschluckt.
– Glauben Sie, Wali Bey, daß Allah den Armeniern in seiner Weitsicht einen schreienden Mund geschenkt hat, um bei uns Türken die Verdauung zu regeln?
– Allahs Gründe sind unergründlich, hatte der Wali gesagt. Aber Ihre Vermutung, Müdir Bey, liegt durchaus im Bereich der Möglichkeit.

Noch vor wenigen Monaten hatte ein deutscher Offizier bei einer Besichtigung des Gefängnisses den Wali gefragt: Wie kommt es, daß unter ihren Gefangenen so wenig Armenier sind? Haben Sie nicht erst neulich behauptet, daß alle Armenier Betrüger sind?
– Armenier sind schlau, hatte der Wali gesagt, und schwer zu erwischen.
– Und wie ist es mit den Mördern?
– Genauso.
– Ist es möglich, daß das alles nicht stimmt?
– Wie meinen Sie das?
– Daß es in Wirklichkeit weniger Mörder und Diebe und Betrüger unter diesem Volk gibt als unter den anderen?
– Alles ist möglich, hatte der Wali gesagt.
– Vielleicht sind die Armenier ein ehrliches und friedliches Volk, und man will es nur nicht wahrhaben?
– Man müßte Allah fragen, hatte der Wali gesagt. Allah kennt die Antwort.

Und es ist Tatsache«, sagte der Meddah, »daß damals, als der

Deutsche das Gefängnis besichtigte, nur drei Armenier im Gefängnis waren.«
»Wer waren die anderen Gefangenen?«
»Keine Armenier«, sagte der Meddah. »Die meisten waren Kurden, aber es gab auch Türken, Araber, Zigeuner und andere, besonders viele von den Muhadjirs, den moslemischen Emigranten aus Mazedonien, Bulgarien, Griechenland und dem Kaukasus. Nur Armenier gab es kaum im Gefängnis von Bakir.«

Und der Meddah sagte: »Es stimmt, mein Lämmchen. Dein Volk war nie ein Volk von Raubmördern und Dieben. Wie heißt es doch: Wenn du einen Raubmörder suchst, dann suche unter den Kurden, am besten unter den wilden Bergstämmen. Jeder von ihnen würde dir ohne weiteres den Hals durchschneiden, um deine Stiefel zu kriegen oder deinen Hut, vorausgesetzt, daß dein Hut keine Krempe hat, denn es schickt sich nicht für einen Moslem, einen Hut mit Krempe zu tragen. Und bei den anderen brauchst du auch nicht lange zu suchen, um einen Dieb oder einen Betrüger zu finden, was nicht heißen will, daß es unter den anderen nicht auch ehrliche Leute gibt. Es gibt sehr viele, die ehrlich sind, aber nicht so viele wie bei den Armeniern. Denn wie sollte es anders sein, wenn noch vor wenigen Monaten nur drei Armenier in diesem Gefängnis saßen?«

Und der Meddah sagte: »Als die große Verhaftungswelle anfing, und man Hunderte von Armeniern aus den Betten holte, um sie wegen Spionage und anderem Unsinn zu verhören, da ließ der Müdir nach Absprache mit dem Wali und dem Mutessarif sämtliche Gefangene aus dem großen Gefängnis neben dem Hükümet abtransportieren.«
»Wohin, Meddah?«
»In das alte leerstehende Gefängnis unten am Fluß.«
»Warum, Meddah?«
»Na, warum wohl, mein Lämmchen? Um Platz zu schaffen, natürlich. Irgendwo mußte der Müdir ja die vielen Armenier unterbringen. Und er wollte sie in der Nähe des Hükümets unterbringen, weil sie dort alle ihre Amtsstuben haben: der Wali und der Mutessarif und der Kaimakam und der Müdir. Und weil es nur wenige Schritte sind

vom Hükümet bis zum großen Gefängnis auf der anderen Seite der Mauer, die so alt ist wie die Festungsmauer von Bakir.«

Und der Meddah sagte: »Das Gefängnis ist jetzt voll. Wenn man noch mehr Armenier verhaftet, dann müßte man sie alle in Ketten legen und auf dem Hof unterbringen.«
»Gibt es kein drittes Gefängnis?«
»Es gibt nur noch ein Frauengefängnis.«

Und der Meddah sagte: »Nicht alle Armenier haben Einzelzellen wie dein Vater. Und nicht alle Armenier baumeln verkehrt, nämlich: an einem langen Strick, der nicht um den Hals, sondern bloß an den Füßen befestigt ist.«

Und der Meddah sagte: »Jetzt ist's aber genug mit dem Geschwätz, und ich lasse dich allein mit deinem Vater.«

Ich bin allein mit meinem Vater. Ich möchte mit ihm reden. Ich möchte zu ihm sagen: *Vater!* Aber ich sage nichts. Es ist tiefe Nacht in der Zelle, und nur an seinem Röcheln höre ich, daß er noch lebt.

Ich brauche keine Uhr, denn ich bin zeitlos.

Irgendwann in der Nacht geht die Zellentür auf. Ein häßlicher, grinsender Saptieh, der ein Pferdegesicht hat, kommt mit einer Fackel in die Zelle meines Vaters. Und nach ihm treten noch zwei Männer ein: der fette Wali und der einäugige Müdir.

Der Müdir zeigt auf den Gefangenen. Warum hängt der Mann verkehrt?
– Weil Sie es befohlen haben, Müdir Bey, sagt der Saptieh.
– Und wann sollte ich das befohlen haben?
– Heute morgen, sagt der Saptieh.
– Und was für einen Grund sollte ich gehabt haben, wenn ich das wirklich befohlen hätte?
– Ich weiß es nicht, Müdir Bey, sagt der Saptieh.

Der Wali sagt: Vielleicht, weil er sich geweigert hat, das Geständnis abzulegen, das wir von ihm verlangen. Dieser Armenier ist einer von den hartnäckigen.
– Das ist möglich, sagt der Müdir.
– Vielleicht haben Sie ihn verkehrt herum aufhängen lassen, damit ihm das Blut in den Kopf steigt?
– Das wird es wohl sein, sagt der Müdir.
– Damit sein Verstand durchblutet, die Erinnerung angeregt und die Zunge gelöst wird?
– Das ist möglich, sagt der Müdir.

Der Saptieh mit dem Pferdegesicht sagt: Wenn der taubstumme Issek Efendi ihm morgen den Kopf abschlägt, wird der Gefangene seine Erinnerung gar nicht mehr brauchen.
– Das stimmt eigentlich, sagt der Müdir.

Und der Müdir sagt zu dem Saptieh mit dem Pferdegesicht: Kannst du dir vorstellen, wie der Gefangene morgen aussehen wird, nachdem Issek Efendi ihm den Kopf abgeschlagen hat?
– Ja, Müdir Bey, sagt der Saptieh.

Der Müdir sagt: Wir werden ihm aber den Kopf nicht abschlagen.
– Und warum nicht, Müdir Bey?
– Weil der Wali den Gefangenen morgen noch einmal verhören möchte.
– Das stimmt, sagt der Wali. Und es stimmt auch nicht.
– Was stimmt nicht? fragt der Müdir.
– Ich werde ihn nicht verhören, Müdir Bey. Sie werden ihn nochmal verhören.

Der Müdir ging nachdenklich in der Zelle auf und ab. Vor dem Scheißkübel blieb er stehen. Der Saptieh kam mit der Fackel.
– Warum ist der Kübel leer?
– Weil es typisch ist für einen Armenier, auf den Fußboden zu scheißen.
– Ist es möglich, daß er den Kübel gar nicht benützen konnte?
– Das ist möglich, Müdir Bey.

– Weil er doch an einem langen Strick baumelt, und zwar an den Beinen?
– Das ist möglich, Müdir Bey.

Erst jetzt sah der Müdir den Eßnapf, der neben dem Scheißkübel stand. Er bückte sich und roch an dem Rest des Bulgur.
– Der Bulgur stinkt wie die Scheiße auf dem Fußboden.
– Das ist möglich, Müdir Bey, sagte der Saptieh.
– Ist es etwa gar kein Bulgur, sondern Scheiße?
– Das ist auch möglich, Müdir Bey, sagte der Saptieh.

– Wann hat er davon gegessen? fragte der Wali.
– Bevor ich ihn aufgehängt habe, sagte der Saptieh.
– Dann könnte er sich vergiftet haben.
– Das ist möglich, sagte der Saptieh.

– Es wäre gut, sagte der Müdir, wenn der Gefangene den Fraß wieder auskotzt, damit ich ihn morgen verhören kann. Denn wenn er morgen tot ist, wird er mir nichts erzählen.
– Das ist wahr, sagte der Saptieh.
– Vielleicht hat er ihn schon ausgekotzt?
– Da müßte ich mal nachsehen.

Der Saptieh leuchtete jetzt den schmierigen Fußboden unter dem Kopf des Gefangenen ab. Kopfschüttelnd wandte er sich an den Müdir.
– Er hat nichts ausgekotzt, Müdir Bey.
– Wie kommt das?
– Ich weiß es nicht, Müdir Bey.
– Das kann aber nicht sein.
– Warum, Müdir Bey.
– Weil er doch verkehrt herum hängt, mit dem Kopf nach unten, und eigentlich hätte der Fraß wieder rausrutschen müssen.
– Vielleicht weigert sich der Fraß, Müdir Bey?
Der Müdir wandte sich an den Wali. Was halten Sie davon?
– Gar nichts, sagte der Wali.

– Es wäre gut, sagte der Wali, wenn sich der Gefangene erbricht. Sonst werden Sie ihn morgen nicht verhören können.
– Ja, sagte der Müdir.
– Tun Sie etwas, Müdir Bey!
– Haide, Haide! sagte der Müdir zu dem Saptieh. Na los, mach schon. Tu was!
– Und was soll ich tun, Müdir Bey?
– Irgend etwas, du Mißgeburt, sagte der Müdir.

– Ich könnte dem Gefangenen einen Löffel in den Mund schieben, sagte der Saptieh, aber ich sehe keinen Löffel.
– Wie hat denn der Gefangene seinen Fraß gegessen?
– Mit den Fingern.
– Und wo ist sein Löffel?
– Er hat keinen Löffel.

– Kannst du irgendwo einen Löffel auftreiben?
– Nein, Müdir Bey. Nicht mitten in der Nacht.
– Kannst du ihm den Finger in den Mund stecken?
– Das kann ich, Müdir Bey. Aber ich habe kurze Finger. Und man müßte ihm was Längeres hineinstecken, so lang, daß er sich verschluckt.
– Wie ist es mit dem Dolch?
– Es müßte etwas Weiches sein, Müdir Bey.
– Oder der Lauf deines Gewehres?
– Der ist nicht weich, Müdir Bey.

– Der Saptieh hat recht, sagte der Wali. Sie werden ihn wohl kaum morgen verhören können, wenn wir ihm den Lauf eines Gewehres oder den Knauf oder die Spitze eines Dolches in die Kehle schieben. Diese Armenier haben empfindliche Kehlen. Ich habe da meine Erfahrungen.
– Sie meinen, der Gefangene würde in diesem Falle morgen nicht reden können?
– Genau das meine ich, Müdir Bey, sagte der Wali.

– Hast du irgend etwas Weiches, sagte der Müdir zu dem Saptieh mit

dem Pferdegesicht, etwas Weiches, das aber lang genug ist, um den Gefangenen zum Erbrechen zu zwingen, etwas, das du ihm tief in die Kehle stecken kannst, ohne ihn ernstlich zu verletzen? Wir wollen ihn ja morgen verhören.
– Ich könnte ihn in den Mund ficken, sagte der Saptieh.
– Hast du was zum Ficken? fragte der Müdir.
– Ja, sagte der Saptieh.

Der Saptieh versetzte dem Gefangenen jetzt einen leichten Stoß, mit der einen Hand, denn in der anderen hielt er die brennende Fackel. Der Gefangene wippte hin und her, und es sah gespenstisch aus, wenigstens fand das der Müdir, und auch der Wali fand es gespenstisch, vor allem deshalb, weil beide, der Wali und der Müdir, gar nicht mehr auf den Gefangenen blickten oder auf den Saptieh, der die Fackel in der einen Hand hielt, sondern auf die gegenüberliegende Wand.
– Ein Schattenspiel, sagte der Wali. Sehen Sie mal, Müdir Bey. Ein Strichmännchen auf der kahlen Wand, eines, das hin- und herschaukelt.
– Ein türkisches Schattenspiel, sagte der Müdir.
– *Karagös*, sagte der Wali.
– Ja, Karagös, das klassische türkische Schattenspiel, das die Europäer immer bewundert haben.
– Eine uralte Kunst, sagte der Wali.
– Ja, sagte der Müdir.

– Soll ich die Fackel in das Loch stellen? fragte der Saptieh.
– In welches Loch?
– Das Loch im Fußboden, wo der Hundekopf drinliegt.
– Was für ein Hundekopf?
– Den der Gefangene nicht fressen wollte.
– Wer gab ihm denn einen Hundekopf?
– Sie gaben ihm den Hundekopf, Müdir Bey, sagte der Saptieh.

– Stell die Fackel in das Loch mit dem Hundekopf, sagte der Müdir, und dabei blickte er fasziniert auf die gegenüberliegende Wand, und auch der Wali schaute gebannt auf die Wand, wo das Strichmännchen hin- und herschaukelte.

Und plötzlich waren es zwei Strichmännchen, denn der Saptieh stand jetzt vor der Fackel, die inzwischen in dem Loch steckte, dem Loch im Fußboden, wo der Hundekopf lag.
– Sehen Sie mal, Wali Bey, sagte der Müdir. Es ist kaum zu glauben, was sich da auf der Wand abspielt. Und dabei ist es nur eine Wand.
– Das ist Kunst, sagte der Wali. Echte Kunst. Kein Volk der Welt kann uns im Schattenspiel übertreffen.
– Karagös, sagte der Müdir.
– Karagös, sagte der Wali.

– Man muß sich das alles vorstellen, sagte der Wali. Man muß sich vorstellen, daß das zweite Strichmännchen die Hosen runterläßt.
– Und dem ersten Strichmännchen, daß ja verkehrt unter der Decke hängt, den Mund aufreißt.
– So ist es, sagte der Wali.
– Man muß sich die Schlange vorstellen, die das zweite Strichmännchen zwischen den dünnen Strichbeinchen hervorholt.
– Das muß man sich nicht vorstellen, sagte der Wali. Das sieht man.
– Es stimmt, sagte der Müdir. Eine Schlange kann auch ich sehen. Und jetzt wird die Schlange zum Stock.
– Und der Stock wird immer länger.
– Und größer.
– Es ist kaum zu glauben.
– Karagös!
– Karagös.

– Wissen Sie, Wali Bey, sagte der Müdir, dieser Saptieh mit dem blöden Pferdegesicht ist der Sohn eines berühmten Mannes.
– So. Wessen denn?
– Er ist der Sohn Hassans des Einbeinigen, mitverantwortlich für das große Massaker damals in Bulgarien.
– Wann soll das gewesen sein?
– Im Jahre 1876.
– Der bulgarische Aufstand?
– So ist es.

– Sein Vater hatte damals noch beide Beine. Aber während des Massakers und der Vergewaltigungen hatte eine dieser Bulgarinnen einen Revolver gezückt und Hassan das Bein abgeschossen.
– Was Sie nicht sagen.
– Ja, Wali Bey. Einfach abgeschossen.

– Damals hatte die englische Presse tüchtig gegen uns Türken gehetzt. Angeblich hatten unsere Truppen ganze Dörfer niedergebrannt. Es hieß, man hätte kopflose Leichen gefunden, verbrannte Frauen und Kinder.
– Stimmt das auch?
– Natürlich stimmt es. Aber es waren nicht die Türken.
– Wer war es?
– Es waren Baschi-Bozuks, die Freischärler des damaligen Sultans, hauptsächlich Tscherkessen.
– Aber die Baschi-Bozuks standen doch unter türkischem Oberbefehl?
– Natürlich standen sie unter türkischem Oberbefehl.

– Diese Tscherkessen konnten die Russen nicht leiden, sagte der Müdir, weil russische Kosaken ihre Dörfer niedergebrannt hatten.
– Verständlich, sagte der Wali.
– Sie flüchteten aus dem Kaukasus in die Türkei. Und viele von ihnen wurden Baschi-Bozuks. Der Sultan setzte sie in Bulgarien ein, als dort der Aufstand losbrach. Und die Tscherkessen konnten die Russen nicht leiden, und weil sie glaubten, alle Bulgaren seien Russen, massakrierten sie die Frauen und Kinder.
– Verständlich, sagte der Wali.
– Wir haben damals viel Ärger mit ihnen gehabt, vor allem wegen der englischen Presse.
– Ja, sagte der Wali.
– Dabei sind die Engländer nicht besser. Sie wollen die ganze Welt erobern, und ihre Baschi-Bozuks haben nur andere Namen.

– Und da war Hassan, der Einbeinige, der damals noch zwei Beine hatte. Eigentlich war er nur ein gewöhnlicher Tschausch. Aber die englische Presse übersetzte das türkische Wort in die Sprache der

Ungläubigen, und so nannten sie Hassan den Einbeinigen einen Sergeanten, und das ist in England etwas Besonderes. Und so erwähnten sie ihn als Beispiel in der Presse.
– Verflucht sei die englische Presse, sagte der Wali.

– Und dieser Saptieh mit dem Pferdegesicht, der jetzt diesen Armenier in den Mund pimpert, ist sein Sohn.
– Sein leibhaftiger Sohn?
– Jawohl.

– Er ist ein bißchen andersrum, dieser Sohn von Hassan dem Einbeinigen, sagte der Müdir. Er stammt nämlich aus dem Dorf Sazan-Köy, wo es angeblich die schönsten Knaben geben soll.
– Wahrhaftig, sagte der Wali.
– Einmal pimperte er einen Dreijährigen in den Hintern, und das Kind wäre fast gestorben.
– Ist es gestorben?
– Nein, sagte der Müdir.

– Es ist merkwürdig, sagte der Wali. Dieses Pferdegesicht sehe ich jeden Tag, und doch wußte ich nicht, daß der Mann, dem dieses Gesicht gehört, der leibhaftige Sohn Hassans des Einbeinigen ist, und noch dazu ein Schwuler, der einen Dreijährigen fast zu Tode gepimpert hat.

Sie starrten auf das Schattenspiel. Die Stimme des Müdirs war leise, fast amüsiert, die des Walis laut und kehlig. Im Hintergrund hörten sie deutlich, wie sich der Gefangene erbrach, und jedesmal wenn die gurgelnden Stöße aus dem Mund des Verkehrtgehenkten kamen, zuckte der Müdir zusammen, und sein Glasauge schnappte vorwärts, als wollte es gegen die kahle Wand und das Schattenspiel springen.

Der letzte Gedanke hatte sich erschrocken, als das Glasauge des Müdirs aus der Augenhöhle zu springen drohte, und deshalb streichelte der Märchenerzähler den letzten Gedanken mit seiner Märchenstimme. Er sagte zum letzten Gedanken: »Sein Glasauge springt nicht gegen die kahle Wand. Das sieht nur so aus.«

»Auch mein Vater hat Glasaugen«, sagte der letzte Gedanke. »Und jedesmal, wenn der Saptieh seinen Schlauch tief in die Kehle meines Vaters stößt, treten seine Augen aus den Augenhöhlen, und ich habe Angst, daß sie auf den Fußboden fallen und zerschellen.«
»Das sieht nur so aus«, sagte der Märchenerzähler. »Augen fallen nicht so ohne weiteres aus den Löchern unter der Stirn, in die der liebe Gott sie gepflanzt hat.«
»Aber es sind doch Glasaugen. Hat denn der liebe Gott Glasaugen in die Löcher unter der Stirn meines Vaters gepflanzt?«
»Es sind keine Glasaugen, mein Lämmchen. Es sind nur die Augen eines Mannes, der keinen Verstand mehr hat.«
»Wo ist sein Verstand?«
»Den haben die Türken weggeblasen. Aber mach dir nichts draus. Morgen früh gibt der liebe Gott ihm den Verstand wieder zurück.«

Am nächsten Morgen baumelte mein Vater nicht mehr an dem langen Strick. Denn noch vor Tagesanbruch kamen einige Uniformierte in seine Zelle, hakten ihn los und trugen ihn zur Strohmatte unter dem Gitterfenster. Dort legten sie ihn hin. Sie standen eine Weile vor dem Lager, guckten ihn an und sagten nichts. Kurz darauf kam ein Mann in Zivil mit einem roten Fez auf dem Kopf. Es war der Kaimakam persönlich. Die Uniformierten standen stramm und salutierten.
– Dieser Armenier stinkt wie zehn krepierte Lämmer in der Mittagssonne, sagte der Kaimakam. In diesem Zustand kann er unmöglich in die Amtsstube des Müdirs.
– Das ist wahr, Kaimakam Bey, sagte einer der Uniformierten.
– Er soll nämlich verhört werden. Dieser Mann ist ein gefährlicher Spion, und sein Geständnis ist äußerst wichtig.
– Man sollte ihn aber erst mal waschen.
– Alle Armenier sind dreckig, sagte der Kaimakam, denn sie waschen sich nicht fünfmal täglich wie der Prophet es vorgeschrieben hat. Sie sind unrein wie das Schweinefleisch, das sie fressen.
– Ja, Kaimakam Bey.
– Trotzdem muß man ihn waschen. Er müßte natürlich erst mal aufwachen.
– Ja, Kaimakam Bey.

– Glauben Sie, daß er noch aufwacht?
– Das ist nicht ganz sicher, Kaimakam Bey.

– Falls er nicht krepiert, sagte der Kaimakam, und falls er wirklich aufwachen sollte, dann päppelt ihn ein bißchen auf. Gebt ihm ein anständiges Frühstück und ein anständiges Mittagessen. Am Nachmittag muß er vernehmungsfähig sein.
– Ja, Kaimakam Bey.
– Er soll auch bei guter Laune sein.
– Wie meinen Sie das?
– Macht ihm gute Laune.
– Und wie sollen wir das machen?
– Bringt ihm zum Frühstück ein armenisches Lawaschbrot. Das wird ihn glücklich machen.
– Glauben Sie das?
– Davon bin ich überzeugt.
– Und was sollen wir ihm zum Mittagessen geben?
– Was die Armenier an ihren Feiertagen essen, die armenische Nationalspeise. Man nennt sie *Harissa*. Jeder Armenier bekommt automatisch gute Laune, wenn man ihm diesen Fraß aus zerkochtem Fleisch und Weizengraupen vor die Nase setzt.
– Aber Kaimakam Bey. Wo sollen wir hier im Gefängnis die armenische Nationalspeise kochen? Ich habe schon von dieser Speise gehört, und ich weiß, daß man sie tagelang kochen und rühren muß.
– Das ist wahr, sagte der Kaimakam.
– Man könnte sie natürlich in der armenischen Mahalle bestellen. Aber das ist sehr umständlich.
– Tun Sie, was Sie können, sagte der Kaimakam.

»Alles, was ich sehe«, sagte der letzte Gedanke zum Märchenerzähler, »seh ich mit deinen Augen. Und alles, was ich höre, hör ich mit deinen Ohren. Aber sind die Augen und Ohren eines Märchenerzählers nicht genauso verlogen wie seine Zunge? Und warum erzählst du mir Lügengeschichten, obwohl ich doch weiß, daß du mir die Wahrheit erzählen möchtest?«
»Weil ich der Märchenerzähler bin«, sagte der Märchenerzähler. »Und weil ich die Wahrheit nur anders erzähle.«

Und der Märchenerzähler sagte: »Nenne mich Meddah.«

»Sag, Meddah. Hat mein Vater den Schlauch des Saptiehs wirklich geschluckt?«
»Sein Mund hat sich gewehrt, mein Lämmchen. Du hast es gesehen. Und seine Kehle hat sich gewehrt. Und seine Speiseröhre. Ja, sogar sein Magen. Aber er mußte den Schlauch schlucken. Und trotzdem, mein Lämmchen: dein Vater hat nichts wahrgenommen, denn er war die ganze Zeit ohnmächtig.«
»Dann weiß er nichts?«
»Doch, mein Lämmchen. Er wird von dem Schlauch träumen. Und dann wird er aufwachen, und er wird laut schreien.«
»Und wie war das mit dem Schattenspiel? Zuerst sah ich zwei Strichmännchen, aber dann sah ich eine Fledermaus?«
»Hast du wirklich eine Fledermaus gesehen?«
»Ja, Meddah.«
»Das waren nur die beiden Strichmännchen, die sich als Schatten vereinigt hatten. Sie wurden zur Fledermaus. Und die Fledermaus zuckte und zuckte, als der Schlauch des Saptiehs zu zucken anfing und das Erbgut Hassans des Einbeinigen in die Kehle deines Vaters spritzte, so tief hinein, daß dein Vater nochmal erbrach.

Als sie ihn loshakten«, sagte der Märchenerzähler, »und auf die Strohmatte legten, fiel dein Vater in einen tiefen, erholsamen Schlaf. Erst gegen Mittag, als sein Schlaf leichter wurde, fing er zu träumen an, und er schrie laut im Halbschlaf, und davon erwachte er.«

3

»Am frühen Nachmittag zerrten ihn die Wächter aus der Zelle. Er wurde gewaschen und geschrubbt. Er bekam neue Kleider. Dann brachten sie ihn in eine andere Zelle, die vorher gesäubert worden war.«
»Gaben sie ihm ein Frühstück?«
»Ja.«
»Und kriegte er Lawasch, das köstliche armenische Brot, und später *Harissa*, die armenische Nationalspeise?«
»Natürlich nicht, mein Lämmchen. Sie gaben ihm gewöhnliches *Ekmek*, das übliche Fladenbrot, allerdings mit einem Aufstrich aus Weintraubensirup, eine Menge gewürzten Tee und später Hammelfleisch und Bohnen.

Dein Vater hat eine zähe Natur«, sagte der Märchenerzähler. »Am späten Nachmittag war er bereits vernehmungsfähig, also: bei klarem Verstand. Da legten sie ihm Fußketten an, obwohl er, bewacht von den vielen Saptiehs, ja gar nicht weglaufen konnte, und führten ihn über den großen Gefängnishof durch das Tor in der alten Mauer.«
»Zum Hükümet?«
»So ist es. Dort, wo der Müdir seine Amtsstube hat.

Mein Lämmchen ... ich hatte dir bereits von der Amtsstube des Müdirs erzählt, und ich habe dich bei der Herrenrunde zuhören lassen, gestern nachmittag, erinnerst du dich? Die Herren – alles wichtige Leute – rauchten ihren Tschibuk und redeten dies und das, auch vom Kopf deines Vaters, den man abhacken würde oder auch nicht. Nun, ich habe die Amtsstube nicht beschrieben, denn ich wollte dich nicht langweilen. Wichtig ist ja nicht, was sich in einem Raum befindet, sondern wer sich darin befindet. Und diesmal ist es der Müdir und dein Vater. Aber eines muß ich dir sagen: dieser einäugige Müdir ist ein westlich orientierter Mann, ein fanatischer Anhänger der Jungtürken und ihrer neuen Partei *Ittihad ve Terraki*, dem

Komitee für Einheit und Fortschritt. Deshalb stehen zwei richtige Stühle in seinem Büro und auch ein breiter Schreibtisch, obwohl das unüblich ist für eine türkische Amtsstube. Natürlich steht auch ein Diwan im Büro und auf dem Fußboden liegen Läufer aus Lammfell und sogar ein handgeknüpfter, kurzer Teppich. An den Wänden hängt ein alter Säbel, das Bild des Sultans, ein paar Koransprüche und natürlich: ein Plakat des Kriegsministers Enver Pascha. Wie du siehst: Enver Pascha, hoch zu Roß, in schmucker feldbrauner Uniform und Pelzmütze. Envers Gesicht ist zart wie das einer Jungfrau, sein schmaler Schnurrbart könnte angeklebt sein. Seine Hände, die die Zügel seines Pferdes festhalten, wirken sanft, und die schmalen, langen Finger könnten einem Pianisten gehören. Ein sympatischer Mann, ein Mann mit sensiblen Händen und einem sensiblen Gesicht. Er ist der Henker der Armenier.

Die Saptiehs haben deinen Vater abgeliefert, so wie es befohlen war. Nun stehen sie sich gegenüber: der Müdir und dein Vater. Der Müdir ist höflich. Sein Glasauge guckt deinem Vater gerade ins Gesicht. Er macht eine einladende Handbewegung und sagt: Nehmen Sie Platz, Efendi.

Kurz darauf kommt ein dritter Mann ins Büro. Es ist der *Basch-Kjatib*, der Oberschreiber.
Du wirst dich wundern, mein Lämmchen, warum der Basch-Kjatib keine westliche Kleidung trägt, wie die meisten Anhänger der Jungtürken, nicht mal den üblichen roten Fez hat er auf dem Kopf, wie es sich eigentlich für einen Mann seines Standes geziemt. Nun, er ist schon alt, wie du siehst, und ein wenig altmodisch, und er kann sich eben nicht von den Pluderhosen trennen und dem kaftanartigen Übergewand, ein sauberes, das die schmutzigen Unterkleider verdeckt... Auch nicht von dem weißen Turban mit dem grünen Band des strenggläubigen Moslem. Der Basch-Kjatib trägt ein kleines Körbchen, in dem alles drin ist, was er so braucht: das große Tintenfaß mit der üblichen lila Amtstinte, eine Stambuler Feder, ein Schwamm und Mehlpuder zum Löschen und natürlich: die Akte deines Vaters. Außerdem hat er ein viereckiges Schreibbrett unter dem Arm. Der Basch-Kjatib nimmt sich nicht die Mühe, nach einem

dritten Stuhl zu suchen, erstens, weil es den nicht gibt, und zweitens, weil er es gewohnt ist, mit überkreuzten Beinen auf dem Fußboden zu sitzen. Er nimmt also Platz, klemmt sich ein Kissen unter den Hintern und noch eines hinter den Rücken, lehnt sich an den Diwan, legt sich das viereckige Schreibbrett über den Schoß, stellt das Tintenfaß drauf, das mit der lila Amtstinte, legt die Stambuler Feder daneben, auch den Schwamm mit dem Löschpuder und natürlich: die Akte deines Vaters.

Dein Vater ist ein Mann, dessen Alter nicht zu schätzen ist. Ich kann aber sehen, mein Lämmchen, daß der Basch-Kjatib die Zahl 1878 in die Akte eingetragen hat, säuberlich mit lila Tinte, und so nehme ich an, daß dein Vater 37 Jahre alt ist. Denn so steht es in den Akten: Wartan Khatisian, geboren im Jahre 1878 in dem Dorfe Yedi Su, zugehörig zum Vilayet Bakir, angeklagt wegen Spionage und Hochverrat.
Ja, mein Lämmchen. So steht's geschrieben. Und wenn man's bedenkt: eigentlich sieht er gar nicht wie ein Spion aus, aber wer könnte mit Bestimmtheit sagen, wie ein echter Spion aussieht. Was deinen Vater betrifft, mein Lämmchen, so würde ich sagen, er sieht wie ein typischer Bergarmenier aus.
Seine Gestalt ist lang und hager, Haar- und Hautfarbe sind dunkel, obwohl sein Gesicht im Augenblick fast gelb ist, aber das kommt von den vielen Wochen in der Gefängniszelle; Kinn und Adlernase sehen aus, als wollten sie seinem Gesicht entfliehen, irgendwohin, wo die Berge höher sind, die Luft reiner, dort, wo man mit dem Kopf fast an die Wolken stößt und wo der Wind anders flüstert als unten im Tal der türkischen Großgrundbesitzer, der *Dere Beys*. Dein Vater hat schöne, fast zarte Hände, und sie passen gar nicht zu seinem Gesicht. Auch Enver Pascha hat schöne und zarte Hände. Aber soll ich etwa die Hände deines Vaters mit den Händen eines Henkers vergleichen? Nein, mein Lämmchen. Das werde ich nicht tun. Und deshalb sage ich jetzt zu dir: Dein Vater hat sensible Hände, aber sie sind ganz anders als die Hände Enver Paschas. Es sind traurige und gequälte Hände, denn Hände haben einen Ausdruck, wie Augen. Und da wären wir bei seinen Augen, mein Lämmchen. Im Augenblick gleichen sie dem Glasauge des Müdirs. Sie haben überhaupt keinen

Ausdruck. Aber laß dich nicht täuschen, mein Lämmchen. Du hättest seine Augen sehen müssen, bevor er in dieses Gefängnis gekommen ist.

– Die Augen eines Armeniers sind geil, tückisch, gierig, hinterlistig, verschlagen, genauso wie bei den Juden und den Griechen. Diese drei Völker verkörpern das Böse der Welt! –
Nun, mein Lämmchen. Das habe nicht ich gesagt. Das hat bloß der Wali von Bakir gesagt. Und er hat noch hinzugefügt: Am meisten ärgern mich die Augen der Armenier. Und gäbe es keinen andern Grund, sie auszurotten, dann wären ihre Augen ein Grund.
Ich hätte den Wali von Bakir gern gefragt: Sagen Sie, Wali Bey. Haben Sie mal die Augen eines Armeniers gesehen, wenn er sein Kind streichelt? – Und sicher würde der Wali sagen: Nein, das hab ich noch nicht gesehen.
– Wann blicken Sie denn diesen Leuten in die Augen?
– Eigentlich nur beim Geldwechseln oder wenn mich der Schwanz juckt.
Und ich sage zum Wali: Wali Bey, wenn Sie einem Armenier in die Augen blicken, dann blicken Sie in Ihre eigenen Augen! Und ich sehe, wie der Wali erblaßt. Er sagt: In meine eigenen Augen?
Und ich sage: In Ihre eigenen Augen!

Ich sehe ein Kreuz, mein Lämmchen. Und am Kreuz hängt nicht Jesus Christus, sondern das Auge eines Armeniers. Ein Türke nagelt es fest.

Es ist später Nachmittag, mein Lämmchen. In die Amtsstube des Müdirs guckt die Sonne. Sie blinzelt dem Müdir zu, und ihr Blinzeln ärgert sein Glasauge. Er reibt daran und putzt sich dann die Nase. Auch der Sultan in seinem Bilderrahmen und Enver Pascha auf dem Plakat blinzeln ihm zu ... spöttisch, aufmunternd ... sogar die Koransprüche über ihren Häuptern lächeln und blinzeln. Das eine Auge des Müdirs blickt deinen Vater an, das andere schielt zu den Koransprüchen, so, als hätte der Müdir die arabischen Schriftzeichen vorher gar nicht bemerkt. Hörst du, mein Lämmchen, wie der Müdir jetzt auf deinen Vater einredet? Es ist ein langer Monolog, und dein

Vater hört zu und nickt mit dem Kopf. Es ist erstaunlich, wie höflich die Rede des Müdirs ist. Er fragt deinen Vater, ob er gut geschlafen habe, ob die Strohmatratze noch voller Scheiße und Pisse sei von all den Vorgängern deines Vaters, die sich dort bepißt und beschissen haben. Er erklärt deinem Vater, daß dies bedauerlich sei wegen der augenblicklichen Knappheit des Strohs und folglich auch der Strohmatratzen, denn es ist Krieg, und Stroh sei knapp wegen der türkischen Kavallerie, die die beste der Welt sei, denn der Türke ist ein tapferer Soldat, aber seine Pferde fressen nun einmal Stroh.

Der Müdir erkundigte sich nach seinen Zähnen, ich meine: den Zähnen deines Vaters. Die habe man ja nicht ausgerissen, man sei hier menschlich. Und wie das mit seiner Kehle sei und seiner Speiseröhre und seinem Magen? Ob er gemerkt hätte, wie man ihm mitten in der Nacht den Magen ausgepumpt habe? Ob er denn überhaupt und so und so irgend etwas gemerkt hätte? Nein. Dein Vater hatte nichts gemerkt. Denn er lag oder hing ja in einer tiefen Ohnmacht an einem langen Strick. Und ob er auch geträumt habe, fragte der Müdir, von einem langen Schlauch, zum Beispiel, einem Schlauch, der matschig und schlaff war, aber größer und größer wurde und steifer und steifer, und ob er wüßte, fragte der Müdir, wer Hassan der Einbeinige sei, und sein Sohn, der mit dem Pferdegesicht, der das Erbgut Hassans des Einbeinigen, des berühmten Baschi-Bozuks und Schlächters von 1876, zuweilen auch den Ungläubigen bis in den Magen spritze? Und dein Vater verstand das alles nicht und nickte nur mit dem Kopf und guckte müde, mit gläsernem Blick. Schließlich sagte der Müdir: Wir haben Sie schon oft verhört, Efendi ... der Wali und ich ... jeder auf seine Art und Weise und diesmal versuchen wir es noch einmal. Aber das ist Ihre letzte Chance.
Der Müdir gab dem Oberschreiber einen Wink mit der linken Hand. Eigentlich hob der Müdir die Hand nur unmerklich, aber der Oberschreiber, der jede Bewegung des Müdirs seit Jahren kannte, hatte es zur Kenntnis genommen, und so rappelte er sich auf, setzte sein Brett mit den Schreibutensilien auf den Fußboden, holte die Nargileh des Müdirs, eine neumodische Wasserpfeife aus Erzurum, die neben dem Diwan stand, brachte sie zum Schreibtisch, reichte dem Müdir den Schlauch mit dem Mundstück, zündete sie für ihn an, zog sich wieder

zurück, setzte sich auf das Sitzkissen vor dem Diwan, griff nach dem Brett mit den Akten deines Vaters, dem Tintenfaß und der Stambuler Feder, dem Schwamm und dem Löschzeug aus Mehlpuder, rückte sich alles wieder zurecht, auch die Kissen, das eine unter dem Hintern und das zweite hinter dem Rücken, das heißt: beide Kissen.
Der Müdir paffte eine Weile schweigend. Dann sagte er: Das ist wirklich Ihre letzte Chance, Efendi. Am besten, wir fangen nochmal von vorne an . . . so wie bei allen bisherigen Verhören, die nicht der Wali, sondern ich geführt habe . . . obwohl das langweilig ist, das gebe ich zu, ich meine: immer nochmal von vorne anzufangen. Aber wir machen es trotzdem so. Wir fangen also nochmal von vorne an, und zwar von ganz vorne.

– Sie heißen also Wartan Khatisian? sagte der Müdir. Ist das richtig?
– Das ist richtig, sagte dein Vater.
– Und Sie stammen aus einem armenischen Dorf, wo nur ein einziger Türke gewohnt hat?
– Eine türkische Familie.
– Und alle anderen waren Armenier?
– Ja, Müdir Bey.
– Es soll dort auch eine Kirche gegeben haben?
– Ja, Müdir Bey. Die Kirche des Heiligen Sarkis.
– Steht diese Kirche noch?
– Sie steht noch.
– Und die Armenier?
– Die sind auch noch dort, wenigstens die meisten.
– Und die türkische Familie?
– Die auch. In meinem Dorf hat sich kaum etwas geändert.

– Sie stammen also aus einem armenischen Dorf, ein Dorf mit einer armenischen Majorität, wo die wenigen Türken gezwungen werden, zur Kirche zu gehen?
– Nein, Müdir Bey. Niemand zwingt einen Türken, zur Kirche zu gehen.
– Aber ihr redet diesen Türken doch ein, daß Allah einen Sohn habe, obwohl doch im Koran steht: Allah zeugt nicht und ist nicht gezeugt worden?

– Die Armenier reden niemandem etwas ein, Müdir Bey. Sie leben unter sich und sind froh, wenn man sie in Ruhe läßt.
– Und wie ist es mit den Lügengeschichten? Erzählen die Armenier in Yedi Su nicht jedem Fremden, der vorbeikommt, daß dieses Dorf typisch sei für die ganze Türkei, und daß es in Wirklichkeit in der Türkei gar keine Türken mehr gebe, sondern nur noch Armenier?
– Nein, Müdir Bey. Wie könnten die Armenier in Yedi Su so was erzählen? Niemand würde das glauben.
– Aber sie erzählen doch, daß dieses Land ihnen mal gehört habe?
– Das weiß ich nicht, Müdir Bey. Es stimmt ja auch nicht. Das ganze Land hat ihnen nie gehört, nur ein Teil davon.
– Ein Teil also?
– Ja. Aber das ist Geschichte. Müdir Bey. Es ist zu lange her.

– Die Armenier sind ein Volk von Händlern und Betrügern. Der gutgläubige Türke ist ihnen wehrlos ausgeliefert.
– Mein Vater ist Bauer, Müdir Bey. Die meisten Armenier sind einfache Bauern und Handwerker.
– Und wie ist es mit den armenischen Händlern in den großen Städten?
– Das weiß ich nicht, Müdir Bey.

– Diese türkische Familie in Ihrem Dorf? Ihr habt doch sicher versucht, sie aus dem Dorf herauszuekeln?
– Nein, Müdir Bey. Sie sind die Nachbarn meiner Familie und Freunde von uns.
– Freunde?
– Ja, Müdir Bey. Es hat nie Streit gegeben zwischen uns und diesen Türken, soweit ich mich erinnere. Wir haben einander geholfen. Einmal – und das war nach einer schlechten Ernte – da borgte mein Vater diesen Türken Korn. Wir gaben ihnen ein paar Säcke Weizenmehl und eingewecktes Gemüse.
– Habt ihr ihnen noch was gegeben?
– Ja, Müdir Bey. Wir brachten ihnen ganze Tontöpfe mit Tan, Patat und Harissa.
– Was ist das, Efendi?
– Tan wird aus Madsun gemacht, dem armenischen Joghurt, und ist

dasselbe wie der türkische Ayran. Aber es schmeckt ein bißchen anders, wenigstens war das bei uns so, weil meine Mutter noch ein paar Gewürze hineinstreute, deren Geheimnis ich aber nicht kenne. Es schmeckte auch ein bißchen süßlich, und ich nehme an, daß sie eine Prise Honig hineingemischt hat.
– So ein armenisches Zaubergetränk?
– Ich weiß es nicht, Müdir Bey.
– Und was ist Patat?
– Dasselbe wie das türkische *Sarma*. Es sind gewöhnliche Krautblätter mit Fleisch, Reis und Bulgur. Es ist auch etwas Gemüse drin. Wir nennen es *Patat*, aber glauben Sie mir, Müdir Bey. Es ist genau dasselbe wie das türkische *Sarma*.
– Und was ist Harissa?
– Das ist die armenische Nationalspeise.
– Ist da Schweinefleisch drin?
– Nein, Müdir Bey. Es ist aus Hammel- oder Hühnerfleisch.
– Und Ihre türkischen Nachbarn haben diesen Fraß gegessen?
– Das war kein Fraß, Müdir Bey. Es war echtes Harissa.
– Und es war wirklich kein Schweinefleisch drin?
– Nein, Müdir Bey. Das war nicht drin.

Der Müdir gab dem Oberschreiber wieder einen kleinen Wink. Diesmal wandte er nur leicht den Kopf in Richtung des Oberschreibers, zuckte mit dem Glasauge, und der Oberschreiber wußte gleich, was sein Herr und Gebieter wollte. Er hüstelte, blätterte in der Akte und las: Wartan Khatisian, von Beruf Bauer, nebenberuflich Tezekverkäufer und Dichter.
– Ist das wahr? fragte der Müdir.
– Das ist wahr, sagte dein Vater.
– Können Sie mir das ein bißchen näher erklären?
– Das kann ich, sagte dein Vater. Und dein Vater lächelte zum ersten Mal, und sein gläserner Blick belebte sich etwas. Wir Kinder mußten alle auf den Feldern mithelfen, sagte dein Vater, deswegen war jeder bei uns Bauer, ob es ihm nun Spaß machte oder nicht. Auch bei allen anderen Arbeiten, die verrichtet werden mußten, wurden wir eingespannt. Wir mußten auch die Schafe, Kühe und Ziegen melken.
– Hattet ihr auch einen Esel?

– Ja, Müdir Bey.
– Und wurde der auch gemolken?
– Ja, Müdir Bey.
– Aber einen Esel kann keiner melken.
– So ist es, Müdir Bey.
– Wollen Sie mich etwa zum Narren halten?
– Nein, Müdir Bey.
– Dann war es also eine Eselin?
– Ja, Müdir Bey.

– Und wie ist es mit dem Tezek?
– Es handelt sich um getrockneten Kuhmist. Wir Armenier nennen ihn eigentlich *Atar* oder *Tschortrik*, aber bei uns in der Gegend gebrauchen wir das türkische Wort *Tezek*. Er eignet sich hervorragend zum Heizen.
– *Tezek*, sagte der Müdir. Sie glauben wohl, daß ich nicht weiß, was das ist. Es ist gewöhnliche Kuhscheiße.
– Nun, Müdir Bey. Es ist so. Die Reichen heizen mit Holz und die Armen mit *Tschortrik* oder *Atar* oder *Tezek*.
– Gibt es nicht auch Reiche, die mit Kuhscheiße heizen?
– Sogar viele, Müdir Bey. Je reicher einer ist, um so sparsamer ist er. Und Holz ist selten in dieser Gegend und kostet eine Menge Geld.
– Mehr als dieser Tezek?
– Der kostet eigentlich gar nichts, es sei denn, man kauft ihn von einem Händler.
– Zum Beispiel von einem Armenier?
– Möglich, Müdir Bey.
– Die es verstehen, auch Kuhscheiße zu Geld zu machen?
– Ja, Müdir Bey.

– Ich habe schon als Junge angefangen, mit Tezek zu handeln, und ich habe ihn sackweise nach Bakir geschleppt, weil man in Bakir bessere Preise zahlte als in den benachbarten Dörfern, wo die Kinder der Bauern die Kuhfladen selber auflesen und wo die Bauern meistens genug davon haben. Einige Jahre habe ich damit gehandelt. Dann bin ich ausgewandert.
– Nach Amerika?

– Nach Amerika.

– Es stimmt, sagte der Oberschreiber. Ich habe das alles in seiner Akte. Sie können sich überzeugen, Müdir Bey. Alles ist säuberlich eingetragen.
– Ja, sagte der Müdir.
– Wartan Khatisian, sagte der Oberschreiber. Geboren im Jahre 1878, Bauer, Kuhscheißeverkäufer und Dichter. Im Jahre 1898 nach Amerika ausgewandert.
– Sie haben es aber vorhin anders gelesen, sagte der Müdir.
– Ich habe diesen Satz mehrere Male geschrieben, sagte der Oberschreiber.
– Eine Art Stilübung? fragte der Müdir.
– Ja, sagte der Oberschreiber.

– Wieso wird ein Bauer, der nebenberuflich mit Kuhscheiße handelt, zum Dichter? fragte der Müdir.
– Das weiß ich nicht, Müdir Bey.
– Ist das eine von diesen armenischen Lügen?
– Nein, Müdir Bey.

– Sie sind also im Jahre 1898 nach Amerika ausgewandert?
– Ja, Müdir Bey.
– Um schnell reich zu werden, nehme ich an? Um den Amerikanern Scheiße zu verkaufen, genauso wie Sie hier in der Türkei den Türken die Scheiße verkauft haben?
– Nein, Müdir Bey.
– Warum sind Sie dann ausgewandert?
– Weil ich drüben einen Onkel hatte, der mir das Reisegeld schickte. Es handelt sich um den Bruder meines Vaters, Nahapeth. Um genauer zu sein: Nahapeth Khatisian.
– Ein Händler, nehme ich an, dieser Nahapeth Khatisian?
– Ja, Müdir Bey. Dieser eine war ein Händler.
– Hat wohl auch mit Kuhscheiße gehandelt?
– Nein, Müdir Bey.
– Und warum?
– Die Amerikaner heizen nicht mit Tezek.

– Gibt es etwa keine Kühe in Amerika?
– Doch, es gibt genug Kühe.
– Die Kühe scheißen wohl drüben mit Goldstücken?
– Nein, Müdir Bey.
– Ihr Onkel hat also nicht mit Kuhscheiße gehandelt?
– So ist es.
– Und womit hat er gehandelt?
– Mit Lumpen.
– Also ein Lumpenhändler?
– Ja.

– Sind alle Armenier in Amerika Lumpenhändler?
– Nein. Müdir Bey.
– Was machen die Armenier drüben in Amerika?
– Ich weiß es nicht genau, Müdir Bey, aber ich glaube, sie machen dasselbe, was auch andere Leute machen. Einige sind Kaufleute, andere sind Handwerker. Viele arbeiten in Fabriken oder machen sonst irgendwas. Ich habe noch andere Verwandte drüben, ein Onkel ist Schneider, einer Kutscher. Und ein Vetter meiner Mutter ist Hutmacher.

– Sie sind Jahrgang 1878. Im Jahre 1898 waren Sie zwanzig?
– Ich war zwanzig.
– Sie waren damals ledig?
– Ich war ledig.
– Ich kenne Ihre Akte auswendig, sagte der Müdir. Jetzt habe ich Sie bei einer Lüge ertappt. Sie waren nämlich verheiratet.
Der Oberschreiber hüstelte, und der Müdir blickte sich nach ihm um. Stimmt es etwa nicht, Basch-Kjatib Agah?
– Er war Witwer, sagte der Oberschreiber.
– Das geht aber nicht mit rechten Dingen zu, sagte der Müdir.
– Er hat schon mit fünfzehn geheiratet, sagte der Oberschreiber, wie das so üblich ist in vielen von diesen rückständigen Dörfern. Seine Frau ist im Kindbett gestorben, im ersten Jahr der Ehe, und so war er schon mit sechzehn Witwer. Vier Jahre später, also mit zwanzig, ist er ausgewandert.
– Nach Amerika?

– Nach Amerika, sagte der Oberschreiber.

– Und was macht ein zwanzigjähriger armenischer Kuhscheißehändler in Amerika ... fragte der Müdir, einer, der auch Bauer war und behauptet, Dichter zu sein?
– Ich bin nachts zur Schule gegangen, um die fremde Sprache zu erlernen, und um meine Schulbildung nachzuholen.
– Gehen alle Amerikaner nachts zur Schule, anstatt am hellen Tage wie normale Leute?
– Nicht alle, Müdir Bey. Es sind nur die, die etwas nachzuholen haben oder am Tage irgendwo arbeiten.
– Waren Sie nicht ein bißchen zu alt, um noch zur Schule zu gehen?
– Viele waren älter als ich, Müdir Bey. Viele waren verheiratet und hatten Frau und Kinder.
– Verheiratet, sagen Sie?
– Ja, Müdir Bey.
– Und nicht etwa geschieden oder verwitwet?
– Viele waren richtig verheiratet.
– Das kann doch wohl nicht stimmen – wie? Denn wann sollte so ein verheirateter Amerikaner seine Frau besteigen, wenn er des Nachts zur Schule geht?
– Das weiß ich nicht, Müdir Bey.

– Und was haben Sie am Tage gemacht?
– Am Tage hab ich gearbeitet.
Der Müdir blickte wieder zum Oberschreiber. Stimmt das?
– Es stimmt, Müdir Bey. Am Tage war er Straßenfeger in einer Straße, die keinen Namen hat.
– Dann stimmt es nicht, sagte der Müdir. Denn jede Straße hat einen Namen.
– Drüben haben die Straßen Nummern, sagte Wartan Khatisian.
– Nummern? fragte der Müdir.
– Nummern, sagte Wartan Khatisian.

– Die Straßen hatten Nummern, sagte dein Vater, und wir Straßenfeger hatten Nummern, obwohl wir die Nummern nicht auf der

Brust trugen oder auf die Kleider genäht oder sonstwo. Wir hatten sie nur im Kopf. Und die Leute auf der Straße sahen alle gleich aus, obwohl manche schwarz waren und andere weiß. Und auch sie waren irgendwie Nummern.
— Es gab also nur Nummern in dieser amerikanischen Stadt?
— So schien es mir, sagte dein Vater, wenigstens in den ersten Monaten in Amerika. Später schien es mir nicht mehr so, denn man gewöhnt sich an alles.
— Was soll das heißen? fragte der Müdir.
— Je länger ich drüben lebte, um so mehr gewöhnte ich mich an die Nummern. Nach einer Zeit bekamen die Nummern Gesichter, und ich konnte sie deutlich voneinander unterscheiden.
— Sie wollen mich wohl für dumm verkaufen?
— Nein, Müdir Bey.
— Hatten die Leute wieder Gesichter?
— Ja, Müdir Bey.
— Und die numerierten Straßen?
— Die auch, Müdir Bey.

— Ein armenischer Straßenfeger in einer amerikanischen Stadt, sagte der Müdir, einer, der betrügt wie alle Armenier, der aber den Amerikanern keine Kuhscheiße verkaufen konnte, weil die Amerikaner keine Türken sind.
— Ich weiß es nicht, Müdir Bey.
— Und Sie wollen mir einreden, daß Sie sechzehn Jahre Straßenfeger waren, bis zu Ihrer Rückkehr in die Türkei?
— Nein, Müdir Bey. Ich habe später alles mögliche gemacht. Ich habe in Fabriken gearbeitet und in Restaurants, und ich habe auch Lasten getragen.
— Sie waren also auch Lastträger?
— Ja.
— Ein gewöhnlicher Hamal?
— Ja, Müdir Bey.
— Und was waren Sie noch?
— Ich war Nachtwächter.
— Ein Nachtwächter?
— Ja.

– Wo denn, Efendi?
– In einem Wolkenkratzer.

– Was ist ein Wolkenkratzer? fragte der Müdir.
– Es ist ein Haus, das aussieht, als würde es jeden Moment einstürzen, sagte dein Vater. Denn es ist nicht flach gebaut wie hier bei uns ... oder viereckig ... sondern wie ein Denkmal aus Stein, dessen Sockel auf dem Boden sitzt und dessen Kopf in die Wolken ragt. Drinnen sausen Fahrstühle herum, Eingangstüren drehen sich im Kreise und schlucken die Menschen und spucken sie wieder aus, und wenn man in so ein Haus hereinkommt, glaubt man, man wäre auf einem Basar.
– Das versteh ich aber nicht, sagte der Müdir.
– Hinter den drehbaren Teufelstüren, sagte dein Vater, sind eine Menge Geschäfte, so wie auf einem Basar, nur ist es ein anderer Basar als hier bei uns.
– Und was ist über dem Basar?
– Da sind Büros.
– Viele Büros? Etwa fünf oder sechs?
– Ungefähr 500.
– So was gibt es nicht, sagte der Müdir.
– Doch, sagte dein Vater. So was gibt es.

– Und was macht ein Nachtwächter die ganze Nacht in so einem Teufelshaus?
– Nicht viel, Müdir Bey. Er kann die Stunden zählen, bis es Tag wird. Er kann lesen, um sich die Zeit zu vertreiben. Und er kann auch Gedichte schreiben.
– Gedichte?
– Ja, Müdir Bey.
– Haben Sie Gedichte geschrieben?
– Ja, Müdir Bey.

– Jeder armenische Dichter ist ein Verschwörer, sagte der Müdir. Er hat nichts anderes im Sinn, als die Völker gegen uns aufzuhetzen. Und so nehme ich an, daß Sie Ihre Gedichte veröffentlicht haben, und zwar in diesen verlogenen armenischen Zeitungen, wie es sie überall

gibt ... besonders in Amerika ... armenische Exilzeitungen, die gegen uns hetzen und uns einen schlechten Namen machen. Habe ich recht?
– Nein, Müdir Bey.
– Wo haben Sie Ihre Gedichte veröffentlicht?
– Nirgends, Müdir Bey.
– Sie waren wohl nicht gut genug?
– Ich weiß es nicht, Müdir Bey.
– Wahrscheinlich wollte sie keiner drucken?
– Doch, Müdir Bey.

Jetzt belebte sich der Blick deines Vaters. Es schien, als blicke er den Müdir zum ersten Mal an, und sein Blick drang tief in das Glasauge. Dann sank dein Vater wieder in sich zusammen, und seine Stimme wurde sehr leise. Gedichte soll man nicht veröffentlichen, sagte er zum Müdir.
– Und warum, Efendi?
– Würden Sie sich ein Loch in die Brust schneiden, damit die Neugierigen Ihnen ins Herz gucken?
– Nein, Efendi.
– Und würden Sie Heiligtümer unter die Wölfe werfen?
– Bestimmt nicht, Efendi.
– Oder Gedanken – die niemanden etwas angehen ... unter die Schwätzer?
– Auch nicht, Efendi. Der Müdir lächelte. Das eine Auge blickte sekundenlang voller Verständnis auf deinen Vater. Dann änderte sich sein Ausdruck, und es schien, als hätte der Müdir zwei Glasaugen. Er sagte: Kommen wir endlich zur Sache, Efendi.

Aber noch ließ sich der Müdir Zeit, denn er stand plötzlich auf, wie jemand, der kein Sitzfleisch hat und Bewegung braucht. Er trat ans Fenster und öffnete es. Ob Zufall oder nicht: in diesem Augenblick, als er das Fenster öffnete, ging irgendwo ein Maschinengewehr los, und das ließ den Müdir zusammenzucken.
– Man könnte glauben, die Russen seien schon in der Stadt, sagte er zum Oberschreiber. Dabei stand noch gestern in der Zeitung, daß die Russen geschlagen seien.

– Die sind noch nicht in der Stadt, sagte der Oberschreiber. Es wird nur ein türkischer Soldat gewesen sein, wahrscheinlich einer der jungen Rekruten, der ein bißchen in der Luft herumballern wollte, um den Gaffern zu zeigen, was er kann.
– Haben Sie mal so ein Maschinengewehr gesehen?
– Nein.
– Es sind deutsche.
Der Müdir lächelte. Er stand am Fenster und blickte in den Hof. Jetzt drang auch der Schrei eines Gefolterten über die Gefängnismauer.

Der Müdir schloß das Fenster. Er kam langsam auf den Schreibtisch zu, ging um die Wasserpfeife herum, schob sie ein wenig zur Seite, setzte sich an den Schreibtisch, dem Gefangenen gegenüber, faltete die Hände über dem Schoß.
– Kommen wir zur Sache, sagte er.
Das Glasauge klappte weit auf. Er sagte: Kommen wir zur Sache, Efendi.

– Sie waren also sechzehn Jahre in Amerika, und ausgerechnet bei Ausbruch des Weltkrieges kamen Sie in die Türkei zurück. Ist das nicht ein bißchen merkwürdig?
– Ich wollte meine Familie wiedersehen, sagte dein Vater, und ich wollte mich auch wieder verheiraten.
– Und Sie konnten sich keinen anderen Zeitpunkt für Ihre Rückkehr aussuchen als den Ausbruch des Großen Krieges?
– Ein reiner Zufall, Müdir Bey.
– Was wollten Sie wirklich in der Türkei? Und wer hat Sie hergeschickt?
– Niemand, Müdir Bey.
– Wer sind Ihre Auftraggeber?
– Es gibt keine, Müdir Bey.
– Warum lügen Sie, Efendi?
– Ich sage die Wahrheit.

– Ich wollte vor allem heiraten, sagte dein Vater. Und ich wollte eine Frau aus meinem Heimatdorf. Das war der eigentliche Grund,

warum ich zurückgekehrt bin. Ich wollte wieder heiraten und meine Frau dann nach Amerika mitnehmen.
– Es gibt wohl keine Frauen in Amerika?
– Doch, Müdir Bey. Es gibt genug Frauen dort. Aber sie sind irgendwie anders.
– Wie anders?
– Nun, Müdir Bey. Sie gehorchen ihren Männern nicht. Sie glauben, daß sie selbständig sind. Und sie zeigen jedem ihre Beine.
– So wie bei den Franken?
– Ja, Müdir Bey.
– Alle Franken sind gleich, sagte der Müdir, egal ob es Deutsche sind oder Franzosen oder Italiener. Alle Franken sind Ungläubige, fressen Schweinefleisch, und ihre Frauen parieren nicht und zeigen jedem die Beine.
– So ist es, Müdir Bey.
– Und in Amerika ist es so ähnlich?
– Es ist dort drüben noch viel schlimmer, Müdir Bey.
– Dann muß es wirklich sehr schlimm sein, sagte der Müdir.
– Ja, sagte dein Vater. Es ist schlimm.

– Wir glauben aber, daß die Sache mit Ihrer Familie und der Heirat nur ein Vorwand ist, sagte der Müdir, und daß es ganz andere Gründe gibt, die Sie am Vorabend des Großen Krieges in Ihre Heimat zurückkehren ließen.
– Was für Gründe, Müdir Bey?
– Sie wissen es, Efendi. Und Sie wissen mehr als ich.

– Fangen wir mit der Ermordung des österreichischen Thronfolgers an, sagte der Müdir. Er und seine Gattin wurden in Sarajevo erschossen, am 28. Juni 1914, ein Ereignis, das den Weltkrieg ausgelöst hat. Der Müdir lächelte matt. Wie kommt es, Efendi, daß Sie an diesem Tag ... und ausgerechnet an diesem Tag ... in Sarajevo waren? Etwa ein Zufall?
– Ein reiner Zufall, Müdir Bey.
– Sie geben also zu, daß Sie an diesem Tage in Sarajevo waren? Wir haben nämlich Ihren Paß gesehen mit dem österreichischen Visum, einer zweiwöchentlichen Aufenthaltserlaubnis, dann einer Aufent-

haltsverlängerung, außerdem eine Bestätigung des Einwohnermeldeamts von Sarajevo und Ihre Hotelrechnung mit dem Datum des 28. Juni.
– Ich gebe es zu, Müdir Bey. Aber es ist reiner Zufall. Ich war in Sarajevo, um meinen Onkel zu besuchen.
– Was für ein Onkel?
– Der Bruder meines Vaters. Er heißt Simeon ... Simeon Khatisian ... und ist Kaffeehausbesitzer.
– Ein Kaffeehausbesitzer also?
– Ja, Müdir Bey.
– Ihr Armenier habt wohl überall einen Onkel?
– Wir sind eine große Familie, Müdir Bey.
– Und was wollten Sie bei diesem Onkel?
– Gar nichts, Müdir Bey. Mein anderer Onkel, der in Amerika, wollte seinem Bruder Geld schicken, dem Bruder in Sarajevo ... und er bat mich, das Geld persönlich zu übergeben ... Sie verstehen ... wegen der Devisensperre.
– Und warum wohnten Sie in einem Hotel?
– Nur in den ersten Tagen, Müdir Bey. Ich wollte mich nicht aufdrängen, aber dann holte mich mein Onkel aus diesem Hotel heraus, kam einfach in einer Kutsche, schickte den Kutscher aufs Zimmer, ließ die Koffer raustragen, fragte mich gar nicht. Sie wissen ja, wie das ist, da kann man nicht ablehnen.
– Die Gastfreundschaft, wie? Oder Familiensinn? Es gehört sich so, nicht wahr?
– So ist es, Müdir Bey. Wir Armenier sind gastfreundlich, und wir haben auch Familiensinn. In dieser Hinsicht sind wir wie die Türken. Und die Einladung eines Verwandten kann man nicht ablehnen.
– Das verstehe ich, sagte der Müdir.

– Und Sie hatten mit der Ermordung des österreichischen Thronfolgers gar nichts zu tun?
– Gar nichts, Müdir Bey.
– Alles Zufall?
– Zufall, Müdir Bey.

– Sie haben auch nicht gesehen, wie das Thronfolgerpaar erschossen wurde?
– Nein, Müdir Bey. Das hab ich nicht gesehen.
– Und Sie haben auch keine Schüsse gehört?
– Doch, Müdir Bey. Die Schüsse hab ich gehört.

– Denn wir waren auf der Straße bei den Brücken am Quai, Müdir Bey. Mein Onkel und ich. Tausende von Menschen waren auf der Straße, um das Thronfolgerpaar zu sehen. Ich glaube, jeder war da, der Augen hatte. Denn so was sieht man nicht jeden Tag.
– Das stimmt, sagte der Müdir. So was sieht man nicht jeden Tag.
– Es war ein großes, welterschütterndes Ereignis.
– Ja, sagte der Müdir. Das war es.

– Und das soll Zufall gewesen sein, sagte der Müdir. Und war es etwa auch ein Zufall, daß Sie ausgerechnet am 25. Juli, also knapp einen Monat später, in Konstantinopel ankamen, zu einem Zeitpunkt, als das österreichische Ultimatum an Serbien vom 23. Juli gerade abgelaufen war?
– Zufall, Müdir Bey.
– Drei Tage vor dem Ausbruch des Großen Krieges! Zufall, Efendi?
– Alles Zufall, Müdir Bey.

– Es stimmt, sagte dein Vater, daß ich ziemlich lange in Sarajevo blieb und erst am 25. Juli in Konstantinopel ankam. Aber das hing mit meiner Krankheit zusammen.
– Was für eine Krankheit?
– Ich weiß es nicht genau. Es sah wie eine Geschlechtskrankheit aus. Ich war überzeugt, daß ich sie von einem der Mädchen bekommen hatte, die im Kaffeehaus meines Onkels herumsaßen.
– Also von einer Prostituierten?
– Ja. Und sehen Sie: eigentlich wollte ich nur ein paar Tage in Sarajevo bleiben. Aber dann traute ich mich nicht nach Hause.
– Sie meinen: Sie trauten sich nicht, in die Türkei zu fahren, zu Ihren Verwandten und Ihrer Braut?
– So ist es, Müdir Bey. Ich wollte erst meine Krankheit kurieren.
– Und waren Sie wirklich geschlechtskrank?

– Nein, Müdir Bey. Es war alles nur Einbildung.
– Und wann haben Sie das herausgefunden?
– Einige Wochen später, als ich mich endlich entschloß, zu einem Arzt zu gehen ... Ende Juli war das. Ich ging also zum Hausarzt meines Onkels, und der guckte sich alles genau an und sagte: Alles bloß Einbildung.

– Also wieder ein Zufall? Nichts als ein gewöhnlicher Zufall, daß Sie erst einen Monat später, als die ganze Welt bereits wußte, daß es Krieg gibt, in Konstantinopel ankamen?
– Zufall.
– Und es ist wohl auch ein Zufall, daß Sie nicht gleich weiterreisten, nämlich zu Ihrer Familie ins Landesinnere?
– Ein Zufall. Ich wollte natürlich gleich weiterreisen, aber meine Kleider waren schmutzig von der langen Reise. Und ich wollte nicht mit schmutzigen und ungebügelten Kleidern zu Hause ankommen. Und so ließ ich sie reinigen.
– Und das dauerte natürlich einige Tage?
– So ist es.
– Und an diesen Tagen, als Sie auf Ihre Kleider warteten, hatten Sie nichts Besseres zu tun, als im Bosporus spazierenzufahren. Mit dem Dampfer natürlich?
– Ich war Tourist, und warum sollte ich da nicht eine Dampferfahrt machen?
– Und Sie hatten zufällig auch Ihren Fotoapparat bei sich?
– Ja, den hatte ich bei mir.
– Sie sind auch in den Dardanellen spazierengefahren bis zur Halbinsel Gallipoli?
– Es war die übliche Dampferroute.
– Und Sie haben dort fotographiert? Am Tag vor dem Kriegsausbruch? Aus Langeweile, nehme ich an?
– Aus lauter Langeweile.
– Obwohl Sie wußten, daß es Krieg gibt?
– Jeder ahnte irgend etwas.
– Und Sie wußten natürlich nichts von der strategischen Bedeutung der Dardanellen und der Halbinsel Gallipoli?
– Davon wußte ich nichts.

– Auch nicht, daß der Feind dort landen wollte, weil er glaubte, dort seien wir verwundbar?
– Woher sollte ich das wissen?

– Wir haben Ihre Bilder gefunden, Efendi, obwohl wir nicht wissen, ob es alle Bilder sind.
– Es sind völlig harmlose Bilder.
– Sie haben den Bosporus fotographiert, das Goldene Horn, die Küste der Dardanellen mit den Befestigungsanlagen. Auch die Halbinsel Gallipoli.
– Alles harmlose Bilder, Müdir Bey. Ich habe mir nichts dabei gedacht. Es sind einige unter vielen Bildern, die ich während der Reise gemacht habe.
– Um Ihre Braut zu beeindrucken?
– Ich glaube, ja.
– Und Ihre Familie?
– Ja, Müdir Bey.
– Alles ganz harmlos, nicht wahr?
– Ja, Müdir Bey.

– Und einige Tage später, Efendi. Was war dann?
– Da packte ich meine Koffer, um weiterzureisen. Inzwischen war der Große Krieg ausgebrochen. Es war Anfang August.
– Bei uns war noch kein Krieg, sagte der Müdir. Noch nicht im August, obwohl wir am 3. August mobilisiert hatten. Zu uns kam der Krieg erst später.
– Im November, sagte dein Vater.
– Im November, sagte der Müdir.

– Es stimmt, sagte der Müdir. Die Türkei war noch nicht im Krieg. Und Sie, Efendi, hatten keine Schwierigkeiten, bis nach Bakir zu fahren, ins Landesinnere, und später in das Dorf Yedi Su. Ihr amerikanischer Paß war in Ordnung. Sie hatten sich auch klugerweise einen Inlandpaß ausstellen lassen, einen *Teskere*, wie das hier üblich ist. Und auch der Teskere war in Ordnung, und später, auf der Weiterreise . . . alle einzelnen Stempel für jedes Vilayet. Sie bezahlten die vorgeschriebenen Gebühren. Und Sie fuhren nach Hause, zu

Ihren Verwandten. Und Sie heirateten Anahit Yeremian, das Mädchen aus Ihrem Dorf?
– So ist es, Müdir Bey.
– Und dann machten Sie eine kleine Hochzeitsreise nach Syrien und fotographierten die Steilküste des Mittelmeers?
– Das ist richtig, Müdir. Alles harmlose Bilder.
– Und später trafen Sie Pesak Muradian?
– Ich traf ihn schon vorher. Er war auf meiner Hochzeit. Er ist der Mann meiner Schwester Aghavni.
– Er ist also Ihr Schwager?
– Er ist mein Schwager.
– Er ist ein Verschwörer. Wußten Sie das?
– Davon weiß ich nichts.
– Aber wir wissen es, sagte der Müdir. Ihr Schwager ist wegen Hochverrats angeklagt.

In den Augen deines Vaters stand ein Fragezeichen, und das spiegelte sich in den Augen des Müdirs, in dem lebendigen Auge, das jetzt gefährlich zuckte, aber auch im Glasauge.
– Ihr Schwager hat nichts ausgesagt, sagte der Müdir, weil er nämlich verschwunden ist. – Wenn Sie uns verraten würden, wo er sich versteckt, dann würde das Ihre Lage bedeutend erleichtern.
– Ich habe keine Ahnung, sagte dein Vater.
– Natürlich, sagte der Müdir. Sie wurden ja vor ihm verhaftet.
– So ist es, sagte dein Vater.
– Und Sie wissen auch nicht, wo er sich verstecken könnte?
– Woher soll ich das wissen, sagte dein Vater.

– Sie wissen überhaupt nichts.
– Ich bin unschuldig, Müdir Bey.
– Sagen Sie uns, was Sie wissen.
– Ich weiß nichts, Müdir Bey.

– Sie haben doch sicher mal was von der *Ochrana* gehört?
– Davon hab ich noch nichts gehört.
– Das ist der Name des russischen Geheimdienstes.
– So, das wußte ich nicht.

– Die Ochranaleute arbeiten hinter unseren Frontlinien. Es sind meistens Russisch-Armenier, die von den Russen über die Grenze geschickt werden und leicht bei den Türkisch-Armeniern untertauchen können. Viele von ihnen haben früher einmal auf türkischem Gebiet gewohnt, ehe sie zu den Russen gingen, und sie sprechen türkisch und armenisch, und man kann sie kaum von den Türkisch-Armeniern unterscheiden. Sie besitzen sogar gültige Papiere. Und trotzdem: Tagtäglich schnappen wir welche von ihnen. Wir finden sie überall unter den armenischen Händlern, unter den Handwerkern, sogar unter den Bauern.
– Davon weiß ich nichts, Müdir Bey.
– Wir glaubten zuerst, daß Sie, Efendi, von der Ochrana geschickt worden sind. Aber dann haben wir uns gesagt: die Ochrana schickt ihre Leute über die türkisch-russische Grenze. Ihre Leute sind leicht einzuschmuggeln. Warum sollte sie sich die Mühe machen, einen Mann aus Amerika zu holen?
– Ja, Müdir Bey.
– Um ihn ausgerechnet zum Bosporus zu schicken, zu den Dardanellen und zur Halbinsel Gallipoli?
– Ja, Müdir Bey.
– Oder gar nach Bosnien, einer ehemaligen türkischen Provinz, die die Österreicher annektiert haben, und deren Hauptstadt Sarajevo ist?
– Ja, Müdir Bey.

– Sehen Sie, Efendi. Deshalb nahmen wir an, daß Sie für die Amerikaner arbeiten, obwohl Amerika neutral ist und wir nicht verstanden, warum der amerikanische Präsident hier bei uns einen Aufstand der Armenier anzetteln will.
– Ich weiß nichts von einem Aufstand, Müdir.
– Deshalb sagten wir uns, Sie arbeiten vielleicht für die Engländer und Franzosen.
– Was für Engländer und Franzosen?
– Nun, eben Engländer und Franzosen.
– Ich verstehe überhaupt nichts, Müdir Bey.

– Es sieht alles sehr kompliziert aus, sagte der Müdir. Aber die kompliziertesten Dinge sind oft die einfachsten.

– Ja, Müdir Bey.
– Das ist natürlich ein Klischee, ich meine: ähnliche Sätze haben Sie sicher schon mal gehört?
– Ja, Müdir Bey.
– Und trotzdem gibt es Klischees, die stimmen.
– Das ist möglich, Müdir Bey.
– Na sehen Sie, Efendi.

– Ich bin ein genialer Mann, sagte der Müdir. Man weiß es nur nicht in Konstantinopel.
– Verstehe, Müdir Bey.
– Ich war immer schon genial, nur wollte es niemand wissen, und keiner hat es jemals bemerkt.
– Ja, Müdir Bey.
– Ich habe Ideen.
– Ja, Müdir Bey.
– Glauben Sie daran, daß ich Ideen habe?
– Ja, Müdir Bey.

– Unlängst habe ich zum Wali von Bakir gesagt: Dieser Wartan Khatisian hat weder was mit der Ochrana zu tun, noch mit irgendeinem russischen Geheimdienst. Er wurde auch nicht von den Amerikanern geschickt und auch nicht von den Franzosen und Engländern. Dieser Wartan Khatisian ist nichts weiter als ein Agent der armenischen Weltverschwörung.
– Eine armenische Weltverschwörung?
– Ja, Efendi.
– Davon hab ich noch nie was gehört.
– Sie scheinen überhaupt noch nie irgend etwas gehört zu haben, nicht wahr, Efendi?

– Als ich noch im Ausland studierte, sagte der Müdir, da traf ich gewisse Leute, die mir was von den Protokollen der Weisen von Zion erzählten. Und sie sprachen über die jüdische Weltverschwörung. Und wissen Sie was, Efendi? Ich habe diese Herren ausgelacht. Ich habe zu ihnen gesagt: diese Juden sind harmlose Geschäftemacher. Ich kenne einige aus Smyrna, Stambul und Bakir. Da müßten Sie mal

bei uns die Armenier und Griechen kennenlernen. – Und später, als ich wieder in die Türkei zurückkehrte, da habe ich oft über diese Herren nachgedacht, und auch über ihre Reden. Und je mehr ich darüber nachdachte, um so konsequenter strich ich die Juden von der Schuldliste. Und merkwürdigerweise dann auch die Griechen. Es blieb nur noch ein Volk übrig, das schuld an allem Unglück ist.
– Welches Volk?
– Die Armenier, sagte der Müdir.

– Die Armenier sitzen überall, sagte der Müdir, wo das Böse am Rad der Weltgeschichte dreht. Alle Hebel sind in ihren Händen.
– Davon wußte ich nichts, Müdir Bey.
– Und das Schlimmste ist: sie wollen uns Türken einen Strick drehen.
– Davon weiß ich nichts, Müdir Bey.

– Es gibt eine armenische Weltverschwörung, sagte der Müdir. Sie sind die wirklichen Drahtzieher dieses Krieges. Ihr Endziel ist die Vernichtung der Menschheit. Aber zuerst wollen sie uns Türken schaden. Und deshalb haben sie diesen Krieg geplant. Und Sie, Efendi, sind ihr Agent.
– Ich bin kein Agent, Müdir Bey. Ich weiß gar nicht, wovon Sie reden.
– Was sind Sie denn, Efendi?
– Ich war ein Bauer, Müdir Bey. Und später habe ich Bücher gelesen und auch Gedichte geschrieben, und ich habe alles mögliche gemacht und hatte keinen richtigen Beruf.
– Sagen Sie uns, wer Sie geschickt hat, Efendi.
– Es hat mich niemand geschickt, Müdir Bey.
– Und sagen Sie uns, was Sie über die armenische Weltverschwörung wissen.

Die armenische Weltverschwörung! Bei diesem Satz hatte die Stambuler Feder des Oberschreibers ein paar Sprünge gemacht, und deshalb strich er den Satz durch und schrieb ihn nochmals. Der Müdir liebte es nicht, wenn sein Oberschreiber Sätze durchstrich, nur, um den selben Satz ein zweites Mal zu schreiben, aber was sollte er tun.

So ein zittriger Satz mit Schnörkeln, Schleifen, Schlenkern und hüpfenden Sprüngen durfte einfach nicht im Text stehen, besonders, da dieser Text mit der heiligen lila Amtstinte geschrieben war. Der Oberschreiber blickte ängstlich zum Müdir hinüber. Es sauste auch plötzlich wieder in seinen Ohren, so wie schon vorher, als ein ähnlicher Satz über die armenische Weltverschwörung gefallen war; es zuckte in seinem Magen und stach wie tausend und eine Nadel, als ob alle Armenier auf dieser Welt das Märchen von der armenischen Weltverschwörung mit tausend und einer Nadel in seinen Magen ritzten. Säuerlich kam es ihm hoch, aber er schluckte es tapfer wieder herunter, um den Müdir nicht noch mehr zu verärgern. Er schrieb noch den einen Satz mit, den der Gefangene sagte: Ich weiß nichts, Müdir Bey... dann hörte er nur noch das Sausen in seinen Ohren und das Ritzen und Sticheln der tausend und einen Märchennadel. Zum Glück aber war das Verhör zu Ende, denn Allah sorgte dafür, daß dem Müdir nichts mehr einfiel, so daß sein Oberschreiber gar nichts zu hören brauchte, was unbedingt aufgeschrieben werden sollte oder mußte. Und Allah, gelobt sei sein Name, sorgte auch dafür, daß der Müdir rechtzeitig in die Hände klatschte... dreimal ... und daß drei Saptiehs hereinstürzten mit aufgepflanztem Gewehr, so als wäre der armenische Aufstand bereits ausgebrochen, und zwar in der Amtsstube des Müdirs, gerade hier, und warum eigentlich nicht... nur, um zu sehen, daß die Welt der ottomanischen Amtsstube noch in Ordnung war.

Die Saptiehs führten den Gefangenen wieder ab, das heißt: sie zerrten ihn von diesem merkwürdigen, westlichen Frankenstuhl herunter, untersuchten die Fußketten, stellten fest, daß der Gefangene nicht weglaufen konnte, stießen ihn zur Tür und verschwanden schließlich mit ihm im Flur. Der Müdir blieb am Schreibtisch sitzen und betrachtete seine zerbissenen Fingernägel. Dann holte er eine kleine, versilberte Nagelfeile aus der linken Uniformtasche und begann, die Nägel zu feilen. Der Oberschreiber räumte seine Utensilien zusammen, räusperte sich und schluckte.
— Ist Ihnen nicht gut? fragte der Müdir, ohne aufzublicken.
— Ich habe Magenstechen, sagte der Oberschreiber.
— Sie essen zuviel Baklava, sagte der Müdir.

– Ja, Müdir Bey, sagte der Oberschreiber.
– Und wer verkauft Ihnen die Baklava?
– Die armenischen Bäcker, sagte der Oberschreiber.
– Diese armenischen Bäcker legen Nadelspitzen in ihre Baklava, damit wir Türken glauben, es sei die Schuld unseres eigenen Magens, der das Fremde nicht integriert.
– Ja Müdir Bey.
– Auch das gehört zur armenischen Weltverschwörung, sagte der Müdir.«

4

»Nachdem der Müdir den Oberschreiber mit einer gnädigen Handbewegung entlassen hatte, begab sich der Oberschreiber in die Schreibstube im zweiten Stock des Hükümets, übergab dem Bürodiener Osman die Akte Wartan Khatisians, sagte: Das sind wichtige Staatsgeheimnisse, sorgsam verschließen; ich halte Sie persönlich verantwortlich, übergab auch das Tintenfaß und die Stambuler Feder, das Löschzeug und das Schreibbrett, sagte: Wenn mich jemand sucht ... ich bin auf dem Klo, machte kehrt und taumelte, von Magenkrämpfen gepeinigt, den kahlen Flur entlang. Er begegnete einigen Saptiehs, die faul herumstanden und schwatzten. Am Ende des langen Flurs sah er drei Herren, die er unterwürfig grüßte; der eine war eigentlich nur ein Apotheker, ein gewöhnlicher Edschadschi, aber er war der Schwager des Gerichtsvorstehers Halil Bey, und es war schon merkwürdig, daß dieser Edschadschi im Hükümet herumstand, und das in Gesellschaft zweier Herren, die beim Wali von Bakir aus- und eingingen: der Defterdar Aly Bey, der von allen Beamten umworbene Schatzmeister, und der gerissene *Avukat* Hassan Agah, angeblich der beste Rechtsanwalt des Vilayets, ein Mann armenischer Abstammung, der trotz des schlechten Blutes seiner armenischen Urgroßmutter das Vertrauen des Walis genoß. Was wollte der Apotheker hier? Und dem Oberschreiber fiel ein, daß die Apotheke des Edschadschis in einem Hause lag, das einem Armenier gehörte, ein Haus, so hieß es, das beschlagnahmt und versteigert werden sollte. Was ging eigentlich hier vor? Wollte der Schwager Halil Beys das Haus des Armeniers ersteigern? Warum standen die drei Herren hier herum? Und noch dazu vor der Bürotür des Walis? Der Oberschreiber taumelte an den Herren vorbei. Am Ende des Flurs war das Klo. Er versuchte, die Tür aufzureißen. Sie war verschlossen.

Der Oberschreiber lauschte eine Weile ärgerlich an der Tür, um festzustellen, ob das Klo wirklich besetzt war oder ob die Tür bloß ordnungswidrig klemmte, aber er konnte nichts Verdächtiges feststellen. Die Tür hatte kein Schlüsselloch, konnte aber – und das

wußte er aus Erfahrung – von innen verriegelt werden. Der Oberschreiber stand unschlüssig und geknickt vor dem Klo. Schließlich entdeckte er eine Ritze in dem schlüssellochlosen Holz. Er nahm die Brille ab, bückte sich und preßte die kurzsichtigen Augen gegen den Holzschlitz. Ein Paar Beine, dachte er. Mehr sieht man nicht. Auf jeden Fall: das Klo ist besetzt. Also, abwarten, bis der Mann herauskommt.
Der Oberschreiber ging vor dem Klo auf und ab. Sein Magen schmerzte noch immer, aber irgendwie war der Schmerz dumpfer geworden und schien langsam abzuwandern. Trotzdem fühlte der Oberschreiber keine Erleichterung. Er versuchte, nochmal durch die Türritze zu blicken. Jetzt konnte er auch den roten Fez des Mannes sehen, der in Kniebeuge über dem Erdloch hockte, den Kopf zwischen den Knien. Wie eine Spinne, dachte er. Aber Spinnen sind mager, und dieser Kopf ist fett und massig, und sein Fez kommt dir bekannt vor. Plötzlich hob der andere den Kopf und starrte genau auf die Türritze. Erschrocken wich der Oberschreiber zurück. Denn der Mann auf dem Klo war kein anderer als der Provinzgouverneur persönlich: der Wali von Bakir.

Ein törichter Mann hätte jetzt an die Klotür geklopft, um dem Wali zu signalisieren, daß ein anderer auch Rechte hatte, und daß er sich gefälligst beeilen solle, aber der Oberschreiber war viel zu ängstlich, um ein solches Risiko einzugehen und den großen, mächtigen Mann zu verärgern. Er war auch kein törichter Mann, der glaubte, was die Jungtürken predigten, nämlich: gleiche Rechte für alle Osmanen. Nein, er wußte genau, wo sein Platz war, der Platz eines Oberschreibers, und er wußte, daß ein einziger Wink des Walis genügte, um ihn zu vernichten. Und so machte er jetzt einfach kehrt, um ein anderes Klo aufzusuchen.

Es gab tatsächlich ein zweites Klo im Hükümet von Bakir, und zwar ein nagelneues, das gerade vor zwei Wochen fertiggestellt worden war, eine bautechnische Leistung mitten im Krieg, die selbst die Feinde der Türken nicht leugnen konnten. Schuld an dieser Verschwendung in schweren Zeiten, wo doch an allen Ecken und Enden gespart werden mußte, war der Architekt Haidar Efendi, der mit Hilfe des gerissenen Juristen Hassan Agah, dem dritten Sproß einer armenischen Urgroßmutter von schlechtem Blut, dem berüchtigsten *Avukat* im ganzen Vilayet Bakir, es fertiggebracht hatte, in Konstantinopel Gelder locker zu machen, damit die Mächtigen im Vilayet Bakir ein zweites Klo im Regierungsgebäude bauen konnten. Man hätte ein solches Unternehmen im November 1914, also bei Kriegsausbruch, für unmöglich gehalten, aber heute konnten sich selbst die Zweifler überzeugen, daß es Dinge gibt, von denen es heißt: man traut seinen eigenen Augen nicht, wenn man sie sieht. Der Rechtsanwalt Hassan Agah hatte natürlich überzeugende Gründe für diesen Bau gehabt, Gründe, die die Stambuler Jungtürken ohne Rückendeckung des regierenden Triumvirats – nämlich Enver Pascha, Talaat Bey und Djemal Bey – unmöglich ablehnen konnten. Und diese Rückendeckung hatten sie nicht. Die Gründe waren auch einleuchtend, denn – so hatte der Rechtsanwalt geschrieben – man könne den Saptiehs von Bakir, den Stützen von Recht und Ordnung, unmöglich zumuten, stundenlang vor dem Einmannklo Schlange zu stehen, nur, weil die Mächtigen dort den Vortritt hatten, das – so schrieb der Rechtsanwalt – stünde im Widerspruch zu den Ideen des Komitees für Einheit und Fortschritt, ebenfalls könne man den Vertretern der Ordnung auch nicht zumuten, weiterhin wie meistens und stets oder je und einst oder weil eben wohl oder übel und wegen der endlosen Schlange jedesmal in den Hof des Gefängnisses zu gehen, auf der anderen Seite der Hükümetmauer oder der Gefängnismauer – es sei im Grunde dieselbe Mauer, und es hänge nur von der Perspektive ab, aus der man sie betrachtete – nur, um dort, nämlich im Gefängnishof, ihre Notdurft zu verrichten, dort, auf einer Latrine, die nicht einmal überdacht war. Und – so schrieb der Rechtsanwalt – weil so eine Zumutung nicht vertretbar war, denn die Saptiehs und Vertreter von Ruhe und Ordnung müßten dort auf der unüberdachten Latrine neben den Gefangenen hocken, lauter Armeniern und, wie man jetzt weiß: Landesverrätern. Dies sei schlecht für die Moral der Truppe, schrieb der Rechtsanwalt, denn diese Armenier waren verschlagen, hatten vor niemandem Respekt, unterwanderten jeden Türken, hatten nicht mal Fingernägel, weil man diese mit gutem Recht längst ausgerissen hatte, stanken vor Dreck, waren also ungewaschen, hatten ansteckende Krankheiten, Brandwunden, Eiter und Läuse, oft

hatten sie keine Zungen mehr, zuweilen auch keine Augen, und redeten doch und schienen auch zu sehen, weil die Armenier hexen konnten, was ja bekannt war. Und außerdem, so schrieb der Rechtsanwalt, sei die unüberdachte Latrine nicht gegen Wind und Wetter geschützt. Die Saptiehs erkälteten sich, ihre Uniformen wurden naß, gingen häufiger kaputt, und das koste den Staat Geld.
Der langen Rede kurzer Sinn: der Wali von Bakir, der insgeheim hinter der gegen ihn gerichteten Beschwerde steckte, erhielt das Geld aus Konstantinopel, ließ den Großteil davon in seinen Taschen verschwinden und baute mit dem Rest ein zweites Klo für seine Saptiehs und die Beamten niederen Ranges, kein Einmannklo, sondern ein geräumiges, demokratisches, großes Klo, eines mit zehn Löchern, für zehn Hintern bestimmt, schlangenstehenverhindernd, gerade das Richtige im Zeitalter der jungtürkischen Revolution, einer Revolution, die dem Rückschritt den Kampf angesagt hat, also im Geiste des Komitees für Einheit und Fortschritt.
Und dort ging er jetzt hin: der Basch-Kjatib, im Zivilleben genannt: Abdul Efendi, Sohn des Mirza Selim, er, der ehemalige *Jassidschi*, öffentlicher Schreiber auf den Basaren von Bakir, jetzt Oberschreiber im Hükümet.

Die meisten Büros im Hükümet hatten schon Feierabend gemacht, und so war es nicht verwunderlich, daß auch das neue Klo gerammelt voll war, denn es war die Stunde kurz vor dem Abendgebet, und die kleinen Beamten und Saptiehs erleichterten aus Gewohnheit ihre Blasen und Gedärme, ehe sie in die Moscheen eilten. Für viele war der abendliche Gang zur Toilette eine heilige Pflicht, denn er gehörte zur Reinigung wie die vorgeschriebenen Waschungen. Da das Klo im Geiste des Komitees für Einheit und Fortschritt gebaut worden war – was allgemein bekannt war –, hatte es auch keine Eingangstür, vor der man Schlange stehen mußte. Wie man so sagt: Ein demokratisches Klo, für jedermann bestimmt, der jederzeit, wann immer es ihm beliebt, ein- und ausgehen konnte.
Als der Oberschreiber vor dem neuen Klo anlangte, stieß er mit einem deutschen Offizier zusammen, der gerade aus dem Klo herauskam, an ihm vorbeieilte und in dem langen Flur des Hükümets verschwand. Bei Allah, dachte der Oberschreiber, diesen hübschen,

blonden Leutnant hast du doch schon mal gesehen, aber er konnte sich nicht daran erinnern, wo und wann es gewesen war. Oder doch? Natürlich. Gestern im Dampfbad. Kein Zweifel. Was suchte dieser Deutsche hier? Ein deutscher Offizier?
Er betrat zögernd den verqualmten, stinkenden Raum. Über den zehn Erdlöchern hingen zehn Hintern. Alles besetzt, dachte der Oberschreiber. Er bemerkte einige Leute, die an den Wänden des Klos herumstanden und warteten. Also doch eine Schlange, dachte er, obwohl das nicht wie eine Schlange aussieht. Er stellte sich zwischen die wartenden Männer. Sie kannten ihn alle. Einer von ihnen sagte: Eine Zigarette, Basch-Kjatib Agah?
– Ich bin Nichtraucher, sagte der Oberschreiber.
– Aber eine können Sie doch rauchen, Basch-Kjatib Agah. Oder wollen Sie mich beleidigen?
– Nein, sagte der Oberschreiber. Bei Allah, das will ich nicht.
Der Oberschreiber nahm die Zigarette und ließ sie sich auch anzünden. Daß man vor jedem Angst hat, dachte er, auch vor einem gewöhnlichen Saptieh. Warum wagte er es nicht, den Mann zu beleidigen?
– Na, wie schmeckt die Zigarette? fragte der Saptieh.
– Gut, sagte der Oberschreiber.
– Es ist eine bulgarische, sagte der Saptieh. Diese ungläubigen Schweine von Bulgaren sind zwar Volksverräter und Russenfreunde, aber sie haben guten Tabak.
– Ja, sagte der Oberschreiber. Er rauchte hustend. Ihm war übel, und die Magenschmerzen fingen wieder an, und das Märchen von der armenischen Weltverschwörung stach noch schlimmer als zuvor mit tausend und einer Nadel.

Er hockte zwischen einem Saptieh und dem Dolmetscher Faruk Agah. Auch der Dolmetscher Faruk Agah bot ihm eine Zigarette an, und er wagte es wieder nicht, abzulehnen.
– Haben Sie diesen Deutschen gesehen? fragte der Dolmetscher Faruk Agah. Er verließ gerade die Toilette, als Sie hereinkamen.
– Ja, sagte der Oberschreiber.
– Der Kerl kommt öfter hierher, um seinen Hintern zu zeigen.
– So, sagte der Oberschreiber.

– Er ist schwul wie ein griechischer Arabatschi, einer, der von einem ihrer schwulen Priester mit einer bärtigen Nonne gezeugt wurde. Haben Sie mal einen griechischen Arabatschi gekannt?
– Nein, sagte der Oberschreiber. Die meisten Arabatschis in dieser Gegend sind Armenier. Ich nehme auch selten eine Araba, diese Pferdekutschen sind zu teuer.
– Sie gehen also zu Fuß?
– Ich gehe immer zu Fuß, sagte der Oberschreiber.

– Verreisen Sie nie?
– Selten.
– Und wie reisen Sie, wenn Sie keine Araba nehmen?
– Mit der Bagdad-Bahn, die die Deutschen für uns gebaut haben.
– Und wie kommen Sie bis zur Bagdad-Bahn? Soweit ich informiert bin, fährt noch kein Zug durch das Taurusgebirge, und bis zur nächsten Bahnstation ist es mehr als eine Tagesreise.
– Ich fahre mit einer Araba dorthin.
– Also doch.
– Eigentlich ja.
– Sie sind ein komischer Kauz.
– Ich meinte nur, daß ich innerhalb der Stadt keine Araba brauche.
– Und wenn Sie bis zur nächsten Bahnstation reisen? Reisen Sie da nicht mit einem Griechen, einem griechischen Arabatschi?
– Nein, sagte der Oberschreiber. Ich reise immer mit demselben Arabatschi. Und der ist ein Armenier.

– Um auf diesen Deutschen zurückzukommen, sagte der Dolmetscher Faruk Agah. Finden Sie nicht, daß er schön ist, schön wie ein blonder Engel?
– Ich habe ihn nicht so genau angeschaut.
– Die Saptiehs sind ganz geil auf seinen Hintern.
– Das mag sein, sagte der Oberschreiber.

– Diese Deutschen sind ein merkwürdiges Volk, sagte der Dolmetscher. Haben Sie mal die aufgebauschten Taschen ihrer Uniformen gesehen, besonders die aufgebauschten Hosentaschen?
– Ja, sagte der Oberschreiber.

– Und ist Ihnen nichts aufgefallen?
– Nein, sagte der Oberschreiber.
– Wieso ist Ihnen nichts aufgefallen?
– Ich weiß es nicht, sagte der Oberschreiber.

– Die deutschen Uniformen sehen aus, als hätten ihre Träger Walnüsse hineingestopft. Aber es sind keine Walnüsse.
– Was denn?
– Zeitungspapier.
– Zeitungspapier?
– Ja.
– Bei Allah! Wer stopft sich wohl Zeitungspapier in die Taschen?
– Die Deutschen.
– Und warum?
– Weil sie behaupten, in der Türkei gäbe es kein Klopapier.
– Was ist Klopapier?
– Das Papier, womit sich die Europäer den Hintern abwischen.
– Aber den Hintern wischt man sich doch nicht mit Papier ab!
– Eben. Das hab ich auch den Deutschen gesagt.

– Diese Deutschen haben eine derartige Angst vor den klopapierlosen Toiletten, daß sie nie ohne Zeitungspapier aus den Kasernen gehen. Und sie nehmen stets einen ganzen Vorrat mit.
– Ja, sagte der Oberschreiber. Das sieht den Deutschen ähnlich.
– Sie sorgen für alles, sagte der Dolmetscher Faruk Agah. Alles ist bei ihnen geplant und wird vorher überlegt.
– Ja, sagte der Oberschreiber.
– Einmal hat ein Deutscher zu mir gesagt: Ihr Türken wischt euch den Hintern mit der bloßen Hand ab, und zwar mit der linken. Natürlich gießt ihr vorher etwas Brunnenwasser auf die linke Hand. Und das Wasser holt ihr aus dem Wasserkännchen, das in jedem Klo herumsteht. – So ist es, hab ich gesagt. – Und warum habt ihr kein Papier in den Toiletten, nicht mal Zeitungspapier? – Weil im Koran nichts von Zeitungspapier steht, hab ich gesagt. – Und was steht im Koran? hat er gefragt. – Genau weiß ich's nicht, hab ich gesagt, aber es steht etwas drin von Wasser und Sand. Damit soll sich der Mensch vor Allah säubern.

– Und wissen Sie, was der Deutsche noch gesagt hat?
– Nein, sagte der Oberschreiber.
– Im Grunde habt ihr überhaupt keine Toiletten, hat er gesagt.
– Aber wieso denn? fragte der Oberschreiber. Hocken wir etwa hier im Diwan des Sultans? Ist das etwa keine Toilette?
– Bei den Franken, hat der Deutsche gesagt, und zwar in ganz Frankistan, sitzen die Leute auf einem kopf- und schwanzlosen Holz- oder Porzellanesel, und der Esel hat ein riesiges Loch im Rücken.
– Wollen Sie etwa behaupten, daß die Franken auf einem Loch sitzen, wenn sie Allah zurückgeben, was sie nicht verdaut haben?
– Genau das, sagte der Dolmetscher.
Jetzt mischte sich der Saptieh ein, der rechts von dem Oberschreiber hockte. Er lachte und sagte: Die Franken sitzen auf einem Loch. Das ist doch nicht menschenmöglich.
– Es ist aber so, sagte der Dolmetscher.
– Diese Ungläubigen haben teuflische Sitten, sagte der Saptieh. Sie sitzen beim Scheißen, waschen sich nachher nicht den Hintern, fressen Schweinefleisch, glauben nicht an den Propheten und stopfen sich Zeitungen in die Taschen.
– Sie haben ja auch die Druckerschwärze erfunden, sagte der Dolmetscher.
– Was für Druckerschwärze?
– Um ihre Zeitungen zu drucken.
– Damit sie sich die Uniformtaschen vollstopfen können?
– Genau.
– Um sich damit den Hintern abzuwischen?
– So ist es.

Der Dolmetscher erzählte dem Oberschreiber jetzt seufzend von der vielen Arbeit, seiner Überlastung, von seinen vielen Überstunden und den ausstehenden Gehältern.
– Haben Sie auch seit drei Monaten kein Gehalt bekommen, Basch-Kjatib Agah?
– Seit fünf, Faruk Agah.
– Und wovon leben Sie?
– Nur Allah weiß es, sagte der Oberschreiber.

– Unsere Gehälter verschwinden in den Taschen der Mächtigen, sagte der Dolmetscher.
– Dafür gibt es keine Beweise, sagte der Oberschreiber vorsichtig, und dabei blickte er sich ängstlich um.
– Die gibt es allerdings nicht, sagte der Dolmetscher.
– Haben Sie wirklich so viel Arbeit?
– Ja, sagte der Dolmetscher.

– Vor allem mit den vielen Kurden, sagte der Dolmetscher. Dieses Gesindel spricht kein Wort Türkisch. Und wer muß das Kurdische ins Türkische übersetzen? Ich natürlich.
– Ich kenne aber Kurden, die das Türkische erlernt haben.
– Davon gibt es nicht viele.
– Und wie ist es mit anderen Minoritäten?
– Nicht ganz so schlimm, sagte der Dolmetscher. Mit den Juden und den Griechen hat man selten Schwierigkeiten, sogar die Zigeuner vom Urmia-See, die über die alte persische Grenze kommen, sprechen ein paar Worte türkisch. Am wenigsten Ärger hat man mit den Armeniern.
– Wie ist es mit den Armeniern?
– Sie können alle Türkisch. Einige von ihnen sprechen unsere Sprache sogar besser als wir.
– Was Sie nicht sagen.
– Aber das wissen Sie ja, Basch-Kjatib Agah.
– Natürlich weiß ich es, aber jedesmal, wenn mich jemand auf diese Tatsache aufmerksam macht, gerate ich in Erstaunen.
– Viele von diesen Armeniern sprechen tatsächlich besser Türkisch als wir, sagte der Dolmetscher, und wenn ich nicht wüßte, daß sie alle Verräter sind, Ungläubige, Schweinefleischfresser und Russenfreunde, dann würde ich glauben, sie wären die wahren Türken.
Der Dolmetscher kroch jetzt in Hockstellung zu der Stelle an der weißgekachelten Wand, wo der Wasserkrug stand, holte den Krug, schüttete mit der rechten Hand etwas Wasser auf die linke, wusch sich den Hintern, machte das dreimal, trocknete die nasse Stelle mit dem Rockärmel, zog sich die Hosen hoch, stellte den Wasserkrug wieder zurück, nickte dem Oberschreiber zu, schlurfte an den wartenden Männern vorbei, die schwatzend an der langen Wand des Klos

herumstanden, und verschwand dann durch den offenen Eingang. Er war kaum fort, als bereits ein zweiter Mann seinen Platz eingenommen hatte, sich die Hosen runterließ und sich ächzend über das Loch im Fußboden hockte.

Vielleicht hat der Dolmetscher Faruk Agah recht, dachte der Oberschreiber, wenn er behauptet, daß es zuweilen den Anschein hat, als wären die Armenier wirklich die wahren Türken. Schade, daß der Dolmetscher nicht mehr neben ihm hockte, denn er hätte jetzt gern zu ihm gesagt: Wissen Sie, Faruk Agah, es gibt Leute, die sogar behaupten, die Armenier seien die besten Staatsbürger, wahre Osmanen, auf die wir stolz sein können. Aber dann dachte er daran, daß solch ein Satz gefährlich war, auch wenn er nicht von ihm selber stammte. Und so dachte er daran, daß es eigentlich ganz gut war, daß der Dolmetscher Faruk Agah sich schleunigst den Hintern gewaschen und das Klo verlassen hatte. Ihm fiel ein: Gestern im Dampfbad. Er ging öfter dorthin, weil er seit Jahren verwitwet war, keine Frauen hatte, die Bordelle verabscheute und weil ihm der Eunuche Hadschi Efendi für wenige Paras den Schwanz ablutschte.
– Na, Basch-Kjatib Agha, hatte der Eunuche gesagt, ein so vornehmer Herr wie Sie sollte eigentlich ins armenische Hamam gehen – nämlich das in der armenischen Mahalle.
Die reichen Armenier haben dort ein Tauchbecken aus echtem Marmor.
– Ja, Hadschi Efendi, hatte er gesagt. Das stimmt. Aber die Zeiten, wo ein Beschnittener sich zwischen die Unbeschnittenen setzt, sind vorbei.
– Wir haben aber Unbeschnittene in unserem Hamam, hatte der Eunuche gesagt, und der Eunuche hatte ihm einen deutschen Offizier gezeigt, der etwas entfernt auf einer der oberen Stufen zwischen einigen Türken kauerte. Dieser Mann ist Leutnant. Er ist blond und jung und außerdem schwul. Es heißt, daß er sich auch im Hükümet herumtreibt, und zwar auf der neuen Herrentoilette.
– So, hatte der Oberschreiber gesagt. Das wußte ich nicht.
– Und er geniert sich nicht, als Unbeschnittener zwischen den Beschnittenen zu sitzen.
– Na ja, hatte der Oberschreiber gesagt.

– Er wollte vorhin, daß ich ihm für drei Piaster den Schwanz ablutsche. Aber wissen Sie, Efendi, was ich zu ihm gesagt habe?
– Nein.
– Ich habe gesagt: Nicht mal für fünf Lira würde ich einen unbeschnittenen Schwanz ablutschen. Pfui Teufel. Der Scheitan soll ihn ablutschen. Wissen Sie denn nicht, daß unter dem nicht abgeschnittenen Häutchen so eines unbeschnittenen Schwanzes sich allerlei Schmutz ansammelt, Eiter zum Beispiel und Pisse, und daß alle Fliegen der Türkei ihren Spaß daran haben, sich dort festzusetzen, um dort zu schmatzen, so wie auf den eitrigen Augen der blinden Bettler? – Aber Efendi, hat der Deutsche gesagt. Ist das hier etwa kein Hamam? Ein Dampfbad. Und wozu ist ein Dampfbad eigentlich da? Na also: um die Pisse und den Eiter und den Fliegendreck wegzuzaubern. Na, sehen Sie. Außerdem bin ich sauber. Ich wasche meinen Schwanz fünfmal täglich, so wie ihr Türken eure Schweißfüße vor dem Gebet. Und ich gebe Ihnen zehn Piaster. – Nein, habe ich gesagt. Um keinen Preis.
– War er beleidigt?
– Er hat sich längst beruhigt.

Später, nachdem der Eunuche ihn massiert, mit Weidenruten gepeitscht, kräftig geknetet und dann gelutscht hatte, setzte er sich zu der Gruppe, bei der auch der Deutsche saß.
Der Deutsche sagte gerade zu einem der Türken: Die drei gehängten Armenier am Tor der Glückseligkeit haben das Stadtbild verändert.
– Das ist wahr, sagte der Türke.
– Wenn sich die Kriegslage weiterhin verschlechtert und die Front noch näherrückt, wird man mehr hängen. Nicht nur in Bakir. Überall werden Armenier hängen, an allen öffentlichen Plätzen des Landes.
– Das mag sein, sagte der Türke.
Einer der anderen Türken sagte: Man sollte sie alle aufhängen, das ganze armenische Pack.
– Das wäre unpraktisch, Efendi, sagte der Deutsche. So viele Galgen kann die Regierung nicht zimmern.
– Dann sollte man sie an den Bäumen aufhängen.

– Das ist noch problematischer, Efendi, sagte der Deutsche. Vergessen Sie nicht, daß große Teile der Türkei baumarmes Land sind, streckenweise sogar völlig baumlos. Es ist, als ob Allah in diesen Gebieten mit den Bäumen gespart hätte, damit sich der Mensch nicht an seiner Schöpfung vergeht.
– Was wollen Sie damit sagen?
– Daß Allah den Baum für den Menschen erschaffen hat, sagte der Deutsche ... so wie alles in der Natur, aber offenbar nicht zu dem Zweck, daß der Mensch seinen Nächsten daran aufknüpft.
– Nur Allah weiß, zu welchem Zweck er den Baum erschaffen hat, sagte der Türke.
– Der weiß das bestimmt, sagte der Deutsche.

Der Oberschreiber hatte still unter den Männern im Hamam gesessen, Dampf geatmet und seine Ohren gespitzt. Er hatte dem Eunuchen mehrere Ladungen in den zahnlosen Mund gespritzt und fühlte sich völlig ausgeleert.
– Wissen Sie, sagte dann einer der Türken, der sich vorher nicht in die Unterhaltung eingemischt hatte. Wissen Sie, Efendiler. Ich begreife das Ganze nicht.
– Und was begreifen Sie nicht?
– Warum man die Armenier überhaupt verfolgt?
– Viele begreifen es nicht, Efendi. Aber man muß ja nicht alles begreifen. Begreifen Sie etwa, warum die Armenier Russenfreunde sind und insgeheim für den Zaren beten?
– Nein. Das begreife ich auch nicht.

Ein einarmiger türkischer Major, der neben dem Deutschen saß, sagte: Efendiler. Sehen Sie diesen Arm, den ich nicht mehr habe. Allah hat ihn mir weggenommen. Im November war das, während des ersten russischen Großangriffs im Kaukasus. Wir waren umzingelt, in einer hoffnungslosen Lage. Und wissen Sie, Efendiler, wen Allah mir geschickt hat, um mir das Leben und die Freiheit zu retten?
– Nein, Efendi.
– Einen Armenier.

– Meine Armenier waren die besten Soldaten, sagte der Major. Und von anderen Offizieren habe ich das gleiche gehört.
– Aber Binbaschi Bey. Wenn das so ist und die Armenier loyale Soldaten sind, warum hat man sie dann aus der Armee ausgestoßen? Ich habe es selbst gesehen. Den armenischen Offizieren riß man die Schulterklappen runter, und viele wurden erschossen.
– Ich weiß es nicht, Efendi.
– Es muß doch einen Grund geben.
– Es gibt keinen Grund.
– Gibt es etwa grundlose Gründe?
– Es scheint so.
– Aber das ist doch absurd.
– Es ist nicht absurd. Allah kennt alle Gründe, auch Gründe, die keine sind.
– Es ist also möglich, daß ein grundloser Grund in Wirklichkeit doch ein Grund ist, und wir diesen Grund nur nicht kennen?
– Das wäre die Möglichkeit, Efendi.
– Könnte es sein, daß nicht mal die Regierung den Grund kennt und gar nicht weiß, warum sie die Armenier verfolgt?
– Das wird es sein, Efendi.

Der Oberschreiber erinnerte sich, daß er vor Erschöpfung eingenickt war. Er hatte kurz von dem Mund des Eunuchen geträumt und war dann wieder aufgewacht. Die Herren redeten nicht mehr und dämmerten vor sich hin. Der einarmige Major hatte sich mit dem jungen Deutschen etwas abseits gesetzt, auf die oberste, heißeste Stufe. Sie saßen dort, eng aneinandergeschmiegt. Als er genauer hinblickte, durch den Dampf hindurch, sah er, daß der Türke den Schwanz des Deutschen in der Faust hielt, so als könne er den Schwanz nicht mehr loslassen. Bei Allah, dachte der Oberschreiber kopfschüttelnd, und es schien ihm, als wäre der Schwanz des Deutschen nichts weiter als die Verlängerung vom Schwanz des großen deutschen Kaisers. – Und wir Türken halten uns daran fest, dachte er. So ist es. Weil der Kaiser uns Kanonen gibt. Denn ohne diese Kanonen wäre dieser Krieg nicht zu führen.
Vor einiger Zeit hatte der Oberschreiber einen Derwisch gefragt,

wie das mit dem Teufel sei und der Versuchung. Und der Derwisch hatte gesagt: Wer den Teufel am Schwanz packt, den läßt der Schwanz nicht mehr los.

Nach dem Dampfbad war er zum Tor der Glückseligkeit geschlendert. Dort hingen drei Armenier an einem langen Strick. Am Straßenrand hockte ein alter, blinder Bettler, den er kannte. Er kannte auch den kleinen Jungen, der zu Füßen des Alten kauerte.
– Na, wie geht es, Mechmed Efendi?
– Ach, Sie sind's, Basch-Kjatib Agah. Danke für die Frage. Es geht mir gut. Allah hat mir das Augenlicht genommen, aber dafür hat er mir eine gute Gesundheit geschenkt.
Er warf dem Blinden einen halben, durchlöcherten Piaster in das Betteltuch und mischte sich dann unter die Gaffer. In der Menge entdeckte er zwei türkische Würdenträger, die er öfter im Hükümet gesehen hatte. Der eine war Bürgermeister aus einem benachbarten Dorf, der andere ein Notar. Sie waren in Begleitung eines Deutschen in Zivil, der ein Monokel trug.
– Wußten Sie, Efendiler, sagte der Deutsche, daß die Armenier die eigentlichen Urchristen sind?
– Nein, Efendi.
– Wenigstens politisch gesehen. Die Armenier waren die ersten, die das Christentum zur Staatsreligion erhoben haben.
– So?
– Ja. Eine Tatsache. Sogar noch vor Rom.
– Das ist ja allerhand.
– Später haben sie sich mit allen anderen Kirchen zerstritten. Sie glauben nämlich nicht an die zwei Naturen Christi.
– Was soll das heißen?
– Sie sind überzeugt, daß Christus nur eine einzige Natur hat, nämlich eine göttliche.
– Tatsächlich?
– Eine sogenannte monophysitische Religion.
Der Deutsche kritzelte etwas mit einem Bleistift auf eine Art Zeichenblock, aber der Oberschreiber konnte nicht genau erkennen, was es war.
– Hier hat mal vor 4000 Jahren eine Langschädelrasse gewohnt, sagte

der Deutsche. Aber später wurden diese Langschädel von Kurzschädelrassen verdrängt.
– Verdrängt?
– Ja.
– Und was sind die Armenier?
– Eine Kurzschädelrasse. Außerdem armenoid. Man nimmt an: dinarisch gemischt.
– Davon verstehe ich nichts.
– Man kann es sogar bei diesen drei Gehenkten erkennen. Fliehendes Kinn. Starke, etwas gekrümmte Nase, hellbraune Haut, gelocktes, etwas krauses, dunkles Haar... Große, ausdrucksvolle Samtaugen.
– Aber Efendi. Die Augen der Toten sind doch gebrochen!

In diesem Augenblick rief einer der Männer auf der Toilette: Achtung! Der Müdir! – Das schreckte den Oberschreiber aus seinen Gedanken auf. Im Eingang der Toilette stand tatsächlich der Müdir, lächelnd, lässig die eine Hand in die Hüfte gestemmt.
Der Oberschreiber war wie gelähmt. Er wollte nach dem Wasserkrug greifen, tat aber gar nichts, blieb einfach hocken, in derselben Stellung. Er sah, wie die erschreckten Männer sich die Hosen hochrissen und das Klo verließen. Bald waren er und der Müdir allein.
– Diese Schweine haben es so eilig, daß sie vergessen haben, ihre Hintern zu säubern, sagte der Müdir.
– Ja, sagte der Oberschreiber. Er griff jetzt nach dem Wasserkrug, aber der Müdir gebot ihm, zu bleiben.
– Warten Sie, sagte der Müdir. Ich möchte noch mit Ihnen reden.

Die Toilette wirkte verlassen. Der Müdir hockte neben dem Oberschreiber. Er rauchte eine Russische mit Mundstück.
– Sowas würde jeden anderen den Kopf kosten, sagte der Müdir und tippte auf die russische Zigarette. Aber meine stammen tatsächlich aus Vorkriegszeiten, und ich persönlich stehe jenseits jeden Verdachts.
– Selbstverständlich, sagte der Oberschreiber.
Der Müdir lächelte: Vorhin haben Sie geträumt, Basch-Kjatib Agah. Ich stand ziemlich lange im Eingang und habe Sie beobachtet.

– Ich habe nicht geträumt, Müdir Bey.
– Träumen Sie nie mit offenen Augen?
– Nie, Müdir Bey. So was kann ich mir als Oberschreiber gar nicht erlauben.
– Aber ich habe Sie doch beobachtet, Basch-Kjatib Agah. Und ich sage Ihnen: Es sah aus, als ob Sie träumten.

– Auch Tiere träumen, sagte der Müdir. Meine Katze, zum Beispiel. Sie miaut im Schlaf.
– Ja, Müdir Bey.
– Aber das sind keine Wachträume. Im wachen Zustand kann nur der Mensch träumen.
– Glauben Sie, Müdir Bey?
– Ja, Basch-Kjatib Agah.

– Unlängst hatte ich so einen Tagtraum, sagte der Müdir. Ich sah einen großen Baum. Einen sehr großen Baum. Und er wuchs im Herzen der Türkei. Ein riesiger Baum. Und an diesem Baum hingen all unsere Ängste.
– Wie sahen die Ängste aus, Müdir Bey?
– Sie sahen wie Armenier aus. Wie Armenier.

– Kommen wir zur Sache, sagte der Müdir, und er wandte den Kopf in Richtung seines Oberschreibers, blies ihm den Rauch ins Gesicht, ohne sich darum zu kümmern, daß das den Oberschreiber störte. Der Oberschreiber wagte nicht zu husten. Er wagte nicht mal daran zu denken, daß dies eigentlich schlechte Manieren waren und daß er protestieren müßte. Er dachte nur: Diesen Satz hatte der Müdir doch schon mal gesagt, und zwar zu dem Gefangenen, dem Armenier Wartan Khatisian, der keinen eigentlichen Beruf hatte und vorgab, ein Dichter zu sein. Kommen wir zur Sache, hatte der Müdir zu ihm gesagt.
– Kommen wir zur Sache, Basch-Kjatib Agah, sagte der Müdir.
– Ja, Müdir Bey, sagte der Oberschreiber.
– Was halten Sie von diesem Wartan Khatisian?
– Ich halte ihn für einen verstockten Burschen.
– So ist es, Basch-Kjatib Agah.

– Sie werden nichts aus ihm herauskriegen, Müdir Bey. Gar nichts. Dieser Mann behauptet, er sei unschuldig und wisse nichts.
– Unschuldig oder nicht, sagte der Müdir. Er wird ein Geständnis ablegen. Das garantiere ich Ihnen.
– Glauben Sie, Müdir Bey?
– Das schwöre ich beim Kopf meiner Mutter, sagte der Müdir, meiner Mutter, die mich geboren hat. Und ich schwöre es bei Allah, der mir in seiner Weisheit eine Zunge geschenkt hat, damit ich bei ihm schwören kann. Dieser Wartan Khatisian wird ein Geständnis ablegen. Und mehr als das. Ich werde dafür sorgen, daß er nach Konstantinopel gebracht wird. Und auch dort wird er gestehen.
– Was gestehen, Müdir Bey?
– Daß es eine armenische Weltverschwörung gibt.
– Und wie wollen Sie ihn dazu bringen, nicht nur hier in Bakir, sondern auch in Konstantinopel zu gestehen?
– Ich habe Mittel und Wege, sagte der Müdir.
– Bei Allah, sagte der Oberschreiber. Allah kennt Mittel und Wege, um auch dem Verstocktesten die Zunge zu lösen.
– Und ich habe mit Allah gesprochen, sagte der Müdir. Und Allah hat mich erleuchtet.

– Ich werde Ihnen morgen in aller Frühe das Geständnis des Wartan Khatisian diktieren, sagte der Müdir. Der Gefangene weiß noch nichts davon, und sein Geständnis ... schriftlich, mit lila Tinte geschrieben ... wird eine völlige Überraschung für ihn sein. Er braucht es dann nur zu unterschreiben.
– Wird er unterschreiben?
– Selbstverständlich.
– Werden auch Zeugen unterschreiben?
– Aber natürlich. Ich werde unterschreiben, daß ich Zeuge war und das Geständnis gelesen habe und daß seine Unterschrift in meiner Gegenwart gemacht worden ist. Und auch Sie werden unterschreiben, daß Sie Zeuge waren. Und andere werden unterschreiben.
– Wird es auch ein mündliches Geständnis geben?
– Das auch. Aber nachher. Erst brauchen wir das schriftliche.
– Und wie ist es mit den Zeugen beim mündlichen Geständnis?
– Nicht anders.

– Wer wird Zeuge sein?
– Ich, zum Beispiel. Und Sie. Aber auch der Wali und der Mutessarif und der Kaimakam. Vielleicht auch einige türkische und deutsche Offiziere.

– Bald nahen die christlichen Feiertage, sagte der Müdir. Der nächste, der vor der Tür steht, ist Christi Himmelfahrt. Ich habe das zufällig von einem Gefangenen erfahren. Und wissen Sie, Basch-Kjatib Agah, jedesmal, wenn so ein Feiertag ins Haus fällt, werden die Christen verstockter. Deshalb sollte der Armenier Wartan Khatisian sein Geständnis noch diese Woche ablegen.
– Ja, Müdir Bey. Der Oberschreiber fragte: Und was ist Christi Himmelfahrt?
– Es ist der Tag, wo dieser komische Heilige in den Himmel gesegelt ist, so ähnlich wie unser Prophet auf seinem weißen Pferd El Buraqu.
Beide Männer schwiegen. Der Müdir rauchte nachdenklich, und der Oberschreiber guckte zum Klofenster, das scheibenlos war und nicht größer als ein Rauchabzug, eigentlich nur ein Loch in der Wand, durch das das fahle Abendlicht sickerte. Ab und zu drangen Stimmen und Schreie aus dem nahen Gefängnis in den halbdunklen Raum, und sie vermischten sich mit anderen Stimmen aus den Büros und Fluren des Hükümets. Gerade, als der Müdir die Zigarette zwischen seine Füße warf, unter seinen Hintern, in das Scheißloch, gerade in diesem Augenblick fingen die Muezzins auf den Minaretten zu singen an. Einen der Muezzins hörte man ganz deutlich, denn sein krächzender Gesang kam vom Minarett der nächstliegenden Moschee, der Moschee Hirka Scherif Djamissi, der Moschee des Heiligen Mantels in der Kurusebil Sokaghi, der Gase der trockenen Wasserschänke. *Allahu Akbar*, sang der Muezzin. Gott ist der Größte. – Und der Muezzin rief alle Gläubigen, auch den Müdir und den Oberschreiber. Viermal rief der Muezzin. Der Oberschreiber schloß die Augen und lauschte. Die krächzende Stimme des Muezzins füllte den Raum mit tausend und einer Krähe. Sie umkreisten den Müdir und den Oberschreiber wie riesige graue Schmetterlinge, schwebten über ihren Köpfen und taumelten über die Scheißlöcher. *Allahu Akbar*, rief der Muezzin zum letzten Mal. Gott ist der Größte. Ich bezeuge, daß es keinen Gott

gibt außer Allah. Ich bezeuge, daß Mohammed Gottes Gesandter ist. Auf zum Gebet! Auf zum Heil! *Allahu Akbar. La Ilah illa 'lla.* Gott ist der Größte. Es gibt keinen Gott außer Allah.«

5

»Der Müdir war nach Hause gegangen. Und auch der Oberschreiber war nach Hause gegangen. Und sämtliche kleinen Beamten im Hükümet und auch andere, Bittsteller und Besucher und Putzfrauen und Saptiehs, alle, die hier spät abends nichts mehr zu suchen hatten, waren nach Hause gegangen. Alle waren nach Hause gegangen. Nur der Nachtwächter war da und die Wache vor dem Haupteingang. Es war sehr still im Hükümet. Längst war der Gesang der Muezzins verklungen, verschwunden waren die krächzenden Vögel auf der Toilette und auch die großen, grauen Schmetterlinge. Durch die Stille schallte nur die Stimme des Märchenerzählers. Der sagte: »Mein Lämmchen. Wie du siehst: sie sind nach Hause gegangen. In Bakir hat sich die Nacht eingeschlichen.

Auch dein Vater hatte den Ruf des Muezzins in seiner Zelle gehört. Als der Muezzin zum dritten Mal rief: Gott ist der Größte, da war dein Vater friedlich eingeschlafen. Im Traum aber sah er das Glasauge des Müdirs, und das sagte zu ihm: Siehst du dieses Glasauge, Wartan Khatisian? Das sieht nicht mehr und nicht weniger als das Auge Gottes. Denn ich wette mit dir, daß Gott, der der größte ist, die toten Armenier an den Stadttoren und auf den Marktplätzen gar nicht gesehen hat. Und er wird auch die anderen nicht sehen, die man aufhängen wird, egal, ob sie schuldig sind oder nicht. Die Regierung wird noch viele aufhängen. Und man wird auch viele erschießen und hinrichten. Viele wird man einfach totschlagen. Und ich sage dir: Gott hat Glasaugen. Und ich sage dir: die Regierung wird ein großes Feuer anfachen. Und Millionen Leiber werden ins Feuer geworfen werden. Und alles wird vor Gottes Augen geschehen, die aus Glas sind. Und ich sehe ein großes Lamm mit aufgeschnittener Kehle. Und ich sehe, wie das Lamm zum Glasauge schreit. Und im Glasauge steht keine Antwort. Und als dein Vater das hörte, erwachte er und wußte, daß er verloren war.

In den nächsten Tagen passierte nicht viel. Dein Vater wurde anständig behandelt. Er wurde weder geschlagen noch gefoltert. Auch das Essen war nicht vergiftet. Die Saptiehs grinsten, wenn sie in seine Zelle guckten. Und dein Vater hatte Angst. Am dritten Tag wurde er zum Müdir gebracht.

– Dies ist Ihr Geständnis, sagte der Müdir und zeigte auf das Dokument vor ihm auf dem Schreibtisch. Wie Sie sehen: ich habe bereits unterschrieben. Auch der Oberschreiber hat nicht gezögert, seine Unterschrift unter dieses Geständnis zu setzen. Sogar der Wali hat unterschrieben, und der Kaimakam und der Mutessarif. Alle diese Herren haben unterschrieben, nämlich: daß sie gesehen haben, wie Sie, Wartan Khatisian, das Geständnis gelesen und dann eigenhändig unterschrieben haben. Jetzt fehlt nur noch eine Unterschrift. Und das ist Ihre.
– Ich habe aber nichts gestanden, sagte dein Vater.
– Das macht nichts, sagte der Müdir.
– Kann ich mein Geständnis, das ich nicht gemacht habe, wenigstens lesen?
– Selbstverständlich, sagte der Müdir.

Nachdem dein Vater das Geständnis gelesen hatte, sagte er: Das werde ich nicht unterschreiben.
– Aber Sie irren sich, sagte der Müdir. Die Zeugen haben ja bestätigt, daß Sie unterschrieben haben. Die Zeugen haben es gesehen.
– Aber die Zeugen haben gar nichts gesehen, sagte dein Vater. Wann sollte ich denn dieses Geständnis unterschrieben haben?
– Heute früh, sagte der Müdir. Es steht sogar die Uhrzeit drauf.
– Das stimmt, sagte dein Vater. Die Uhrzeit steht drauf.
– Na, sehen Sie, sagte der Müdir.
– Auf dem Dokument steht aber neun Uhr zweiundzwanzig, vormittags. Und jetzt ist es Nachmittag.
– Wir können die Uhr ja wieder zurückdrehen, sagte der Müdir. Glauben Sie mir, Efendi, es ist Allah völlig egal, wie spät es in Wirklichkeit ist. Denn was ist Wirklichkeit? Wissen Sie es so genau? Allahs Sonne ist immer dieselbe.
– Ich werde nicht unterschreiben.
– Sie müssen aber unterschreiben, sagte der Müdir. Sonst wären die

Unterschriften der Zeugen ja falsch. Und es handelt sich schließlich um den Wali und den Mutessarif und den Kaimakam, den Oberschreiber und auch meine Person. Wollen Sie etwa behaupten, daß wir alle gelogen und nichts gesehen hätten? Wir haben ja alle gesehen, wie Sie eigenhändig unterschrieben haben!
– Ich will gar nichts behaupten, sagte dein Vater.
– Unterschreiben Sie jetzt?
– Nein, sagte dein Vater.

Der Müdir klatschte ärgerlich in die Hände. Daraufhin stand der Oberschreiber auf, öffnete die Tür und rief die Saptiehs, die draußen vor der Tür herumlungerten. Eigentlich hätten sie das Händeklatschen des Müdirs hören müssen. Der Müdir sagte irgend etwas zu den Saptiehs, was dein Vater nicht hören konnte, und so dachte dein Vater, daß sie ihn jetzt holen würden. Vielleicht würden sie ihm die Fingernägel herausreißen oder die übliche Bastonade verabreichen. Er hatte schon viel davon gehört. Sie peitschten einem die Fußsohlen und schütteten dann Salz und Öl darauf. Aber nichts dergleichen geschah. Die Saptiehs verschwanden bloß eine Weile, um den Kawedschi zu holen. Das war der Kaffeeverkäufer, der meistens vor dem Hükümet herumstand. Und da sie diesen nicht antrafen, holten sie den Kawedschi aus dem nächsten Kaffeehaus, dem Kahvehane El Raschid, dem Kaffee der Gerechten. Und der Kawedschi kam auch bald darauf mit den Saptiehs zurück. Er trug einen schmutzigen Turban, eine ärmellose Jacke und Pluderhosen. Seine ungewaschenen Füße staken in Ledersandalen. Die Trauerränder unter den Fußnägeln waren noch schwärzer als der schwärzeste Kaffee, und der war hierzulande schwarz und stark. Der Kawedschi brachte drei Täßchen Kaffee und Baklava und einen süßen, hellbraunen Pudding undefinierbarer Herkunft. Er servierte dem Müdir und dem Oberschreiber und auch dem Gefangenen. Der Müdir warf dem Kawedschi einen silbernen Medschidje zu. Dann packten die Saptiehs den Kawedschi und bugsierten ihn wieder hinaus.
Schmatzend und schlürfend sagte der Müdir: Ich würde Ihnen raten, zu unterschreiben.

– Wie kann ich unterschreiben, daß es eine armenische Weltverschwörung gibt, sagte dein Vater. Wie kann ich unterschreiben, daß ich ihr Werkzeug bin und daß ich im Auftrag dieser Weltverschwörer kurz vor dem Ausbruch des Krieges in die Türkei gereist bin? Und was habe ich mit der Ermordung des österreichischen Thronfolgers zu tun? So was kann ich nicht unterschreiben.

– Wenn Sie nicht unterschreiben, sagte der Müdir, werden wir Sie hinrichten lassen. Aber nicht öffentlich, wie wir das vorhatten. Wir lassen Sie einfach verschwinden.
– Ich bin amerikanischer Staatsbürger.
– Das bedeutet nicht viel, Efendi.
– Man wird protestieren!
– Niemand wird protestieren, Efendi, besonders dann nicht, wenn einer zufällig und bedauerlicherweise am Herzschlag stirbt. Vergessen Sie nicht: Amerika ist ein neutrales Land. Wir aber sind im Krieg. Die Amerikaner werden sich hier nicht einmischen, besonders nicht in Spionagefragen in einem Gebiet dicht hinter der Front.
– Und die amerikanische Presse?
– Wen kümmert schon die Presse. Die Presse ist eine Hure und macht immer ein lautes Geschrei.
– Die Konsulate werden protestieren.
– Sie irren sich, Efendi. Die Konsulate werden wohlweislich schweigen. Es ist Krieg, Efendi. Und Sie sind ein Spion.
– Ich bin kein Spion.
– Nun, lassen wir das.

– Und wenn ich unterschreibe?
– Dann sind Sie schuldig.
– Dann werde ich hingerichtet?
– Nein. Ganz im Gegenteil. Wenn Sie Ihre Schuld bekennen, dann bringen wir Sie nach Konstantinopel. Dort werden Sie aussagen, was in dem Geständnis steht. Es wird einen Prozeß geben. Einen großen Prozeß. Einen öffentlichen Prozeß. Die ganze Welt wird zuhören. Auch Amerika und seine Vertreter. Auch der amerikanische Botschafter in Konstantinopel ... Morgenthau, ein Jude, einer, der sich dummerweise für die Armenier einsetzt, zu unserem

Ärger natürlich, erstaunlicherweise. Auch er wird zuhören. Und alle werden begreifen, daß die Armenier schuldig sind.
– Aber sie sind nicht schuldig!
– Das ist Ansichtssache, Efendi.

– Sehen Sie, Efendi. Wenn Sie schuldig sind, dann sind Sie für uns von großem Nutzen. Und solange Sie von Nutzen sind, dürfen Sie leben. Es wird ein sehr langer Prozeß werden. Und so dürfen Sie lange leben.
– Und nach dem Prozeß?
– Dann nicht mehr, sagte der Müdir. Aber darüber würde ich mir an Ihrer Stelle im Augenblick keine Sorgen machen. Denn ein langer Prozeß ist ein langer Prozeß. Und wenn er eines Tages zu Ende ist, dann ist vielleicht auch der Krieg zu Ende. Und dann ist es egal, ob Sie, von unserem Standpunkt aus, leben dürfen oder nicht. Denn es könnte ja sein, daß man Sie austauschen wird, vielleicht gegen einen unserer Leute, den die Russen geschnappt haben oder die Engländer oder die Franzosen. Sie sehen also: es besteht Hoffnung für Sie. So ist es, Efendi. Die Schuldigen dürfen hoffen.
– Das begreife ich aber nicht, Müdir Bey.
– Man muß nicht alles begreifen, Efendi. Es gibt Zeiten, wo die Unschuldigen sterben müssen und die Schuldigen leben dürfen. Und in solchen Zeiten ist es besser, schuldig zu sein. Verstehen Sie das?
– Nein, Müdir Bey. Das verstehe ich nicht.

– Dieser Armenier versteht überhaupt nichts, sagte der Müdir später zum Oberschreiber, nachdem Wartan Khatisian wieder in seine Zelle gebracht worden war. Verstehen Sie, warum ich nicht verstehe, daß der Armenier nichts versteht, obwohl er eigentlich verstehen müßte, was jeder Idiot versteht?
– Nein, sagte der Oberschreiber.
– Es wäre natürlich leicht, ihn zu einer Unterschrift zu bewegen, sagte der Müdir, eine Sache von wenigen Sekunden. Ich werde Ihnen ein Beispiel geben: ich könnte ihn ja mit der Pistole bedrohen. Ich könnte ihm meine Pistole an die Stirn drücken. Und wissen Sie, was dann passieren würde?
– Nein, sagte der Oberschreiber.

– Er würde sofort unterschreiben.
– Glauben Sie?
– Da bin ich ganz sicher.

– Das hätte aber keinen Sinn, sagte der Müdir.
– Und warum?
– Weil wir ihn nach Konstantinopel bringen wollen, sagte der Müdir. Und weil er dort vor der Weltöffentlichkeit aussagen soll, und zwar das, was in dem Geständnis drinsteht. Verstehen Sie das?
– Nein, sagte der Oberschreiber.
– Nun gut, sagte der Müdir. Es ist so: dieser verstockte Armenier soll in Konstantinopel vor der Weltöffentlichkeit aussagen, daß es eine armenische Weltverschwörung gibt, die sich gegen die Menschheit richtet, gegen alle Völker, gegen Recht und Ordnung, gegen die Moral. Aber vor allem gegen uns.
– Gegen die Türkei und die Türken?
– So ist es. – Und deshalb müssen wir ihn erst mal überzeugen. Das heißt: er muß an seine Unterschrift glauben.
– Und warum?
– Weil die Unterschrift sonst sinnlos wäre und seine Aussage in Konstantinopel nicht überzeugend. Verstehen Sie das nicht? Er kann nur überzeugend aussagen, wenn er selbst überzeugt ist.
– Das verstehe ich, sagte der Oberschreiber.

– Und wie kann man einen Mann am besten überzeugen?
– Das weiß ich nicht, sagte der Oberschreiber.
– Wenn man ihm Angst einjagt, sagte der Müdir.
– Angst?
– Natürlich. Angst.
– Aber dieser Mann ist doch völlig verängstigt.
– Er ist nicht verängstigt genug.
– Aber wenn Sie ihm die Pistole an die Stirn drücken würden...
– Nein, nein, Basch-Kjatib Agah. Diese sekundenlange Angst reicht nicht für Konstantinopel.
– Sie meinen: bis er in Konstantinopel ist, hat er diese Angst wieder vergessen?
– Sagen wir: überwunden.

– Man könnte ihm mit Hinrichtung drohen?
– Das haben wir schon gemacht. Es ist nicht genug.
– Er ist ein besonders verstockter Mann.
– Ja. Das ist er.

– Natürlich könnten wir ihm die Fingernägel ausreißen. Oder die Bastonade verabreichen. Aber glauben Sie mir: bei so einem Kerl nützt das wenig. Außerdem geht das nicht.
– Warum geht das nicht?
– Weil er nicht ohne Fingernägel in Konstantinopel ankommen kann. Oder mit kaputten Fußsohlen. Die Weltöffentlichkeit könnte sonst nämlich denken, wir wären Barbaren. Oder: wir hätten ihn erpreßt. Oder sonst was. Nein, Basch-Kjatib Agah. Dieser Mann muß heil in Konstantinopel ankommen. Und was er dort aussagt, muß jeden überzeugen, selbst die Beobachter neutraler Staaten, zum Beispiel: den Vertreter Amerikas, in Konstantinopel.
– Von wem ist hier die Rede?
– Sie wissen schon: der Jude Morgenthau.
– Ach, der?
– Ja, der. Der ist im Herzen ein Armenier. Wenigstens setzt er sich für sie ein.
– Eine schwierige Sache.
– Ja, es ist ziemlich schwierig.

– Haben Sie diesen armenischen Priester gesehen, den wir am Tor der Glückseligkeit aufgehängt haben?
– Ja, den hab ich gesehen.
– Wir haben jetzt wieder einen erwischt.
– Einen armenischen Priester?
– Ja.
– Werden Sie ihn aufhängen lassen?
– Nein. Mit dem hab ich was andres vor.

– Dieser Priester sitzt barfuß in seiner Zelle. Und deshalb sage ich mir: ein Armenier sollte nicht barfuß herumlaufen, nicht mal in seiner Zelle, denn die Armenier sind eine empfindliche Rasse.
– Richtig, Müdir Bey.

– Deshalb sage ich mir: wir werden diesen armenischen Priester besohlen lassen.
– Wie meinen Sie das?
– Nun, so wie man ein Pferd besohlt. Man wird ihm Hufeisen auf die nackten Sohlen nageln.
– Was für Hufeisen?
– Entweder anatolische, Sie wissen ja: die dünnen aus gewöhnlichem Blech, die mit den drei Löchern ... oder, wenn ich einen der deutschen Offiziere bitten würde: eines von der deutschen Kavallerie. Die deutschen Pferde haben andere Hufeisen. Sie sind zweifingerdick und verbiegen sich nicht.
– Wir haben aber keinen Blasebalg im Gefängnis, nicht mal hier im Hükümet.
– Den Blasebalg kann man besorgen. Im Notfalle nageln wir dem Priester die Hufeisen kalt auf.
– Es müßte auch ohne Blaseblag gehen, sagte der Oberschreiber.
– Ja, sagte der Müdir.

– Wenn wir den Priester besohlen, werde ich diesen Wartan Khatisian zugucken lassen. Vielleicht überzeugt ihn das.
– Vielleicht, sagte der Oberschreiber.
– Wenn nicht, dann müßte ich mir was anderes ausdenken.
– Was? fragte der Oberschreiber.
– Das weiß ich noch nicht, sagte der Müdir.

– Könnte man diesen Wartan Khatisian nicht mit klugen Worten überzeugen? fragte der Oberschreiber.
– Nein, sagte der Müdir.
– Es geht also nur mit der Angst?
– Ja, sagte der Müdir.

Und der Müdir sagte: Der Verängstigte hört nur auf seine eigene Stimme, und das ist die Stimme der Angst. Deshalb spreche ich mit dem Verängstigten in seiner eigenen Sprache.
– Und wenn der Verängstigte plötzlich keine Angst mehr hat?
– Sowas gibt es nicht, sagte der Müdir. Dann wäre er ja kein

Verängstiger. Oder er wäre ein Heiliger, dem Allah die Angst aus dem Herzen geblasen hat.
– Dieser Wartan Khatisian ist kein Heiliger.
– Er ist keiner, sagte der Müdir. Das ist er bestimmt nicht.

Und auf einmal wurde es ganz still in der Amtsstube des Müdirs. Man hörte nur noch das Kratzen der Stambuler Feder, weil der Oberschreiber anfing, eine Abschrift des Geständnisses anzufertigen. Der Müdir zündete seinen Tschibuk an, lehnte den Kopf gegen die Kopfstütze des Frankensessels, schloß das gesunde Auge und starrte nur mit dem Glasauge zur Zimmerdecke. Die einzige Stimme im Raum war die Stimme des Märchenerzählers. Und der sagte: »Siehst du das Glasauge des Müdirs, mein Lämmchen? Und siehst du die Stambuler Feder des Oberschreibers? Und sein Löschzeug, zum Beispiel: das Mehlpuder? Wenn die Abschrift fertig ist, wird sie bepudert und getrocknet und gelöscht, dann wird sie nach Konstantinopel wandern, und sie wird dort eintreffen, ehe dein Vater dort eintrifft. Und ich wette mit dir: sie wird auf dem Schreibtisch Enver Paschas landen, des Kriegsgotts und Erlösers aller Türken. Und siehst du, mein Lämmchen, wie der Oberschreiber jetzt plötzlich die Stambuler Feder im Tintenfaß läßt, so als hätte er einen Schreibkrampf oder so, als müßte er erst mal über etwas nachdenken? Und soll ich dir vorlesen, was er gerade denkt, obwohl es Gedanken sind, die der Müdir nicht hören darf? Aber mach dir keine Sorgen. Niemand hört meine Stimme. Nur du kannst sie hören.«
Und der Meddah sagte: »Dies und das denkt der Oberschreiber. Er denkt: Bei Allah. Wir alle haben Angst. Ich habe Angst vor dem Müdir und eigentlich vor allen meinen Vorgesetzten. Und auch der Müdir hat Angst, obwohl ich nicht weiß, vor wem und vor was. Aber Angst hat auch er. Und deshalb will er anderen Angst machen, damit die Angst der anderen seine eigene überspielt.«

Und der Meddah sagte: »Ich bin der Meddah und der Märchenerzähler. Es ist ein- und dasselbe. Und deshalb sage ich jetzt zu dir: Es waren einmal zwei Kinder. Die gingen in den Wald. Und dort stand ein Knusperhäuschen, worin eine Hexe wohnte. Und die Hexe hatte einen großen Kochtopf. Einen sehr großen. Und als sie die Kinder im

Wald sah und gar nicht weit von der Hütte entfernt, da dachte sie: Ich werde die Kinder in die Hütte locken. Und dann werde ich sie in den großen Kochtopf stecken. Und ich werde sie kochen und dann verspeisen.
Nun, mein Lämmchen: Die Hexe wohnte im Frankistan und nicht in Anatolien. Hier ist alles ganz anders.

Es ist wirklich alles anders hier, und kleine Kinder werden nicht in großen Kochtöpfen gekocht. Und trotzdem ist es für manche hier schlimmer und beängstigender als für kleine Kinder, die in großen Kochtöpfen gekocht werden sollen. Hier steigt die Angst nicht aus dem Dampf gewisser Kochtöpfe, hier hängt sie überall in der Luft. Man atmet sie ein, ob man will oder nicht.

Und ich sage dir, mein Lämmchen: Es war einmal einer, der auszog, das Fürchten zu lernen. Aber dieser eine kam nicht bis Anatolien.

Es war im Frühjahr des Jahres 1915«, sagte der Märchenerzähler. »Es war die Zeit der Vorbereitung: die Vorbereitung zur Ausrottung eines Volkes oder zum Opfergang des Lammes, dessen Namen gelöscht werden sollte in dem Buch der Namen. Noch war es nicht ganz so weit. Noch führte man Gespräche, zum Beispiel: Gespräche mit deinem Vater, der ein gewöhnlicher Bauer war oder ein ungewöhnlicher, denn er war auch ein Kuhscheißeverkäufer und ein Nachtwächter und vieles andere. Er war auch ein Dichter. Noch war es nicht so weit. Man beschäftigte sich mit ihm. Man führte ihn im Gefängnis herum und zeigte ihm, wie ein Priester besohlt wurde. Man zeigte ihm auch andere Foltermethoden, über die ich jetzt gar nicht berichten will, denn was sind schon herausgerissene Fingernägel oder ausgerissene Zähne oder Bäuche, die platzen, weil man zu viel Jauche in die Münder gegossen hatte. Was sind schon eiternde Füße, die tagelang von den türkischen Wächtern gepeitscht worden waren und die man schließlich absägen mußte, weil die Wächter den Gestank nicht ertragen konnten. Dein Vater sah alles, und er sah auch die Leichenkarren, die täglich aus dem Gefängnishof herausfuhren. Und er hörte die Straßenhunde heulen, weil der Geruch von Fäulnis und von Verwesung nicht vor den Gefängnismauern halt machte.«

Und der Märchenerzähler, der sich Meddah nannte, sagte: »Dein Vater sitzt allein in seiner Zelle. Und doch ist er nicht allein, denn er ist in Gesellschaft seiner Ängste. Soll ich dir von seinen Ängsten erzählen?«
»Ja«, sagte der letzte Gedanke.
»Und auch von seinen Wachträumen, die ihm die Ängste ins Ohr flüstern?«
»Ja«, sagte der letzte Gedanke.
»Oder soll ich seine Ängste selber erzählen lassen?«
»Wie du willst«, sagte der letzte Gedanke.

Und die Ängste des Wartan Khatisian erzählten dem Märchenerzähler die Geschichte von dem Wachtraum, den Wartan Khatisian in seiner Zelle träumte. Und der Märchenerzähler erzählte sie dem letzten Gedanken:

»Eines Morgens«, sagte der Märchenerzähler, »sprang die Zellentür auf und herein kam der Müdir in Begleitung von zwei Saptiehs. Draußen aber standen noch ein dritter Saptieh und ein kleiner, krummbeiniger Mann, den der dritte Saptieh am Wickel gepackt hatte und jetzt in die Zelle stieß. Es waren jetzt ihrer fünf: der Müdir, drei Saptiehs und der kleine Krummbeinige. Dein Vater erschrak gewaltig, als er den Krummbeinigen sah, denn er sah wie der Todesengel aus, den er als Kind mal im Traum gesehen hatte. Er hörte noch, wie der Müdir sagte: Bei Allah. Auf den haben wir gewartet. Dann verlor er das Bewußtsein.

Als dein Vater erwachte, merkte er, daß der Todesengel selber Angst hatte. Es war ein kleiner Mann mit einer großen Glatze. Und er hatte große, schwarze, verängstigte Augen. Und er hatte eine Adlernase und merkwürdige, krumme Beine. Der Müdir sagte: Dieser da ist der Zementmeister.

Der Müdir stieß einen der Saptiehs mit der Stiefelspitze in den Hintern. Weißt du, was Zement ist? fragte er.
– Nein, Müdir Bey, sagte der Saptieh. Bei Allah. Das weiß ich nicht.

Und er fragte die anderen Saptiehs: Wißt Ihr, was Zement ist? Und die Saptiehs sagten: Nein, Müdir Bey. Bei Allah. Das wissen wir nicht.

Der Müdir fragte den Todesengel, der im Grunde nur ein kleiner, verängstigter Armenier war, einer mit krummen Beinen und einer Adlernase und einer großen Glatze und großen, schwarzen Augen: Weißt du, was Zement ist?
Und der kleine Mann sagte: Ja. Ich bin ja der Zementmeister.

– In dieser Gegend gibt es keinen Zement, sagte der Müdir zu deinem Vater. Aber in Konstantinopel gibt es Zement, und auch in einigen anderen großen Städten. Dieser Mann – und er zeigte auf den kleinen, zappligen Armenier – war in Smyrna, und dort hat er für einen ausländischen Bauherrn gearbeitet, und er hat ein Säckchen von dem Teufelszeug mitgebracht.
– Ich habe ein Säckchen mitgebracht, sagte der kleine Mann.
– Erzähle diesem da – und der Müdir zeigte auf deinen Vater – was Zement ist, und was man damit machen kann.

– Zement ist ein Pulver, sagte der kleine Mann, das im Abendland erfunden wurde, dort, wo alles erfunden wird, was des Teufels ist ... Wenn man das Pulver mit etwas Sand mischt und etwas Wasser, wird es nach einiger Zeit fest. Man nennt es dann Beton.
– Beton?
– Ja. Beton.
– Wie hart ist Beton?
– Es ist sehr hart, Müdir Bey.

– Was passiert, wenn man beim Zementmischen aus Versehen den Finger in den Brei steckt?
– Welchen Brei?
– Den Zementbrei.
– Gar nichts, Müdir Bey. Nichts geschieht, wenn man den Finger gleich wieder rauszieht.
– Und wenn man ihn nicht herauszieht und drin läßt?
– Dann bleibt der Finger im Brei stecken. Denn der Brei wird nach einiger Zeit zum Beton. So wie ich's eben gesagt hab.

– Also breilos?
– Ja.
– Eine feste, harte Masse?
– So ist es.
– Soll das heißen, daß man den Finger dann nie wieder rausziehen kann?
– Ja, Müdir Bey. Nie wieder.

– Und was geschieht, wenn man den Schwanz in diesen Zementbrei steckt?
– Gar nichts, Müdir Bey. Gar nichts geschieht, wenn man den Schwanz gleich wieder rauszieht.
– Und wenn man ihn nicht herauszieht?
– Dann bleibt der Schwanz drin stecken.
– Und man kann ihn nicht wieder herausziehen?
– So ist es.

– Dann bleibt der Schwanz für ewige Zeiten festgebacken?
– Ja, Müdir Bey. Bis in alle Ewigkeit.«

Der Märchenerzähler sagte zum letzten Gedanken: »Siehst du, wie dein Vater Angst kriegt?« Und er sagte: »Was hab ich dir gesagt: Der, der auszog, das Fürchten zu lernen, ist nie nach Anatolien gekommen.

– Nur die Ungläubigen können so was erfinden, sagte der Müdir, und die, die vom Teufel besessen sind.
– Ja, sagte der kleine Mann. Das ist wahr. Und er sagte: Ich bin der Zementmeister.

– Dieser Zementmeister ist ein Armenier, sagte der Müdir zu den Saptiehs. Er gehört einer Rasse an, die verschlagen ist und sich gegen die Menschheit verschworen hat. Die Armenier sind hochnäsig und aufsässig, aber wenn man sie züchtigt, kriechen sie einem zu Füßen. Im Grunde sind sie eine ängstliche Rasse, und die Tatsache, daß sie so ängstlich sind, hängt mit ihrer Fruchtbarkeit zusammen. Dieser da – und er zeigte wieder auf den kleinen Zementmeister – hat dreizehn

Kinder. Und er weiß genau, was ich mit seinen Kindern mache, wenn er nicht alles tut, was ich von ihm verlange.
– Ich mache alles, was Sie von mir verlangen, sagte der Zementmeister.

Der Müdir sagte: Alle Armenier glauben, daß sie Brüder und Schwestern sind. Sag deinem Bruder, was ich von dir verlangt habe und was du mit ihm machen sollst.
– Sie haben von mir verlangt, daß ich seine Ausgänge zumauere.
– Was für Ausgänge. Erkläre es deinem Bruder.
– Den einen Ausgang, sagte der Zementmeister, wo das Unverdaute herauskommt. Und den anderen Ausgang, wo sein Wasser herauskommt.
Der Müdir wandte sich jetzt lächend an deinen Vater: Wollen Sie nun das Geständnis unterschreiben?
– Nein, sagte dein Vater. Ich werde nichts unterschreiben.

Alles, was nun im Wachtraum passieren würde«, sagte der Märchenerzähler, »ist vorauszusehen, und wir beide – du und ich, mein Lämmchen – brauchen im Grunde nur die Phantasie eines phantasielosen Saptiehs, also eines Einfaltspinsels, um uns die nächste Wachtraumszene vorzustellen: Der Müdir läßt deinen Vater fesseln. Die Saptiehs stopfen ihm Schafswolle in den Hintern, weil Watte knapp ist und man diese nur bei den deutschen Sanitätern finden kann. Die Saptiehs stecken auch Schafswolle in seinen Pisser – sie haben keine Pinzetten und benützen deshalb mit der Messerscheide zugespitzte Streichhölzer –, sie stopfen die Löcher voll, drücken tüchtig nach, kümmern sich nicht um die Schreie deines Vaters, kümmern sich auch nicht um den Zementmeister, der inzwischen sein Säckchen geholt hat, auch eine hölzerne Schüssel, und der anfängt, das feine Pulver in die Schüssel zu schütten, dann hinausgeht, um Wasser zu holen und etwas Sand, wieder zurückkommt, mit einem langen Holzstock, und mischt und rührt in der grauen Masse.
Wir beide«, sagte der Märchenerzähler zum letzten Gedanken, »sind nur Beobachter, und ich, der Märchenerzähler, kann alles, was du, mein Lämmchen, nicht kannst. Ich kann auch Gedanken lesen. Aber die Gedanken des Zementmeisters will ich gar nicht lesen. Ich

kann sie mir jedoch vorstellen. Und so sage ich zu dir: Er denkt überhaupt nicht, denn er fürchtet seine Gedanken. Oder: Er denkt irgend etwas, zum Beispiel, die Schafswolle müßte genügen, um die Löcher zu verstopfen. Warum will der Müdir, daß ich ihm obendrein noch Zement auf die Löcher schmiere? Viel brauche ich nicht. Das Pissloch ist winzig, und das Arschloch ist etwas größer, aber auch wiederum nicht so groß, daß ich den ganzen Vorrat an Zement brauche. Ich habe ja ein ganzes Säckchen davon.

Später hing dein Vater, nur mit einem Gefängniskittel bekleidet, vor dem Gitterfenster. Die Saptiehs hatten ihn an den Armen aufgehängt, und er hing dort wie ein Wäschestück zum Trocknen.
– Wie lange braucht das Zeug, um zu trocknen? fragte der Müdir.
– Einige Stunden, sagte der Zementmeister. Dann ist es Beton.
– Wird er nie wieder scheißen oder pissen können? fragte einer der dummen Saptiehs.
– Nie wieder, sagte der Müdir.

– Sie haben einige Stunden Zeit, um sich die Sache mit der Unterschrift zu überlegen, sagte der Müdir zu deinem Vater. Wenn Sie schnell unterschreiben, können wir den Zement wieder entfernen. Aber Sie müssen sich beeilen. Denn wenn das Zeug einmal getrocknet ist, dann ist es zu spät. Dann werden Sie nie wieder scheißen können. Und nie wieder pinkeln. Sie sind zwar ein Armenier, aber diese Bedürfnisse sind allgemein menschlich. – Und bevor Allah Ihre Lichter ausbläst, werden Sie brüllen. Sie werden so laut brüllen, daß die Vögel vom Himmel fallen.
– Wenn die Sonne durchs Gitterfenster scheint, sagte der Zementmeister, dann trocknet das Zeug schneller.
– Die Sonne steht noch nicht über dem Gefängnishof, sagte der Müdir.
Und einer der dummen Saptiehs sagte: Ich glaube, weil es früh am Morgen ist. Hier scheint die Sonne erst kurz vor dem Mittagsgebet.

Dein Vater hing allein in seiner Zelle. Irgendwo war die Stimme der Mutter. Er hörte sie deutlich: Mein Sohn. Warum habe ich dich geboren?

Er war fünf, und er saß auf dem Schoß seiner Mutter.
– Wie bin ich auf die Welt gekommen, Mutter?
– Ich weiß es nicht, mein kleiner Pascha.
– Wer weiß es?
– Deine Großmutter.

– Großmutter, wie bin ich auf die Welt gekommen?
– Alle armenischen Kinder werden irgendwie geboren.
– Aber wie, Großmutter.
– Nun ja: die armenischen Mädchen werden unter dem Feigenbaum geboren.
– Und die armenischen Jungen?
– Unter der Weinrebe.
– Aber hier bei uns gibt es doch keine Weinreben.
– Das stimmt, sagte die Großmutter. Hier ist Bergland, und hier sind nur Kümmerfelder.
– Und wo ist meine Weinrebe?
– Hinter den kurdischen Bergen. Auf der anderen Seite. Dort, wo das Meer ist.
– Ist es weit?
– Nein, mein kleiner Pascha. Zwei Tage mit dem Eselskarren.
– Hinter den Bergen, dort, wo das Meer ist?
– Ja, mein kleiner Pascha.
– Ist dort das Land der Weinreben?
– Ja. Dort ist das Land der Weinreben.

– Wenn armenische Kinder geboren werden, dann lächelt die Mutter Gottes und segnet alle Feigenbäume und Weinreben, und alle Vögel im Lande Hayastan zwitschern mit Engelsstimmen.
– Erzähl mir, wie das war, als ich auf die Welt kam.
– Ich weiß es nicht mehr genau, mein kleiner Engel.
– Und wer weiß es genau?
– Nun, wer soll es denn wissen – deine Weinrebe natürlich. Die weiß es, mein kleiner Engel.

Und seine Eltern stiegen in den Eselskarren, um ihn abzuholen. Seine Mutter hatte einen dicken Bauch und war im neunten Monat. Da die

Wehen schon angefangen hatten, stöhnte sie und schrie. Sie sagte zu seinem Vater: Treibe den Esel an. Er muß schnell laufen. Denn mein kleiner Wartan liegt unter der Weinrebe und wartet, daß wir ihn holen. – Und sein Vater sagte: Ich werde den Esel zur Eile antreiben. Aber ein Esel ist nun einmal ein Esel. Kein Stock, nicht mal der beste, kann ihn zur Eile antreiben.

Der Esel ging gemächlich durchs Kurdenland. Die Berge wurden immer höher, ihre Spitzen berührten die Wolken.

– Ein Esel ist ein Esel, sagte sein Vater.
– Ich kann es nicht mehr aushalten.
– Dann bete zu unsrem Heiland.

Und seine Mutter betete zu dem, der für uns alle gestorben ist. Jesus, flüsterte sie. Hilf mir. Und sie hörte, wie Jesus sagte: Ich helfe dir. Du wirst keine Schmerzen spüren. Und tatsächlich: die Schmerzen hörten auf. Der Esel zog den Karren gemächlich durch die Wolken. So hoch waren die kurdischen Berge, daß man schwindlig wurde, wenn man hinunterguckte in die halbnomadischen Kurdendörfer oder noch weiter, wo die Armenier wohnten, ganz unten im Tal.

– Ich habe keine Schmerzen mehr, sagte seine Mutter zu seinem Vater. Der Herr hat mich erhört.
– Dann ist's ja gut, sagte sein Vater.
– Brauchen wir wirklich zwei Tage bis zu den Weinreben?
– Ja, wenn der Esel nicht stehenbleibt.
– Und glaubst du, daß unser Wartan so lange wartet?
– Der wartet ganz bestimmt.

Während der Reise aber war viel Milch in die Brüste seiner Mutter geflossen. Und die Brüste schwollen an und wurden größer und größer, bis sie schließlich wie zwei schwere Säcke über die Planken des Eselskarren hingen.

– Die Milch kann nicht länger warten, sagte seine Mutter zu seinem Vater.
– Die Milch sucht den kleinen Mund unseres lieben, kleinen Wartans, sagte sein Vater.
– Aber unser Wartan liegt doch noch unter der Weinrebe?
– Dort liegt er, sagte sein Vater.

– Wir hätten eine Welpe mitnehmen sollen, sagte seine Mutter. Die Zigeunerinnen machen das so. Wenn sie zu viel Milch haben, lassen sie die Welpe an den Brüsten saugen.
– Wir sind bald da, sagte sein Vater. Solange wird die Milch warten.
– Wie lange?
– Bis du unseren kleinen Wartan in die Arme nimmst und ihm die Brust gibst.
– Er hat sicher ein hungriges Mäulchen?
– Ja, sagte sein Vater.

Aber die Milch wollte nicht warten. Und auch der Esel wurde störrisch und ging immer langsamer. Manchmal blieb er einfach stehen und wollte nicht weiter. Die Milch aber konnte nicht warten.

Und plötzlich platzten die großen Milchsäcke seiner Mutter. Und ganze Milchbäche flossen die Berge hinunter und ergossen sich in die anatolischen Täler. Und es floß mehr und mehr Milch. Und Bäche wurden zu Flüssen. Und Flüsse zu Meeren. Die ganze Welt ertrank in der Milch seiner Mutter. Nur die Weinrebe, dort, wo der kleine Wartan lag, blieb im Trockenen. Und der kleine Wartan schrie und schrie. Er schrie nach der Milch seiner Mutter, die überall war, nur nicht bei ihm.

Wartan Khatisian hing trocknend vor dem Gitterfenster in seiner Zelle. Er wollte seine Notdurft verrichten und konnte nicht. Er schrie nach seiner Mutter. Es kam aber nur ein Saptieh. Und der fragte: Was ist los?
– Ich kann es nicht mehr aushalten, Saptieh Agah.
– Soll ich den Müdir holen?
– Ja.

Es kam der Müdir in die Zelle.
– Sollen wir Ihre Ausgänge öffnen?
– Ja, Müdir Bey.
– Und wie ist es mit dem Geständnis? Werden Sie unterschreiben?
– Nein.

– Aber Efendi. Begreifen Sie denn nicht? Erst, wenn Sie sich bereiterklären zu unterschreiben, werden wir Ihre Ausgänge öffnen.
Wartan Khatisian fing zu heulen an, und der Müdir ließ ihn eine Weile heulen.
– Eigentlich tue ich Ihnen einen Gefallen, wenn ich Sie unterschreiben lasse, sagte der Müdir. Es ist ein großer Gefallen, und Sie müßten mich darum bitten.
– Ich kann es nicht mehr aushalten, Müdir Bey.
– Werden Sie unterschreiben, Efendi?
– Ja, Müdir Bey.
– Bitten Sie mich darum?
– Ich bitte Sie, Müdir Bey.

Wartan Khatisian wurde losgebunden. Der Zement, der noch nicht trocken und auch noch nicht hart war, wurde abgewaschen, die Schafswolle aus dem Pisser und dem Hintern gezogen. Der Saptieh brachte ihm eine Hose und half ihm beim Anziehen, aber noch ehe er die Hose zuknöpfen konnte, passierte das Unvermeidliche.
– Er hat in die Hosen gemacht, sagte der Saptieh.
– Das macht nichts, sagte der Müdir. Das war zu erwarten.«

Der letzte Gedanke hatte versucht, die Angst seines Vaters nachzuempfinden, aber da er bereits jenseits der Angst weilte, konnte er nichts empfinden. Der Märchenerzähler hatte ihn auf den Schreibtisch des Müdirs gesetzt, und da jetzt niemand in der Amtssube war – die Tür verschlossen – und weil der Märchenerzähler auch ein dunkles Märchentuch über das ganze Hükümet und die Mauer und auch das Gefängnis mit der Zelle seines Vaters geworfen hatte, konnte er nichts sehen und sich auch nichts vorstellen.
»Ist das nun eine wahre Geschichte oder nicht?«
»Alles, was im Kopf eines Menschen passiert, ist wahr«, sagte der Märchenerzähler, »obwohl es eine andere Wirklichkeit ist, als die wirkliche Wirklichkeit, die uns oft unwirklich erscheint.«
»Das verstehe ich aber nicht.«
»Es ist nicht wichtig«, sagte der Märchenerzähler. »Ich hatte dir vorhin angedeutet: es sind nur die Ängste deines Vaters, die mir diese Geschichte erzählt haben, die ich dir erzählt habe. Es sind seine

Alpträume, die einen Alptraum erzählt haben, und wenn du willst: dann ist es der Alptraum des Alptraums.«
»Warum kann mein Vater seine Ängste nicht verscheuchen?«
»Weil er mürbe geworden ist, mein Lämmchen. Weil seine Seele keine Kraft mehr hat. Weil er zu viel gesehen hat in diesem Gefängnis, und weil er weiß, daß der Müdir Alpträume verwirklichen kann, wenn er das will.«
Der Märchenerzähler wartete darauf, daß der letzte Gedanke die wichtige Frage fragte, nämlich: Hat mein Vater unterschrieben? Wird er gestehen? Aber der letzte Gedanke fragte nicht. Deshalb sagte der Märchenerzähler jetzt: »Dein Vater hatte gesehen, wie der Priester besohlt wurde, und er hat noch anderes gesehen, Schlimmeres, und er hat die Schreie der Gefolterten gehört, anfangs nur in Abständen, dann den ganzen Tag, und später auch die ganze Nacht. Das ganze Gefängnis bestand dann nur noch aus Schreien. Und wie ich dir's gesagt habe: dein Vater wurde mürbe. Vor allem aber wußte er nicht, was der Müdir mit ihm vorhatte, und das trieb ihn fast zum Wahnsinn, denn er begann, sich das Unvorstellbare vorzustellen. Und eines Morgens...«
»Was war eines Morgens?«
»Eines Morgens holte der Müdir deinen Vater in seine Amtsstube. Er fragte ihn freundlich: Wissen Sie, wie es Ihrer Frau geht?
– Das weiß ich nicht, sagte dein Vater. Ich habe keine Nachricht von ihr.
– Wir wissen, daß sie schwanger ist, sagte der Müdir... im fünften Monat, nicht wahr?
– Im sechsten, sagte dein Vater.
– Wird es ein Sohn werden?
– Wir hoffen es, sagte dein Vater.
– Sie wollen einen Nachfolger, nicht wahr?
– Ja, sagte dein Vater.
– Wie wird Ihr Sohn heißen?
– Wir wollen ihn Thovma nennen, sagte dein Vater.
– Thovma Khatisian, sagte der Müdir, ein echt armenischer Name.
– Ja, sagte dein Vater.

– Wir haben Ihre Frau verhaftet, sagte der Müdir. Sie ist jetzt im Frauengefängnis von Bakir.
– Das kann nicht sein, sagte dein Vater. Das kann doch nicht sein.
– Und warum kann das nicht sein?
– Weil sie nichts verbrochen hat.
– Viele haben angeblich nichts verbrochen, sagte der Müdir, ... und sie werden trotzdem verhaftet.
– Ja, sagte dein Vater.
– Wir behalten Ihre Frau nur als Geisel, sagte der Müdir, ...und zwar solange bis Sie gestanden haben.
– Als Geisel?
– Ja, sagte der Müdir.

– Haben Sie keine Angst, sagte der Müdir. Ihre Frau steht unter meinem persönlichen Schutz. Ihr wird nichts geschehen. Wir werden nur das Ungeborene töten, wenn Sie nicht unterschreiben.
– Meinen Sohn Thovma?
– Ihren Sohn Thovma!
Der Müdir lächelte, und er öffnete jetzt eine Schublade in seinem Schreibtisch und holte einige Sachen deiner Mutter hervor. Da war der Inlandpaß, den man *Teskere* nennt, und da waren auch einige Schmuckstücke, die dein Vater ihr mal gekauft hatte, auch der Hochzeitsschleier war dabei, alles bekannte Dinge. Sehen Sie, sagte der Müdir. Wir haben tatsächlich Ihre Frau verhaftet. Glauben Sie es?
– Ja, sagte dein Vater.
– Und mit Ihrer Frau haben wir auch Ihren Sohn verhaftet, obwohl der noch gar nicht geboren ist.
– Meinen Sohn Thovma?
– Ihren Sohn Thovma.
– Mein Sohn? sagte dein Vater. Mein Sohn.
– Er ist überall dort, wo auch Ihre Frau ist.
– Thovma, sagte dein Vater. Mein kleiner Thovma.
– Wir tun Ihrem Sohn nichts, wenn Sie unterschreiben. Werden Sie unterschreiben?
– Ja, sagte dein Vater. Ich unterschreibe.

Dein Vater unterschrieb, und er setzte seine Unterschrift neben die anderen Unterschriften, die bereits bezeugten, daß die Unterzeichner gesehen hatten, wie er eigenhändig unterschrieb. Der Müdir war sehr freundlich. Er sagte: Natürlich genügt das nicht. Sie werden auch ... in Konstantinopel ... vor der Weltöffentlichkeit aussagen.
– Ja, sagte dein Vater.
– Und Sie werden in Konstantinopel nicht widerrufen, denn wir behalten Ihre Frau solange als Geisel, bis Sie auch in Konstantinopel alles gestanden haben.
– Ja, sagte dein Vater.
– Und Sie wissen, was mit Ihrem Sohn passiert, wenn Sie in Konstantinopel widerrufen?
– Ich werde nichts widerrufen, sagte dein Vater.

– Und da ist noch etwas, sagte der Müdir. Übermorgen kommen einige Herren in meine Amtsstube. Diese Herren möchten gerne mündlich hören, was in dem schriftlichen Geständnis steht. Sie werden also das schriftliche Geständnis, das Sie ja eigenhändig unterschrieben haben, auswendig lernen und dann vor den Herren mündlich wiederholen. Es ist eine Art Generalprobe, damit wir wissen, was Sie in Konstantinopel aussagen werden. Damit Sie keine Fehler machen, verstehen Sie.
– Ich verstehe, sagte dein Vater.
– Nehmen Sie die Abschrift des schriftlichen Geständnisses in Ihre Zelle, Efendi. Und lernen Sie es auswendig. Und gestehen Sie vor den Herren alles, was darin steht.
– Ja, Müdir Bey.
– Da sind noch einige Lücken in dem schriftlichen Geständnis. Füllen Sie sie in Gedanken aus, und beantworten Sie alle Fragen, die die Herren oder ich Ihnen stellen werden, beantworten Sie sie klipp und klar. Es muß glaubwürdig und natürlich klingen, auf keinen Fall wie auswendig gelernt. Verstehen Sie das?
– Ja, Müdir Bey.
– Und denken Sie an Ihren kleinen Thovma.
– Ja, Müdir Bey.

Was sich zwei Tage später in der Amtsstube des Müdirs abspielen sollte, war noch nicht der große Prozeß«, sagte der Märchenerzähler, »weil der ja in Konstantinopel stattfinden mußte, und weil die Herren in der Amtsstube des Müdirs keine Richter waren, sondern nur Zeugen. Der Müdir behauptete, es sei nur die Generalprobe eines mündlichen Geständnisses, aber in Wirklichkeit war es nicht mal das. Es war nur das erste Geständnis vor vielen Zeugen in einer Reihe anderer Geständnisse, die dein Vater noch machen sollte, ehe die wahre Generalprobe des mündlichen Geständnisses vor den Ohren der Untersuchungsrichter in Konstantinopel gemacht wurde, die dann später im Gerichtssaal wiederholt werden würde, und zwar vor der Weltöffentlichkeit. Verstehst du das?«

»Nein«, sagte der letzte Gedanke.

»Also gut«, sagte der Märchenerzähler. »Ich werde es dir erklären: Dein Vater sollte ein Geständnis ablegen, von dem wir beide – du und ich – noch nichts Genaues wissen. Wir wissen nur, daß sich der Müdir das Geständnis ausgedacht hat und daß es irgend etwas mit einer mystischen armenischen Weltverschwörung zu tun hat, in die dein Vater angeblich verwickelt ist. Dieses Geständnis ist, wie gesagt, frei erfunden, und zwar vom Müdir in Mitwissenschaft des Walis, des Mutessarifs, des Kaimakams und des Oberschreibers. Es ist zwar frei erfunden, stützt sich aber auf Verdachtspunkte, die einleuchtend sind. Der Müdir hat seine Erfindung schriftlich niederlegen und von deinem Vater unterschreiben lassen. Daß die Unterschrift stimmt, haben die anderen Herren, nämlich der Wali, der Mutessarif, der Kaimakam und natürlich auch der Müdir und der Oberschreiber ihrerseits mit ihrer Unterschrift bezeugt, obwohl schon vor der eigentlichen Unterschrift deines Vaters.«

»Das verstehe ich«, sagte der letzte Gedanke.

»Ich habe das alles schon einmal gesagt, aber ich sage es nochmal. Und ich sage auch nochmal, daß dein Vater jetzt mündlich wiederholen soll, was in dem schriftlichen Geständnis steht, damit er später in Konstantinopel ähnliches aussagen kann. Er wird es noch öfter aussagen müssen, bis sein Geständnis so überzeugend klingt, daß auch die Herren in Konstantinopel kein Risiko mit ihm einzugehen brauchen, wenn sie ihn dann vor der Weltöffentlichkeit aussagen lassen. Diese Aussage in der Amtsstube des Müdirs ist also noch keine Generalprobe, obwohl der Müdir sie so nennt, sondern es ist nur die erste Probe unter vielen Proben, die irgendwann zur Generalprobe führen und dann zur endlichen Aussage vor der Weltöffentlichkeit.«

»Ich fange an, zu begreifen«, sagte der letzte Gedanke. »Aber was will mein Vater eigentlich gestehen?«

»Das wirst du bald hören«, sagte der Märchenerzähler.

6

»Du mußt dir also vorstellen«, sagte der Märchenerzähler, »daß sie alle in der Amtsstube des Müdirs versammelt sind, alle, die der Müdir als einstweilige Zeugen geladen hatte: der Wali von Bakir, der Kaimakam, der Oberschreiber, der Mutessarif, einige türkische Offiziere, auch drei deutsche, darunter der kleine, schwule Leutnant und auch der Major und Freund des Walis, außerdem ein österreichischer Journalist, der hier, nicht weit von der Front, Quartier bezogen hatte. Auch der Kadi ist da, ein muslemischer Richter, aber nur als Zeuge und Zuhörer, denn es wird ja nicht gerichtet, sondern nur gehört. Du mußt dir auch vorstellen, daß der Raum verqualmt ist wie ein türkisches Kaffeehaus, daß der kleine, schwule Leutnant – ein Nichtraucher – öfter hustet, ebenso wie der Oberschreiber, der ja bekanntlich auch Nichtraucher ist. Du mußt dir vorstellen, daß Kaffee in zierlichen Täßchen serviert wird ... und Süßigkeiten und Raki. Drei türkische Offiziere und der Kadi sitzen auf dem Diwan, während alle anderen auf dem Fußboden sitzen, auf bequemen Kissen, auch die drei Deutschen und der österreichische Journalist. Sie wollen nicht auffallen und sind froh, daß sie auf dem Fußboden sitzen dürfen, und nicht etwa auf dem Diwan oder gar auf den beiden Frankenstühlen am Schreibtisch. Die drei Deutschen und der Österreicher haben es längst bemerkt: niemand wagt, auf den Frankenstühlen zu sitzen. Das schickt sich nicht. Zwei leere, nutzlose Stühle. Es wird nur geflüstert und Kaffee und Raki geschlürft und auch ein bißchen geschmatzt. Manche der Herren kosten genüßlich von der Baklava, andere kauen nur an dem Tschibuk. Die Deutschen und der Österreicher gucken ab und zu auf den Gefangenen, der ohne Ketten neben dem Schreibtisch sitzt, unruhig und verängstigt.
– Was soll eigentlich dieses ganze Theater, flüstert der kleine, schwule Leutnant dem Major zu. Er spricht deutsch und weiß, daß keiner der Türken ihn versteht.
– Der Müdir möchte sich in Konstantinopel einen Namen machen, sagt der Major. Man sucht in Konstantinopel seit Monaten einen Hauptschuldigen, und man kann ihn nicht finden.

- Was hat der Gefangene verbrochen?
- Das werden wir bald hören.

- Efendiler, sagte der Müdir. Ich habe leider keine Landkarte, obwohl ich seit Jahren eine angefordert habe. Aber wie Sie sehen: ich habe keine. Und warum? Na, warum schon: weil der Beamte in Konstantinopel, der für türkische Landkarten zuständig ist, ein Armenier ist und mir absichtlich keine geschickt hat.
Der Müdir zeigte auf den Schreibtisch. Sehen Sie sich mal diesen Schreibtisch an. Er ist völlig verstaubt. Der zuständige Saptieh wischt den Staub nur an einer Ecke ab, nämlich dort, wo ich zu sitzen pflege. Und ich selber ... ich habe es seit Jahren nicht bemerkt. – Und sehen Sie sich mal diesen Dreck auf dem Schreibtisch an! Sogar die toten Fliegen aus den Jahren 1912 und 1913 – den Jahren der Balkankriege – sind noch drauf, vom Staub eingedeckt, sozusagen: einbalsamiert, wie Sie sehen. Und was mache ich, wenn ich eine Landkarte brauche? Na, raten Sie mal! Na, was schon: ich zeichne die Karte mit dem Finger auf die Schreibtischplatte, in den Staub, ganz einfach. Da, gucken Sie mal hin. Sehen Sie die türkische Landkarte? Da ist sie.
Die Herren standen jetzt auf und betrachteten die Landkarte. Besonders die Deutschen waren erstaunt, denn was sie sahen, war wirklich eine Landkarte, mit dem Finger gezeichnet, in den Staub und in das Grab der toten Fliegen aus den Zeiten der Balkankriege.
- Als türkischer Patriot, sagte der Müdir, habe ich die Landkarte im Gedächtnis, und zwar zu jeder Zeit. Deshalb stimmt die Landkarte auch.
Der Müdir ging jetzt vor dem Schreibtisch auf und ab, während die Herren sich wieder setzten. – Und wer ist an diesen Zuständen schuld, sagte der Müdir. Wer macht uns Türken so bequem und lullt uns in den Schlaf? Na, raten Sie mal.
- Die Armenier, sagte der Wali.
- So ist es, sagte der Müdir. Die Armenier sind an allem schuld. Sie haben uns hypnotisiert.
- So ist es, sagte der Wali.

Der Müdir rief die Herren jetzt wieder zur Landkarte. Er zeichnete mit dem Finger einen Kreis ins Herz der Türkei.

– Dieses Land im Herzen der Türkei nennen wir Anatolien. Aber die Armenier nennen es Armenien oder Hayastan.
– Der Name Armenien steht noch auf vielen Landkarten, sagte der deutsche Major.
– Unter Großarmenien und Kleinarmenien, sagte der österreichische Journalist. Großarmenien soll sich angeblich bis über die persische und russische Grenze erstrecken, aber ich kann das nicht mit Genauigkeit sagen, da ich die Landkarte nicht so im Kopf habe wie der Müdir.
– Ganz recht, sagte der Müdir, aber uns interessiert im Augenblick nur der türkische Teil des angeblich großarmenischen Reiches.
– Es gab mal ein großarmenisches Reich, sagte der österreichische Journalist, und zwar genau in dieser Gegend.
– Das ist aber schon lange her, sagte der Müdir. Schon so lange, daß es gar nicht mehr wahr sein kann.
– Ein Märchen also?
– Ein Märchen, sagte der Müdir.

– Aber die Armenier wollen das Märchen vom armenischen Reich wieder in die Gegenwart rücken, sagte der Müdir. Sie hoffen, daß sie mit russischer Hilfe hier einen armenischen Staat aufrichten können, hier, im Herzen der Türkei.
– Gibt es dafür Beweise?
– Es gibt Hinweise, sagte der Müdir. Hinweise für den armenischen Verrat, die in Richtung eines Beweises führen.
– Gibt es nun einen Beweis oder gibt es keinen?
– Das ist unwichtig, sagte der Müdir. Wichtig allein ist der Glaube, der Glaube an den Beweis, der sich auf glaubhafte Hinweise stützt. Verstehen Sie das?
– Nicht ganz, sagte der österreichische Journalist.

Deinem Vater saß die Angst auf der Zunge«, sagte der Märchenerzähler, »und die Tatsache, daß seinem kleinen, ungeborenen Sohn etwas zustoßen könnte, wenn er nicht alles sagte, was der Müdir hören wollte, und dazu auch einige Schlucke Raki, die der Müdir ihm zu trinken gab, all das löste die Angst von der Zunge und stieß sie als Lüge verkleidet in den Raum.

– Ich habe in Sarajevo den österreichischen Thronfolger und seine Gattin erschossen, sagte dein Vater. Und ich habe das aus Überzeugung und im Namen des armenischen Volkes getan.
Dein Vater schwieg und stürzte ein paar Gläschen Raki herunter. Auch die Herren schwiegen, bis auf einmal einer zu lachen anfing. Das war der Österreicher. Aber meine Herren, sagte er. Das ist doch lächerlich. Das ist völlig unglaubhaft. Ich bin zwar nur der Auslandskorrespondent einer Wiener Zeitung, aber ich kenne die Tatsachen, die zum Ausbruch des Krieges geführt haben. Das österreichische Thronfolgerpaar wurde von dem bosnischen Nationalisten Gavrilo Princip erschossen, einem Gymnasiasten, einem jugendlichen Hitzkopf und verblendeten Fanatiker. Und hinter dem Anschlag stand eine serbische Offiziersclique und die Geheimorganisation *Crna Ruka*, die *Schwarze Hand*, deren Oberbefehlshaber ein serbischer Oberst ist, nämlich Dragutin Dimitrijewitsch.
– Die Presse ist schlecht informiert, sagte der Müdir. Der bosnische Fanatiker Gavrilo Princip hat zwar auch auf das Thronfolgerpaar geschossen, aber es waren die Kugeln dieses Armeniers, die den Kronprinzen Franz Ferdinand und seine Gattin getroffen haben.
– Und wie wollen Sie das beweisen?
– Dieser Mann wird es beweisen.

– Ich bin im Jahre 1898 nach Amerika ausgewandert, sagte dein Vater. Ich bin ausgewandert, weil ich hoffte, drüben Arbeit zu finden, Geld zu ersparen, um eines Tages als reicher Mann in meine Heimat zurückzukehren. Ich bin nur aus diesem einen Grunde ausgewandert. Ich bin nicht ausgewandert, weil hier Armenier verfolgt wurden, denn eine Armenierverfolgung in der Türkei hat es nie gegeben. Das ist eine Lüge der armenischen Weltverschwörung. Nur sie hat diese Lüge erfunden, um dem Ruf der Türken in aller Welt zu schaden.
– Aber das stimmt doch nicht, sagte jetzt der österreichische Journalist. Selbst die Jungtürken und die jetzige Regierung geben zu, daß die Armenier unter der früheren und gestürzten Regierung verfolgt wurden.
– Unter der Regierung Abdul Hamids, sagte jetzt der deutsche Major.

– Sprechen Sie von dem angeblichen Massaker von 1895, bei dem angeblich 300 Armenier umgekommen sein sollen, fragte der Müdir, und er fragte es sehr vorsichtig.
– Die Statistik sprach von 300000, sagte der deutsche Major.
– Das sind Zahlen, sagte der Müdir. Zahlen bedeuten nichts.
– Lassen wir doch die frühere Regierung aus dem Spiel, sagte der Wali. Die frühere Regierung, die unter Abdul Hamid, ist tot. Wir haben jetzt eine moderne, fortschrittliche und gerechte Regierung.
– Ja, Wali Bey, sagte der Müdir. Sie sprechen uns allen aus der Seele.
– Den Armeniern ist es immer gut gegangen, sagte der Wali. Wer macht die großen Geschäfte in der Türkei? In wessen Händen ist Handel und Handwerk? Wer frißt sich den Bauch voll auf Kosten des türkischen Volkes?
– Die Armenier, sagte der Mutessarif. Und auch der Kaimakam nickte und sagte: Die Armenier.
– Und was für ein Recht haben die Armenier, sich zu beklagen, wo es ihnen doch gut geht und immer gut gegangen ist? Und sogar, wenn die frühere Regierung einige von ihnen erschlagen haben sollte oder erschossen oder sonst was, dann haben die Armenier diese Verluste längst wieder wettgemacht. Denn sie sind ein fruchtbares Volk und zeugen viele Kinder. Und wo kommen so viele Millionen von ihnen her? Und warum wohnen sie immer noch hier, wenn es ihnen hier schlecht geht oder wenn es ihnen hier jemals schlecht gegangen wäre?
– Recht so, sagte der Müdir.

– Es ist uns allen gut gegangen, sagte dein Vater. Diese Armenierverfolgungen unter Abdul Hamid sind weit übertrieben. Das meiste ist erfunden und erlogen. Und eine Auffrischung dieser Lüge konnte nur in den gespenstischen Hirnen der armenischen Weltverschwörung entstehen.
– Was wissen Sie über die armenische Weltverschwörung? fragte der Müdir.
– Nicht viel, sagte dein Vater. In Amerika fiel mir auf, daß die armenischen Wohlfahrtsorganisationen fortwährend Gelder sammeln. Sie kamen auch in meine Wohnung und baten um eine Spende.
– Wofür? fragte der Müdir.

- Angeblich für Waisenkinder.
- Aber Sie wissen natürlich, daß das nicht stimmt?
- Ja, sagte dein Vater. So viele Waisenkinder kann es gar nicht geben. Mir war von Anfang an klar, daß diese vielen Gelder für Waffenkäufe bestimmt waren und in die Hände armenischer Nationalisten wanderten.
- Was für Nationalisten?
- Die Daschnaks ... die Mitglieder der nationalen armenischen Daschnak-Partei. Man nennt sie auch *Daschnakzagan*.
- Woher wissen Sie das?
- Ich weiß es von meinem Schwager Pesak Muradian, mit dem ich brieflich Kontakt hatte und den ich auch später persönlich gesprochen habe.
- Wann haben Sie ihn gesprochen?
- Nach meiner Rückkehr. Im Jahre 1914.

- Dieser Pesak Muradian ist einer der Führer der Daschnaks, sagte der Müdir, ein gefährlicher Nationalist und ein Verschwörer. Er ist einer von denen, die hier, im Herzen der Türkei, einen unabhängigen, armenischen Staat auf die Beine stellen wollen. Wir suchen ihn seit einigen Monaten. Aber dieser Mann ist spurlos verschwunden.

- Die Daschnaks! Der österreichische Journalist lachte auf. Die armenische Nationalpartei! Es ist wirklich zum Lachen, Müdir Bey.
- Und warum ist das zum Lachen?
- Weil es sie wirklich gibt, sagte der Journalist. Aber soweit ich informiert bin, ist es eine legale Partei, oder sie war es zumindestens bis zum Ausbruch des Krieges, eine Partei, die 1908, nach der Machtergreifung der Jungtürken, offiziell anerkannt worden ist.
- Das stimmt, sagte der Müdir.
- Die Daschnaks haben ihre Unabhängigkeitsbestrebungen längst aufgegeben, sagte der österreichische Journalist. Sie gaben sie auf, als die Jungtürken die Regierung übernahmen, um mit den unterdrückten Minoritäten gemeinsame Sache zu machen.
- Das ist wahr, sagte der Müdir.
- Weil die Jungtürken ihnen gleiche Rechte versprochen haben, gleiche Rechte für alle osmanischen Bürger, auch die Armenier.

– Das ist wahr, sagte der Müdir.
– Wozu brauchen die Daschnaks dann die Waffen?
– Weil sie insgeheim mit den Russen unter einer Decke stecken, sagte der Müdir. Und weil sie nur so tun, als hielten sie es mit den Jungtürken, in Wirklichkeit aber einen Aufstand vorbereiten.
– Haben Sie dafür Beweise?
– Wir haben Hinweise, sagte der Müdir.

– Ich habe mich drüben in Amerika nicht um Politik gekümmert, sagte dein Vater. Aber es war doch ziemlich verdächtig, als die Geldsammler kamen. Ich konnte mir gar nicht vorstellen, daß man wirklich so viel Geld für Waisenkinder braucht, die es gar nicht gibt.
– Es sind Milliardenbeträge, sagte der Müdir, denn die armenischen Bankiers und Geschäftsleute in Amerika und überall auf der Welt finanzieren da kräftig mit.
– Ja, sagte dein Vater. Das stimmt.
– Und woher will er das wissen? fragte der österreichische Journalist.
– Ich habe es bereits gesagt, sagte dein Vater. Ich wußte es von meinem Schwager Pesak Muradian, obwohl es eigentlich alle Armenier wissen, auch diejenigen, die behaupten, nichts zu wissen.

– Damals wußte auch ich nichts Genaues von einer armenischen Weltverschwörung, sagte dein Vater, obwohl ich genau wußte, daß es so etwas gibt. Aber wie gesagt: ich kümmerte mich drüben nicht um Politik.
– Er ist Dichter, sagte der Müdir. Die Dichter glauben, daß sie über den Dingen stehen und daß sie sich um die eigentlichen Dinge und alles, was greifbar ist, gar nicht zu kümmern brauchen. Aber gerade die Dichter sind es, die gefährlich werden, wenn sie sich in Dinge einmischen, die man den Praktikern überlassen sollte.
– So ist es, sagte dein Vater.
– Wann haben Sie sich in die praktische Durchführung der armenischen Ziele eingemischt?
– Später, sagte dein Vater. Im Juni 1914, als ich beschloß, den österreichischen Thronfolger zu erschießen.
– Und seine Gattin?

– Und seine Gattin.
– Diese Aufgabe muß Sie als Dichter fasziniert haben?
– Ja, sagte dein Vater. Ich hatte als Dichter eine verschwommene Vorstellung von der Welt und auch von den Zusammenhängen, die die Menschheit in Atem halten. Die Tatsache, daß ich selber eingreifen sollte, erregte mich.
– Wie kam es überhaupt dazu?
– Durch einen Zufall, sagte dein Vater.
– Aber Efendi, sagte der Müdir. Es gibt keine Zufälle. Alles ist Schicksal und Vorbestimmung.

– Im Frühjahr 1914 beschloß ich, Amerika für eine Zeitlang den Rücken zu kehren, sagte dein Vater. Ich wollte meine Familie in der Türkei wiedersehen. Ich wollte außerdem heiraten, und zwar eine Frau aus meinem Dorf.
– Sie waren vorher schon mal verheiratet, nicht wahr?
– Ja. Aber meine erste Frau ist im Kindbett gestorben.
– Und Sie hatten keinen Nachfolger?
– Richtig. Ich hatte keinen Nachfolger.
– Sie wünschten sich einen Sohn, nicht wahr?
– Ja, Müdir Bey. Ich wollte vor allem einen Sohn zeugen, mit einer Frau aus meinem Dorf, einer anständigen Frau, die nicht jedem Fremden ihre Beine zeigt.
– Und ihr Gesicht?
– Ja, auch das Gesicht.

– Die Überfahrt dauerte einige Wochen, sagte dein Vater. Es war ein deutsches Passagierschiff mit dem Namen *Graf Schwerin*. Es war ein sehr großes Schiff – wie eine schwimmende Stadt war es –, und es fuhr so ruhig, daß man das Gefühl hatte, auf einem See zu fahren, einem stillen See.
– Ja, die Deutschen verstehen es, Schiffe zu bauen, sagte der Müdir, und es ist egal, ob es Passagier- oder Kriegsschiffe sind. Denken Sie mal an die *Goeben* und an die *Breslau*, die beiden deutschen Kriegsschiffe, die jetzt unter türkischer Flagge fahren. Nicht mal die Engländer, diese Hurensöhne, können so was bauen. Stimmt es etwa nicht, Efendiler?

– Richtig, sagte der Wali. Mit der *Goeben* und der *Breslau* haben wir Odessa beschossen.
– Alles, was die Deutschen machen, hat Qualität, sagte der Müdir. Man kann es nicht leugnen. Und ich kann mir gut vorstellen, daß dieses große deutsche Schiff, die *Graf Schwerin*, wie auf einem See fuhr.
– Man kann sich auf die Tüchtigkeit der Deutschen verlassen, sagte der Wali. Ich wette mit Ihnen, Efendiler, daß es auf so einem deutschen Schiff keine Seekrankheiten gibt, und daß selbst die Ungläubigen den Schweinebraten nicht auskotzen, der ihnen dort serviert wird, ein Zeichen, daß selbst Allah, der der Größte ist – gelobt sei sein Name –, bei den Deutschen ein Auge zudrückt, damit es keinem einfällt, an ihrer Tüchtigkeit zu zweifeln.
– Es gab keine Seekrankheiten, sagte dein Vater. Sie haben vollkommen recht, Wali Bey.
– Na, was hab ich Ihnen gesagt, Efendiler, sagte der Wali.

– Ich traf einige Armenier auf dem Schiff, sagte dein Vater, aber es waren alles harmlose Leute, die nichts mit einer armenischen Weltverschwörung zu tun hatten, wenigstens nehme ich das an. Es waren Geschäftsleute. Ich redete mit ihnen, weil sie armenisch sprachen. Wir trafen uns auf Deck, im Speisesaal beim Essen oder bei Gesellschaftsabenden. Es war wirklich eine angenehme Reise auf diesem großen deutschen Schiff.

Ich hatte mir, wie die meisten Touristen, einen Fotoapparat mitgenommen, sagte dein Vater, um Freunde und Bekannte zu Hause, aber vor allem die Familie mit meinen Reisebildern zu beeindrucken ... eine kindliche Spielerei, mehr steckte nicht dahinter, nichts Politisches und auch kein Gedanke, die Türkei zu schädigen und Verbotenes zu fotografieren, oder gar den Engländern und den Franzosen oder den Russen wichtiges Fotomaterial in die Hände zu spielen. Wirklich nicht, Efendiler. Ich war ein völlig harmloser Tourist, und außerdem: wer wußte schon Anfang 1914, daß es zu einem großen Krieg kommen würde, einem Krieg, der viele Völker in eine Katastrophe führen könnte. Nein, Efendiler, ich wußte das alles nicht, als ich diesen Apparat mit auf die Reise nahm, glauben Sie's mir.

– Es geht jetzt nicht um Ihren Fotoapparat, sagte der Müdir. Erzählen Sie von Sarajevo.

– Ich nahm den Zug nach Paris, sagte dein Vater, und überlegte mir, ob ich nicht den Orientexpress nehmen sollte, um über Wien nach Konstantinopel zu fahren, dann aber fiel mir ein, daß ich über Sarajevo fahren mußte.
– Weil Sie dort einen Onkel hatten, dem Sie Geld übergeben sollten, nicht wahr?
– Ja, Müdir Bey. Von seinem Bruder in Amerika, meinem anderen Onkel. Ich hatte es versprochen.
– Eine Art Devisenbetrug?
– Daran habe ich gar nicht gedacht.
– Ein Kavaliersdelikt?
– Ja, Müdir Bey.
– Erzählen Sie weiter.
– Zuerst hatte ich keine rechte Lust, diesen Abstecher nach Sarajevo zu machen, aber dann dachte ich mir, daß es ganz amüsant sein könnte, denn mein Onkel war Kaffeehausbesitzer.
– Was soll denn so amüsant sein an einem Kaffeehaus?
– Es war kein richtiges Kaffeehaus, sondern eine Art Bordell.
– Wie sollen wir das verstehen, Efendi?
– Es war ein Kaffeehaus mit geheimen Zimmern, die man Séparées nennt. Es saßen auch Mädchen im Kaffeehaus herum, die käuflich waren, und die man nur in eines der Geheimzimmer mitzunehmen brauchte.
– Und das wußten Sie?
– Die ganze Familie wußte es. Dieser Onkel war der Schandfleck der Familie. Nur mit seinem amerikanischen Bruder stand er auf gutem Fuß. Er hatte ihm mal Geld geborgt und auch damals die Reise nach Amerika finanziert.
– Verstehe, sagte der Müdir.
Einige der Herren lachten jetzt. Die türkischen Offiziere tuschelten untereinander.
– Sie wollten also in Sarajevo nicht nur das Geld bei Ihrem Onkel abliefern. Sie wollten sich auch amüsieren? Der Müdir lächelte freundlich. Ich nehme an, daß ein bißchen Spaß ... ehe man sich

wieder verheiratet ... der Seele gut tut, sozusagen: eine letzte Kostprobe der Freiheit?
– Sie sagen es, Müdir Bey. Ich dachte mir: erst mal nach Sarajevo fahren, das Geld abliefern, dann ein bißchen Spaß haben ... in diesem Kaffeehaus ... hatte das schließlich verdient nach all den schweren Jahren in Amerika, der harten Arbeit, der Einsamkeit ... sagte mir: eine Weile sorglos leben, ehe du nach Hause fährst, heiratest und dich endgültig bindest.
– Das verstehen wir, Efendi, sagte der Müdir.
– Das verstehen wir, sagte auch der fette Wali, der jetzt leise und erregt zu kichern anfing. Sein feistes Gesicht glänzte. In Bosnien gibt es schöne Mädchen, sagte er, obwohl man sie nicht ganz so jung haben kann wie hier in den Bordellen von Bakir, die alle Armeniern gehören.
– Nicht alle, sagte jetzt einer der türkischen Offiziere.
– Erzählen Sie uns von Sarajevo, sagte der Müdir zu deinem Vater.

– Als ich in Sarajevo ankam, sagte dein Vater, da hatte gerade die Presse den Staatsbesuch des österreichischen Thronfolgerpaares mit Schlagzeilen angekündigt. Auch das Datum des Besuches stand fest. Der 28. Juni 1914. In Sarajevo merkte man kaum, daß ein Ereignis bevorstand, das die Welt verändern würde. Es stimmte zwar, daß die Straßen gereinigt wurden und Schmutz und Abfälle beseitigt, besonders in den Vierteln der Moslems und den engen Gassen der Basare, es stimmte auch, daß mehr Polizisten als sonst auf den Straßen waren und Einheiten der regionalen österreichischen Garnison, aber wenige Tage vor dem eigentlichen Staatsbesuch fiel das gar nicht so auf.
– Was ist Ihnen persönlich besonders aufgefallen? fragte der Müdir.
– Mir persönlich fiel auf, daß so viele Armenier in Sarajevo auftauchten, Armenier, die keine Einheimischen waren.
– Woher wußten Sie, daß diese Armenier keine Einheimischen waren?
– Von den Kellnern im Kaffeehaus, auch von meinem Onkel, und natürlich von den anderen Gästen, besonders von den Mädchen. Sie redeten über die Fremden.

– Sehen Sie, Efendiler, sagte der Müdir, und dabei blickte er sich triumphierend im Kreise der Herren um. Am Tag des Attentats wimmelte es von Armeniern in Sarajevo, Armenier, die gar nicht einheimisch waren. Woher kamen sie alle! Und warum kamen sie?
– Aber, Müdir Bey, sagte der österreichische Journalist. Es war doch ein großer Tag, ein Staatsbesuch. Aus der ganzen Welt kamen Besucher, vor allem die Leute von der Presse. Sogar ich wollte nach Sarajevo.
– Waren Sie in Sarajevo?
– Nein, sagte der österreichische Journalist. Meine Zeitung hatte einen Kollegen geschickt. Ich bedaure das noch heute.
– Es war wirklich ein großes Ereignis, sagte der Wali.
– Ja, das war es, sagte der Müdir.

– Man hatte den österreichischen Thronfolger gewarnt, sagte der Müdir. Sogar wir Türken haben ihn gewarnt, denn diese Bosnier sind ein gefährliches Volk. Sie sind so unberechenbar wie die Serben. Man wußte damals, daß die Möglichkeit eines Attentats bei einem Staatsbesuch in Bosnien nicht aus der Luft gegriffen war. Ich würde sogar sagen: jeder wußte, daß ein Attentat stattfinden würde.
– So ist es, sagte der Wali. Jeder wußte es. Sogar der Erzherzog wußte es. Aber der Erzherzog war zu stolz, um einen Rückzieher zu machen.
– Er war ein stolzer Mann, sagte der deutsche Major, die Verkörperung eines deutschen Offiziers.
– Eines österreichischen Offiziers, sagte der österreichische Journalist.
– Er wußte auch, daß er unbeliebt war, sagte der Wali. Trotzdem fuhr er nach Sarajevo!
– Es war eine offene österreichische Herausforderung, sagte der Müdir. Denn nirgendwo waren die Österreicher so unbeliebt wie in Bosnien und der Herzegowina.
– Eine Herausforderung, sagte der Wali. Aber auch die Geste eines großen Landes, das den Kleinen zeigen mußte, wer der Herr war.
– Richtig, Wali Bey, sagte der Müdir. Wo käme man hin, wenn die Großen den Kleinen zeigen würden, daß sie Angst haben?
– Nirgendwohin, sagte der Wali.

– Sehen Sie, Efendiler, sagte der Müdir. Wollen wir doch mal ganz offen sein. Wem hat denn Serbien gehört? Und wem hat Bosnien gehört und die Herzegowina? Na, wem wohl, Efendiler? Uns Türken haben diese Provinzen gehört.
– Richtig, sagte der Wali.
– Und wer hat in den siebziger Jahren einen Aufstand gemacht? Etwa die Türken? Nein, Efendiler. Die Serben haben einen Aufstand gemacht. Und gegen wen? Gegen uns Türken. Und warum, wenn ich fragen darf? Na, ich sag's Ihnen, Efendiler. Aus reinem Übermut. Ohne irgendeinen Grund. Denn wir haben diese Untertanen immer gut behandelt, obwohl sie Schweine züchteten und ihre Schweine unter freiem Himmel herumlaufen ließen, in einem Land, das von Rechtgläubigen regiert wurde.
– Richtig, sagte der Wali.
– Dann wurden die Serben selbständig, sagte der Müdir, obwohl diese Schweinezüchter sich gar nicht selber regieren können, und diese Hurensöhne von Russen halfen ihnen dabei. Das war Ende der siebziger Jahre.
– Ja, sagte der Wali.
– Aber die Österreicher machten den Serben einen Strich durch die Rechnung, als sie 1878 in Bosnien und der Herzegowina einmarschierten.
– Einen Strich durch die Rechnung, sagte der Wali.
– Weil die Serben Bosnien und die Herzegowina ihrem neuen Staat einverleiben wollten, was sie aber nicht konnten.
– Weil die Österreicher diese beiden Provinzen überraschend okkupiert hatten?
– Logisch, sagte der Müdir.
Auch der österreichische Journalist sagte: Logisch. Wir hatten diese beiden Provinzen, die die Serben reklamierten, damals kurzerschlossen besetzt.

– Diese beiden Provinzen gehören rechtmäßig uns, sagte der Müdir.
– Auch die Hauptstadt Bosniens, die alte Stadt Sarajevo, ist eine türkische Stadt. Und trotzdem lache ich mir manchmal ins Fäustchen, wenn ich daran denke, wie das damals war, im Jahre 1878, als

Österreich diese beiden Provinzen okkupierte. Ich lache, weil ich mich freue, daß die Serben diese beiden Provinzen nicht gekriegt haben.
– Das war für die Serben ein Tritt in den Hintern, sagte der Wali.
– Ein Tritt in die Eier, sagte der Müdir.
– Nichts verbittert die Serben so sehr, sagte der Wali, wie der Verlust Bosniens und der Herzegowina. Es ist wirklich so, als hätten die Österreicher mit der Okkupation dieser Gebiete den Serben die Eier abgeschnitten.
– Und deshalb gibt es kein Volk auf der Welt, das die Österreicher so haßt wie die Serben.
– Das ist wahr, sagte der Wali.

– Sechsunddreißig Jahre lang hat es in der Herzegowina und in Bosnien gegärt, sagte der Müdir. Sechsunddreißig Jahre. Ein Pulverfaß, Efendiler. Irgendwann mußte es explodieren.
– Irgendwann, sagte der Wali. Nur der Zeitpunkt stand nicht fest.
– Er stand fest, als der Erzherzog nach Sarajevo kam.
– So ist es, Müdir Bey.
– Reden wir von Sarajevo!
– Ja. Von Sarajevo.

– Wir haben festgestellt, sagte der Müdir, daß mit einem Anschlag auf den Erzherzog zu rechnen war. Denn die bosnischen Nationalisten konnten sich eine solche Provokation nicht gefallen lassen, ich meine: ein offizieller österreichischer Staatsbesuch in ihrer Hauptstadt!
– Eine ungeheure Provokation, sagte der Wali.
– Wenn ich nicht Österreicher wäre, sagte der österreichische Journalist, und nicht kaisertreu, dann könnte ich fast Verständnis aufbringen für diese bosnischen Nationalisten. Aber was, Efendiler, hat das eigentlich mit den Armeniern zu tun?
– Erklären Sie den Herren, sagte der Müdir jetzt zu deinem Vater, wie das mit den Armeniern war, und warum die armenische Weltverschwörung ein besonderes Interesse an dem Anschlag auf das Thronfolgerpaar hatte ... obwohl das ja eigentlich eine innere Angelegenheit der bosnischen Nationalisten war.
– Ich werde es Ihnen erklären, Efendiler, sagte dein Vater.

- Erklären Sie es!
- Ja, Müdir Bey.
- Es ist sehr wichtig, Efendi.
- Sehr wichtig, sagte der Wali.

Dein Vater blickte sich ängstlich um. Er schwitzte und wischte sich mit dem Rockärmel den Schweiß von der Stirn. Sekundenlang begegneten seine Augen den Augen des Oberschreibers, und er las in den Augen des Oberschreibers folgende Sätze: Dieser Mann lügt wie gedruckt. Und die Lüge sitzt in all seinen Poren, und als Schweiß steht sie auf seiner Stirn – so fett gedruckt ist diese Lüge, daß sie jeder hier lesen kann. Die Lüge! Obwohl er jetzt versucht, sie mit dem Rockärmel wegzuwischen. – Und er las noch andere Sätze: Dieser Mann hat Angst. Wenn er nicht sagt, was der Müdir hören will, wird sein ungeborener Sohn beseitigt, ehe er noch das Licht Allahs erblickt hat. Dieser Mann ist zu bedauern. Aber er hat keine Wahl.
- Efendiler, sagte dein Vater. Die Armenier, die kurz vor dem Staatsbesuch aus vielen fremden Ländern und Städten nach Sarajevo kamen, waren die Handlanger der armenischen Weltverschwörung!
- Das wissen wir, Efendi, sagte der Müdir. Erzählen Sie uns lieber: Was für Interesse hatte die armenische Weltverschwörung an der Ermordung des österreichischen Thronfolgerpaars? Und warum hat man ausgerechnet Sie ausgewählt, um den Erzherzog und seine Gattin zu erschießen?
- Ja, sagte dein Vater, ich werde es den Herren erzählen.

- Die armenische Weltverschwörung hatte ihre Agenten rechtzeitig nach Sarajevo geschickt, um sicherzustellen, daß die Sache mit dem Attentat auch planmäßig klappt.
- Die armenische Weltverschwörung wußte also von einem bevorstehenden Attentat?
- Die ganze Welt wußte es, sagte dein Vater.
- Und wie war es in Sarajevo?
- Natürlich auch in Sarajevo. Jeder wußte es. Als die Presse den Besuch ankündigte, war es allen klar. Es wurde in den Straßen geflüstert, und man diskutierte und sprach darüber in den Kaffeehäu-

sern. So eine Provokation des ganzen bosnischen Volkes hatte es schon lange nicht gegeben.
– Und wie war das mit den Armeniern? fragte der Müdir.
– Es wimmelte plötzlich von Armeniern in Sarajevo, sagte dein Vater. Sie trafen sich in Restaurants und in den Kaffeehäusern, besonders in solchen, die Armeniern gehörten. Einige dieser auswärtigen Armenier trafen sich täglich im Kaffeehaus meines Onkels.
– Ganz offiziell?
– Ja, sagte dein Vater. Sie trafen sich jeden Nachmittag, tranken Kaffee, spielten Karten, scherzten mit den Mädchen, zogen sich aber zuweilen in eines der Séparées zurück.
– Mit den Mädchen?
– Nein. Ohne Mädchen.
– Und was machten sie dort?
– Sie planten eine Verschwörung.

– Ich wohnte vor dem Attentat noch im Hotel, sagte dein Vater, saß aber tagsüber im Kaffeehaus meines Onkels herum. Ein paar Tage vor dem Staatsbesuch zog mich mein Onkel beiseite und redete mit mir.
– Was redete er mit Ihnen?
– Ich hatte ihm mal erzählt, daß ich Scharfschütze sei, sagte dein Vater. Die armenischen Bauern in meinem Heimatdorf durften zwar keine Waffen besitzen, weil das damals, als Abdul Hamid noch regierte, also vor der Revolution, streng verboten war, aber wir hatten ein paar versteckte Gewehre und auch Revolver in unserem Dorf, die wir brauchten, um uns gegen kurdische Räuber zu verteidigen. Ich habe als Junge mal einen Kurden erschossen.
– Hatten Sie bisher sonst niemanden erschossen?
– Nein. Nur einen Kurden. Allerdings schoß ich auch Wildenten, Wildgänse und manchmal, aus Spaß, einen Spatzen in der Luft. Die Bauern sagten im Dorf, der Sohn der Khatisians könne einem Spatzen die Fliege aus dem Schnabel schießen.
– Also Scharfschütze?
– Ja.
– Und was wollte Ihr Onkel von Ihnen?
– Er sagte, daß die fremden Armenier im Séparée einen Scharfschützen suchten.

– Hat Sie das nicht in Erstaunen versetzt?
– Ich war sehr erstaunt, sagte dein Vater.

– Später redeten die Armenier mit mir. Sie sagten, daß bosnische Fanatiker ein Attentat auf den Herzog planten, und daß hinter den Bosniern eine serbische Offiziersclique stünde. Sie sagten, sie hätten Verbindungen zu dieser Offiziersclique.
– Und was wollten sie von Ihnen?
– Die Armenier sagten, daß weder die serbische Offiziersclique noch die bosnischen Nationalisten, die alle unter einer Decke steckten, daß also weder die einen noch die anderen imstande wären, ein wirkliches Attentat durchzuführen, weil sie alle Spinner und Hitzköpfe wären. Deshalb, so sagten die Armenier, müßte ein Außenseiter die Sache machen, einer wie ich, den keiner verdächtigen würde, ein Scharfschütze, einer, der es machen konnte. Die Armenier sagten noch, ich sollte keine Angst haben, denn man würde die ganze Sache sowieso den Bosniern und den Serben in die Schuhe schieben. Ich müsse es nur richtig machen, kaltblütig, geschickt, aus dem Hinterhalt ... und dann in der Menge verschwinden.

Die armenischen Verschwörer machten mir folgendes klar: Die Ermordung des österreichischen Kronprinzen und seiner Gattin im Auftrag einer serbischen Offiziersclique – das würde die offizielle Version sein – müßte zum Einmarsch österreichischer Truppen nach Serbien führen, denn die Österreicher suchten seit langem einen Vorwand, um mit den Serben abzurechnen. Da aber die Russen einen militärischen Beistandspakt mit Serbien hatten, würde das automatisch die Russen auf den Spielplan rufen. Eine russische Mobilmachung aber mußte die Deutschen beunruhigen, die ihrerseits mobil machen würden. Auch England und Frankreich würden nicht stillsitzen. Die Armenier wußten also, daß die Ermordung des Thronfolgerpaares auf bosnischem Territorium, also in Sarajevo, den Weltkrieg auslösen würde. – Dein Vater unterbrach sich kurz. Dann sagte er: Von so einem Weltkrieg würde natürlich auch die Türkei nicht verschont bleiben. Und da die türkische Armee seit dem vorigen Jahrhundert von deutschen Militärs

ausgebildet wird, war es leicht, vorauszusehen, daß die Türkei früher oder später an der Seite der Deutschen in den Krieg treten würde.
– Eine außergewöhnliche Voraussicht dieser armenischen Verschwörer, sagte der Wali.
– Ja, sagte dein Vater.
– Und was für ein Interesse hatten die Armenier an diesem Weltkrieg?
– Den Armeniern ging es darum, sagte dein Vater, die Türkei in einen Krieg mit Rußland zu verwickeln. Denn es war klar, daß der Kriegseintritt der Türkei an der Seite der Deutschen und Österreicher auch einen Krieg der Türkei gegen Rußland bedeutete.
– Das ist klar, sagte der Wali.
– Ein russisch-türkischer Krieg aber bedeutet für die Armenier die Erlösung vom türkischen Joch.
– Was meinen Sie mit *türkischem Joch*, Efendi?
– Ich meine gar nichts, Wali Bey, sagte dein Vater. Ich versuche nur zu erklären, wie die armenischen Verschwörer das sahen.
– Und wie sahen sie es?
– Sie sahen das so: Sie sahen vor allem die Kaukasusfront. Niemand, so glaubten sie, kann der russischen Dampfwalze widerstehen. Die Russen würden also über den Kaukasus kommen, in die Türkei einmarschieren und die Millionen Armenier auf türkischem Boden befreien.
– Die Besetzung Anatoliens durch russische Truppen?
– Genau. Die Besetzung Anatoliens. Die Befreiung von Millionen Armeniern im Grenzgebiet.
– Und was erwarteten die Armenier von den Russen und der sogenannten Befreiung?
– Die Errichtung eines armenischen Staates auf türkischem Boden, denn dieses Gebiet hatte mal den Armeniern gehört.
– Richtig, sagte der deutsche Major. Armenien hat ihnen wirklich gehört.
– Anatolien oder Armenien oder Hayastan. Es ist dasselbe.
– Und dieser armenische Staat sollte unabhängig sein?
– Nicht ganz, sagte dein Vater. Ein armenischer Staat unter russischem Protektorat. Das war vorauszusehen.
– Und damit waren die armenischen Verschwörer einverstanden?
– Nur als vorübergehende Lösung, sagte dein Vater. Sie strebten

einen unabhängigen armenischen Staat an, aber sie glaubten auch, daß der junge Staat im Augenblick nicht auf den Schutz Rußlands verzichten konnte.

– Waren auch russische Staatsbürger unter den armenischen Verschwörern in Sarajevo? fragte der Wali.
– Einige der Armenier hatten russische Pässe.
– Und woher wußten Sie das?
– Sie sprachen einen armenischen Dialekt, der nur drüben auf der russischen Seite gesprochen wird. Von meinem Onkel erfuhr ich, daß sie wirklich Russisch-Armenier waren und daß sie auch russische Pässe hatten.
– Könnte es sein, daß diese Armenier mit den russischen Pässen vom russischen Geheimdienst waren?
– Möglich, sagte dein Vater.
– Von der Ochrana, sagte der Müdir.
– Das weiß ich nicht, sagte dein Vater.
– Es sieht so aus, sagte der deutsche Major, daß die Ochrana was damit zu tun hatte, denn schließlich ist die Besetzung Anatoliens ja auch im Interesse des Zaren.
– So ist es, sagte der Müdir.
– Und die Daschnaks, fragte der Wali, die armenischen Nationalisten?
– Die sollten den Russen beim Einmarsch helfen, sagte dein Vater.
– Ein armenischer Aufstand hinter den türkischen Linien?
– Ja, sagte dein Vater. Es war vorgesehen, daß die Millionen Armenier im Grenzgebiet und auch in der Etappe hinter der Front den Türken in den Rücken fallen sollten, sobald sich die Kaukasusarmee des Zaren in Bewegung setzte.
– Und woher wissen Sie das?
– Etwas davon erfuhr ich von den armenischen Verschwörern, vieles von meinem Schwager Pesak Muradian ... später, als mir die Zusammenhänge klar wurden.

– Die armenischen Verschwörer kamen also nach Sarajevo, als die Sache mit dem Staatsbesuch des österreichischen Thronfolgerpaares

bekannt wurde? fragte der Müdir. Und als auch das Datum bekannt war?
— Ja, sagte dein Vater.
— Und sie hatten Verbindungen zu einer serbischen Offiziersclique, wenn ich Sie richtig verstehe?
— Ja, sagte dein Vater.
— Aber sie glaubten nicht, daß die Offiziersclique und ihre Handlanger so ein Attentat wirklich durchführen könnten. Und deshalb sollten Sie es machen, nicht wahr, Efendi? Sie sollten den Erzherzog und seine Gattin erschießen?
— So ist es.
— Weil man Sie nicht verdächtigen würde? Weil Sie ein Außenseiter waren? Und weil man die Bosnier und die Serben verantwortlich machen würde?
— Ja, Müdir Bey.
— Und Sie behaupten steif und fest, daß Sie den österreichischen Thronfolger erschossen haben?
— Ja, Müdir Bey.
— Und seine Gattin?
— Das stimmt, Müdir Bey.

— Wie gesagt: Einige Tage vor dem Staatsbesuch — es muß vier Tage vorher gewesen sein —, da zogen mich die Verschwörer in ihr Vertrauen. Ich nehme an, weil mein Onkel ihnen gesagt hatte, ich sei in Ordnung, ich sei ein Patriot und außerdem ein Dichter.

Die Verschwörer redeten lange auf mich ein. Sie erklärten mir, daß die Errettung der Türkisch-Armenier vom Einmarsch der Russen abhinge, und daß man diesen Krieg auslösen müsse. Sie sagten, ich könnte der Retter der Nation sein, wenn ich es tun würde. Schließlich gab ich nach. Ich bin Dichter, Efendiler. Es erregte mich. Ich sah mich tatsächlich als Retter des armenischen Volkes. Und ich sah meinen Namen in den späteren Geschichtsbüchern.
— Ja, sagte der Müdir.

— Die armenischen Verschwörer gaben mir einen Revolver, sagte dein Vater. Sie hatten ihn von serbischen Offizieren gekauft, mit

denen sie ja in Verbindung standen, und der Revolver, ein Browning, stammte aus den Waffenkammern der serbischen Armee.
– Wann gab man Ihnen den Revolver?
– An dem Tag, als das Thronfolgerpaar in Sarajevo ankam.
– Also erst kurz vor dem Attentat?
– Ja.
– Ganz Sarajevo soll an jenem Tage auf den Straßen gewesen sein?
– Es war ein riesiger Menschenandrang auf den Straßen der Stadt, sagte dein Vater, vor allem am Quai bei den Brücken. Überall war Polizei. Überall waren Straßensperren. Als der offene Wagen mit dem Thronfolgerpaar, aus der Richtung des Ratshauses kommend, in die Franz-Joseph-Gasse einbog, stand ich in der Nähe. Ich hatte meine Kamera bei mir und auch den Revolver, den ich unter meiner Jacke und hinter der Kamera verborgen hatte. Die Menge war unruhig. Man sah den Haß auf den Gesichtern. Als die Autokolonne herankam, durchbrach die Menge dort, wo ich stand, die Polizeikette und stürmte auf den offenen Wagen des Thronfolgerpaars zu. Natürlich wurden die Leute wieder zurückgedrängt, von den Polizisten, aber das Auto blieb stehen.

– Und da haben Sie geschossen?
– Nein, Efendiler. Ich zögerte noch. Der offene Wagen, in dem Franz Ferdinand saß, auf dem Rücksitz, neben seiner Frau, fuhr wieder an, fuhr aber sehr langsam. Ich versuchte, neben dem Auto herzulaufen, wurde aber immer wieder weggedrängt. Ich lief und lief. Ich lief neben dem Auto her, das dann wieder – an der Ecke Franz-Joseph- und Rudolfgasse – zum Stehen kam.

Und plötzlich sah ich einen jungen Mann, der einen Revolver in der Hand hatte. Er sah wie ein Student aus. Er stand ganz in meiner Nähe. Ich sah, wie er auf das Auto zulief, die Sperrkette der Polizisten durchbrach, und ich sah, wie er auf das Thronfolgerpaar schoß.

– Das waren die historischen Schüsse von Sarajevo, sagte der deutsche Major, die tödlichen Schüsse des Gavrilo Princip, der den Erzherzog und seine Frau erschossen hat.

– Im Auftrag der serbischen Offiziersclique, sagte der schwule Leutnant.
– Er muß es gewesen sein, sagte dein Vater, aber er traf den Erzherzog nicht. Und auch nicht die Frau. Nur wenige Sekunden, nachdem der Bosnier die Schüsse abgefeuert hatte, feuerte auch ich. Aber ich war Scharfschütze, und ich traf den Herzog, und ich traf auch die Frau, die neben ihm saß.

– Aber das kann doch nicht sein, sagte der deutsche Major. Es ist bewiesen, wer das Thronfolgerpaar erschossen hat. Man hat ja die Kugeln identifiziert. Sie stammen aus dem Revolver des bosnischen Nationalisten Gavrilo Princip. Da gibt es keinen Irrtum.
– Unser Gefangener hatte eben den gleichen Revolver wie der Bosnier, sagte der Müdir, von der serbischen Offiziersclique geliefert und aus den Waffenkammern der serbischen Armee, es sind identische Waffen.
– Wollen Sie behaupten, daß die Kugeln, die später aus dem Körper der beiden Opfer entfernt wurden, auch aus dem Revolver dieses Mannes stammen könnten?
– Das wollen wir behaupten, sagte der Müdir.

– Und wie wollen Sie das alles beweisen, sagte der deutsche Major.
– Die Aussage dieses Mannes ist der Beweis.
– Aber das genügt doch nicht, Müdir Bey. Wo ist sein Revolver?
– Er hat ihn weggeworfen.
– Das stimmt, sagte dein Vater.
– Und die Zeugen? sagte der deutsche Major.
– Es gibt keine Zeugen, sagte der Müdir. Die armenischen Verschwörer sind längst über alle Berge, und ihre wahren Namen sind uns nicht bekannt. Und was den Onkel des Gefangenen betrifft: der ist inzwischen verstorben.
– Er ist leider verstorben, sagte dein Vater. Und die richtigen Namen der Verschwörer kenne ich nicht. Sie wären auch nicht so dumm gewesen, um sie mir zu nennen.
– Wie ist es mit der Familie Ihres Onkels?
– Die hatte nichts damit zu tun. Keiner von ihnen war in irgend etwas eingeweiht.

– Und die Kellner?
– Sie auch nicht.
– Und die Mädchen?
– Auch die Mädchen waren nicht eingeweiht.
– Trotzdem müßte man sie befragen.
– Das wäre vergeudete Zeit, sagte dein Vater. Weder die Mädchen noch die Kellner konnten wissen, was in den Séparées besprochen wurde – es hätten ja auch Geschäfte gewesen sein können, irgendwelche Geschäfte. Und bei dem Attentat war ich allein. Ganz allein. Niemand hat mich bemerkt in dem großen Gedränge. Niemand hat mich gesehen.

– Es ist ungeheuerlich, sagte der Major. Aber es ist eine Anklage ohne Zeugen und ohne Beweise.
– Dieser Mann ist der Zeuge, sagte der Müdir.
– Es ist ungeheuerlich, sagte der Major. Aber diese Aussage wird keiner glauben.
– Wir werden dafür sorgen, daß man sie glaubt, sagte der Müdir.

– Nach dem Attentat blieb ich noch in Sarajevo, sagte dein Vater. Keiner hatte meinen Revolver gesehen, den ich unter dem Schutztuch der Kamera versteckt hatte. Man hatte die Schüsse zwar gehört, aber in dem Gedränge und dem Lärm hatte man sie mit den Schüssen des bosnischen Attentäters verwechselt. Ich tauchte später in der Menge unter.

Ja. Ich blieb noch einige Wochen in Sarajevo, sagte dein Vater.
– Wegen seiner Geschlechtskrankheit, sagte der Müdir.
– Einer angeblichen Geschlechtskrankheit, sagte dein Vater.
– Hatten Sie nicht noch einen anderen Grund, um Ihre Türkeireise zu verzögern?
– Nein, sagte dein Vater.

– Ich warte natürlich auf das österreichische Ultimatum, sagte dein Vater. Aber das hätte ich ebensogut in der Türkei abwarten können. Es gab keinen politischen Grund, um die Weiterreise zu verzögern.
– Und wie war das mit dem Ultimatum?

– Das war fällig, sagte dein Vater, aber es wurde verzögert. Es vergingen Wochen, und nichts geschah. Ich dachte schon, daß die Österreicher im letzten Moment die Konsequenzen fürchten würden und der Krieg, den wir alle wollten, nicht ausbrechen würde.
– Der Krieg mußte aber ausbrechen?
– So ist es.

– Ende Juli beschloß ich endlich weiterzureisen, und so traf ich am 25. in Konstantinopel ein.
– Am 25. Juli? Drei Tage vor Kriegsausbruch?
– Ja.
– Ein Zufall?
– Ein reiner Zufall.
– Sie dachten auch nicht daran, daß dieser Zufall den türkischen Behörden auffallen könnte?
– Daran habe ich nicht gedacht.

– Sie haben dann in der Umgebung von Konstantinopel fotografiert ... auf einer Dampferfahrt: den Bosporus, den Küstenstreifen des Marmarameeres bis zum Eingang der Dardanellen, wenn ich nicht irre?
– Ja, Müdir Bey. Aber ich hatte keinen Auftrag. Das machte ich auf eigene Faust.
– Zu welchem Zweck, Efendi?
– Das war mir damals noch nicht ganz klar, Müdir Bey. Aber ich dachte mir: wenn der Krieg ausbricht, dann gibst du sie deinem Schwager Pesak, der Kontakt hat zu den Russen.
– Damit die Russen in den Dardanellen landen können?
– Ich glaube, ja.
– Oder die Engländer und die Franzosen, die die bessere Flotte haben?
– Das war mir damals noch nicht so ganz klar.

– Die Österreicher und die Serben mobilisierten, sagte dein Vater, und wenige Tage später standen die Völker im Krieg. Aber am 25. und 26. Juli, also wenige Tage vor Kriegsausbruch, spürte man kaum etwas davon in Konstantinopel. Touristen konnten noch den Bospo-

rus besichtigen, Dampferfahrten machen, fotografieren. Es war, als hielten die Türken noch ihren Kefschlaf. Ich blieb einige Tage und machte Fotos. Ich gab auch meine Kleider zur Reinigung, ein Vorwand, um im Falle eines Verhörs zu begründen, warum ich einige Tage in der Hauptstadt bleiben mußte.
– Weil Sie auf Ihre Kleider warteten?
– So ist es.
– Denn es schickt sich nicht, in schmutzigen Kleidern zu Hause anzukommen?
– Ja, Müdir Bey.

– Ich reise dann zu meiner Familie.
– Nach Anatolien? Nach Bakir und dann nach Yedi Su?
– Ja, Müdir Bey.
– Dort haben Sie geheiratet?
– Ich habe geheiratet.
– Und Sie machten eine Hochzeitsreise an die syrische Küste?
– Das habe ich gemacht.
– Und dort fotografierten Sie wieder?
– Ja.
– Vor allem die Küsten, nicht wahr. Es sind zumeist Steilküsten, aber es gibt da auch einige Buchten, wo der Feind landen könnte?
– Ich habe diese Landungsstellen fotografiert.
– Das ist Hochverrat, Efendi, sagte der Müdir.
– Hochverrat, sagte der Wali.

Der Müdir wandte sich an die Herrenrunde. Wir haben eine Menge Fotos in seiner Wohnung gefunden, Efendiler, aber es waren harmlose Fotos. Die wichtigsten haben wir nicht gefunden. Der Müdir schmunzelte leicht, und es kam den Herren in der Runde vor, als ob auch das Glasauge schmunzelte.
– Erzählen Sie den Herren, warum wir die wichtigen Fotos nicht gefunden haben, sagte er zu deinem Vater.
– Weil ich sie meinem Schwager gegeben habe, sagte dein Vater.
– So ist es, sagte der Müdir zufrieden. Er hat sie seinem Schwager Pesak Muradian gegeben, einem der gesuchtesten Führer der Daschnaks, wie Sie wissen, einer der Leute, die hier hinter der Front

einen Aufstand planen, und die mit den Russen zusammenarbeiten. Diese Leute warten nur darauf, daß die Russen ihnen das Zeichen geben: das Zeichen zum Losschlagen.
– Es ist genauso, wie der Müdir es sagt, sagte dein Vater.

Einer der türkischen Offiziere sagte jetzt: Die Russen wählen immer den Landweg. Ihre Flotte ist nicht stark genug, um eine erfolgreiche Landung zu wagen.
– Es sind die Engländer, die den Seeweg wählen, sagte ein zweiter türkischer Offizier. Es wäre also anzunehmen, daß die Russen die Bilder den Engländern zuspielen.
– Richtig, sagte der Wali.
– Eine englische Landung an der syrischen Küste, aber auch in den Dardanellen und auf der Halbinsel Gallipoli würde den Vorstoß der Russen erleichtern. Es ist also im Interesse der Russen, daß die Engländer die Fotos kriegen.
– So ist es, sagte der Wali.«

Und da war die Stimme des Märchenerzählers im Raum, und sie übertönte alle anderen Stimmen. Der Märchenerzähler sagte: »Laß sie reden, mein Lämmchen. Bald werden sie hungrig werden und aufbrechen. Inzwischen trinken sie Raki und Kaffee und kosten von der süßen Baklava, und sie rauchen Tschibuk und Zigaretten und Wasserpfeife. Der Müdir klatscht wiederholt in die Hände, und die Saptiehs rennen hin und her und bringen frischen Raki.«

Und der Märchenerzähler sagte: »Gegen Abend brachen sie auf. Die Saptiehs führten den Gefangenen in seine Zelle. Jeder ging seiner Wege. Die beiden Deutschen und der Österreicher machten noch einen Spaziergang zum Tor der Glückseligkeit. Dort hingen jetzt andere Armenier. Es waren aber nicht mehr drei, sondern fünf.
– Was halten Sie von dem Geständnis des Angeklagten? fragte der Major.
– Gar nichts, sagte der Österreicher. Der Angeklagte stand unter Druck. Sein Geständnis ist eine einzige Lüge von A bis Z. Es scheint ihm vorher diktiert worden zu sein.
– Vom Müdir?

– Ich nehme es an.
– Man sucht in Konstantinopel einen Schuldigen.
– Man sucht viele Schuldige.
– Glauben Sie, daß Enver Pascha mit dem Geständnis des Angeklagten etwas anfangen kann?
– Nein. Das glaube ich nicht. Es ist nicht haltbar.
– Und der Müdir?
– Er ist ein kleiner Wichtigtuer, einer von diesen Intellektuellen, die im Westen studiert haben und sich in Konstantinopel einen Namen machen wollen.
– Er scheint aber die Deckung des Walis zu haben und des Kaimakams und des Mutessarifs.
– Natürlich. Sollte der Müdir erfolgreich sein und Enver überzeugen, dann werden sie selber den Ruhm einheimsen.
– Und wenn nicht?
– Dann wird man den Müdir verantwortlich machen.
– Dieser Müdir ist ein ehrgeiziger Mann.
– Das ist er allerdings.

Die drei Herren waren während des Gesprächs unter den Gehenkten stehengeblieben. Der kleine, schwule Leutnant zog den Major und den Österreicher, die größer waren als er und ihn um Kopfeslänge überragten, etwas zur Seite, als fürchte er, die beiden könnten mit ihren feldgrauen Mützen an die Füße der Toten stoßen.
– Sehen Sie, sagte der Österreicher. Die Sache mit der armenischen Weltverschwörung spukt in vielen Köpfen. Aber es handelt sich hier eher um etwas Mystisches, nicht Faßbares. Der Kriegsminister Enver Pascha ist zwar ein Fanatiker, und irgendwie auch ein Idealist, aber er ist nicht dumm, wenigstens nicht so dumm, um den Armeniern auch noch die Sache mit dem Attentat in Sarajevo in die Schuhe zu schieben, vor allem, weil die ganze Welt weiß, wer die wirklich Schuldigen sind. Nein, meine Herren, eine solche Farce, und noch dazu in einem öffentlichen Prozeß, kann sich nicht mal Enver Pascha erlauben.
– Sie haben recht, sagte der Major. Weder Enver noch irgend jemand in seiner Regierung.
– Besonders Talaat Bey, der Innenminister, wird sich nie auf so einen

Unsinn einlassen. Talaat ist ein harter Realist, ein kühler Kopf. Mit Begriffen wie *Weltverschwörung* kann so ein Mann gar nichts anfangen. Er sieht in den Armeniern lediglich den inneren Feind.
– Den inneren Feind. Das mag sein. Aber ein Feind, der die Unterstützung der Exilarmenier hat. Und dies ist wiederum eine Art Weltverschwörung, wenn auch ohne Mystifizierung.
– So oder so, sagte der Österreicher. Die Regierung wird sich auf keinen Prozeß einlassen, der eine Farce ist und der sie blamiert.
– Und was wird die Regierung machen?
– Sie wird einen überzeugenden Vorwand finden, einen, der sich auf Beweise stützt, um gewisse Maßnahmen der Regierung vor der Weltöffentlichkeit zu rechtfertigen, insbesondere vor den Verbündeten.
– Es gibt aber keine überzeugenden Vorwände, die Maßnahmen gegen ein ganzes Volk rechtfertigen könnten.
– Man wird sich in Konstantinopel etwas einfallen lassen.
– Es bleibt nur wenig Zeit, finden Sie nicht?
– Wie meinen Sie das? fragte der Österreicher.
– Nun, ich meine... weil die Maßnahmen der Regierung doch schon begonnen haben und man im Grunde immer noch nicht weiß, was die Armenier eigentlich verbrochen haben.

– Ich habe gestern mit dem deutschen Konsul gesprochen, sagte der Major.
– Wegen der Armenier?
– Wegen der Hinrichtungen und der vielen Verhaftungen.
– Was hat der Konsul gesagt?
– Er hat bereits Berlin benachrichtigt und sich dort an höchster Stelle beschwert. Aber dort weiß man seit langem Bescheid.

– Könnte der Kaiser nicht etwas unternehmen, um diesen vielen Verhaftungen und Hinrichtungen Einhalt zu gebieten?
– Der Kaiser mischt sich hier nicht ein. Außerdem: es ist Krieg. Verhaftungen sind überall an der Tagesordnung.
– Und Hinrichtungen.
– Die auch.
– Aber doch nicht in diesem Umfange.

– Da haben Sie recht. Nicht in diesem Umfange.

– Hat der Konsul noch was gesagt?
– Ja. Er hat gesagt: die Türken bereiten ein Massaker vor.
– An den Armeniern?
– Ja.
– Hier hat es immer schon Massaker gegeben. Das wäre nichts Neues.
– Das stimmt.
– Hat der Konsul noch etwas gesagt?
– Ja. Er hat gesagt: die Türken bereiten ein Massaker vor, wie es die Weltgeschichte noch nicht gesehen hat. Es wird alle Massaker der Geschichte in den Schatten stellen.
– Und woher will er das wissen?
– Er hat Informationen.

– Ein großes Massaker also?
– Ja.
– Wann?
– Das weiß man nicht.
– Worauf warten die Türken.
– Auf einen handfesten Anklagepunkt.
– Um das ganze armenische Volk anzuklagen?
– Ja.

– Da muß der Kaiser aber einschreiten?
– Das müßte er.
– Schließlich schießen die Türken mit deutschen Waffen.
– Da haben Sie recht.
– Der Konsul sollte den Kaiser benachrichtigen. Er sollte telegraphieren: es steht ein Massaker bevor, wie es die Weltgeschichte noch nicht gesehen hat. Die Opfer sind Christen.
– Das würde nichts nützen.
– Warum?
– Weil den Kaiser nicht interessiert, was eventuell geschehen könnte.
– Sie meinen: es muß erst geschehen.

– Jawohl.
– Man braucht Tatsachen? Konkrete Berichterstattung?
– So ist es.
– Um ihn dann zu bitten, hier einzulenken?
– Ja.
– Aber dann wird es doch zu spät sein?

Die beiden Deutschen und der Österreicher redeten noch eine Weile über das bevorstehende Massaker, dann verabschiedete sich der junge Leutnant, um sich im Kurdenviertel einen Hamal zu holen, einen von diesen kräftigen kurdischen Lastträgern, deren Speerspitzen unter den dreckigen Pluderhosen nicht bloß kitzelten. Auch der deutsche Major und der österreichische Journalist dachten an eine Entspannung und schlenderten in Richtung Stadtbordell.
– Glauben Sie, daß ein deutsches Präservativ gegen die französische Krankheit schützt? fragte der deutsche Major.
– Man müßte es ausprobieren, sagte der Österreicher.
– Die Türken nennen die Syphilis die *französische Krankheit.*
– Ja, ich weiß, sagte der Major.
– Man sollte auch Kaiser Franz Joseph ein Telegramm schicken, sagte der Österreicher.
– Wegen der Syphilis und der Gefahr für die deutschen Truppen?
– Nein. Dafür wäre eher Kaiser Wilhelm der Zweite zuständig.
– Wozu dann ein Telegramm an Franz Joseph?
– Wegen der Armenier. Vielleicht könnte er einlenken, ehe es zu spät ist?

... ehe es zu spät ist!« Der Märchenerzähler lachte auf. »Weißt du, mein Lämmchen. Wenn die Mächtigen auf dieser Erde zu bequem sind, um ihren Arsch zu bewegen ... oder, wenn die Bewegung dieses bestimmten Körperteils gewissen Interessen widerspricht, dann bleibt der Arsch in sicherer Ruhelage, seine Bewegung wird verzögert, und das Gewissen, irgendwo über dem Arsch, mit den Worten beruhigt: Später! – Und ich versichere dir, mein Lämmchen: Weil es später immer zu spät ist, wird es auch diesmal nicht anders sein.«

Und der Märchenerzähler sagte: »Die beiden deutschen Offiziere und der Österreicher haben es kapiert.«
– »Was kapiert?«
– »Daß die Ausrottung der Armenier in der Türkei – die Hinrichtung eines ganzen Volkes – letzten Endes nicht nur von den Ausrottern abhängt, sondern auch vom Schweigen ihrer Verbündeten.

Das große Massaker!« sagte der Märchenerzähler. »Jeder in diesem Land wußte, daß es kommen würde, aber nur wenige konnten sich wirklich etwas Konkretes darunter vorstellen. Was hatten die Türken mit den Armeniern vor? Würden sie alle abschlachten, so wie man Schafe abschlachtet? Und das vor den Augen der zivilisierten Welt? Wer würde den Armeniern helfen? Etwa Kaiser Wilhelm der Zweite, der Angst hatte, auch nur das Geringste zu tun, was die verbündeten Türken verärgern könnte? Oder Kaiser Franz Joseph, der alt war und Schwierigkeiten beim Pinkeln hatte? Konnten die Russen helfen oder die Engländer oder die Franzosen? Waren sie nicht viel zu weit weg vom Geschehen ... auf der anderen Seite der Front? Oder würde es nur beim Aufschrei der Weltpresse bleiben, um dann weggespült zu werden mit dem Müll alter Zeitungen? – Aber glaube mir, mein Lämmchen. Egal, was da auf uns losstürzt: die Historiker werden sich ins Fäustchen lachen, besonders die Zuständigen für zeitgenössische Geschichte, denn sie brauchen zur Unterbrechung ihrer Langeweile neuen Stoff, einen Stoff, mit dem sich arbeiten läßt. In ihrer Phantasielosigkeit werden sie nach Zahlen suchen, um die Massen der Erschlagenen einzugrenzen – sie sozusagen: zu erfassen –, und sie werden nach Wörtern suchen, um das große Massaker zu bezeichnen und es pedantisch einzuordnen. Sie wissen nicht, daß jeder Mensch einmalig ist, und daß auch der Dorftrottel im Heimatdorf deines Vaters das Recht auf einen Namen hat. Sie werden das große Massaker *Völkermord* nennen oder *Massenmord,* und die Gelehrten unter ihnen werden sagen, es heiße *Genozid*. Irgendein Klugscheißer wird sagen, es heiße *Armenozid,* und der allerletzte Fachidiot wird in Wörterbüchern nachschlagen und schließlich behaupten, es heiße *Holocaust.*«

Zweites Buch

1

»Inzwischen aber liegt dein Vater wieder auf der Strohmatratze in seiner Zelle. Er weiß: der Müdir hat vor, ihn nach Konstantinopel zu bringen, damit er vor der Weltöffentlichkeit aussagt, daß die Armenier schuldig sind. Irgendwann wird man ihn also nach Konstantinopel bringen. Aber bis dahin werden viele Tage vergehen, und vielleicht braucht man bis dahin seine Aussage gar nicht mehr, denn es ist möglich, daß die Herren in Konstantinopel inzwischen andere gefunden haben, andere Zeugen, für eine ganz andere und glaubwürdigere Anklage.
Dein Vater findet keinen Schlaf. Er denkt an seinen ungeborenen Sohn Thovma, der irgendwann unter der Weinrebe das Licht der Welt erblicken wird. Und es fällt ihm ein: auch er ist unter der Weinrebe geboren, aber nicht, wie in jenem Alptraum, den ihm die Angst erzählt hatte, das Lügenmärchen von den geplatzten Milchbrüsten seiner Mutter. Nein, ... nein! Die Brüste seiner Mutter waren nie geplatzt!«

Der Märchenerzähler sagte: »Die Brüste seiner Mutter waren nicht geplatzt. Das war eine Lüge.«
»Sprichst du von den Milchbrüsten meiner Großmutter!«
»Ja, Thovma«, sagte der Märchenerzähler. »Ich spreche von den guten Milchbrüsten.

Es war einmal ein Knabe«, sagte der Märchenerzähler. »... der lag noch ungeboren unter der Weinrebe. Er sollte Wartan heißen und war dein Vater.

Es war einmal eine Frau. Die war im neunten Monat. Als die Ungeduld des lieben Gottes sich in Schmerzen offenbarte – was man landläufig *die Wehen* nennt – und als es so schien, als wolle ihr Leib zerspringen, da sagte sie zu ihrem Mann: Laß uns schnell den Eselskarren besteigen, damit wir unseren Wartan abholen. Denn er liegt unter der Weinrebe und will nicht länger warten.

– Wo ist seine Weinrebe?
– Im Land der Weinreben.

Es war einmal ein Esel. Der lief so schnell wie ein arabisches Pferd. Er brachte die schwangere Frau und ihren Mann in Windeseile ins Land der Weinreben. Unterwegs schwollen die Brüste der schwangeren Frau, aber sie platzten nicht. Denn der liebe Gott wollte, daß die Milch wartete.

Es war einmal eine schwangere Frau. Die kam mit ihrem Mann rechtzeitig ins Land der Weinreben. Und sie sah die eine Weinrebe, die da gewachsen war als Wiege für den, der geboren wird. Die Frau sah die Weinrebe zuerst, denn der Blick einer Mutter ist schärfer als der des Vaters. Sie stürzte auf die Weinrebe zu, und ihr Mann lief ihr hinterher. Als der Mann sah, wie die Frau ihren Sohn in die Arme nahm, da schluchzte er auf und sagte: Das kann nur unser Wartan sein.

Es war der kleine Wartan. Da gab es keine Zweifel, denn die Frau war plötzlich nicht mehr schwanger.
– Dein dicker Bauch ist verschwunden, sagte der Mann.
– Auch die Schmerzen sind verschwunden, sagte die Frau.

Sie wuschen den kleinen Wartan in der Quelle neben der Weinrebe. Die Frau lachte beglückt. Und auch der Mann lachte. Als die Frau den kleinen Wartan später an ihre Milchquelle hielt, öffneten sich die Brustwarzen.

Und der kleine Wartan trank die süße Milch seiner Mutter. Und seine Eltern dankten dem lieben Gott, daß die Milch gewartet hatte.

Auf dem Rückweg ins heimatliche Dorf ging der Esel gemächlich. Sie fuhren bergauf. Die Landschaft wurde zusehends karger, die Abhänge baumloser und struppiger, die nackten Felsen glänzten in vielen Farben. Bald blieb das Land der Weinreben weit hinter ihnen zurück. Der Eselspfad, den sie entlangfuhren, verlor sich in den hohen Bergen, deren Gipfel über den Wolken lagen. Sie trieben den

Esel nicht an, denn sie hatten jetzt Zeit. Sie brauchten den Esel auch nicht zu lenken, denn der Esel wußte, wo es entlangging. Nach einigen Stunden machten sie Rast. Der Mann holte den Wasserschlauch unter dem schafswollenen Kissen hervor und auch einen geflochtenen Brotkorb. Sie tranken aus dem Wasserschlauch, den sie im Land der Weinreben mit frischem Quellwasser gefüllt hatten, und sie aßen von dem Lawaschbrot, das die Frau zu Hause im Tonir gebacken hatte. Nachdem sie gegessen und getrunken hatten, nahm der Mann der Frau das Kind weg, lachte und hielt es in die Höhe.
– Glaubst du, daß unser Wartan weiß, wo er sich befindet?
– Nein, sagte die Frau. Gib ihn mir zurück.
– Er soll wissen, daß er im Land unserer Vorväter ist, sagte der Mann.
– Das ist ihm doch völlig egal, sagte die Frau, und sie nahm jetzt dem Mann das Kind weg und drückte es an ihre Milchbrüste.
– Das Kind soll nur wissen, daß es bei seiner Mutter ist, sagte die Frau. Alles andere ist egal.
– Und wie ist es mit seinem Vater?
– Natürlich, sagte die Frau. Es soll auch wissen, daß es bei seinem Vater ist.

– Wenn unser Wartan schon Verstand hätte, sagte der Mann, und Augen, die wissen, was sie sehen, dann würde ich ihm jetzt gern die Landschaft zeigen.
– Seine Augen sind aber noch halb verklebt, sagte die Frau, denn der liebe Gott will nicht, daß er zu viel auf einmal sieht, er könnte sich sonst erschrecken.
– Du hast ihm aber die Augen gewaschen.
– Ich hab sie nicht richtig gewaschen.
– Wann wird er sie ganz öffnen, um die Welt zu erkennen?
– Vielleicht in einigen Tagen, sagte die Frau.

– Wenn unser Wartan mich verstehen könnte, und wenn er die Augen eines Adlers hätte, dann würde ich jetzt zu ihm sagen: Siehst du, Wartan. Dies ist das Land unserer Vorväter. Und ich würde nach Osten zeigen und zu ihm sagen: Siehst du den großen, schneebedeckten Berg? Das ist der Berg Ararat!

– Er hat aber nicht die Augen eines Adlers. Und er versteht noch gar nicht, was du zu ihm sagst. Was für einen Sinn hätte es dann, ihm die Landschaft unserer Vorväter zu zeigen?
– Es muß nicht alles einen Sinn haben.
– Du würdest ihm also den Berg Ararat zeigen?
– Ja.
– Und was noch?
– Die Stadt Bakir, sagte der Mann und zeigte mit dem Finger nach Südosten, und auch die Stadt Erzurum, die nur wenige Tagereisen mit dem Eselskarren von Bakir entfernt ist. – Und ich würde ihm auch die armenische Königsstadt Ani zeigen, die Stadt der tausend und einen Kirche. Und ich würde zu ihm sagen: Ani ist eine Ruinenstadt. Ani ist tot so wie das armenische Königreich tot ist, das Reich der Göttin Anahit und das Reich der ersten christlichen Kirchen.
– Es ist nicht tot, sagte die Frau. Unser Priester Kapriel Hamadian hat mal gesagt: Das Königreich Armenien ist nicht tot.
– Und wo soll es sein, wenn es nicht tot ist?
– Es ist scheintot, sagte die Frau.
– Und wer hat das gesagt?
– Der Priester Kapriel Hamadian.

– Und ich würde unserem Sohn Wartan jetzt alle armenischen Dörfer und Städte zeigen, alle in dieser Gegend. Siehst du: all das haben uns die Türken weggenommen. Dort, zum Beispiel, ist Urfa. Und dort ist Diyarbakir und weiter drüben die Stadt Konya, und auch die Stadt Sivas gehört den Armeniern, und die ist nicht weit von hier. Und wenn unser Wartan mich fragen würde: wie heißen diese Berge, dann würde ich zu ihm sagen: ich weiß es nicht, mein Sohn. Manche nennen sie die kurdischen Berge, andere die Berge von Hayastan. Aber ein Forscher aus Frankistan, der mal in unserem Dorf war und unserem Bürgermeister, dem Muchtar Ephrem Abovian, so eine komische Landkarte gezeigt hatte, der sagte: das ist das armenische Hochland. Es liegt in der Türkei, aber es zieht sich bis über die russische und persische Grenze, sogar bis nach Kurdistan.

Und ich würde zu ihm sagen: siehst du den Fluß dort unten, das ist der Karasu, und dort ist der Murat. Und etwas weiter fließen der

Euphrat und der Tigris. Und wenn wir auf der anderen Seite der Berge mit dem Eselskarren herunterfahren, dann kommen wir nach Malatia. Und irgendwo hören die Berge auf, und das Land wird flach. Es wird so flach wie mein Handteller und so heiß, daß man sieben Wasserschläuche braucht, um dort spazierenzufahren. Ich glaube, es heißt Mesopotamien.

Und ich würde zu ihm sagen: Überall wohnen Armenier, aber vor allem in unserer Gegend. Aber es wohnen auch Türken hier und Zigeuner und Kurden und Perser und Araber und Juden und Griechen und Teufelsanbeter, die man Jeziden nennt, und viele andere. Vor den meisten brauchst du keine Angst zu haben. Nur vor den Türken und den Kurden nimm dich in acht.

– Du hast recht, sagte die Frau. Sobald er richtig in die Welt gucken kann und vielleicht schon versteht, was wir ihm sagen, und schon die ersten Zähne hat und schon gehen und nicht nur strampeln kann, dann werden wir ihm sagen: nimm dich vor den Türken in acht und vor den Kurden.

– Wie ist es mit den Teufelsanbetern, sagte die Frau. Stimmt es, daß sie unseren Wartan verhexen können?
– Nein, sagte der Mann. Das stimmt nicht, ebensowenig wie die Zigeuner unseren Wartan verhexen können.
– Und wer kann ihn verhexen? Etwa die Türken und die Kurden?
– Nein, sagte der Mann. Die könnten ihm höchstens den Hals durchschneiden. Oder ihn einfach totschlagen.
– Und wer könnte ihn dann verhexen?
– Nur Leute mit dem bösen Blick, sagte der Mann. Und die gibt es unter allen Völkern.
– Auch unter den Armeniern?
– Auch unter den Armeniern.
– Das hab ich längst gewußt, sagte die Frau.
– Dann solltest du mich nicht fragen, sagte der Mann.

Nach dem Essen hatte der Mann Appetit auf einen Fisch, und deshalb sagte er zu seiner Frau: Das Lawaschbrot hat meinen Hunger nicht

gestillt. Ich könnte jetzt einen ganzen Fisch herunterschlingen, und ich wette mit dir, das könnte auch unser kleiner Wartan.
– Ich wette mit dir, daß er das nicht kann, sagte die Frau.
– Jedesmal, wenn ich an einen fetten Fisch denke, sagte der Mann, denke ich an den großen armenischen See, nicht weit von der russischen Grenze.
– Du meinst den Vansee, der nur zwei Zigarettenlängen entfernt ist von dem Haus meines Bruders?
– Den meine ich nicht, sagte der Mann. Denn es handelt sich um einen See, den ich erst unlängst gesehen habe. Und wie sollte es der Vansee gewesen sein? Hätte ich denn dort nicht deinen Bruder besucht, der dicht am See wohnt? Ich aber habe deinen Bruder seit Jahren nicht gesehen.
– Dann muß es ein anderer See gewesen sein?
– Es war ein anderer See, sagte der Mann. Und ich habe bloß den Namen vergessen. Da aber alle Seen in dieser Gegend armenische Seen sind, ist es nicht wichtig. Es war eben ein armenischer See.
– Und was ist dort passiert? fragte die Frau.
– Nichts Besonderes, sagte der Mann.

Und der Mann sagte: Es ist gar nicht so lange her. Du warst im zweiten Monat mit unserem Sohn Wartan. Da nahm ich den Esel und ritt drei Tage lang durch die Berge. Ich kam durch viele fruchtbare Täler. Ich kam an Flüssen und Bächen vorbei und auch an einigen kleineren und größeren Seen.
– Das kann aber nicht sein, sagte die Frau. Denn du bist in den letzten zwei Jahren gar nicht aus dem Dorf herausgekommen.
– Es war aber so, sagte der Mann.
– Vielleicht hast du nur geträumt.
– Das ist auch möglich, sagte der Mann.

Und der Mann sagte: Ich kam also an diesen großen See. Und dort traf ich einen Fischer, der seine Netze auswarf. Er hieß Petrus, nannte sich aber Bedros, denn er war ein Armenier.
– Bedros?
– Ja, Bedros.
– Was war mit dem Fischer?

– Nichts Besonderes. Er sagte nur: Hörst du, wie die Fische miteinander reden?
– Nein, sagte ich. Das höre ich nicht.
– Sie reden alle armenisch, sagte der Fischer.
– Dann müssen es armenische Fische sein, sagte ich.
– So ist es, sagte der Fischer.

– Die Türken behaupten, es seien türkische Fische, sagte der Fischer, aber ich weiß, daß es armenische sind, denn ich verstehe ihre Sprache.
Ich sagte: Ja.
Und der Fischer sagte: Auch die Blumen in dieser Gegend sprechen armenisch und das Gras und sogar der Wind, der die Wipfel der Bäume wiegt, singt den Baumwipfeln armenische Wiegenlieder.
– Wissen das die Türken? fragte ich.
Und der Fischer sagte: Sie wissen es, aber sie geben es nicht zu.

– Und was war mit dem fetten Fisch? fragte die Frau.
– Es war ein fetter Fisch, sagte der Mann.
– Was für ein fetter Fisch?
– Den der Fischer später für mich gefangen hat.
– Erzähl mir was von dem Fisch? War er wirklich fett?
– Ja, sagte der Mann.

Und der Mann sagte: Der Fischer erzählte mir eine Geschichte. Es war die Geschichte von den fetten Fischen.
– Erzähl mir die Geschichte.
– Ja, sagte der Mann. Ich erzähle dir die Geschichte, die mir der Fischer erzählt hat.

– Es war einmal eine armenische Göttin. Die hieß Anahit. Die saß auf einem Felsen im Euphrat und kämmte ihr seidenes Haar. Und jedesmal, wenn ein Haar herausfiel, wehte es der Wind fort.
– Wohin wehte der Wind das Haar?
– Er wehte es weit fort, aber wiederum nicht so weit, denn das Haar wehte nie über die Grenzen Armeniens hinaus.
– Blieb das Haar irgendwo stehen, vielleicht in der Luft?

– Nein, sagte der Mann. Irgendwann fiel das Haar herunter, und es fiel immer ins Wasser, entweder in einen Fluß oder in einen Teich oder in einen Bach oder in einen See. Manchmal auch ins Meer.
– Und was wollte das Haar?
– Es wollte die Fische im Wasser speisen.

Der Mann sagte: Weißt du, was der Fischer zu mir gesagt hat?
– Nein, sagte die Frau.
– Er sagte: Deshalb sind die Fische in dieser Gegend so fett und zahlreich. Denn Anahit ist die Göttin der Fruchtbarkeit.

– Wie viele Kinder hast du? fragte mich der Fischer Bedros.
– Elf Kinder, sagte ich, und bald werde ich zwölf haben, denn meine Frau ist wieder schwanger.
– Wird es ein Sohn sein? fragte der Fischer.
– Ich hoffe, daß es ein Sohn ist, sagte ich.
– Wie wirst du ihn nennen?
– Ich werde meinen Sohn Wartan nennen.

– Wartan war ein armenischer Held, sagte der Fischer. Er hat im Jahre 401 mit seinen 60000 Armeniern gegen das persische Reich gefochten. Und weißt du, was sein Schlachtruf war?
– Nein, sagte ich. Woher soll ich das wissen?
– Für Hayastan und für Christus, war sein Schlachtruf, sagte der Fischer.
– Ein armenischer Held also?
– Einer, den Christus auserwählt hat.

– Willst du, daß dein Sohn ein Held wird? fragte der Fischer.
– Nein, sagte ich. Helden sterben jung, ich aber möchte, daß mein Sohn alt wird.
– Dann soll er kein Held werden.
– So ist es, sagte ich, ein Held soll er nicht werden.

– Er sollte ein Fischer werden, sagte der Fischer. So wie ich. Wenn er ein Fischer wird, dann wird er nie Hunger leiden.
– Ich möchte aber, daß er ein Bauer wird, sagte ich.

– Ein Fischer sollte er werden, sagte der Fischer.

– Ein armenischer Bauer hat Sorgen, sagte der Fischer. Er ist von der Sonne abhängig und vom Regen. Und von den türkischen Steuereintreibern und den kurdischen Beys, die ihrerseits Steuern verlangen, und deren Reiter ihm das Vieh wegtreiben oder die Frauen entführen oder ihm gar das Haus über dem Kopf anzünden.
– Auch das Haus anzünden, sagte ich. Das stimmt.
– Sie können ihn auch von seinem Acker vertreiben.
– Das können sie auch.
– Glaube mir, es ist besser, ein Fischer zu sein.
– Ein Fischer also.
– Ja, sagte der Fischer.

Und der Fischer fing für mich den fettesten Fisch, den ich jemals gesehen hatte. Er schlug ihm den Kopf ab und sagte zu mir: Wir werden ihn am Spieß braten und gleich essen. Denn Fische muß man frisch essen.
– Ja, sagte ich. Und ich sagte: Es ist schade, daß mein Sohn Wartan diesen Fisch nicht essen kann.
– Er wird andere Fische fangen und essen, sagte der Fischer.
– Ich hätte diesen fetten Fisch gern für Wartan aufgehoben, sagte ich, aber ich sehe ein, daß das nicht geht.
– Das geht nicht, sagte der Fischer. Denn ein toter Fisch stinkt nach drei Tagen wie der Schoß einer Kurdin im Winter, weil die Kurden sich nur im Sommer waschen, wenn sie im Fluß baden können.
– So ist es, sagte ich.
– Und der Fischer sagte: Dein Sohn Wartan wird andere Fische fangen und essen.

Die Frau sagte: Ein Fischer soll er werden.
– Ja, sagte der Mann.
– Nach der Taufe, sagte die Frau, werden wir ihm eine Angel in die Wiege legen.
– Das ist eine gute Idee, sagte der Mann. Er soll sich schon früh an die Angel gewöhnen.«

2

»Es ist wahr«, sagte der Märchenerzähler zum letzten Gedanken. »Gleich nachdem der Priester Kapriel Hamadian deinen Vater getauft hatte, legte ihm seine Mutter eine Kinderangel in die Wiege. Soll ich dir mal die Wiege beschreiben, die Wiege, in der dein Vater geschlafen hatte, wenn er nicht gerade zwischen den großen Milchbrüsten seiner Mutter schlief?«

»Ja, Meddah.«

»Auf den ersten Blick sieht die Wiege ganz normal aus, mein Täubchen, eine Art Kiste mit einem Abflußloch, weil kleine Kinder ja nicht wiegenrein sind, auch solche nicht, die Wartan heißen und nach einem Helden benannt wurden, obwohl sie keine Helden werden sollten. Dein Großvater hatte die Wiege selbst gebaut, und zwar für seinen ersten Sohn. Später schliefen alle Kinder in dieser Wiege, denn jedes Kind vererbte sein Bettchen dem nächsten.«

»Dann ist also nichts Besonderes an dieser Wiege?«

»Doch, mein Lämmchen. Denn dein Großvater hatte eine Taube ins Holz der Wiege geschnitzt, eine Taube mit einem Ölzweig.«

»Was sollte das bedeuten?«

»Es sollte die Taube aus der Arche Noah sein, die damals aufstieg vom Berge Ararat, um aus dem Lande, das einmal Hayastan heißen sollte – das Land am Fuße des Berges –, den Ölzweig zu holen, zum Zeichen, daß die Sintflut vorbei ist.

Es war Sitte bei den Khatisians, daß die Großmutter das Neugeborene tagsüber wiegte, vielleicht, weil die Mutter nachts bei dem Kinde gewacht hatte oder weil sie ganz einfach vom vielen und lustvollen Stillen ermüdet war. Die Großmutter war das Wiegen gewohnt. Und weil sie nicht immer neben der Wiege sitzen wollte, band sie sich einen langen Strick um das eine Bein, dessen anderes Ende an der Wiege befestigt war. So konnte sie im ganzen Hause herumlaufen oder im Hof, auch schwatzend vor dem Hause herumsitzen, und sie brauchte nur ein bißchen an dem langen Strick zu ziehen oder mit dem Fuß zu rucken, um das kreischende Kind zu beruhigen.«

»Hatte mein Vater eine Großmutter?«
»Was für eine Frage, mein Lämmchen. Alle kleinen Kinder haben Großmütter.

Es war wirklich nichts Besonderes an dieser Wiege«, sagte der Märchenerzähler, »sie war mit weichem Sand gefüllt, den die Großmutter auswechselte, wenn er zu feucht wurde. Die Wiege hatte ja auch ein Abflußloch, von dem ich dir schon erzählt hatte, so daß mit dem Sand gespart werden konnte: eben eine richtige armenische Bauernwiege, die mit Liebe und Voraussicht gebaut war. Es war also weder etwas Besonderes an der Wiege noch an deinem Vater, der weinte oder schrie oder strampelte oder sich still und friedlich verhielt wie alle kleinen Kinder. Im Grunde war dein Vater ein freundliches Kind. Er verschlief die ersten Tage seines Lebens, lächelte im Schlaf und träumte von den großen Milchbrüsten seiner Mutter, manchmal auch von dem langen Strick der Großmutter, dem Strick, mit dem sie ruckte, vielleicht träumte er auch von der Taube mit dem Ölzweig, dem Berge Ararat und dem Lande Hayastan, obwohl ich das bezweifle.

Als der Urgroßvater deines Vaters die Großmutter zeugte – ich meine: die Großmutter deines Vaters –, da sagte er zu seinem Weibe: Wenn es ein Sohn wird – und das hoffe ich – dann nennen wir ihn *Tigran*, denn der war ein armenischer König, sollte es aber ein Mädchen werden, dann nennen wir sie *Satenig*, das war eine armenische Prinzessin.
Die Urgroßmutter aber sagte: Es wird ein Mädchen werden, das spüre ich. Aber eine Prinzessin soll sie nicht sein. Am besten: wir nennen sie *Hamest*.
– Warum ausgerechnet *Hamest*?
– Weil ich spüre, daß sie nur *Hamest* heißen kann, sagte die Urgroßmutter.

Hamest heißt Bescheidenheit«, sagte der Märchenerzähler. »Und weil sie tatsächlich ein Mädchen bekamen, nannten sie es *Hamest*.«
»War sie eine bescheidene Frau?« fragte der letzte Gedanke.

»Nein«, sagte der Märchenerzähler. »Das ist es ja eben. Sie war alles andere als bescheiden. Eigentlich war sie ein richtiger Drachen, der jeden herumkommandierte. Man hätte sie *Zovinar* nennen müssen, ein Name, der eigentlich *Nymphe* bedeutet, aber zugleich auch *Blitz ohne Donner.*«
»War sie wie ein Blitz ohne Donner?«
»Ja«, sagte der Märchenerzähler. »Ihre Temperamentsausbrüche fanden kein Echo. Niemand kümmerte sich darum, wenn sie schimpfte, denn sie meinte es gut.«
»War sie gut zu meinem Vater?«
»Sie war gut zu deinem Vater.

Und weil sie den falschen Namen hatte«, sagte der Märchenerzähler, »sagte sie eines Tages – als sie selbst empfangen sollte, nämlich: in der Hochzeitsnacht –, ja, da sagte sie zu ihrem Mann: Eigentlich müßte ich Zovinar heißen. Aber ich heiße nicht so.
Und der Mann sagte: Wenn Gott uns straft und wir keinen Sohn kriegen, sondern ein Mädchen, dann nennen wir es *Zovinar.*

Es kam aber anders«, sagte der Märchenerzähler. »Keines ihrer Kinder wurde Zovinar genannt, denn je mehr sie über diesen Namen nachdachten, um so weniger gefiel er ihnen. Erst als der liebe Gott einem ihrer Söhne – nämlich dem Hagob – ein Weib bescherte, die *Zovinar* hieß, da sagte Hamest zu ihrem Mann: Nun haben wir doch und trotzdem und weiß ich warum und wieso eine *Zovinar* in der Familie. Erinnerst du dich: So sollte ich eigentlich heißen.

Also war es«, sagte der Märchenerzähler. »Hamest bekam eine Schwiegertochter namens Zovinar. Und Hamest sagte zu ihrem Mann: Das müßte der richtige Name sein. Sicher ist das Weib unseres Hagob wie ein Blitz ohne Donner. – Aber Hamest hatte sich geirrt. Denn auch Zovinar hatte den falschen Namen. Sie war eine bescheidene Frau, und eigentlich hätte sie *Hamest* heißen müssen.

Trotz ihres Temperaments – oder gerade deshalb – hatte die Großmutter deines Vaters einen unscheinbaren Körper. Sie war von zwerghaftem Wuchs, mager wie die schwarzen Bergziegen der Kurden, ungestüm in ihren Bewegungen und so zäh wie die schwerverdauliche *Pasderma*, das getrocknete Fleisch in den Vorratskammern der Bauern. Da sie stets ein paar Knoblauchzehen um den Hals trug, zum Schutz gegen die bösen Geister und auch gegen den bösen Blick, roch sie nach Knoblauch, was manche Leute abschreckte, anderen wiederum Appetit machte, denn Knoblauch ist ein beliebtes Gewürz. Dein Vater fing jedesmal zu brüllen an, wenn die Großmutter an die Wiege kam, sich mit den Knoblauchzehen über ihn beugte und sagte: Na, du furchtloser Pascha. Wenn du nicht brav bist, holen dich die Kurden. Und sie fügte listig hinzu: Oder der große Bär.

Dein Vater war kurz nach der Taufe noch zu klein, um zwischen gut und böse zu unterscheiden oder gar zu wissen, warum seine Großmutter Knoblauchzehen um den Hals trug. Er wußte nur, daß die eine Frau, die sich um ihn kümmerte, nach Knoblauch roch und die andere nach süßer Milch, und so war es verständlich, daß er die Ärmchen eher nach seiner Mutter ausstreckte.

Die Mutter roch nicht nur nach Milch. Sie sah auch wie eine Milchkuh aus. Und damit war sie das Gegenteil der Großmutter. Behäbig und fett, mit schwappenden Zitzen, spazierte sie vor der Wiege auf und ab. Ihre Gesten, wenn sie sich über die Wiege beugte, waren wie fließende Milch, und die zärtlichen Worte, die sie dem kleinen Wartan ins Ohr flüsterte, glucksten wie der Milchstrahl beim Melken im hölzernen Kübel. Süß waren ihre Worte und süß war ihr Geruch. Kein Wunder, daß es dem kleinen Wartan durch und durch ging, wenn sich die Mutter der Wiege näherte oder ihn zärtlich auf den Arm nahm, um ihn zu stillen.«

Die Stimme des Märchenerzählers war ernst. Er sagte: »Jedes armenische Kind ist während der ersten vierzig Lebenstage in großer Gefahr. Während der ersten vierzig Lebenstage darf die Mutter das Kind nicht allein lassen. Es stimmt zwar, daß die Großmutter das Kind wiegte, und sie tat das ja auch, wenn sie nicht im Zimmer war – und wie ich's gesagt habe –, mit Hilfe des langen Stricks. Die Mutter aber saß immer irgendwo in der Nähe. Mutter und Kind dürfen

während der ersten vierzig Tage auch nicht das Haus verlassen, nur am Tag der Taufe war es gestattet, weil beide ja zur Kirche mußten.«
»Warum ist ein armenisches Kind in so großer Gefahr, ich meine: während der ersten vierzig Lebenstage?«
»Wegen der bösen Geister, mein Lämmchen. Die Armenier kennen viele Geister. Da gibt es *Wischaps* und *Dews* und *Alks* und viele andere. Und natürlich auch die *Djins*, an die auch die Türken glauben. Viele von diesen Geistern haben es auf die Leber der kleinen Kinder abgesehen, die sie ohne weiteres fressen, wenn die Mütter nicht da sind. Da war mal so ein Fall im Dorf, über den noch jahrelang geflüstert wurde.«
»Was für ein Fall, Meddah?«
»Soll ich's dir wirklich erzählen?«
»Ja, Meddah.«

»Damals«, sagte der Märchenerzähler, »als die Armenier vor allen anderen Völkern der Welt das Christentum annahmen, da ließ der Heilige Gregor in der Stadt Etschmiadzin die Kultstätte der persischen Feueranbeter abreißen und baute auf dieser Stelle die erste Staatskirche der Welt, so prächtig, daß selbst die Architekten des königlichen Palastes vor Neid erblaßten. Die Stadt und die Kirche existieren noch heute. Und von dort kommt auch das heilige Öl *Meron*, mit dem alle kleinen armenischen Kinder bei der Taufe gesalbt werden. – Nun ja, mein Lämmchen«, sagte der Märchenerzähler, »es trug sich zu, daß die Nachbarn der Khatisians ein Kind bekamen, ein kleines Mädchen, das auf den Namen *Takouhi* getauft wurde, was soviel hieß wie *Königin*. Man hatte die Mutter des kleinen Mädchens gewarnt. Man hatte ihr gesagt: Laß dein Kind während der ersten vierzig Tage nicht aus den Augen. Vergiß nicht, daß die Geister im Dunkeln leben und sicherlich verärgert sind, weil du so ein hübsches Kind hast und eines, das Takouhi heißt. – Aber die Mutter des Kindes hatte gelacht und gesagt: Meinem kleinen Mädchen kann nichts passieren, denn der Priester Kapriel Hamadian hat sie gesalbt, und zwar mit dem heiligen Öl *Meron*.
Und als man sie fragte: Hast du das Kind nachher gewaschen? Da sagte sie lachend: Natürlich hab' ich das Kind gewaschen.

– Und war das Wasser ölig?
– Natürlich war es ölig, denn die Spuren des Meronöls waren im Wasser.
– Es war heiliges Wasser.
– Natürlich war es heiliges Wasser.
– Und was hast du mit dem heiligen Wasser gemacht? Hast du es weggegossen?
– Ich habe es rings um das Haus gesprenkelt.
– Wegen der Djins?
– Natürlich wegen der Djins.
– Und du glaubst, die Djins fürchten das heilige christliche Wasser?
– Natürlich fürchten sie es.

Und so kam es«, sagte der Märchenerzähler, »daß die Mutter das Kind oft allein ließ. Sie hatte dem Kind eine Bibel in die Wiege gelegt und auch Knoblauchzehen vor die Tür gehängt und einige Hufeisen in den Türrahmen, und zwar verkehrt, so daß die Spitzen zum Boden zeigten, so wie es eben alle im Dorf machten, um die Räume des Hauses vor den Geistern zu schützen. Sie hatte sogar einen Besen vor die Wiege gestellt, weil die Djins sich vor Besen und Stöcken fürchten, aber es hatte nichts genützt.«
»Wieso hatte es nichts genützt?«
»Nun ja, mein Lämmchen«, sagte der Märchenerzähler. »Eines Tages – die Frau kam gerade vom Brunnen zurück, wo sie eine Zeitlang verweilt und mit den alten Weibern geschwatzt hatte – also: sie kam gerade zurück und siehe...«
»Siehe ... was?«
»Das Kind war verschwunden.«
»Verschwunden?«
»Einfach verschwunden. Man hat es nie wieder gesehen.

Ich stelle mir vor«, sagte der Märchenerzähler, »daß ich, der Märchenerzähler, vor vielen, vielen Jahren neben deinem Vater gesessen habe. Er ist gerade drei Wochen alt, und er guckt mich mit seinen großen, dunklen, armenischen Augen an. Na, du kleiner Hosenscheißer, sage ich zu ihm. Hast du keine Angst?

Und dein Vater, der noch gar nicht sprechen kann, sagt zu mir: Wovor soll ich denn Angst haben, Meddah? Meine Großmutter wiegt mich doch mit dem langen Strick. Und meine Mutter ist gerade mal in den Stall gegangen, um zu pinkeln, aber sie kommt gleich wieder zurück, um mich zu stillen.
– Das stimmt, sage ich zu ihm. Da hast du vollkommen recht. Aber weißt du denn nicht, daß die Mütter ihre Kinder keinen Augenblick allein lassen dürfen während der ersten vierzig Lebenstage? Eine einzige Sekunde genügt, und das Kind ist für alle Ewigkeit verschwunden.
Und dein Vater fragt: Wegen der Djins?
Und ich sage: Ja. Die Djins haben es auf deine Leber abgesehen. Und paß mal auf. Deine Mutter ist im Stall und pinkelt. Und wenn sie zurückkommt, bist du nicht mehr da, weil die Djins dich geholt haben.
Aber dein Vater lacht und sagt: Nein, die Djins haben keine Macht, weil der Priester Hamadian mich mit dem heiligen Öl Meron gesalbt hat – bei der Taufe war das – und weil Großmutter mich nachher gebadet und das Badewasser mit den Spuren des heiligen Öls rings um das Haus gesprenkelt hat. Die Djins können diesen Bannkreis nicht durchbrechen. Und weißt du warum?
– Nein, sage ich. Ich weiß nicht warum.
– Weil Jesus Christus mich beschützt.
– Na, ich weiß nicht, sage ich. Christus ist nicht immer da, wenn man ihn braucht. Viele armenische Mütter haben es mit dem Öl versucht, und trotzdem haben die Djins ihre Kinder geholt.

Ich erzähle deinem Vater, wie es war, als seine Mutter zum zwölften Mal empfangen hatte.
– Da führt ein Eselspfad aus dem Dorf hinaus, sage ich, und wenn man am frühen Morgen fünfzehn Zigarettenlängen der Sonne nachgeht, da kommt man an eine Hütte, wo die alte Bülbül wohnt.
– Bülbül? fragt dein Vater.
Und ich sage: Ja. Sie heißt so wie die Nachtigall. Einfach: Bülbül. Und weißt du warum?
– Nein, sagt dein Vater.
– Weil sie eine Hebamme ist und singt, während die Gebärende

schreit. Sie singt so eindringlich, daß die Gebärende glaubt, es sei ihre eigene Stimme ... und solange, bis das Kind auf der Welt ist.
– Singt sie wie eine Nachtigall?
– Nein, mein Lämmchen, sage ich. Ihre Stimme ist so häßlich wie die Stimme des Esels, von dem der Prophet gesagt hat, er habe die häßlichste Stimme aller Kreaturen Allahs.

– Vielen läuft eine Gänsehaut über den Rücken – wie es so heißt – sage ich zu deinem Vater, und viele bekreuzigen sich im Geiste, wenn der namenlose Esel mit der krummbeinigen Bülbül auftaucht. Aber du brauchst dich nicht vor ihr zu fürchten, auch wenn die Leute behaupten, sie sei von den Djins verzaubert worden, und zwar zu einem wandelnden Geheimnis auf zwei knorrigen Beinen, eines mit einer rauhen, männlichen Stimme und einem grauen Ziegenbärtchen um das Kinn.

Wie dem auch sei: Niemand weiß wirklich, wer sie ist und woher sie kommt. Es heißt, sie stamme aus dem wilden Bergland Hakkari und sei die Tochter eines Kurdenscheichs und einer seiner Nebenfrauen. Ihr Vater, der Scheich, so erzählt man, konnte weder lesen noch schreiben, aber hatte einen großen Wissenshunger, und deshalb ließ er ab und zu mal einen Hafiz entführen, das sind Moslems, die den Koran auswendig können. Manchmal entführten seine Leute auch Märchenerzähler von den Basaren der großen Städte und brachten sie gefesselt in sein Zelt. Von dem Hafiz ließ sich der Scheich die weisesten Koransprüche vorsagen, solange, bis er genug davon hatte, und die Märchenerzähler mußten ihm alle Geschichten erzählen, die sie kannten. Es heißt, daß Bülbül als kleines Mädchen immer zugehört hatte, so daß sie selber bald die wichtigsten Stellen der Koransuren auswendig kannte, und sie kannte auch alle Geschichten und Märchen, die die Meddahs erzählten. Einmal, so heißt es, hatte der Kurdenscheich einen alten Märchenerzähler gefangengenommen, einen, der schon hundert Jahre auf dem Buckel hatte. Und weil er so alt war, kam es vor, daß er manchmal beim Erzählen einschlief. Bülbül, das kleine Mädchen, das neben ihm saß, erzählte dann einfach weiter, so gut wie der alte Mann, oft sogar besser. Sie spann die Geschichte einfach zu Ende.
– Und wieso ist Bülbül nicht mehr bei ihrem Stamm?

– Weil der Stamm ihre Mutter eines Tages verstoßen hatte, und weil Bülbül mit ihrer Mutter ging. Bülbül hat ihren Vater verflucht. Und sie hat auch den Stamm verflucht. Sie gingen weit fort. Bülbüls Mutter starb später an der Cholera. Es heißt, daß Bülbül, die damals zehn Jahre alt war, von Zigeunern aufgegriffen wurde und eine Zeitlang mit ihnen durch die Lande zog, bis sie sich dann auch von ihnen absetzte. Sie hat sich dann herumgetrieben in Dörfern und Städten – niemand weiß wo –, und als sie eines Tages in Yedi Su auftauchte, war sie schon krummbeinig und rundrückig und die ersten grauen Härchen des Altweiberbartes sprossen um ihr Kinn, obwohl sie noch nicht sehr alt war. Sie kam auf einem namenlosen, grauen Esel daher, hatte einen Sack und einen Stock bei sich und – wie es heißt – auch allerlei Schmuck und Gold. Und sie baute sich eine Hütte oben in den Bergen. Dort wohnt sie seither mit ihren Haustieren, Tiere, die sie sich im Laufe der Zeit angeschafft hatte. Bülbül hat vor niemandem Angst. Niemand tut ihr was zuleide, denn sogar die wilden Kurden in den Bergen fürchten ihre Zaubersprüche.«

Und der Meddah sagte: »Ich erzähle deinem Vater: Als deine Mutter mit dir schwanger wurde, da kam Bülbül auf ihrem namenlosen Esel ins Dorf geritten. Und sie sagte zu deiner Mutter: Du darfst neun Monate nicht in den Spiegel blicken.
– Ich habe nie in den Spiegel geschaut, wenn ich schwanger war, sagte deine Mutter. Bei allen Schwangerschaften war das so.
– Das ist gut, sagte Bülbül.
– Meine Mutter hat mich immer gewarnt, sagte deine Mutter. Sie hat bei jeder Schwangerschaft gesagt: Blicke neun Monate nicht in den Spiegel.
– Es war richtig, daß sie dich gewarnt hat, sagte Bülbül.
– Nur hat mir meine Mutter nie erklärt, warum das so ist.
– Nun, warum schon, sagte Bülbül. Ich nehme an, weil das Ungeborene neugierig ist ... aber auch mißtrauisch ... und weil es im Bauch seiner Mutter alles beobachtet, was seine Mutter tut.
– Alles, was ich tue?
– Alles, was du tust.

Und Bülbül sagte: Wenn du in den Spiegel schaust, dann wird dein

Ungeborenes dein Spiegelbild für seine wahre Mutter halten. Und weil das Spiegelbild verkehrt ist, wird es sich im Leib umdrehen und verkehrt liegen. In solchen Fällen müssen beide sterben, die Mutter und ihr Kind ... bei der Geburt sterben sie. Das Kind stirbt lautlos, aber die Mutter mit einem Schrei auf den Lippen. Ich habe das schon erlebt. Eine dieser Mütter, deren Kind verkehrt lag, brüllte so laut wie die Säue der Ungläubigen, wenn sie abgestochen werden.

Und so war es«, sagte der Märchenerzähler. »Die Mutter deines Vaters blickte neun Monate lang nicht in den Spiegel. Und als es soweit war und der kleine Wartan herausschlüpfen wollte, um die Mutter von außen zu sehen, da wußte sie gar nicht mehr, wie sie aussah.

Ich sitze also neben der Wiege deines Vaters«, sagte der Märchenerzähler. »Und ich sage zu ihm: Hab keine Angst. Die Geister holen dich nicht. Es sind alles nur Märchen. Die wirkliche Gefahr sind die Türken und die Kurden. Wenn du groß bist, dann tauche dein Schwänzchen, das dann ein Schwanz sein wird, in das heilige Öl *Meron*, denn die Türken und Kurden haben die schlechte Angewohnheit, den armenischen Männern die Schwänze abzuschneiden, besonders dann, wenn der *große Tebk* anfängt.
Und dein Vater fragt: Was ist der *große Tebk*?
Und ich sage: Ein Tebk ist ein Tebk. Es bedeutet ein besonderes Ereignis, gemeint ist aber ein Massaker.

– Hab keine Angst, sage ich zu deinem Vater, und ich streichele den kleinen Wartan, der nur drei Wochen alt ist, mit meiner Märchenstimme. Ich sage zu ihm: Im Augenblick gibt es keinen Tebk, wenigstens nicht in dieser Gegend. Im Augenblick bedroht dich nur der Aberglauben der Dorfbewohner. Und ich sage lächelnd zu ihm: Sieh mal, mein Lämmchen. Im Nachbarhaus ist gerade jemand gestorben. Und bald wird deine Mutter aus dem Stall zurückkommen. Und sie wird dich auf den Arm nehmen.
– Und dann?
– Dann wird sie mit dir aufs Dach flüchten, denn alle armenischen Häuser haben flache Dächer.

– Aber warum soll ich denn mit ihr aufs Dach?
– Weil die Toten kleine Kinder mitnehmen, wenn sie zum Friedhof getragen werden. Aber sie können sie nur mitnehmen, wenn die Beinchen der Kinder der Erde nahe sind. Es ist jedoch anders auf einem Dach. Da hat der Tote keine Macht.

Und ich sage zu dem kleinen Wartan: Es gibt nur einen einzigen Sarg im Dorf, der schon über hundert Jahre alt ist. Bald wird man den Toten vorbeitragen. Und bald kommt deine Mutter aus dem Stall zurück und holt dich aufs Dach.

Du möchtest wohl wissen, warum es nur einen einzigen Sarg im Dorf gibt, sage ich, und zwar einer, der schon über hundert Jahre alt ist?
– Ja, sagt der kleine Wartan. Wie ist es mit dem Sarg?
– Alle Einwohner im Dorf bekommen denselben Sarg, sage ich. Denn der Sarg dient nur dazu, um den Toten zum Friedhof zu tragen. Später trägt man den leeren Sarg wieder zurück.

– Wie werden die Toten dann begraben?
– Sie werden sarglos begraben, mein Lämmchen, nur in ihre Leichentücher gehüllt. So wurden alle deine Ahnen begraben.
– Und was geschieht mit dem leeren Sarg, den die Dorfbewohner ohne den Toten wieder zurücktragen?
– Der ist für den nächsten bestimmt, mein Lämmchen. Vielleicht für deinen Großvater, der schon sehr alt ist, oder für einen der Nachbarn.
– Und wie wird es mit mir sein?
– Du hast noch Zeit, mein Lämmchen. Du bist erst drei Wochen alt. Wenn die Türken oder die Kurden dich nicht vorher umbringen oder irgendeine böse Krankheit, dann wirst du sehr alt werden. Vielleicht sogar hundert Jahre oder noch etwas mehr. Und wenn man dir dann die Augen zudrückt, dann werden die Leute sagen: dieser Sarg ist über zweihundert Jahre alt, denn er war schon mehr als hundert, als der Tote geboren wurde. – Aber verlaß dich drauf: der Sarg wird immer noch halten, denn die armenischen Handwerker sind die besten der Welt. Alles, was sie machen, ist solide Arbeit.

Irgendwann wird dich deine Mutter auf den Fußboden legen, damit du frei und nicht wiegenbehindert strampeln kannst, aber sie wird aufpassen, daß niemand auf dich tritt. Und sie wird sich erinnern, was alle zu ihr gesagt haben, auch Bülbül: die ersten vierzig Lebenstage sind gefährlich. Paß auf, Zovinar, daß du nicht über ihn hinwegschreitest, denn das würde sicher sein Wachstum behindern. Und wenn du es dennoch tust, dann mußt du denselben Schritt rückwärts tun – über ihn hinweg, in verkehrter Richtung –, damit der Zauberbann gebrochen wird. Dann wächst er wieder richtig.

Hör zu, mein Lämmchen, sage ich zu deinem Vater. Du wirst viele Krankheiten kriegen, so wie alle kleinen Kinder, aber hab keine Angst. Deine Großmutter wird dir Ziegenhörner auf die Haut drücken, sie sind durchgesägt, werden im Tonir erhitzt, und der durchsägte, tassenförmige Teil wird auf die Haut gesetzt, bis die Stellen blutrot sind. Dann wird deine Großmutter alle roten Stellen mit einer Nähnadel ritzen und Blutegel ansetzen, die das böse Blut und somit alle Krankheitserreger aufsaugen. Wenn die Blutegel so voll sind, daß man Angst hat, sie könnten vor der Zeit platzen, dann wird deine Großmutter sie packen und in einen Krug mit Salzwasser werfen, damit sie dein Blut wieder ausspucken. Um sicher zu sein, wird deine Großmutter sie nachher massieren und ausdrücken, bis die Blutegel alles Blut in den Salzwasserkrug gespuckt haben. Und dann werden sie erneut angesetzt, dort, wo die Blutpünktchen sind, auf deiner Haut. Sie werden solange saugen, bis du gesund bist.

– Und wenn das nicht hilft? fragt Wartan.
– Dann wird dir deine Großmutter alle Kleidungsstücke ausziehen, die irgendwie mit deinem kranken Körper in Berührung waren, und sie wird die Kleider an den heiligen Baum hängen, der einsam vor dem Dorfplatz steht. Wenn der heilige Baum die Kleider nicht abschüttelt, dann verschwinden alle Krankheiten, die mit den Kleidern aus dem Haus getragen wurden.
– Gibt es wirklich einen heiligen Baum ... hier in Yedi Su?
– Natürlich, mein Lämmchen. Jedes Dorf in dieser Gegend hat einen heiligen Baum.

– Warum ist der Baum heilig, Meddah?
– Niemand weiß das, mein Lämmchen ... oder: niemand kann sich wirklich daran erinnern, wann und wer den Baum heilig gesprochen hat, weil es meistens sehr lange her ist. Es genügt, daß mal ein Derwisch unter dem Baum geschlafen hat oder der heilige Sarkis.
– War der in dieser Gegend?
– Natürlich war der in dieser Gegend.

Wenn du Zähnchen kriegst und eines Tages Zahnschmerzen hast, dann wird deine Großmutter dich mit Raki behandeln oder sie wird den armenischen Oghi-Schnaps benützen, der aus dem Land der Weinreben stammt. Sie wird dein Zahnfleisch mit dem Schnaps massieren, und sie wird sagen: Bis hundertzwanzig soll er Zähne haben. Na, was sagst du dazu?

Ich sage zu deinem Vater: Na, du kleiner Pinkler. Warst du schon mal auf dem armenischen Friedhof von Yedi Su? Natürlich noch nicht. Am schönsten, sage ich, ist's dort am Montag nach Ostern. Da ist das ganze Dorf auf dem Friedhof versammelt. Und Kurden und Türken und Zigeuner, die kommen von den Bergen ins Tal und stellen ihre Stände vor dem Friedhof auf. Jawohl, mein Lämmchen. Es sieht wie ein Basar aus, und sie nennen ihn ja auch den Ostermontagsbasar. Da wird fleißig auf dem Friedhof gebetet und dann ein Festmahl gehalten. Da es Sitte ist, daß der Priester an diesem Tag alle übriggebliebene Baklava mit nach Hause nehmen darf, nennt man diesen Tag auch den *Priester-Baklava-Tag*.

Soll ich dir noch was erzählen, mein Lämmchen? Zum Beispiel, wie das war, als dein Urgroßvater beerdigt wurde?
Und dein Vater, der drei Wochen alt war, sagt: Erzähl mal!
– Man hatte deinen Urgroßvater gerade ins frische Grab gelegt, sage ich, der Märchenerzähler, aber noch nicht zugeschaufelt. Als sie mit dem Schaufeln anfangen wollten, da legte der Sohn deines Urgroßvaters, der ja dein Großvater ist, seinem Vater schnell eine Flasche Schnaps ins Grab – Raki oder Oghi –, ich weiß es nicht genau, auf jeden Fall eine gute und ordentliche Marke ... denn er glaubte daran, daß die Seele eines Armeniers drei Tage braucht, um das Grab zu

verlassen. Die weiße Seele kommt direkt in den Himmel, aber die schwarze kann die Schwelle der reinen Gedanken vor der Pforte des Paradieses nicht überwinden. Und so dachte er, daß der Schnaps vielleicht helfe, damit die Seele seines Vaters, der ein Säufer gewesen war und ein Schlemmer und ein Hurenbock, den Sprung über die reinen Gedanken schaffe.

Ja, sage ich. Und dann holte dein Großvater eine zweite Flasche Schnaps aus der Tasche, auch einen silbernen Becher, goß ihn voll und trank ihn aus. Alle Umstehenden sagten: Gut so. Und sie sagten: Mögen seine Tage, die er nicht mehr erlebt hat, den deinen angerechnet werden. – Dein Großvater aber sagte: Nein ... nicht meinen Tagen, sondern den Tagen meines Enkels Wartan, den Hagob und Zovinar noch nicht gezeugt haben, aber der irgendwann geboren wird.
– Haben Hagob und Zovinar ihn wenigstens schon eingeplant ... diesen kleinen Wartan?
– Natürlich, sagte dein Großvater ... aber erst, nachdem ich lange auf sie eingeredet habe.
Und so kosteten alle vom Schnaps deines Großvaters, und sie sagten: Auf unseren kleinen Wartan, der noch gar nicht da ist.

– War ich damals wirklich noch nicht da? fragt Wartan.
– Damals noch nicht, sage ich, der Märchenerzähler.

– Du weißt ja gar nicht, wo du bist, sage ich zu Wartan, der gerade mal wieder in die Windeln gepißt hat und leise zu weinen anfängt. Na, rat mal, wo du bist?
– Ich liege in meiner Wiege, sagt Wartan zu mir, in der Wiege mit der Taube und dem Ölzweig. Ich habe gerade in die Windeln gepinkelt, und ich warte auf meine Mutter.
– Du liegst in deiner Wiege, sage ich. Das stimmt. Aber du weißt nicht, wo die Wiege steht.
– Das weiß ich nicht, sagte Wartan.
– Die Wiege steht auf ihren Schaukelbeinchen, drei lange Schritte vom Tonir entfernt. Und der Tonir ist mitten im Wohnzimmer.
– Das wußte ich nicht, sagte Wartan.

– Die Bauern von Yedi Su nennen ihr Wohnzimmer *Oda*, und nur der Muchtar nennt das seine *Selamlik*.
– Riechen alle Wohnzimmer so komisch wie meines?
– Alle riechen so ähnlich, sage ich, nämlich nach Stall. Denn der Stall ist nebenan, und die Tiere müssen durchs Wohnzimmer, wenn sie in den Stall wollen.
– Warum ist das so?
– Ich weiß es nicht genau, mein Lämmchen. Aber ich nehme an, daß die Armenier früher ihre Tiere im Oda hielten, weil das Feuer im Tonir nicht warm genug war, besonders im Winter. Und ich sage: Es riecht nicht nur nach Stall. Es riecht auch nach Rauch, denn das Haus hat keinen Schornstein. Und es riecht auch nach Gewürz, und nach *Pasderma* ... du weißt doch: das getrocknete Fleisch, von dem die kleinen Kinder Schluckauf kriegen ... und es riecht auch nach Butter und Käse und nach den Resten des Honigkuchens, den deine Mutter unlängst gebacken hatte.

Als Hayk, der erste Armenier, mit seinen Getreuen zum Berge Ararat wanderte – es ist schon sehr lange her, mein Lämmchen, und zwar vor unserer Zeitrechnung –, da kam er in dieses Dorf, das damals noch kein Dorf war, sondern ein menschenleeres Tal. An der Stelle, wo heute euer Tonir ist, blieb Hayk stehen und sagte: Einer meiner Nachkommen wird sich hier niederlassen, und er wird ein Feuerloch graben, und dieses Feucherloch wird er Tonir nennen.
Und so war es auch. Eines Tages kam ein Mann auf seinem Esel durch dieses Tal, ein Mann, der ebenfalls Hayk hieß. Da er zu müde war, um weiterzureisen und auch, weil er hungrig und durstig war und weil ihn fror, machte er halt. Der Esel führte ihn zu einer der sieben Quellen, deren erfrischendes Wasser er längst geschnuppert hatte. Nachdem beide ihren Durst gelöscht hatten, kam der Mann zurück zu der Stelle, an der er vorher vorbeigeritten war und wo heute euer Oda steht. Er grub ein Feuerloch. Und er zündete ein Feuer an und sagte: Dieses Feuerloch nenne ich Tonir. Da hörte er eine Stimme, die kam aus den Wolken und sagte: Der Tonir ist heilig. Baue ein Haus über dem Tonir. Und nimm dir ein Weib und laß dich vor dem Tonir trauen.

Und ich zeige mit meiner Märchenstimme auf den Tonir und sage: Siehst du, mein Lämmchen. Vor diesem Tonir wurde Hayk getraut. Und über diesem Tonir hat er ein Haus gebaut.

Als Hayks Familie noch begrenzt war auf Vater, Mutter und Kinder, da nannte er sie *Endanig*. Später, nachdem die Großfamilie entstanden war, nannten sich alle *Kertastan*. Da war zuerst ein einziger Raum, in dem Hayk mit seinem Weib, den Kindern und den Tieren wohnte. Irgendwann aber baute Hayk eine Bretterwand längs durch den großen, fensterlosen Raum, eine feste, von Querbalken gestützte Wand, die von nun an Menschen und Tiere voneinander trennen sollte. Und weil es trotz der beiden Räume immer unbequemer und auch enger wurde, bauten seine Nachkommen eigene Räume mit eigenen Wänden und eigenen Dächern an das Haus des Patriarchen an. Das ist alles schon lange her. Jeder der Dorfbewohner weiß das aber. Und so mancher, der heute hier vorbeikommt, der zeigt auf die Häuser von Hayks Nachkommen und sagt: Hier wohnen die Khatisians ... die ganze Sippe ... oder die, die noch verblieben und noch nicht weggezogen sind.

Mein Lämmchen, sage ich. Du weißt ja nicht mal, wie dein Dorf aussieht. Und ich sage: Es sieht wie die meisten armenischen Dörfer aus, die sauberer sind als die kurdischen und die türkischen Dörfer. Die Häuser sind aus Lehm, Bruchstein und Fels, und weißgekachelt, mit flachen Dächern aus Pappelzweigen. Das größte Haus gehört dem Muchtar Ephrem Abovian, seit vielen Jahren Bürgermeister in Yedi Su. Natürlich sind die Straßen nur Schlammstraßen, was sonst sollten sie sein. Aber das Dorf hat eine heilige Quelle, in der vor vielen hundert Jahren der heilige Sarkis gebadet hat. Und es hat sieben Brunnen, von denen der eine *Gatnachpjur* heißt. Das ist ein Milchbrunnen.
Und ich sage: Mein Lämmchen. Im Brunnen Gatnachpjur fließt keine Milch, aber Mütter mit trockenen Brüsten brauchen nur ein einziges Mal am Brunnen Gatnachpjur zu beten, sich dann zu bekreuzigen und ihre Brüste in das Wasser zu tauchen, und schon schwellen die trockenen Brüste an.

Du möchtest wohl gerne wissen, mein Lämmchen, was deine Mutter gemacht hat, als ihre langen, teigigen, aber trockenen Brüste traurig bei jeder Bewegung hin- und herschwabbelten? Nun, mein Lämmchen: sie hat fleißig gebetet ... und sich bekreuzigt ... natürlich vor dem Brunnen Gatnachpjur, und dann hat sie ihre Brüste in das gute Wasser getaucht, und kurz darauf schwollen sie wieder an, wurden fett und saftig.

Ein Fremder, der auf der Karawanenstraße zwischen Bakir und Erzurum entlangreitet und der an die Kreuzung kommt, mit den Wegweisern Van, Bakir, Musch, Kayseri, Konya und Diyarbakir, der ahnt nichts von diesem Dorf, das eine halbe Tagesreise entfernt in einem der Täler der Hochebene liegt, versteckt zwischen den kahlen Bergen und fünfundzwanzig Zigarettenlängen von dem kurdischen Zeltlager Süleyman Agahs entfernt, den man auch Süleyman Bey nennt. Und sollte ein Fremder es wagen, die Karawanenstraße zu verlassen, um quer durch die unwegsame Berglandschaft zu reiten, einen halben Tag lang, auch dann würde er das Dorf nicht sehen, auch nicht, wenn er zufällig in die Nähe käme. Denn die ersten Häuser des Dorfes hängen wie Vogelnester versteckt an den Felswänden, für den Fremden nicht sichtbar, wenn er ahnungslos über die Serpentinen des Esels- oder Maultierpfads nach Yedi Su reitet.
– Kann man auch die Dächer der Häuser nicht sehen?
– Nein, mein Lämmchen. Oder: man sieht sie erst, wenn man über den Dächern ist.
– Wieso ist man denn über den Dächern?
– Weil das letzte Ende des Eselspfads sich über den Dächern ins Tal schlängelt. Und der Fremde müßte nach unten gucken, um die Dächer an der Felswand zu sehen. Er guckt aber meistens geradeaus.
– Soll man nicht geradeaus gucken?
– Doch, mein Lämmchen, aber nicht immer.

– Als deine Mutter mit dir im dritten Monat war, da kam ein Kurde ins Dorf geritten. Er ritt gegen die Morgensonne. Am Eingang des Dorfes strauchelte sein Pferd, rutschte von der Serpentinenstraße, stürzte – aber nicht sehr tief und auch nicht tödlich –, und so kam es,

daß der kurdische Reiter mit seinem Pferd auf dem Dach eures Hauses landete.
— Einfach so?
— Ja, mein Lämmchen.
— Hat meine Mutter sich nicht erschrocken?
— Und wie sie sich erschrocken hat! Das Dach aus Pappelzweigen krachte nämlich ein, und der Kurde fiel mit seinem Pferd direkt in euer Wohnzimmer – in den Selamlik oder den Oda... So war es, mein Lämmchen. Deine Mutter hatte gerade ein Nickerchen gemacht. Plötzlich hörte sie einen gewaltigen Krach, wachte auf und sah den Kurden mit seinem Pferd durch die Wohnzimmerdecke fallen, direkt neben den Tonir.
— Was hat meine Mutter gemacht?
— Gar nichts hat sie gemacht, mein Lämmchen. Sie starrte erschrocken auf den Kurden und sein Pferd.
— Und was habe ich gemacht, Meddah?
— Du wärst durch den Schreck deiner Mutter fast aus dem Bauch gepurzelt.
— Eine Fehlgeburt also?
— Fast, mein Lämmchen. Fast hätte dich deine Mutter verloren. Und dann hätte es keinen Wartan gegeben. Und Wartan, den es nicht gegeben hätte, der hätte sich später nie eine Frau nehmen können, um mit ihr einen Sohn zu zeugen, den er Thovma nennen würde.
— Werde ich einen Sohn haben, Meddah?
— Natürlich wirst du einen Sohn haben.
— Und den werde ich Thovma nennen?
— Thovma!

— Wie war das mit dem Kurden und seinem Pferd?
— So wie ich's dir erzählt habe.
— Der Kurde ritt also gegen die Morgensonne?
— Ja.
— Und sein Pferd strauchelte? Kam vom Wege ab? Stürzte über den Felsrand? Und landete auf dem Dach unseres Hauses?
— So ist es.
— Und er fiel mit seinem Pferd in unser Wohnzimmer, das auch Selamlik heißen könnte, aber Oda heißt? Und Pferd und Reiter

landeten neben dem Tonir, in dem all die Kuhscheiße brennt und flackert und glüht?
– Ja, mein Lämmchen.
– Und meine Mutter erschrak gewaltig, so daß sie mich fast verloren hätte?
– So ist es.
– Was ja bedeutet hätte, daß ich nie Vater werden würde ... denn es hätte mich gar nicht gegeben.
– Ja, mein Lämmchen.
– Und auch nicht meinen Sohn Thovma, der ja irgendwann mal auf die Welt kommen wird.
– So ist es, mein Lämmchen. Den hätte es auch nie gegeben.
Leise lache ich vor mich hin. Und ich sage: Es ist aber, wie du siehst, nichts Ernsthaftes passiert. Nur deine Großmutter kam aus dem Nebenzimmer herein, sah den Kurden, sah sein Pferd, packte den Feuerhaken, der neben dem Tonir lag und der eigentlich kein Feuerhaken war, sondern ein langes, zum Kuhscheißestochern bestimmtes Eisenstück. Das packte sie also und drosch auf den Kurden ein, und auch auf sein Pferd. Und ob du's glaubst oder nicht: der Kurde erschrak und galoppierte aus dem Wohnzimmer raus. War plötzlich verschwunden.
– Allerhand, sagt der kleine Wartan, der drei Wochen alt ist und noch gar nicht reden kann. Meine Großmutter hat wirklich Mut. Wer hätte das gedacht.
– Ja, mein Lämmchen. Deine Großmutter hat das Herz auf dem rechten Fleck.
– Ist sie die erste Armenierin, die es gewagt hat, einen wilden Kurden mit dem Feuereisen zu verdreschen?
– Du meinst ... in der vieltausendjährigen Geschichte des armenischen Volkes?
– Ja, Meddah.
– Ich weiß es nicht, mein Lämmchen. Man müßte die Historiker fragen. Mir, dem Meddah, ist jedenfalls kein ähnlicher Fall bekannt.

Und ich, der Meddah, sage zu dem kleinen Wartan: Deine Großmutter war nicht immer ein Hausdrachen, mein Lämmchen. Aber

wer sie zum ersten Mal sieht, kann sich nicht vorstellen, daß sie jemals anders gewesen war.
– Wie anders, Meddah?
– Nun, eben anders, mein Lämmchen. Vor vielen, vielen Jahren, als sie deinen Großvater heiratete und in dieses Haus einzog, da war deine Großmutter eine kleine, verängstigte Braut. Sie war zwölf, hatte kaum Brüste, kaum Härchen zwischen den Beinen, hatte allerdings große Ohren und gar keinen Mund.
– Aber Meddah, das kann doch nicht sein?
– Doch, mein Lämmchen. Das war so. Denn ihre Schwiegermutter sagte zu ihr nach der Hochzeitsnacht: Gelin – das ist das türkische Wort für *junge Braut*, obwohl es ja auch ein armenisches gibt. Zum Beispiel hätte sie ganz einfach *hars* sagen können ... *also Braut* ... aber das türkische Wort erfordert mehr Zungenaufwand, klingt ein wenig gellend, flößt Respekt ein, vielleicht auch Furcht, gilt als fortschrittlicher und wirksamer im Umgang zwischen zwei Frauen unterschiedlichen Standes. Verstehst du, mein Lämmchen: also sagte die Schwiegermutter *Gelin*! – Gelin, sagte sie. Du hast jetzt nur Ohren, aber keinen Mund. Du darfst nur mit den kleinen Kindern reden und nur mit deinem angetrauten Mann, wenn du allein mit ihm bist, und auch dann nur, wenn er das Wort an dich richtet, verstehst du. Mit den anderen darfst du nicht reden, vor allem nicht mit deinem Schwiegervater und den Brüdern deines Mannes, denn sonst sagen die Leute: Sie hat den Schleier zerrissen.
– Und wann darf ich mit den anderen reden? fragte deine Großmutter.
– Erst, wenn dein erstes Kind zur Welt kommt, sagte ihre Schwiegermutter. Und wenn es soweit ist, werde ich zu dir sagen: Gelin, jetzt hast du wieder einen Mund.

Die Armenier nennen die Probezeit der jungen Schwiegertochter *Nor Harsnutiun*, und das Schweigegebot nennen sie *Mundsch*. Wahrlich: ich, der Meddah, frage mich, warum der liebe Gott den jungen Bräuten Zungen geschenkt hat, wenn ihre Schwiegermütter ihnen das Reden verbieten? Auch die Mutter der Schwiegermutter sagte zu deiner jungen, zwölfjährigen Großmutter: Gelin, verschlucke deine Zunge!

Wahrlich, mein Lämmchen: Es ist leicht, das Gesetz zu umgehen, wenn es aufgeschrieben wird ... gegen das ungeschriebene Gesetz der Familie aber gibt es kein Aufbegehren. Deine junge Großmutter wußte das. Sie hielt sich streng an die alten Sitten. Erst, als das erste Kind zur Welt kam, fing sie wieder zu reden an.

Als jüngste Frau des Hauses mußte deine Großmutter alle niedrigen Arbeiten verrichten. Es gehörte unter anderem auch zu ihren täglichen Pflichten, früh morgens die Betten für alle zu machen, auch die Betten ihrer Schwägerinnen. Denn im Kertastan machte keine der Frauen ihr eigenes Bett. Die jüngste Gelin mußte das machen. Und draußen vor der Tür standen die Nachbarn und guckten, ob sie's auch machte.
– Und wenn sie's nicht gemacht hätte? fragt der kleine Wartan.
– Dann hätten die Leute gesagt: Sieh mal, in diesem Kertastan macht jeder seine eigenen Betten. *Diese Familie ist schwanger.* Das heißt: sie fällt auseinander.

Je mehr Kinder deine Großmutter kriegte, um so mehr verbesserte sich ihre Position im Kertastan. Vierzehn Kinder brachte sie zur Welt. Dein Vater, mein Lämmchen, war das jüngste. Sie war schon fast vierzig als er zur Welt kam. Und du, mein kleiner Wartan, bist ebenfalls das jüngste Kind deiner Mutter, obwohl nur das zwölfte Kind. Und so kommt es, mein Lämmchen, daß deine Großmutter schon ziemlich betagt ist. Sie ist ja inzwischen auch zur Patriarchin geworden.
– Gehorcht ihr jeder in der Familie?
– Jawohl.
– Dann ist sie sicher die älteste Frau im Haus?
– Nein, mein Lämmchen. Deine Urgroßmutter ist die älteste. Aber sie nimmt keiner mehr ernst, weil sie vom hohen Alter schwachsinnig geworden ist. Sie sitzt nur noch am Tonir – du kannst sie sehen, wenn du das Köpfchen hebst – und dämmert vor sich hin.

Mein Lämmchen: die Brüste deiner Großmutter sind so schrumpelig wie ihre Hände und ihr Gesicht. Das Feuer in ihren Augen aber lodert so lebendig wie die Stichflammen im Tonir. Ebenso lebendig ist auch ihre Zunge, die stets sagt, was das Herz diktiert. Es scheint, als räche sich ihr Mundwerk für die Zeit des langen Schweigens. Niemand kann so fluchen wie deine Großmutter.

Rat mal, mein Lämmchen, was deine Großmutter zu dem Kurden gesagt hat, als sie ihn mit dem Eisenstück aus der Stube jagte.
– Woher soll ich das wissen, Meddah?
– Du Hurensohn, hat sie gesagt. Du Enkel eines tollwütigen Schafes. Du stinkender, kurdischer Eiersack. Sag deinem Bey, daß ich ihn und sein ganzes Pack zur Hölle schicke. Die Schwänze sollen seinen Männern verrotten. Der Padischa aus Konstantinopel soll euch alle hängen. Eure Kinder sollen an der Cholera sterben und eure Männer an der Krankheit aus Frankistan, die man im Bordell kriegt und deren Namen ich alte Frau vergessen habe. Die Djins und Alks sollen die Leber eurer Kinder fressen. Die Sintflut komme über euch.

– Sag, Meddah. Warum hat denn meine Großmutter eine solche Wut auf die Kurden?
– Nun, das hat seine Gründe, mein Lämmchen.

Die armenischen Mütter haben größere Angst vor den Kurden als vor den Türken, obwohl die Kurden im Vergleich zu den Türken ein harmloses Volk sind. Was hab ich gesagt: sie haben Angst. Und die Angst der Mütter spüren schon die ungeborenen Kinder. Die Mütter wissen das, und deshalb sagen sie ja auch zu den Kindern: Paß auf! Wenn du nicht brav bist, dann holt dich der große Bär. Oder es holen dich die Kurden!
– Welche Kurden sind damit gemeint?
– Nicht die Stadtkurden, mein Lämmchen, und auch nicht die in den halbnomadischen Dörfern. Es sind die wilden kurdischen Bergstämme, vor denen die Frauen Angst haben. Sie verschleppen die Frauen von Zeit zu Zeit, massakrieren ihre Männer, plündern die Dörfer aus und brennen die Häuser nieder.
– Warum machen sie das, Meddah?
– Ich weiß es auch nicht genau, mein Lämmchen.

Nun, mein Lämmchen. Es ist auf jeden Fall sehr kompliziert. Aber

ich werde versuchen, es dir zu erklären. Da ist zum Beispiel die Sache mit den Steuern.
– Was sind Steuern, Meddah?
– Nun, mein Lämmchen. Steuern sind Steuern.

Das ist so, mein Lämmchen. Die Kurden zahlen den Türken keine Steuern, weil sie davon nichts halten. Erst unlängst schickte der Padischa aus Konstantinopel fünftausend Reiter in die kurdischen Berge, um die Steuern einzutreiben, aber, ob du's glaubst oder nicht: die fünftausend Reiter wurden nie wieder gesehen. Es war ganz einfach. Die Kurden ließen die Soldaten bis hinauf zu den Engpässen, dann schossen sie die Reiter einzeln ab, stahlen die Pferde, auch die Stiefel und Uniformen, und warfen die nackten Leichen in die Schlucht. – Und weil der Padischa in Konstantinopel keine Lust hat, ein zweites Mal so viele Pferde und Soldaten zu verlieren, läßt er die Kurden in Ruhe. Dafür kassiert er aber von den Armeniern doppelte und dreifache Steuern.
– Das versteh ich aber nicht, Meddah.

– Nun, das ist so, mein Lämmchen: Die türkischen Steuereintreiber plündern die Armenier regelrecht aus. Sie müssen nicht nur die Steuer der Ungläubigen zahlen, die man *Raya-Steuer* nennt, sie zahlen auch noch die Kopfsteuer, daneben andere Steuern und Abgaben, die ich nicht alle aufzählen will, vor allem aber müssen sie die Militärbefreiungssteuer zahlen, die man den *Bedel* nennt. Kein Armenier bleibt vom Bedel verschont, auch du nicht, mein Lämmchen.
– Warum das, Meddah?
– Weil die Armenier keine Waffen tragen dürfen und folglich auch keinen Militärdienst machen.
– Aber den Bedel zahlen müssen?
– So ist es.

– Und was hat das mit den Kurden zu tun? – Ich finde es sehr sympathisch, daß die Kurden keine Steuern zahlen wollen und sich grundsätzlich weigern, diese Staatsbürgerpflicht anzuerkennen. Finde ich wirklich sympathisch. Denn ich persönlich halte auch nichts von den Steuern, obwohl ich erst drei Wochen alt bin und gar nicht weiß, was Steuern eigentlich sind.

– Nun, das ist so, mein Lämmchen: Die Kurden zahlen den Türken zwar keine Steuern, treiben aber ihrerseits Steuern von den Armeniern ein.
– Ich denke, die Armenier zahlen den Türken die Steuern.
– Sie müssen auch den Kurden Steuern zahlen.
– Dann zahlen sie ja doppelt?
– Sie zahlen mehr als doppelt, mein Lämmchen. Und wenn sie nicht zahlen können, brennt man ihnen die Häuser nieder, vertreibt sie von ihrem Acker und sperrt sie obendrein noch ins Gefängnis.

– Und wie ist das mit den Kurden?
– Das ist so, mein Lämmchen. In dieser Gegend gibt es einen Bey, der auch ein Scheich ist, mit Namen Süleyman. Dieser Scheich bildet sich ein, daß ihm das ganze Land bis zum Euphrat gehört. Er erkennt den Padischa in Konstantinopel nicht an, noch sonst einen Herrscher. Er glaubt, daß ihm alles gehört, auch die Dörfer in diesem Bergtal und alles, was ihre Bewohner besitzen. Der Scheich ist aber nicht dumm. Er läßt die Armenier ihre Felder bestellen, hat auch nichts dagegen, daß sie Vieh züchten oder sonst was machen. Er kommt nur ab und zu in die armenischen *Milets* – das sind die armenischen Bezirke – und holt sich, was er braucht. Er läßt das Vieh wegtreiben, holt sich Getreide aus den Speichern, auch Gegenstände, die ihm gefallen, manchmal auch hübsche Mädchen. Er hat einige tausend Reiter, und wer sich widersetzt, wird um einen Kopf kürzer gemacht.

Unlängst hat dein Vater zu deiner Mutter gesagt: Die Kurden sind das dümmste Volk der Welt, denn sie können nur bis zehn zählen.
– Ich kenne aber einen Kurden, der bis zwanzig zählen kann, hatte deine Mutter gesagt.
– Dann zählt er nicht nur seine Finger, sondern auch seine Zehen.
– So ist es, hatte deine Mutter gesagt.

Nun, mein Lämmchen, sage ich, der Meddah. Egal, ob die Kurden klug oder dumm sind. Eines ist sicher: mit ihnen ist nicht zu spaßen.

Entweder man gibt ihnen, was sie verlangen, oder man wacht am frühen Morgen ohne Dach über dem Kopf auf, und wenn man Pech hat, ganz ohne Kopf.
– Meddah. Du machst dich über mich lustig. Wie soll man denn ohne Kopf aufwachen?

– Die Kurden kassieren von den Armeniern auch die Brautsteuer.
– Was ist das, Meddah?
– Nun, eben die Brautsteuer. Wenn ein Armenier heiratet, dann muß er die Hälfte der Brautgabe dem Kurdenchef Süleyman geben.
– Muß ich das auch machen, wenn ich eines Tages heirate?
– Natürlich, mein Lämmchen.
– Und wenn ich das nicht mache?
– Dann wird man dir den Kopf absäbeln, mein Lämmchen. Oder es wird noch etwas Schlimmeres passieren.
– Was denn, Meddah?
– Die Kurden werden deine Frau entführen, bevor du sie entjungfert hast.
– Ist das schlimmer als der Tod?
– Das ist schlimmer als der Tod, mein Lämmchen.

Und nun mußt du schlafen, mein Lämmchen. Denn morgen ist auch noch ein Tag. Gleich wird deine Großmutter kommen, die dich schaukelt mit ihrem langen Strick. Und auch deine Mutter wird aus dem Stall zurückkommen, wo sie anscheinend nicht nur gepinkelt hat, sondern noch ein anderes Geschäftchen verrichten mußte, was gar nicht vorgesehen war. Und sicher läßt sie sich dabei Zeit, um dem Herrn zurückzuerstatten, was zu viel des Guten war. Denn wo bliebe sie sonst so lange? – Und bald, mein Lämmchen, kommt auch dein Vater vom Feld zurück. Soll ich dir ein Schlaflied singen?
– Ja, Meddah.

Ich aber sage zu Wartan: Bevor ich dir ein Wiegenlied singe, werde ich dir erzählen, wie du auf die Welt gekommen bist.
– Das weiß ich doch, Meddah, sagt Wartan.
– Wie denn, mein Lämmchen?
– Nun, wie schon, Meddah: unter der Weinrebe.

Ich, der Meddah, aber sage: Nein, mein Lämmchen. Das sind nur Märchen, die man den kleinen Kindern erzählt. Willst du wissen, wie es wirklich war? – Und ich sage: Gestern kam Bülbül auf ihrem namenlosen Esel ins Dorf geritten. Und sie ritt in dieses Wohnzimmer, stellte den Esel neben den Tonir hin und hockte sich vor deine Wiege. Sie sagte zu dir: Nun, mein Lämmchen. Sicher willst du wissen, wie du auf die Welt gekommen bist?
Du sagtest: Bülbül. Ich weiß, wie ich auf die Welt gekommen bin, nämlich: unter der Weinrebe.
Bülbül aber lachte und sagte: Nein, mein Lämmchen. Ich weiß es besser, denn ich bin Bülbül, die Hebamme.

Und Bülbül erzählt. Sie sagt: Es war vor drei Wochen, mein kleiner Wartan. Ich ritt auf meinem namenlosen Esel ins Dorf. Da hörte ich deine Mutter wimmern. Das kommt aus dem Stall, sagte ich zu mir, und zwar dem Stall im Hause Khatisian. Ich ritt also zu eurem Haus. Und ich ritt durch den offenen Eingang in euer Oda. Ich stellte den Esel neben den Tonir, und dann ging ich in den Stall. Und rat mal, was ich sah?
– Ich weiß es nicht, Bülbül, sagt Wartan.
– Deine Mutter hockte wimmernd neben der Kuh. – Was ist denn los, mein kleines Dickerchen, sagte ich. Hat dich die Kuh beim Melken verhext? Hat sie den Teufel im Euter? Hast du ihre Milch getrunken? Und sitzt jetzt der Teufel in deinem Bauch?
– Der kleine Wartan sitzt in meinem Bauch, sagte deine Mutter. Ich glaube, er will herausschlüpfen.
Ich sagte: Das wäre nicht das Schlimmste.
Und deine Mutter sagte: Nein, das wäre nicht das Schlimmste.

Und plötzlich wand sich deine Mutter wieder in Schmerzen. Ich aber hielt sie fest, kraulte ihr den Nacken, kraulte ihr auch den Rücken und strich ihr dann übers Haar.
– Soll ich mich auf den Rücken legen, Bülbül?
– Nein, Zovinar. Nur die Frauen der Franken legen sich auf den Rücken, wenn sie die Kinder werfen.
– Soll ich hier hocken bleiben, neben der Kuh?
– Ja, Zovinar. Halt dich an ihren Zitzen fest.

– Und was soll ich sonst noch machen, Bülbül?
– Du sollst drücken, Zovinar. Einfach drücken.
– Drücken, Bülbül?
– Ja, Zovinar. Stell dir vor, du hättest gerade gepinkelt und müßtest jetzt ein Ei legen... Und du drückst ein bißchen, verstehst du?
– Ja, Bülbül.
– Und ich kraule dir den Rücken und kraule dir den Nacken. Und ich halte dich fest, und ich streiche dir übers Haar. Und du drückst bloß ein bißchen, kleines Dickerchen.
– Ja, Bülbül.

– Und ich kraulte deine Mutter und beruhigte sie. Und ich summte ein Lied mit der Stimme der Nachtigall, die so klang wie die Stimme des Esels. Und deine Mutter stöhnte und drückte, solange, bis du herausgeschlüpft warst.
Und da lagst du plötzlich, im Stroh neben der Kuh. Deine Mutter stieß einen Seufzer aus, und ich sagte: Es ist schon vorbei.

Als du den ersten Lebensschrei ausstießt, kam deine Großmutter in den Stall. Sie sah, wie ich die Nabelschnur durchbiß, und sie fragte mich: Wie machst du das, Bülbül, wo du doch keine Zähne mehr hast?
– Ich mach es mit den Lippen, sagte ich.
– Warum hast du keine Zähne, Bülbül?
– Weil mein Mann sie alle rausgeschlagen hat ... na, warum schon?
– Und warum hat er das gemacht, Bülbül?
– Weil ich fremden Männern mein Gesicht gezeigt hab.
– Hast du ihnen auch deine Zähne gezeigt?
– Ja, die auch.

Und deine Großmutter badete dich in Salzwasser. Und dabei sang sie ein altes armenisches Lied. Das Lied erzählte vom guten Salz, das die Glieder stärkt, und es erzählt vom lieben Gott, der den armenischen Kindern große, dunkle, samtene Augen geschenkt hat.

Später kam dein Vater und sah die abgebissene Nabelschnur. Sie lag

im Heu, neben den Beinen der Kuh. Er sah auch die Nachgeburt, die ebenfalls im Heu lag, und ebenfalls neben den Beinen der Kuh.
– Was ist mit der Nachgeburt? fragte der Vater.
– Gar nichts, Hagob Efendi. Was soll schon mit ihr sein?
– Und was ist mit der Nabelschnur?
– Gar nichts, Hagob Efendi. Was soll schon mit ihr sein?
– Sag, Bülbül . . . hast du meinem Sohn wenigstens mit dem Blut der Nabelschnur die Wangen eingeschmiert, so wie das auch meine Mutter mit mir gemacht hat und meine Großmutter mit meinem Vater?
– Ja, Hagob Efendi, sagte ich. Das habe ich gemacht. Damit er später mal rosige Wangen hat. Schauen Sie sich doch das Kind an. Sind seine Wangen etwa weiß?
– Nein, Bülbül. Sie sind ganz rot vom guten Blut.

– Was machen wir mit der Nabelschnur? fragte dein Vater.
– Wir sollten sie im Kirchhof vergraben, sagte deine Mutter, aber so tief, daß die Hunde sie nicht fressen.
– Im Kirchhof? fragte dein Vater.
– Ja, sagte deine Mutter. Im Kirchhof.
Ich fragte deine Mutter: Warum im Kirchhof? – Und sie sagte: Damit er mal ein guter Christ wird.

Nachher fiel mir ein, daß die Kuh vielleicht doch vom Teufel besessen war oder gar den bösen Blick hatte, und weil ich nicht sicher war, ob das so war, ging ich ins Dorf, betrat sieben Häuser, holte mir aus sieben Häusern sieben verschiedene Nadeln, kam zurück, ging in den Stall, steckte die sieben Nadeln siebenmal in die Nachgeburt, um das Böse zu töten, zog die Nadeln dann heraus, spuckte auf die Nadeln, und vergrub dann die Nachgeburt mit den Nadeln hinter dem Haus.

Bülbül sagte: Du brauchst keine Angst zu haben, kleiner Wartan. Die Djins werden dich nicht holen. Nur vor den ersten Zähnchen solltest du Angst haben, denn wenn sie wachsen, tut es weh.
– Wie ist das, Bülbül?
– Nun, das ist so, kleiner Wartan. Irgendwann bekommt jeder Mensch seinen ersten Zahn.

– Warum, Bülbül?
– Vor allem, weil Allah uns zeigen will, daß wir durchbohrbar sind, sowohl von innen als auch von außen.
– Das versteh ich aber nicht, Bülbül.
– Nun sieh mal her, kleiner Wartan. Das ist nämlich so: Der Mensch ist aus Fleisch und Blut. Und was aus Fleisch und Blut ist, kann durchbohrt werden. Der wachsende Zahn durchbohrt dich von innen. Ob du's willst oder nicht. Egal, ob es dir wehtut. Der Zahn wächst und wächst und durchbohrt dein Fleisch.
– Und wenn ich zu Christus bete?
– Das nützt nichts. Nicht mal Christus kann den wachsenden und durchbohrenden Zahn aufhalten.
– Ich werde also von innen durchbohrt?
– So ist das.
– Und wie wird man von außen durchbohrt?
– Da gibt es verschiedene Möglichkeiten.
– Was für Möglichkeiten?
– Zum Beispiel durch das Messer eines Kurden. Oder das Messer eines Türken. Es kann auch eine Gewehrkugel sein.
– Gibt es noch andere Möglichkeiten?
– Noch viele, kleiner Wartan. Noch viele.

Und Bülbül sagte: Auch ich bin schon durchbohrt worden. Aber das ist schon lange her.
– Wie war das, Bülbül?
– Nun, es war so, sagte Bülbül.

Und Bülbül sagte: So war das, kleiner Wartan. Ich war elf und hatte Dornen zwischen den Beinen. Und dort, wo sich das Dornengestrüpp lichtete, lag das Tor der Erwartung.
Bülbül lächelte. Sie sagte: Das Tor der Erwartung stand zwischen zwei lauschenden, prüfenden und fragenden Ohrläppchen, deren Aufgabe es war, jeden vermutlichen Eindringling zu belauschen, seine Absichten zu überprüfen und ihn zu fragen, ob er wisse, daß hinter dem verschlossenen Tor der Erwartung alle Träume und Sehnsüchte verborgen sind. Zierlich waren die lauschenden, prüfenden und fragenden Ohrläppchen, noch gar nicht gereift, und wahr-

lich: sie waren nicht größer als die Ohrläppchen eines ungeborenen Schafes. Und versteckt zwischen Ohrläppchen saß mein scheinbarer Wächter ... ein dünnes Häutchen, das so zart war wie das Blatt einer jungen Rose, aber das sich so trotzig und undurchbohrbar gebärdete wie die gespannte Ziegenhaut auf der Trommel des Münadis von Bakir, der ein großmäuliger Trommler ist und ein öffentlicher Ausrufer.
– Ein Trommler und Ausrufer?
– Ja, kleiner Wartan. Ein Trommler und Ausrufer.

– Und eines Tages, sagte Bülbül, da kam ein Prinz auf einem weißen Pferd, um ein armes, kleines Waisenkind zu entführen. Das Waisenkind war ich. Irgendwann wurden wir vor dem Imam getraut. Und ich erinnere mich, wie der Imam sagte: Heiratet eure Jungfrauen. Friede sei über unserem Propheten Mohammed, der die Armen und die Waisen liebt.

Und Bülbül sagte: Der Prinz führte mich in sein Zelt, und dort zeigte er mir, was er zwischen den Beinen hatte, und das war schrecklich anzusehen. Denn es sah aus wie der Tod, der plötzlich lebendig wird.

– Als mir der lebendige Tod zwischen die Beine gerammt wurde, schrie ich zu meinem Vater im Himmel, aber mein Vater lachte und sagte: Siehe, es ist nicht der Tod, sondern der Schmerz, aus dem alles Leben entsteht. Du hättest dir Bienenwachs zwischen die Beine schmieren sollen, mein Täubchen, oder Hammelfett, damit die Dornen ihre Stacheln verlieren und die ängstlich, dicht aneinandergeschmiegten Ohrläppchen sich öffnen ... und das Häutchen, das so zart ist wie das Blatt einer jungen Rose und angeblich so zäh wie das Trommelfell auf der Trommel des Münadis von Bakir ... nun ... damit auch das geschmeidig wird, um den Schmerz einzulassen.

– Und so, sagte Bülbül zu dem kleinen Wartan, wurde ich damals durchbohrt und wußte, daß der Mensch nur aus Fleisch und Blut ist, also: durchbohrbar.

– Was ist nicht durchbohrbar? fragte Wartan.

– Die Seele, sagte Bülbül. Auch Gedanken.
– Wie ist das? fragte Wartan.
– Das ist so und so, sagte Bülbül.

– Und wie wird das mit meinem Zahn sein? fragte Wartan. Ist das der lebendige Tod, der mein Fleisch von innen durchbohrt?
– Ja, mein Lämmchen, sagte Bülbül. Deine Zähnchen werden später alles zermalmen, was zwischen sie kommt. Sie werden endgültig töten, damit du lebst.
– Ich habe Angst, Bülbül.
– Hab keine Angst, sagte Bülbül.«

Hier wurde die Stimme des Märchenerzählers leiser. Die Bilder verschwammen irgendwo in der Vergangenheit.
»Wir sind allein«, sagte der Märchenerzähler. »Du und ich: der Meddah und der letzte Gedanke.«
»Geht die Geschichte nicht weiter?«
»Welche Geschichte?« fragte der Märchenerzähler.
»Die Geschichte meines Vaters?«
»Natürlich geht sie weiter. Sie hat ja kaum angefangen.«

3

»Als der erste Zahn deinen Vater von innen durchbohrte und plötzlich da war und seine Mutter feststellte: dieser da ist kein zahnloses Wesen mehr, sondern ein Mensch, der beißen und zermalmen kann ... also auch töten ... da sagte sie zu ihm: Bald brauchst du meine Milch nicht mehr. Ich werde mir Pfeffer auf die Brustwarzen streuen, um dich zu entwöhnen, um dir die Lust am Lutschen für lange Zeit zu verderben. Und ich werde dir richtiges Essen vorkauen und in dein Mündchen stopfen, und ich werde zu dir sagen: Du bist kein Lutscher mehr, sondern ein Beißer. Und die Mutter deines Vaters lachte, steckte ihm den Finger in den Mund, befühlte den Zahn und sagte: So, jetzt feiern wir ein Fest.

Die Armenier feiern gerne Feste«, sagte der Märchenerzähler. »Es geht bei ihren Festen lustiger zu als bei den Türken. Im Leben deines Vaters aber war das Fest des ersten Zahnes das erste Fest, das ihm zu Ehren gegeben wurde. Bei seiner Geburt hatte Hagob Rosinen, Nüsse und Schnaps unter die Leute verteilt, während Zovinar und die alte Hamest jedem, der durch die offene Eingangstür in den Oda guckte, zusätzlich noch süßen Reispudding und frisches Brunnenwasser mit Maulbeersirup servierten. Jetzt aber wurde den ganzen Tag *Hadig* gekocht, eine Prozedur, bei der die Nachbarn mithalfen. Hadig wird aus Kichererbsen und Bulgur gemacht, natürlich auch mit Zimt und Zucker und Nüssen und anderen leckeren Zutaten, die Zovinar und Hamest nicht verraten wollten. Schon Hayk, der erste Armenier, hatte den Hadig geschätzt, und er hatte gewußt, daß Hadig eine puddingartige Speise ist, die – wenn erkaltet und abgeschreckt – zu einem schwabbeligen Kuchen wird, der wohl der beste auf der Welt ist. Und deshalb hatte Hayk damals am Berge Ararat zu seinem Weibe gesagt: Wenn *Harissa*, dieser knorpelige, fette, zerkochte Fleisch- und Weizengraupenbrei, zur ersten armenischen Nationalspeise werden soll, dann müßte der süße *Hadig* – nämlich mein Lieblingsgericht – auf jeden Fall zur zweiten werden. Und Hayk sagte: Wenn meine Nachkommen ihre ersten Zähnchen kriegen,

dann sollen die Mütter ein Hadigfest feiern. Und sie sollen alle zu dem Feste einladen, die einmal Mütter werden könnten oder schon welche gewesen sind.
Und so war es auch«, sagte der Märchenerzähler. »Als bekannt wurde, daß die Sache mit dem ersten Zahn deines Vaters eine Tatsache war, strömten die Weiber des Dorfes aus allen Hütten und Häusern herbei, um bei den Khatisians das Hadigfest zu feiern.

Stell dir also vor: Da sitzt der kleine Wartan in seiner Wiege und beißt die Zähne zusammen, die er noch gar nicht hat, das heißt: er hat ja einen! – er klemmt aber die Lippen zusammen, weil er das Zähnchen nicht zeigen will. Er soll ihn aber zeigen, denn wer den ersten Zahn sieht, wird in alle Zukunft gegen Zahnausfall gefeit.
– Warum macht er den Mund nicht auf? fragt die Großmutter. Er soll doch sein Zähnchen zeigen.
– Ich weiß es nicht, sagt Wartans Mutter.
– Man müßte ihn zum Lachen bringen!
– Er ist aber ein ernsthaftes Kind und lacht nicht.
– Das wäre ja gelacht ... ich meine: wenn er nicht lacht. Man müßte es so machen, wie meine Mutter es mit mir gemacht hat.
– Wie denn?
– Halte ihm einen Hadigkuchen unter die Nase und lege ihm ein zweites auf das Köpfchen.
– Wird er dann den Mund aufmachen?
– Natürlich. Er wird lachen und den Leuten den ersten Zahn zeigen.

So war es auch«, sagte der Märchenerzähler. »Wartans Mutter schwenkte einen runden Hadigkuchen vor der Nase des Babys hin und her, und einen zweiten legte sie auf das Köpfchen. Und Wartan, der ein ernstes Kind war, fing plötzlich an zu lachen und zeigte allen Leuten seinen ersten Zahn.
– Bis einhundertzwanzig soll er Zähne haben, sagte die Großmutter. Und alle Gäste murmelten: Bis hundertzwanzig! Und sie begaben sich zur Wiege und sagten zu ihm: *Atschket Louis,* das heißt: *Licht in deine Augen.* Das sagten sie auch zu Wartans Eltern. Manche weinten, als sie Zovinar umarmten und dasselbe zu ihr sagten: *Atschket Louis.*«

»Was bedeutet *Licht in deine Augen?*« fragte der letzte Gedanke. Und der Märchenerzähler sagte: »Eigentlich sollte es heißen: Mögen deine Augen leuchten.«
»Kann man einem Menschen nichts Besseres wünschen?«
»Nein«, sagte der Märchenerzähler. »Wenn einer dumpfe Augen hat, dann ist es schlecht um ihn bestellt. Der, dessen Augen aber leuchten, hat die Nacht überwunden. Es ist, als säße der helle Tag in seinem Herzen.

Wenn ein Kind die ersten Gehversuche macht, dann feiern die Armenier das *Schekerli-Fest*, das Fest der ersten Schritte, denn es heißt: die Richtung der ersten Schritte deutet seinen künftigen Lebensweg an.

An Wartans *Tag der ersten Schritte* schien das ganze Dorf im Oda der Khatisians versammelt zu sein, obwohl ja nicht alle Platz fanden. Aber wer nicht da war, der war mit seinen Gedanken dabei oder er sagte zu seinen Verwandten oder Nachbarn, die dabei sein durften: Erzähl mir, wie es war, damit ich später mal sagen kann: ich war dabei.

So war es«, sagte der Märchenerzähler. »Wartans Mutter hatte im Tonir eine Menge Baklava gebacken und sie auf kupferne *Sofras* gelegt, handliche Tabletts, die von der Großmutter und den älteren Brüdern und Schwestern deines Vaters herumgereicht wurden. Das letzte Stückchen Baklava aus der Pfanne, ein klein geratenes, hatte sie um das rechte Beinchen von Wartan gebunden, und zwar mit einem roten Faden. Wartan hockte schreiend mitten im Zimmer und klammerte sich mit den Händchen an den Beinen seiner Mutter fest, als wolle er seiner Mutter sagen: Was ist das für ein seltsames Fest? Und was wollt ihr alle von mir?
– Heute wirst du bestimmen, was später mal aus dir werden soll, sagte seine Mutter. Und dabei hob sie ihn hoch und stellte ihn auf beide Beinchen. Nun lauf mal los, mein kleiner, furchtloser Pascha, sagte sie. Und sie zwinkerte ihm zu, wandte den Kopf, zwinkerte auch den Gästen zu und sagte: Na, mal sehen, was aus ihm wird! – Aber sie ließ ihn nicht los.

– Warum läßt du ihn nicht los, Zovinar? fragte einer der Gäste.
– Ich weiß es nicht, sagte Zovinar.
– Unlängst hatte ich einen Traum, sagte Hagob, der neben Zovinar stand. Ich träumte nämlich, daß unser Wartan ein Fischer werden würde.
– Unsinn, sagte die Großmutter. Träume können nicht entscheiden, was mal aus ihm wird.
– Und wer soll das entscheiden?
– Seine Beinchen werden entscheiden.
– Und warum seine Beinchen?
– Weil sein Köpfchen entscheidet, wohin die Beine gehen.
– Na, das werden wir ja sehen, sagte Hagob. Und er sagte zu seiner Frau: Laß den kleinen Pascha los!

Aber Zovinar ließ ihn noch nicht los.
– Was ist los? fragte die Großmutter.
– Gar nichts ist los, sagte Zovinar.
– Hagob, der Vater, lachte jetzt auf. Er wandte sich an die Gäste. Nun seht mal her, sagte er. Das Schekerli-Spiel geht gleich los.
Hagob schluckte vor Aufregung und lachte nicht mehr. Leise sagte er zu den Gästen: Wir haben den Wassereimer neben den Tonir hingestellt. Wenn unser Wartan zum Wassereimer geht und ihn anfaßt oder gar seine Händchen ins Wasser steckt, dann wird er ein Fischer!
– Und wenn nicht? fragte einer der Gäste.
– Nun, dann eben nicht, sagte Hagob. Hagob sagte: Wenn er aber an dem Eimer vorbeigeht und auf das Feuer zustolpert – das Feuer im Tonir, wo meine Frau die Baklava gebacken hat – und wenn er dort stehenbleibt, nun ... dann wird er ein Handwerker.
– Ja, ein Handwerker, sagte Zovinar. Das ist auch nicht schlecht.
– Und wenn er die Bibel anfaßt, die neben der Wiege liegt, sagte die Großmutter, dann wird er ein frommer Mann oder gar ein Priester.
– Ja, ein Priester, sagte Wartans Vater. Einige Leute klatschten in die Hände und riefen: Ein Priester! Ein Priester!
Hagob schien nichts mehr einzufallen. Er blickte sich unsicher um und kratzte seinen Bauernschädel.

– Wenn er zum Stall geht, dann wird er ein Bauer, sagte Zovinar.
– Richtig, sagte Hagob.
– Er wird seine Felder bestellen, und er wird auf den Regen und die Sonne warten.
– So ist es, sagte Hagob.
– Wenn er aber zur Türe geht und ins Freie stolpert, dann wird er ein Abenteurer.
– Ein Abenteurer?
– Ja.
– Was ist ein Abenteurer?
– Ich weiß es auch nicht genau.
Einer der Gäste sagte: Ein Abenteurer ist einer, der was im Leben riskiert, ein Geschäftsmann zum Beispiel.
– Ein Geschäftsmann also?
– Jawohl.
– Sie meinen: ein richtiger Geschäftsmann?
– Natürlich.
Und jetzt lachte die Urgroßmutter auf, die schon schwachsinnig war und neben dem Tonir hockte und guckte. Sie war plötzlich ganz wach. Ein Geschäftsmann, kicherte sie. Er wird ein Millionär.
Hagob nickte schwerfällig. Ein Millionär also?
– Warum nicht, sagte Zovinar. Sie hat nicht unrecht. Vielleicht wird er wirklich ein Geschäftsmann ... und macht Millionen ... und macht uns alle glücklich.

Zovinar hielt ihren Sohn noch immer fest, obwohl der kleine Wartan jetzt wieder zu schreien anfing und mit den Armen zu fuchteln begann und mit den Beinchen zu zucken, denn er wollte gerne losrennen.
– Na, was meint ihr? fragte Hagob. Und er fragte jetzt alle Leute. Was ist eure Meinung? Soll er mal ein Bauer werden oder ein Handwerker oder ein Fischer oder ein Priester oder ein Geschäftsmann?

Die Leute blickten gespannt auf den kleinen Wartan, den seine Mutter nun losgelassen hatte. Wartan weinte nicht mehr. Er stand plötzlich allein und selbständig auf beiden wackeligen Beinchen, guckte sich um und stolperte dann auf den Wassereimer zu, der neben dem Tonir stand. Irgend jemand mußte dem Eimer vorher einen Stoß versetzt haben, denn das Wasser schlug seltsame Kreise, und da die Morgensonne freundlich ins Zimmer blickte und dem kreisenden Wasser ein Lächeln geschenkt hatte, schien es Wartan, als ob auch das Wasser lächelte, und so war es kein Wunder, daß Wartan auf den Wassereimer zustolperte, um den lächelnden und hellschimmernden Wassereimer näher zu begutachten. Der Eimer aber stand in der Nähe des Tonir, und da die Großmutter eine Menge Tezek ins Feuer geworfen hatte, brannte es hell und knisternd. Das lenkte den kleinen Wartan ab.

– Er wird ein Fischer, rief die Mutter. Seht mal, er geht auf den Wassereimer zu, und ich wette mit euch, daß er seine Händchen hineinstecken wird.

– Ein Fischer soll er werden, sagte Hagob, der Vater.

Dann aber rief irgend jemand aus der Menge. Nein. Er bleibt ja gar nicht vor dem Eimer stehen. Er geht auf den Tonir zu. Das Feuer hat's ihm angetan.

Und ein anderer rief: Er wird ein Handwerker werden. Und alle riefen: Ein Handwerker! Ein Handwerker! Die Leute klatschten in die Hände, einige pfiffen, andere lachten oder kicherten. Das ist doch was Solides, rief jemand.

Wartan aber blieb weder vor dem Wassereimer stehen noch vor dem Tonir, auch nicht vor der Bibel, die neben der Wiege lag. Er ging auf den Stall zu, denn von dort hörte er die Stimmen der Tiere.

– Er wird ein Bauer, rief die Großmutter. Eigentlich habe ich es gewußt. Ein echter Khatisian muß ein Bauer werden.

– Das stimmt, sagte Hagob. Er ist Blut von meinem Blut.

– Auch von meinem Blut, sagte Zovinar.

Wartan aber lief nicht in den Stall, obwohl die Stimmen der Tiere ihn lockten. Er drehte sich um und lief auf den offenen Eingang zu, denn von dort kamen die Sonnenstrahlen mit dem frühen Tag über die Türschwelle. Und der frühe Tag brachte den Duft der Wiesen, Blumen und Bäume mit und auch das Zwitschern der Vögel, das lieblicher und verführerischer war als die dumpfen Stimmen der Tiere im Stall.

– Er wird gleich hinfallen, rief jemand. Und ein anderer rief: Nein, dieser da ist keiner, der auf die Nase fällt, ehe er weiß, was er will.
– Seht mal, er geht auf den Eingang zu!
– Er wird ein Abenteurer werden.
– Ein Geschäftsmann!
– Ein Geschäftsmann!
Auch die Urgroßmutter rief wieder: Ja, ein Geschäftsmann. Er wird Millionen machen. Und sie streckte ihre uralten Hände in Richtung des kleinen Wartans und rief: Atschket Louis! Licht in deine Augen, mein Lämmchen.

Und tatsächlich«, sagte der Märchenerzähler: »Dein Vater stolperte auf den Eingang zu, und einen Moment lang sah es aus, als wolle er wirklich ins Freie. Es war aber nicht so.«
»Wie war es, Meddah?«
»Dein Vater blieb auf der Türschwelle stehen«, sagte der Meddah. »Er blieb stehen und guckte mit großen, verdutzten Augen ins Freie und machte keinen Schritt mehr.

Die Leute waren enttäuscht«, sagte der Meddah. »Sie feuerten deinen Vater an, aber er wollte nicht weiter. Blieb einfach auf der Türschwelle stehen, als ob er Angst vor der großen Welt da draußen hätte. Und da auch der Priester unter den Gästen war, fragte ihn Hagob, was das wohl zu bedeuten habe. Und der Priester dachte eine Weile nach und sagte dann: Ein Geschäftsmann wird er nicht werden, auch kein eigentlicher Abenteurer, denn er traut sich ja gar nicht hinaus ins wirkliche Leben.
– Er guckt aber hinaus, sagte Hagob.
– Das stimmt, sagte der Priester. Er ist einer, der guckt, aber nichts unternimmt.
– Er ist ja auch nicht in den Stall gegangen. Und er wollte auch vom Tonir nichts wissen und von der Bibel und vom Wassereimer.
Jetzt rief die schwachsinnige Urgroßmutter: Mein Wartan guckt!
Und die Leute lachten und sagten: Er steht auf der Türschwelle und guckt. Wetten, daß er nichts unternehmen wird?
Irgend jemand unter den Gästen spuckte in die Hände, rieb sich Spucke in die Augen, lachte und sagte: Er wird mal ein Gucker.

Und ein anderer sagte: Ein Träumer.
Und der Priester sagte: Vielleicht wird er mal ein Dichter?

Als der Priester das sagte, begann Wartans Mutter sich die Haare zu raufen und verstört auf den Tonir zuzutaumeln. Es sah so aus, als wolle sie sich heiße Asche aufs Haupt streuen. Hagob hielt sie schnell zurück. Es war klar. Die gute Stimmung war wie weggeblasen. Die Gäste waren betroffen. Hagob hörte gar nicht, was sie untereinander munkelten, und auch nicht die tröstenden Worte, die einige Gäste Zovinar zuriefen.
– Es ist alles nicht so schlimm, sagte er beruhigend zu Zovinar. Besser ein Dichter als gar nichts.
– Aber er wird seine Familie nicht ernähren können.
– Dann werden wir sie ernähren, sagte Hagob.
– Seine Nachkommen werden verhungern.
– Sie werden nicht verhungern, sagte Hagob.

Unter den Gästen war auch der Bürgermeister von Yedi Su«, sagte der Märchenerzähler, »der Muchtar Ephrem Abovian, leicht zu erkennen an seinem Riesenschnurrbart, den er nach Kurdenart trug, und seinem roten, fleckenlosen Fez, unter dem die Vollglatze versteckt war.«
»Warum versteckte er die Vollglatze unter dem Fez?«
»Weil ein Mann, der etwas von sich hält, den Fez immer auf dem Kopf behält. Aber auch wegen der vielen Fliegen und ihren Kribbelbeinchen. Denn der Muchtar Ephrem Abovian ist ein sehr empfindlicher Mann.«
»Und was ist mit dem fleckenlosen Fez?«
»Es ist der einzige saubere Fez im Dorf.«
»Ein pedantischer Mann also?«
»Das muß man wohl sagen.«
»Ist sonst noch irgendwas Besonderes an dem Fez?«
»Ja, mein Lämmchen. Der Fez ist nämlich berühmt.«
»Wieso ist er berühmt?«
»Nun, das ist so«, sagte der Märchenerzähler. »Wenn ein neuer Bürgermeister im Dorf gewählt wird, dann stellen alle Kandidaten ihren Fez umgekehrt auf eine kupferne Sofra. Die ältesten Männer

im Dorf und jeder Vorstand eines Haushalts legen dem Mann ihrer Wahl eine Nuß in den Fez. Wer die meisten Nüsse im Fez hat, der wird Bürgermeister.«
»Hatte Ephrem Abovian bei der letzten Wahl die meisten Nüsse im Fez?«
»Allerdings«, sagte der Märchenerzähler. »Denn Ephrem Abovian ist der reichste Mann im Dorf, und keiner will sich's mit ihm verderben.«
»Wird immer der Reichste zum Bürgermeister gewählt?«
»Ja«, sagte der Märchenerzähler. »Es ist immer der Reichste, der auch der Mächtigste ist.

Wenn du alles mit meinen Augen beobachten willst«, sagte der Märchenerzähler zum letzten Gedanken, »und wenn du der Vorstellung ein bißchen nachhilfst, dann wirst du jetzt sehen, daß Wartans Mutter frische Baklava aus dem Tonir holt, die kupfernen Sofras füllt und sie unter den Gästen herumreicht. Wie du siehst, mein Lämmchen, bietet sie dem Bürgermeister und seiner Frau zuallererst etwas an, dann geht sie von Gast zu Gast. Der letzte, dem sie etwas anbietet, ist der Wasserträger Hovhannes. Er ist der Ärmste im Dorf, hat weder Frau noch Kinder, ist in Lumpen gekleidet, stinkt wie der Furz eines Esels im fensterlosen Stall, stottert, schielt ein wenig, zuckt mit dem Gesicht und ist im großen und ganzen ein bedauernswerter Mensch. Ich habe nie verstanden, warum die Kinder im Dorf ihn verspotten und die Hunde auf ihn hetzen.«
»Ist er auch der Dorfnarr?«
»Ja, er ist auch der Dorfnarr.

Die Frau des Bürgermeisters ist schwanger, und wie du siehst: in diesem Augenblick stößt sie ihren Mann an, flüstert ihm etwas ins Ohr und zeigt dabei auf den Wasserträger.
– Das kann aber nicht sein, sagt der Bürgermeister.
– Doch, sagt die Frau. Der Wasserträger hat den bösen Blick.
– Und wenn schon, sagt der Bürgermeister.
– Er guckt die ganze Zeit auf meinen Bauch, sagt die Frau des Bürgermeisters. Ich wette mit dir: das gibt ein Unglück.
– Was für ein Unglück?

– Es könnte sein, daß unser Kind kein Junge wird, sondern ein Mädchen.
– Na und, sagt der Bürgermeister. Haben wir denn nicht schon sieben Knaben? Das achte soll ein Mädchen sein.

Jetzt kommt Wartans Mutter wieder mit der Sofra.
– Noch ein Stück Baklava? fragt sie die Frau des Bürgermeisters.
– Ich habe plötzlich keinen Appetit mehr, sagt die Frau des Bürgermeisters. Könnten Sie nicht den Wasserträger aus dem Haus jagen?
– Er ist heute unser Gast, sagt Wartans Mutter. Das geht nicht.
– Glauben Sie, Zovinar, daß dieser Teufel den bösen Blick hat?
– Nein, sagt Wartans Mutter.
– Er guckt aber immerfort auf meinen Bauch.
– Er hat auch mal auf meinen Bauch geguckt, sagt Wartans Mutter, und Sie sehen doch, mein kleiner Wartan ist ein ganz normales Kind geworden. Er ist ein hübscher Junge und läuft bereits mit eineinhalb wie ein Junge von zwei.
– Ja, er ist ein hübsches und kräftiges Kind. Aber finden Sie das normal, daß er ein Dichter werden will?
– Das allerdings nicht, sagt Wartans Mutter.
– Vielleicht hängt das doch mit dem bösen Blick zusammen?
– Sie meinen, der Wasserträger...
– Alles ist möglich.
– Da müßte ich erst mal meinen Mann fragen.

Und Wartans Mutter fragt Hagob: Glaubst du, daß der Wasserträger den bösen Blick hat?
– Da müßte man mal den Priester fragen, sagt Hagob.

Und Hagob fragt den Priester. Und der Priester ist nicht ganz sicher und sagt: Möglich ist alles, Hagob Efendi. Denn der Wasserträger hat keine Frau. Und soweit ich als Priester informiert bin, hat er auch noch nie eine gehabt. Und unlängst hab ich ihn erwischt.
– Wo erwischt?
– Im Stall hinter der Kirche. Dort hat er meinen Esel bestiegen.
– Wie bestiegen?
– Nun, Sie wissen schon, was ich meine, Hagob Efendi. Er hat

Unzucht mit dem Esel getrieben, der eigentlich kein Esel ist, sondern eine Eselin.
– Was Sie nicht sagen, Wartabed.
– Und es ist möglich, daß er den bösen Blick hat, denn der Mensch soll es nicht mit Tieren treiben.«

4

»In jener Nacht nach dem Ersteschrittefest schliefen Hagob und seine Frau unruhig und hatten merkwürdige Träume. Als sie am Morgen erwachten, sagte Hagob zu seiner Frau:
— Ich habe geträumt, daß der böse Blick des Wasserträgers den kleinen Jungen im Bauch der Bürgermeisterfrau in ein kleines Mädchen verwandelt hat.
— Ich habe dasselbe geträumt, sagt Zovinar.
— Es ist doch Sitte, sagt Hagob, daß kleine Mädchen schon in der Wiege verlobt werden, wenigstens hatten sie dich damals mit mir verlobt, bevor du deinen Namen kanntest.
— Am Tag nach meiner Taufe.
— Am Tag nach deiner Taufe.
— Du warst älter als ich, mein Hagob, du warst schon drei und konntest sogar schon zählen.
— Bis drei konnte ich zählen, sagt Hagob.
— Ja, sagt Zovinar.

Zovinar sagt: Da kam dein Vater zu meinem Vater und hielt in deinem Namen um meine Hand an. Und die beiden Männer tauschten Münzen aus, warfen sie in den Tonir und besiegelten die Verlobung zusätzlich mit einem Handschlag.
— So war es, sagt Hagob.

Und Hagob sagt: Ich wußte nicht, daß der Wasserträger den bösen Blick hat, aber da wir davon geträumt haben, muß es wohl so sein.
— Ja, sagt Zovinar.
Und Hagob sagt: So ist es.
Und Zovinar sagt: Wenn der böse Blick des Wasserträgers den kleinen Jungen im Bauch der Bürgermeisterfrau in ein kleines Mädchen verwandelt, dann wäre das vielleicht gar nicht so schlimm, denn der Bürgermeister, der ein reicher Mann ist, könnte ja sein kleines Mädchen mit unserem Wartan verloben, der ja auch verhext

wurde in meinem Bauch, denn sonst hätte er nicht beschlossen, Dichter zu werden.
– Da hast du recht, sagt Hagob. Und er fügt hinzu: Ich werde schon morgen mit dem Bürgermeister reden.

Es trug sich aber zu, daß die Schwangere einen Knaben zur Welt brachte. Erst als Wartan drei Jahre alt war, schenkten die Weinreben dem Bürgermeisterpaar ein kleines Mädchen.

Gleich am Tag nach der Taufe – und das war der neunte Tag – begab sich Hagob ins Haus des Muchtars, um in Wartans Namen um die Hand seiner Tochter anzuhalten. Der Bürgermeister warf zwar ein, daß er keine Lust habe, seine Tochter einem Taugenichts zu geben, der ein Dichter werden sollte, aber Hagob beruhigte ihn und meinte, das Land der Khatisians stoße doch an das des Bürgermeisters und Muchtars, und da das so war und nicht anders, würde es in Zukunft keine Streitereien wegen der Weiderechte geben und so weiter. Außerdem, so sagte Hagob, habe er einen Hahn, der Abdul Hamid heißt, und der sei schließlich der beste Hahn im Dorfe Yedi Su, und wenn der Bürgermeister und Muchtar das wolle, dann wäre es selbstverständlich, daß er, Hagob, als Vater Wartans eben diesen und selbigen Hahn namens Abdul Hamid ohne weiteres ausleihe, falls das der Wunsch des Muchtars sei und selbstverständlich auch der seiner Frau.

Und so war es«, sagte der Märchenerzähler. »Die beiden Männer tauschten zwei Münzen aus, warfen sie in den Tonir und schüttelten sich die Hände. Dann tranken sie Schnaps und stießen auf das Wohl Wartans an und auf das Wohl seiner Braut, die am Tag zuvor auf den Namen *Arpine* getauft worden war – der armenische Name für die aufgehende Sonne.
Jeder im Hause gratulierte deinem dreijährigen Vater zu seiner Verlobung. Auch die Nachbarn kamen ins Oda, nahmen deinen Vater auf den Arm und sagten: *Atschket Louis*. Einige der Nachbarn sagten: Möge Jesus Christus deine Braut vor den Kurden beschützen.«
»Hatten sie Angst, daß die Kurden sie entjungfern würden, ehe mein Vater sie erkannt hatte?«
»So ist es, mein Lämmchen.

Natürlich verstand dein dreijähriger Vater noch nicht, was um ihn herum vorging, warum die Leute ihm gratulierten, und wie das mit dem Jungfernhäutchen war, das seine Braut für ihn aufbewahren wollte. Er wußte auch nicht, daß sein Vater beim Münzentausch zum Bürgermeister gesagt hatte: Paß gut auf meine Schwiegertochter auf, Muchtar Bey, damit sie keiner entjungfert.
Und der Bürgermeister sagte: Hagob Efendi. Dein Sohn wird eine Jungfrau ehelichen. Das verspreche ich dir. Kein Kurde wird sie entführen und es mit ihr treiben. Ich stehe gut mit dem Kurdenscheich Süleyman, und ich zahle ihm pünktlich die Steuern und gebe ihm Vieh und Getreide, und ich werde ihm auch die Brautsteuer zahlen, nämlich die Hälfte der Brautgabe, die du mir, wenn es soweit ist, für meine Tochter geben wirst.«

»Wie ist das, Meddah? Sind die Kurden wirklich scharf auf kleine Mädchen, die noch in der Wiege liegen?«
»Nein, mein Lämmchen. Erst, wenn die Mädchen geschlechtsreif werden, so mit zehn oder elf, manchmal auch erst mit zwölf.

Ich hab dir bereits erzählt, mein Lämmchen, daß es nicht Stadtkurden sind, vor denen sich die Armenier fürchten, und auch nicht die Halbnomaden in den schmutzigen Kurdendörfern. Es sind die wilden, räuberischen Bergstämme. Ihre Späher sind überall. Sie wissen genau, was in den armenischen Dörfern los ist, wer begütert ist und wer nicht, wer einen Sohn hat und wer eine Tochter. Sie wissen, wie alt die Mädchen sind und wann sie geschlechtsreif werden.

Und dann holen sie sie einfach. Glaub mir. Das ist so. Deshalb werden die Mädchen so schnell wie möglich verheiratet, denn nur als Jungfrauen sind sie begehrt.

Für die christlichen Jungfrauen in den weitabgelegenen, schutzlosen Dörfern der Hochebenen ist der wilde Kurde von Kopf bis Fuß Symbol eines stoßenden, zuckenden, toreinreißenden männlichen Knochens. Alles an ihm ist knochig. Sogar der dunkle, stechende Blick. Wenn die Kurden nach der Ernte durchs Dorf galoppieren, um für den Scheich die Steuern einzutreiben, dann pissen die Jungfrauen vor Schreck und Erregung in die verschnürten Pluderhosen. Bei manchen allerdings näßt die Pisse nur tropfenweise die Innenseite der nackten Schenkel, weil sich die Ohrläppchen zwischen den Beinen der Jungfrauen vor lauter Angst verklemmt haben; sie lauschen, prüfen und fragen nicht mehr und sind nur noch krampfhaft zusammengefaltet, und zuweilen können sie gar nicht mehr auseinander, so, als hätte die heilige Jungfrau Maria sie vorsorglich zusammengenäht.

Ich sehe die Frage in deinen Augen, mein Lämmchen. Und ich sage dir: Es ist so. Die Armenier können ihre Frauen nicht beschützen, denn sie dürfen keine Waffen tragen.«
»Weil sie Christen sind?«
»So ist es.«
»Und die Kurden?«
»Die Kurden sind Moslems. Jeder Moslem hat das Recht auf eine Waffe.«

»Und wie ist es mit den türkischen Behörden? Warum schützen sie die Armenier nicht vor den Kurden?«
»Weil sie kein Interesse daran haben, mein Lämmchen. Sie fürchten die Aufsässigkeit der Ungläubigen, und deshalb ist es ihnen recht, wenn die Kurden die Ungläubigen einschüchtern, sie sozusagen: als verlängerter Arm des Sultans in Schach halten.«
»Und wie ist es mit den Gerichten?«
»Was für Gerichte?«
»Ich meine: wenn man einen Kurden vor Gericht bringt?«
»Das geht zuweilen in den Städten, aber nicht in den fernen Dörfern. Denn sieh mal, mein Lämmchen: die wenigen Saptiehs in den Dörfern haben selber Angst vor den Kurden. Wer also sollte die Kurden fangen und vor Gericht bringen? Und selbst die mutigen Saptiehs – gäbe es solche – können sie den Kampf gegen einen ganzen Kurdenstamm aufnehmen? Oder die Kurden verfolgen? In den Engpässen und Schluchten der Berge, irgendwo zwischen den beiden Meeren?«
»Es geht also nicht?«
»Es geht nicht, mein Lämmchen. Und selbst, wenn es gelänge, einen Kurden vor Gericht zu bringen, es würde nichts nützen, denn ein

Christ und Ungläubiger hat vor dem Kadi immer unrecht, es sei denn, er hätte zwei muslemische Zeugen.«
»Und die hat er natürlich nicht?«
»Meistens nicht, es sei denn, er kauft zwei falsche Zeugen.«
»Kann man das?«
»Das kann man. Aber im Falle eines entführten und entjungferten Mädchens würde es auch dem Kläger wenig Trost bringen, weder dem Mädchen noch ihrem Vater.«
»Warum, Meddah?«
»Nun, warum wohl, mein Lämmchen? Kann etwa ein gewonnener Prozeß die verlorene Unschuld zurückbringen oder gar das spurlos verschwundene Häutchen? Und welcher armenische Mann, der etwas auf sich hält, würde wohl so ein Mädchen heiraten? Um später mit ihr den heiligen Akt zu vollziehen und christliche Kinder zu zeugen, die seinen Namen tragen würden?
Na, siehst du. Auch ein gewonnener Prozeß hätte wenig Sinn.

Der Bürgermeister hatte also gelobt, deinem Vater eine Jungfrau zu schenken, auf sie aufzupassen und sie vor den Kurden zu schützen. Auch der einzige Saptieh im Dorf, der plattfüßige, pockennarbige Schekir Efendi, der später, nach der Verlobung, mit dem Bürgermeister im Kaffeehaus einen Raki trank, versprach, sein Bestes zu tun, um das Kind zu schützen.
– Man kann nie wissen, Muchtar Bey, sagte er zum Bürgermeister. Es heißt, daß diese Kurden keine Babies anrühren und sie auch nicht mit ihren Fingern durchlöchern, auch sonst nichts reinstecken, zum Beispiel: die dünnen Knochen eines jungen Lammes oder die Ruten der Zwergeiche, nicht mal Blumenstengel oder sowas Ähnliches, aber ich habe unlängst gehört, daß sie Babies entführen.
– Warum das? sagte der Bürgermeister.
– Um sie aufzupäppeln, bis sie groß sind und von selber bluten.
– Wie bluten, Saptieh Agah?
– Jeden Monat, wie das so ist.
– Und dann?
– Dann werden sie ohne Ruten entjungfert und ohne die dünnen Knochen eines jungen Lammes oder gar Blumenstengel oder Ähnliches.

- Wie denn, Efendi?
- Nun, wie schon, Muchtar Bey. Mit dem, was der Kurde zwischen den Schenkeln hat, und das ist meistens ziemlich ansehnlich.
Sie tranken Raki und dann noch einen süßen Kaffee in kleinen Schälchen. Der Bürgermeister wußte: der sagt das nur, um dir Angst zu machen, damit er regelmäßig Trinkgeld kriegt. Dabei gibst du ihm sowieso seinen Bakschisch, auch Fleisch und Weizenmehl und das Obst aus deinen Gärten.
- Und du willst wirklich auf sie aufpassen, Schekir Efendi?
- Wie auf meinen Augapfel, sagte der Saptieh. Allah sei mein Zeuge. Und wenn die Kurden nächstens kommen, um das Vieh wegzutreiben, dann steh ich vor deiner Tür und halte Wache, damit sie nicht auch das Kind nehmen. Und der Saptieh klopfte mit dem Knöchel auf sein altes Gewehr und sagte: Wie meine eigene Tochter werd ich sie bewachen.
- Aber du hast doch keine Kinder, Schekir Efendi. Und du hast auch keine Tochter.
- Leider nicht, sagte der Saptieh. Meine Frau ist weggelaufen, und wer weiß, wo sie sich herumtreibt.
- Warum ist sie weggelaufen, Saptieh Agah?
- Weil sie keine Kinder kriegen konnte, sagte der Saptieh, und weil ich ihr gedroht hab, daß ich sie umbringe, wenn sie keine kriegt.
- Der Bürgermeister nickte. Er sagte: Ja, Schekir Efendi. Und er dachte: Hoffentlich vergreift er sich nicht an dem Kind, wenn er auf sie aufpaßt, denn er hat keine Frau und treibt es mit den Eseln und besteigt sie von hinten, genauso wie der Wasserträger, der vom Teufel besessen ist und den bösen Blick hat.

Da war noch einer im Dorf, von dem es hieß, er habe den bösen Blick. Das war der rothaarige Dorfschmied Kevork Hacobian. Nun war es so, daß viele Frauen sich die Haare mit Henna färbten und folglich rote Haare unter dem Schleier trugen. Die Haare des Schmieds jedoch waren weder mit Henna noch mit einem künstlichen Farbstoff aus Frankistan gefärbt. Sie waren gottgegeben. Aber gerade das war ungewöhnlich und folglich verdächtig. Welcher normale Mensch armenischer Abstammung hatte schon echte rote Haare? Hatte der liebe Gott das Ungeborene schon im Leib seiner Mutter bestraft,

damit es rothaarig zur Welt komme? Oder war da der Teufel im Spiel? Hatte die Mutter des Schmieds sich vielleicht mit den Teufelsanbetern eingelassen oder mit Zigeunern, die ja bekanntlich alle den bösen Blick haben? Oder hatte der Priester Kapriel Hamadian recht, der mal auf dem Friedhof erzählt hatte: Ja, es ist wahr. Ich kenne die Ursache der roten Haare, da die Mutter des rothaarigen Schmiedes mir alles gebeichtet hat.
— Sie geht aber nie zur Beichte, Wartabed.
— Das stimmt. Aber ich habe von ihrer Beichte geträumt.
— Und was hast du geträumt, Wartabed?
— Ich habe geträumt, sagte der Priester, daß die Mutter dieses rothaarigen Teufels zur Beichte gekommen wäre.
— Und was hat sie gebeichtet?
— Sie sagte zu mir: Wartabed. Erinnerst du dich an den rothaarigen irischen Missionar, der mal hier im Dorf war, bevor mein Sohn, der rothaarige Schmied, zur Welt kam?
— Natürlich, sagte ich. Ich erinnere mich.
— Dieser falsche Heilige wollte damals all deine Schäflein zum Katholizismus bekehren, obwohl doch jeder weiß, daß unser Heiland Jesus Christus nicht zwei Naturen haben kann, wie die Katholiken glauben, sondern logischerweise nur eine, nämlich eine göttliche, und daß unser Glaube, der gregorianische, der einzig wahre ist.
— Recht so, sagte ich. Und was willst du beichten, meine Tochter?
— Ich habe geträumt, sagte die Mutter des rothaarigen Schmiedes, daß dieser rothaarige irische Missionar mich damals im Schlaf bestiegen hätte, obwohl ich nicht ganz sicher bin, denn damals war ich jung und hatte einen tiefen Schlaf, so tief, daß ich sowieso nichts gemerkt hätte.
— Dann ist es möglich, daß dieser falsche Heilige dich bestiegen hat oder haben könnte?
— Ja, Wartabed.
— Und das könnte die roten Haare deines Sohnes erklären?
— Ja, Wartabed.

Ob so oder so«, sagte der Märchenerzähler. »Dieser rothaarige Schmied war für Wartan der wichtigste Mann außer seinem eigenen Vater.«

»Wieso denn?«
»Weil er nämlich Wartans Pate war.«
»Der Pate?«
»Jawohl, mein Lämmchen. Der rothaarige Schmied war der Pate deines Vaters, denn damals bei der Taufe konnte Hagob keinen anderen Paten finden.«
»Hatte Hagob nicht Angst vor seinem bösen Blick?«
»Nein«, sagte der Märchenerzähler. »Denn die Großmutter des kleinen Wartan, von der es hieß, daß sie alle Menschen durchschaue, hatte gesagt: Hagob. Der Schmied ist als Pate gerade der richtige, denn er hat gütige Augen. Da steht nichts vom Teufel drin. Und wenn sie das sagte, dann mußte es wohl stimmen.

Jeder im Dorf wußte, daß die armenischen Schmiede die eigentlichen Erretter der Welt sind, obwohl die Neider und die Feinde des Schmieds das nicht zugeben wollten.«
»Wieso sind die armenischen Schmiede die Erretter der Welt?«
»Weil es die armenischen Märchen erzählen, besonders die vom Berge Ararat.«
»Wie ist das, Meddah?«
»Nun, das ist so, mein Lämmchen...

Im Berge Ararat ist ein Riese gefangen ... der persische Riese Meher. Er ist mit Ketten im Inneren des Berges an die Felswand gefesselt. Auf seiner Stirn wachsen Hörner. Wilde Hunde, schwarze Raben und giftige Schlangen bewachen ihn. Es heißt, daß er eines Tages, und zwar in der Himmelfahrtsnacht, die Ketten sprengen und aus dem Berge heraustreten wird, um die Welt zu zerstören.«
»Wie will er das machen, Meddah?«
»Nun, mein Lämmchen: die Erde ist eine Sofra aus Lehm, ein halbrundes Tablett, auf das der liebe Gott seine Leckerbissen gelegt hat, und zwar alles, was er liebhat. Die Sofra wird von den Engeln getragen, die sich regelmäßig abwechseln. Alle Gestirne drehen sich um die Sofra aus Lehm, die wir Menschen Erde nennen. Wenn der Riese nun seine Ketten sprengt und wütend und brüllend aus dem Berg herauskommt, dann kippt er die Sofra mit

seinen großen, fürchterlichen Händen einfach um, und alles, was Gott liebt, fällt in die Tiefe und stirbt.«
»Auch die Blumen?«
»Die auch.«
»Und die Bäume?«
»Die auch.«
»Aber die sind doch angewachsen?«
»Das stimmt, mein Lämmchen. Es ist aber so.«
»Ich dachte, daß nur fallen kann, was nicht angewachsen ist, ich meine: alles, was zappelt und sich bewegt?«
»Nein, mein Lämmchen. Wenn der Riese die Sofra umstülpt, dann bleibt nichts mehr auf ihr drauf.«
»Nichts mehr, was Gott liebt?«
»Nichts mehr, mein Lämmchen. Alles, was Gott liebt, geht zugrunde. Und auch die ganze Welt geht zugrunde, denn was für einen Sinn hätte die ganze Welt, wenn alles, was Gott liebt, nicht mehr da ist?«
»Einfach nicht mehr da ist?«
»So ist es.«

»Und was hat das mit den armenischen Schmieden zu tun?«
»Das hat sehr viel damit zu tun, mein Lämmchen. Die Schmiede in dieser Gegend klopfen von Ostermontag bis Himmelfahrt frühmorgens dreimal mit dem Hammer auf den Amboß. Dadurch werden die Ketten des Riesen, die nach Ostern immer recht dünn sind, neu befestigt. Der Riese kann sich nicht befreien, und die Welt geht nicht unter.«
»Dann sind die armenischen Schmiede die wirklichen Retter der Welt?«
»So ist es.«
»Auch der rothaarige Schmied Kevork Hacobian, der meines Vaters Pate ist?«
»Der ganz besonders, denn er pocht nicht nur zwischen Ostern und Himmelfahrt frühmorgens dreimal auf den Amboß, sondern das ganze Jahr.«
»Jeden Morgen?«
»Ja, mein Lämmchen. Aus Vorsicht. Jeden Morgen.

Und da wir gerade von der Zeit zwischen Ostern und Himmelfahrt reden, muß ich dir schnell noch eine kleine Geschichte erzählen:

Am Himmelfahrtstag feiern die Armenier im Dorfe Yedi Su ein seltsames Fest heidnischen Ursprungs, das mit der Himmelfahrt unseres Heilands wenig zu tun hat. Und doch hat es etwas damit zu tun, denn ich bin sicher, daß Christus sich freuen würde, wenn er wüßte, daß die Kinder im Dorfe Yedi Su gerade am Tag seiner Himmelfahrt die Sterne am Himmel zählen lassen.«
»Wie ist das, Meddah?«
»Nun, das ist so«, sagte der Meddah: »Am Himmelfahrtstag versammeln sich alle Kinder am frühen Morgen auf dem Dorfplatz. Sie ziehen dann in Gruppen hinaus auf die Wiesen und Felder, pflücken Blumen und schmücken sich damit. Dieses Fest nennen sie *Widjak*, und es hat irgendwas mit dem Sonnengott *Mir* zu tun.«
»Ist es ein Blumenfest?«
»Nein, mein Lämmchen. Eigentlich nicht. Es ist das Fest der Zufälle, der Lose und des Sternezählens.«
»Wie ist das, Meddah?«
»Nun, das ist so«, sagte der Meddah. »Nachdem sich alle Kinder mit Blumen geschmückt haben, holen die kleinen Mädchen irdene Krüge. Damit gehen sie zu den sieben Brunnen. Auf dem Wege dorthin dürfen sie weder seitwärts noch rückwärts schauen. Im Dorfe Yedi Su nehmen sie allerdings den Wasserträger mit, denn es ist nicht leicht für kleine Mädchen, aus den sieben Brunnen Wasser zu schöpfen.«
»Was macht der Wasserträger?«
»Er läßt die schweren Wasserkübel in die Tiefe der sieben Brunnen hinab, bringt die gefüllten und bis zum Rand gefüllten Kübel dann wieder ans Tageslicht und stellt sie vor die Füße der kleinen Mädchen, die weder seitwärts noch rückwärts blicken dürfen. Sobald das getan ist, bücken sich die kleinen, über und über mit Blumen geschmückten Mädchen, halten die Hände auf dem Rücken verschränkt und schöpfen ihrerseits Wasser ... aus dem Kübel natürlich ... aber sie schöpfen es mit dem Mund.«
»Mit dem Mund?«
»Ja, mein Lämmchen. Die kleinen Mädchen tun so, als würden sie das frische Wasser trinken. Aber sie trinken es nicht, sondern spucken

das Wasser in die irdenen Krüge aus braunem Ton, die sie zu den sieben Brunnen mitgebracht haben. Sie füllen also die Tonkrüge, legen dann ein Steinchen oder sonst einen Gegenstand hinein und begeben sich zur Kirche. Dort wartet schon der Priester Kapriel Hamadian, dessen Aufgabe es ist, am Himmelfahrtstag das Wasser in den Krügen der kleinen Mädchen zu segnen. Das tut er dann auch. Und danach führt er die kleinen Mädchen mit ihren Krügen siebenmal um die Kirche herum.«
»Und dann, Meddah?«
»Dann gehen die kleinen Mädchen nach Hause und verstecken den Tonkrug mit dem heiligen Wasser. Wenn der Abend hereinbricht, gehen sie mit dem Krug aufs Dach, stellen den Krug neben den Rauchabzug und lassen ihn dort stehen, damit das heilige *Widjak-Wasser* im Krug die Sterne zähle.«
»Zählt das heilige Wasser wirklich die Sterne?«
»Ja, mein Lämmchen. Genauso wie der Sonnengott *Mir*, der jede Nacht die Sterne am Himmel zählt, um zu sehen, ob alle Sonnenkinder noch da sind.«

5

»Als Wartan drei Jahre alt war, nahmen die älteren Knaben im Dorf ihn am Himmelfahrtstag mit auf die Wiesen und Felder. Sie schmückten ihn mit Blumen und trugen ihn auf den Schultern. Dann gingen sie den Mädchen hinterher, folgten ihnen zu den sieben Brunnen, neckten sie und bewarfen sie mit Vogeleiern, die die Knaben zuvor gesammelt hatten. Einer der Knaben sagte zu Wartan: Paß auf, Kleiner. Die Mädchen werden die Krüge mit dem heiligen Wasser verstecken. Wir werden versuchen, das Versteck zu finden, ehe die Mädchen die Krüge auf die Dächer bringen, damit sie die Sterne zählen. Paß auf, Kleiner. Du stiehlst also einen Krug, und dann verlangst du von dem Mädchen ein Pfand. Sonst gibst du ihn nicht zurück.
Und dein dreijähriger Vater, der keine Ahnung hatte, was ein Pfand war, fragte: Ein Pfand?
Und die älteren Knaben lachten und sagten: Ja, Kleiner, ein Pfand. Das Mädchen muß dir einen Kuß geben, sonst gibst du das Pfand nicht zurück, verstehst du?
Und dein Vater lachte, obwohl er nichts verstand.

An jenem Widjakfest, als die Knaben im Dorf deinen dreijährigen Vater aufforderten, ein Pfand und damit einen Kuß zu ergattern, ist noch etwas passiert, woran sich dein Vater noch später erinnern konnte.«
»Was war das, Meddah?«
»Es war die Sache mit dem dummen Wasserträger.«
»Was war mit ihm?«
»Die Knaben suchten den ganzen Tag nach den versteckten Tonkrügen der kleinen Mädchen. Während der Suche entdeckten sie den Wasserträger, der gerade die Khatisianische Eselin bestiegen hatte. Es war gegen Abend.«
»Die Eselin?«
»Ja.«
»War sie namenlos wie der Esel von Bülbül?«

»Nein. Sie hieß Ceyda.«
»Wie kam der Wasserträger in den Stall, um Ceyda zu besteigen, wo man doch durchs Wohnzimmer gehen muß, um in den Stall zu gelangen?«
»Die Eselin Ceyda stand nicht im Stall, weil die Großmutter sie im Hof gelassen hatte, angebunden natürlich.«
»Und wie war das mit dem Wasserträger?«
»Die Knaben erwischten ihn, zerrten ihn von der Eselin herunter, fesselten ihn und schleppten ihn aufs flache Dach des Khatisianschen Hauses. Dein dreijähriger Vater hat alles gesehen.«
»Auch wie der Wasserträger es mit Ceyda getrieben hatte?«
»Auch das.«
»Und wie sie den Wasserträger fesselten und aufs Dach brachten?«
»Ja, mein Lämmchen. Alles hat er gesehen. Und er sah auch das triefende Glied des heulenden Wasserträgers, das sie anfaßten, woran sie zerrten – sadistisch wie Knaben nun einmal sind –, er sah, wie sie's ihm wieder unter die schmuddeligen Pluderhosen steckten, ehe sie ihn aufs Dach schleppten. Wie du siehst: ein armer, tölpischer Dorftrottel. Einer der Knaben sagte zu deinem Vater: Wir lassen den Wasserträger Hovhannes zur Strafe über Nacht auf dem Dach, damit er die Sterne zählt.«

»Blieb der Wasserträger wirklich über Nacht auf dem Dach? Und hat er wirklich die Sterne gezählt?«
»Nein, mein Lämmchen«, sagte der Meddah. »Es ist nicht gut, wenn ein Mann mit dem bösen Blick zusammen mit dem heiligen Wasser die Sterne zählt. Deshalb holte Wartans Großvater den armen Kerl wieder runter.

Der Großvater deines Vaters. Ich hab dir noch nichts von ihm erzählt, weil er ganz im Schatten der Großmutter stand. Er war ein stiller Mensch, ganz im Gegensatz zu seiner Frau Hamest. Er soll früher mal lustig gewesen sein und voller spaßiger Einfälle, aber das hatte sich geändert.«
»Ist im Leben meines Urgroßvaters, der ja der Großvater meines Vaters war, irgendwas passiert, was ihn zu einem stillen Menschen gemacht hat?«

»Ja, mein Lämmchen«, sagte der Meddah.

Und der Meddah sagte: »Im Winter schicken die wilden Kurden, hoch oben in den Bergen, ihre Alten und Kranken hinunter in die armenischen Dörfer, damit sie dort überwintern. Die alten und kranken Kurden sind ungebetene Gäste, die aber keiner abzuweisen wagt. Sie wohnen dann meistens im Stall, holen sich zum Essen, was sie brauchen, natürlich aus den Vorratskammern der Armenier, und ziehen sich dann wieder in den Stall zurück. Wenn es Frühling wird, verschwinden sie wieder.«
»Warum wagt keiner, sie wegzujagen?«
»Weil man sonst die ganze Kurdensippe auf dem Hals hätte, aber nicht, um im Stall zu überwintern, sondern um die alten und kranken Mitglieder der Sippe zu rächen. Der kurdische Scheich würde seine Reiter ins Dorf schicken, den Männern die Schwänze abschneiden, die Frauen vergewaltigen und die Häuser niederbrennen lassen.

Nun hatte der Großvater deines Vaters im Jahre 1846 den alten und kranken Kurden seinen Stall verwehrt. Aber das ist ihm schlecht bekommen. Denn schon am nächsten Tag preschten an die hundert bewaffnete kurdische Reiter ins Dorf. Sie schleppten Wartans Großvater auf den Marktplatz, zogen ihn nackt aus und waren gerade im Begriff, ihm den Schwanz abzuschneiden, als seine Frau Hamest heulend angerannt kam und die Kurden um Gnade bat. Die Kurden ließen sich auch erweichen und schnitten den Schwanz nicht ab, aber sie schnitten seine Ohrläppchen ab und ließen ihn dann auspeitschen. Diese Lektion hatte der Großvater nie vergessen.«

»Haben sich die Dorfbewohner nicht gewehrt?«
»Sie wehren sich nie, mein Lämmchen. Der einzige Saptieh im Dorf zitterte vor Angst, nagte an seinen schmutzigen Fingernägeln und grinste blöd, als einer der Kurden ihm das Gewehr wegnahm. Der Kurde sagte dann noch zu ihm: Mach dir nichts draus. Das Gewehr ist älter als du. Die Regierung wird dir ein neues geben.«
»Und die armenischen Männer im Dorf?«
»Die standen stumm auf dem Dorfplatz herum.

Mein Lämmchen: man braucht sich nicht zu wundern, daß Türken und Kurden die Armenier für das feigste Volk der Welt halten. Es ist, als wären sie nur geboren, um ihre Rücken für die Peitsche und ihre Schwänze für das Krummesser hinzuhalten, ebenso wie der Schlitz ihrer Frauen nur dafür dazusein scheint, damit die beschnittenen Schwänze der Rechtgläubigen ihren Spaß daran haben.

Dieser Großvater kriegte nach dem Vorfall mit den Kurden, der öffentlichen Demütigung und der ausgestandenen Angst, eine Fistelstimme ... und es war wirklich so, als hätten die Kurden nicht nur mit der Entmannung gedroht, sondern die männliche Pracht des damals noch jugendlichen Großvaters tatsächlich mit dem Krummesser abgeschnitten. Nun ist es so, mein Lämmchen, daß die Würde des Mannes und auch sein Stolz zwischen seinen Schenkeln baumeln. Aber Würde und Stolz sitzen zugleich auch im Kopf, denn es gibt zwischen dem menschlichen Kopf und der Baumelpracht zwischen den Schenkeln eine geheime Verbindung, und so ist es kein Wunder, daß so mancher Mann, der eine Demütigung seiner Manneswürde widerstandslos hinnimmt, irgendwann glaubt, er habe den Zeugerschlauch wirklich verloren.
Wie gesagt: dieser Großvater wurde ein stiller Mensch, hielt sich im Hintergrund, verlor seinen Baß, sprach ohne Kraft und Betonung, piepste wie ein kranker Vogel, wenn er mal gegen das herrische Wesen und das stürmische Temperament der Großmutter protestieren wollte, fing zu trinken an und wurde schließlich ein Säufer. – Aber ich will dich nicht mit diesen Dingen aufhalten, mein Lämmchen; ich meine: mit dem verlorengeglaubten Zeugerschlauch des Großvaters oder seiner Fistelstimme. Ich will dir lieber von der Güte seines Herzens erzählen ... und der seltsamen Schlafdecke, die er deinem Vater eines Tages schenkte.

Wartan war ja das jüngste Enkelkind, und vielleicht war das der Grund, weshalb der Großvater ihm besonders zugetan war. Eines Tages schenkte er Wartan eine bunte, handgeknüpfte Schlafdecke, und er sagte zu ihm: Diese *Jorgan* stammt noch aus der Zeit des Sultans Ibrahim, aus dem Jahre 1642. Du sollst sie haben, mein Lämmchen. Und dein erstgeborener Sohn soll sie haben. – Und dein

Vater, der noch keine vier war, fragte: Mein erstgeborener Sohn? – Und der Großvater sagte: Ja. Dein Sohn, mein Lämmchen. Den wirst du Thovma nennen . . . nämlich so wie ich heiße, einfach: Thovma.

Und der Großvater sagte: Diese Jorgan stammt tatsächlich aus der Zeit des Sultan Ibrahim. Weißt du, mein Lämmchen, wer das war? – Und weil dein Vater es nicht wußte, sagte er: Der Sultan Ibrahim war ein Mann mit einem ermüdeten Kraftprotz zwischen den Beinen, denn er hatte zu viele Frauen in seinem Harem. Wie jeder Mann trug auch der Sultan alles, was stürmt und drängt, in zwei kleinen Hängesäcken unter den Kleidern, niedliche Beutel waren es eigentlich, die einst straff und prall, dann aber schlaff geworden waren. Schlaff war auch sein Zeugerrohr und alles, was knochig und knorpelig und einst verlangend unter den Beuteln hervorragte. Seine Frauen begannen ihn zu langweilen, denn sie waren nicht nur zu viele, sie waren auch alle willig. Trotzdem war der Sultan eifersüchtig, denn er betrachtete jede seiner Frauen als seinen persönlichen Besitz. Nun kam dem Sultan eines Tages zu Ohren, daß eine seiner Frauen es mit einem Eunuchen getrieben habe, obwohl das unglaubhaft klingt, denn Eunuchen haben bekanntlich keine Eier. Weißt du, was Eier sind, mein Täubchen?
Und dein kaum vierjähriger Vater sagte: Ja, der Hahn Abdul Hamid legt jeden Tag ein Ei.
Und sein Großvater, der selten lachte, grinste auf einmal laut und sagte: Nicht der Hahn Abdul Hamid, mein Täubchen, sondern die Hennen legen die Eier.
Und dann sagte er: Also, das war so mit den Frauen des Sultans Ibrahim: Eine von ihnen trieb es mit einem eierlosen Eunuchen. Der Sultan versuchte nun herauszufinden, welche das war, die die Ehe gebrochen hatte, aber er konnte es einfach nicht herauskriegen, da die Haremsfrauen zusammenhielten und nichts verrieten. Und rat mal, was der Sultan gemacht hat? – Und weil dein Vater es nicht raten konnte, sagte der Großvater: Also das war so: Eines Tages ließ der Sultan alle Haremsfrauen fesseln, alle zweihundertundachtzig – so viele waren es –, ließ sie in große Säcke packen, die mit Steinen beschwert wurden, ließ die Säcke zum Hafen von Konstantinopel

bringen und befahl, sie alle ins Wasser zu schmeißen und zu ertränken. Das wurde dann auch gemacht.

– Ist das wirklich wahr, Großvater?
– Das ist wahr, mein Lämmchen. Die türkische Geschichte ist voller solcher Grausamkeiten, und es ist deshalb kein Wunder, daß die Franken aus Frankistan, die auf ihre Art und Weise noch grausamer sind, die Türken für das grausamste Volk der Welt halten.

– Diese Jorgan beherbergt viele Generationen toter Flöhe, sagte der Großvater, aber tote Flöhe beißen nicht, mein Täubchen.«

»Und wie ist es mit den lebendigen Flöhen, Meddah?«
»An die gewöhnt man sich«, sagte der Meddah. »Es wimmelte im Hause der Khatisians von Flöhen. Sie sprangen über die Teppiche und Läufer, über Tonkrüge, Öllämpchen und sonstige Gegenstände. Und sie wohnten auch in der neuen Jorgan deines Vaters, die schon sehr alt war. Dein Vater schnappte als Kind mit dem Mund nach den Flöhen und freute sich, wenn er mal einen erwischte. Natürlich schlief dein Vater zu diesem Zeitpunkt nicht mehr in der Wiege mit der Taube und dem Ölzweig, sondern hatte ein eigenes Lager aus Lammfellen. Als der Großvater ihm die Jorgan schenkte, sagte er: Die Wiege mit der Taube und dem Ölzweig bleibt einstweilen leer. Aber eines Tages wird dein Sohn darin schlafen.
– Mein Sohn? fragte dein Vater.
Und der Großvater sagte: Ja. Dein Sohn Thovma.

Dein Vater spielte manchmal mit seinem Schwänzchen, so wie das alle kleinen Buben machen, ohne zu ahnen, wie gefährlich das ist. Als der Großvater ihn einmal beim Schwänzchenspiel erwischte, sagte er zu ihm: Das darfst du nie wieder machen, denn sonst wird dein Sohn Thovma nie auf die Welt kommen. Und er fügte hinzu: Dann wirst du so verblödet wie der Wasserträger Hovhannes, der auch als kleiner Junge mit seinem Schwänzchen gespielt hat.
Dein Vater sagte: Ich bin aber kein Wasserträger.
– Das hab ich auch nicht behauptet, sagte der Großvater. Und er sagte: Das Schwänzchen ist ein heikles Spielzeug. Man kann nicht

nur verblöden, wenn man mit ihm spielt, es kann auch die vernünftigsten Männer in *Parwanas* verwandeln. Und weil dein kaum vierjähriger Vater nicht wußte, was Parwanas waren, erklärte der Großvater: Nun, mein Lämmchen. Ein Parwana ist ein morgenländischer Nachtschmetterling, den es besonders hier in dieser Gegend gibt, weil das eine sonnen- und fliegen- und mückenreiche Gegend ist. Wenn nun ein Mann zu oft mit dem Beinchen spielt, das zwischen den Schenkeln sitzt, dann kann ihm die Liebe zu Kopf steigen. Dann hält er jedes Mädchen für seine Geliebte. Und oft kann er sie nicht von den Flammen des Tonirs unterscheiden.
– Und was ist dann? fragte dein Vater.
– Dann hält sich der Liebende für einen Parwana, und er stürzt sich blindlings in die Flammen, die er für seine Geliebte hält.
– Und was ist dann? fragte dein Vater.
– Dann bleibt nichts mehr von ihm übrig, sagte der Großvater.

Und der Großvater lachte und sagte: Aber hab keine Angst, mein Lämmchen, mein kleiner Pascha, mein Täubchen, mein kleiner Samenträger meines Urenkels Thovma. Du brauchst nicht mit dem Schwänzchen zu spielen, wenn es später mal ernst wird und dir die Sehnsucht nach einer Frau in den Säckchen sitzt. Du brauchst auch keinen Esel zu besteigen wie der Wasserträger Hovhannes. Und du hast es auch nicht nötig, zum Parwana zu werden und dich vor lauter Liebesnot in die Flammen des Tonirs zu stürzen. Wir haben dir nämlich eine Braut ausgewählt. Sie pinkelt zwar noch in die Windeln, aber sie wartet auf dich, mein Lämmchen. Ihr Vater, der unser Bürgermeister ist, wird sie aufpäppeln. Und sie wird einen dicken Hintern haben, aber einen vernünftigen. Und auch du wirst vernünftig sein und den heiligen Bund der Ehe mit ihr schließen. Und du wirst einen Sohn mit ihr zeugen, und den wirst du Thovma nennen.

Aber noch war es längst nicht soweit«, sagte der Märchenerzähler. »Noch stand die Zeugung seines Sohnes Thovma in den Sternen. Auch als dein Vater seinen vierten Geburtstag feierte, wußte er noch nichts vom Ernst des Kinderzeugens, von den Pflichten eines armenischen Mannes, von seiner Verantwortung für die Sippe und von seinen Ängsten. Dein Vater wußte mit vier auch nichts von Abdul

Hamid, der zwei Jahre vor seiner Geburt, also im Jahre 1876, auf den Sultansthron gestiegen war. Er wußte nur, daß der Hahn seines Vaters Abdul Hamid hieß und daß von nun an alle Hähne Abdul Hamid heißen würden. Denn es war das Schicksal des Hahns, daß man ihm den Kopf abschlägt. Alle Armenier wünschten, daß Abdul Hamid den Kopf verliere, denn man munkelte so manches. Es hieß: Abdul Hamid wolle alle Armenier ausrotten.

Noch lebte dein Vater in einer Märchenwelt. Und wahrlich: es waren wunderliche Geschichten, die ihm der Großvater erzählte. Da war, zum Beispiel, die Geschichte mit der Arche Noah, dem Engel und dem Schweißtuch des Heilands. Soll ich sie dir erzählen, mein Lämmchen?«
»Ja, Meddah.«
»Nun, das war so und so«, sagte der Meddah.

»Eines Tages«, sagte der Meddah, »erkrankte der armenische König Abgar an der Lepra. Da hörte er eine Stimme im Traum, die sagte: Nur der Sonnengott Mir kann dich vom Aussatz heilen, o Abgar. Steige hinauf auf den Berg Ararat, und zwar auf seinen höchsten Gipfel. Dort bist du der Sonne nahe und auch dem Gott Mir.
So war es«, sagte der Märchenerzähler. »Der König stieg hinauf auf den armenischen Berg. Aber als er ganz oben war, verfinsterte sich der Himmel, und nirgendwo war die Sonne zu sehen. Der König stolperte umher, und plötzlich stieß er auf das Wrack eines Schiffes, das einer Arche glich. Und da er noch nie was von der Arche Noah gehört hatte, denn er kannte weder die Bibel, die es schon gab, noch den Koran, den es noch nicht gab . . . also: als er das Wrack sah, da fragte er sich verwundert: Wie kommt ein Schiff auf diesen Berg? Und siehe, als er die Frage ausgesprochen hatte, da erschien ein Engel und sprach: Von hier flog einst die Taube hinunter in das Land, das einmal Hayastan heißen sollte, und von dort holte sie auch den Ölzweig.
– Einen Ölzweig? fragte der König.
– Ein Zeichen des Herrn, sagte der Engel, der die Welt noch einmal errettete.

Und der Engel sagte: Es gibt keinen Sonnengott Mir. Und es nützt

nichts, daß du auf dem höchsten Gipfel des armenischen Berges stehst, um der Sonne nahe zu sein. Die Sonne kann keinen Aussatz heilen.
– Wer kann den Aussatz heilen? fragte der König.
Und der Engel sagte: Jesus von Nazareth.
– Jesus von Nazareth?
– Ja.
– Wo kann ich diesen Mann finden?
– Im jüdischen Land, sagte der Engel. Dort zieht er umher, um Seelen zu fischen.
– Ein Seelenfischer also?
– Ja.
– Und ein Wunderarzt?
– Das auch.
– Wird er mich gesund machen, wenn ich ihn finde?
– Nur, wenn du ihn wirklich findest, sagte der Engel.
– Und wie finde ich ihn wirklich?
– Nur, wenn du an ihn glaubst.
– Werde ich gesund werden, wenn ich an ihn glaube?
– Ja, sagte der Engel.

Der König aber war mißtrauisch und schickte erst mal seine Späher ins jüdische Land, die erkunden sollten, ob das auch stimme: nämlich: daß einer, der Jesus von Nazareth heißt, wirklich den Aussatz heilen konnte.
Nun war es so«, sagte der Märchenerzähler, »daß die Späher des armenischen Königs gerade im Heiligen Land ankamen, als Jesus sich anschickte, die Bergpredigt zu halten. Die Späher des Königs aber folgten dem Volk, das da zum Berge strömte. Und so kam es, daß sie die Bergpredigt hörten.

Als Jesus mit seiner Predigt fertig war, sagte ein Späher zum anderen: Dies ist ein merkwürdiger Heiliger, einer, der die Sanftmütigen segnet und die Armen und die Einfältigen und gerade ihnen das Himmelreich verspricht. Wie sollte so einer unseren König vom Aussatz heilen, wo doch unser König weder sanftmütig ist noch arm oder gar einfältig, und wir doch wissen, daß er zu den Göttern in den Himmel kommt?

Und sie wollten schon umkehren und gehen. Aber einer der Späher sagte: Dieser verlogene Heiland steigt gerade vom Berge herab. Wir haben doch einen Brief für ihn von unserem König Abgar. Den müssen wir ihm geben.

Und sie gaben Jesus den Brief des armenischen Königs. Und Jesus las den Brief und sagte: Euer König will an mich glauben und bittet mich, nach Hayastan zu kommen, um ihn vom Aussatz zu heilen. Ich aber habe keine Zeit, eine so weite Reise mit dem Esel zu machen. Denn ich habe viel im jüdischen Lande zu tun. Und ich muß auch nach der Davidstadt, die da heißt Jerusalem, um die Händler und Geldwechsler aus dem Tempel zu treiben. Und Jesus sagte: Ich muß auch zum Kreuz, das bald für mich gezimmert wird.

Dies war eine wunderliche Rede, und die Späher wußten nicht, was sie davon halten sollten. Als Jesus von Nazareth die Verwirrung der königlichen Späher sah, band er das Schweißtuch los, das er vor der Bergpredigt um die Stirn gebunden hatte. Jesus sagte: Ich habe ziemlich geschwitzt während der Predigt, denn es ist nicht leicht, die Verstockten zu überzeugen, daß die Sanftmütigen und Armen und Einfältigen ins Himmelreich kommen. Nehmt dieses verschwitzte Tuch und gebt es eurem König. Und euer König wird wieder gesund werden.

Die Späher nahmen das Schweißtuch und ritten wieder davon. Als sie das jüdische Land wieder verlassen hatten und auf dem Wege nach Hayastan durch die Zedernwälder und Bergschluchten des Libanon ritten, wurden sie allesamt von Räubern überfallen. Das waren die Vorfahren der wilden Bergkurden. Sie erschlugen die Späher des armenischen Königs, warfen ihre Leiber in die Schluchten und stahlen die Kleider, Schuhe und Pferde. Eigentlich nahmen sie alles mit, nur nicht das verschwitzte und schmutzige Schweißtuch des Heilands. Das warfen sie hinab in eine der tiefen Bergschluchten des Libanon, wo es noch heute liegt.«

Das Schweißtuch des Herrn ... dachte der letzte Gedanke. Es liegt also noch heutzutage in einer der Schluchten des Libanon? Warum hat der liebe Gott nicht verhindert, daß die Späher des Königs getötet wurden? Warum mußten sie sterben und das Schweißtuch verlieren?

»Sag, Meddah: Was wurde aus dem armenischen König?«

»Er starb einen jämmerlichen Tod, mein Lämmchen.«

»Und was wäre aus ihm geworden, wenn er das Schweißtuch bekommen hätte?«

»Er wäre vom Aussatz geheilt worden, mein Lämmchen, hätte noch zu Lebzeiten des Heilands das Christentum angenommen, und wahrscheinlich auch sein ganzes Volk. Aber es war eben so, wie ich's dir erzählt habe. Er hat das Schweißtuch nie bekommen. Und so blieb Armenien weiterhin heidnisch. Erst im Jahre 301 wurde Armenien oder Hayastan zum ersten christlichen Staat.

Und das war so«, sagte der Märchenerzähler: »In Armenien regierte der König Tiridates der Dritte, genannt: Tiridates der Große. Der hörte eines Tages vom Apostel Gregor, den das Volk *Gregor den Erleuchter* nannte. Der reiste in Hayastan herum und predigte das Christentum. Man sagte von ihm, er sei der Sohn des geflüchteten Königsmörders, der den Vater des jetzigen Königs beseitigt hatte, und dem es darum ging, für die Sünden des Mörders zu büßen. Da der König Tiridates aber Angst hatte, daß der Sohn des Mörders auch ihn umbringen könnte, ließ er den heiligen Gregor verhaften, in Ketten legen und in eine Löwengrube werfen.

Eigentlich wäre das das Ende des heiligen Gregor gewesen. Aber siehe ... als die Soldaten des Königs den heiligen Gregor in die Grube warfen, da verwandelte der liebe Gott die Herzen der Löwen in Lämmerherzen. Gregor lebte viele Jahre in der Löwengrube. Heimliche Christen versorgten ihn mit Speis und Trank. Der König Tiridates aber wurde wahnsinnig. Bald fing er an, auf allen vieren zu kriechen, so wie die wilden Tiere mit den Lämmerherzen in Gregors Grube.

Eines Tages, als König Tiridates gerade mal wieder bei Sinnen war – was ab und zu vorkam –, da sagte seine Schwester Chosroviduct zu ihm: Gregor lebt noch immer. Er hat die Herzen der wilden Tiere in

Lämmerherzen verwandelt. Er ist ein Zauberer und sicher könnte er deinen Wahnsinn wegzaubern.

Und so holten die Soldaten des Königs den heiligen Gregor aus der Löwengrube, brachten ihn zum König und seiner Schwester. Diese sagte zu Gregor: Kannst du meinen Bruder, den König der Armenier, vom Wahnsinn heilen?
– Ja, sagte Gregor. Denn der König ist nur vom Teufel besessen.
– Wie kannst du ihn heilen, Gregor?
– Mit der Bibel, sagte Gregor.

Und Gregor schwang die Heilige Schrift dreimal um den Kopf des wahnsinnigen Königs, und er sprach ähnliche Worte, wie sie der Heiland gesprochen hatte, als er die Kranken und Siechen heilte. Und er fragte den kranken König, ehe dessen Geist wieder wirr wurde: Glaubst du an den Sohn Gottes, der die Kranken und Siechen geheilt hat?
Und der König sagte: Ja. Ich glaube. – Von diesem Augenblick an war er geheilt.

Als der armenische König Tiridates das Christentum annahm, bekehrte sich auch die ganze königliche Familie. Und dann das ganze Volk. Und so kam es, daß die Armenier im Jahre 301 unserer Zeitrechnung als erstes Volk der Welt das Christentum zur Staatsreligion erklärten.

Es war den Armeniern bestimmt, wie kein anderes Volk auf Erden für Christus zu leiden«, sagte der Märchenerzähler, »und unter den vielen Geschichten, die der Großvater deinem kaum vierjährigen Vater von dem Leiden der ersten armenischen Christen erzählte, waren auch die Geschichten von *Yezdegird* und *Schapur*.«

»Wer war Schapur?«
»Ein persischer König, mein Lämmchen. Ein Feueranbeter, ein richtiger Teufel in Menschengestalt. Eine christliche armenische Sklavin hatte mal versucht, ihn im Bett zum Christentum zu bekehren, aber das hatte wenig genützt, denn ihre heidnische Rivalin, die in der

nächsten Nacht das Bett des Königs Schapur teilte, hatte ihm etwas anderes ins Ohr geflüstert.«
»Was denn, Meddah?«
»Wenn du das Christentum annimmst, hatte sie zu Schapur gesagt, dann wird es deinen Kriegselefanten so ergehen wie den Löwen in der Grube des Bekehrers Gregor. Der hatte nämlich alle Löwenherzen in Lämmerherzen verwandelt.
– Das ist aber nicht gut, hatte Schapur gesagt, denn wie soll ich Krieg gegen meine Feinde führen, wenn meine Elefanten die Herzen von Lämmern haben? – Und weil der König Angst hatte, die Christen könnten ihn von ihrem Glauben überzeugen, beschloß er, alle umzubringen.

Schon eine Woche nachdem er im Bett zuerst das Bekehrungsgeflüster der christlichen Sklavin, in der folgenden Nacht aber die boshaften Reden ihrer Rivalin angehört hatte, marschierten seine Truppen im benachbarten Armenien ein. Der König veranlaßte in den besetzten Gebieten ein Gemetzel. Er ließ Tausende von Männern erschlagen, die armenischen Städte wurden geschleift und die abgehackten Köpfe der Priester und Notabeln auf die Stadtmauern gepflanzt. In der armenischen Hauptstadt ließ er die Frauen auf den Marktplätzen zusammentreiben, auf offener Straße vergewaltigen und dann von den Kriegselefanten niedertrampeln.«

»Eine fürchterliche Geschichte.«
»Ja, mein Lämmchen.«
»Schapur?«
»Ja. König Schapur.«
»Und wer war Yezdegird?«
»Ein anderer persischer König, ebenfalls ein Feueranbeter und ein ganz übler Bursche.

Dieser Yezdegird war ebenso grausam wie Schapur«, sagte der Märchenerzähler, »aber er war klüger als er. Yezdegird wußte, daß er die Armenier in den von Persien besetzten Provinzen auf Dauer nur dann zum Gehorsam zwingen konnte, wenn er ihre

Religion zerstörte. Deshalb sagte er zu seinen Elefantentreibern: Die Religion dieses Volkes läßt sich nicht mit Hilfe der Kriegselefanten zerstören.
– Und wie willst du sie zerstören, großer Yezdegird? fragten die Elefantentreiber.
– Indem ich ihre Priester bekehre, sagte Yezdegird, und diese zu Feueranbetern mache.

Und so kam es«, sagte der Märchenerzähler, »daß Yezdegird sich entschloß, der armenischen Priesterschaft einen Brief mit folgendem Wortlaut zu schreiben: Wenn ihr meine Religion annehmt, dann werden Wir euch reich bescheren und ehren, wenn aber nicht, dann werden Wir im ganzen armenischen Land Feueraltäre errichten, und unsere Magus und Mobeds werden das Land regieren. Und wer gegen uns rebelliert, wird getötet mitsamt seinen Angehörigen. – Und weißt du, mein Lämmchen, was die armenischen Priester geantwortet haben?«
»Nein. Meddah.«
»Sie haben dem König Yezdegird geschrieben: Niemand kann uns unseren Glauben nehmen. Nimm alles von uns, was du willst, großer Yezdegird. Unsere irdischen Güter geben wir dir, und wir sind bereit, dich als einzigen König auf Erden zu verehren. Aber unser Herr im Himmel ist Jesus Christus.

Die größeren Kinder im Dorf spielten oft König Yezdegird und König Schapur. Und sie spielten auch die armenischen Könige Tiridates und Abgar. Besonders spannend war das mit König Abgar und dem Schweißtuch des Heilands, das einer der Späher des Königs gegen die räuberischen Vorfahren der Kurden verteidigte, bis er tot in einer der Schluchten des Libanon landete, neben dem Schweißtuch des Herrn.

In Dürrezeiten spielten die Kinder das Regenspiel mit der Puppe *Nuri*, die eigentlich nur ein zur Puppe verkleidetes Christenkreuz war. Damit zogen sie von Haus zu Haus. Jeder mußte den Kindern dann etwas geben, manchmal Eier und Öl, meistens Hadig, aber auch *Pokhint*, eine ähnliche Süßspeise aus Nüssen, Honig und Mehl. Dabei sangen die Kinder das alte armenische Regenlied, das schon die

Ahnen und Urahnen gesungen hatten: Lieber Gott ... lieber Gott ... du hast dem Durst unserer Seele den Glauben gegeben, gib den dürstenden Blumen das Wasser. Schick uns den Regen, lieber Gott ... den Regen ... den Regen. – Und die Kinder beschworen das Puppenkreuz, sammelten Hadig und Pokhint, Öl und Eier, zerrten und schubsten das Puppenkreuz und sangen: Lieber Gott ... lieber Gott: schick uns den Regen.

Natürlich spielten die wilden Buben am liebsten Türken, Kurden und Armenier. Die Tapferen waren immer die Armenier, die hinterhältigen und feigen immer die Türken und Kurden. Die Kurden und Türken aber waren bewaffnet, während die Armenier nur ihre bloßen Hände und Beine und natürlich auch ihren Kopf zur Verteidigung einsetzten. Am Schluß aber siegten immer die Feigen über die Tapferen, denn auch der stärkste Arm und der klügste Kopf nützte nichts, wenn die anderen die Waffen hatten. Am Ende des Spiels lagen die tapferen Armenier tot am Boden, während die Türken und Kurden ihre Holzschwerter wetzten und einen Freudentanz aufführten.

Dein Vater war erst vier, spielte aber schon mit. Einmal packten die Jungen den rothaarigen jüngsten Sohn des Dorfschmiedes, der noch kleiner war als dein Vater, und schickten ihn auf die Weide, um ein Lamm zu stehlen. Du bist jetzt ein Kurde, sagten sie zu ihm. Du gehst jetzt auf die Weide und stiehlst ein Lamm. Das bringst du uns her. Der Sohn des Schmiedes, der den Namen Avetik trug, tat, wie ihm geheißen. Da sämtliche Schäferhunde der benachbarten Weiden den kleinen rothaarigen Avetik kannten, bellten sie nur ein bißchen, als Avetik ein Lämmchen mitnahm. Sie knurrten und fauchten, fingen auch zu jaulen an, taten ihm aber nichts.

Avetik brachte den Buben das Lamm. Einer der Buben spielte den ältlichen Saptieh Schekir Efendi, ein anderer einen türkischen Hauptmann und ein dritter den Kadi. Der Saptieh verhaftete den kurdischen Dieb, obwohl jeder der Buben wußte, daß der Saptieh Schekir Efendi viel zu große Angst hatte, um es zu wagen, einen Kurden zu verhaften. Es war aber so. Der Saptieh packte den kleinen Rothaari-

gen am Kragen, würgte ihn ein bißchen und schleppte ihn vor den türkischen Hauptmann.
– Wo ist der Besitzer des kleinen Lämmchens? fragte der Hauptmann. Alle Buben zeigten auf deinen vierjährigen Vater. Der kannte das Spiel und lachte. Da er seine Rolle von den älteren Buben gelernt hatte, wußte er auch, was er zu tun und zu sagen hatte. Dein Vater gab zuerst dem Saptieh ein kleines Trinkgeld, einen Bakschisch also, ein zweites und größeres gab er dem Hauptmann und das allergrößte zeigte er den Buben nur, behielt es aber, denn das war für den Kadi bestimmt, der ein moslemischer Richter war.

Sie schleppten deinen vierjährigen Vater vor den Kadi. Und dein Vater mußte sagen, was die Buben ihm vorgesprochen hatten: Kadi, sagte er und zeigte auf den kleinen rothaarigen Avetik, dieser moslemische Kurde hat mein Lamm gestohlen, und alle Armenier im Dorf haben es gesehen und sind Zeugen.
– Die Armenier sind Christen, sagte der Kadi, und die Zeugenaussage eines Christen hat keine Gültigkeit. Du mußt mir zwei moslemische Zeugen bringen.
– Es gab aber keine moslemischen Zeugen.
– Dann hast du Pech gehabt, du Sohn einer ungläubigen Hure, die mit einem ungläubigen Lästerer einen Bastard gezeugt hat.
Dein Vater steckte dem Kadi nun das große Trinkgeld zu, und dabei flüsterte er dem Kadi etwas ins Ohr. Und der Kadi nickte und sagte leise, aber laut genug, damit es jeder hören konnte: Vor dem Hükümet stehen die falschen moslemischen Zeugen. Kauf dir zwei von ihnen. Und so wahr Allah der Größte ist, ich habe nichts gesehen und gewußt. Und das kostet noch zwei Silberpiaster.
Dein Vater steckte dem Kadi die zwei Silberpiaster zu. Dann ging er zum Hükümet, das die Kinder aus zwei übereinandergestülpten Kisten gebaut hatten.

Dort standen die falschen Zeugen herum, armselige Gestalten, die von barfüßigen Kindern gespielt wurden. Dein Vater musterte die falschen Zeugen, wählte sich erst mal einen aus und sagte zu ihm: Efendi, willst du mit mir zum Kadi, um auszusagen, was du gesehen hast?
– Was soll ich denn gesehen haben, Tschelebi?

– Nun, was schon, sagte dein Vater, ohne zu zeigen, daß er geschmeichelt war, denn die Anrede *Tschelebi* bedeutete vornehmer und gebildeter Herr. Nun, was schon, Efendi. Du hast eben gesehen, daß ein dreckiger Kurde mein Lamm gestohlen hat. Mit eigenen Augen hast du es gesehen.
– Mit eigenen Augen, Tschelebi?
– Natürlich, du Dummkopf. Doch nicht mit meinen Augen.
– Und was für ein Lamm soll es gewesen sein, Tschelebi? Etwa eines mit einem schwarzen Fleck auf dem Hals? Oder mehreren Flecken? Und wie alt war das Lamm? Wann hat es seine Mutter geworfen?
– Da muß ich erst mal nachgucken, Efendi.
– Aber das Lamm ist doch sicher im Polizeirevier?
– Dann geh ich eben ins Polizeirevier.

Und dann kam dein Vater wieder zurück und sagte zu dem falschen Zeugen: Das Lamm hat tatsächlich schwarze Flecken, und zwar einen auf dem Hals und einen auf der Schnauze. Und seine Mutter hat es genau vor zwei Wochen geworfen.
– Muß ich auch gesehen haben, wie die Mutter es geworfen hat, Tschelebi?
– Nein, du Dummkopf.
– Was muß ich denn gesehen haben, Tschelebi?
– Nun was schon, du Dummkopf. Du hast gesehen, wie dieser dreckige Kurde das Lamm gestohlen hat, und zwar genau das mit den beiden schwarzen Flecken, das vor zwei Wochen von seiner Mutter geworfen wurde.
– Und wie sah der dreckige Kurde aus, Tschelebi?
– Das ist egal, wie er aussah. Der Kadi wird ihn dir zeigen, und du wirst sagen: Das ist er!

– Dann muß ich doch sein Gesicht gesehen haben, als er das Lamm gestohlen hat, das mit den beiden schwarzen Flecken, das seine Mutter vor zwei Wochen geworfen hat?
– Natürlich hast du das Gesicht des Kurden gesehen!
– Während er das Lamm gestohlen hatte?
– Natürlich, du Dummkopf.

– Und wieviel zahlst du, Tschelebi?
– Einen halben Piaster.
– Aber Tschelebi. Ich kann doch nicht für einen halben Piaster einen falschen Eid leisten und meine Seele verkaufen?
– Dann geb ich dir eben noch einige Para.
– Aber Tschelebi. Soll ich etwa für einen halben Piaster und einige Paras meine Seele verkaufen?
– Dann geb ich dir einen Silberpiaster. Nun, wie ist's?
– Das ist schon was anderes, Tschelebi. Für einen Silberling mache ich eigentlich alles. Aber du vergißt, daß Allah ein Almosen von mir verlangt.
– Was für ein Almosen?
– Nun, Tschelebi, wenn ich sündige und falsches Zeugnis ablege, dann muß ich nachher entweder sieben Tage fasten oder den Armen ein Almosen geben, nur dann wird Allah meine Sünden vergeben.
– Dann faste eben sieben Tage.
– Aber Tschelebi. Wie soll ich denn sieben Tage fasten? Siehst du denn nicht, wie ausgemergelt ich bin? Soll ich etwa noch magerer werden und zum Gespött meiner Frau und meiner dreizehn Kinder?
– Dann mußt du eben Almosen geben, damit Allah dir verzeiht.
– Aber Tschelebi. Wie soll ich denn Almosen geben von einem einzigen Silberpiaster? Du mußt noch einen Silberpiaster hinzulegen, einen für mich und einen für Allah.
– Also gut: zwei Silberpiaster.

– Aber Tschelebi. Für zwei Silberpiaster habe ich nur den Rücken des Kurden gesehen. Aber nicht sein Gesicht. Wie sollte ich denn für zwei Silberpiaster auch sein Gesicht gesehen haben?
– Und wieviel willst du, damit du dem Kadi sagen kannst, du hättest auch sein Gesicht gesehen?
– Drei Silberpiaster, Tschelebi. Das spielt doch wirklich keine Rolle für einen Tschelebi wie dich, einen gebildeten und reichen Mann. Willst du dich über mein Elend lustig machen? Ist es nicht Schande genug, daß ich, ein gläubiger Moslem, für einen unbeschnittenen Giaur und Raya wie dich falsches Zeugnis ablegen muß? Und dies für drei lausige Silberpiaster?

Jetzt fing dein Vater an, sich die Haare zu raufen, zu heulen und zu zetern. Die Kinder lachten und flüsterten ihm etwas ins Ohr. Dein Vater schrie den falschen Zeugen an: Efendi! Du ruinierst mich. Ich bin ruiniert. Denn ich muß dasgleiche dem zweiten Zeugen geben. Und ich habe auch den Kadi bestochen. Und den Hauptmann und den Saptieh. Und das Ganze kostet mich mehr, als das Lamm wert ist. Ich bin ruiniert. Gibt es denn kein Mitleid auf der Welt mit einem Unbeschnittenen?

Unter den spielenden Knaben war auch ein älterer Junge, der auf den Namen *Garabed* getauft, aber später einfach *Garo* genannt wurde. Er war zehn und jüngster Sohn des Sattelmachers Kupelian, ein Mann, dem die Kurden einst den ganzen Viehbestand aus dem Stall getrieben hatten.
Nun, dieser Sohn des Sattelmachers Kupelian, also dieser Garo, war ein merkwürdiger Kauz, ein Querulant und Spielverderber. Bei den Kriegsspielen schlüpfte er stets in die Rolle des tapferen, aber unbewaffneten Armeniers, und er weigerte sich, zur Abwechslung auch mal den feigen, aber bewaffneten Kurden oder Türken zu spielen. Er wollte sich auch nicht von den feigen Kurden und Türken totschlagen lassen – was ja zu den Spielregeln gehörte –, sondern tat nur so, als spiele er mit, wartete darauf, daß Kurden und Türken ihn mit den Holzschwertern angriffen und setzte sich dann wütend zur Wehr – mit Faustschlägen und Fußtritten –, nahm den Feinden die Holzschwerter weg und drosch so lange auf sie ein, bis sie heulend davonliefen. Von diesem Garo hieß es, er wäre nicht nur ein Spielverderber, sondern ein zukünftiger armenischer Freiheitskämpfer, wahrscheinlich einer, der mal an einem türkischen Galgen enden würde: ein Nationalist.

Die Nationalisten!
In den achtziger Jahren war viel von ihnen die Rede. Einmal kam sogar einer von ihnen ins Dorf, um mit dem Priester, dem Bürgermeister, dem Schmied und anderen Männern zu reden, sogar mit Wartans Vater Hagob. Er blieb aber nicht lange und ritt auf seinem Maulesel wieder fort.

Wartan wußte nicht, wer die Nationalisten waren und was der Mann auf dem Maulesel gewollt hatte. Der Großvater erklärte es ihm: Er wollte, daß seine Leute Waffen ins Dorf bringen konnten, die der Bürgermeister irgendwo verstecken sollte, wahrscheinlich auf dem Friedhof.
– Dort sind doch die Toten begraben?
– Ja, mein Lämmchen.
– Versteckt man Waffen auf den Gräbern?
– Nein, mein Lämmchen. Man legt sie in die Gräber. Man legt sie zu den Toten.
– Können die Toten schlafen, wenn man ihnen Waffen ins Grab legt?
– Natürlich, mein Lämmchen. Sie schlafen um so besser, weil sie wissen, daß wir die Waffen brauchen, um uns gegen die Kurden zu verteidigen.
– Haben die Toten Angst vor den Kurden?
– Sie hatten mal Angst vor ihnen, mein Lämmchen. Und sie freuen sich, wenn sie sehen, daß wir, die Lebenden, keine Angst mehr haben wollen.
– Hat der Mann mit dem Maulesel die Waffen schon gebracht?
– Nein, mein Lämmchen.
– Und warum?
– Na, warum schon, mein Lämmchen. Es ist doch verboten. Glaubst du, daß wir alle an den Galgen wollen?

Man munkelte im Dorf, daß die Nationalisten in vielen Dörfern Waffen versteckt hatten. Der rothaarige Schmied sagte: Die Armenier sollten sich zur Wehr setzen.
Und Garo sagte: Wenn demnächst die Saptiehs mit den Steuereintreibern kommen und dann die kurdischen Reiter vom Scheich Süleyman, dann sollten wir ihnen die Köpfe abschießen.
Aber der Priester Kapriel Hamadian, der bei diesen Gesprächen dabei war, der sagte: Nein, nein, das würde ein Unglück geben.
Und der Bürgermeister sagte: Die Türken würden Truppen hierherschicken, und dann gibt es einen neuen *Tebk*.
– Das stimmt, sagte die Frau des Bürgermeisters. Ein neuer Tebk. Gott bewahre uns davor.
– Die Nationalisten sind unser Unglück, sagte der Bürgermeister.

Die Türken und Kurden warten nur darauf, um Waffen bei uns zu finden. Das wird ein Vorwand sein, um uns alle umzubringen. Der Priester sagte: Der große Tebk! Ich sehe viele Galgen. Und ich sehe Feuer und Rauch.

Einmal kamen an die hundert Saptiehs mit einem Jüsbaschi ins Dorf geritten, um Waffen zu suchen. Sie durchwühlten die Häuser der Armenier, gruben auf den Feldern und in den Höfen nach und zogen sogar zum Friedhof, um die Steinplatten auf den Gräbern abzuheben. Aber sie fanden nirgendwo Waffen.«

6

»Je älter man wird«, sagte der Märchenerzähler, »um so schneller vergeht die Zeit. Die Urgroßmutter, zum Beispiel, hatte längst aufgehört, die Jahre zu zählen. Unlängst sagte sie: Ach, unser Wartan hüpft ja schon wie ein junges Fohlen, er springt im Hof herum wie ein Floh auf dem Kelim, und er reitet wie ein Großer, ich meine ... auf Ceyda, dieser schamlosen Eselin, die sich von dem Wasserträger besteigen läßt. Dabei ist es noch kein Jahr her, daß er in die Windeln gepinkelt hat. Und weißt du noch, Zovinar, mein Enkelchen, wie meine Tochter Hamest ihn unlängst in Salz gebadet hat? – Aber Großmutter, hatte Wartans Mutter gesagt. Das ist doch schon viele Jahre her.

Auch der heranwachsende Wartan merkte, daß die Zeit nicht stillstand, und daß die dritten Pluderhosen, die ihm sein Vater zum siebenten Geburtstag geschenkt hatte, immer kürzer wurden.
– Die Hosen werden nicht kürzer, hatte sein Vater gesagt, die Beine werden nur länger.
Bei den anderen Kindern war das genauso, besonders bei Avetik, dem rothaarigen Sohn des rothaarigen Dorfschmiedes, der viel zu schnell zu wachsen schien und sämtliche Gleichaltrige im Dorf überragte. Avetik trug schon mit neun die Kleider seines Vaters, ohne sich um das Geflüster der Leute zu kümmern, die da sagten, er habe mal als Kind die Milch einer Zigeunerin getrunken, die ihrerseits von einer langbeinigen Hündin gesäugt worden war. – Wie dem auch sei. Eines ist klar: der liebe Gott verteilt die Zeit nicht gleichmäßig, und was der Urgroßmutter davonhüpfte, bewegt sich für Wartan langsamer, ähnlich den tapsenden Schritten der Eselin Ceyda, wenn sie von Wartan durch die nahegelegenen Bergschluchten geführt wurde.

Im Dorf passierte nicht viel. Ab und zu kamen Besucher aus benachbarten Dörfern, aus kleineren Städten, manchmal auch aus größeren wie Musch, Erzurum, Diyarbakir, Van oder Bakir. Einmal kam sogar ein Mann aus Konstantinopel, der neumodisch gekleidet war und

einen Frankenanzug trug. Wartans Großvater sagte: Irgendwann wird auch dein Onkel aus Amerika kommen, nämlich mein Sohn Nahapeth, der drüben ein Lumpenhändler ist und ein reicher Mann.
– Wieviel Onkels hab ich in Amerika?
– Eine ganze Menge, mein Lämmchen. Aber ich kann mich nur an zwei erinnern.
– Und wer ist der zweite?
– Mein Sohn Krikor, der Arabatschi.
– Ein Onkel von mir ist aber Arabatschi in Bakir.
– Das stimmt, mein Lämmchen. Einer ist Arabatschi in Bakir und ein anderer in New York.
– Hat mein Onkel, der Arabatschi in New York, einen Maulesel vor seiner Araba?
– Nein, mein Lämmchen. Der hat ein richtiges Pferd, und zwar einen amerikanischen Mustang.
– Was ist das für ein Pferd?
– Ein Indianerpferd, mein Lämmchen.
– Und was für eine Araba hat er?
– Er hat eine mit Rädern, die sich um die Achse drehen.
– Aber Großvater. Bei einer Araba drehen sich die Räder doch nicht um die Achse. Ich habe die Räder doch selbst mal festgenagelt, bei unserer Araba, und ich habe sie an der Achse festgenagelt.
– Wir sind hier in Hayastan, mein Lämmchen. Unsere Arabas sind eben noch dieselben wie die unserer Vorfahren.
– Und in Amerika?
– Dort ist alles anders, mein Lämmchen. Alle Räder in Amerika drehen sich um die Achse. Und ob du's glaubst oder nicht: die Arabatschis dort drüben pudern die quietschenden Teile der Araba nicht mit trockenem Mehl, so wie wir das hier tun, sondern salben sie mit Öl, einem Teufelsöl, daß sie aus der Erde buddeln.
– Macht Onkel Krikor das genauso?
– Ja. Genauso.
– Und wie sieht Onkel Krikor aus?
– Ich weiß es nicht mehr, mein Lämmchen. Ich habe nur ein Bild von deinem anderen Onkel, nämlich von Nahapeth, dem Lumpenhändler.
– Und wie sieht der aus?

– Das Bild ist undeutlich. Man sieht darauf nur einen großen Hut ...
einen Hut mit einer breiten Krempe. Wartan lachte. Von diesen
komischen Hüten hab ich mal was gehört, aber ich hab noch nie einen
gesehen.
– Das eilt nicht, sagte der Großvater. Wenn dein Onkel aus Amerika
kommt, dann wirst du so einen Hut sehen.

Es kam natürlich auch vor, daß Leute aus dem Dorf mal selber
verreisten, meistens in die Nachbardörfer, manchmal sogar in die
großen Städte. Sie erzählten dann seltsame Geschichten von großen
Basaren, Bettlern, Bordellen, Festungsmauern, gefederten Pferdekutschen und schönen Frauen, die nach Rosen- und Lilienwasser
dufteten. Leute, die es wagten, zu reisen, wurden von allen bestaunt
und beneidet. Allerdings nicht immer, denn diejenigen, die unterwegs auf engen, einsamen Bergpässen von den Kurden beraubt oder
gar erschlagen wurden, beneidete niemand.«

Jetzt sagte der Märchenerzähler zum letzten Gedanken: »Siehst du
den weißen, kahlen Abhang aus Kalkstein am Ausgang des Dorfes?
Die Leute nennen ihn *Ak Bayir*, den weißen Abhang. Und nur drei
Eselsfürze von diesem Abhang entfernt – und das ist nicht mal eine
halbe Zigarettenlänge –, also so weit und nicht weiter, dort liegt der
Göbekli Tepe, der bauchige Hügel, nämlich der, den die Kinder für
ihre Kriegsspiele benützen ... ein vorzügliches Gelände. Und dort
zwischen dem Ak Bayir und dem Göbekli Tepe steht eine alte Hütte.
Du kannst sie sehen.«
»Ich kann sie sehen«, sagte der letzte Gedanke, »weil ich alles sehe,
was du siehst. Und ich sehe auch den weißen Abhang, den die Leute
Ak Bayir nennen und auch den bauchigen Hügel, der da heißt
Göbekli Tepe. Und ich höre den Kriegslärm der spielenden Kinder.
Auch die alte Hütte kann ich sehen und den Rauch, der aus dem Tonir
durch den offenen Eingang ins Freie zieht.«
»Dort gibt es keinen Tonir«, sagte der Märchenerzähler, »sondern
nur einen Türkenofen, der so ähnlich aussieht wie der armenische
Tonir, den die Türken aber anders nennen.«
»Wie anders?«
»Sie nennen ihn Tandir.«

»Wer wohnt in dieser Hütte?«
»Die einzige Türkenfamilie im Dorf.«
»Du hast mir noch nichts von ihnen erzählt.«
»Ich habe es vergessen, mein Lämmchen. Einfach vergessen.«
»Und warum, Meddah?«
»Ich weiß es nicht, mein Lämmchen. Das Wort *Türke* ist wie eine böse Krankheit, und von bösen Krankheiten redet man nur, wenn sie einen bedrohen. Diese Türken von Yedi Su aber bedrohen niemanden, denn sie leben seit vielen Jahren mit den Armeniern in friedlicher Nachbarschaft. Man hat sich im Dorf so sehr an sie gewöhnt, daß sie keinem mehr auffallen.«

»Spielen die türkischen Kinder mit den armenischen auf dem großen Spielplatz des bauchigen Hügels, der da heißt *Göbekli Tepe*?«
»Selbstverständlich, mein Lämmchen.«
»Und tanzen sie auf den armenischen Hochzeiten?«
»Ja, mein Lämmchen.«
»Und keiner denkt sich was dabei?«
»Keiner denkt sich was dabei.

Das einzige, was die Leute an diesen friedlichen Türken gestört hat«, sagte der Märchenerzähler, »waren die Namen der Männer und Buben, denn diese waren dieselben wie die Namen der türkischen Steuereintreiber, Saptiehs, Beamten und der kurdischen Räuber, all jener, die das Dorf unsicher machen und an die man nicht erinnert werden möchte. Deshalb gaben die Dorfbewohner den Besitzern dieser unbeliebten Namen einfach Spitznamen, türkische natürlich, die aber treffender waren als die wirklichen Namen, peinliche Verwechslungen ausschlossen und die Einmaligkeit des Spitznamenbesitzers unterstreichen sollten. So kam es, daß man das Oberhaupt der Türkenfamilie, nämlich Süleyman, dessen Namen ja derselbe war wie der des gefürchteten Kurdenführers Süleyman, jetzt nur noch *Taschak* nannte.«
»Taschak?«
»Jawohl.«
»Was heißt das?«
»Es ist die Bezeichnung für das, was der Mann im Hodensack hat.«

»Und was hat Süleyman in seinem Hodensack?«
»Dasselbe wie jeder andere Mann, mein Lämmchen. Nur ist alles bei ihm ein bißchen auffälliger. Dieser Süleyman hatte nämlich mal einen schweren Mehlsack auf seinen Rücken geladen und dadurch einen Leistenbruch bekommen. Ob du's glaubst oder nicht: die Leute behaupten, sein Hodensack hänge bis übers Knie, obwohl das noch niemand gesehen hat, denn Süleyman läßt seine Pluderhosen nie vor anderen Leuten herunter, nicht mal bei der Feldarbeit, wenn er mal – wie das so ist – schnell seine Notdurft verrichten muß. Und da es in Yedi Su kein Hamam gibt, wo man in großer Gesellschaft ein öffentliches Dampfbad nehmen kann, gibt es auch keine Gelegenheit, sich von dieser Tatsache zu überzeugen.«
»Und woher wissen die Leute, daß die Hoden Süleymans bis übers Knie hängen?«
»Man erkennt es an seiner Gangart. Er geht nämlich so, als hätte er die Eier eines ganzen Hühnerhofes zwischen den Pluderhosen versteckt.«
»Was du nicht sagst.«
»Jawohl.«
»Das ist aber ziemlich peinlich.«
»Natürlich, mein Lämmchen. Besonders, wenn die Steuereintreiber ins Dorf kommen. Da wagt der arme Süleyman gar nicht, über die Dorfstraße zu schlendern, aus Angst, die Steuereintreiber könnten glauben, er habe etwas in den Hosen versteckt.«
»In den Hosen versteckt?«
»Ja.«
»Einen schlenkernden, geheimnisvollen Eiersack?«
»So ist es.«
»Taschak?«
»Taschak.

Taschaks ältester Sohn wurde *Bodur* genannt, also Kurzbeiniger. Auch er watschelte wie sein Vater, aber aus anderen Gründen und auch ganz anders. Es waren eben nur die etwas krummgeratenen, o-förmigen, zu kurzen Beine. Bodur war schon fünfzehn und wollte demnächst heiraten. Die Leute machten ihre Späße mit ihm und sagten, er solle aufpassen, daß seine zukünftige Frau nicht über

seinen zukünftigen Sohn hinwegsteige, ohne denselben Schritt wieder rückgängig zu machen, denn sonst würde der genau so kurzbeinig wie sein Vater, dessen Mutter das Wachstum seiner Türkenbeine verhindert habe, weil sie damals, bevor er vierzig Tage alt war und auf dem Gebetsteppich gespielt hatte, über ihn hinweggeschritten war, ohne den Schritt vorsichtshalber wieder rückgängig zu machen.
Bodurs jüngerer Bruder hieß *Tiryaki*, der Süchtige, ein Name, den man gewöhnlich den Kettenrauchern verlieh. Die kleinen Kinder rannten ihm auf der Straße hinterher und riefen *fosur-fosur*, was soviel hieß wie *paffend, paffend*. Fosur-Fosur-Tiryaki konnte sich keinen echten Tabak leisten, und so rauchte er alles, was er finden konnte, vor allem die haarigen, sonnengetrockneten Fruchtblütengriffel der Maiskolben, aber auch Heu, welkes Gras und zuweilen getrocknete Krautblätter, dieselben Krautblätter aus denen – in frischem und ungetrocknetem Zustand natürlich – die Frauen in diesem Dorf schmackhafte Krautwickel machten, fleisch- und reisgefüllt, mit fetter Soße übergossen. *Patat* nannten es die Armenier. *Sarma* nannten es die Türken.
Ja«, sagte der Märchenerzähler. »Da läuft einem das Wasser im Munde zusammen. Soll ich dir noch mehr von den Türken erzählen? Na ja: da waren noch einige kleine Mädchen in der Türkenfamilie, die alle beim Gehen mit dem Hintern wackelten, eine gefährliche Sache, denn keiner der armenischen Jungen wagte, da mal anzupacken, wohl wissend, daß dem Türken das Messer locker in der Tasche sitzt, besonders den Brüdern der kleinen Mädchen. Die Zehnjährige hieß *Hülja*, die Träumende, die Neunjährige *Schirin*, die Niedliche, und die Siebenjährige *Meral*, das Reh. Taschaks Frau hieß *Neschee* – Fröhlichkeit. Einfach so. Wahrscheinlich, weil sie immer guter Laune war, das Lachen nie verlernt hatte oder weil es hieß, sie sei mit einem Freudenschrei zur Welt gekommen. Taschaks jüngster Sohn, der sich um die Hühner kümmerte, trug den Spitznamen *Gög-Gög* und war drei Jahre älter als dein Vater.

Gög-Gög: der Lockruf beim Füttern der Hühner. Wenn die Sonne aufging, kniete Taschak auf seinem Gebetsteppich vor der Haustür, den Türkenschädel nach Mekka gewandt. Während Taschak mit den üblichen Körperverrenkungen des frommen Moslems das Morgengebet verrichtete, lief Gög-Gög um das Haus herum und rief die Hühner herbei: Gög-Gög-Gög. Wer in der Nähe des Türkenhauses vorbeiging, der wußte: es ist früh am Morgen, der Hahn hat gerade gekräht, Taschak betet zu Allah und Gög-Gög lockt die Hühner.

Stell dir vor: die Jungen stehen auf dem *Göbekli Tepe* und pinkeln um die Wette. Dein Vater ist vier und steht neben Gög-Gög. Er sieht zum ersten Mal in seinem jungen Leben einen beschnittenen Schwanz. Vor Schreck und Entsetzen pinkelt er gegen sein eigenes Knie. Heulend rennt er nach Hause.

– Warum heult er? fragt Hamest.
– Er hat einen beschnittenen Fleischhaken gesehen, sagt der Großvater.
– Was für einen Fleischhaken?
– Na, eben einen Fleischhaken.

– Vor vielen Jahren hab ich mal eine Beschneidung in einem Türkendorf gesehen, sagt der Großvater. Es war wie eine Hochzeit.
– Wie eine Hochzeit?
– Wie eine Hochzeit.

– Nun, ich kann mich nicht mehr so genau daran erinnern, sagt der Großvater. Aber ich weiß, daß die Männer des Dorfes und der kleine Bub, dem man das Würstchen besäbeln wollte, im Hause des Muchtars versammelt waren. Es wurde viel geredet und geraucht. Dann sah ich den Vater des Jungen mit einem weißen Pferd aus dem Stall des Muchtars kommen. Er nahm den kleinen Jungen an der Hand und setzte ihn aufs Pferd. Der Junge ritt von Haus zu Haus, und alle wünschten ihm Gutes. Ein kleiner Prinz auf einem weißen Pferd, ein Prinz in weißen Kleidern mit roten Streifen und Goldstickereien. Auf seinem Kopf saß ein gesticktes, blaues Käppi.
– Na und, sagte Hamest.
– Der Vater des Jungen führte das Pferd am Zügel. Er führte es bis zu seinem Haus. Dort wartete schon der Sünetschi.
– Wer ist das?
– Der Beschneider.

– Und was war dann?
– Gar nichts, sagte der Großvater. Plötzlich sah ich noch andere Männer. Sie packten den kleinen Prinzen, rissen ihm die Pluderhosen runter. Und der Beschneider packte den Vogel zwischen den mageren Schenkeln des Prinzen, packte ihn einfach, holte ihn ganz aus dem Versteck hervor, hatte plötzlich ein scharfes Messer in der Hand.
– Und dann?
– Dann schnitt er das Häutchen ab.
– Ist das alles?
– Das ist alles.

– Natürlich hat der Sünetschi die Wunde mit Mehl bepudert. Und der Vater nahm den heulenden Jungen auf den Arm, und er setzte ihn auf große Kissen im Türeingang, so daß alle im Dorf den Jungen sehen konnten. Und draußen musizierten die Trommler und Flötenspieler. Einige Leute begannen zu tanzen. Und dann tanzte das ganze Dorf.

– Unser Wartan hat sich anscheinend erschrocken, als er den Stummel von Gög-Gög sah.
– Ja, sagte der Großvater.
– Sicher hat er geglaubt, es wäre ein Vogelschnabel ohne Haut?
– Aber Hamest. Ein Vogelschnabel hat doch keine Haut.
– Dann hat er eben geglaubt, es wäre der Kopf eines Frosches.
– Ein hautloser Froschkopf? Möglicherweise skalpiert?
– So ist es.«

7

»Es gibt Dinge, die unter der Würde des Mannes sind. Dazu gehört auch das Kuhfladensammeln. Diese Aufgabe überließ man den Frauen, aber vor allem den kleinen Kindern. Im Sommer wurde der Tezek auf den flachen Dächern der Häuser von der Sonne getrocknet, im Winter klatschte man die Kuhfladen einfach an die Wohnzimmerwand und wartete, bis sie von der Hitze des Tonirs trockneten. Wenn sie trocken waren, fielen sie von selber herunter, und man brauchte sie nur aufzuheben. Wartan lief schon mit vier den anderen Kindern beim Tezeksammeln hinterher, machte es ihnen nach und heulte laut, wenn sie ihn wegstießen. Später, als er größer wurde, stieß er zurück und prügelte sich mit den Knaben und Mädchen, die ihm zuvorkommen wollten. Meistens half ihm der rothaarige Avetik dabei. Sie sammelten zusammen und teilten die Beute ehrlich. Avetik meinte, daß man den Tezek nicht immer zu Hause abliefern müßte, sondern eigentlich auch verkaufen könnte, aber das sei die Sache eines gerissenen Geschäftsmannes, der was vom Handeln versteht. Einmal sagte er zu Wartan: Nun, wie ist es? Du willst doch ein Dichter werden. Fällt dir nichts ein? Wo sollen wir den Tezek verkaufen?
– In der Stadt, sagte Wartan. In den Dörfern haben die Leute selbst genug.
– Und wie kommen wir in die Stadt?
– Mit dem Esel, sagte Wartan.
– Dann bräuchten wir noch einen Sack.
– Den Sack klaue ich von meinem Vater, sagte Wartan. Er wird das gar nicht merken.
– Und wenn die Kurden uns den Sack klauen?
– Du meinst, wenn wir durch die Berge reiten?
– Ja, genau.
– Die Kurden klauen keinen Tezek.
– Woher weißt du das?
– Ich weiß es eben.

Aber noch trauten sich die Jungen nicht allein aus dem Dorf heraus.
– Wenn wir älter sind, sagte Avetik. Dann sind wir stark genug, um es mit den Kurden aufzunehmen, falls es ihnen einfallen sollte, uns doch den Tezek zu klauen.
– Dann könnten wir Garo mitnehmen, sagte Wartan, der bestimmt in einiger Zeit so große Muskeln haben wird wie der Dorfschmied.
– Du meinst, so wie mein Vater?
– Ja.
– Das ist keine schlechte Idee.
– Oder wir warten, bis ich mich offiziell verlobe. Weil ich dann erwachsen bin und auf Geschäftsreisen gehen kann, wann ich will. Vorher läßt mich mein Vater sicher nicht allein in die Stadt.
– Da ist was dran, sagte Avetik. Meiner läßt mich sicher auch nicht.
– Na siehst du, sagte Wartan.
– Und wie ist es mit deiner Verlobung? Ich denke, du bist seit langem verlobt?
– Natürlich bin ich seit langem verlobt, sagte Wartan, aber die offizielle Verlobungsfeier findet erst statt, wenn meine Braut anfängt, von selber zwischen den Beinen zu bluten.
– Woher weißt du das?
– Von meinem Vater.
– Wie alt ist deine Braut?
– Sie ist drei Jahre jünger als ich. Sie ist jetzt fünf.
– Wann wird sie von selber zwischen den Beinen bluten?
– Erst, wenn sie alt ist.
– Wie alt?
– Na, ich glaube, so um die zehn oder elf.
– Solange können wir aber nicht mit dem Tezek warten.
– Da hast du eigentlich recht.

Einmal nahm Wartans Vater ihn mit dem Eselskarren zur Mühle mit. Das war die erste Reise in seinem Leben. Die Mühle befand sich im armenischen Nachbardorf *Piredjik*, was auf türkisch nicht mehr oder weniger heißt als *Flohnest*. Und Piredjik lag im Fliegental *Sinek-Dere*. Es war nicht weit bis nach Piredjik, zwanzig Zigarettenlängen vielleicht, wenn es eine gerade Karawanenstraße gegeben hätte, so aber brauchte man einige Stunden, bis man die Bergpässe und steilen

Schluchten bezwungen hatte. Die Mühle des Armeniers am Eingang des Fliegentals war nur zu Hochwasserzeiten in Betrieb, entweder im Frühjahr, wenn der Schnee in den Bergen schmolz, oder an starken Regentagen. Und da es an jenem Tag, als Wartan mit seinem Vater zur Mühle fuhr, weder Hochwasserzeit war noch regnete, sagte der Müller zu Hagob: Hagob Efendi. Wie soll die Mühle denn gehen, wenn kein Schnee in den Bergen und kein Wölkchen am Himmel ist? Soll ich etwa in den Bach pinkeln, damit genug Wasser drin ist?
– Wo ist eigentlich der Bach? fragte Hagob.
– Den hat die Erde verschluckt, sagte der Müller.
– Und wann wird die Erde ihn wieder ausspucken?
– Wenn es regnet, sagte der Müller. Oder nächstes Frühjahr, wenn der Schnee in den Bergen schmilzt.
– Wie ist es?, fragte Hagob, wenn wir alle drei in den Bach pinkeln, mein Sohn Wartan, ich und du. Vielleicht wird der Bach dann wieder lebendig, und die Erde spuckt aus, was sie einstweilen verschluckt hat?

Auf dem Rückweg von der Mühle begegneten sie Bülbül, die auf ihrem namenlosen Esel nach Hause ritt – zu ihrer Hütte, hoch oben in den Bergen. Sie saß geknickt auf dem Esel. Bülbül hatte einen kopflosen Hahn an den Schwanz des Esels gebunden, und aus der Stelle, wo der Kopf abgehackt war, tröpfelte bei jedem Eselstritt immer noch Blut und bekleckste den schmalen Bergpfad.
– Warum hast du dem Hahn vorzeitig den Kopf abgehackt? fragte Hagob.
– Weil der Esel Angst vor dem Hahn hatte, sagte Bülbül, und weil er störrisch wurde und mich mit dem Hahn abwerfen wollte. Denn es war ein unruhiger Hahn, und er schrie und flatterte am Schwanz des Esels, wo ich ihn angebunden hatte.
– Wer hat dir den Hahn gegeben?
– Deine Mutter, die alte Hamest, sagte Bülbül.
– Ist es unser Hahn Abdul Hamid?
– Nein, sagte Bülbül. Das siehst du doch. Es ist ein fremder Hahn, der unlängst zu euch in den Hühnerhof flog, um eine Menge Ärger zu machen, denn Abdul Hamid duldet keinen zweiten Hahn in seiner Nähe.

– Aber vielleicht war dieser Hahn kräftiger als Abdul Hamid, und wir hätten ihn behalten sollen?
– Er war nicht kräftiger, sagte Bülbül. Abdul Hamid hätte ihn totgebissen, wenn die alte Hamest es zugelassen hätte. Glaub mir, Hagob Efendi: zwei Hähne im Hühnerhof vertragen sich noch weniger als zwei Weiber am selben Tonir.
Als Bülbül fort war, fragte Wartan: Stimmt es, daß Bülbül eine Hebamme ist, und stimmt es, daß sie geholfen hat, mich auf die Welt zu bringen?
– Ja, das stimmt.
– Hat sie mich auch gestillt?
– Nein. Sie ist keine Amme.
– Sie ist eine Kurdin. Wie ist das eigentlich? Stillen Kurdinnen ihre Kinder?
– Natürlich.
– Und wie ist ihre Milch?
– So süß wie jede andere Muttermilch.
– Genauso süß wie die Milch meiner Mutter?
– Ja, sagte Hagob.

Sie sprachen noch lange über Bülbül. Sie sprachen von der einsamen Hütte, oben in den Bergen, wo sie allein mit ihrem Esel und den Hühnern wohnte, und sie fragten sich, mit wem sie wohl redete, wenn es dunkelte und der Abend am Tonir zu lang wurde. Schließlich sagte Hagob: Sie redet mit ihren Tieren, und ich wette mit dir, mein Sohn, daß das gar nicht langweilig ist, denn Tiere können besser zuhören als Menschen.
– Und warum hat sie keinen Mann?
– Angeblich hatte sie mal einen, sagte Hagob ... bevor sie in diese Gegend kam ... aber ihr Mann hat sie aus dem Haus gejagt.
– Einfach aus dem Haus gejagt?
– Ja.
– Machen das nur die Moslems?
– Nein, sagte Hagob. Es kommt gelegentlich auch bei Christen vor.
– Und bei den Armeniern?
– Das weiß ich nicht genau, sagte Hagob. Aber ich kenne keinen ähnlichen Fall bei Freunden und in der Familie. Schon ganz und gar

nicht in Yedi Su. Egal, ob Mann und Frau zerstritten sind. Was Gott zusammengefügt hat, soll der Mensch nicht scheiden.

Da war einmal ein Fall im Dorfe Yedi Su, an den sich Wartan zeit seines Lebens erinnerte: in der Nachbarschaft der Khatisians wohnte ein armenischer Händler. Der hatte eine krummnasige Frau, von der die Leute sagten, sie brauchte es jede Nacht. Der Händler und seine Frau hatten bereits dreizehn Kinder, und der Mann sagte eines Nachts zu seiner Frau: es ist genug.
Der Händler war selten zu Hause, denn er machte seine Geschäfte in Bakir auf den großen Basaren. Meistens kam er dann auf seinem Maultierkarren mit reichen Geschenken wieder zurück.
Niemand wußte genau, was für Geschäfte der Händler machte. Es hieß, er stünde mit einem Griechen und einem Juden auf den Basaren von Bakir herum. Der Jude hatte ein graues Pferd bei sich, der Grieche einen grauen Esel. Wenn es nun dämmerte und die Leute das Grau des einen Tieres vom Grau des anderen nicht mehr unterscheiden konnten, vermittelte der Armenier in aller Eile einem gutgläubigen Türken das graue Reitpferd des Juden, tauschte es aber in der Dämmerung und dem trüben Licht geschickt gegen den Esel des Griechen aus, indem er den Türken ablenkte oder sonst etwas tat, um den Türken zu täuschen. Der Jude und der Grieche halfen bei dem Ablenkungsmanöver. Sobald das Geschäft abgeschlossen war und sie den Türken auf den Esel gesetzt hatten, machten die drei sich aus dem Staube, übernachteten im Hause des Griechen, kauften am nächsten Tag einen ähnlichen Esel, der weniger kostete als die Summe, die der Türke für das Pferd bezahlt hatte und teilten dann den Gewinn – sage und sprich: den Mehrwert – redlich miteinander. Nun ist es aber so, daß der Krug nur solange zum Brunnen geht, bis er zerbricht. Eines Tages wurden die drei erwischt und verhaftet.

Es gab da natürlich einen Prozeß. Der einzige Dorfschullehrer aus Yedi Su, der schwindsüchtig war, aber ein gebildeter Mann, besorgte sogar einen Rechtsanwalt aus Van, der ein Verwandter von ihm war. Dieser Rechtsanwalt, so jedenfalls erzählte es der Lehrer den Bauern von Yedi Su – dieser Rechtsanwalt also habe versucht, bei Gericht zu beweisen, daß der Mehrwert, den die drei Gauner erzielt hatten, nichts mit der Mehrwerttheorie eines gewissen Karl Marx zu tun hätte, und daß die Drei loyale osmanische Bürger seien, die mit den neuen Ideen dieses ungläubigen Franken deutsch-jüdischer Abstammung, die von Strolchen, Verschwörern, Versagern, Spinnern und linken Studenten aus dem unseligen Frankistan über die türkische Grenze gebracht wurden, nichts zu tun hätten. Das Plädoyer des armenischen Rechtsanwalts hatte aber wenig genützt, da die notwendigen Bestechungsgelder für das Hohe Gericht von den Gaunern nicht aufgebracht werden konnten. Es kam also so, wie es kommen mußte. Die Drei wanderten ins Gefängnis, allerdings nur für ein Jahr und die zusätzliche Zeit zwischen Ramadan und dem Feste des Bairams.

Nun: Die krummnasige Frau des armenischen Händlers, die es im Grunde jede Nacht brauchte, wartete geduldig auf ihren Mann. Aber eines Tages war ihre Geduld zu Ende, und das hatte was mit der krummen Nase zu tun, denn es hieß, die Krummnasigen können nicht warten, besonders dann, wenn es allzusehr zwischen den Beinen juckt.

Im Jahre 1889 wurde die Frau plötzlich schwanger, obwohl der Mann seit Monaten im Gefängnis saß. Der Priester Kapriel Hamadian sagte, Ehebruch käme bei den Armeniern nicht vor, und so könne es sein, daß die krummnasige Frau – weil sie eben nicht warten konnte – aus Barmherzigkeit vom Heiligen Geist beschattet worden sei, denn nur der Gott der Juden sei ein strafender Gott, während der Gott der Christen ein barmherziger sei, nicht anders als Allah, der Gott der Mohammedaner, von dessen Barmherzigkeit der Türke Taschak öfter erzählt hatte.
Als nun das Kind zur Welt kam, und es sich herausstellte, daß es ein kleines rothaariges Mädchen war, sagte der Priester, es könne nun doch nicht vom Heiligen Geist gezeugt worden sein, denn der Heilige Geist zeuge niemals Rothaarige, denn diese seien vom Teufel besessen. Einige Leute im Dorf vermuteten, daß der rothaarige Schmied die Frau verhext hätte, andere aber sagten, es könne auch sein, daß der älteste Sohn des Schmieds, der zwar schwarzhaarig war, aber das Erbblut seines Vaters in sich trage, ein rothaariges kleines Mädchen

mit der Frau des Händlers gezeugt habe, weil der älteste Sohn des Schmieds allen Mädchen nachstellte, aber auch jedesmal der krummnasigen Frau des Händlers auf den Hintern gucke, wenn sie zum Brunnen ging und dort Wasser schöpfte, obwohl diese ja dreizehn Kinder hatte und kein Mädchen mehr war. Kurz: der älteste Sohn des Schmieds wurde bezichtigt, den kleinen rothaarigen Bastard mit der Frau des Händlers gezeugt zu haben.

Wie dem auch sei: der Muchtar Ephrem Abovian verurteilte die Frau, ließ ihr die Haare scheren und setzte sie rücklings mit dem Bastard auf einen Esel. Der Esel wurde durchs Dorf geführt, sehr langsam, von Haus zu Haus. Die Frau saß heulend auf dem Esel, den kleinen Bastard im Arm. Die Leute bespuckten sie, schmierten ihr Schlamm ins Gesicht und verschonten nicht mal den kleinen rothaarigen Bastard, der ebenfalls bespuckt und mit Schlamm beschmiert wurde. Wartan erinnerte sich später, daß es vor allem die keifenden alten Weiber waren, die sich am wütendsten gebärdeten. Ihr giftiger Speichel kam aus anscheinend besonders fruchtbaren Seelenquellen. Wartans Vater sagte am Ende des Schauspiels: die alten Weiber sind am schlimmsten. Sie sind neidisch, weil sie selbst gerne vom Schwanz des Schmiedesohnes gekostet hätten.

Es ist wahr: nicht die Männer im Dorf regten sich sonderlich auf, sondern die alten Weiber. Sie waren die wahren Hüter der Moral. Und es ist auch wahr, daß der Händler, als er wieder nach Hause kam, seine Frau nicht fortgejagt hat. Es hieß, sie schlafe jetzt allein in einer Ecke des Odas. Es hieß, sie schreie nachts und fluche laut im Traum. Und es hieß: der rothaarige, kleine Bastard schlafe nicht in seiner Wiege, sondern mit der Mutter, und er krabble des Nachts unter der Jorgan herum und seine Händchen spielten dort mit dem Maiskolben zwischen den Schenkeln seiner schreienden und fluchenden Mutter.

Die Kindheit deines Vaters ... das Dorf Yedi Su ... die lauernden Augen der Kurden, hoch oben in den Bergen ... der Tod in den Akten der türkischen Beamten, der irgendwann herausspazieren würde aus ihren Akten, um die vergessenen Provinzen zu bereinigen ... der Sultan in Konstantinopel, der die Christen nicht mag, besonders die

Armenier ... Geschichte ... irgendwo am Arsch der Welt. Noch merkt man nichts von den ersten Anzeichen eines Ungewitters, das da kommen würde wie die Sintflut.

Also«, sagte der Märchenerzähler: »Mir fällt da alles mögliche ein, und ich erzähle, was mir in den Sinn kommt. Ich weiß auch nicht, warum ich nichts von den Brüdern und Schwestern deines Vaters erwähnt habe. Schuld daran ist meine sprudelnde Rede.«

»Die Brüder und Schwestern meines Vaters?«

»Alle älter als er, denn er war der Jüngste, aber das weißt du bereits.«

»Das weiß ich bereits, Meddah.«

»Der eine war drei Jahre älter als dein Vater. Er hieß Dikran, so wie der, den die Türken Jahre später am Tor der Glückseligkeit aufhängen ließen.«

»Dikran, der Schuster? Der mit den gelben Stiefeln, den schönsten in ganz Bakir?«

»Ja, der.«

»Ist es derselbe Dikran?«

»Es ist derselbe. Schon mit Sieben sagte er zu deinem vierjährigen Vater: Wenn ich groß bin, werde ich Schuster. Und er fügte hinzu: Ich werde nach Bakir ziehen, in die große Stadt, und ich werde ein Paar gelbe Stiefel machen, die schönsten in ganz Bakir.

– Bakir? fragte dein Vater.

– Bakir, sagte Dikran. Dort wohnen viele Onkels von uns, und einer von ihnen ist Schuster. Der Schuster wird mir das Handwerk beibringen.

– Ist es Onkel Levon?

– Nein, das ist der Arabatschi. Der Schuster ist Onkel Dro.«

»War das so?«

»Das war so, mein Lämmchen. Onkel Dro war Schuster in Bakir. Und Dikran ging später zu ihm in die Lehre. Er wurde ein guter Schuster, heiratete, machte sich selbständig, hatte viele Kinder und fertigte eines Tages ein Paar gelbe Stiefel aus Ziegenleder an, aus wunderschönem, echtem Ziegenleder, die so zierlich aussahen, daß die Leute sagten, es seien die schönsten in ganz Bakir.

Besonders die Zigeuner bestaunten die gelben Stiefel. Einer von ihnen wollte mal ein junges Fohlen für die gelben Stiefel eintauschen, aber Dikran gab die Stiefel nicht her.

Ich erinnere mich«, sagte der Märchenerzähler: »Die Zigeuner kamen vom Pferdemarkt und trotteten durch das armenische Handwerkerviertel. Vor dem Hause Dikrans blieben sie stehen. Dikran saß hinter seiner Werkbank und putzte gerade die gelben Stiefel.
– Ich geb dir ein Fohlen für die Stiefel, sagte einer der Zigeuner.
– Die Stiefel sind aber nicht verkäuflich, sagte Dikran.
– Alles, was der Mensch besitzt, ist käuflich, sagte der Zigeuner. Im Grunde handelt es sich nur um den richtigen Preis. Ich geb dir noch eine Ziege dazu.
– Ich verkaufe sie aber nicht, sagte Dikran.
Der Zigeuner sagte: Was ist mit den gelben Stiefeln? Kannst du etwa damit zaubern wie Aladin mit der Wunderlampe?
– So ähnlich, sagte Dikran. Der Anblick der Stiefel festigt meinen Glauben. Und wenn mein Glaube gefestigt ist, dann macht mir die Arbeit Spaß, und sie geht besser voran.
– Von welchem Glauben sprichst du, Efendi?
– Von dem Glauben an meine Kunst, und von dem Glauben an mich selbst.

– Siehe, sagte Dikran. Die Stiefel haben mir Glück gebracht, denn die Vorstellung, daß es mir eines Tages gelingen könnte, so ein Paar gute Stiefel zu machen, hat mich angespornt, und so bin ich Dank der Stiefel ein guter Schuster geworden.
– Sie haben dir Glück gebracht, sagst du?
– Ja.
– Dann laß dir mal aus der Hand lesen, damit wir sehen, ob es wirklich glückliche Stiefel sind.
– Aus der Hand willst du mir lesen?
– Ja, sagte der Zigeuner.

Aber der Zigeuner konnte gar nicht aus der Hand lesen. Und so rief er seine alte Mutter. Und die kam und las Dikran die Zukunft aus der Hand.

Ich sehe einen Gehenkten, sagte die alte Zigeunerin. Er trägt dieselben Stiefel wie diese da.
– Was siehst du noch? fragte Dikran.
– Ich sehe einen blinden Bettler, sagte die Zigeunerin, und der steckt deine Stiefel in seinen alten Sack.
Dikran aber lachte nur, und er zog die Hand schnell wieder zurück. Er sagte zu der Zigeunerin: Du willst mir nur Angst machen, weil ich die Stiefel nicht hergeben wollte, für das Fohlen und für die Ziege.«

Der Märchenerzähler sagte: »Die Geschichte mit dem Gehenkten, der Dikrans gelbe Stiefel trug, und auch die Geschichte mit dem blinden Bettler und seinem alten Sack – diese Geschichte also sprach sich schnell herum. Sogar der Priester Kapriel Hamadian hörte sie. Der aber sagte: Das ist Zigeunergewäsch. Ein guter Christ sollte sich dreimal bekreuzigen, ehe er sich von einer Zigeunerin wahrsagen läßt.
– Und was soll mein Sohn Dikran machen? fragte Hagob den Priester.
– Er soll sich bekreuzigen, wenn die Zigeuner wieder vor seiner Haustür auftauchen.
– Und wenn sie nicht wieder auftauchen?
– Dann soll er die Stiefel mit Knoblauch einreiben, sagte der Priester. Er soll die Stiefel dann eine Woche nicht tragen, und zwar genau sieben Tage, und dann soll er die Heilige Bibel anfassen, und zwar mit der rechten Hand, während er sich mit der linken die Stiefel wieder anzieht.

Viele Jahre später«, sagte der Märchenerzähler, »da kam dein Vater einmal von einem Verwandtenbesuch aus Bakir zurück. Als er mit seinem Eselskarren durch das Tor der Glückseligkeit fuhr, da sah er einen kranken, blinden Bettler am Straßenrand liegen. Der Straßenverkehr schien unbekümmert über ihn hinwegzurollen, und fast hätten ihn die Tiere und Fuhrwerke zu Tode gequetscht und getrampelt, wenn sich dein Vater nicht seiner erbarmt hätte. Er lud ihn einfach auf seinen Karren und nahm ihn mit nach Yedi Su. Dort pflegte ihn die Familie Khatisian wieder gesund. Wochen später brachte dein Vater den blinden Bettler wieder zurück zum Tor der Glückseligkeit. Dieser blinde Bettler hieß Mechmed Efendi.

Damals hatte Mechmed Efendi zu deinem Vater gesagt: Du hast mir das Leben gerettet. Eines Tages werde ich dein Leben retten. Und dann sagte er: Ich kenne deinen Bruder Dikran, der oft am Tor der Glückseligkeit vorbeikommt, um mir einen halben Piaster zu geben und um mit mir zu plaudern. Dein Bruder Dikran ist ein guter Mensch, und deshalb gebe ich ihm jedesmal gute Ratschläge.
– Dann kennst du auch sicher die Geschichte von der Weissagung einer alten Zigeunerin?
– Du meinst die Sache mit dem Gehenkten ... irgendwann in einer fernen Zukunft ... dem Gehenkten, der Dikrans gelbe Stiefel trägt?
– Ja, Mechmed Efendi.
– Und die Sache mit dem blinden Bettler und seinem alten Sack, in dem die Stiefel des Gehenkten verschwinden sollen?
– Ja, Mechmed Efendi.
– Was ist mit dem alten Sack?
– Es könnte dein Sack sein, Mechmed Efendi, sagte dein Vater, und dabei legte er die Hand des Blinden auf den alten Sack, den dieser immer mit sich herumschleppte. Aber Mechmed Efendi hatte nur verwundert den Kopf geschüttelt und gesagt: Aber Wartan Efendi. Es gibt doch viele blinde Bettler, und es gibt viele alte Säcke. Außerdem hab ich gehört, daß dein Bruder Dikran die Stiefel längst mit Knoblauch und der Bibel entzaubert hat.
– Glaubst du an unsere Bibel, Mechmed Efendi?
– Ich glaube an das Wort des Propheten, hatte Mechmed Efendi gesagt, von dem es heißt, er habe die Bibel nur anders erklärt.

Erwarte nicht«, sagte der Märchenerzähler, »daß ich dir die Geschichten aller Brüder und Schwestern deines Vaters erzähle, oder gar die Geschichten seiner Tanten und Onkel und anderen Verwandten, von denen einige im Kertastan von Yedi Su wohnen, die meisten aber in Bakir und anderen Städten der Türkei und ihrer ehemaligen Provinzen, wie zum Beispiel in Griechenland und Bulgarien, Rumänien und Ungarn oder gar in Serbien und Bosnien und in Städten wie Sarajevo, das eine türkische Stadt war, oder gar von jenen, die über die Ozeane gefahren sind, so wie viele Armenier, von denen die Türken sagen, sie unterwandern die Völker so wie die Juden, und sie tauchen überall auf in Tarnkappen und Masken, um ihr Unwesen zu treiben. Wo kämen wir hin, wenn ich über alle berichten würde, und wie sollte ich meine Erzählung zu Ende führen, solange noch Zeit ist. Denn Thovma Khatisian liegt in den letzten Zügen, und seine Zeit ist knapp. Und er möchte doch gerne noch wissen, was ich seinem letzten Gedanken so alles erzählen werde oder könnte. Und deshalb sage ich, der Märchenerzähler, jetzt zu dir: Die Zeit ist knapp. Aber wenn du willst, dann erzähl ich dir noch schnell von zwei Schwestern und drei Brüdern, die ich dir vorstellen muß, weil dein Vater sie ganz besonders liebte.«

Und der Märchenerzähler sagte: »Die eine Schwester war vierzehn Jahre älter als dein Vater und schon verheiratet, als er geboren wurde. Sie hieß *Makrouhi*, die Reinliche, obwohl sie alles andere als reinlich war. Die Leute sagten, sie wasche sich nur im Sommer wie die Kurdinnen, habe aber ein Herz aus Gold. Makrouhi kam täglich zu Besuch, denn sie wohnte auf dieser, das heißt: der Khatisianschen Seite des Dorfplatzes, kaum eine halbe Zigarettenlänge entfernt, half der Mutter und der Großmutter in der Wirtschaft und spielte mit deinem Vater. Wahrlich: sie hatte ein Herz aus Gold, denn sie steckte deinem Vater Leckerbissen zu, als er noch in der Wiege lag, badete ihn in Salz, wenn die Großmutter nicht da war und wusch später seine Wunden, wenn er als Junge mal hingefallen war, sich beim Prügelspiel *Kurden, Türken und Armenier* verletzt hatte. Diese Makrouhi war mit dem Sattlermeister Armenag verheiratet. Jawohl: Armenag, obwohl man ihn Armen nannte, einfach so: Armen. Und dieser Armen hatte große, kerbige, kräftige Hände ... rechtschaffene Hände, denn die Hände prügelten Makrouhi tagtäglich, und zwar solange, bis sie anfing, sich regelmäßig zu waschen und ihrem Namen Makrouhi wieder zu seinem Recht verhalf.

Eine andere Schwester hieß *Aghavni*, daß heißt Taube. Sie machte ihrem Namen alle Ehre, denn sie war wirklich sanft wie eine Taube. Und sie flog auch eines Tages fort, um Pesak, den Sohn eines reichen Teppichhändlers aus Bakir zu heiraten. Dieser Pesak war ein unscheinbarer Mann, obwohl er eine Brille trug und eine Zeitlang in Stambul studiert hatte. Wer hätte wohl gedacht, daß dieser Pesak um die Jahrhundertwende ein Daschnak werden würde und eines Tages sogar einer ihrer gesuchtesten Anführer?

Wie diese Ehe mit Pesak zustande gekommen war? Das möchtest du wohl gerne wissen? – Nun, mein Lämmchen, sie kam mit Hilfe der Heiratsvermittlerin Manouschag zustande, die man im Dorf *Mietschnort Manouschag* nannte, was soviel hieß wie Veilchen, die Vermittlerin.

Nein, mein Lämmchen. Manouschag, das Veilchen, war weder jung noch hübsch. Sie war das, was die Armenier *duhne menatzaz* nennen, und zwar genau das, nämlich: zu Hause geblieben, also: eine alte Jungfer.

Ich weiß, was du fragen willst, mein Lämmchen. Du möchtest gerne wissen, ob die Verlobte deines Vaters, die Tochter des Bürgermeisters, von Manouschag vermittelt worden war. Nun, mein Lämmchen, du weißt genau, daß das nicht der Fall war, denn Hagob hatte diese Verbindung selber vermittelt, ungewöhnlich zwar, es war aber so. Und das war auch der Grund, warum Manouschag, die Heiratsvermittlerin, damals ziemlich sauer auf Hagob war, als sie erfuhr, daß er und der Bürgermeister ohne ihr Wissen vor dem heiligen Tonir Verlobungsmünzen getauscht hatten.

Ein Bruder deines Vaters hieß Sarkis. Der wurde Goldschmied in Bakir. Dieser Sarkis heiratete eine krummnasige Frau, die genau so geil war wie die krummnasige Frau des armenischen Händlers aus Yedi Su. Das war auch der Grund, warum Sarkis blaß und hohlwangig war, denn seine Frau konnte einfach nicht genug von dem Knochen kriegen, den Sarkis zwischen den Schenkeln hatte und der – so hieß es – ihm vom lieben Gott eher zum Pinkeln als zum Nachwuchszeugen geschenkt worden war. Der Goldschmied mußte es aber jede Nacht mit ihr treiben, um Ruhe und Frieden am häuslichen Tonir zu haben. Er wollte ja schließlich auch nicht, daß seine Frau es am Ende mit anderen trieb, was unweigerlich zu einer Rasur geführt hätte, oder, wie Hagob sagte: dazu, daß man diesem Weib den Schädel rasiert und sie rücklings auf einen Esel setzt, so wie das krummnasige Weib des armenischen Händlers aus Yedi Su, obwohl das Weib des Goldschmieds noch keinen rothaarigen Bastard hatte, wie das Weib des Händlers, einen Bastard also, der gern mit

Maiskolben spielt, besonders zwischen den mütterlichen Schenkeln, obwohl er gar nicht dorthin gehörte, denn er war ja nicht als Knochen gewachsen, sondern als Gottes Frucht auf dem Felde.
Die Frau des Goldschmieds aber war nicht nur geil, sie war auch geldgierig. Und deshalb sagte sie oft zu Sarkis: Warum plagst du dich von früh bis spät hinter deiner Werkbank? Warum machst du es nicht so wie die Geldwechsler in den Gassen zwischen den Basaren? Die zählen nur das Geld. Sie säen nicht, sie ernten nicht, und der himmlische Vater nähret sie doch.

Ein anderer Bruder hieß Boghos. Dieser Boghos war ein Taugenichts, der vorgab, bei seiner Schwester Aghavni und seinem Schwager Pesak im Teppichladen zu arbeiten, sich in Wahrheit aber in Bakir herumtrieb, und zwar in übelster Gesellschaft. Diese Leute waren verkrachte Studenten aus Konstantinopel, Erzurum und Van, die irgendwann eimal zu ihren Verwandten nach Bakir zurückgekehrt waren, um diesen auf der Tasche zu liegen. Diese üblen Gesellen verbreiteten linke Ideen von Gleichheit und Brüderlichkeit, die auch Boghos zu Kopf gestiegen waren. Einmal, als Boghos nach Yedi Su kam, da sagte er zu seinem Vater Hagob: Weißt du, was die Hintschakisten sind?
– Ja, hatte Hagob gesagt. Das sind Verrückte.
– Es sind marxistisch geschulte armenische Nationalisten, hatte Boghos geantwortet. Und dann hatte er seinen Vater gefragt: Und weißt du, was die Daschnakzagan sind?
– Das sind ebenfalls Verrückte, hatte Hagob gesagt. Nur sind sie auf eine andere Art und Weise verrückt.
– Es sind rechtsradikale armenische Nationalisten, hatte Boghos gesagt.
Aber Hagob hatte nur den Kopf geschüttelt und gesagt: Davon versteh ich nichts.
– Und weißt du, was die Marxisten sind?
– Nein, hatte Hagob gesagt.
– Es sind Gleichmacher, hatte Boghos gesagt. Stell dir vor: Alle Menschen sind gleich!
– Sie sind aber nicht gleich, hatte Hagob gesagt.

Ein wahrlich merkwürdiger Kauz, dieser Boghos. Wann immer es ihn nach Mutters und Großmutters guter Küche gelüstete, kam er nach Yedi Su auf längeren Besuch. Oft saß er abends mit Hagob am Tonir und rauchte mit ihm einen gemeinsamen Tschibuk. Einmal sagte er zu ihm: Ihr seid doch alle reaktionär.
– Was ist das? fragte Hagob.
– Ihr wollt nur, daß alles beim alten bleibt.
– Was wir wollen, zählt nicht, hatte Hagob gesagt. Nur was der liebe Gott will, das zählt.
– Und was will der liebe Gott?
– Daß alles beim alten bleibt.
Und Hagob hatte gesagt: Soll der Hahn etwa um Mitternacht krähen, anstatt am frühen Tage? Und sollen die Armen reichlich essen, und die Reichen hungern? Und sollen die Armenier etwa die Türken und Kurden prügeln anstatt umgekehrt? Alles hat doch seine Ordnung, und der Mensch muß sich fügen.

Da war noch ein Bruder, den dein Vater fast so liebte wie Dikran, den Schuster. Dieser Bruder war zwanzig Jahre älter als dein Vater, hieß Hajgaz und war das älteste von Hagobs Kindern. Klein und kahlköpfig war dieser Hajgaz, rotwangig und fettleibig, sogar ein wenig asthmatisch, kurzbeinig und plump. Dicke Finger hatte er, Finger mit Fettpölsterchen, Finger mit Goldringen bestückt, Ringe mit Smaragden und Diamanten. Schon damals, als Hajgaz im Jahre 1858 aus seiner Mutter Schoß auf die Jorgan plumpste – die Jorgan nämlich des Großvaters, die Wartan später erben sollte und über die sich Zovinar gehockt hatte, dieselbe Jorgan, mit Stroh und Schafswolle gefüllt, belebt von munteren Flöhen und auch den toten Flöhen vieler Flohgenerationen, umschwärmt von Schmeißfliegen und Mücken – ich meine: als Hajgaz auf diese Jorgan plumpste, schon damals also war dieser Hajgaz der einzige asthmatische Sproß der Khatisians gewesen. Sein erster Lebensschrei kam hustend und röchelnd aus dem kleinen, zahnlosen Mund. Trotzdem war er nicht krank. Denn wenige Minuten später, als die Großmutter ihn in Salzwasser badete und tüchtig schrubbte, während Hajgaz hustete und schrie, da sagte sie zu Zovinar: Dein Erstgeborener ist nicht krank. Er hustet nur vor Ungeduld.

– Wie meinst du das? fragte Zovinar.
– Nun, ich meine es so, sagte die Großmutter: Dieser kleine Wicht, den wir Hajgaz nennen werden nach meinem Vater, der noch lebt und dessen Tage deinem Hajgaz angerechnet werden, nun, mein Täubchen: dieser kleine Wicht hustet eben bloß vor Ungeduld.
– Was für Ungeduld? fragte Zovinar.
– Nun, das ist so, sagte die Großmutter. Dein Hajgaz kann es gar nicht erwarten, große Geschäfte zu machen.
– Was für große Geschäfte?
– Nun, eben große Geschäfte. Es steht ihm auf der Stirn geschrieben, daß er mal ein reicher Mann werden wird.
– Und wie kannst du das sehen?
– An der Art und Weise, wie er sich aufplustert und dabei die Stirn kräuselt.
– Er will also ein reicher Mann werden?
– Das ist ganz sicher.

Natürlich hatte die Großmutter recht, denn schon beim Schekerli-Fest, dem Fest der ersten Schritte, zeigte sich, daß Hajgaz ein ungeduldiges und lebhaftes Kind war, denn er taumelte während der ersten Menschenschritte nicht zuerst auf den Tonir zu oder den Wassereimer oder den Stall oder gar zur Wiege mit der Bibel, die ihm die Mutter hineingelegt hatte ... nein: der stürmte gleich mit beiden Beinchen ins Freie, durch den Eingang des Odas, hinaus auf die sonnige Dorfstraße.

Auch Hajgaz fing als kleiner Junge zuerst mit Tezek zu handeln an, also ganz gewöhnlicher Kuhscheiße, genauso wie das später Wartan gemacht hatte und viele andere kleine Kinder. Aber schon mit sieben änderte sich das, als Hajgaz in die benachbarten Dörfer fuhr und Dinge kaufte, die es hier nicht gab, um sie dann wieder mit Profit zu verkaufen. Als er zehn war, lief er von zu Hause weg, zog zu seinem Onkel, dem Arabatschi in Bakir, trieb sich auf den Basaren der großen Stadt herum, vermittelte Geschäfte, handelte mit diesem und jenem und stieg schließlich ins große Geschäft mit Wassermelonen aus Diyarbakir ein.

Mit Dreizehn besaß Hajgaz einen der größten Melonenstände auf dem Melonenbasar von Bakir. Reisende, die aus Bakir zurückkamen, erzählten im Dorf, daß Hajgaz zwar immer noch hüstelte und röchelte wie ein durstiges Kamel, aber andererseits rotwangig wäre wie eh und je und Wangen habe wie ein gemästeter Kinderpopo, den eine böse Mutter der Sonne ausgesetzt hatte. Sie sagten, Hajgaz habe auch einen Bauch und Fettpölsterchen auf den Fingern, allerdings ohne Juwelen, weil er diese erst kaufen wolle, wenn sein Bruder Sarkis sie ihm billig besorge – dieser aber, so die Leute, wäre noch kein fertiger Goldschmied, sondern erst in der Lehre. Kurz: Hajgaz war auf dem besten Wege, ein erfolgreicher Mann zu werden, und seine Melonen, so erzählten die Leute, kämen tatsächlich aus der Gegend von Diyarbakir und seien so groß und schwer, daß man nur wünschen könne, sie mögen den Feinden der Armenier auf die Köpfe fallen.

Man redete viel über Hajgaz, und sein Melonenstand lieferte Stoff für so manche Gerüchte. Im Dorfcafé neben dem Tabakladen rissen die Männer Witze über den kleinen, dicken, asthmatischen Sohn Hagobs, der in Bakir sein Glück machen wollte. Man munkelte, daß Hajgaz, der erst dreizehn war, sich mit einer alten Frau verheiraten wolle, einer verschleierten Greisin von fünfunddreißig, die ihm allabendlich auf den Fersen war, wenn Hajgaz seinen Stand abbrach und sich mit Esel und Karren auf den Heimweg machte.

Und so war es: Eines Tages kündigte Hajgaz seine Verlobung an, und ein Jahr später heiratete er die Witwe Warthouhi, ein Name, der behauptete, sie sei lieblich wie eine Rose.

– Wie kann eine Frau über fünfunddreißig lieblich wie eine Rose sein, sagte Hagob zu seiner Frau. Und was will eine Frau, die älter ist als so manche Großmutter in Yedi Su – was will sie wohl von meinem Sohn, der zwar klein ist und einen Hängebauch hat und auch hustet und röchelt, wenn er spricht... und auch, wenn er nicht spricht... weil das eben so ist... obwohl man ihn ja in Salz gebadet hatte... und auch geschrubbt... mit Salzwasser, meine ich... was will so eine Frau also von meinem Hajgaz, dessen Samen noch jung ist und kaum verspritzt?
– Was will sie wohl? fragte Zovinar. Ja, das möchte ich auch wissen?

– Und der Priester Kapriel Hamadian, der neben beiden saß, sagte: Die Frage, Hagob Efendi, ist nicht, was sie von ihm will, sondern, was er von ihr will?
– Ja, das ist die Frage, sagte Hagob.
– Das ist die Frage, sagte Zovinar.
– Ich habe gehört, daß sie sehr reich sein soll, sagte der Priester.
– Das hab ich auch gehört, sagte Hagob.
– Ihr verstorbener Mann war der reichste Geldwechsler in Bakir.
– Das hab ich auch gehört.
– Und der asthmatische Hajgaz ist ein Geschäftsmann!
– Er ist auf jeden Fall einer, der nicht auf den Kopf gefallen ist, sagte Zovinar.
– Es ist ja auch mein Sohn, sagte Hagob.
– So ist es, sagte der Priester.

Es war vorauszusehen. Nach seiner Heirat mit der Witwe Warthouhi stieg Hajgaz ins große Geschäft ein. Er wurde aber nicht Geldwechsler wie Warthouhis erster Mann, sondern weil fettleibig, rotwangig und allen Gaumenfreuden zugetan, seinem Wesen nach also ein Schlemmer und Genießer, also deshalb oder wahrscheinlich aus diesem und jenem Grunde, stieg Hajgaz ins Geschäft der mannigfaltigen Gaumenfreuden ein. Er wurde Gastwirt. Und weil das so war, oder, wie die Moslems sagen: weil es im *Kismet* stand, wo alles geschrieben steht, was vorbestimmt ist, so war es nicht verwunderlich, daß sein neuer Schlemmerladen, genannt: das Restaurant *Hayastan*, bald zum bekanntesten in ganz Bakir wurde. Es hieß: im *Hayastan* werden sogar die türkischen Gäste vorübergehend zu Armenierfreunden, denn Warthouhi verzaubere jeden Gast mit armenischen Köstlichkeiten, ein Beweis, daß auch die weisesten Sprüche, zum Beispiel *Die Liebe geht durch den Magen*, im von Türken besetzten Hayastan ihre Gültigkeit haben.

Aber nun zurück zu deinem Vater«, sagte der Märchenerzähler. »Der handelte schon als Junge mit Tezek. Als er und Avetik etwas größer und reifer waren, fuhren sie öfter nach Bakir, um die gesammelten und getrockneten Kuhfladen zu verkaufen. Manchmal nahmen sie Garo mit, meistens aber nur den Türken Gög-Gög, weil der ein guter

Eselstreiber war. Gög-Gög konnte auch den störrischsten Esel zur Eile antreiben. Da Ceyda, die Eselin, aber ein weibliches Wesen war, lockte Gög-Gög sie nicht nur mit duftendem Heu, das er spielerisch vor dem Eselsmaul hin- und herschwenkte, sondern Gög-Gög redete auch mit dem Tier, flüsterte Ceyda zärtliche Worte ins Ohr und kraulte sie an den Geschlechtsteilen. Manchmal zwickte Gög-Gög auch eine bestimmte Stelle an Ceydas Hintern, dort, wo sie besonders empfindlich war, und er lachte laut auf, wenn sie plötzlich vorwärtssprang.
– Kennt ihr wenigstens die richtigen Leute, die euch in Bakir den Tezek abkaufen werden? fragte Gög-Gög einmal, als Ceyda wieder mal störrisch wurde.
– Natürlich, sagte Wartan.
– Er kennt sogar einen, der anständige Preise zahlt, sagte Avetik.
– Ein Armenier?
– Ein Armenier!
– Und er wird euch keine Lügenmärchen erzählen, zum Beispiel, der Tezek sei aus Ziegenmist?
– Nein, der nicht.

Wer ist dieser Armenier in Bakir, der euch den Tezek abnimmt?
– Es ist mein ältester Bruder Hajgaz.
– Der ... der so reich sein soll?
– Ja.
– Und der hat kein Holz zum Heizen?
– Doch. Aber getrocknete Kuhscheiße ist billiger.«

8

»In den späten achtziger Jahren«, sagte der Märchenerzähler, »wurden in ganz Hayastan von den Franken merkwürdige Schulen errichtet, die von Nonnen und Priestern geleitet wurden. Sie hießen Missionarsschulen, und ihr Zweck war es, den gregorianischen Armeniern das wahre Christentum beizubringen. Später kamen auch die Amerikaner, die im Grunde auch Franken waren, aber auf der anderen Seite des großen Teiches wohnten. Man konnte bei ihnen allerhand lernen und später sogar auf den großen Universitäten in Stambul oder in Frankistan studieren. Viele Armenier schickten ihre Söhne und Töchter in diese Schulen. Nicht aber aus dem Dorf Yedi Su.

In Yedi Su blieb alles beim alten. Die Jungen gingen zur Dorfschule, die Mädchen blieben zu Hause. Der frühere Muchtar von Yedi Su, der noch angesehener war als der jetzige, nämlich: Ephrem Abovian, dieser frühere Muchtar also, von dem es hieß, er habe alle weiblichen Dienstboten persönlich entjungfert, der sehr reich war und eine Respektsperson, dieser Muchtar also hatte gesagt: Eine gebildete Frau ist der Ruin der Familie. Das hat er gesagt. – Und wie recht hatte der Muchtar. Beispiele und Warnungen gab es genug. Sogar der Priester hatte unlängst zu den Jungfrauen des Dorfes gesagt: Seht euch doch mal die gebildeten Weiber von Bakir an. Die Bildung steigt ihnen zu Kopf und der Hochmut zwischen die Beine. In ihren Tonirs geht das Feuer aus, und aus den Odas weicht der Hausfrieden. Ihre Männer sind lustlos und zahm, und sie haben Angst, denn wahrlich: der Dünkel des Weibes läßt den besten Männerknochen schrumpfen. – Der Priester hatte dann noch hinzugefügt: Ich habe in Bakir mal einen Mann gekannt, der hatte eine gebildete Frau. Und ratet mal, was er zu mir im Vertrauen gesagt hat?
– Was denn, Wartabed?
– Wartabed, hat er gesagt: Mein Weib ist kein Weib. Ihr Brunnen ist ausgetrocknet. Im Schenkelgestrüpp hausen die Djins. Ihr verdorrter Kelch gleicht einer Vogelscheuche, und ihr warmer und schlüpfriger Wonneschlund einem lautlos keifenden Zwicker.

Dein Vater besuchte die Dorfschule«, sagte der Märchenerzähler. »Er konnte lesen und schreiben, aber nicht mehr. Allerdings verstand er es, auf der Holzflöte zu spielen, die Gög-Gög, der Türke, für ihn geschnitzt hatte. Wenn dein Vater die Schafe hütete und sie zu weit in die Berge trieb, dann brauchte er nur auf seiner Flöte zu spielen, und die Schafe kamen wieder zurück.

Nein, es passierte nicht viel im Dorfe Yedi Su«, sagte der Märchenerzähler. »Das einzige Ereignis von größerer Bedeutung war die Sache mit der Bücherkiste.«
»Was für eine Bücherkiste?«
»Nun, eben die Sache mit der Bücherkiste.

Und das war so«, sagte der Märchenerzähler. »Es gab da einen schwindsüchtigen Dorfschullehrer, der starb, als dein Vater neun Jahre war. Kurz darauf kam ein anderer Lehrer nach Yedi Su, der ebenfalls schwindsüchtig war und auch eine randlose Brille trug, wie der, der gestorben war. Die Leute sagten zu dem Lehrer: Wenn du mit deinem Esel in die Berge reitest, Hodja Efendi, dann laß die Brille lieber zu Hause, denn die Kurden halten jeden Brillenträger für einen Spion. Sie haben schon viele Brillenträger erschlagen.
Aber der neue Lehrer hörte nicht auf die Leute. Er ritt oft in die Berge, und eines Tages kam er nicht wieder zurück. Die Leute sagten: Er war schwindsüchtig, und wahrscheinlich ist er vor Schwäche vom Esel gerutscht und irgendwo liegengeblieben. Andere aber sagten: Nein, er hat die Brille getragen. Haben die Kurden nicht im Jahre vierundsiebzig einen Brillenträger erschlagen, weil sie glaubten, der Sultan habe ihn geschickt, um die Kurdengegend für die Saptiehs und die Steuereintreiber auszuspionieren? Sicher haben sie ihn getötet, sein Körper liegt in einer Schlucht, und seine Lehrerseele ist irgendwo bei Christus.
– Und wo soll sein Esel sein? fragten die Leute.
– Den haben die Kurden mitgenommen.
– Ein stolzer Bergkurde reitet aber nicht auf einem Esel.
– Das stimmt eigentlich.
– Vielleicht haben sie den Esel geschlachtet und längst aufgegessen?
– Oder sie haben ihn nur getötet, und er liegt mit dem Lehrer in einer Schlucht.

– Und dann wäre die Seele des Esels auch bei Christus.
– Das ist möglich.

Ja, es war wirklich ein Rätsel. Der Lehrer blieb verschollen. Er hatte nichts hinterlassen, wenigstens nichts von Wert. Das einzige war die Bücherkiste.

Es war tatsächlich so. Der Lehrer hatte bei seinem Einzug in dieses Dorf eine Bücherkiste mitgebracht, die so schwer war, daß nur der rothaarige Schmied und Garo, der Sohn des Sattlers, sie vierhändig tragen konnten. Da der Lehrer beim Schmied als Untermieter wohnte und weil in seiner Kammer wenig Platz war, deshalb und nur aus diesem Grunde wurde die Kiste in der geräumigen Schmiede verstaut, und zwar hinter dem fußbetriebenen Blasebalg. Dort blieb sie liegen. Nun ... nach dem Tod des Lehrers wollte der Schmied die vielen Bücher verheizen, denn das ersparte ihm schließlich eine Menge guter sorgfältig getrockneter brennbarer Kuhscheiße. Mit anderen Worten: es ersparte ihm Kapital. Es kam aber anders.

Und das war so«, sagte der Märchenerzähler. »Als der Schmied sich anschickte, die Bücher zu verheizen ... gerade in diesem Augenblick ... kam sein Patensohn Wartan durch den Eingang der Schmiede. Wartan sagte: Ich gebe dir drei Säcke Tezek für die Bücher.
– Was willst du mit den Büchern?
– Ich will sie lesen, sagte Wartan.
– Die Leute sagen, du willst ein Dichter werden?
– Ja, sagte Wartan.
– Mußt du deshalb all die Bücher lesen?
– Eigentlich nicht.
– Und warum willst du sie dann lesen?
– Nur so, sagte Wartan.

Und sie holten Garo, den Sohn des Sattlers, und sie trugen die Kiste – diesmal zu dritt – in das Oda der Khatisians. Hagob hatte nichts dagegen, und auch nicht Zovinar, denn das Oda war geräumig, seitdem die kleinen Kinder groß geworden und viele von den Großen fortgezogen waren. So und also kam es, daß Wartan, der die Flöte

spielen konnte und dem die Schafe auf der Bergweide gehorchten, auch anfing, Bücher zu lesen. Es waren viele gute Bücher in dieser Kiste, Bücher, von denen der Lehrer gesagt hatte: Viele wurden armenisch geschrieben, viele sind übersetzt. Und alle versuchen, die Welt zu erklären.
– Die vielen Bücher werden dem Jungen den Kopf verdrehen, sagte Hagob zu Zovinar. Denk mal nach: Auch der Wasserträger hat einen verdrehten Kopf!
– Aber doch nicht vom Bücherlesen, sagte Zovinar.

Der schwindsüchtige Lehrer hatte mal zu Wartan gesagt: Wenn ich mal sterbe, dann kannst du alle Bücher in meiner Kiste haben.
– Muß ich sie alle lesen, um Dichter zu werden?
– Nein, hatte der schwindsüchtige Lehrer gesagt.

Und der Schwindsüchtige hatte gesagt: Ich habe gesehen, wie du die Schafe mit deiner Flöte zur Vernunft rufst. Jedesmal, wenn du auf der Flöte spielst, bleiben sie vor den Bergschluchten stehen und kehren ins sichere Tal zurück.
– Ist das ein Beweis, daß ich mal Dichter werde? hatte Wartan gefragt.
– Nein, hatte der Schwindsüchtige gesagt.

Und der Schwindsüchtige sagte: Wenn du Dichter werden willst, dann mußt du mit einer anderen Flöte spielen.
– Aber Hodja Efendi ... was für eine andere Flöte?
– Eine unsichtbare Flöte, mein kleiner Wartan, eine, die nicht von dieser Welt ist.
– Und wie soll ich sie mit meinen Händen festhalten, Hodja Efendi, oder mit meinem Mund darauf blasen, wenn es sie gar nicht gibt?
– Wer hat denn gesagt, daß es sie nicht gibt? Sieh mal, mein Lämmchen: auch Dinge, die nicht von dieser Welt sind, gibt es.
– Und wie erkennt man sie, Hodja Efendi?
– Man erkennt sie ohne Augen, mein Lämmchen.
– Wie denn?
– Nun, wie schon, mein Lämmchen, mit unseren Sinnen natürlich. Eines Tages wirst du diese Flöte, die gar nicht greifbar ist, ohne Augen sehen und ohne Hände packen und sie nie wieder loslassen.

Ein alter Schäfer hatte zu ihm gesagt, daß er mal einen Krüppel gekannt hatte, der keine Frau finden konnte. Und weil er allein und vereinsamt war, fing er an, von der Liebe zu singen und wurde ein Dichter.
– Kann man nur Dichter werden, wenn man ein Krüppel ist?
– Ja, hatte der alte Schäfer gesagt.

Der schwindsüchtige Lehrer aber hatte gesagt: das stimme nicht. Dichter seien keine Krüppel. Dichter, so sagte der Schwindsüchtige, seien in Wirklichkeit Zigeuner, nur lesen sie nicht die geheimen Zeichen auf Stirn und Hand, sondern die Handschrift der Seele, die sie dann umsetzen in Wortmelodien.
– Wann werde ich die Handschrift der Seele lesen?
– Wenn die Zeit der unsichtbaren Flöte kommt, hatte der Schwindsüchtige gesagt.
– Und wann kommt diese Zeit?
– Irgendwann, hatte der Schwindsüchtige gesagt. Und er hatte Wartans Wuschelkopf gestreichelt, gelächelt und dann zu ihm gesagt: Irgendwann kommt die Zeit, da die unsichtbare Flöte ihre Vorboten sendet.

Als Wartan geschlechtsreif wurde, da glaubte er, die Vorboten der unsichtbaren Flöte im Traum zu erleben. Da wuchs eine große Trauer in seinem Herzen und auch eine große Angst, aber zugleich auch juckende Freude und fiebrige Erwartung. Die Vorboten der unsichtbaren Flöte spielten ihm auf, und im Traum hörte er tausend und eine Melodie. Was er geahnt hatte, wurde zur Gewißheit. Ihm war, als brächen Sturzbäche aus verborgenen Quellen und schwollen zu Flüssen, Seen und Meeren an. Die Engel stießen mit roten Lippen in ihre Posaunen. Im Traum sah Wartan die runzligen Brüste von Bülbül, der Kurdin. Sie hingen wie Säcke über dem Rücken des namenlosen Esels. Je weiter Bülbül ritt, um so mehr verwandelten sich die Brüste, und als der Esel den Rand des Dorfes erreichte, glichen die Brüste den warmen, weichen und sanften Milchbrüsten seiner Mutter, bis schließlich auch die verwandelt wurden. Und jetzt sah Wartan die Brüste seiner Braut, die er nie zuvor gesehen hatte. Klein, aber fest wie Granatäpfel waren sie, mit fleischigen, lockenden

Brustwarzen. – Komm, faß mich an, mein Bräutigam, sagten die Brüste. Und die Brüste lachten, weil seine Hände zögerten, und sie sagten: Du darfst.
Und Wartan faßte sie an.
– Nicht drücken, sagten die Brüste. Du mußt es zärtlich machen. Und sanft, sehr sanft.
– Soll ich es nur mit meinen Händen machen?
– Nein, mein Bräutigam.
– Wie denn, Gelin, meine kleine Braut?
– Mit deinen Lippen, mein Bräutigam. Mit deinen Lippen.

Und Wartan fing zu saugen an, so wie er als Baby gesaugt hatte. Schluchzend und gierig hing er an den Brüsten seiner Braut. Je mehr er saugte, um so winziger wurden die Brüste, bis sie schließlich verschwanden.
– Sie sind nicht mehr da, sagte er zu seiner Braut.
– Du hast sie verschlungen, sagte seine Braut.
– Was soll ich jetzt machen?
– Du mußt weitersaugen, mein kleiner Bräutigam.
– Aber was soll ich denn saugen?
– Alles, was deinen Lippen schmeckt, mein kleiner Bräutigam.
– Auch deine Hände?
– Auch meine Hände.
– Auch deine Füße?
– Auch meine Füße.
– Und was noch?
– Alles, mein kleiner Bräutigam. Alles.
– Hast du auch Lippen zwischen deinen Schenkeln?
– Ja, mein kleiner Bräutigam.
– Sind sie wirklich so schmal wie die Ohrläppchen eines ungeborenen Schafes?
– Ja, mein Bräutigam.
– Oder sind sie so groß und läppisch wie die Ohren eines Esels?
– Du kannst es ja herausfinden.
– Soll ich wirklich?
– Ja, du sollst.
– Sind wir schon verheiratet?

– Ich weiß es nicht.
– Es könnte unsere Hochzeitsnacht sein?
– Ja, die könnte es sein.

Als die juckende Freude die Angst verdrängte und die Trauer und die Scham und eine neue Freiheit ihn davontrug, da erwachte er mit einem Schrei.

– Es ist nichts, sagte Hagob, als Zovinar ihm die nasse Döschek ihres Sohnes zeigte, jene Matratze, mit Stroh und Schafswolle gefüllt, die nicht ganz so alt war wie die Jorgan seines Großvaters.
– Was heißt nichts, sagte Zovinar.
– Er ist ein Mann geworden, sagte Hagob.
– Und was ist mit der Döschek?
– Die ist naß, sagte Hagob.
– Dein Sohn verspritzt kostbaren Samen, sagte Zovinar. Sinnlos verspritzt er ihn, anstatt den Samen seiner Frau zu schenken.
– Er hat aber keine Frau.
– Das läßt sich ändern.
– Wir müßten ihn verheiraten.
– Ja.
– Wann wirst du mit dem Bürgermeister sprechen?
– Bald.

Noch aber war es nicht so weit«, sagte der Märchenerzähler. »Erst im folgenden Jahr befleckte die Tochter des Bürgermeisters die Döschek aus Stroh und Schafswolle. Sie befleckte sie mit Blut, das aus keiner Wunde kam.
– Es ist soweit, sagte die Frau des Bürgermeisters, als sie am frühen Morgen das Blut auf der Döschek sah. Jetzt sollten wir die Verlobung mit dem jüngsten Sohn der Khatisians offiziell ankündigen.
– Sie ist aber erst elf, sagte der Bürgermeister.
– Elf ist nicht zehn, sagte seine Frau. Worauf willst du warten. Soll sie eine alte Jungfer werden?
– Es ist Sitte, sagte der Bürgermeister, daß die Hochzeit ein Jahr nach der ersten Blutung stattfindet. Das geht aber nicht.
– Und warum geht es nicht?

– Weil wir sie noch nicht gemästet haben. Glaubst du, daß der jüngste Sohn der Khatisians ein Knochengerippe heiraten wird, nur weil sein Vater und ich damals zwei Münzen getauscht haben?
– Wie lange dauert denn das Mästen?
– Gewöhnlich zwei Jahre.
– Wir hätten früher mit dem Mästen anfangen sollen.
– Ja.
– Zwei Jahre hast du gesagt.
– Das hab ich gesagt.
– Nun, dann müssen wir es eben in einem Jahr schaffen.

Und so war es«, sagte der Märchenerzähler. »Die erste Verlobung vor vielen Jahren, am Tag des Münzentauschens, als die Braut noch gewickelt wurde und gar nicht wußte, was da mit ihr geschah, jene erste Verlobung also, die eher diskret war, ein Versprechen nur und Ehrensache zwischen Männern, nämlich Hagob und dem Bürgermeister, die wurde nun am Tage nach der Brautreife vom Bürgermeister und Hagob in aller Öffentlichkeit bestätigt. Nun war es Tatsache: der Sohn Hagobs und die Tochter des Bürgermeisters würden ein Paar werden. Es war unabänderlich. Der Bürgermeister erzählte jedem, daß seine Tochter nun ohne Wunden blute und eine Frau war. Auch die Sache mit der Brautmästung blieb kein Geheimnis. Es hieß: dieses magere, kleine Mädchen, das bereits blute ohne Wunden, dieses Gestell aus zerbrechlichen Knochen, das solle innerhalb eines Jahres zu einer ansehnlichen Frau aufgepäppelt werden. Es hieß: das habe die Frau des Bürgermeisters bei allen Heiligen geschworen. Es hieß: die Mutter Wartans habe zur Frau des Bürgermeisters gesagt: Vierzig Sofras mit Baklava werd ich deiner Tochter schicken, und zwar am Tage des Verlobungsringes, den mein Sohn, der Goldschmied Sarkis, schon angefertigt hat und der schon unterwegs ist. Und sie hatte hinzugefügt: Vierzig Sofras sollen es sein, damit die Leute sagen: die Braut habe vierzig bekommen, so wie es Sitte ist, wenn sich die Kinder angesehener Leute verloben.
Es hieß, die Bürgermeisterfrau habe geantwortet: Vierzig sollen es sein. Das ist richtig. Vierzig Sofras mit Baklawa. Und jedesmal, wenn meine Tochter sie leergegessen hat, werd ich die Sofras wieder auffüllen.

– In Gottes Namen, hatte Zovinar gesagt. Fett und ansehnlich soll sie sein. Mäste meine Schwiegertochter, damit mein Sohn nicht zum Gespött wird.

Wartan hatte seine Verlobte selten zu Gesicht bekommen. Zwar hatten sie als Kinder oft zusammen gespielt, aber es schickte sich nicht, mit seiner Zukünftigen allein gesehen zu werden, sie allzu dreist anzublicken oder sie gar beim Spielen zu berühren. Paß auf, daß du nie in ihrer Nähe stehst, hatte seine Mutter gesagt. Sonst kommst du nämlich ins Gerede.
– Und was ist dann?
– Dann werden die Leute sagen: seine Braut ist eine, die den Schleier nicht respektiert.
– Aber sie trägt doch noch keinen Schleier?
– Sie wird aber einen tragen, du dummer Junge. Und seine Mutter sagte: Paß auf! Tritt ihr nie zu nahe, ehe sie nicht den Ring um den Finger hat. Ihr guter Ruf ist auch dein guter Ruf, und der gute Ruf deiner Kinder und Enkel.

Die Zeit der Brautmästung bot den Dorfbewohnern Stoff für Altweiberklatsch und böses Gerede. Manche sagten, die Bürgermeistertochter werde nie Fett ansetzen, *weil sie als Kind kein Salz gesehen habe.* Da man im Dorf keine Seife zum Waschen benützte, sondern Natrium aus dem Van-See, das reisende armenische Händler von Zeit zu Zeit den Bauern verkauften, und weil der Bürgermeister große Mengen von diesem Natrium besaß, hieß es: die Tochter der Bürgermeisterfrau sei nicht in Kochsalz gebadet worden, wie es sich gehört, sondern in Ersatzseifenwasser, nämlich in Wasser mit Van-See-Natrium, dieses aber schwäche den Körper während der ersten vierzig Lebenstage, was bei Kochsalz, wie bekannt, nicht der Fall ist. Der Bürgermeister aber lachte die Leute aus. Er sagte: Paßt mal auf. Ob Natrium aus dem Van-See oder Kochsalz, völlig egal. Ich wette mit jedem, der das Wetten wagt, und zwar um dreißig Schafe. Ich wette, daß meine Tochter Arpine am Tag der kirchlichen Trauung mit dem jüngsten Sohn der Khatisians so fett sein wird, daß sie nicht in den Milchbrunnen Gatnachpjur fallen kann, auch dann nicht, wenn sie es wollte.

– Und wie meinst du das, Muchtar Bey? Wer in den Brunnen Gatnachpjur hineinfallen will, der fällt auch hinein. Oder sollte er etwa neben den Brunnen fallen, wenn er hineinspringt?
– Aber wieso denn, ihr Dummköpfe. Warum sollte meine Tochter denn neben den Brunnen fallen, wenn sie hineinspringt? Warum wollt ihr das nicht verstehen? Ich meine es so: ihr Hintern wird so fett sein, daß der Brunnenrand des guten Milchbrunnens zu schmal sein wird, um den Hintern in die Tiefe zu lassen. So meine ich es.
– So einen fetten Hintern gibt es aber nicht, Muchtar Bey. Wir meinen, daß es so einen fetten Hintern gar nicht gibt.
– Ich werde es euch beweisen, sagte der Bürgermeister.
– Und wie willst du das machen, wo deine Tochter doch kein Salz gesehen hat und in dem Waschmittel aus dem Van-See gebadet wurde?
– Ich werde es trotzdem beweisen.
– Und wieviel Baklava wird sie essen müssen, bis der Hintern, der ja gar nicht fett werden kann, weil sie doch kein Salz gesehen hat, so fett wird, wie du behauptest?
– Nun, wenn ihr es wissen wollt, Efendiler, sie wird täglich vierzig Stück Baklava essen, denn *vierzig sollten es sein*. Und wißt ihr, wie viele Stück Baklava das sind, die meine arme Frau, Gott erhalte sie mir lange, da backen muß, um meine Tochter zu einer respektablen Frau zu machen?
– Nein, Muchtar Bey. So was könnte nur ein Schwindsüchtiger ausrechnen, so einer wie der ehemalige Dorfschullehrer. Der ist aber tot und mitsamt seinem Esel in den Bergen verschwunden. Gott habe ihn selig.

Ja, so war es«, sagte der Märchenerzähler. »Die Zeit der Brautmästung wurde von allen mit Spannung verfolgt, vor allem von den beiden betroffenen Familien, denn für den Bürgermeister und für Hagob war das Ehrensache. Im Hause des Bürgermeisters wurde ein Jahr lang so viel Baklava gebacken, daß der Duft der kleinen, süßen Kuchen über dem ganzen Dorf lag. Sogar die Kurden hoch oben in den Bergen merkten es schließlich. Und so kam es, daß der Kurdenscheich Süleyman zu seinen Söhnen sagte: Dort findet bald eine Hochzeit statt. Wenn meine Späher mich nicht belogen haben, dann handelt es sich um die Tochter des glatzköpfigen Muchtars Ephrem Abovian und den jüngsten Sohn des Bauern Hagob. Wehe, wenn die beiden mir und meinem Stamm die Brautsteuer verweigern.«

9

»Wartan konnte den Tag der Hochzeit kaum erwarten. Je fetter seine Braut wurde, um so heftiger wurde sein Verlangen nach einem Hintern, der zwischen den Rändern des Milchbrunnens Gatnachpjur steckenblieb und größer und ansehnlicher war als die Wassermelonen aus Diyarbakir. Im Traum hörte er die Stimmen der Marktschreier auf dem Melonenbasar einer fernen, großen Stadt. Melone aus Fleisch und Blut. Größer und fetter und saftiger als die größte und fetteste und saftigste Melone aus Diyarbakir. Kann nicht in den Brunnen Gatnachpjur fallen. Oh, Allah, der du die Wasser der Brunnen und das Fleisch der Melonen erschaffen hast. Warum kann die Melone nicht in den Brunnen fallen?
Im Traum sah Wartan die Leute vor dem Melonenstand. Einer der Neugierigen war ein reicher Türke mit einer goldenen Taschenuhr, sichtbar unter der offenen Weste.
– He, du ... Melonenverkäufer! Warum kann die Melone nicht in den Brunnen fallen?
– Ich weiß es nicht, Efendi. Aber ich nehme an, weil Allah den Brunnen zu schmal gebaut hat für so eine fette Melone.
– Aber Allah baut doch keine Brunnen, du Vollidiot. Allah schickt uns nur das Wasser. Es ist der Mensch, der die Brunnen baut.
– Ja, Efendi. Allah sei mein Zeuge, daß es so ist. Du hast die Wahrheit gesprochen.
– Wer hat den Brunnen gebaut, der zu schmal ist für die fetteste der Melonen?
– Die Armenier, Efendi.
– Diese ungläubigen Hunde.
– Jawohl, Efendi. Sie haben den Brunnen absichtlich so schmal gebaut, damit die fette Melone steckenbleibt.
– Und warum das?
– Ich weiß es nicht, Efendi. Aber ich nehme an, damit die Leute sehen, wie groß die Melone ist und wie saftig und wie fett, denn sie kann ja nicht in den Brunnen fallen, diesen verdammten

Brunnen, den die Armenier Gatnachpjur nennen, und dessen Ränder zu schmal sind für diese armenische Melone.
– Also eine armenische Melone?
– Jawohl.
– Und wieso wächst so eine in der Türkei?
– Weil die Armenier behaupten, es gäbe gar keine Türkei, wenigstens nicht hier in dieser Gegend. Dieses Land heißt nämlich Hayastan. Alles ist Hayastan. Und alles, was hier wächst, gehört den Armeniern. Auch die Melonen.
– Und wie wär's, wenn du mir diese eine Melone für meine goldene Taschenuhr verkaufst?
– Das geht leider nicht, Efendi.
– Ich möchte sie nämlich aufritzen. Und dann möchte ich meine Zunge hineinstecken. Und ich wette mit dir, du blöder Hund, daß ich mit meiner Zunge den Honig hinausschlecken kann.
– Aber, Efendi. In der Melone ist doch kein Honig.
– Doch, du Blödian. Da ist Honig drin. Und ich wette mit dir, daß welcher drin ist.
– Aber Efendi, ich kann sie nicht verkaufen.
– Und warum nicht, du Sohn einer Mißgeburt? Ich gebe dir doch die goldene Taschenuhr.
– Weil die Melone bereits verkauft ist.
– Sicher hast du sie einem Armenier verkauft?
– Ja, Efendi.
– Diese Hunde kaufen uns alles vor der Nase weg.
– Ja, Efendi.
– Weißt du, wie dieser Hund von einem Armenier heißt?
– Er heißt Wartan Khatisian, Efendi, und er ist der vierzehnjährige Sohn des Hagob Khatisian.
– Diesen Hagob und seinen Sohn soll doch der Schlag treffen. Möge Allah diese Ungläubigen mit Feuer und Schwert zur Vernunft bringen. Siehst du nicht: alles nehmen sie uns weg, sogar die besten Melonen.
Wartan hörte im Traum die Stimme des Marktschreiers und die Stimme des reichen Türken mit seiner goldenen Uhr, und er hörte das Raunen des großen Basars, und er atmete die Düfte der tausend und einen Köstlichkeit ein. Dann sah er plötzlich, wie die große Melone,

die nichts anderes war als der Hintern seiner Braut, in die Lüfte stieg und auf einem fliegenden Teppich nach Yedi Su flog, direkt unter seine Jorgan. Und die fette Melone sagte zu ihm: Ich gehöre dir. Bald werden wir heiraten. Aber vergiß nicht, die Brautsteuer zu zahlen, nämlich: genau die Hälfte der Brautgabe.
– Und wenn ich's vergesse?
– Dann werden mich die Kurden entjungfern.
– Das kann aber nicht sein.
– Doch, das kann sein.

Wartan packte die Melone im Traum, und obwohl er noch gar nicht getraut war und es eigentlich gar nicht durfte, streichelte er das rundliche Fleisch, spürte, daß unter der Melone ein Dornenwald saß, der sich öffnete und sich teilte wie das Rote Meer vor dem Stab des Patriarchen.
– Ich spüre einen Mund hinter dem Dornenwald, dessen Lippen sich öffnen.
– Die Lippen sind nur das Meer, mein Bräutigam. Hast du deinen Stab?
– Ja, Gelin, meine Braut.
– Das Meer ist verschwunden, mein Bräutigam. Merkst du es?
– Ja, Gelin, meine Braut.
– Es sind nur noch die Lippen da, die sich dir öffnen.
– Ja, Gelin, meine Braut.
– Sie sind so zierlich wie die Ohrläppchen eines ungeborenen Schafes.
– Nein, Gelin, du lügst, sie sind so groß wie die Ohren eines ausgewachsenen Esels.
– Es ist doch egal, mein Bräutigam. Was kann ich dafür, daß sie von der vielen Baklava so groß und fett geworden sind?
– Ich weiß es nicht, kleine Gelin, meine Braut.
– Oder möchtest du lieber ein mageres Püppchen?
– Nein, kleine Gelin.

Kein Mann wird jemals verraten, wie oft er im Traum gegen die Jorgan gespritzt hat«, sagte der Märchenerzähler. »Aber ich schätze, daß der gute Samen, den dein Vater während der Zeit der Brautmä-

stung vergeudet hatte, sämtliche an den Wänden des Odas herumstehenden Tonkrüge gefüllt hätte, vorausgesetzt, diese Tonkrüge wären leer und nicht mit Molke, Käse, eingeweckten grünen Tomaten, Paprika und anderen Lebensmitteln gefüllt gewesen. Natürlich merkte es die Großmutter, und auch die Mutter merkte es.
– Hab ich dir nicht gesagt, daß du dein Ding nicht anfassen sollst. Willst du so werden wie der Wasserträger?
– Ich rühr es doch nicht an, Mutter. Alles passiert im Traum. Kann ich was dafür, wenn die große Melone aus Fleisch und Blut und Honig mich in den Schlaf verfolgt?
– Sitzt sie in deinen Träumen?
– Ja, Mutter.
– Und wer reibt im Traum deinen Männerknochen, der eigentlich noch ein Kinderknochen ist?
– Niemand, Mutter.
– Etwa der liebe Gott?
– Ich weiß es nicht, Mutter.

Hochzeiten fanden im Dorfe Yedi Su stets nach der Erntezeit statt. Es war immer schon so gewesen. Wenn der Wind aus den Bergen Hayastans die Spreu beim Dreschen weit hinaus in das armenische Land wehte, dann pflegten die alten Weiber zu sagen: Bald gibt es wieder einen *Harsanik-Pilav,* und sie meinten damit den armenischen Hochzeitsreis, den auch die Türken kannten, nur nannten sie ihn *Zerde-Pilav.* Es war klar, daß die alten Weiber Bescheid wußten. So ist es eben: wenn es Herbst wird, dann kommt die Göttin Anahit auf leisen Sohlen in alle Dörfer und Städte Hayastans, um die Braut aus dem Haus ihrer Eltern in das Haus des Bräutigams zu locken. Und so war es auch im Jahre 1893, als Anahit dem Hagob im Traum erschien und zu ihm sagte: Es ist an der Zeit, Hagob, deinen jüngsten Sohn zum Altar zu führen, denn siehe, Hagob: die Braut ist gemästet, sie wird deinem jüngsten Sohn ein fruchtbares Polster sein, auf dem er säen und ernten kann.

Die bevorstehende Hochzeit war Tagesgespräch im Dorf. Die alten Männer rissen Witze vor den sieben Brunnen, und die alten Weiber kicherten verschämt.

– Hagob wollte, daß er ein Fischer wird, sagten die alten Weiber. Aber er ist nur ein Bauer und ein Schäfer geworden, der vorgibt, auch ein Dichter zu sein.
– Er ist ein Fischer, sagten die alten Männer, denn er hat eine fette Braut gefischt. Und die alten Männer lachten und sagten: Für so einen fetten Fisch braucht der Fischer eine starke Angel. Glaubt ihr, daß der jüngste Sohn der Khatisians eine gute und kräftige Angel hat, um so einen Fettfisch am Haken zu halten?
Da erröteten die alten Weiber unter ihren Kopftüchern und sagten: Das wissen wir nicht. Aber seine Angel ist jung. Möge Gott ihm viele Kinder schenken.

Sieben Tage vor der Hochzeit ritt Bülbül auf ihrem namenlosen Esel in die benachbarte Kreisstadt Gökli, um dem öffentlichen Ausrufer Nazim Efendi eine Nachricht zu überbringen. Der Ausrufer Nazim Efendi, ein Türke mit einem lahmen Bein und taub auf einem Ohr, war zuständig für sieben armenische und zwei türkische Dörfer in dieser Gegend.
– Ich komme im Auftrag von Hagob Khatisian, sagte Bülbül zu dem Ausrufer. Sein Sohn Wartan heiratet nächste Woche in Yedi Su, und zwar die Tochter des Bürgermeisters Ephrem Abovian. Kannst du den sieben armenischen Dörfern die Nachricht überbringen und ihnen sagen, daß jeder eingeladen ist, der nicht gerade die Cholera hat oder die französische Krankheit?
– Warum ist Hagob Khatisian nicht selber gekommen? sagte der Ausrufer.
– Weil er mich geschickt hat, sagte Bülbül.
– Und was läßt der Armenier sich sowas kosten?
– Ein Paar neue Stiefel, die sein Sohn Dikran für dich anfertigen wird.
– Und woher soll ich wissen, ob das auch stimmt?
– Wie lange kennst du mich? fragte Bülbül.
– Schon mehr als zwanzig Jahre, sagte der Ausrufer.
– Und wie oft hab ich dir schon Nachrichten überbracht?
– Schon oft, sagte der Ausrufer.
– Und hab ich dich jemals belogen?
– Nein, sagte der Ausrufer.

Der Ausrufer kannte alle Leute in den sieben Dörfern«, sagte der Märchenerzähler, »Und natürlich kannte jeder den Ausrufer. Jedesmal, wenn er mit seiner verrutschten Pelzmütze, den zerschlissenen Kleidern und Schuhen, der über der Bauchbinde baumelnden Trommel aus Ziegenhaut und den zwei Schlagstöcken durch die Straßen humpelte, um den Leuten dann auf dem Dorfplatz die letzten Verlautbarungen des Sultans zu verkünden, schrien die Kinder: Der Münadi kommt! Der Münadi kommt! Manche von ihnen brüllten höhnische Wörter und obszöne Flüche in sein taubes Ohr. Da der Ausrufer weder lesen noch schreiben konnte, nahm er sich stets einen schriftkundigen Armenier mit, der den türkischen Text mit den arabischen Schriftzeichen lesen konnte. Der schriftkundige Armenier flüsterte dann das Gelesene dem lahmen und auf einem Ohr tauben Ausrufer in das gesunde Ohr, und dieser hielt sich das Schriftstück vor die Nase, tat so, als könne er alles mühelos lesen und brüllte den Text des Sultans dann laut in die Menge. Die Stimme des Münadis war so gewaltig, daß die Leute erschraken, auch wenn die Nachrichten gut waren. Es hieß: der Münadi brülle so laut, damit das Echo seiner Worte bis zu den Kurden in den Bergen dringe, obwohl der Münadi wußte, daß die Kurden sich sowieso nicht um die Anordnungen des Sultans kümmerten.

Damals, als Hagobs Frau zum letzten Mal schwanger wurde und der Münadi gerade mal wieder mit seinem Armenier ins Dorf kam, hatte Hagob ihn beiseite gezogen und gefragt: Na, Nazim Efendi. Was gibt's denn Neues?

— Das wirst du bald hören, hatte der Münadi gesagt.

— Kannst du mir's nicht schon jetzt verraten, Nazim Efendi?

— Nein, Hagob Efendi.

— Auch nicht für ein geringfügiges Trinkgeld ... so einen kleinen Bakschisch?

— Das müßte ich mir überlegen, Hagob Efendi. Und er fügte vorsichtig hinzu: Hagob Agah.

— Und wenn ich dir einen großen Bakschisch gebe?

— Einen großen Bakschisch, sagst du, Hagob Agah? Hab ich richtig gehört, Hagob Bey?

— Du hast richtig gehört.

– Nun, Hagob Pascha. Für einen großen Bakschisch laß ich mit mir reden, und ich verrate dir sogar mehr als ich weiß.

– Hagob Pascha, hatte der Münadi gesagt: Der russisch-türkische Krieg ist zu Ende. Die Russen ziehen wieder ab. Na, was sagst du dazu?
– Was für ein Krieg, Nazim Efendi?
– Na, der Krieg eben, Hagob Pascha, der vom Jahre siebenundsiebzig, glaube ich, und der vom Jahre achtundsiebzig ... den wir, so glaube ich, verloren haben, obwohl die Russen plötzlich wieder abziehen.
– Gab es wirklich so einen Krieg?
– Natürlich, Hagob Pascha.
– Aber wir haben hier keine Soldaten gesehen.
– Auch keine Russen?
– Nein, die auch nicht.

Hast du noch andere Nachrichten, Nazim Efendi?
– Ja, Hagob Pascha. Leider schlechte.
– Kannst du die schlechten nicht für dich behalten?
– Nein, Hagob Pascha, das geht leider nicht, ihr Armenier müßt nämlich jetzt wieder die Militärsteuer bezahlen, den Bedel, mein ich, weil ihr feigen Hunde zu schlaff seid, um Waffen für den Sultan zu tragen.
– Aber wir sind gar nicht so schlaff, Nazim Efendi.
– Habt ihr etwa Waffen versteckt?
– Gott bewahre, Nazim Efendi.

– Sag, Nazim Efendi. Kannst du den Leuten aus deinem Schriftstück nicht vorlesen, was gar nicht drin steht? Ich meine: lies ihnen vor, daß der Sultan gesagt hat, er gratuliere mir zu meinem Sohn Wartan.
– Und wo ist dein Sohn Wartan, Hagob Pascha?
– Der ist noch nicht da, aber er kommt bald. Meine Frau ist nämlich schwanger.
– Wann wird dein Sohn da sein, Hagob Pascha?
– Wenn die ersten Blätter von den Bäumen fallen, Nazim Efendi.

– Nun gut, Hagob Pascha. Da ließe sich was machen. Der Sultan

kann ja gesagt haben, was er gar nicht gesagt hat. Bei Allah ist alles möglich. Vielleicht hat der Sultan dir wirklich gratuliert und weiß es gar nicht.
– So ist es, Nazim Efendi.
– Und schließlich, Hagob Pascha, wenn man's bedenkt: warum sollte die Nachricht über den Abzug der Russen denn wichtiger sein als die bevorstehende Ankunft deines Sohnes Wartan?
– So ist es, Nazim Efendi.
– Und wie hoch ist der Bakschisch?
– Nun, Nazim Efendi. Das hängt davon ab, wie du es sagst.
– Wie meinst du das, Hagob Pascha? Meinst du die Sache mit dem Abzug der Russen und die Sache mit dem Krieg und die Sache mit dem Bedel?
– Nein, Nazim Efendi. Ich meine die Sache mit meinem Sohn.
– Also die?
– Ja, genau diese Sache.

Das war schon lange her«, sagte der Märchenerzähler. »Und jetzt ging derselbe Ausrufer in die sieben Dörfer, um den Leuten zu sagen, daß Wartan, der Sohn des Hagob, den er vor Jahren im Namen des Sultans angekündigt hatte, nicht nur längst da war auf dieser Welt, sondern Hochzeit halten würde, und zwar mit der Tochter des Bürgermeisters Ephrem Abovian aus Yedi Su.«

10

»Genau zwei Tage vor der Hochzeit kam Onkel Nahapeth aus Amerika an. Er brachte seinen ältesten Sohn Howard mit, der eigentlich Hovhannes hieß, so wie der blöde Wasserträger, und der – ob man's glaubt oder nicht – noch Junggeselle war, obwohl fünf Jahre älter als Wartan. Die Ankunft der beiden Amerikaner in Yedi Su war ein so ungewöhnliches Ereignis, daß sogar die Spatzen auf den Dächern vor Staunen ihre Sprache verloren, allerdings nur vorübergehend, denn sobald die beiden vor dem Hause der Khatisians aus ihren Arabas stiegen, fingen die Spatzen auf den flachen Dächern wieder zu zwitschern an, erregter als zuvor und völlig durcheinander.
– Das ist Hagobs Bruder, sagten die Leute. Er ist Lumpenhändler in Amerika und ein Millionär.
– Und der Sohn?
– Der ist sein Nachfolger.
– Warum trägt der Lumpenhändler einen Hut mit Krempe?
– Das wissen wir nicht.
– Auch sein Sohn trägt einen ähnlichen Hut.
– Ja, das haben wir gesehen.
– Die Türken werden sie totschlagen, wenn sie mit so großen Krempenhüten auf der Straße rumlaufen.
– Aber nicht in unserem Dorf.
– Ob sie auch in Bakir so rumgelaufen sind?
– Man müßte die beiden fragen.
– Sie waren doch in Bakir oder nicht?
– Ja. Sie haben ein paar Tage bei Hagobs ältestem Sohn Hajgaz gewohnt.
– Dem Besitzer des *Hayastan*?
– Ja.

– Ich habe gehört, daß Hagobs ältester Sohn dem Lumpenhändler ein Telegramm geschickt hat. Wegen der Hochzeit.
– Ja, das hab ich auch gehört.
– Der Lumpenhändler hat dem Telegrammboten in Amerika sicher

einen großen Bakschisch gegeben. Sonst hätte er das Telegramm gar nicht bekommen.
— Ja. Das stimmt.
— Diese Telegrammboten in Amerika scheinen große Trinkgelder zu machen. Rechnet euch mal aus, was so einer an Bakschisch einsteckt, wenn er jeden Tag so vielen Millionären Telegramme bringt!
— Man müßte Telegrammbote in Amerika sein.
— Ich wette mit euch. Dort sind auch die Telegrammboten Millionäre.

Während sich die Weiber an den sieben Brunnen versammelt hatten, um die letzten Neuigkeiten auszutauschen, und vor allem über die beiden Amerikaner redeten mit ihren karierten Jacken und gebügelten Hosen und großen Krempenhüten, aber auch über die Braut, die ja morgen ins Hamam von Gökli gebracht werden sollte, um dort, am Tage vor der Hochzeit, im berühmten Dampfbad der nächstliegenden Kreisstadt gebadet und gereinigt zu werden, saßen die beiden Amerikaner in der Runde der Männer im Dorfcafé und ließen sich bestaunen.
— Laufen wirklich alle Männer in Amerika mit so großen Hüten auf der Straße herum? fragte der Muchtar.
— Ja, sagte der Lumpenhändler.
— Und keiner schlägt sie deshalb tot?
— Keiner.
— Erzähl uns nochmal die Sache mit euren Hüten, sagte Hagob, ich meine: wie das in Bakir war, als ihr beiden die großen amerikanischen Krempenhüte spazierengeführt habt.
— Ich hab's doch schon mal erzählt.
— Aber es haben nicht alle gehört.
— Nun gut, dann erzähl ich es noch einmal.

Aber Onkel Nahapeth schien es offenbar nicht eilig mit der Hutgeschichte zu haben, sondern erzählte von Amerika, dem Land der großen Freiheit, wo Kurden, Türken und Armenier friedlich zusammenlebten, wo es keine Militärsteuer gab, keine Inlandpässe, keine Brautsteuer, wo sogar geläufige Wörter wie *Bedel* und *Teskere* unbekannt waren, wo sich die Moslems nicht aufregten, wenn sich christliche Männer weigerten, ihre Schwänze beschneiden zu lassen. Alle

Menschen seien dort gleich, und jeder hätte gleiche Rechte. Nur mit den Negern sei das anders, denn diese seien keine wirklichen Menschen, sondern gezähmte Affen, das habe ihm mal ein Südstaatler gesagt. Na, hat der Mensch Worte! Stellt euch vor: da hat mir doch der Südstaatler erzählt, daß so ein gezähmter, schwarzer Affe in seiner Stadt eine weiße Frau angelacht hätte. Und da wären verständlicherweise weiße Männer in schwarzen Kapuzen gekommen, hätten den Affen nachts aus dem Bett geholt und ihn gleich aufgeknüpft. So war's. Aber sonst sei alles in Ordnung dort drüben. Das Geld liege auf der Straße, könne aber nur von den Tüchtigen gesehen und aufgelesen werden. Und natürlich auch von Leuten mit Grütze im Kopf. Die anderen bleiben arm, was ihre eigene Schuld sei. Jeder könne schnell reich werden, wenn er das richtige Zeug in sich habe und den lieben Gott auf seiner Seite.
– Und wie ist das mit den großen amerikanischen Hüten? fragte Hagob.
– Was für große amerikanische Hüte?
– Die du und dein Sohn in Bakir spazierengeführt habt.
– Ach so, das mit den Hüten?
– Ja, das.
– Nun, das war so, sagte der Onkel. Laß mich mal überlegen.

Der Onkel aus Amerika saß pausbäckig zwischen den Männern. Seine rote Trinkernase schien zu lachen, so wie die kleinen, schwarzen, verschmitzten Augen. Ich bin in Hayastan geboren, sagte der Onkel, aber dieser da, mein Sohn Hovhannes, den wir Howard nennen, der ist in Amerika geboren. Dabei zeigte der Onkel spöttisch auf seinen Sohn, der mager und blaß und ein wenig verschüchtert zwischen Hagob und Wartan saß, ab und zu verlegen an der Wasserpfeife saugend, die Hagob neben sein Sitzkissen gestellt hatte. Dieser amerikanische Trottel, sagte der Onkel – und dabei zeigte er immer noch wie anklagend auf seinen Sohn – versteht weder Kurdisch noch Türkisch und kann nur ein paar Worte Armenisch, die so jämmerlich sind, daß man nur lachen kann, um nicht zu heulen.
– Und was kann er?
– Er kann nur *ingilizce*.

– Und warum kann er kein Türkisch und Kurdisch, und nicht mal richtig Armenisch?
– Weil er ein echter Amerikaner ist, sagte der Onkel, und weil er glaubt, daß alle Leute auf der ganzen Welt nur *ingilizce* sprechen, eine Sprache, die sich so anhört, als hätten die Leute Scheiße und Kieselsteine im Mund.

– Nun: wir trugen also unsere großen Hüte in Bakir spazieren, sagte der Onkel. Ich hatte wirklich Angst, daß die Türken uns totschlagen würden, aber wie ihr seht: wir leben noch.
– Das ist wahr, sagte Hagob.
– Wir gingen also mit den Hüten spazieren, sagte der Onkel, und ich hatte Angst, daß sie uns totschlagen würden, aber wir leben noch.
– Das hast du schon mal gesagt, sagte Hagob.
– Das stimmt, sagte der Onkel.

– Wir führten also die Hüte in Bakir spazieren, sagte der Onkel, und die Leute guckten dumm, besonders die Türken, aber auch die anderen Moslems.
– Kann ich mir vorstellen, sagte Hagob.
– *Sinek Kagidi*, sagten einige Leute, und sie sagten es so laut, daß wir es hören mußten.
– Was heißt das? fragte mein Sohn, dieser amerikanische Trottel. Es heißt *Fliegenfänger*, hab ich zu ihm gesagt. Was soll das schon heißen.
– Und warum sagen die Leute zu uns Fliegenfänger?
– Das werd ich dir zeigen, sagte ich.

– Wir gingen durch die Gasse der Krämerläden, sagte der Onkel. Unter all den armenischen Krämern war auch ein Türke. Der saß schlafend vor seinem Laden und fing Fliegen.
– Wie kann er Fliegen fangen, wenn er schläft? fragte Hagob.

– Wir standen also vor dem Krämerladen und dem schlafenden Türken. Siehst du die vielen Schmeißfliegen, sagte ich zu meinem Sohn auf *ingilizce*. Weißt du, woher die alle kommen?
– Nein, Vater, hat er gesagt.
– Ich weiß es auch nicht, hab ich gesagt.

– Nun, das ist so, hab ich gesagt. Es gibt hier eine Stadt, die heißt Turkhal. Das ist die schmutzigste Stadt der Türkei. Dort gibt es im Sommer so viele Schmeißfliegen, daß die Türken sie sogar aus der Hochzeitssuppe fischen.
– Hochzeitssuppe? hat er gefragt, dieser amerikanische Trottel.
– Na ja, Hochzeitssuppe, hab ich gesagt. Die Türken nennen sie *Düdün Tschorbassy*.

– Und warum gibt es dort so viele Schmeißfliegen? hat er gefragt.
– Weil die alten Straßen drei Meter unter der jetzigen Straße liegen.
– Und was liegt über der alten Straße?
– Nur Dreck, mein Junge, hab ich gesagt. Denn die Leute schmeißen seit Jahrhunderten ihren Müll auf die Straße, und auch die Scheiße und vieles andere. Dort liegen auch tote Katzen und tote Hunde, und so mancher Bettler ist schon auf der Straße verfault. Und alles wird seit Jahrhunderten plattgetreten oder -gerollt, vom Verkehr und den Dreckfüßen der Leute.
– Und wie ist es hier in Bakir?
– Noch schlimmer, hab ich gesagt.
– Dann ist also Bakir die dreckigste Stadt der Türkei?
– Die dreckigste und die schönste, hab ich gesagt.

– Und dann hab ich auf den schlafenden Türken gezeigt. Siehst du, mein Sohn, hab ich gesagt: jedesmal, wenn ihn eine Schmeißfliege juckt, wacht er auf.
– Ja, Vater, hat er gesagt. Das seh ich.
– Und er beobachtet sie aus halbgeschlossenen Augen.
– Ja, Vater.
– Und er wartet, bis die Fliege etwas höher kriecht, über die Nase, über die Stirn, bis über den Rand des Fez.
– Ja, Vater.
– Erst dann schlägt er sie tot. Hast du's gesehen?
– Ja, Vater.
– Damit er kein Blut und keinen Fliegenfleck auf die Haut kriegt. Er zerquetscht sie langsam und genüßlich auf dem roten Fez und schnippt die tote Fliege dann mit einem Finger auf die Straße.
– Ja, Vater. Hab ich gesehen.

– Deshalb tragen die Türken keinen Hut mit Krempe, hab ich zu meinem Sohn gesagt. Denn wie sollte ein Türke eine tote Fliege mit einem einzigen Finger vom Rand seines Fez auf die Straße schnipsen, wenn dieser Fez ein Hut wäre mit einer Krempe. Das wäre unmöglich. Denn die Fliege würde ja in der Krempe hängenbleiben.
– Sind deshalb Krempenhüte Fliegenfänger?
– Deshalb, mein Junge.

– Richtig böse aber wurden die Moslems erst, als wir mit den Hüten an einer ihrer Moscheen vorbeikamen, sagte der Onkel. Die Gläubigen sagten hier nicht mehr *Sinek Kagidi*, sondern sie sagten *Schapkali*. Mein Sohn fragte: Was ist das? Und ich sagte zu ihm: Das ist ein türkisches Wort und heißt *Der Hutmann*. Es ist ein gefährliches Wort, mein Sohn.
– Warum ist es gefährlich, Vater?
– Ja, warum schon, mein Sohn. Ich weiß es nicht. Es ist eben gefährlich. Und ich sagte zu ihm: Als Junge bin ich öfter in Bakir spazierengegangen, trieb mich auf den Basaren herum und guckte den Frauen nach, den Frauen in ihren schwarzen Tscharschaffs und ihren doppelten Schleiern. Und da war so ein Engländer mit einem ähnlichen Hut, wie wir ihn tragen. Und die Leute beschimpften ihn und sagten *Schapkali*. Am nächsten Tag fanden sie den Engländer außerhalb der Stadt. Sein Kopf war abgeschnitten. Und neben dem Kopf lag der große Hut. Aber der Hut lag ohne Krempe da. Und ich nehme an, daß der, der den Kopf abgeschnitten hat, auch die Krempe abgeschnitten hat, weil die ihn nämlich besonders ärgerte.
– Warum? hat mein Sohn gefragt.
Und ich sagte: Du Trottel. Es ist doch egal, warum. Genügt es nicht, daß ihn die Hutkrempe geärgert hat?

Jetzt mischte sich der Priester ein, der die ganze Zeit schweigend neben dem Lumpenhändler gesessen und zugehört hatte. Es gibt einen Grund, sagte der Priester.
Und der Priester sagte: Wenn die Leute *Fliegenfänger* zu den großen Krempenhüten sagen, dann ist das harmlos, denn sie benützen den Vorwand des Hutes nur, um ihre Zungen im Spott zu wetzen. Sie schlagen den Hutträger nicht tot und schneiden ihm auch nicht den

Kopf ab oder gar die Hutkrempe. Anders aber ist es, wenn sie *Hutmann* sagen. *Schapkali!* Das ist kein spöttisches Wort. Denn sie meinen damit, daß der Träger des Krempenhutes in der Absicht hergekommen sei, um die Gläubigen herauszufordern, aber vor allem, um den *Mahdi* zu verhöhnen.

Und der Priester sagte: Der Mahdi wohnt im Paradies der Gläubigen und war schon zu Lebzeiten ein Heiliger. Manchmal, so glauben die Moslems, läßt Allah den Mahdi für wenige Sekunden auf die Erde hinabsteigen, um den wahrhaft Gläubigen schon jetzt eines der vielen Geheimnisse des Paradieses zu verraten. Der Mahdi erscheint dem Gläubigen immer dann, wenn dieser gefastet und sich geläutert hat, aber dann auch nur beim Gebet, und zwar, wenn er gerade mit seiner Stirn den Staub berührt und dabei Allahs Namen ausspricht. Wenn der Mahdi erscheint, dann braucht der Gläubige, der ja vor Allah kniet, nicht aufzustehen, sondern nur die Augen zu verdrehen und nach oben zu richten. Dann sieht er den Mahdi.
– Und was hat das mit der Hutkrempe zu tun? fragte Hagob.
– Das hat sehr viel damit zu tun, sagte der Priester. Denn wie sollte der Gläubige beim Gebet, kniend auf dem Gebetsteppich, die Stirn im Staub, die Augen nach oben verdreht ... wie sollte er den Mahdi sehen, wenn ihm die Hutkrempe die Sicht verstellt? Die Krempe ist ja nicht aus Glas.
– Nicht aus Glas, sagte Hagob.
– So ist es, sagte der Priester.
– Tragen die Moslems deshalb keine Hüte mit Krempe?
– Nur deshalb, sagte der Priester.
– Diese großen Hüte sind wirklich gefährlich, sagte Hagob. Morgen trifft mein ältester Sohn Hajgaz bei uns im Dorf ein. Ich werde ihn bitten, für meinen Bruder und seinen Sohn eine anständige Kopfbedeckung zu besorgen.
– Das ist eine gute Idee, sagte der Priester. In Bakir gibt's eine große Auswahl vernünftiger, krempenloser Hüte. Dein ältester Sohn sollte sie gleich nach der Hochzeit besorgen, ich meine: wenn er wieder in Bakir zurück ist, und sie dann auf schnellstem Wege mit einem Arabatschi hierherschicken. Ein Turban wäre zwar nicht schlecht und ist am unauffälligsten, aber ich glaube, so feine Herren wie dein

Bruder aus Amerika und sein Sohn sollten einen roten Fez tragen. Glaubst du nicht, Hagob Efendi, daß du deinem ältesten Sohn sagen solltest, ein roter Fez wäre für die Herren das beste?
– Ja, sagte Hagob.

Die Männer tranken eine Menge Raki im Kaffeehaus, auch den armenischen Oghi-Schnaps, aßen süße Leckerbissen und tranken gewürzten Tee und süßen Kaffee. Der Onkel hatte seinen Arm um Wartan gelegt und flüsterte ihm etwas ins Ohr. Wartan errötete, und deshalb wiederholte es der Onkel, sehr leise, so daß niemand außer Wartan es hören konnte.
– Sag mal, mein Neffe, hast du überhaupt schon mal eine Frau gehabt?
– Nein, Onkel Nahapeth.
– Und weißt du, wie du es am Hochzeitstag machen mußt?
– Nein, Onkel Nahapeth.
– Und deine Braut? Weiß sie es?
– Ich glaube nicht.
– Dann muß ich später mit dir reden.

Keiner hatte jemals den nackten Hintern der Braut gesehen, nicht mal der Wasserträger, der die Frauen des Dorfes manchmal beobachtete, wenn sie im Stall ihre Notdurft verrichteten. Auch Wartan konnte sich nichts Vernünftiges vorstellen, das irgendwie der Realität entsprach. Die einzige Möglichkeit, mehr über den Hintern und auch Sonstiges zu erfahren, waren die Berichte der Weiber, die die Braut am Vortag der Festlichkeiten ins Dampfbad begleiteten. So war es zu erklären, daß der Besuch des Hamams nicht nur bei Wartan, sondern auch bei allen andern, die nicht dabei sein durften, eine große Spannung hervorrief. Die Männer verbreiteten wilde Gerüchte im Dorf, und auch einige Weiber, die nicht als Begleiterinnen ins Dampfbad mitgegangen waren, schnatterten erregt durcheinander. Als die begleitenden Weiber endlich am Abend mit der Braut wieder aus dem Hamam zurück waren, bestürmte man sie mit Fragen.
– Habt ihr den Hintern gesehen?
– Nein. Sie hatte ihn mit Badetüchern umwickelt.

– Aber die Bademeisterin, die Hamamdji, die hat doch sicher den Hintern der Braut gesehen, als sie ihr half, ihn mit Badetüchern zu umwickeln?
– Ja, die hat ihn gesehen.
– Und was hat sie gesagt?
– Sie hat gesagt: Es wäre ein guter Hintern, auch die Hüften sind kräftig und speckig. Die Hamamdji hat gesagt: Diese wird viele Kinder haben.
– Und wie sieht der Hintern aus?
– Die Hamamdji hat gesagt: Genauso wie ihr Gesicht. Ein fetter Fleischklumpen.
– Aber das kann doch nicht sein. Ein Hintern hat doch keine Augen und Ohren und auch keine Nase.
– Das stimmt. Er sieht eben aus wie ein Gesicht, wenn man sich die Ohren wegdenkt und die Augen und die Nase.
– Und wie ist es mit dem Mund?
– Der Hintern hat einen Mund, nur hat der die Form eines langen Schlitzes und verläuft von oben nach unten, also verkehrt.
– Verkehrt?
– Ja, bloß verkehrt.

– Und wie ist es mit den Brüsten? Sind sie wirklich wie Granatäpfel? Oder sind es große Käsesäcke wie die, aus denen man Molke quetscht?
– Die Brüste sind weder Granatäpfel noch Käsesäcke, sagten die Frauen, die die nackten Brüste der Braut im Hamam gesehen hatten. Ihre Brüste sind wie federlose Tauben, aber mit einem roten Schnabel, und ob ihr's glaubt oder nicht: Obwohl die Täubchen federlos sind, sehen sie aus, als würden sie jeden Moment wegfliegen.
– Dann ist es höchste Zeit, daß die Hochzeit gefeiert wird, sagten die Männer, und daß der jüngste Sohn des Hagob die Brüste packt, damit sie nicht wegfliegen.
– So ist es, sagten die Weiber.
– Aber der jüngste Sohn des Hagob will ein Dichter werden, sagten die Männer. Seine Hände sind zart und können nicht richtig zupacken.
– Man muß es ihm beibringen, sagten die Weiber.
Und die Männer sagten: Ja, das stimmt.«

Der Märchenerzähler sagte: »In sechs Tagen hat Gott die Welt erschaffen, und am siebenten Tag hat er seine Schöpfung mit dem Sabbat gekrönt. So war es nicht verwunderlich, daß Wartans Hochzeit ganze sieben Tage dauerte, und daß die kirchliche Trauung am siebenten Tage stattfand, also am Tag der Schöpfungskrönung, und zwar an einem Sonntag, weil die Christen den heiligen Sabbat auf den Sonntag verlegt hatten.

Schon am Tag vor der Hochzeit, als die Braut ins Hamam geführt wurde, trafen Verwandte der Khatisians in ihren Arabas ein. Manche kamen von weit her, auch aus Städten wie Belgrad und Sarajevo, also Städten, die einst zum osmanischen Reich gehört hatten. Unter ihnen war auch Ghazar Khatisian, der Kaffeehausbesitzer aus Sarajevo, mit Frau und sechs Kindern, und sein Schwager Khachatur Babaian, der in Belgrad eine Textilfabrik hatte. Ich kann dir nicht alle Verwandten der Khatisians aufzählen, die aus den benachbarten Dörfern und den kleineren und größeren Städten kamen, manche in Eselskarren, manche in Arabas, die von Ochsen, Maultieren oder Pferden gezogen wurden, denn die Zeit – wir beide wissen das – ist knapp. Es muß also genügen, wenn ich dir versichere, daß die, die dein Vater am meisten liebte, alle da waren.«

Der Märchenerzähler sagte: »Einige Gäste wurden unterwegs von den Kurden ausgeraubt, und diese kamen ohne Geschenke, einige sogar nackt und barfuß an. Die Verwandten aus Bakir kamen allerdings unter Geleitschutz, denn Hajgaz hatte gute Beziehungen zu den Behörden, die dem Besitzer des *Hayastan* und seiner Verwandtenkarawane mit ihren Arabas für ein hohes Bakschisch zwanzig bewaffnete Saptiehs zur Verfügung gestellt hatten, die die Karawane durch das Kurdengebiet bis nach Yedi Su begleiteten.

Ja, so war es«, sagte der Märchenerzähler. »Am Tag, als die Festlichkeiten anfingen, war das Dorf so überfüllt, daß dem Priester Kapriel Hamadian nichts anderes übrigblieb als die Gäste, die nicht mehr in den Wohnungen, Ställen oder Scheunen untergebracht werden konnten, in seiner Kirche zu beherbergen. Es waren ja auch die Armenier aus den sieben Dörfern gekommen, und sogar einige Türken aus dem benachbarten Türkendorf Keferi Köi, Verwandte der befreundeten Türkenfamilie aus Yedi Su. Persische, russische und arabische Kaufleute tauchten plötzlich im Dorf auf, auch halbnomadische Kurden und einige chaldäische Nestorianer, Reste einer Urchristensekte, die in der Nähe der sieben armenischen Dörfer in Felsenhöhlen wohnte. Es wimmelte plötzlich von ungebetenen Gästen im Dorf, vor allem von Teufelsanbetern, Zigeunern, Bettlern und Habenichtsen, die immer dabei waren, wenn mit dem Essen und dem Schnaps nicht gespart wurde. Es hieß: die Kunde von Wartans Hochzeit wäre mit dem Trommelwirbel des Münadis weit über die Grenzen der sieben Dörfer gehört worden, vom Echo und vom Wind getragen. Mit den Bettlern kam auch der Blinde vom Tor der Glückseligkeit: Mechmed Efendi. Den allerdings hatte Dikran, der Schuster, einfach mitgenommen.

In Yedi Su pflegten die Leute seit jeher zu sagen: Wer eine Tochter hat, der verliert sie am Tag ihrer Hochzeit, anders aber ist es, wenn man einen Sohn hat. Denn die Braut verläßt das Haus ihrer Eltern, um unter das Dach des Bräutigams zu ziehen. Nur die Eltern des Bräutigams verlieren niemanden. Sie gewinnen eine Tochter.
Kein Wunder also, daß es bei den Khatisians lustig zuging, während im Hause des Muchtars laut gezetert und geweint wurde.
– Dort packt die Braut schon ihre Sachen, sagten die Leute. Sie bricht ihrer Mutter das Herz.
Nun, ich weiß nicht«, sagte der Märchenerzähler. »ob die Braut wirklich der Mutter das Herz brach, denn warum hatten es denn die Abovians so eilig, ihre gemästete Tochter so schnell unter den Schleier zu bringen? Tatsache aber ist, daß das laute Zetern und Weinen beim Packen der Aussteuer und bei den Abschiedsvorbereitungen zu den Sitten des Anstands gehören, denn die Eltern der Braut sollten dem ganzen Dorf zeigen, wie leid es ihnen tat, die geliebte Tochter zu verlieren. Zwei Balladensänger aus Bakir, die Hajgaz auf Wunsch des Muchtars mitgebracht hatte, standen deshalb vor dem Hause des Muchtars, manchmal vor den Fensterlöchern, manchmal vor der offenen Eingangstür und sangen ihre

Spottlieder: *Geh mit Gott, meine Tochter,* sang der eine, der die Stimme der Brautmutter nachahmte ... *geh mit Gott, meine Tochter und vergiß uns nicht.*
– *Wie sollte ich dich vergessen, Mutter,* sang der andere mit der hohen Piepsstimme der Gemästeten ... *wie könnte ich dich vergessen, Mutter, wo ich doch deine süße Milch getrunken habe.*
– *Geh mit Gott, meine Tochter,* sang der erste ... *geh mit Gott, meine Tochter, der ich meine Milch gegeben habe.*

Ja, so war es«, sagte der Märchenerzähler. »Hagob hatte für das Milchrecht tausend Piaster bezahlt, eine Summe, die bei angesehenen Familien üblich war, außerdem das Geld für die Aussteuer, die man *Odschid* nannte. Am Tage vor den Festlichkeiten hatte Zovinar ihrer Schwiegertochter eine Schüssel mit Henna gebracht, und zwar in einer Tonschüssel, die auf einem Holzteller ruhte, der reichlich mit Früchten garniert war. Henna und Früchte waren Symbole der Göttin Anahit, und die Braut, die am Tag vor der Hochzeit von den Früchten der Schwiegermutter aß und gleich darauf Finger- und Fußnägel mit Henna lackierte – diese würde fruchtbar sein und der Schwiegermutter viele Enkel schenken. Als Zovinar ihrer Schwiegertochter die Schüssel überreichte, sagte sie zu ihr: Ein fetter Hintern ist keine Garantie. Du mußt von meinen Früchten essen, Gelin, meine Schwiegertochter... und alle Nägel, die der liebe Gott auf deinen kleinen Fingern und Zehen wachsen läßt, mit dieser roten Teufelsfarbe beschmieren. Und vergiß nicht: Wenn mein Sohn, der gesund ist und gutes Blut in den Adern hat ... wenn dieser dich befruchtet hat ... mit Gottes und des Heilands Hilfe ... die Bibel neben dein Lager zu legen und Knoblauch vor die Tür zu hängen.

Hagob hatte mehr Schafe und Lämmer geschlachtet als die Herde verkraften konnte, und auch der Muchtar hatte großzügig aus der eigenen Herde beigesteuert.
– Da bleiben keine Tiere, um dem Kurdenscheich die Brautsteuer zu bezahlen, hatte Hagob zum Muchtar gesagt.
Und der Muchtar hatte gesagt: Zum Teufel mit dem Kurdenscheich und seiner Brautsteuer.

– Hoffen wir, daß der Kurdenscheich die Sache mit der Brautsteuer vergessen hat.
– Man kann nur hoffen, hatte der Muchtar gesagt.

Süß und würzig roch es im Dorf. Der Rauch über den Spießen trieb zuweilen, vom Wind getragen, über die flachen Dächer des Dorfes, hinauf in die Berge.
– Dieser Duft könnte in die Nase des Scheichs steigen, sagte Hagob.
– Hoffen wir, daß der Wind vorzeitig abdreht, sagte der Muchtar.

Es war Sitte, daß sich der Bräutigam am Tag vor der kirchlichen Trauung von einem angesehenen Friseur rasieren und frisieren ließ. Dies galt als Zeichen dafür, daß der Bräutigam es ernst meinte mit der Ehe und bereit war, ein sittsames, häusliches Leben zu führen. Je angesehener der Friseur, um so ernsthafter die Absicht des Bräutigams. Im allgemeinen war es die Aufgabe des Paten, solch einen angesehenen Friseur zu besorgen, womöglich einen, der beim Haareschneiden und Rasieren auch Balladen singen konnte, alte armenische Lieder von Hochzeitsfeiern, Kinderreichtum, Sittsamkeit, großem Glück, Geld und Freude. Da der rothaarige Schmied, der ja Wartans Pate war, keinen Friseur kannte, der den Erwartungen der Familie Khatisian entsprach, war Hagob nichts anderes übriggeblieben als seinen ältesten Sohn Hajgaz zu beauftragen, einen standesgemäßen Friseurmeister aus Bakir mitzubringen, denn daß es in einer so großen Stadt wie Bakir auch angesehene und singende Friseure gab, war jedem bekannt. Der Besitzer des *Hayastan* hatte auch tatsächlich einen in seiner Araba mitgebracht, aber nicht irgendeinen, sondern den berühmten armenischen Friseur Wagharschak Bahadurian, ein echter Hochzeitsfriseur, der bei den Reichen ein- und ausging und Haare und Bärte ihrer Söhne besser kannte als deren Mütter und Frauen. Der berühmte Friseur hatte schon Hajgaz bedient, als der die ältliche Warthouhi ehelichte, aber – und das war die eigentliche Sensation – vor einigen Jahren eigenhändig den ehemaligen armenischen Muchtar von Bakir (einen Witwer, der zum zweiten Mal heiratete) mit Messer und Schere fürs Ehebett vorbereitet – kein leichtes Unterfangen, wenn man's bedenkt, denn der ehemalige Muchtar war kahlköpfig wie Ephrem Abovian, der Muchtar von Yedi

Su, er hatte widerspenstige Bartstoppeln, litt an Blähungen und am Schluckauf, besonders beim Haareschneiden und Rasieren, verbreitete ängstliche Winde, wenn ihm jemand mit scharfen Instrumenten auf Haut und Haare rückte, aber der berühmte Friseurmeister Wagharschak Bahadurian hatte nicht nur angegraute Löckchen über Ohren und an den Schläfen fachgerecht beschnipselt und zurechtgestutzt, sondern dieselben auch mit Rosenöl eingefettet und geplättet. Ein Meisterwerk also, ein wahres Kunstwerk. Auch beim Rasieren, so hieß es, habe es damals geklappt, eine Rasur ohne Rückstände. Dieser Friseur, so sagten die Leute, könne singen wie die Lockvögel am frühen Morgen, und seine Stimme bringe jedem Glück, Gesundheit und eine gute Potenz, eine bewiesene Tatsache, denn seine Hochzeitskunden seien alle noch quicklebendig, hätten viele Kinder gekriegt, ja, sogar der ehemalige Muchtar von Bakir, obwohl der – wie bekannt – schon damals bei seiner Wiedervermählung nicht mehr der Jüngste war und bereits verdächtige Blähungen hatte, ängstliche Winde in die Welt schickte und am Schluckauf litt.

Sieben Tage und sieben Nächte geisterte ich ungesehen in den Dorfstraßen von Yedi Su herum«, sagte der Märchenerzähler. »Niemand hatte mich wahrgenommen, und doch schien es mir, als hätte ich mit den Hochzeitsgästen gegessen und getrunken und in den schmalen Gassen und auf dem Dorfplatz gesungen und getanzt. Wir hatten Glück mit dem Wetter, denn der liebe Gott hatte die aufkommenden Wolken zurück über die Berge geblasen. Und so war es nicht verwunderlich, daß die gelbe Sonne, die ja allabendlich von den wilden Kurden hoch oben in den Bergen im schwarzen Zelt aus Ziegenhaar versteckt wird, tagsüber ungehindert über dem Land Hayastan lachte, am freundlichsten, so schien es mir, hier in dieser Gegend, wo das Dorf Yedi Su stand mit seiner kleinen gregorianisch-apostolischen Kirche, mit dem Marktplatz und dem Kaffeehaus, der Dorfschmiede, den wenigen, schmalen, staubigen Gassen, den weißgekachelten Lehmhütten und einzelnen Häusern aus Bruchstein und Fels – das Dorf Yedi Su mit den flachen Dächern unter dem Himmel, den Dächern, wo man an heißen Sommertagen schlief, wo Wäsche hing und Kuhfladen trockneten – Tezek – und wo die Frauen auf dünnen Sirupblechen den Saft der Maulbeere und der Weintraube den Sonnenstrahlen aussetzten und den Schwärmen von Mücken und Fliegen. Bunt waren die Trachten der Weiber, zierlich ihre Pantöffelchen aus Saffian, glitzernd der Schmuck an Armen, Ohren, um den Hals und auf den doppelten Schleiern. Um so derber wirkten die wuchtigen Stiefel der Männer und plump die ärmellosen Jacken, die weißen, grauen und braunen Pluderhosen, die schwarzen Pelzmützen. Was wäre wohl gewesen, so sagte ich mir, wenn es tatsächlich während der Festlichkeiten geregnet hätte? Wo wäre da die Fröhlichkeit unter freiem Himmel geblieben? Wie hätten die Tanzenden unter den schützenden Dächern der Häuser Platz gefunden, wo doch so wenig Raum unter diesen Dächern war? Wie hätten sie in den dumpfen Stuben getanzt? Wären sie etwa auf der Straße geblieben, um dort naß zu werden und im Schlamm zu versacken? Und wo hätten die Musiker gespielt? Etwa im Regen?«

Am sechsten Tag der Festlichkeiten ruhte ich erschöpft auf dem östlichen Spitzbogen der Dorfkirche. Neben mir saß mein scheinbarer Schatten oder der, der er sein könnte.
»Wie gefällt dir das Wetter?« fragte ich.
»Es gefällt mir«, sagte mein Schatten.
»Die Kurden hätten die Sonne ja festhalten können, um die Armenier zu ärgern.«
»Haben sie aber nicht gemacht.«
»Das stimmt.«
»Das stimmt«, sagte auch mein Schatten.
»Oder dem lieben Gott wäre die Puste ausgegangen, und er hätte in diesem traurigen Fall die Wolken gar nicht wegblasen können. Dann hätten die Wolken die Sonne verdeckt, und ihre Strahlen hätten bei Regenwetter wenig genützt.«
»Das wäre möglich gewesen.«
»Es kann aber nicht regnen bei armenischen Hochzeiten!«
»Wieso denn?«
»Weil Christus unter den Hochzeitsgästen ist.«
»Woher weißt du das?«
»Jeder weiß das«, sagte ich. »Christus ist bei jeder armenischen Taufe und bei jeder armenischen Hochzeit dabei.«
»Sind die Armenier seine liebsten Christen?«

»Ja, mein Lämmchen«, sagte ich, der Märchenerzähler. »Die Armenier sind seine liebsten Christen, denn sie sind hier im Land der Moslems in großer Gefahr.«
»In großer Gefahr?«
»In großer Gefahr.«
»Um seinetwillen?«
»Um seinetwillen.

Hagob strahlt übers ganze Gesicht«, sagte ich zu meinem eigenen Schatten, »denn bei dieser Hochzeit seines jüngsten Sohnes scheint wirklich alles zu klappen. Nicht nur mit dem Wetter, ich meine: auch mit der Musik.«
»So viele Musikanten hab ich noch nie bei einer Bauernhochzeit gesehen.«
»Die Sazinstrumente und Trommeln stammen aus Yedi Su«, sagte ich, »und auch die jungen Burschen, die es verstehen, darauf zu spielen ... die anderen, die mit den anatolischen Blas- und Streichinstrumenten, kommen aus den benachbarten Dörfern, aber auch aus Gökli, der Stadt des Münadis, und einige sogar aus Bakir. Hajgaz hat sie zusammen mit dem Hochzeitsfriseur auf seine Araba geladen.«
»Ich habe auch Zigeuner gesehen, zerlumpte Gestalten.«
»Hast du auch ihre Geigen gesehen?«
»Ja.«
»Sie kommen aus Rußland«, sagte ich. »Es sind Schmuggler, die armenischen Schnaps aus Eriwan über die Grenze nach Van bringen. Manchmal kommen sie auch in diese Gegend. Sie reisen nie ohne Geige, und obwohl sie keine Noten lesen können, verstehen sie es, notenlos Wünsche und Träume in Melodien umzusetzen. Geigen haben ihre ganz eigene Sprache, und wenn sie die Geschichten von den Träumen und Wünschen erzählen, dann werden die Augen der Weiber feucht, aber der Blick der Männer wird wilder.«

Und ich sagte: »Der Wind trägt den Lärm der Musikanten bis zu den Ohren der Kurden in ihren Zeltlagern. Und weil ich Ohren habe, die auch hören, was die Kurden hören, sage ich jetzt zu dir: Die Kurden sind auf der Lauer. Ihre Späher sind längst unterwegs.«
»Werden die Kurden das Dorf überfallen?«

»Ich weiß es nicht.«

Und ich konnte hören, wie die Mutter des Kurdenscheichs auf ihren Sohn einredete: Diese Armenier, mein Sohn, machen einen solchen Lärm, daß sich dein gottseliger Vater im Grabe umdreht.
– Mein Vater soll aber in Frieden ruhen, sagte der Scheich.
– Diese Ungläubigen lassen ihn aber nicht ruhen.
– Da hast du recht.
– Sie feiern wieder mal Hochzeit. Es ist Hagobs jüngster Sohn und die Tochter des glatzköpfigen Muchtars Ephrem Abovian.
– Ich weiß.
– Haben Hagob und der Muchtar dir schon die Brautsteuer bezahlt?
– Nein, noch nicht.
– Dann solltest du dir die Brautsteuer holen.
– Das werde ich auch tun.
– Wann denn?
– Am siebenten Tag der Festlichkeiten.
– Wirst du die Braut entführen?
– Natürlich.
– Und wer wird sie entjungfern?
– Einer meiner Söhne wird sie entjungfern.
– Und welcher wird das sein?
– Ich weiß es nicht.
Die Alte nickte. Dann lachte sie und sagte: Wir werden diesen Ungläubigen einen Denkzettel verpassen, damit man in den sieben Dörfern weiß: Wehe dem Armenier, der die Brautsteuer nicht zahlt.

»Hagob sparte weder mit Schnaps noch mit dem Wein«, sagte ich zu meinem Schatten. »Hast du's gesehen: Sogar die türkischen Gäste lassen sich vollaufen?«
»Warum auch nicht«, sagte mein Schatten. »Im Koran steht nichts von armenischen Schnäpsen und armenischen Weinen. Warum also sollten die Moslems sich da nicht vollaufen lassen?«

Wir redeten noch eine Weile, mein Schatten und ich, dann machte meine Märchenstimme ein Nickerchen, wachte aber bald wieder auf und rieb sich die verborgenen, scheinbaren Augen. Gegen Mittag des

sechsten Tages der Festlichkeiten flog ich, der Märchenerzähler, vom Spitzbogen der Kirche in Begleitung dessen, von dem ich mir vorstelle, er könnte mein Schatten sein, im Schwebeflug über das Dorf, landete schließlich auf dem Marktplatz, dort vor dem Kaffeehaus, wo gerade der Schmied auf das Wohl seines Patensohnes trank.
– Wir müssen jetzt aufbrechen, sagte der Schmied, denn Wartan wird bald in aller Öffentlichkeit rasiert und frisiert.
– Wird man ihn auf dem Marktplatz rasieren und frisieren?
– Nein. Vor dem Oda der Khatisians, draußen vor der Tür.
– Dann müssen wir uns aber beeilen, um noch einen Stehplatz zu kriegen.

Und so folgte ich dem Zug der Männer. Und hinter uns kamen die Weiber. Jeder wollte dabei sein, um die Prozedur zu sehen und natürlich: den berühmten Friseur zu bewundern ... Wagharschak Bahadurian ... von dem man schon viel gehört hatte.

Hagob hatte zwei Getreidesäcke vor die offene Tür des Hauses gelegt, darüber einen dicken Teppich. Darauf saß Wartan wie ein junger König auf seinem Thron. Eine große Menschenmenge umringte ihn. Alles schnatterte durcheinander. Immer wieder hörte man: Wo ist denn der Friseur? Wo ist Wagharschak Bahadurian ... Wagharschak Efendi?

Mein Schatten und ich, wir drängten uns durch die Menge, setzten uns neben Wartan, bemerkten, daß Wartan unruhig war, ein wenig verlegen auch und verwirrt, denn er war soviel Ehre und Aufmerksamkeit gar nicht gewohnt, hatte vielleicht in seiner Bescheidenheit gar nicht daran gedacht, daß er mal Mittelpunkt werden könnte, einer, um den alles kreist. Wartan suchte mit seinen Augen die Braut, konnte sie aber nicht sehen, sah nur, geblendet vom hellen Licht der Mittagssonne, die vielen bunten Gewänder der ihn umringenden Hochzeitsgäste, roch ihren Schweiß und ihre Schnaps- und Weinfahnen, dachte wahrscheinlich: Bald kommt der Friseur, um dich fürs Hochzeitsbett zurechtzustutzen, und morgen wirst du in der Kirche getraut, und später ... ja, später mußt du die Braut entjungfern und das blutige Bettuch vor die Tür hängen, damit alle sehen, daß sie noch

Jungfrau war. Und daß sie Jungfrau sein muß, hängt mit der Ehre zusammen.

– Wir Armenier nennen die Ehre *Badiw*, hatte er einmal zu Gög-Gög, dem Türken gesagt. Die Ehre ist alles. Und die Ehre der Braut ist auch die Ehre des Bräutigams.

Und Gög-Gög, der Türke hatte gesagt: Bei uns Türken ist es so ähnlich.

Mein Schatten und ich, wir saßen also ungesehen neben Wartan. Als der Friseur endlich ankam und zu schnipseln begann, huschten wir beide weg, stellten uns neben Wartans Verwandte.

»Wo ist die Braut?« fragte mein Schatten.

Ich sagte: »Die Braut wird von ihren Verwandten versteckt. Aber sie wird sicher bald kommen, wenn der Priester die Kleider des Bräutigams und der Braut einsegnet. Es stimmt zwar, daß erst morgen die kirchliche Trauung ist, am siebenten Tage, aber heute, am sechsten, ist der Tag der Kleidereinsegnung.«

»Segnet der Priester heute die Kleider?«

»Natürlich«, sagte ich. »Heute ... neben dem heiligen Tonir.«

»Nach dem Frisieren und Rasieren?«

»Gleich nachher«, sagte ich.

»Hast du die Zigeunerweiber gesehen?« fragte mein Schatten. »Eine von ihnen hat vorhin die Schere des Friseurs verhext. Auch das Rasiermesser.«

»Sie hat Messer und Schere bespuckt«, sagte ich. »Aber das bedeutet nur Glück.«

»Glück?«

»Und gute, freundliche Gedanken.«

»Die Zigeuner wissen alles«, sagte ich. »Man müßte sie fragen, wann der große Tebk kommt.«

»Das große Massaker?«

»Ja.«

»Oder nur, ob die Kurden die Braut entführen werden. Die Kurden machen das meistens am siebenten Tage der Festlichkeiten, kurz nach der kirchlichen Trauung ... aber nur, wenn die Brautsteuer nicht bezahlt wurde.«

»Warum entführen die Kurden die Braut nicht vor der Trauung?«
»Weil die Entjungferung wirksamer und der Schock für den Bräutigam größer ist, wenn die Braut schon den Ring und mit dem Ring seinen Namen trägt.«
»Die Kurden werden also die Braut entführen?«
»Eigentlich müßten sie das tun«, sagte ich. »Es ist Ehrensache. Aber vielleicht hat der Kurdenscheich andere Sorgen und hat die Sache mit der Hochzeit inzwischen wieder vergessen. Alles ist möglich.«
»Man kann nur hoffen«, sagte mein Schatten.
Ich sagte: »So ist es.«

Ich sagte dann nur noch von den Zigeunern: »Sie haben fünf Nächte lang im Freien unter dem heiligen Baum geschlafen, weil sie glauben, er habe magische Kräfte.«
»Fünf Nächte lang?«
»Ja. Und heute ist der sechste Tag.«

Wir beobachteten jetzt den Friseur, der geschickt den Kopf des Bräutigams bearbeitete. Bald würde er mit dem Rasieren beginnen. Der Friseur arbeitete absichtlich langsam. Ab und zu ließ er die Schere sinken, um die Trinkgelder aufzusammeln, die ihm, wie es die Sitte verlangte, von den Gästen zugeworfen wurden. Es regnete Kupfer- Silber- und Goldstücke. Der Friseur verzog keine Miene beim Auflesen der Münzen. Er bedankte sich auch nicht.

Erst, als der Friseur mit dem Rasieren anfing und Wartan einseifte – mit echter, parfümierter, schäumender Frankenseife –, fing er zu singen an, und wahrlich: seine Stimme glich den Stimmen der Lockvögel am frühen Morgen. Auch die Musiker griffen jetzt wieder zu ihren Instrumenten und begleiteten den Friseur.
»Wo sind eigentlich die Zigeuner?«
»Sie sind hier, mein Lämmchen«, sagte ich.
»Warum spielen sie nicht auf ihren Geigen?«
»Sie warten noch, mein Lämmchen«, sagte ich.

Als die russischen Zigeuner zu spielen anfingen, verstummten alle anderen Musikinstrumente, und die Stimme des Friseurs wurde leiser. Das Schluchzen der Geigen trug uns beide fort, mich und meinen Schatten. Und mit uns und den Zauberklängen aus den Seelen der Geigen und den Seelen der Zigeuner schien das ganze Dorf in die Lüfte zu steigen, der Marktplatz und die staubigen Gassen, die schiefen Häuser und der Tezek auf den Dächern. Und unter uns weilte Christus, denn er war die ganze Zeit dabei. Wir fuhren in den Himmel, und dann fuhren wir wieder zurück, und plötzlich, als die Geigen schwiegen, waren wir alle wieder da.

»Ich sehe auch eine Menge Leute unter den Gaffern«, sagte mein Schatten, »von denen der Priester Kapriel Hamadian vorhin gesagt hatte, sie seien von der Sekte der Teufelsanbeter. Die Männer sehen wild aus und tragen Turbane, und die Frauen tragen die bunten Trachten der Kurdinnen.«
»Ich sehe sie auch.«
»Sie schlafen nachts auf dem Dach der Dorfschmiede.«
»Wo sollten sie denn schlafen«, sagte ich, »wo doch alles überfüllt ist.«
»Hätte der Priester sie in die Kirche gelassen?«
»Ich weiß es nicht.«

»Mir graut vor den Teufelsanbetern«, sagte mein Schatten.
»Es sind harmlose Leute«, sagte ich.
»Glauben sie wirklich an den Teufel?«
»Sie glauben an Gott«, sagte ich, »aber sie glauben auch daran, daß der Kampf zwischen dem Guten und dem Bösen noch nicht entschieden ist.«
»Beten sie zu Gott?«
»Nein«, sagte ich, »sie beten nicht zu Gott, weil sie glauben, Gott sei so gut, daß er nicht strafen kann. Und weil er sowieso nicht bestraft, braucht man ihn nicht zu beschwichtigen.«
»Und wen beschwichtigen sie?«
»Den Teufel. Denn der ist böse. Und sie haben eine große Angst vor ihm.

Allerdings ehren sie den *Melek Taus*«, sagte ich. »Das ist ein bronzener Vogel, von dem es nur sieben Stück in diesem Land gibt.

Diesen Vogel tragen die *Kawals* von Dorf zu Dorf, denn er verkörpert den Geist Gottes auf Erden.«
»Wer sind die Kawals?«
»Das sind die Priester der Teufelsanbeter.«

Ich sagte zu meinem Schatten: »Diese Kawals haben es nicht leicht und sind wahrlich geplagte Kreaturen, denn sie schleppen nicht nur den schweren bronzenen Vogel von Dorf zu Dorf, sie müssen auch die Frauen ihrer Anhänger besteigen, denn jeder Teufelsanbeter fühlt sich besonders geehrt, wenn seine Frau durch den Beischlaf des Kawals den Geist Gottes empfängt.«

Ich sagte zu meinem Schatten: »Dabei lassen die Teufelsanbeter ihre Kinder taufen wie die Christen, aber sie lassen die Knaben auch beschneiden wie die Juden und die Moslems. Es ist ein merkwürdiges Volk.«
»Mir scheint, sie seien eher ein ängstliches Volk.«
»Wie meinst du das?«
»Nun«, sagte mein Schatten. »Es sieht so aus, als wollten es die Teufelsanbeter mit keiner der drei Religionen verderben und sich weder mit dem Gott der Christen anlegen noch mit dem Gott der Juden und der Moslems.«
»Das könnte so sein, mein Lämmchen.«
»Wie werden diese türkischen Untertanen vom Sultan behandelt?«
»Gut«, sagte ich. »Vor einiger Zeit machte der Sultan noch Jagd auf sie und ließ die Männer öffentlich aufspießen. Aber im Augenblick läßt er sie in Ruhe.«

Wir redeten noch lange über dies und das, mein Schatten und ich ... und hatten gar nicht bemerkt, daß der berühmte Friseur seine Arbeit beendet hatte und daß wir beide allein neben den mit einem Teppich bedeckten Getreidesäcken saßen.
»Wo sind die Leute?« fragte mein Schatten. »Und wo ist der berühmte Friseur? Und vor allem: Wo ist Wartan? Er saß doch eben noch wie ein König auf den Getreidesäcken.«
»Die Familie hat Wartan ins Oda geführt«, sagte ich. »Denn inzwischen ist auch die Braut angekommen mit dem ganzen Zug ihrer

Verwandten und natürlich ihrer Patin, der *Ginka Mair*. Auch der Priester ist eingetroffen.«
»Wird der Priester jetzt die Kleider einsegnen?«
»Ja«, sagte ich.

»Mir ist aufgefallen«, sagte mein Schatten, »daß Wartan vorhin, als er beschnipselt, frisiert, gestutzt, besungen, eingeseift, rasiert und parfümiert wurde – ich meine: als er so dasaß, auf den gefüllten Getreidesäcken, einen Teppich unter dem Hintern – da fiel mir doch auf, daß er seine ältesten Kleider anhatte?«
»Das hatte einen Grund«, sagte ich. »Auch die Braut, die ja soeben von ihrem Zug ins Oda des Bräutigams geführt wurde, trägt ihr ältestes Kleid.«
»Warum das?«
»Das ist eben so«, sagte ich. »Wartan sitzt jetzt neben dem Tonir, und hinter ihm steht die Braut. Sie ist stumm und darf kein Wort reden. Denn bald wird Boghos kommen und zwei Pakete hereinbringen. Sie sind in ein Sacktuch gewickelt und bergen ein Geheimnis.«
»Was für ein Geheimnis?«
»Unter dem Sacktuch liegen nämlich die neuen Kleider... In dem einen Paket die des Bräutigams, in dem anderen das Brautkleid und der neue Schleier. Der Priester wird die neuen Kleider und auch den neuen Schleier segnen. Und er wird eine Zeitlang beten und dann die rechten Hände des Brautpaars ineinanderlegen. Dann werden sich Braut und Bräutigam zurückziehen, im Stall ein Bad nehmen – nicht im selben Stall –, Wartan im Stall der Khatisians, die Braut im Stall des Muchtars. Sie werden dann ihre neuen Kleider anziehen und sich so und nicht anders den Hochzeitsgästen vorstellen.« Und ich sagte zu meinem Schatten: »Ich kann dir schon jetzt verraten: die Braut trägt rote Farben. Ihr Brautkleid ist rot. Und der äußere Schleier ist rot, und er wird den unteren bedecken, der nur dazu da ist, um den Mund und das Kinn zu verbergen. Rot sind auch die Schuhe, ich meine: die Pantöffelchen aus Saffian, die so zierlich sind, daß man's kaum glauben kann.«
»Was kann man kaum glauben?«
»Daß sie all das Fett tragen, daß sich die Braut angefressen hat, während der Zeit der Mästung.«

»Und Wartan?«
»Wartan wird keine Pluderhosen tragen«, sagte ich, »und auch keine Stiefel und keine ärmellose Weste. Nicht mal die übliche Pelzmütze.«
»Was wird er tragen?«
»Neumodisches Zeug, das ihm sein ältester Bruder Hajgaz in Bakir gekauft hat: einen Stambuler Anzug, eine rote Krawatte aus Van, der armenischen Garten- und Zitadellenstadt, Halbschuhe aus Erzurum und einen echten Bakirer Fez, steif und fest und rot.«
»Er wird wie ein Geck aussehen!«
»Er ist kein Geck.«

Als Zovinar und Hamest und auch die Töchter Zovinars mit ihren Sofras voller Süßigkeiten zwischen den Gästen herumgingen und beleidigt taten, wenn jemand sagte: Nein, ich habe den Bauch schon voll... als die Weiber also und nicht anders herumgingen mit den Sofras... kam es uns beiden, das heißt: mir und meinem Schatten, so vor, als würden auch wir von den Süßigkeiten kosten, vor allem von den Baklava, die Zovinar gebacken hatte, und es kam uns auch vor, als ließen wir uns von Hagob und auch von Wartans Großvater Schnaps und Wein eingießen, und später glaubten wir tatsächlich, stockbesoffen zu sein. Scheinbar besoffen fielen wir bald in einen tiefen Schlaf. Und als wir erwachten, war der sechste Tag schon vorbei.

Und es ward der siebente Tag, der Tag der kirchlichen Trauung. Während der Zeremonie hielten wir beide, mein Schatten und ich, vor der kleinen gregorianischen Dorfkirche Wache.
»Wenn die Kurden kommen, um die Braut zu entführen, sollten wir etwas tun«, sagte mein Schatten.
»Ja«, sagte ich, der Märchenerzähler.
»Aber was?« sagte mein Schatten. »Wir existieren doch gar nicht, ich meine: du, der Märchenerzähler, und ich, dein Schatten?«
»Da hast du eigentlich recht«? sagte ich. »Oder: du hast nicht recht. Vielleicht existieren wir doch. Nur existieren wir anders.«
»Und was könnten wir da tun?«
»Weiter Wache halten«, sagte ich. »Und für die Welt der Vorstellung weiter registrieren.«
»Für Thovma Khatisian?«

»So ist es.«
»Also gut«, sagte mein Schatten. Und während er das sagte, guckten wir beide angestrengt zu dem Serpentinenweg, der über dem Dach des Khatisianschen Hauses hinauf in die Berge führte ... bis zu den schwarzen Zelten des Kurdenscheichs Süleyman.
»Einmal strauchelte das Pferd eines kurdischen Reiters auf dem Serpentinenweg über Hagobs Dach«, sagte ich zu meinem Schatten. »Und Pferd und Reiter fielen durchs Dach und landeten neben dem Tonir.«
»Ich kenne die Geschichte«, sagte mein Schatten. »Wenn sie kommen, um die Braut zu entjungfern«, sagte ich, »dann sollten wir den lieben Gott bitten, daß er sie alle durchs Dach fallen läßt. Vielleicht brechen sie sich das Genick.«
»Oder sie fallen direkt in den Tonir«, sagte mein Schatten.

Während wir also Ausschau hielten und dabei redeten, hörten wir durch die nur angelehnte Tür der Kirche die liturgischen Gesänge des Priesters und der Gemeinde. Und zwischen den vielen Stimmen hörten wir Zovinar freudig schluchzen. Und wir hörten auch das traurige Geschluchze der Frau des Muchtars, die ihre Tochter verlor.
»Braut und Bräutigam stehen sich jetzt gegenüber«, sagte ich zu meinem Schatten. »Bald wird der Priester ihre Köpfe berühren und ihre Stirnen gegeneinander pressen, und er wird, wie es Brauch ist, ein Perlenamulett – das *Narod* – um die Stirnen der Brautleute winden, damit sie es eine Woche lang tragen. Das ist wegen der bösen Geister, und es ist wirksamer als Knoblauch und verkehrt hängende Hufeisen.«
»Und was ist mit den Kreuzen?« fragte mein Schatten.
»Alle Anwesenden tragen kleine Holzkreuze«, sagte ich. »Nur der Schmied, Wartans Pate, trägt ein großes. Und er hält das große Kreuz schützend über die Häupter des jungen Paares.«
»Und wie ist es mit den Eheringen?«
»Was soll damit sein«, sagte ich. »Der Priester wird ihnen die Ringe auf einem Teller präsentieren, und Zovinar wird lauter schluchzen, und auch die Frau des Muchtars, und die Hände der Brautleute werden zittern, denn das Anziehen der Ringe ist ein endgültiger Akt. Nur der Tod kann dann die beiden noch scheiden.«

»Wird auch der Ringfinger zittern?«
»Der ganz besonders, mein Lämmchen.«

Während wir beide, mein Schatten und ich, also nach den Kurden Ausschau hielten, ging drinnen in der kleinen Kirche die Trauungszeremonie ihrem Ende entgegen. Bald sprang die Kirchentür auf, und das lachende, neuvermählte Paar trat auf die Straße. Wir sahen noch, wie Wartans ältester Bruder Hajgaz dem Paar, das vor der Kirchtür stehengeblieben war, einen zerbrechlichen Teller vor die Füße legte, und wie Wartan auf den Teller trat. Und wir hörten einige Leute schluchzen und einige lachen. Hagob lachte besonders laut. Auch der Großvater lachte und sagte mit seiner piepsigen Stimme den alten armenischen Spruch: *Scherben zerbrechet ... die Braut und der Bräutigam mögen leben!*
Dann flogen wir beide, mein Schatten und ich, ganz einfach davon.

Bald aber kehrten wir zurück, um den lustigen Hochzeitszug auf ihrem Weg durch das Dorf zu begleiten.

»Fast hätte ich, der Märchenerzähler, der Braut an den Hintern gegriffen, denn so einen prallen und jungen Hintern sieht man nicht jeden Tag. Wie ein gefüllter Weinschlauch auf kurzen Beinen watschelte die gemästete Braut zwischen ihren Verwandten und Paten durch die Gassen des Dorfes. Jeder bestaunte das kostbare rote Hochzeitskleid mit den Goldstickereien, den kleinen roten Frauenfez mit dem weißen und roten Schleier, dem Goldschmuck und den Perlenketten aus silbernen Münzen. Der Zug der Weiber ging auch hier hinter dem Zug der Männer. Als das Brautpaar aus der Kirche kam, fingen die Musikanten wieder zu spielen an. Die Frauen der Teufelsanbeter, der Moslems und der Zigeuner stimmten ein lautes *Talil* an, das Zungengetriller, das jedem gläubigen Christen durch Mark und Bein geht. Besonders die Frauen der Teufelsanbeter auf dem Dach der Dorfschmiede, die es vorzogen, hier oben, nur mit den Augen, dem Zug der Männer und der Weiber zu folgen, trillerten schriller und lauter als die Zigeunerweiber und die Weiber der Moslems, so, als wollten sie zugleich auch den Teufel beschwichtigen. Oft blieb der Hochzeitszug vor den Häusern stehen, um mit den alten Weibern, die vor den Türen saßen, zu scherzen oder Geschenke in Empfang zu nehmen. Manche der alten Weiber hatten Mehlkleister auf Gold-, Silber- und Kupfermünzen geschmiert, um sie der Braut auf die Stirn zu kleben. Diese ließ es geschehen, bedankte sich und machte das klebrige Zeug dann ab, aber nur, um sie der Patin zuzuwerfen, die die Münzen unter ihrer Schürze verschwinden ließ. Ja, es war wirklich eine reine Freude. Es dauerte fast den halben Nachmittag, bis der Hochzeitszug endlich vor dem Hause Hagobs ankam.

Im vorigen Jahr hatte Hagob noch eine Kammer hinter dem Stall angebaut. Dort sollten Wartan und sein junges Weib wohnen. Die Kammer hatte sogar einen eigenen Tonir und auch ein Fenster, was unüblich war, aber Hagob hatte gesagt: Ein Fenster, wie es die Reichen in den Städten haben, in ihren Odas und sonstigen Räumen. Es heißt, so hatte Hagob gesagt, daß in Frankistan sogar die Armen Fenster in ihren Odas haben. Wenn nun mein Sohn frühmorgens aufwacht ... mit Gottes Willen ... dann soll er ans Fenster treten, um frische Luft zu schnuppern und nach dem Wetter zu sehen.
Als der Hochzeitszug endlich vor dem Hause Hagobs anlangte, lag ein gefesseltes Lamm vor der Haustür. Wartans ältester Bruder stand neben dem Lamm und hatte ein Messer in der Hand.

Es ging so ähnlich zu wie bei Hagobs Hochzeit, und auch dessen Vater hatte damals zu ihm gesagt: Ja. So war es auch bei mir und deiner Mutter. Und so war es bei deren Eltern und bei den Eltern der Eltern. Eigentlich war es immer schon so. Und wie sollte es auch anders sein?
Die Hochzeitsgäste streuten Weizenkörner über die Häupter der Brautleute, und einige klatschten, als Wartan Hajgaz das Messer wegnahm und das Lamm mit der linken Hand am Hals streichelte, genau dort, wo er den schnellen Schnitt machen würde. Dann spuckte Wartan auf das Messer und schnitt dem Lamm die Kehle durch, sprang zur Seite, als der Blutstrahl gegen die Eingangstür schoß, zerrte das zuckende Lamm von der Tür fort, steckte den Zeigefinger in die offene, blutende Wunde des Tieres, drückte einige Tupfer Blut auf die Stirn seiner Frau, einige auf die eigene, zückte

ein altes Schwert, das er unter der Jacke verborgen hatte, hob es – Symbol seines Schutzes – über das Haupt seiner jungen Frau, die dann unter dem Schutz des Schwertes in die neue Wohnung schlüpfte.
Die Musikanten hatten ihr Spiel sekundenlang unterbrochen, fingen aber jetzt wieder zu spielen an, lauter und lustiger. Die Hochzeitsgäste redeten durcheinander, manche klatschten rhythmisch den Takt. Auch das Talil wurde lauter, denn einige Weiber der Teufelsanbeter waren vom Dach der Dorfschmiede heruntergeklettert und liefen mit vibrierenden Zungen auf Hagobs Haus zu, gefolgt von zwei Zigeunerinnen, die es ihnen nachmachten. Jetzt kam auch der Bürgermeister angerannt. Er brachte das heilige Feuer aus seinem eigenen Tonir und übergab es seiner Tochter, die noch einmal vor die Haustür getreten war. Und so kam es, daß die Braut den Kessel mit dem heiligen Feuer aus dem Tonir ihrer Eltern übernahm. Sie weinte, als ihr Vater ihr den Kessel mit dem Feuer gab, und sie küßte ihm die Hand, und weinend begab sie sich in die Ehekammer. Dort, im neuen Tonir, zündete sie ihr eigenes Feuer an.

Wartan und seine Braut waren gerade dreimal um den Tonir herumgegangen, als Hagob und Zovinar in die neue Kammer traten. Zovinar hatte ein weißes Bettlaken über dem Arm.
– Deine Mutter hat dir das weiße Bettlaken gebracht, sagte Hagob zu Wartan. Wir lassen euch jetzt allein, damit du deine Mannespflicht tust. Überlege nicht lange und mache es schnell, denn die Leute warten ungeduldig vor dem Haus.
– Worauf warten die Leute?
– Auf das blutbefleckte Bettlaken, sagte Hagob, das du später vor die Tür hängen wirst, damit jeder sieht, daß deine Frau noch Jungfrau war.
– Muß es jetzt sein?
– Es muß jetzt sein, sagte Hagob. Denn wenn es dunkel wird, können die Leute das Blut nicht sehen.
– Hat es nicht bis morgen früh Zeit?
– Nein, sagte Hagob.
– Um Gottes Willen, sagte Zovinar. Zögere nicht, mein Sohn und bringe keine Schande über die Familie.

– Sie hat recht, sagte Hagob. Mach es jetzt, denn morgen früh, wenn der Hahn kräht, könnte es bereits zu spät sein.

Aber Wartan war viel zu verwirrt, um die Braut jetzt zu entjungfern. Deshalb nahm er sie bei der Hand und führte sie noch einmal vor das Haus der Khatisians. Und er führte sie weiter, bis auf den Marktplatz, um Zeit zu gewinnen.
Später, dachte er, später wirst du es machen.

Hagob und Zovinar hatten recht gehabt, denn es gibt Dinge, die man nicht aufschieben darf, bis am nächsten Tag der Hahn wieder kräht. Gerade als Wartan und seine Frau vom Marktplatz zurückkamen, sprengten an die hundert bewaffnete kurdische Reiter ins Dorf. Ihr Gekreisch war noch lauter und schriller als das Talil der Weiber. Die Kurden schossen wild in die Luft, trieben die Leute auseinander, ritten zu Hagobs Haus, dann zum Marktplatz und wieder zurück, sahen plötzlich Wartan und die Braut, umringten die beiden, schlugen Wartan auf den Kopf, packten die schreiende Braut, zogen sie auf eines der Pferde und sprengten mit ihr davon.«

11

»Im Hause des Muchtars hatten sich die Dorfältesten versammelt, aber auch einige Männer, die zur Familie der Braut und des Bräutigams gehörten, der Paten und der Patinnen. Auch der Priester war da. Die Männer saßen rauchend im Selamlik rings um den Tonir.
– Warum habt ihr die Brautsteuer nicht bezahlt? fragte der rothaarige Schmied.
– Ich weiß es nicht, sagte Hagob.
– Ich weiß es auch nicht, sagte der Muchtar.
– Ihr habt wohl geglaubt, der Kurdenscheich würde die Hochzeit vergessen, sagte der Priester.
– Das haben wir geglaubt, sagte der Muchtar.

– Die Kurden werden die Braut nicht entjungfern, wenn wir das Lösegeld rechtzeitig zahlen, sagte Hagob. Das Problem ist nur: das Lösegeld wird viel größer sein als die Hälfte der Brautgabe.
– Die Brautsteuer, sagte der Schmied.
– Die Brautsteuer wäre billiger gewesen, sagte der Priester.

– Wir sollten die drei besten Pferde satteln, sagte der Muchtar, und den Kurden hinterherreiten. Wenn wir sie einholen und ihnen ein vernünftiges Lösegeld anbieten, dann könnten wir meine Tochter wieder einlösen.
– Bis wir die Kurden einholen, ist sie bereits entjungfert, sagte Hagob.
– Das könnte sein, sagte der Muchtar.
– Was wird dann aus der Ehre meines Sohnes?
– Ich weiß es nicht, sagte der Muchtar.«

Der Märchenerzähler sagte: »Es waren einmal drei Reiter, die sattelten die drei besten Pferde im Dorf und ritten den Kurden hinterher. Einer der Reiter war Wartans Schwager Pesak, der andere sein Bruder Dikran, der dritte war Avetik, der Sohn des Schmieds.

Als die drei Reiter ins Dorf zurückkamen, war es fast dämmernder Abend.
– Habt ihr die Kurden eingeholt? fragte der Muchtar.
– Ja, sagte Pesak. Sie warteten auf uns in einer der Bergschluchten, weil sie wußten, daß wir ein Lösegeld anbieten würden.
– Und ist meine Tochter noch Jungfrau?
– Sie ist noch Jungfrau.
– Woher weißt du das?
– Die Kurden haben es uns versichert.

– Wollen die Kurden die Brautsteuer?
– Nein. Sie wollen nur das Lösegeld.
– Und wieviel wollen sie?
– Sie wollen zwanzig Schafe für die entjungferte, aber lebendige Braut.
– Wir wollen die Braut aber als Jungfrau.
– Dann kostet das hundert Schafe.
– Hundert Schafe ist zu viel. Woher sollen wir hundert Schafe nehmen?
– Dann gib ihnen nur zwanzig, Muchtar Bey. Zwanzig Schafe für das Leben deiner Tochter.
– Zwanzig kann ich mir leisten. Und da mir Hagob sicher zehn Schafe beisteuert, werden es nur zehn sein.
– So ist es, sagte der Priester. Zwanzig Schafe von beiden Familien machen euch nicht arm.
– Ganz richtig, sagte der Muchtar. Aber was wird das Leben meiner Tochter wert sein, wenn sie keine Jungfrau ist? Ihre Kinder werden geächtet werden und ihre Kindeskinder. Und wie soll mein Schwiegersohn weiterleben? Soll er zum Gespött des ganzen Dorfes werden? Und wer wird noch mit meiner Tochter reden? Die alten Weiber werden ihr ins Gesicht spucken, und die jungen werden die Köpfe wegdrehen. Und wie soll ich weiter Muchtar bleiben? Dieser Schandfleck wird auf beiden Familien haften.
– Du hast recht, Muchtar Bey, sagte der Priester. Gib ihnen fünfzig Schafe, und weitere fünfzig wird Hagob geben.
– Aber was soll aus unseren Herden werden? sagte der Muchtar. Und Hagob sagte: Ja. Was soll aus unseren Herden werden?

Noch am selben Abend trieben die Männer der beiden Familien hundert Schafe in das Bergland der Kurden. Die einzige Frau, die mit ihnen ritt, war Bülbül, die Kurdin. Sie saß auf ihrem namenlosen Esel und trieb Männer und Tiere zur Eile an.
– He, Bülbül, sagte Hagob. Warum willst du überall dabei sein?
– Warum sollte ich nicht dabei sein, sagte Bülbül.
– Ja, warum eigentlich nicht, sagte Hagob.
– Und warum sollte ich nicht dabei sein? sagte Bülbül. Willst du etwa deine Schwiegertochter untersuchen, ob sie noch Jungfrau ist?
– Willst du sie untersuchen?
– Wer sonst? sagte Bülbül. Oder willst du etwa den Kurden die hundert Schafe geben, ehe du festgestellt hast, ob sie noch Jungfrau ist?
– Eigentlich nicht, sagte Hagob.
– Denn wenn sie keine mehr ist, sagte Bülbül, dann sind hundert zu viel.
– Dann sind hundert Schafe zu viel, sagte Hagob.
– Dann zahlst du eben nur zwanzig, sagte Bülbül.

Spät in der Nacht kamen Bülbül und die Männer mit der Braut zurück. Wartan und die übrige Familie der Khatisians standen in der Tür, als der seltsame, gespenstische Zug ankam. Im Dorf brannten noch die Öllämpchen.
– He, Bülbül, sagte Wartan.
– Na, mein kleiner Bräutigam, sagte Bülbül.
– Was ist, Bülbül?
– Nichts ist, sagte Bülbül.

Es war zwar schon spät, aber die Dörfler waren nicht schlafen gegangen, sogar die Gäste auf den Dächern der Häuser waren noch wach. Ein Glück, daß der türkische Ausrufer und Trommler, also der lahme und auf einem Ohr taube Münadi, unter den Hochzeitsgästen war.
– Hol deine Trommel, sagte Hagob zu ihm, und laß alle Leute wissen, daß sie noch Jungfrau und die Ehre beider Familien gerettet ist.
– Badiw? sagte der Türke.
– Badiw, sagte Hagob.
– Soll ich den Leuten noch etwas sagen?

– Ja, sagte Hagob. Sag ihnen, daß sie morgen in aller Frühe, kurz nach dem ersten Hahnenschrei, das blutige Bettlaken vor der Tür meines Hauses sehen werden.
– Glaubst du, daß morgen der Hahn kräht?
– Der Hahn kräht immer, wenn es tagt, sagte Hagob. Er krähte schon, als Gott den ersten Tag erschaffen hat.
– Dann war der Hahn schon vor dem Tage da?
– So ist es, sagte Hagob.

Die Braut war so erschöpft und verängstigt, daß sie gleich auf dem Brautlager einschlief, noch ehe ihr angetrauter Mann das machen konnte, was seine heiligste Pflicht war. Wartan hätte es sowieso nicht gemacht, denn auch er war verstört, er stand unter Schock und hatte von dem Kolbenschlag heftige Kopfschmerzen. Also legte er sich neben die Braut und schlief gleich ein.

Nur einmal wachte Wartan auf. Es war mitten in der Nacht. Was werden die Leute morgen sagen, wenn das Bettuch nicht blutig ist, dachte er. Er betastete den fetten Hintern seiner Frau. Du müßtest sie aufwecken, dachte er, aber das wagte er nicht.
Wartan versuchte sich vorzustellen, wie viele Stück Baklava sie wohl gegessen haben mochte, um soviel Fett anzusetzen. Vierzig jeden Tag, dachte er. Und das ein ganzes Jahr lang. Er versuchte zu rechnen. Wie viele Stück Baklava waren das in einem Jahr? Aber da er ein Dichter war und kein Rechner, kam er zu keinem Resultat. Er versuchte, die vielen Baklavastücke zu zählen, so wie man Schäfchen zählt, und das machte ihn so schläfrig, daß er nicht sehr weit kam. Später, als er vom vielen Zählen eingeschlafen war, träumte er von einem Kuchenberg.

Da war ein Gezeter und ein Gejammer, als Zovinar am frühen Morgen entdeckte, daß das Bettlaken nicht blutig war. Auch Hagob war gleich zur Stelle.
– Die Leute werden denken, die Kurden hätten es an Stelle meines Sohnes gemacht, sagte er.
– Wir sind entehrt! schrie Zovinar.
– Entehrt, sagte Hagob.

– Was ist los? sagte Hagob zu seinem Sohn. Ist sie nun Jungfrau oder nicht?
– Sie ist eine, sagte Wartan.
– Kannst du es beweisen? sagte Hagob.
– Nein, sagte Wartan.

– Hab ich dir nun einen gesunden Männerknochen mit ins Leben gegeben oder nicht? fragte Hagob.
– Das hast du, Vater, sagte Wartan.
– Und warum ist das Bettuch nicht blutig?
– Weil sie geschlafen hat, sagte Wartan.
– Und was für ein Mann bist du, wenn du es nicht einmal wagst, deine Frau aufzuwecken?
– Ich weiß es nicht, sagte Wartan.

Kurz nachdem der Hahn siebenmal gekräht hatte, kam Bülbül und klopfte an die Tür, als ob sie gewußt hätte, wo guter Rat ... von dem es hieß: der sei so teuer ... am dringlichsten gebraucht wurde.
– Das Bettuch ist so weiß wie Schnee, sagte Hagob. Was werden die Leute von uns denken?
– Hat dein Sohn keinen Männerknochen?
– Doch, er hat einen, sagte Hagob.

– Du hast geholfen, meinen Wartan auf die Welt zu bringen, sagte Hagob. Damals im Stall. Erinnerst du dich?
– Ich erinnere mich, Hagob.
– Und deshalb, Bülbül, sage ich mir, daß dir auch etwas einfallen wird, um seine Ehre wiederherzustellen.
– Mir könnte etwas einfallen, Hagob. Im Grunde fällt mir immer was ein.
– Wird dir etwas einfallen?
– Laß mich mal nachdenken, Hagob.

Und Bülbül dachte nach und sagte zu Hagob: Du wirst jetzt den Hahn Abdul Hamid schlachten. Und mit dem Hahnenblut wirst du das Bettlaken rot färben. Und dann hängst du das Laken, das weiß und rot sein wird, vor die Tür.

– So soll ich's machen?
– Ja, Hagob.
– Und was werden die Leute sagen?
– Sie werden sich freuen, sagte Bülbül. Sie werden sagen: Die Kurden haben sie tatsächlich nicht entjungfert. Wartan hat es gemacht. Und hier ist der Beweis. Das Bettuch ist rotgefleckt. Und dieser Wartan ist ein echter Mann. Er hat einen guten, starken Knochen. Gott segne ihn. Und seine Eltern, die ihm den Knochen vererbt haben. Und auch die Schwiegereltern, die dafür sorgten, daß das Häutchen intakt blieb.
– Richtig, Bülbül, sagte Hagob.
– Her mit dem Hahn Abdul Hamid, sagte Bülbül.
– Du sollst den Hahn haben, Bülbül, sagte Hagob.

Bülbül schnitt dem Hahn den Hals durch, aber erst, nachdem er noch einigemal gekräht hatte. Dann sprenkelte und tröpfelte sie frisches, rotes Blut auf das weiße Laken, hielt das Laken dann über das Feuer des Tonirs, um das Blut zu trocknen. Dann sagte sie: So, Hagob Efendi. Jetzt hängen wir das Bettuch vor die Tür.

Am Nachmittag des achten Tages begab sich Wartan mit dem blutigen Bettlaken zu seiner Schwiegermutter. Sein Großvater hatte ihm erzählt, daß er damals, als er die Großmutter geheiratet hatte, zwei Tage lang mit dem Eselskarren unterwegs gewesen war, um seiner Schwiegermutter, die weit entfernt wohnte, das blutige Bettlaken zu bringen. Es gehörte sich so, und es war ein Zeichen des Respekts und der Dankbarkeit. Hier ist das Bettlaken, hatte er damals zu ihr gesagt, und hier ist der Beweis, daß deine Tochter richtig von dir erzogen wurde. Sie war rein und unberührt vor der Trauung.
Und seine Schwiegermutter hatte gesagt: Wie sollte es anders sein, mein Schwiegersohn. Schließlich kommt sie aus einer anständigen Familie oder etwa nicht?
– Es gibt kein Mädchen aus einer besseren und anständigeren Familie, hatte er damals gesagt, die es verdient hätte, einen Khatisian zu heiraten.
Und die Schwiegermutter hatte ein bißchen geweint, das Bettuch beschnüffelt und zu ihm gesagt: *Atschket Louis.* Mögen deine Augen leuchten, mein Schwiegersohn, und möge Gott dich segnen.

Du wirst der Frau des Muchtars dasselbe sagen, was Großvater damals seiner Schwiegermutter gesagt hat, dachte Wartan. Und wenn sie an dem Bettlaken schnüffelt und sagt, das rieche eher nach Hahn, dann wirst du es einfach abstreiten.

Auf dem Weg zu seiner Schwiegermutter traf er den Onkel aus Amerika und dessen Sohn, der weder türkisch noch kurdisch konnte und auch nur ein paar Brocken armenisch.
– Dieser Trottel, sagte der Onkel und zeigte auf seinen Sohn, dieser Trottel da weigert sich, ein Mädchen aus diesem Dorf zu heiraten, obwohl ich ihm gesagt habe, daß es die besten und verläßlichsten sind.

Es dauerte sieben Tage und sieben Nächte, ehe es Wartan gelang, seine Frau zu erkennen.
– Sie hat einen ausgetrockneten Brunnen zwischen den Schenkeln, hatte er zu seinem Vater gesagt.
Und sein Vater hatte gesagt: Ihr Brunnen ist nicht ausgetrocknet. Es liegt an dir, mein Sohn, geschickt und mit Geduld und sehr viel Zärtlichkeit nach Grundwasser zu bohren, und du wirst merken, wie schnell die Quelle wieder sprudelt.
– Es geht aber nicht, hatte Wartan gesagt.
– Dann mußt du Hammelfett nehmen, mein Sohn, denn wo die Erde spröde ist und der Knochenbohrer zu hart, da muß das gute Fett den Weg zum Eingang ebnen.

Und Wartan hörte auf seinen Vater. Und er erkannte sein Weib. Und sie wurde schwanger.
– Wenn sie einen Sohn kriegt, sagte der Großvater, dann wirst du ihn Thovma nennen.

Nun trug es sich aber zu, daß Thovma von einem anderen Weibe geboren werden sollte und nicht von Wartans erster Frau. Denn deren Lebenslinie war kurz, so kurz, daß die Zigeunerinnen erschraken, wenn sie ihr aus der Hand lasen.

Die Großmutter hatte Wartans Frau gewarnt: Blicke nie in den

Spiegel während der Schwangerzeit! – Aber Arpine hatte die Alte nur ausgelacht, denn sie mochte die Großmutter nicht und war neidisch auf deren bevorzugte Stellung im Kertastan. Und weil sie von Natur aus eitel, trotzig und faul war und mit zunehmender Schwangerschaft ihre Hausarbeiten und täglichen Pflichten vernachlässigte, fand sie Zeit, öfter und länger in den Spiegel zu blicken, als es sich ziemte. Dadurch aber hielt das Ungeborene in ihrem Leib das Spiegelbild der Schwangeren für seine wahre Mutter und legte sich verkehrt.

– Paß auf, warnte die Großmutter. Du weißt nicht, was du tust.
– Mir kann aber nichts passieren, sagte Arpine, denn ich habe nicht nur doppelte Hufeisen vor die Tür unserer Schlafkammer gehängt ... und die Bibel neben mein Lager ... und Knoblauch in allen Ecken und über dem Eingang, ja, sogar um meinen Hals, genauso wie du, Großmutter. Ich habe sogar den Brunnenrand vor dem Haus mit Butter beschmiert. Wie sollten die Djins da mein Ungeborenes verhexen?
– Hänge wenigstens dein kleines goldenes Kreuz vor den Spiegel.
– Das trage ich aber lieber zwischen den Brüsten.
– Deinen speckigen Milchschläuchen, die noch gar nicht gefüllt sind?
– Ja, sagte Arpine.

Und so kam es, wie es kommen mußte. Arpine starb nach neun Monaten Schwangerschaft im Kindbett.

Sie starb zu einer Zeit, als die Bäume im Lande Hayastan schon längst ausgeschlagen hatten und der liebe Gott zu Ehren von Christi Himmelfahrt das ganze Vilayet mit einem bunten Blumenteppich geschmückt hatte, damit sich alle an ihm freuen, auch die Moslems und die Juden, die Zigeuner und die Teufelsanbeter. Die Spatzen auf den flachen Dächern von Yedi Su kündigten bereits den Sommer an.

– Man könnte glauben, die Jeziden hätten recht, hatte Wartan zum Priester Kapriel Hamadian gesagt, diese dummen Teufelsanbeter, die daran glauben, daß der Kampf zwischen Gut und Böse noch nicht entschieden sei. Denn wie sollte ich verstehen, daß der Wille der

Djins im verhexten Spiegel meiner gottseligen Frau stärker war als der Wille Gottes?
– Du versündigst dich, hatte der Priester gesagt. Sicher war es Gottes Wille, daß sie stirbt. Denn sonst hätte sie die Geburt überlebt.
– Und warum mußte mein Thovma mit ihr sterben?
– Es war nicht dein Sohn Thovma, sagte der Priester. Es war ein namenloses, totgeborenes Kind. – Und sicher war es Gottes Wille, daß du ein anderes Weib zu dir nimmst und einen anderen Sohn mit ihr zeugst, den du Thovma nennen wirst.
– Thovma?
– Ja, sagte der Priester. Thovma.

Eine Woche nach der Beerdigung starb auch die Urgroßmutter. Da die Schwachsinnige stundenlang bewegungslos neben dem Tonir zu sitzen pflegte, hatte es niemand bemerkt. Sie war einfach eingenickt. Erst gegen Abend, als die Tiere von der Weide kamen und auf dem Weg zum Stall am Tonir vorbeistampften, wobei eines von ihnen die Großmutter mit dem schlenkernden Schwanz streifte, so daß die Tote umfiel, merkte es Hagob.

– Ihr Tod war längst fällig, sagten die Leute. Schließlich war sie über hundert.
– Sicher hat sie sich gegrämt, weil mein Enkel Thovma tot geboren wurde, sagte Hagob. Jemand muß es ihr gesagt haben.
– Der Priester hat aber gesagt ... es war nicht Thovma, sagte Zovinar. Es war ein namenloses Kind. Unser Thovma muß erst noch gezeugt werden.«

12

Und da war die Stimme des Märchenerzählers, der da sagte: »Es war das Jahr 1894, das Jahr, in dem die Trommler und Ausrufer im Lande Hayastan auf öffentlichen Plätzen im Namen des Sultans Reformen ankündigten, Steuer- und sonstige Erleichterungen für Rayas und Giaurs, kurz: für alle Ungläubigen, die Allah – gepriesen sei sein Name – für alle Zeiten verflucht hat. Der Sultan versprach mehr Selbstbestimmung in den *Milets*, den christlichen Dorfgemeinschaften. Genüßlich trommelten die Münadis die Versprechungen über die Köpfe der Menge. Die Armenier würden weiterhin die Militärsteuer bezahlen – den *Bedel* für den Sultan –, wie das schon immer so war. Sie durften auch weiterhin keine Waffen tragen, mit Ausnahme einiger armenischer Saptiehs, die von nun an, zusammen mit den Muslims, in den Milets für Ruhe und Ordnung sorgen würden. Der Sultan versprach den Armeniern eine Vertretung in der Regierung und forderte alle armenischen Verräter vom Kriege 77/78 auf, versteckte russische Pässe gegen osmanische einzutauschen. Die Münadis waren geübte Ausrufer, und ihre Versprechungen klangen zuweilen so süß, als hätten sie den Mund voller Honig.

Im Dorfe Yedi Su verstanden nur die wenigsten, was der Sultan meinte, und so kam es, daß Hagob den Münadi nach der Verlesung fragte: Was meint der Sultan eigentlich?

– Ich weiß es auch nicht, sagte der Münadi.

Und so fragte Hagob den schriftkundigen Armenier, der den Münadi nach wie vor begleitete.

– Es hat nichts zu bedeuten, Hagob Efendi, sagte der Armenier des Münadis. Überhaupt nichts, Hagob Efendi.

– Aber irgend etwas muß es doch bedeuten?

– Na ja, sagte der Armenier. Irgend etwas schon. Hast du schon mal was vom Berliner Kongreß gehört, Hagob Efendi, ich meine, den vom Jahre 1878?

– Nein, Tschelebi, sagte Hagob.

– Da hat der Sultan den christlichen Großmächten gewisse Zuge-

ständnisse gemacht, vor allem in Sachen Reformen, und mehr Freiheit versprochen für die Christen im osmanischen Reich, Schutz vor den Kurden und vor der Willkür der türkischen Beamten.
– Davon haben wir aber noch nicht viel gesehen, sagte Hagob.
– Ja, das stimmt, sagte der gebildete Armenier des Münadis.
– Und was haben die christlichen Großmächte davon, wenn es uns hier besser geht? fragte Hagob.
– Gar nichts, sagte der gebildete Armenier.
– Und warum setzen sie sich dann für uns ein?
– Das ist nur ein Vorwand, sagte der gebildete Armenier, ein Vorwand, um sich hier einzumischen. Es dient ihren politischen Interessen. Verstehst du das?
– Nein, Tschelebi, sagte Hagob. Das verstehe ich nicht.

Später, im Kaffeehaus, sagte der gebildete Armenier zu Hagob: Die Großmächte benützen die Christen als Vorwand, um *den kranken Mann am Bosporus* mit ihren eigenen Krücken zu versehen. Sie möchten nämlich gerne mit ihm mithumpeln, wenn möglich in eigener Regie, verstehst du das?
– Nein, Tschelebi, das verstehe ich nicht, sagte Hagob. Und wer ist der kranke Mann am Bosporus?
– Frag den Münadi, sagte der gebildete Armenier. Der weiß das.
Aber der Münadi wußte es auch nicht.

Der Priester sagte während einer Predigt: Jedesmal, wenn der Sultan Reformen ankündigt, plant er ein kleines Massaker.
– Warum das, Priester? fragte jemand aus der Gemeinde.
– Weil ihn sein eigener Großmut ärgert, sagte der Priester. Oder weil er die christlichen Großmächte ärgern will, die er kurz vorher mit seinen Reformplänen beschwichtigt hat.
– Und wen wird man massakrieren?
– Na, wen schon, sagte der Priester.

Ende 1894 fanden in entlegenen anatolischen Dörfern Massaker statt, aber nicht in den sieben Dörfern und der näheren Umgebung von Yedi Su. Reisende armenische Händler erzählten davon. Einer

von ihnen sagte: Die Kurden schneiden den armenischen Bauern die Hälse durch, und manche haben sie bei lebendigem Leibe verbrannt.
– Was für Kurden? fragte der Priester.
– Die 150000 Kurden, die der Sultan rekrutiert hat. Man nennt sie *Hamidije*. Habt ihr nichts davon gehört?
– Nein, sagte der Priester.
– Der Sultan zahlt den kurdischen Beys eine Menge Geld für ihre Krieger.
– Die Beys brauchen Geld, wie?
– So ist es, Wartabed.
– Und wozu braucht der Sultan die kurdischen Hamidijeregimenter?
– Genau weiß ich's nicht, sagte der armenische Händler. Ich nehme an, um die Minoritäten in Schach zu halten, und vielleicht: um den Großmächten einen Schrecken einzujagen.

Es passierte wirklich nicht viel in Yedi Su und den benachbarten armenischen Dörfern«, sagte der Märchenerzähler. »Auch im Jahre 1895, als die Massaker zunahmen, merkte man hier noch nichts. Der alte türkische Saptieh saß nach wie vor schwatzend im Kaffeehaus oder machte draußen in der Sonne ein Nickerchen, während die Kinder auf sein Gewehr aufpaßten, das noch älter war als er. Die bewaffneten Reiter Süleymans ließen sich nur blicken, wenn die Steuern fällig waren, verhielten sich aber friedlich, wenn man ihnen gab, was sie forderten. Und auch die türkischen Beamten kamen nur, wenn sie Geld brauchten. Einer der Händler brachte mal eine englische Zeitung mit, die keiner lesen konnte.
– Und was steht in dieser Zeitung drin? fragte der Priester.
– Daß die Hamidije 300000 Armenier massakriert haben, sagte der Händler. Sogar in den Städten. In Konstantinopel liegen tote Armenier mitten auf der Straße. Und in Urfa haben sie 1000 armenische Frauen und Kinder im Dom verbrannt.
– Aber das kann doch nicht sein, sagte der Priester. Glaubst du, was die Zeitungen schreiben?
– Ja, sagte der Händler.
– Und hast du selber irgend etwas mit eigenen Augen gesehen?

– Ja, sagte der Händler. In einer kleinen Stadt hab ich eine Schlachtung gesehen. Da waren kurdische Hamidijes dabei, aber auch türkische Zivilisten.
– Haben sie Schafe geschlachtet?
– Nein. Sie haben Armenier geschlachtet.

Im Dorfe aber glaubte keiner so recht an die Schreckensnachrichten der armenischen Händler. Die wenigen Türken im Dorf waren Freunde, und ihre Verwandten, die zu Besuch kamen, kannte man lange. Sie waren weder besser noch schlechter als die Armenier, obwohl sie nicht an Christus glaubten, aber keiner von ihnen war ein Mörder oder würde ein Massaker dulden oder ruhig zusehen, wenn den Christen die Hälse durchgeschnitten würden oder gar Frauen und Kinder in einer Kirche verbrannt. Auch der einzige türkische Saptieh im Dorf war keine Ausnahme. Er spielte Karten im Kaffeehaus wie die anderen Männer, zuweilen auch *Tavla*, das übliche Würfel- und Brettspiel, trank nicht mehr und nicht weniger, rauchte denselben Tabak und furzte manchmal wenn er zuviel oder zu schnell gegessen hatte. Das Leben im Dorf nahm seinen alltäglichen Lauf, trotz böser Nachrichten.

Kurz nach Weihnachten, einem Fest, das die Armenier Anfang Januar feiern, sagte Hagob zu seinem jüngsten Sohn: Eigentlich solltest du daran denken, wieder zu heiraten. Wie ist es, mein Sohn? Soll ich mit Manouschag sprechen? Sie ist eine gute Heiratsvermittlerin und hat deiner Schwester den Sohn des reichen Teppichhändlers in Bakir vermittelt.
Aber Wartan dachte nicht daran, die Heiratsvermittlerin zu Rate zu ziehen.

Am 21. Januar ist der Tag des heiligen Sarkis, der auch der Schutzheilige der Liebenden ist. Am Tag des heiligen Sarkis pflegen die Junggesellen zum Brunnen Gatnachpjur zu gehen, um Vogelfutter zu streuen. Man brauchte nur ein paar Brotkrumen vor den Brunnen zu werfen, abzuwarten, bis ein hungriger Vogel kam, die Krumen mit dem Schnabel schnappte ... und ihm dann nachzuschauen. Die Richtung, in die der Vogel flog, war die Richtung, in der es zur Braut ging. Man brauchte nur dem davonfliegenden Vogel zu folgen, und es war gewiß, daß man der Richtigen begegnen würde, nämlich der, auf die man sein ganzes bisheriges Leben lang gewartet hatte.

Am Tag des heiligen Sarkis ging auch Wartan zum Brunnen Gatnachpjur, um Vogelfutter zu streuen. Er stellte es aber klüger an als die anderen, baute geschickt eine Vogelfalle vor dem Brunnen auf, fing einen kleinen Spatz, der seine Krumen schon im Schnabel hatte, warf ihm ein Sacktuch über den Kopf, packte den Vogel vorsichtig, band einen kleinen Ring um einen Fuß und ließ ihn dann wieder fliegen. Nun war es ganz sicher. Er würde der Richtung des Vogelflugs folgen, und er würde den Vogel mit dem Ring wiederfinden, irgendwo in der Nähe seiner Zukünftigen.

An jenem Tag lief Wartan einige Stunden in den verschneiten Bergen herum, immer der Richtung folgend, in die der Vogel davongeflogen war. Am Nachmittag erreichte er die Ausläufer von Yazidje und seine schneebedeckten Felder. Es war das kleinste der sieben Dörfer und eigentlich nur ein Weiler von wenigen Häusern.

Das Dorf war niedergebrannt. Zwei Kurdenweiber in bunten Kopftüchern stocherten in den Trümmern herum. Ihre Pferde wieherten, als Wartan näherkam.

– Die Hamidije waren hier, sagte eine der beiden Frauen. Wir haben den Rauch oben in den Bergen gesehen.
– Gibt es Überlebende? fragte Wartan.

Es gab keine. Oder wenigstens hatte es den Anschein, als ob die Kurden des Sultans ganze Arbeit geleistet hätten. Es war schwer festzustellen, ob die Kurden die Dörfler erschossen, erschlagen oder auf eine andere bestialische Weise umgebracht hatten, denn sie hatten die Toten, Frauen, Männer und Kinder, auf einen Scheiterhaufen geworfen und verbrannt. Nicht alle Leichen waren verkohlt. Bei einigen Männern konnte Wartan feststellen, daß die Köpfe fehlten, bei anderen die Geschlechtsteile.
– Habt ihr gesehen, wie sie es gemacht haben? fragte Wartan.

– Nein, sagte eine der Frauen. Wir haben nur den Rauch gesehen.

Wartan durchsuchte die Trümmer der abgebrannten Häuser, aber nirgendwo fand er ein Lebenszeichen. Die beiden Kurdinnen folgten ihm. Ihre Gesichter waren rot von der eisigen Kälte und dem scharfen Wind. Sie hielten beim Gehen ihre bunten Kopftücher mit den Händen fest. Offenbar stammten sie aus einem der halbnomadischen Dörfer auf der Hochebene, und weder sie noch ihre Männer hatten etwas mit den Hamidijes zu tun. Wartan drehte sich öfter nach ihnen um, aber ihm schien, als hätten sie nichts Böses im Sinn. Als er vor dem letzten der sieben Häuser anlangte, sah er einen dunklen, toten Vogel im Schnee. Es war sein Sankt-Sarkis-Vogel. Er war erfroren. Der Ring, den er als Erkennungszeichen um den einen Fuß gebunden hatte, war noch da.

Und plötzlich hörte Wartan etwas. Auch die Kurdinnen hörten es. Ein leises Wimmern. Es kam aus dem verbrannten Hause, vor dem der dunkle, tote Vogel lag.
– Gestern hatte die eine Frau ein Kind bekommen, sagte die eine Kurdin. Denn ich war gestern hier, um ihrem Mann einen Hahn zu verkaufen.
Das Leben ist ein Wunder, dachte Wartan.

Die Kurdinnen rieben das Kind mit Schnee ein und trockneten es dann ab. Dann massierten sie es wieder und wieder. Die eine gab dem Kind die Brust, und die andere holte eine Pferdedecke und wickelte das Kind darin ein.
– Es ist ein kleines Mädchen, sagte die, die ihm die Brust gegeben hatte. Wir werden es mitnehmen.
Wartan aber sagte: Nein. Ich nehme es mit.

Und so kam es«, sagte der Märchenerzähler, »daß der schwarzgraue Vogel des heiligen Sarkis Wartan rechtzeitig geholt hatte, um das Leben Anahits zu retten. Denn Anahit würde sie heißen, die, welche eines Tages seinen Sohn Thovma in ihrem Leib tragen sollte.

Die Erzählung Wartans und der Anblick des verbrannten Kindes, von

dem nur noch die Augen zu leben schienen, verbreitete Angst und Entsetzen im ganzen Dorf. Die Leute schlossen sich in ihren Häusern ein.
Wartan übergab das kleine Mädchen dem Priester Kapriel Hamadian, und dieser – so seltsam das auch war – ließ die Kurdin Bülbül rufen, denn sie, so sagte der Priester, habe Heilpflanzen in ihrer Hütte, könne zaubern und habe – obwohl sie eine Kurdin sei – gute Hände, denen man dieses kleine armenische Mädchen ruhig anvertrauen könne.

Die Dorfbewohner verriegelten ihre Haustüren, und da sie im Falle eines Massakers nirgendwohin laufen konnten, außer in die unwegsamen, hohen Berge, wo sie allesamt im Schnee und Eis jämmerlich verhungern und erfrieren würden, blieb ihnen nichts anderes übrig, als abzuwarten. Da aber jeder wußte, daß verriegelte Türen keine Festungen waren, die von den Hamidijes oder den Djins nicht überwunden werden könnten, schlossen die Leute ihre Türen bald wieder auf, traten schnuppernd ins Freie und gingen bald wieder ihre gewohnten Wege. Mochte kommen, was kommen mußte. Niemand konnte etwas daran ändern.
– Vertrauet in Gott und Jesus Christus, sagte der Priester.
– Ich werde mich und die Meinen mit der Holzhacke verteidigen, sagte Garo, der Sohn des Sattlers, der ein Daschnak werden wollte wie Pesak, der Schwager Wartans.
– Ich jage diese Teufel mit dem Schmiedehammer weg, sagte Avetik, der Sohn des Schmiedes.
Und Wartan sagte: Ich nehme mein Hochzeitsschwert.
Auch die Türken im Dorf versprachen ihre Hilfe. Wir sind Moslems, sagte Taschak, und dürfen Waffen tragen. Und ich habe noch ein altes Gewehr im Stall. Diesen Hunden von Hamidijes werde ich das Gehirn wegblasen, und wenn sie tot sind, zerquetsch ich ihnen persönlich die Eier.
Im Kaffeehaus redete man viel von den Hamidijes. Der alte, schläfrige Saptieh, der zwischen den Tischen herumstolzierte, rauchte und zuweilen laut rülpste und furzte, der sagte: Ich werde sie allesamt verjagen, wenn sie kommen. Schließlich bin ich der Vertreter des Gesetzes. Diese Hamidijes sind nichts weiter als wilde Freischärler,

nicht besser als die Baschi-Bozuks, und ich weiß nicht, warum der Sultan Abdul Hamid diesen feigen Hunden seinen Namen gegeben hat.

Und sie kamen nicht. Die einzige Bedrohung war der Sturmwind aus den Bergen, der die Pappeldächer umzuwehen drohte, und dann, mit dem Anfang des Frühlings, kamen die Sturzbäche der Schneeschmelze aus den Bergen und hätten fast die schiefen, kleinen Häuser weggeschwemmt. Alles blieb ruhig. Reisende Händler, die mit der Wetterverbesserung wieder ins Dorf kamen, mit schönen Seidenstoffen, seltenem Schmuck und Früchten aus fernen Ländern, sagten, daß die Weltpresse ein großes Geschrei gemacht hätte. Wegen der Armenier natürlich.
Hagob fragte einen der Händler, warum die Weltpresse den Armeniern nicht helfe, aber der Händler sagte, die Zeitungen bestünden aus Papier und Druckerschwärze, und ihre Buchstaben seien jämmerliche Soldaten, die niemandem halfen, außer den Großen und Mächtigen, in deren Namen alles gedruckt wurde, und was die Zeitungen in die Welt hinausschrien, sei nicht besser als der großmäulige und scheinheilige Singsang der Marktschreier von Bakir.

Es kamen noch viele reisende Händler nach Yedi Su, und jeder erzählte etwas anderes. Zur Zeit, als die Maulbeeren reiften, sagten die Händler, daß man nichts mehr von den Hamidijes höre, weil der Sultan sie nach Arabien geschickt hätte. Die Russen, so sagten die Händler, hielten die Hamidijes für kurdische Kosaken und warteten nur darauf, daß diese Freischärler in einem zukünftigen Krieg auf ihre Seite überlaufen würden. Es hieß, der Zar habe den Aghas und Beys auf seiner Seite der Grenze goldene Berge versprochen, unter anderem auch bessere Waffen für ihre Reiter, bessere Pferde, größere Pelzmützen, Goldrubel, Frauen und sonstige Beute. Die Händler lachten und beruhigten die Dorfbewohner und rieten ihnen, sich keine Sorgen zu machen, lieber Vorräte einzukaufen, denn die Zeiten der Massaker seien endgültig vorbei. Die Händler versicherten den Bauern, daß es klüger sei, die Goldstücke aus den Stiefeln, den Wattejacken, den Tonkrügen oder gar aus den Löchern im Stall und den Verstecken auf den Feldern hervorzuholen, um sie in Seidenstof-

fen, schönen Juwelen und zum Einwecken bestimmten seltenen Früchten anzulegen. Einer der Händler fragte Hagob: Ist es wahr, daß dein jüngster Sohn nach Amerika fährt?
– Wer hat dir das gesagt? fragte Hagob.
– Der Briefträger hat's mir gesagt, den ich mit meiner Araba ein Stück Wegs mitgenommen habe.
– Und woher weiß das der Briefträger?
– Nun, ich nehme an, daß er den Brief gelesen hat, den er in seinem Postsack hatte.
– Meinst du den Brief aus Amerika, den von meinem Bruder Nahapeth?
– Den meine ich.
– Der war nämlich unlängst hier, sagte Hagob, bei der Hochzeit. Mit seinem ältesten Sohn war er hier, einem Trottel, der nicht mal richtig armenisch kann.
– Und dieser Bruder will deinen Sohn Wartan nach Amerika holen? So stand es doch im Brief?
– So stand es drin, sagte Hagob. Und er fügte hinzu: Dabei hab ich dem Briefträger erst unlängst einen großen Bakschisch gegeben, damit er die Briefe nicht öffnet.
– Der Briefträger hat mir aber gesagt, du hättest ihm den Bakschisch nur für die pünktliche Postzustellung gegeben. Vom Briefeöffnen war gar nicht die Rede.
– Das mag sein, sagte Hagob. Und er sagte: Zum Teufel mit dem Briefträger. Im Grunde kann es mir egal sein, ob er weiß, was mein Bruder schreibt. Es sind keine Geheimnisse. Und auch dem Sultan ist es egal, ob mein Bruder meinem jüngsten Sohn den Kopf verdreht oder nicht, ich meine: mit dieser Reise nach Amerika.

Und so war es«, sagte der Märchenerzähler: »Der Onkel aus Amerika meinte es ernst mit seinem Vorschlag, Wartan nach Amerika zu holen, und Wartan selber hatte nichts dagegen einzuwenden, denn nach dem Massaker in dem Dorfe Yazidje wollte er nicht mehr in Hayastan bleiben.

Im Herbst des Jahres 1897 kam wieder ein Mann mit einem großen, komischen Krempenhut ins Dorf. Er sagte, er käme aus Amerika und brächte Geld von Hagobs Bruder Nahapeth, und zwar wäre das Geld für Hagobs jüngsten Sohn Wartan. Er brachte tatsächlich Geld, das er unter der Krempe des großen Hutes versteckt hatte.

Ich erinnere mich« sagte der Märchenerzähler, »daß Hagob das Geld gezählt und daraufhin gesagt hatte: Das ist aber nicht genug für so eine teure Reise.
– Es ist genau die Hälfte, sagte der Amerikaner.
– Wie meinst du das, sagte Hagob.
– Nun, wie soll ich's meinen, sagte der Amerikaner, der zwar einen Krempenhut trug, aber aus Hayastan stammte und noch immer so redete, wie die Leute hierzulande reden, auch seine Gebärden und Gesten wirkten vertraut. Wie soll ich's meinen, Hagob Efendi. Es reicht für eine halbe Schiffskarte.
– Kann man mit einer halben Schiffskarte nach Amerika fahren? fragte Hagob.
– Nein, sagte der Amerikaner.
– Soll mein Sohn etwa die halbe Reise machen und dann aussteigen, wo ich doch weiß, daß man mitten in diesem großen Meer nicht aussteigen kann?
– Nein, sagte der Amerikaner. Wartan soll das Geld nehmen, und den Rest wirst du zuschustern. Dein Bruder hat gesagt: Du sollst die Goldstücke aus dem *Pag* ausgraben, und der Amerikaner, der gar kein richtiger Amerikaner war, zeigte auf den Hof, wo die Hühner, Enten und Gänse herumliefen.
– Also dort soll ich's ausgraben?
– Ja, sagte der Amerikaner.

Und so grub Hagob ein paar Goldstücke aus, gab sie seinem Sohn, und dieser fuhr im Frühjahr 1898 nach Amerika. Hagob brachte ihn mit dem Eselskarren nach Bakir. Von dort ging es weiter mit den Karawanen der griechischen, jüdischen und armenischen Händler, deren Arabas unter Geleitschutz der Saptiehs standen. Als Wartan in Konstantinopel ankam, erwarteten ihn einige Onkel und Tanten, die er gar nicht gekannt hatte. Die große Stadt machte ihm Angst, und es war ein Glück, daß ein Armenier überall Tanten und Onkel hatte, die sich um ihn kümmerten. Er wohnte bei seinen Verwandten, und sie brachten ihn auch, am Tag der Abreise, zum Hafen, einem Hafen, der ihn noch mehr ängstigte als die große Stadt.«

Wartan wußte nicht, daß der Märchenerzähler neben ihm an der Reling stand. Und er merkte auch nicht, daß der Märchenerzähler wieder absprang, als die riesigen Schornsteine des Schiffes mit viel Dampf und Getute das Zeichen zum Auslaufen gaben. Als der Märchenerzähler absprang, fing das Schiff gerade an, in allen Fugen zu zittern, ungeduldig, angepeitscht von glühenden Öfen und den schwitzenden, kohleschippenden Heizern im Kesselraum. Als das Schiff endlich abfuhr, blieb der Märchenerzähler einfach zurück und verschwand in der Zeit. Irgendwann aber tauchte er wieder auf, so gegen Ende des Jahres 1899, um kurz darauf in ein neues Jahrhundert hineinzuhüpfen.

DRITTES BUCH

1

Niemand weiß, warum Märchenerzähler es manchmal eilig haben, die Kalenderjahre wegpusten und nur festhalten, was ihnen wichtig scheint. Ich, der Märchenerzähler, bin keine Ausnahme. Und so brauche ich nicht zu erklären, warum ich gleichgültig über die ersten Jahre des neuen Jahrhunderts hinwegflog. Da war der Sturz Abdul Hamids im Jahre 1908, die Auflösung der Hamidijeregimenter und die Machtergreifung der Jungtürken. Da waren die Russen, die zum Bosporus schielten, die Engländer, die vom kürzesten Weg nach Indien träumten, ein Weg, der mitten durch die Türkei führen sollte, und da waren kleinere und größere Mächte, die gierig nach dem faulen Kuchen blickten, den Abdul Hamid hinterlassen hatte. Jeder hätte sich gern ein Stück davon abgeschnitten, auch die Deutschen. Die aber waren am klügsten, denn sie verstanden es, die nimmersatten Augen hinter kalten Monokeln zu verbergen, Monokeln aus grauem, dickem Glas, undurchsichtig. Die Deutschen lieferten Waffen und schickten ihre Militärs, um die Türken auszubilden, und ihre Unterhändler wohnten in Pera, dem schicken Viertel in Konstantinopel mit den neumodischen Geschäften und gediegenen Hotels. Sie bauten den Türken auch eine Märchenbahn, die sie Bagdadbahn nannten, schmunzelnd bauten sie diese Bahn aus Eisen, Stahl und Feuer, ein Zeichen ihrer Tüchtigkeit, aber auch des Fortschritts und des Wohlwollens. Und so kam es, daß unter den vielen Krücken, die dem kranken Mann am Bosporus beflissen geschickt wurden, von den größeren und kleineren Mächten, die Krücken der Deutschen am brauchbarsten waren.

Während der Balkankriege flog ich kurz nach Bulgarien, kehrte aber bald wieder zurück, um die deutschen Offiziere nach den Schüssen von Sarajevo bis Bakir zu begleiten. Dort kreiste ich eine Zeitlang suchend über der Stadt und ließ mich schließlich mit meinem Schatten auf dem Tor der Glückseligkeit nieder.

»Vor ein paar Tagen habe ich Schüsse gehört«, sagte mein Schatten.
Ich sagte: »Das waren die Schüsse von Sarajevo.«
»Also die«, sagte mein Schatten.

»Ja,« sagte ich.
»Warum waren wir nicht dort?«
»Weil ich nicht sehen wollte, wie der österreichische Thronfolger und seine Gattin vor den Augen der Menge verbluteten.«
»Und was hätte das geändert?«
»Es hätte nichts geändert.«

Die Zeit der Gehenkten war noch nicht gekommen. Noch waren die schwarzen Haken am Tor der Glückseligkeit leer und scheinbar nutzlos. Auch in den nächsten Wochen war das so.
»Die Zeit der Gehenkten ist noch nicht gekommen«, sagte ich im Spätsommer zu meinem Schatten.
»Wen wird man hängen?«
»Armenier.«
»Wann?«
»Irgendwann.« Ich sagte: »Irgendwann. Ich weiß es noch nicht. Heute haben die Türken mobilisiert. Es ist der dritte August 1914.«

»Wie war das mit Wartans Amerikareise, damals im Jahre 1898?« fragte mein Schatten.
»Es war so und so«, sagte ich.
»Und was war mit Anahit?«

Ich sagte: »Der Priester und Bülbül kümmerten sich um das verbrannte Mädchen. Es stimmte: Sie hatte kein Gesicht mehr. Nur noch Augen. Aber die Augen leuchteten, als ob sie Christus gesehen hätten. Und weil die Augen so leuchteten, war es nicht schwer für den Priester, Adoptiveltern zu finden, die das Kind im christlichen Glauben erziehen würden. Nicht etwa, daß der Priester Bülbül nicht traute, aber Bülbül war keine Christin.
Es fanden sich also neue Eltern für das kleine Mädchen, ein kinderloses Ehepaar, das am Rande des Dorfes wohnte.

Bei den Pflegeeltern des kleinen Mädchens handelte es sich um den Seidenraupenzüchter Yeremian und dessen Frau, die unfruchtbar war und zeit ihres Lebens trockene Brüste haben sollte. Man würde auch eine Amme für das kleine Mädchen finden und Pateneltern, die sie zur Taufe führten.

Und der Priester Kapriel Hamadian sprach damals zu Hagob: Christus hat das kleine Mädchen gerettet. Und es war sein Wille, daß einer, dessen Herz rein ist, das Mädchen Anahit findet.
– Meinst du meinen Sohn Wartan?
– Deinen Sohn Wartan.
– Mein Sohn will dieses Mädchen heiraten, wenn es soweit ist, sagte Hagob, denn es scheint der Wille des Heilands zu sein, daß sich die beiden zusammentun.
– Dann soll er es heiraten, wenn es soweit ist, sagte der Priester.
– Das Kind darf aber nicht von derselben Amme gestillt werden, die meinen Sohn gestillt hat, denn das ist verboten, wenn sie eines Tages heiraten wollen.
– Dann finde eine andere Amme.
– Und der rothaarige Schmied kann auch nicht ihr Pate sein, und seine Frau nicht ihre Patin, denn die beiden sind die Pateneltern meines Sohnes.
– Es ist verboten, dieselben Pateneltern zu haben, sagte der Priester, wenn die beiden mal Mann und Frau werden.
– Dann werde ich dafür sorgen, daß Anahit andere Pateneltern kriegt, sagte Hagob. Und ich werde mit dem Schmied reden, der den Leuten schon gesagt hat, er möchte der Pate sein.
– Tu das, sagte der Priester. Und erkläre dem Schmied, warum er nicht ihr Pate sein kann.

Und man fand eine fremde Amme und andere Pateneltern. Als das Kind getauft wurde, nannte man es Anahit, denn Anahit war die Göttin der Fruchtbarkeit. Was überlebt hatte, sollte fruchtbar sein, damit der Teufel sah, daß Gott nicht umsonst säte.

Hagob tauschte mit dem Seidenraupenzüchter eine symbolische Münze aus. Und sie warfen die Münzen in das heilige Feuer des Tonirs, fischten sie wieder heraus, bliesen sich in die Hände, spuckten auf Hände und Münzen und steckten die Münzen wieder ein.

Als Wartan nach Amerika fuhr, sagte der Pflegevater Anahits zu Hagob: Dein Sohn ist mit meiner Tochter verlobt. Was will er in Amerika?
– Ich weiß es nicht, sagte Hagob. Er sagt, er will ein Dichter werden.
– Muß er deshalb nach Amerika fahren?
– Eigentlich nicht, sagte Hagob.
Und Hagob sagte: Vielleicht hat er nur Angst vor dem großen Tebk, der irgendwann kommen wird, ein großes Massaker, das keiner von uns überleben wird. – Oder es zieht ihn in die Ferne, weil er jung ist und noch nicht weiß, daß die Wurzeln wichtiger sind als die goldenen Früchte, die drüben auf den Bäumen hängen.
– Vielleicht will er ein Millionär werden? sagte der Seidenraupenzüchter.
– Er wird sicher ein Millionär werden, sagte Hagob, denn jeder, der nach Amerika fährt, wird Millionär. Und dann wird er zurückkehren, um Anahit zu holen.
– Er muß aber einige Jahre warten, bis das erste wundenlose Blut zwischen den Schenkeln meiner Tochter uns allen zu verstehen gibt, daß sie eine Frau geworden ist.
– Er wird warten, sagte Hagob.
– Aber drüben gibt es viele Frauen, sagte der Seidenraupenzüchter, und die zeigen nicht nur ihre Beine.
– Das stimmt, sagte Hagob. Aber ich kenne meinen Sohn. Er wird zurückkommen.
– Und es wird ihn nicht stören, daß seine Braut kein Gesicht hat, sondern nur Augen?
– Er weiß es, sagte Hagob. Es stört ihn nicht.

– Wird er Anahit nach Amerika holen? fragte der Seidenraupenzüchter. Oder wird er mit seinen Millionen nach Hayastan zurückkehren, um sich hier mit Anahit niederzulassen?
– Wenn der große Tebk nicht kommt, sagte Hagob, dann könnte es sein, daß mein jüngster Sohn mit seinen vielen Millionen gar nicht nach Amerika zurückfahren wird. Er wird Anahit heiraten und sich hier eine Villa kaufen.
– Es gibt aber keine Villa hier in der Gegend, sagte der Seidenraupenzüchter.

– Dann wird er sich eine bauen lassen, sagte Hagob. Oder er kauft sich eine in Van, vielleicht im Gartenviertel der Armenier oder direkt am Van-See, wo ein reicher Verwandter von mir wohnt.
– Das ist ein schöner See, sagte der Seidenraupenzüchter. Von dort kommt doch die Seife her?
– Ja, von dort, sagte Hagob. Wer am See wohnt, der braucht nur Wasser zu schöpfen, das Wasser verdunsten zu lassen, und was als Salz zurückbleibt, das ist die reinste Seife.
– Er wird die Seife also gar nicht kaufen brauchen, sondern sie kostenlos aus dem See fischen?
– Ja, sagte Hagob.

In der Nacht vor seiner Abreise sah Wartan den Priester Kapriel Hamadian im Traum. Der sagte zu ihm: Wenn es stimmt, mein Sohn, daß drüben in Amerika der Weizen aus purem Gold ist, dann nimm eine Sichel und geh auf die Felder jenes großen Landes und ernte die dicken und goldenen Weizenkörner, ehe die Heuschrecken sie fressen. Und wenn es stimmt, mein Sohn, daß in den großen amerikanischen Städten das viele Geld auf den Straßen herumliegt, dann nimm einen Besen und fege es rasch zusammen, ehe die Ratten kommen. Wenn du aber merkst, mein Sohn, daß in den goldenen Weizenkörnern und den Geldhaufen auf den Straßen nur die Eisegel sitzen, die dir die Wärme aus dem Herzen und die Schätze aus der Seele saugen, dann reiße der Sichel und dem Besen den Stiel aus und wirf das unnütze Werkzeug weg. Und gehe in dein Kämmerlein, dort, wo dich keiner sieht. Und nimm die Gänsefeder des Dichters und verwandle sie in eine Angel.
– Was soll ich damit angeln, Wartabed?
– Die Lieder aus deinem Herzen, mein Sohn, und ihre Schätze, die weder von den Heuschrecken, den Ratten noch den Eisegeln gefressen werden können.

Der schwachsinnige Wasserträger hatte von den Dörflern gehört, daß Wartan dem Mädchen Anahit das Leben gerettet hatte. Er hatte aber auch die Worte des Priesters gehört, der da gesagt hatte: Unser Heiland Jesus Christus hat das Mädchen gerettet. Und da der Wasserträger zu denen gehörte, *die da geistlich arm waren* und außerdem im

Kopfe ein wenig verwirrt, glaubte er, daß Wartan und Jesus Christus ein und dieselbe Person seien. Und so kam es, daß er jedesmal, wenn Wartan auftauchte, laut zu stottern anfing und Wartan gestikulierend hinterher schlich. Einmal folgte er Wartan zum Brunnen Gatnachpjur, und weil er gehört hatte, daß der Vogel des Heiligen Sarkis von diesem Brunnen aus vorangeflogen war, um Christus zu Anahit zu führen, fiel er vor Wartan nieder und küßte stotternd seine Füße. Zufällig tauchte der Priester auf. Es kamen dann auch noch einige Leute. Diese verhöhnten den Wasserträger, packten ihn und taten so, als wollten sie ihn in den Brunnen werfen. Auch Hagob kam angerannt, sah aber nur noch, wie der Priester die Leute vertrieb und den heulenden Wasserträger beruhigte.
Später fragte Hagob den Priester: Hast du verstanden, Wartabed, was der Wasserträger gestottert hat, nachdem du ihn beruhigt hattest?
– Ja, sagte der Priester.
– Was hat er gestottert?
– Er hat was von Christus gestottert. Und dann zeigte er auf deinen jüngsten Sohn und fragte mich, ob der demnächst wieder über den See Genezareth wandeln würde.
– Und was hast du zu ihm gesagt?
– Ich habe zu ihm gesagt: Dieser da wandelt demnächst über den großen Teich. Nach Amerika.

Hagob weinte nicht wie die anderen, als er sich von seinem Sohn verabschiedete. Er sagte nur zu ihm: Vergiß nie, daß du aus Hayastan stammst.
– Das werde ich nicht vergessen, sagte Wartan.
– Und daß man einen guten Baum nicht verpflanzen soll.
– Ich werde es mir merken, Vater.
– Der wahre Baum läßt sich auch gar nicht verpflanzen, sagte Hagob, und daran kann auch die fruchtbarste Erde in der Fremde nichts ändern.

Die Leute im Dorf redeten zuerst viel von Wartan, mit der Zeit aber wurde das weniger, und später redeten sie nur noch von ihm, wenn gerade mal ein Brief ankam. Anfangs schrieb Wartan oft. Es waren lange und ausführliche Briefe. Je mehr Zeit aber verging, desto kürzer wurden die Briefe, und schließlich blieben sie ganz aus. Wann immer Hagob über seinen Sohn klagte, sagten die Leute: Wenn einer reich wird, vergißt er seine Lieben. Je mehr Millionen einer hat, um so vergeßlicher wird er.

Während Hagob und seine Frau also auf Post warteten und in ihren Gesprächen auszuklügeln versuchten, was wohl der Grund seines Schweigens sei, während ein Jahr nach dem anderen verstrich und sie älter wurden und etwas müder ... hatten sie kaum bemerkt, daß Anahit, die Gesichtslose, zu einem jungen Weibe herangeblüht war. Der Seidenraupenzüchter hatte seine Adoptivtochter für eine Zeitlang nach Bakir zu einem Verwandten geschickt, damit sie in Bakir zur Schule ging, denn dort waren amerikanische und fränkische Missionarsschulen, die auch Mädchen aufnahmen, auch solche, die gregorianischen Glaubens waren. Als Anahit zurückkam, ergriffen die Jungtürken gerade die Macht. Es war das Jahr 1908 und Anahit blutete schon seit einiger Zeit wundenlos zwischen den Schenkeln.
– Wartan müßte jetzt zurückkommen, sagte der Seidenraupenzüchter, denn Anahit ist fast dreizehn, und sie blutet schon seit so langer Zeit, daß ich fürchte, sie wird bald zu alt, um einen ordentlichen Mann zu finden.
– Sie hat noch nicht mal den Verlobungsring, sagte seine Frau.
Früher hatte sich niemand gescheut, Anahit in das verbrannte Gesicht zu blicken, jetzt aber blickten die Leute weg und flüsterten höhnisch hinter ihrem Rücken.

So war es eigentlich nicht unerwartet, daß die Heiratsvermittlerin Manouschag zu dem Seidenraupenzüchter und seiner Frau sagte:
– Soll ich mich nach einem Bräutigam für sie umblicken?
– Nein, sagte der Seidenraupenzüchter. Ich habe sie Hagobs Sohn versprochen.
– Er meldet sich aber nicht.
– Er wird sich schon melden.
– Je länger sie wartet, um so schlechter werden ihre Aussichten, sagte die Heiratsvermittlerin. Wer will schon eine alte Jungfer heiraten, und noch dazu eine ohne Gesicht?

Im Jahr 1909 kam wieder ein Amerikaner mit einem großen Hut. Er brachte einen goldenen Ring für Anahit und ein paar Zeilen von Wartan.
– Er wollte den Ring nicht mit der Post schicken, sagte der Amerikaner.
– Wie geht es meinem Sohn? fragte Hagob.
– Es geht ihm nicht schlecht, sagte der Amerikaner.
– Ich habe Post von meinem Bruder Nahapeth, sagte Hagob, und auch von meinem anderen Bruder und von anderen Verwandten aus Amerika, aber niemand erwähnt meinen jüngsten Sohn.
– Weil er keine Millionen gemacht hat, sagte der Amerikaner.
– Wird mein Sohn zurückkommen?
– Ja. Er hat mir gesagt, daß er zurückkommen wird.

Ich weiß es nicht«, sagte der Märchenerzähler zu seinem Schatten, »ich meine: ich weiß nicht, warum Wartan immer noch mit der Rückkehr zögerte, aber ich nehme an, daß er kein Reisegeld hatte und sich dieses erst mal zusammensparen mußte. Oder er hatte das Reisegeld und wollte sich noch etwas ersparen, um nicht wie ein Bettler ins heimatliche Dorf zu kommen. Auf jeden Fall dauerte es bis zum Jahre 1914, als Wartan, an einem Frühsommertag, beschloß, sich mit der *Graf Schwerin* einzuschiffen, einem deutschen Schiff, das ihn sicher nach Europa bringen würde.

Und so war es«, sagte ich, der Märchenerzähler zu meinem Schatten, der unruhig auf dem Tor der Glückseligkeit saß, genau neben mir. »Im Frühsommer 1914, da stand Wartan an der Reling dieses deutschen Schiffes und blickte zurück auf den New Yorker Hafen. Das Schiff fuhr an der Freiheitsstatue vorbei, die weder lächelte noch winkte. Die Fackel in der Hand der Statue sah wie ein blankes Schwert aus, auf dem noch der letzte Silvesterspruch stand: Happy New Year 1914!«

»Happy New Year 1914?« – Mein Schatten fing zu kichern an, aber es klang nicht boshaft. – »Soll das ein schlechter Witz sein, Meddah?«
»Nein«, sagte ich. »Es ist nur ein Silvesterspruch.«
»Ob Wartan wohl etwas geahnt hat?«

»Was geahnt?«
»Von dem Feuersturm, der einige Wochen später die Welt verändern würde?«
»Wie soll er es denn geahnt haben? Er dachte an Anahit und die bevorstehende Hochzeit. Vielleicht dachte er auch an seinen Sohn Thovma, den er mit ihr zeugen würde. Und sicher«, so sagte ich, der Märchenerzähler, »dachte er in jenem Moment, als er an der Freiheitsstatue vorbeifuhr, an die gesichtslosen, numerierten Straßen der großen Stadt, Straßen, die – wie es ihm schien – nach einer Zeitlang wieder Gesichter hatten, die er erkennen konnte. Aber sein Herz sehnte sich nach Hayastan.«

»Sechzehn Jahre war Wartan in Amerika«, sagte mein Schatten. »Das ist eine verdammt lange Zeit.«
»Ja«, sagte ich.
»Und doch ... warum mußte er ausgerechnet kurz vor Ausbruch des großen Krieges zurückkehren? Einen schlechteren Zeitpunkt hätte er sich gar nicht aussuchen können.«
»Das stimmt«, sagte ich. »Trotzdem war es ein Glück, daß er nicht länger gewartet hatte. Denn wenn Wartan seine Rückkehr weiter verzögert hätte, dann wäre er wohl nie zurückgekehrt. Wenige Wochen später war ja schon Krieg, und bald fing auch das große Massaker an.«
»Von welchem Massaker sprichst du?«
»Von dem bevorstehenden ... das ich Holocaust nenne.«
»Holocaust?«
»Holocaust.

Es gibt ein Glück im Unglück«, sagte ich zu meinem Schatten. »Nehmen wir an, es wäre unklug gewesen von Wartan ... oder bloß leichtsinnig ... ich meine: einfach leichtsinnig, einen so sicheren Hafen wie Amerika zu verlassen, um in die Türkei zurückzukehren, nur, um dort in einen Krieg hineinzuschlittern und mit diesem Krieg in den Holocaust, der ihm ja hätte erspart werden können. Nennen wir es also ein Unglück. Aber ist das Unglück nicht auch ein Glück? Denn hätte Wartan seine Rückkehr nur um einige Monate verzögert ... er hätte seine Familie nie wiedergesehen, weder seinen Vater

noch seine Mutter, seine Brüder und Schwestern und all die anderen Verwandten und Freunde. Er hätte auch Anahit nie wiedergesehen, und die Hochzeit hätte nie stattgefunden. Denn alle, an denen sein Herz hing und die ihm etwas bedeuteten, sollten im Holocaust verschwinden. Und dann: er hätte auch Thovma nicht gezeugt, dem ich diese Geschichte berichte.«
»Thovma?«
»Thovma.«
»Ein Glück im Unglück?«
»Jawohl.«
»Es war ihm also bestimmt, Augenzeuge zu sein?«
»Es war ihm bestimmt.«
»Und das nennst du Glück?«
»Ich nenne es Glück.

Wartan war überrascht, wie sehr sich die Zeiten seit seiner Abwesenheit geändert hatten. Überall in Hayastan wurde ihm versichert, daß es den Armeniern jetzt besser gehe als jemals zuvor. Sogar der armenische Kaufmann, der ihn mit seiner Araba von der Endstation der Bagdadbahn bis Bakir mitnahm, versicherte ihm, daß das so sei. Nach dem Sturz von Abdul Hamid, so sagte der Kaufmann, habe die neue Regierung der Jungtürken, und zwar im Namen von Enver Pascha, Talaat Bey und Djemal Pascha feierlich versprochen, daß von nun an alle osmanischen Bürger, egal ob Moslems oder nicht, gleiche Rechte haben würden. Diese Rechte, so sagte der Kaufmann, stünden zwar vorläufig zum größten Teil nur auf dem Papier ... und besonders in den entlegenen Provinzen wären sie schwer durchzusetzen ... aber immerhin: Armenier durften jetzt Waffen tragen und dienten als Soldaten und Offiziere in der türkischen Armee, eine Tatsache, die in früheren Zeiten undenkbar gewesen wäre. – Die Behörden, sagte der Kaufmann, haben sogar in den entlegenen armenischen Dörfern Waffen verteilt, zum Schutz der Dörfler gegen die Kurden. Und ich habe mit eigenen Ohren gehört, sagte der Kaufmann, wie ein türkischer Steuerbeamter zu einem armenischen Viehhändler gesagt hat: Es ist richtig so, Efendi. Ihr armenischen Gauner habt immer die höchsten Steuern gezahlt. Man muß es zugeben, Efendi. Und

wenn ihr schon mit eurem erschwindelten Gold die Staatskassen füllt, dann sollte man euch auch Rechte geben.
– Man sollte uns Rechte geben, hatte der Viehhändler gesagt.
Und der Steuerbeamte hatte gesagt: Das ist die Wahrheit. Allah sei mein Zeuge, daß das so ist.
– Hat er noch was gesagt? fragte Wartan.
– Ja. Er hat gesagt: Ich habe gehört, Efendi, daß die Russen eure Leute drüben auf der anderen Seite schlecht behandeln. Sie verfolgen eure Priester und schließen eure Kirchen. Und sie haben sogar in den Schulen eure Sprache verboten.
– Das war eine Zeitlang so, sagte der Viehhändler. Es war wirklich so. Und Gott strafe mich, wenn das nicht so war. Aber die Russen haben ihren Armeniern in der letzten Zeit eine Menge Verbesserungen versprochen.
– Nun, du weißt genau, Efendi, hatte der Steuerbeamte gesagt, daß alle Russen Lügner sind. Gibt es etwa größere Lügner als die Russen?
– Nein, hatte der Viehhändler gesagt.

Eine Weile tuschelten die beiden miteinander, sagte der Kaufmann, und ich konnte nichts mehr hören. Aber dann redeten sie wieder laut, und ich hörte, wie der Steuerbeamte zu dem Viehhändler sagte: Nun, Efendi. Die neue Regierung behandelt euch gut. Das mußt du doch zugeben. Und wenn die Russen sehen, daß wir die Armenier besser behandeln als sie, dann werden sie es mit der Angst zu tun kriegen, denn sie werden befürchten, daß ihre eigenen Armenier im kommenden Krieg auf unsere Seite überlaufen werden.
– Ja, das ist wahr, hatte der Viehhändler gesagt.
– Das Triumvirat ist nämlich nicht dumm. Besonders Talaat Bey, der ist ein ganz gerissener, und in gewisser Hinsicht auch Enver Pascha und Djemal Pascha. Sie wissen genau, warum es klug ist, die Armenier gut zu behandeln und euch Hunden sogar Waffen zu geben.
– Ja, hatte der Viehhändler gesagt.

– Es geht den Armeniern also jetzt gut? fragte Wartan. Sogar besser als den Armeniern drüben auf der russischen Seite?
– So ist es, sagte der Kaufmann. Die bösen Zeiten unter Abdul Hamid sind vorbei. Die neue Regierung ist den Armeniern wohlgesonnen,

und ihre Politik übertrifft all unsere Erwartungen. Überall ist Hoffnung. Und überall ist Wandel. Kein Wunder, daß sogar die Daschnaks gemeinsame Sache mit den Jungtürken machen und ihre Leute auffordern, die neue Regierung zu unterstützen.
– Und wie ist es mit den Träumen der Daschnaks von der Wiedererrichtung eines armenischen Staates?
– Es sieht so aus, als wären die Daschnaks bereit, ihre Träume für Bürgerrechte einzutauschen.
– Bist du auch sicher, Efendi, daß es so ist?
– Jeder sagt es.
– Und wenn es nun zum Krieg mit den Russen kommt? Werden die Türken uns trauen? Werden sie nicht vielmehr glauben, daß es den Daschnaks nicht ernst sei mit den gleichen Bürgerrechten in einem großen, osmanischen Staat? Werden sie nicht annehmen, daß die Daschnaks ihren geheimen Traum weiterträumen, den Traum von Unabhängigkeit ... und daß die Russen ihnen dabei helfen könnten?
– Unsinn. Die Türken wissen ganz genau, daß der Zar die von ihm eroberten Gebiete nicht den Armeniern schenken wird, weil er sie nämlich selber behalten möchte. Der Zar wird also niemals zulassen, daß die Armenier in den befreiten Gebieten einen unabhängigen Staat bilden. Und was die Türken wissen, wissen auch die Daschnaks. Alle wissen es. Und jeder Armenier weiß es, auch der dümmste. Kein Armenier hat jemals den Russen getraut. Und der Kaufmann lachte. Weißt du, Efendi, sagte er. Ich kannte mal einen armenischen Fischhändler, der nach Rußland fahren wollte, um in der Gegend der großen Eismeere gesalzene Fische zu kaufen. Und weißt du, was ich zu ihm gesagt habe?
– Nein, sagte Wartan.
Ich sagte zu ihm: Trau keinem Russen, Efendi! Was hat uns ihr Zar nicht schon alles versprochen! Fische willst du bei ihnen kaufen? Weißt du denn nicht, wie das mit den russischen Fischen ist, die sie den Armeniern versprechen?
– Nein, hatte der Fischhändler gesagt.
– Nun, das ist so und so, hab ich zu ihm gesagt.
– Wie meinst du das, Efendi? fragte der Fischhändler.
Und ich sagte zu ihm: Nun, es ist so, Efendi: Wenn dir ein Russe

einen Fisch verspricht, dann gibt er dir nur die Gräten und hofft, daß du daran erstickst.
– Ist das so? fragte mich der Fischhändler.
Und ich sagte: Ja, das ist so.

Es war wirklich so«, sagte der Märchenerzähler. »Zu jener Zeit, als Wartan in die Türkei zurückkehrte, sagte man von den Armeniern auf der russischen Seite, daß sie neidisch zu ihren Verwandten auf der türkischen Seite hinüberschielten. Denn ihren Verwandten bei den Türken schien es eine Weile besser zu gehen als ihnen.«

2

»Wartans zweite Hochzeit fand nach der Ernte statt, genau wie die erste, und sie unterschied sich auch kaum von dieser. Sieben Tage und sieben Nächte lang wurde in den Gassen von Yedi Su gefeiert. Die Musik war nicht anders als einst und je, und die Klänge der Blas- und Streichinstrumente, der Takt- und Wirbelschlag der Trommeln, aber vor allem die Zauberstimmen der Zigeunergeigen stiegen zu den Wolken hinauf, die keine Regenwolken waren ... denn es durfte bei armenischen Hochzeiten ja nicht regnen. Die Lämmer und Schafe wurden nach Brauch geschlachtet und von Hagob und seinen Helfern über die rauchenden Spieße gehängt. Es wurde gebacken und gekocht, und über der kleinen Kirche und den flachen Dächern der Häuser hing der Geruch von tausend und einer Köstlichkeit. Und doch war diese zweite Hochzeit anders als die erste, weil man im Dorf weniger Angst vor den Kurden hatte. Die Männer im Dorf waren jetzt bewaffnet. Und die Kurden in den Bergen wußten das. Überfälle kamen deshalb nur selten vor. Trotzdem hatte Wartan diesmal darauf bestanden, daß dem greisen Scheich Süleyman die Brautsteuer bezahlt wurde, denn es wäre unklug gewesen, den Scheich und seine Söhne und Enkel herauszufordern, deren Reiter ja doch den Bauern von Yedi Su zahlenmäßig überlegen waren.«

»Die Brautsteuer wurde also bezahlt?«
»Ja. Sie wurde bezahlt.«
»Und die Braut nicht entführt?«
»Sie wurde nicht entführt. Und sie wurde auch nicht von den Kurden ohne den Segen der Kirche entjungfert. Die Hochzeit lief ohne Zwischenfälle ab. Sieben Tage und sieben Nächte lang wurde gefeiert, habe ich gesagt. Und der siebente Tag war der Tag der Trauung und der Tag des blutigen Bettlakens, das auch diesmal, wie in Urzeiten, vor die Haustür gehängt werden sollte.«

»Hatte Wartan die gleichen Schwierigkeiten, seine Braut zu erken-

nen, wie beim ersten Mal? Und mußte Hagob mit Hilfe der alten Bülbül einen Hahn schlachten, um die Leute zu täuschen?«
»Nein«, sagte ich, der Märchenerzähler.

Und ich sagte: »Damals bei seiner ersten Frau, der gemästeten Tochter des Bürgermeisters, war der Brunnen, der zu öffnen war, trocken, ja, ich würde sagen: ausgetrocknet, und weder die Lust des Knochenbesitzers noch seine Bemühungen konnten den Männerknochen während der ersten Ehetage zu jener Quelle führen, die im Verborgenen lag und die es zu finden galt. Und der Dornenbusch vor dem ausgetrockneten Brunnen war so widerspenstig, daß ich nur ungern davon erzähle. Diesmal aber war es ganz anders.

Nein. Anahit war nicht fett, obwohl man versucht hatte, sie zu mästen. Irgendwie hatten die vielen Baklavas ihrer Pflegeeltern und das gute Zureden des Seidenraupenzüchters und seiner Frau keine nennenswerten und sichtbaren Erfolge erzielt. Anahit war zwar nicht mager, aber da sie hochgewachsen war, fielen die gelegentlichen Fettpölsterchen an gewissen Stellen und Rundungen ihres Körpers nicht sonderlich auf. Anahit war größer als sämtliche Frauen im Dorf und überragte sogar die meisten Männer um Kopfeslänge. Sie war keine schöne Frau, denn sie hatte ja kein Gesicht, und ihr Körper war voller Brandwunden und Narben. Aber Anahit bewegte sich mit Anmut und Stolz, und die Augen in dem verbrannten Gesicht leuchteten nach wie vor, denn sie hatte ja Christus gesehen.
Wartan erkannte sie gleich in der ersten Nacht. Und da war kein ausgetrockneter Brunnen, und da waren keine widerspenstigen Dornen. Da war eine dankbare, lustvolle Quelle, die belohnt werden wollte und dabei selber schenkte. Und all das, was knochig und hart war beim Mann und gnadenlos, wie es hieß, wurde sanft, und selbst die Lust, die sich selber suchte, suchte den anderen und wurde zärtlich. Es war, als hätte Christus Mann und Frau für immer zusammengeführt, solange sie atmeten.

Als der Krieg über das Land kam, hatten sich alle wehrfähigen Männer des Dorfes freiwillig gemeldet, noch ehe die Trommler und Ausrufer kamen und die einzelnen, schriftlichen Stellungsbefehle mit den Boten der langsamen türkischen Post. Noch immer konnten sich die Reichen durch den Bedel loskaufen, und das war sowohl bei den Moslems als den Ungläubigen der Fall, aber im Dorf hatten auch die Söhne der Reichen auf die Bedelzahlung verzichtet und waren in die Kasernen nach Bakir gezogen. Ich, der Märchenerzähler, kann nur staunen, wenn ich dir berichte, daß es in anderen Dörfern und Städten nicht anders war ... oder sagen wir: es war so ähnlich. Deserteure und Drückeberger gab es hie und da, sowohl bei den Moslems als auch bei den Christen. Die große Mehrheit der jungen armenischen Männer aber eilte zu den Fahnen und Waffen.«

»Wie verhielten sich die Daschnaks?« fragte mein Schatten.
»Sie forderten ihre Leute auf, für die Jungtürken zu kämpfen.«
»Und Pesak, Wartans Schwager?«
»Der zog sich eine türkische Uniform an und wurde Soldat.«
»War er nicht inzwischen einer der Führer der Daschnaks geworden?«
»Das war er.«
»Und auch er wollte Träume für Rechte eintauschen?«
»Ja«, sagte ich, der Märchenerzähler. »Die Stimmung im Lande hatte umgeschlagen, vor allem bei den Armeniern. Die Aussicht, gleichberechtigte osmanische Bürger zu werden, war verlockender, als die abenteuerliche Wiedererrichtung eines armenischen Staates, der sowieso viel zu klein und schwach gewesen wäre, um zwischen zwei Riesen wie Rußland und der Türkei lange zu überleben. Die kleinen Leute unter den Armeniern wollten Sicherheit, nichts weiter. Sie wollten ihren Geschäften nachgehen und für ihre Familien sorgen. Es war das Beständige, was sie wollten, und das wußten auch die Daschnaks.«
»Und diesen Traum vom Soliden und Sicheren sollten die Jungtürken in Wirklichkeit umsetzen?«
»Die neue Regierung hatte es versprochen«, sagte ich.

»Und wie verhielten sich die armenischen Priester, als der Krieg ausbrach?«
»Sie forderten ihre Gemeinden auf, für die Türken zu kämpfen. Und sie beteten für den Padischa.«

»Welchen Padischa?«
»Ich weiß es nicht genau, aber ich glaube, es war der türkische.«

»Und der Priester Kapriel Hamadian?«
»Der sagte: Es ist richtig so. Die neue Regierung hat uns Rechte gegeben, und diese Rechte sollten wir jetzt erkämpfen, denn viele stehen nur auf dem Papier. Jetzt haben wir Gelegenheit, den Türken zu zeigen, daß wir loyale Bürger sind. Eine bessere Gelegenheit hat es in der Geschichte nie gegeben. Denn die Jungtürken haben uns Waffen gegeben, und unsere Männer sind jetzt türkische Soldaten wie alle anderen.

Fremde Münadis kamen ins Dorf, um die Leute zu ihren Trommeln zu rufen. Einige Wochen nach Ausbruch des Krieges mit Rußland kam auch der greise, auf einem Ohr taube und auf einem Bein lahme Münadi Nazim Efendi, um im Namen Enver Paschas, Talaat Beys und Djemal Paschas, kurz: des Triumvirats und des Komitees für Einheit und Fortschritt, aber auch im Namen des Sultans von den großen Siegen und den Neuigkeiten aus dem Kriege zu berichten. Bevor er mit seiner Trommel auf den Marktplatz ging, hatte ihn Hagob zu einem Glas Oghi-Schnaps eingeladen, ihm einen ansehnlichen Bakschisch gegeben und ihm ein Geheimnis in das eine, gesunde Ohr geflüstert. Später, auf dem Marktplatz, verkündete der Münadi, daß Wartans Frau schwanger sei und daß das Komitee für Einheit und Fortschritt, das Triumvirat Enver Pascha, Talaat Bey und Djemal Pascha, außerdem der Sultan Mohammed der Dritte, Wartan und seiner Frau, aber auch dem zukünftigen Sohn, den man Thovma nennen würde, nur das Beste wünsche. Ferner erwähnte der Münadi, daß die türkische Armee Täbris besetzt hätte und die Russen geschlagen seien, daß Enver Pascha, der selber an der Front war, und zwar an der Spitze seiner Truppen, bald den Kaukasus und sämtliche Turkvölker befreit haben würde, daß die deutschen Verbündeten bereits eine Zeitlang vor Paris stünden, einer sündhaften Stadt in Frankistan, und daß Allah auf der Seite der Gerechten sei.

Im Winter gab es nicht viel zu tun. Die Bauern spielten Karten oder Tavla und dösten am Abend vor dem Tonir. Natürlich mußten

Haushalt und Tiere versorgt werden, aber auf den Feldern gab es keine Arbeit. Und so träumten sie den Winter lang vom Frühling und von frischen Ackerfurchen. Sie fragten sich, ob auch im nächsten Frühjahr die Störche wiederkehren würden und ob es nach dem Krieg, der ja sicher im Frühjahr zu Ende war, so sein würde, wie es immer in Hayastan gewesen war während der Zeit des Säens und der Frühlingswinde.

Und eines Tages, als der Winterschlaf der Murmeltiere leiser wurde und das Land vor der Schneeschmelze stand, da kam ein Trupp Saptiehs und machte vor dem Hause Hagobs halt. Die Saptiehs hatten schnee- und schlammbespritzte Uniformen, und ihre Stiefel sahen nicht besser aus. Sie durchsuchten Hagobs Haus und alle Nebengebäude der Khatisianschen Sippe. Sie fanden nicht viel, nur ein paar harmlose Fotos, die Wartan gehörten, auch seine Papiere, die er im Dorf nicht bei sich trug, Papiere mit fremden Stempeln und Visen, die mit den Fotos in einer Schatulle lagen.
Später, als sie wieder fortritten, nahmen sie Wartan mit. Der Unteroffizier, ein dicklicher und gutmütig aussehender Tschausch, sagte zu Hagob: Es handelt sich nur um eine Formalität. Dein Sohn ist Amerikaner. Der Müdir von Bakir will nur, daß er irgend etwas unterschreibt.
– Wann wird mein Sohn zurück sein? fragte Hagob. Und weil er etwas ahnte, fügte er hinzu: Sag mir, Tschausch Agah, werde ich meinen Sohn wiedersehen?

Der Tschausch hatte Hagobs letzte Frage nicht beantwortet«, sagte ich, der Märchenerzähler, zu meinem Schatten. »Denn wie sollte ein gewöhnlicher Tschausch eine solche Frage ehrlich beantworten? Der Tschausch aber nahm Hagobs Frage mit auf den Weg durch das Taurusgebirge. Und später, als der Tschausch Hagobs jüngsten Sohn beim Müdir von Bakir ablieferte und er dem Müdir dieselbe Frage stellte, sagte der Müdir: Dieser Armenier wird nie zu den Seinen zurückkehren.
– Seine Frau ist schwanger, sagte der Tschausch. Sie hat mir gesagt, daß sie einen Sohn erwartet.
– Auch diesen Sohn wird er nie sehen, sagte der Müdir.

– Ein Vater sollte aber wenigstens einmal hinhören, wenn sein Sohn zur Welt kommt, sagte der Tschausch, ein einziges Mal, ich meine: das eine Mal, wenn der Sohn zum ersten Mal schreit ... zum allerersten Mal, obwohl er die Welt, die Allah für uns alle geschaffen hat, noch gar nicht erkennt.
– Dieser Armenier mit seinem amerikanischen Paß, sagte der Müdir, dieser da ... wird nur seine eigenen Schreie hören, und sie werden so laut sein, daß sein Sohn sie im Leib seiner Mutter hört.
– Möge Allah Erbarmen haben mit seiner Seele, sagte der Tschausch.
– Viele von diesem Verrätervolk werden schreien, sagte der Müdir. Manche werden lauter schreien und manche leiser. Aber jedesmal, wenn sie schreien, werden die Gerechten im Paradies ihre Ohren verschließen. Und die Gebeine der Gläubigen, die nach Moschus und Lavendel duften, werden sanfter ruhen. Der Prophet hat diese Ungläubigen verflucht. Mögen ihre Mütter bei jedem Schrei ihrer Söhne zusammenzucken.
– Ja, sagte der Tschausch. Und als er die Amtsstube des Müdirs verließ, flüsterte er: Möge Allah Erbarmen haben mit ihren Seelen.«

3

Zwei Wochen vor Wartans Verhaftung wurden die ersten Armenier am Tor der Glückseligkeit aufgehängt, und wir, mein Schatten und ich, waren Zeugen. Dann wurden es mehr. Tagtäglich hängten die türkischen Behörden irgendeinen Armenier auf, oft auch mehrere. Auf die Zahlen kam es nicht an.
»Seitdem Wartan verhaftet wurde«, sagte mein Schatten, »werden es mehr und mehr. Ob das wohl etwas mit seiner Verhaftung zu tun hat?«
»Eher umgekehrt«, sagte ich. »Seine Verhaftung hat etwas mit der neuen Politik zu tun, und dazu gehört die Abschreckung durch Hängen.«
»Diese Gehenkten haben höhnische Gesichter.«
»Sie bestätigen nur die Ängste der Regierung.«
»Wo bleiben die Versprechungen der Partei für Einheit und Fortschritt?«
»Es ist Krieg«, sagte ich.
»Ich meine die Sache mit den gleichen Rechten.«
»Das war vor dem Krieg«, sagte ich.

Ich sagte: »Franz Joseph von Österreich wollte den deutschen Kaiser in Paris treffen, aber anscheinend hat die Sache nicht geklappt.«
»Vielleicht ist der österreichische Kaiser zu alt, um so eine weite Reise zu machen«, sagte mein Schatten, »besonders, weil er doch seit einiger Zeit Schwierigkeiten beim Pinkeln hat. Da ist es nicht immer leicht auf einer Reise.«
»Das ist möglich«, sagte ich.
»Und wie ist es mit Enver Pascha? Wollte der nicht auch den deutschen Kaiser treffen?«
»Allerdings.«
»Und wo?«
»In Sankt Petersburg.«
»Und was ist aus dem Treffen geworden?«
»Gar nichts«, sagte ich. »Enver wollte zuerst den Kaukasus erobern

und alle Turkvölker vom Joch des Zaren befreien – ehe er nach Petersburg reist. Aber daraus ist nichts geworden.«
»Und der deutsche Kaiser?«
»Auch der hat seine Petersburgreise verschoben. Wie es heißt: aus taktischen Gründen.«

»Und wie steht es mit der türkisch-russischen Front?«
»Es steht schlecht für die Türken«, sagte ich. »Enver Paschas Armee ist praktisch geschlagen. Und irgend jemand muß Schuld daran sein.«
»Wer?«
»Die Armenier.«

»Aber sie waren doch tapfere Soldaten. Und sie waren loyal. Es stand in den türkischen Zeitungen. Enver selbst gab es zu.«
»Das wurde längst widerrufen.«
»Gab es Gründe dafür?«
»Gründe gibt es immer.«
»Und wo findet man sie?«
»In den eigenen Ängsten.«

»Es wird sich aber herausstellen, daß sie unschuldig sind!«
»Dann sind sie um so schuldiger. Denn sie würden ihr eigenes Geschichtsbild in Frage stellen, das andere für sie entworfen haben. Das ist eine Sünde. Und das ist eine Schuld. Ja, sie würden alles in Frage stellen . . . alle Rechtfertigungen der türkischen Geschichte und derjenigen, die sie aufschreiben.«
»Sie müssen also schuldig sein?«
»So ist es.«

Wir redeten noch eine Weile, mein Schatten und ich. Dann hörten wir etwas zwischen uns flattern. Beide haben wir es gehört, mein Schatten und ich, der Märchenerzähler.
»Etwas flattert zwischen uns«, sagt mein Schatten.
»Das ist nur der letzte Gedanke des Thovma Khatisian«, sage ich.
»Sein wirklich letzter Gedanke?«
»Nein,« sage ich. »Der sitzt noch in seinem Kopf und wartet auf das Zeichen zum Abflug.«

»Und welcher letzte Gedanke ist es?«
»Nur der letzte Gedanke aus dem Märchen vom letzten Gedanken . . . dem Märchen, das ich dem, der im Sterben liegt, erzähle, damit er weiß, wie es sein wird mit seinem letzten Gedanken oder wie es sein könnte . . ., wenn er endlich hinwegfliegt . . . irgendwohin in die Zeit.«

Und ich, der Märchenerzähler, kann hören, wie der letzte Gedanke seufzt. Und ich höre jetzt seine Frage:
»Kommt mein Vater heute aus dem Gefängnis?«
»Richtig, mein Lämmchen«, sage ich. »Heute kommt er raus. Und fünfundzwanzig Saptiehs warten bereits im Gefängnishof.«
»Um ihn nach Konstantinopel zu bringen?«
»So ist es.«
»Zum Prozeß?«
»Zum Prozeß.«

Und ich zeige dem letzten Gedanken den Sack des blinden Bettlers, der da sitzt am Straßenrand vor dem Tor der Glückseligkeit.
Ich sage: »In diesem Sack hat der Blinde die Stiefel deines Onkels Dikran, der ein Schuster war, der beste in Bakir.«
»Das weiß ich«, sagt der letzte Gedanke.
»Du möchtest wohl gerne wissen, warum er sie nicht verkauft?«
»Ja«, sagt der letzte Gedanke.
»Ich weiß es auch nicht«, sage ich. »Aber hören wir mal, was der Blinde dazu zu sagen hat.

– Eigentlich wollte ich die Stiefel verkaufen, sagt der blinde Bettler Mechmed Efendi zu seinem Enkel Ali. Aber ich habe es mir überlegt. Denn es sind gar nicht die besten Stiefel aus gelbem Ziegenleder, die es in dieser Stadt gibt, obwohl ich immer daran geglaubt habe. Ich habe nur an ein Märchen geglaubt.
– Warum, Dede? Warum sind es nicht die besten Stiefel, wo du doch immer überzeugt warst, daß sie es waren?
– Was einmal war, ist längst vorbei, sagt der blinde Bettler. Und was einmal einen Wert hatte, ist heute wertlos. So ist es auch mit den besten Stiefeln in Bakir, die aus dem guten gelben Ziegenleder. Einmal waren sie neu. Und heute sind sie zerrissen. Sieh sie doch mal an: das

Leder ist abgeschabt und voller Kratzer, die Sohlen haben Löcher, die Absätze sind schief, und all das, was feste Form war und den Fuß in Schuß hielt, ist jämmerlich ausgetreten.
– Und was ist mit den Goldstücken, die jeder Armenier in den Absätzen versteckt?
– Es war kein Gold in den Absätzen, mein Lämmchen. Dieser Dikran war entweder zu arm, um sich etwas Gold beiseite zu legen, oder er war nicht weitsichtig genug.
– Was wirst du mit den Stiefeln machen, Dede?
– Ich kann sie dem Toten nicht zurückgeben, mein Lämmchen. Aber ich könnte sie seiner Frau geben. Oder seinem Bruder! Ja ... warum nicht seinem Bruder? Das wäre das Vernünftigste, weil der sie ja selber tragen könnte.
– Welchem Bruder?
– Wartan Khatisian.

– Der kommt heute nämlich aus dem Gefängnis, mein Lämmchen. Ich habe es von den Saptiehs erfahren. Sie wollen ihn nach Konstantinopel bringen. Zum Prozeß.
– Zum Prozeß?
– Zum Prozeß.

– Wirst du ihm heute die Stiefel geben?
– Nein, heute nicht.
– Wann wirst du sie ihm geben?
– Wenn er die Stiefel braucht.
– Braucht er sie heute nicht?
– Nein, heute noch nicht.

Und ich, der Märchenerzähler, sage: »Siehst du die kurdischen Reiter? Sie kommen aus der Richtung der großen Basare, und sie reiten jetzt auf das Tor der Glückseligkeit zu.«
»Wer sind sie?« fragt der letzte Gedanke.
»Sie sind Wegelagerer und Räuber. Manchmal kommen sie in die Stadt, um auf den Basaren zu plündern, aber heute hat es sich nicht gelohnt, wegen der vielen Saptiehs und Militärs, die sich im Augenblick dort herumtreiben.«

»Leben sie wirklich vom Raub?«
»Der Stamm besitzt auch Schafe, aber von der Schafzucht allein können sie nicht leben. Ihre Alten, Frauen und Kinder hüten die Schafe, während die jüngeren Männer unterwegs sind. Es ist nur ein kleiner Stamm, der hoch oben in den Bergen lebt. Sie sind Verwandte der Härtoschi-Kurden und stehen unter dem Befehl des Scheichs Halil, des Gerechten. Wie gesagt: ein kleiner Stamm, fast aufgerieben.«
»Wieso das?«
»Nun ja. Wie das so ist.« Ich sage: »Vor dreihundert Jahren, da hatte der Sohn des damaligen Scheichs den Sohn eines anderen Scheichs erstochen. Dessen Bruder aber mußte den Toten rächen, weil das Gesetz der Blutrache heilig ist und dies gebietet. Seit jener Zeit liegen die beiden Stämme in Fehde. Sie bringen einander um. Und von den Leuten des Scheichs Halil, der da genannt wird Halil, der Gerechte, sind nicht mehr viele da.«
»Wie viele?«
»Ich weiß es nicht genau. Aber ich weiß: Sie haben nur an die fünfzig Krieger und wenige Pferde.«
»Warum erzählst du mir das?«
»Das wirst du gleich sehen.«

Und ich sage: »Siehst du ... die Kurden bleiben vor dem blinden Bettler stehen. Und einer – es ist der Sohn des Scheichs – steigt jetzt ab, tritt auf den Bettler zu und wirft ihm eine silberne Medschidje in das Betteltuch.«
»Ich sehe es.«
»Sie sind seit Jahren mit dem Blinden befreundet.«
»Wie kommt das?«
Ich sage: »Diese wilden Kurden können weder lesen noch schreiben. Außerdem glauben sie nicht, was in den Zeitungen steht. Der blinde Bettler ist ihre verläßlichste Nachrichtenquelle. Jedesmal, wenn die Kurden in die Stadt kommen, erhalten sie von dem Bettler die letzten Nachrichten.«
»Kann der Blinde Zeitung lesen?«
»Nein. Aber er hat gute Ohren. Und die hält er offen.

– Wie steht es mit dem Krieg, Mechmed Efendi? fragt der Sohn des Scheichs.
– Es steht gut, sagt der Bettler. Die Frage ist nur, für wen?
– Für die Armee Enver Paschas?
– Nein.
– Für die Armee des Zaren?
– So ist es.
– Wann werden die Reiter des Zaren in Bakir sein?
– Diesen Sommer noch nicht, sagt der Bettler. Aber sie werden hier sein.

– Und was ist mit diesen verdammten Armeniern? Wird man sie alle aufhängen?
– Nicht alle, Sohn des Gerechten.
– Warum nicht alle?
– Weil man sie alle vertreiben wird. Sie werden die Frauen und die Greise und die Kinder in die Wüste treiben. Und alle Männer, die noch Saft in den Hoden haben, werden sie erschießen.
– Woher weißt du das?
– Ich habe es gehört.
– Und was wird aus den Häusern der Armenier, ihrem Land und ihrem Vieh und ihren Geschäften?
– Es werden sich Erben einfinden, Sohn des Gerechten. Und die Erben werden es eilig haben, denn Erben haben es immer eilig. Und glaube mir: Die Erben warten schon. Und sind ungeduldig. Und haben die Worte des Propheten vergessen, der da gesagt hat *Jede Eile ist vom Teufel*.
– Ist es schon soweit?
– Noch nicht.
– Worauf warten die Behörden?
– Sie brauchen Beweise und eine glaubwürdige Anklage.
– Wer hat dir das gesagt?
– Ein Jüsbaschi hat es mir gesagt.
– Und wozu brauchen sie das?
– Für die Presse. Denn sie müssen ja irgendwie begründen, warum es keine Armenier mehr gibt.
– Aber es gibt sie doch noch?

– Im Augenblick ja.

– Einer von diesen Armeniern ist als Spion angeklagt, sagt der Bettler. Und er sitzt seit langem im Gefängnis. Aber heute läßt man ihn raus.
– Ist er frei?
– Nein. Er wird noch heute durchs Kanonentor reiten, gefesselt, und fünfundzwanzig Saptiehs werden ihn begleiten.
– Woher weißt du das?
– Ich kenne diesen Armenier, und ich gehe seit Wochen Tag für Tag zum Gefängnis und rede dort mit den Saptiehs, die mich kennen.
– Weißt du, wohin sie ihn bringen?
– Zur Bagdadbahn. Dann nach Konstantinopel.
– Also dorthin?
– Dorthin.

– Sie werden nur ein Stück der Karawanenstraße in Richtung Erzurum reiten, sagt der Blinde, aber dann die Abkürzung durch die Berge nehmen.
– Weißt du, welche Abkürzung?
– Es gibt nur eine einzige. Das weißt du genau, Sohn des großen Beys. Ihr Kurden nennt diese Abkürzung den Weg *El Buraqu*, so wie das Pferd des Propheten, das in den Himmel stieg.
– Es ist ein sehr enger und gefährlicher Paß.
– Ja, das ist er, sagt der Blinde.

– Also fünfundzwanzig Saptiehs und ein Gefangener?
– Ja, sagt der Blinde.
– Und wieviel Pferde sind das?
– Wenn du genügend Finger hättest und zählen könntest, dann sind das sechsundzwanzig Pferde.
– Sechsundzwanzig Pferde, hast du gesagt?
– Das hab ich gesagt.

– Wir könnten sechsundzwanzig gute Pferde gebrauchen, sagt der Sohn des Scheichs. Weißt du, was für Pferde das sind?
– Es sind keine schlechten Pferde, sagt der Blinde.

– Und wie ist das mit den Pelzmützen von diesen Saptiehs und mit ihren Stiefeln?
– Es sind keine schlechten Pelzmützen und keine schlechten Stiefel. Auch die Waffen sind einwandfrei, aber vor allem die neuen Uniformen, denn als der große Krieg anfing, hat man sie alle neu ausgerüstet.
– Uniformen brauchen wir nicht.
– Und wie ist es mit den Pferden?
– Wir brauchen Pferde.
– Und moderne Gewehre?
– Die auch.
– Und die Pelzmützen und die Stiefel?
– Auch die Pelzmützen und die Stiefel.

– Es wird ein Kinderspiel für euch sein, sagt der Blinde, diese feigen Saptiehs abzuknallen, vor allem über den Schluchten, wenn sie einzeln und im Gänsemarsch die Paßstraße entlangreiten.
– Das ist keine große Sache.
– Ihr müßt nur den Gefangenen verschonen. Er ist ein Freund.
– Ein Freund?
– Ja.

Später, als die Kurden davongeritten und längst unter den Gehenkten vorbei, hinter dem Tor der Glückseligkeit verschwunden waren, fragte Ali seinen Großvater: Werden die Kurden die Pferde rauben, und die Külahs und die Stiefel?
– Ja, mein Lämmchen.
– Und was werden sie mit den Uniformen machen?
– Sie werden sie zusammen mit ihren Trägern in die Schluchten werfen.
– Und der Gefangene? Was wird aus ihm?
– Das weiß ich noch nicht.
– Wird er jemals in Konstantinopel ankommen?
– Nein, mein Lämmchen.

Der Müdir hatte verschlafen, und als er endlich am späten Morgen im Hükümet anlangte, stellte der Oberschreiber fest, daß die Akten, die man der Begleitmannschaft mitgeben würde, nicht vollständig waren. Bis alles reisebereit war und man den *Fall Khatisian*, also Mensch und Papiere – und die gehören bekanntlich zusammen – marschbereit zur Bagdadbahn schicken konnte, vergingen noch kostbare Stunden. Erst gegen Mittag, als alle Papiere stimmten und der Müdir, der persönlich zwischen Hükümet und Gefängnishof hin- und herrannte, zum letzten Mal feststellte, daß alles in Ordnung war, setzte sich die Kolonne in Bewegung. Die Saptiehs brachten den Gefangenen aber erst zur Kaserne, um dort die Pferde zu tränken, Munition und Proviant zu empfangen und die Wasserschläuche zu füllen. Nachher machten sie noch an der Hauptpost Halt, nahmen einige wichtige Postsäcke mit und ritten dann langsam, unter den Augen einer neugierigen Menge an der inneren Festungsmauer entlang in Richtung Kanonentor. Als sie dann endlich aus der Stadt herausritten und auf der staubigen Straße jenseits der Festungsmauern verschwanden, war die Zeit des Mittagsgebets längst vorbei. Sie ritten weder schnell noch langsam. Sie ritten, so wie sie immer ritten, wenn die Reise lang und unbequem war. Aber sie kannten den Weg. Und sie ritten sehr sicher. Sie würden, wie geplant und genau den Anweisungen des Müdirs folgend, die Karawanenstraße nach Erzurum einschlagen, dann aber abzweigen und den kürzeren Weg über die Engpässe des Taurus nehmen.«

4

»Anfang Mai ließ der Wali von Bakir einige wichtige Männer in seine Amtsstube rufen.
– Efendiler. Wie lange braucht ein Trupp erfahrener Saptiehs, um die Bagdadbahn zu erreichen?
– Höchstens drei Tage, Wali Bey.
– Und wenn sie die Abkürzung nehmen?
– Höchstens zwei.
– Sie sind aber schon mehr als zwei Wochen unterwegs, und wir haben noch immer keine Nachrichten. Wir wissen nur, daß der Trupp mit dem Gefangenen – diesem Wartan Khatisian – nie an der Endstation der Bagdadbahn angekommen ist.
– Auch nicht in Konstantinopel? fragte der Kaimakam.
– Natürlich nicht, sagte der Wali. Wie sollte denn der Gefangene in Konstantinopel ankommen, wenn er nicht mal über den Taurus gekommen ist ... nämlich: bis zur Endstation der Bagdadbahn?
– Es gibt mehrere Endstationen dieser Bahn, sagte der Müdir. Und zwischen ihnen liegt der Taurus.
– Es gibt aber nur eine Endstation, von der aus man ohne umzusteigen nach Konstantinopel fahren kann.
– Ja, das stimmt, sagte der Müdir. Und der Kaimakam sagte: Es stimmt wirklich. Ich verstehe nur nicht, warum diese Deutschen noch immer keinen Tunnel durch den Taurus bauen können.
– Sie können es schon, sagte der Wali, aber sie arbeiten absichtlich langsam, um hier noch jahrelang ihre Techniker zu beschäftigen.
– Es scheint, sagte der Müdir, als ob der deutsche Kaiser ruhiger schläft, solange er weiß, daß uns seine Techniker auf lange Sicht in Atem halten.
– Zur Hölle mit diesen Technikern, sagte der Wali ...

– Ich habe mehrere Telegramme an den Bahnhofsvorsteher der Bagdadbahn geschickt, sagte der Wali. Auch Telegramme an sämtliche Polizeireviere entlang der Karawanenstraße nach Erzurum, und auch an die für das betreffende Gebiet entlang der Engpässe zuständi-

gen, die der Trupp durchquert hat. Aber die Antwort ist immer dieselbe.
– Welche Antwort?
– Die Kolonne mit dem Gefangenen wurde zuletzt gesehen, als sie die Karawanenstraße verließ, um die Abkürzung durch die Berge zu nehmen. Dann blieb sie verschwunden.
– In den Schluchten des Taurus verschwunden?
– So ist es.

– Hat man Suchtrupps ausgesandt?
– Das hat man.
– Mit welchem Resultat?
– Mit gar keinem.
– Aber ein Resultat, das keines ist, ist vielleicht doch eines?
– Ich weiß es nicht, Efendiler.
– Und wer könnte es wissen?
– Allah könnte es wissen.
– Soll Allah sie etwa finden?
– Nun, warum nicht.

– Die Kolonne könnte abgestürzt sein, und sie liegen allesamt tot in einer der vielen Schluchten?
– Das ist möglich.
– Oder die Russen haben sie geschnappt?
– Das ist auch möglich.

– Nein, sagte der Müdir. Das mit den Russen ist nicht möglich. Die Russen sind noch viel zu weit entfernt. Es ist unmöglich, daß sie russischen Truppen in die Hände gefallen sind.
– Vielleicht waren es russische Patrouillen?
– Auch die Patrouillen stoßen nicht so weit vor.
– Wer sollte es sonst gewesen sein?
– Allah wird es wissen, sagte der Müdir.

– Es könnten auch die Kurden gewesen sein, sagte der Müdir. Wenn sie Pferde und Waffen brauchen, schrecken sie vor nichts zurück. Es ist nicht das erste Mal, daß sie die Saptiehs überfallen.

– Ja, das ist wahr.
– Und sie hinterlassen keine überlebenden Zeugen.
– Das ist auch wahr.

– Wenn noch irgendeiner am Leben wäre, dann wäre er schon längst aufgetaucht. Aber von keinem wurde jemals eine Spur wiedergesehen.
– Wie ist das, Wali Bey? Nicht mal von den Pferden?
– Auch nicht von den Pferden, Müdir Bey.
– Und dem Gefangenen?
– Von dem auch nicht.

– Und was wird aus dem Prozeß?
– Was für ein Prozeß?
– Nun, die Sache mit dem Fall Khatisian ... ich meine: diese Sache mit der Ermordung des österreichischen Thronfolgerpaars und die Sache mit der armenischen Weltverschwörung?
– Ja, das.
– Um ganz ehrlich zu sein, Müdir Bey. Ich habe nie wirklich daran geglaubt. Nach reiflicher Überlegung ist mir klar geworden, daß wir uns vor der Weltöffentlichkeit nur lächerlich gemacht hätten.
– Dann ist es vielleicht besser, daß der Fall durch den Tod des Gefangenen aus der Welt geschafft ist?
– Ja. So ist es.
– Und daß der Gefangene tot ist, daran gibt es ja wohl keinen Zweifel?
– Nein, sagte der Wali. Wenn nach fast zwei Wochen keiner von dem Trupp aufgetaucht ist, dann sind sie alle tot.
– Die Kurden machen ganze Arbeit, wenn sie etwas machen.
– So ist es, sagte der Wali.

– Vergessen wir den Fall Khatisian, sagte der Wali. Es gibt Wichtigeres.
– Zum Beispiel? sagte der Kaimakam.
– Zum Beispiel die Sache mit dem Aufstand in Van.
– Wissen Sie bereits etwas Genaues?
– Ja, sagte der Wali.

Und der Wali sagte: Efendiler. Wir haben jetzt endlich eine glaubhafte Anklage gegen das armenische Pack.
– Und die wäre?
– Seit einigen Tagen schießen armenische Banditen auf türkische Truppen. Man wußte bisher nichts Genaues, aber seit gestern liegen detaillierte Berichte des Walis von Van vor. Es ist wahr. Im armenischen Viertel von Van ist ein Aufstand ausgebrochen! Und das im Rücken der Front!
– Unglaublich.
– Es ist bewiesen, Efendiler. Die ganze Welt wird es wissen. Und bedenken Sie: auf russischer Seite kämpfen armenische Freiwilligenbataillone, und ihre Soldaten sind bei weitem nicht alle russische Staatsbürger. Sie kommen aus aller Herren Länder und reihen sich bei den Russen ein.
– Nur, um gegen uns zu kämpfen?
– Jawohl.
– Sind auch türkische Staatsbürger darunter?
– Einige. Armenische Überläufer.
– Das ist ja allerhand.
– Und dann dieser Aufstand in Van, sagte der Wali. Die Daschnaks stecken dahinter. Und ihre Leute sitzen überall, in jeder Stadt, in jedem Dorf. Überall wird ein Aufstand vorbereitet.
– Ist es bewiesen, daß der Aufstand in Van kein Einzelfall ist ... und daß sich der Aufstand ausbreitet? Steckt ein Plan dahinter?
– Efendiler, sagte der Wali. Nichts ist bewiesen. Aber man wird es beweisen.

Und da war der Frost und die Cholera«, sagte der Märchenerzähler. »Und mit dem Tauwetter und dem Frühling kamen der Typhus und die Ruhr. Aus dem Kaukasus fluteten die geschlagenen türkischen Truppen zurück ins anatolische Land, und mit ihnen die angegliederten kurdischen Regimenter. Auf dem Rückmarsch plünderten die kurdischen und türkischen Soldaten die armenischen Dörfer und metzelten ihre Bewohner nieder. Djevdet Bey, Enver Paschas Schwager, der die im Kaukasus eingesetzte 3. Armee seit der überstürzten Rückkehr Enver Paschas nach Konstantinopel befehligte, machte damals kein Hehl daraus, daß er sämtliche Armenier im Vilayet Van vernichten würde, denn Djevdet Bey war nicht nur Kommandeur der Truppen, sondern zu gleicher Zeit Wali und Provinzgouverneur des Vilayet Van. Die Armenier in Van, der – wie es hieß – größten und schönsten armenischen Stadt, wußten, was ihnen bevorstand. Und als Djevdets Truppen vor der Stadt standen und die örtliche Gendarmerie schon anfing, die armenischen Notabeln zu verhaften und einige zu erschießen, als es sich herumsprach, daß Frauen vergewaltigt, Männer auf offener Straße geschlagen wurden, da zogen sich die Armenier in den Stadtkern zurück, schlossen sich dort ein und griffen zu den Waffen.

Sie hatten nicht viele Waffen«, sagte der Märchenerzähler. »Das meiste stammte aus den Waffenkammern der Jungtürken, und einiges hatten die Daschnaks während der Verfolgung unter Abdul Hamid aus Persien in die Stadt geschmuggelt. Die Armenier in Van hatten weder einen Aufstand geplant noch hatten sie irgendeine Verbindung mit den heranrückenden russischen Truppen und den armenischen Freiwilligenverbänden auf russischer Seite. Sie versperrten den örtlichen Saptiehs und den Truppen Djevdet Beys nur den Zutritt in ihre Wohnviertel, eine Verteidigungsmaßnahme, nichts weiter... der einzige Schritt, um ein Massaker zu verhindern oder die Deportation der Bevölkerung.

Nichts aber paßte besser in die Ausrottungspläne des Komitees für Einheit und Fortschritt als die Tatsache, daß Armenier auf türkische Truppen schossen. Endlich hatte man den Beweis des Hochverrats, der zukünftige und endgültige Maßnahmen gegen die Armenier vor den Augen der Weltpresse rechtfertigen würde. Was Notwehr war, konnte nun von der eigenen Presse und den Trommlern und Ausrufern in den Dörfern und Städten als Hochverrat bekanntgegeben werden – als armenischer Aufstand im Rücken der türkischen Front. Nun brauchte man nur zu beweisen, daß der Aufstand über das Regionale hinausging.

Und so stelle ich mir vor«, sagte der Märchenerzähler, »daß alle führenden Köpfe des Komitees für Einheit und Fortschritt zu einem einzigen Riesenkopf zusammenwachsen, und dieser Riesenkopf sitzt

auf den Schultern eines Uniformierten in einem Büro im Viertel der Regierungsgebäude von Konstantinopel. Der Uniformierte ist nicht allein, denn ich, der Märchenerzähler, bin auch da. Aber er sieht mich nicht, weil ich in seinem Ohr sitze. Und weil er keine Phantasie hat, fühlt er sich unbeobachtet, und er glaubt nicht an die Stimmen unserer Gedanken.
– Die Armenier wissen immer noch nicht, was wir mit ihnen vorhaben, sagt der Uniformierte ... ich meine: Sie wissen noch nichts von den endgültigen Maßnahmen und der endgültigen Lösung des Armenierproblems.
– Eigentlich müßten sie es wissen, sage ich.
– Wir haben sie bereits im Winter aus der Armee ausgestoßen und sie als Arbeitskräfte hinter der Front verwendet.
– Die Inschaat Taburi?
– Ja. Die Inschaat Taburi. Später ließen wir sie alle erschießen.
– Ich weiß, sage ich.
– Natürlich haben wir nicht alle erschießen können, denn viele von diesen feigen Hunden sind desertiert und verstecken sich in den Bergen, aber auch in Dörfern und Städten, bei Freunden und Verwandten.
– Ja, sage ich.
– In dem kleinen Städtchen Zeitun und den umliegenden Dörfern haben wir die ganze Bevölkerung deportiert, und alle haben die Todeskolonnen gesehen. Und trotzdem wollen sie nichts begreifen.
– Ja, sage ich.
– Diese Deportation in Zeitun sollte nur eine Warnung sein, nichts weiter.
– Ich verstehe, sage ich.
– Wir haben viele von ihnen aufgehängt und Tausende von Notabeln verhaften lassen. Aber sie kapieren nichts.
– Sie glauben nicht, daß ihr imstande seid, ein ganzes Volk auszurotten, sage ich.
– Nein, sagt der Uniformierte. Diese Sturköpfe glauben, daß es dabei bleiben würde, ich meine: bei solchen unbedeutenden und harmlosen Zwischenfällen. Und sie wissen nicht, daß es nur der Vorgeschmack ist von dem, was sie wirklich erwartet.

– Du sprichst von der endgültigen Lösung?
– Davon spreche ich.

– Was hältst du von dem Aufstand in Van?
– Nicht viel, sagt der Uniformierte. Die Weltpresse wird ihn herunterspielen. Diese Hurensöhne von Zeitungsschreibern werden behaupten, es sei Notwehr gewesen.
– Und die armenischen Freiwilligenbataillone auf russischer Seite?
– Auch das wird die Weltpresse herunterspielen.
Die Zeitungsschreiber werden der Welt weismachen wollen, daß das eine interne russische Angelegenheit sei, die nichts mit den Türkisch-Armeniern zu tun habe.
– Aber das kommt euch doch alles sehr gelegen?
– Natürlich, sagt der Uniformierte. Und wir schlachten diese Vorfälle auch bereits aus, propagandamäßig, verstehst du. Aber es ist nicht genug.
– Wie meinst du das?
– Wir brauchen noch ganz andere Beweise ... für die endgültige Anklage, die die endgültigen Maßnahmen einleiten wird.
– Und was für Beweise sind das?
– Wir haben einen Plan.

– Wie wird die endgültige Lösung aussehen?
– Sehr einfach, sagt der Uniformierte. Wenn der Aufstand in Van sich ausbreitet und sich sämtliche Armenier in der Türkei gegen uns erheben, dann schlagen wir los.
– Aber diesen allgemeinen Aufstand gibt es doch gar nicht.
– Wir werden ihn provozieren.
– Und wie wollt ihr das machen?
– Nun, wir haben einen Plan.

– Wie wird die Endlösung aussehen?
– Wir wissen es selber noch nicht genau, sagt der Uniformierte. Aber es gibt Vorschläge. Wie gesagt: wir wissen noch nichts Genaues.

– Nun, es ist alles unkompliziert, sagt der Uniformierte. Wir werden den sich ausbreitenden Aufstand, den es nicht gibt und auch gar nicht

geben kann, weil die Armenier weder Waffen noch genügend Männer haben und weder organisiert sind noch geeinigt – also diesen Aufstand werden wir niederschlagen, ehe er ausbricht. Wir werden dann alle verdächtigen Männer erschießen lassen. Und da jeder, der ein Gewehr tragen könnte, verdächtig ist, lassen wir sie vorsichtshalber alle erschießen.
– Und was werdet ihr mit den Frauen, Kindern und Greisen machen?
– Wir werden sie deportieren.
– Wohin?
– Nirgendwohin.

Und der Uniformierte, dem das Wort *Nirgendwohin* doch nicht so recht gefiel, sagt zu mir: Wir müssen auf die Verbündeten Rücksicht nehmen, und auch auf die Weltpresse. Deshalb werden wir ihnen ein Ziel angeben. Wir werden verlautbaren, daß man dieses Gesindel aus Sicherheitsgründen nach Mesopotamien umsiedelt oder einfach: in die syrische Wüste.
– Umsiedlung?
– Ja, sagt der Uniformierte.

– Ich glaube nicht daran, daß der Mensch von Natur aus seßhaft ist, sagt der Uniformierte. Im Grunde kann er überall leben, vorausgesetzt, daß ihm das Klima bekommt und genug Wasser und Nahrung da ist.
– Ja, sage ich.
– Auch Pflanzen können überall wachsen, vorausgesetzt, daß sie Sonne, Erde und Wasser haben.
– Es muß die richtige Erde sein, sage ich, und die richtige Sonne und das richtige Wasser.
– Ganz recht, sagt der Uniformierte.
– Und wenn diese Voraussetzungen fehlen?
– Ja dann ... sagt der Uniformierte, ... dann sterben sie einen schrecklichen Tod vor ihrer Zeit.

– Man wird die Deportierten auf unwegsamen Bergpässen durch den Taurus jagen, sagt der Uniformierte, und durch das Pontusgebirge

und andere Bergketten, von denen es genug in diesem Land gibt ... andere wird man im Kreise herumtreiben oder eine gewisse Strecke mit der Bagdadbahn transportieren und dann irgendwo aussetzen und weitertreiben. Man wird sie so lange zu Fuß laufen lassen, bis sie keine Füße mehr haben oder nur noch das, was von den Füßen übriggeblieben ist, und die berittenen Saptiehs werden sie mit ihren Peitschen vor sich herhetzen, bis sie tot umfallen. Den Rest ... oder die, die das Leben nicht aufgeben wollen und sich zäh daran festklammern, obwohl es für sie keinen Wert hat ... werden wir in die Wüste verfrachten, zu Fuß und ohne Wasser und ohne Essen. Und einige werden sogar dort ankommen, die Zähesten, meine ich. Und dort werden wir großzügige Auffanglager errichten, damit die Weltpresse nicht glaubt, wir hätten vergessen vorzusorgen oder daß es vielleicht gar keine richtige Umsiedlung ist, was wir da machen. Da eine ordentliche Umsiedlung ja das Ziel der Wiederseßhaftmachung haben sollte, nicht wahr? Es ist doch so? Eine Wiederansiedlung von diesem Pack sollte es doch sein, aus strategischen Gründen, fern von der Front. Aber dort, in diesen Auffanglagern, wird es für sie nichts zu essen geben, weil wir im Krieg sind und selber sehr wenig haben. Man wird das bei der Presse verstehen ... und auch die Konsulate, die der verbündeten Länder und der neutralen, werden es verstehen. Am Ende des Krieges aber wird keiner von diesem Gesindel mehr übrig sein.
— Die armenische Frage in Anatolien wird es also gar nicht mehr geben?
— So ist es.
— Weil es keine Armenier mehr geben wird.
— Richtig.
— Wann wird die armenische Frage gelöst sein?
— Spätestens Ende September.
— Ende September?
— Ja.
— Und wie wollen Sie sich vor der Weltpresse rechtfertigen?
— Sehr einfach. Sehen Sie: wir werden unseren Innenminister Talaat Bey bitten, sich der Weltpresse zu stellen, um eine offizielle Erklärung abzugeben. Und er wird dies mit reinem Gewissen tun. Denn er kann ihnen zu diesem Zeitpunkt bereits sagen: Meine Herren. Ich

weiß gar nicht, was Sie von uns wollen. Es gibt weder ein armenisches Nationalitätenproblem in den umstrittenen anatolischen Provinzen der Türkei noch gibt es dort eine armenische Frage oder gar eine armenische Majorität. Denn sehen Sie, meine Herren ... soweit ich informiert bin, gibt es ja dort gar keine Armenier mehr.«

Und ich sprang mit einem gewaltigen Sprung aus dem Ohr des Uniformierten heraus und flog zum letzten Gedanken, der über dem Tor der Glückseligkeit auf mich wartete. Ich berichtete ihm von meinem Gespräch, und dann sagte ich: »Mein Lämmchen. Wie du siehst, es ist alles gar nicht so kompliziert. Im Grunde ist alles nur eine Frage der Bereitschaft, zum Guten wie zum Bösen, und da man in gewissen Kreisen im Bösen das Gute sieht, macht es alles noch einfacher. Die Priester und Betschwestern schieben die großen, von Menschen verursachten Katastrophen dem lieben Gott in die Schuhe. Sie sagen dann: *Es war Gottes Wille.* Die Planer neuer Veränderungen auf den Landkarten und im Staat, die aber schlagen sich auf die Brust und sprechen von nationaler Notwendigkeit, von den Hürden des Gewissens, die es zu überwinden galt, und sie sprechen selbstherrlich vom Triumph des Willens, von den schlechten, weil verzögerten und ungültigen Lösungen, und von den guten, mit Entschlossenheit durchgeführten und endgültigen.

Und so wurden bald alle Hebel in Bewegung gesetzt, die der türkischen Bürokratie zur Verfügung standen, um Pläne, die in den führenden Köpfen entstanden waren, in die Wirklichkeit umzusetzen. Das türkische Volk wurde nicht gefragt. Alles kam von oben und wurde nach unten weitergeleitet. Ich, der Märchenerzähler, war erstaunt, als ich sah, daß die korrupte, schlecht geölte Maschinerie der türkischen Bürokratie alle vom Komitee für Einheit und Fortschritt gewünschten Maßnahmen mit fast preußischer Gründlichkeit und Präzision durchführte. Ein solcher Plan, der die Endgültigkeit zum Ziel hat, gleicht einem Kunstwerk. Oder sollte ich mich da geirrt haben? Ist vielleicht nur das Leben ein Kunstwerk, nicht aber das, was zu seiner Vernichtung führt ... da ja das Leben komplizierter ist als der Tod, und weil es viel schwieriger und genialer ist, Leben zu erwecken, als es einfach zu löschen? Kann das nicht jeder Stümper?

Da juckt mich doch der Pelz. Aber warum sollte ich, der Märchenerzähler, mir darüber den Kopf zerbrechen?

Tatsache war, daß die Planer es ernst meinten. Die Sonderorganisation, genannt *Teschkilat-Mahsuse*, ursprünglich für politische Kriegsführung jenseits der Front gegründet, als Organ für Gegenpropaganda und Agitation und mit dem Ziel der Aufwieglung unter den im Feindgebiet lebenden Turkvölkern und sonstigen Moslems und Minoritäten, diese Sonderorganisation wurde nun auf die Armenier gehetzt. Schon mit der ersten Hitzewelle und den ersten frühsommerlichen Gewittern des Jahres 1915 reisten die Vertreter der Sonderorganisation, graue Eminenzen im Stambuler Anzug und roten Fez, in die Provinzen. Ihre Botschaft war eindeutig, und die Befehle, die sie im Namen des Komitees überbrachten, duldeten keinen Widerspruch. Es war alles klar. Die Walis waren verantwortlich für die durchzuführenden Maßnahmen in ihrem Vilayet. Und die Walis mußten die Befehle weiterleiten an die Kommandanten der einzelnen Sandschaks, der Kasahs und der örtlichen Gendarmerie ... zu den Mutessarifs, den Kaimakams, den Müdirs und all den anderen unteren Dienstgraden, deren Aufgabe es war, Befehle zu empfangen und auszuführen. Es war wichtig, daß man bei den Armeniern Waffen fand, und es mußten versteckte Waffen sein, geheimnisvolle Waffenlager in großer Zahl, von denen die Regierung nichts gewußt hatte, die als Beweis für den geplanten Aufstand dienen konnten. So oder so: Die Erschießung aller wehrfähigen Männer mußte rasch durchgeführt werden. Je größer die Überraschung, um so leichter würde es für die Regierung sein, Herr der Lage zu bleiben. Auch die Deportation der Frauen, Kinder und Greise stand im Zeitplan. Bis zum Herbst mußte alles vorbei sein, in den frontnahen Vilayets sogar früher, schon in den kommenden Wochen. Die Herren der Sonderorganisation machten den Walis klar, daß die Deportierten gar nicht alle am Ziel ankommen durften. Sie erklärten ihnen, daß die Kurdenstämme in den Bergen alarmiert werden sollten, um die Frauen, Kinder und Greise auf dem Weg durch das Kurdengebiet niederzumachen, straffrei, versteht sich. Man sollte die Kurden ermuntern und ihnen Wertsachen, Kleider, Schuhe und andere Beute zusichern. Die Herren versprachen auch Hilfe. Die regionalen Saptiehs würden für ihre schwierige und ernste Aufgabe Verstärkung bekommen. Ganze Gendarmerieregimenter seien bereits unterwegs, einerseits, um an den Erschießungen teilzunehmen, andererseits, um die Deportierten zu begleiten. Auch *Tschettes* waren unterwegs, nämlich alle Verbrecher, die Enver persönlich aus den Zuchthäusern geholt hatte, um bei der Befreiung des türkischen Volkes von dieser armenischen Pest mitzuhelfen. Die Tschettes würden als Einsatzkommandos überall stationiert werden, wo es nötig war: an allen Straßenkreuzungen entlang der Karawanenstraßen, in den Bergpässen und an den Ufern der Flüsse. Ihre Aufgabe bestünde darin, so sagten die reisenden Herren der Sonderorganisation, die Frauen, Kinder und Greise niederzumetzeln, entweder mit Hacken und Schaufeln, Bajonetten, Messern oder sonstigen Tötungsinstrumenten, aber auch mit ihren Gewehren, sofern sie genügend Munition hatten. Denn die Regierung würde den Tschettes wenig Munition geben, da in diesen schweren Zeiten damit gespart werden mußte. Die Tschettes seien zwar Diebe und Mörder, so sagten die Herren der Sonderorganisation, aber sie hätten Gelegenheit, ihre Straftaten im Dienst fürs Vaterland wiedergutzumachen. Die Regierung, so sagten die Herren, zahle den Tschettes keine Gehälter, sondern habe sie aufgefordert, sich die Gehälter von den Opfern zu holen, eine Art Selbstverköstigung, die unter den gegebenen Umständen gerechtfertigt sei. Bei Plünderungen von seiten der Tschettes sei deshalb ein Auge zuzudrücken. Im übrigen erwarte die Regierung, daß die Tschettes von den Vertretern der offiziellen Gendarmerie sowie der Armee mit Respekt behandelt würden. Denn die Tschettes trügen die Uniformen des Kriegsministers Enver Pascha und seien Soldaten wie alle anderen, obwohl sie im Grunde Freischärler seien wie einst die Hamidijes und Baschi-Bozuks.«

5

»Es waren in den frühen Sommertagen eine Menge chiffrierter Telegramme in der Amtsstube des Walis von Bakir gelandet, die mühsam und mit Erstaunen entziffert und dann verbrannt wurden, denn es durfte – und so lautete der Befehl aus Konstantinopel – nichts Schriftliches hinterlassen werden. Als dann die ersten Herren der Sonderorganisation in Bakir eintrafen, um die Befehle des Komitees persönlich zu übermitteln, wurden auch diejenigen überzeugt und auf das Unvermeidliche eingestimmt, die behauptet hatten, den Inhalt der Telegramme nicht richtig verstanden zu haben.
– Es ist ja eine gute Sache, sagte der Müdir zu einem der Herren der Sonderorganisation, ich meine: daß man endlich mit diesen Ratten Schluß macht.
– Ja, es sind Ratten, sagte der Wali.
– Nun ja, sagte einer der Herren der Sonderorganisation. Es ist so.
– Ich verstehe nur nicht, sagte der Müdir, warum wir auch die alten Frauen deportieren sollen. Die alten Frauen machen doch keinen Aufstand.
– Wenn man Ratten vernichtet, muß man sie alle vernichten, sagte der Wali. Die alten Frauen werden auf der Deportationsroute sterben. Und das ist gut so.
– Seien wir realistisch, sagte der Herr der Sonderorganisation. Ob Ratten oder keine Ratten ... die alten Frauen sind gefährlich, weil sie zu viel reden. Wenn sie überleben, könnten sie über uns reden, Lügenmärchen verbreiten und uns einen schlechten Namen machen.
– Und Tote reden nicht?
– So ist es, Müdir Bey. Ein toter Mund kann kein Gift verspritzen.
– Und wie ist es mit den kleinen Kindern?
– Die sind am allergefährlichsten, sagte der Herr der Sonderorganisation. Denn sie werden heranwachsen und ihre Väter rächen.
– Und ihre Mütter, sagte der Müdir.

– Und ihre Schwestern und Brüder, sagte der Wali.
– Sie sind am allergefährlichsten, sagte der Mann der Sonderorganisation.

– Wie wird das mit den Konsulaten sein? fragte der Müdir. Vor allem mit den Konsulaten der Verbündeten?
– Machen Sie sich da keine Sorgen, sagte der Mann der Sonderorganisation. Wenn lästige Anfragen kommen, dann haben wir eine gute Ausrede, denn alles, was die Regierung beschlossen hat, ist legal.
– Und wie ist es mit der Erschießung der Männer?
– Es ist üblich so, daß man Aufständische erschießt. Es ist schließlich Krieg. Andere Nationen mit ähnlichen internen Problemen hätten es auch nicht anders gemacht.
– Und die Deportationen?
– Was für Deportationen?
– Nun, ich meine: die Deportationen.
– Ach die?
– Ja, genau.
– Nun ja, Müdir Bey. Es handelt sich hier um eine Art Evakuierung einer feindlichen Bevölkerung aus dem Kriegsgebiet.
– Nicht alle Provinzen sind Kriegsgebiet.
– Alles ist Kriegsgebiet, Müdir Bey. Vergessen Sie nicht: der innere Feind sitzt überall.
– Und wie sollen wir den Konsulaten erklären, daß die meisten der Deportierten gar nicht am Bestimmungsort ankommen?
– Sagen Sie ihnen die Wahrheit, Müdir Bey. Sagen Sie ihnen, daß die Tschettes und die Kurden für das Gemetzel verantwortlich sind. Und daß man die Tschettes und die Kurden nicht überwachen kann, das wissen auch die Konsulate. Sagen Sie ihnen, daß wir die Tschettes als Hilfstruppen eingesetzt haben, weil unsere Männer an der Front sind. Und sagen Sie ihnen – nur zu ihrer Beruhigung, verstehen Sie –, daß wir nicht gewußt haben, daß die Tschettes ihre Befugnisse überschreiten würden. – Und was die Kurden betrifft: Nun ja, ich habe es bereits gesagt. Man kann sie nicht im Zaum halten. Und wir können uns jetzt im Krieg nicht mit ihnen anlegen. Wenn sie aus den Bergen kommen und Frauen und Kinder niedermetzeln – was sollen wir da machen? Sollen etwa die Saptiehs – meistens nur eine kleine

Begleitmannschaft – auf die Kurden schießen, die doch Hunderte von Reitern und Gewehren haben? Das wäre reiner Selbstmord. Na, sehen Sie. Es ist nicht unsere Verantwortung.
– Aber auch die Saptiehs werden die Deportierten töten.
– Die Saptiehs werden nur ihre Pflicht tun und nur töten, wenn es nicht anders geht.

Die Herren redeten noch über dies und das. Sie rauchten viel und tranken eine Menge von dem starken, süßen Kaffee, der in kleinen Schälchen serviert wurde.
– Wissen Sie, Efendiler, sagte der Herr der Sonderorganisation. Dieser Abdul Hamid war ein jämmerlicher Stümper. Er hat damals ein paar Armenier umlegen lassen, in den Jahren 94, 95 und 96, aber die überlebenden Armenier haben sich nachher so stark vermehrt, daß der Verlust mehrfach wettgemacht wurde. Sehen Sie sich doch mal um. Die Armenier wuchern wie das Unkraut auf den guten Feldern.
– Ich habe unlängst etwas Ähnliches festgestellt, sagte der Wali. Es werden doch tatsächlich mehr und mehr.

– Kommen wir zur Sache, meine Herren.
– Ja, kommen wir zur Sache.
– Wie ist das mit den Waffen?
– Die Armenier haben sie abgeliefert, sagte der Wali.
– Wann war das?
– Noch im Winter.

– Gleich nach den ersten Armeniermaßnahmen, sagte der Müdir, zur Zeit, als die armenischen Soldaten aus der Armee ausgestoßen wurden und das Waffenverbot für die Armenier wieder in Kraft trat, da haben wir die Münadis in die armenischen Mahalles geschickt. Und wir haben alle neuen Verordnungen ausrufen lassen und außerdem Plakate an den Häusern angebracht.
– Worum ging es?
– Um die Ablieferung der Waffen.
– Was für Waffen?
– Es waren legale Waffen, sagte der Müdir, Waffen, die das Komitee

im Jahr der Machtübernahme an die Bevölkerung verteilt hatte. Auch an die Armenier.
– Ja, ich weiß, sagte der Herr der Sonderorganisation.
– Wir forderten die Armenier auf, diese Waffen wieder abzuliefern.
– Und kamen sie der Aufforderung nach?
– Selbstverständlich, sagte der Müdir.
– Wir haben ihnen mit der Todesstrafe gedroht, wenn sie die Waffen nicht abliefern, sagte der Wali.
– So ist es, sagte der Müdir.
Und der Wali sagte: So war es. Allah ist mein Zeuge.

– Es mag sein, daß einige von diesen Armeniern ihre Waffen behalten haben, sagte der Müdir, aber das sollte uns nicht beunruhigen, weil es nicht viele sein können. Wir haben die abgelieferten Gewehre gezählt, und ihre Zahl stimmt ungefähr mit der Zahl der Gewehre überein, die wir damals an sie verteilt haben.

– Und wie ist es mit den Waffenverstecken der Daschnaks?
– Sie sind schwer zu finden, Efendiler.
– Wahrlich, sagte der Wali. Sie sind schwer zu finden.
– Wir haben bereits alle armenischen Häuser durchsucht, sagte der Müdir.
– Auch Höfe, Scheunen und Friedhöfe?
– Die auch.
– Vor allem die Friedhöfe, sagte der Müdir. Wir haben die Grabsteine abgehoben. Aber wir haben die Waffenverstecke nicht gefunden.
– Sie haben die Waffen mit Hilfe des Teufels versteckt, sagte der Herr der Sonderorganisation.
– Wahrlich, sagte der Wali. Wie recht Sie haben, Efendi.

– Nun, sagte der Herr der Sonderorganisation. Wir wissen das alles. Und glauben Sie ja nicht, daß das Komitee dumm ist. Wir sind nicht dumm.
– Allah sei mein Zeuge, sagte der Wali, daß ich das Komitee nie für dumm gehalten habe.
– Na, sehen Sie, sagte der Herr der Sonderorganisation.

– Das Komitee hat beschlossen, sagte der Herr der Sonderorganisation, daß die Waffen, als Beweis des geplanten, von den Daschnaks und den Russen unterstützten Aufstands, in den nächsten drei Wochen gefunden werden. Und das Komitee, in seiner Weisheit und Voraussicht, hat auch beschlossen, euch bei den Waffenfunden zu helfen.
– Wieso das?
– Nun ja, sagte der Herr der Sonderorganisation.

– Es ist alles sehr einfach, Efendiler. Sie werden in den nächsten Tagen Ihre Münadis wieder auf die Straße schicken. Und Sie werden überall, wo Armenier wohnen, Plakate anheften mit der Aufforderung, die Waffen abzuliefern.
– Aber diese geheimen Waffenverstecke gibt es vielleicht gar nicht?
– Es muß sie aber geben, Efendiler.
– Ja, es muß sie wirklich geben, sagte der Wali. Und Allah sei mein Zeuge, daß es sie geben wird.
Der Herr der Sonderorganisation sagte: Wali Bey. Diese Waffen gibt es. Und Allah sei Ihnen gnädig, wenn es sie nicht gibt.

Der Herr der Sonderorganisation sagte: Die Armenier werden die versteckten Waffen, die es vielleicht gar nicht gibt, natürlich nicht abliefern. Aber das Komitee hat in seiner Voraussicht, seiner Weisheit und seinem Sinn für Gerechtigkeit eine Lösung gefunden.
– Eine Lösung?
– Jawohl. Eine Lösung.
– Die Lösung eines so schwierigen Problems?
– Es gibt für das Komitee keine unlösbaren Probleme, Efendiler. Wahrlich, Allah weiß, daß es so was nicht gibt.

Und der Herr der Sonderorganisation sagte: Lassen Sie die armenischen Notabeln verhaften und behalten Sie sie als Geiseln. Drohen sie der Gemeinde mit der Erschießung der Geiseln, wenn die Waffen nicht abgeliefert werden.
– Und wenn es diese Waffen nicht gibt?
– Einige Gewehre werden sich finden lassen.

– Ist das alles?
– Nein, das ist nicht alles.

– Dann verhaften Sie noch ein paar hundert Männer und lassen sie foltern, zusammen mit den Notabeln natürlich. Machen Sie, was Sie für richtig halten.
– Die übliche Bastonade?
– Meinetwegen die Bastonade.
– Man könnte auch die Eier kitzeln. Ein bißchen anritzen vielleicht?
– Lassen Sie sich was einfallen.
– Wir haben mal versucht, die Bärte auszureißen. Aber diese Methode ist unwirksam.
– Das stimmt, sie ist nicht besonders wirksam.
– Einigen haben wir schon Hände und Füße abgehackt. Wir ließen sie ihre eigene Pisse trinken und drückten ihnen die Augen aus, aber auch das hat wenig genützt. Der Armenier redet nicht, wenn er nicht reden will.
– Wir haben auch schon Zungen rausgerissen, sagte der Müdir, aber dann reden sie noch weniger.

– Lassen Sie sich was einfallen, sagte der Herr der Sonderorganisation. Lassen Sie die Gefangenen so lange foltern, bis sie Ihnen die Waffenverstecke verraten.
– Die Verstecke der Waffen, die es vielleicht gar nicht gibt?
– So ist es.
– Und was dann?
– Dann werden Sie die Verstecke finden, und Sie werden feststellen, daß es wirklich keine Waffen gibt.
– Und dann?
– Dann werden Sie den Gefangenen einen Vorschlag machen.

Und der Herr der Sonderorganisation sagte: Das Komitee hat in seiner Weisheit und Gerechtigkeit und Voraussicht beschlossen, diesen verstockten Armeniern in Bakir viertausend Gewehre zu verkaufen. Damit sollen sie die leeren Waffenverstecke wieder auffüllen.

– Aber Efendiler. Auf so einen faulen Kuhhandel werden sich die Armenier nicht einlassen.
– Sie irren sich, Wali Bey. Sie werden sich darauf einlassen.

– Sehen Sie, Wali Bey. Die Gefolterten werden mürbe sein. Und Sie, Wali Bey, werden zu ihnen sagen: Efendiler. Das Komitee für Einheit und Fortschritt hat beschlossen, euch von den Folterqualen zu erlösen, denn nichts liegt der Partei so fern wie diese häßlichen und veralteten Methoden. Deshalb hat das Komitee in seiner Weisheit, Gerechtigkeit und Voraussicht beschlossen, euch die Waffen, die ihr, laut Beschluß des Komitees, abliefern müßt, einfach zu verkaufen. Wir verkaufen euch also viertausend Gewehre zu einem Billigpreis. Ihr legt sie in eure Verstecke, und zwar in die Verstecke, die wir euch angeben, damit wir sie auch finden können. Dann werdet ihr uns die Namen eurer Anführer verraten. Und wir, die Behörden von Bakir, können dem Komitee in Konstantinopel dann mitteilen, daß der Aufstand rechtzeitig aufgedeckt wurde, die Waffen gefunden, die Anführer verhaftet seien. Und ihr, Efendiler, könnt dann beruhigt nach Hause gehen.
– Aber auf so einen Kuhhandel werden sich die Armenier nicht einlassen.
– Natürlich nicht, Efendiler, sagte der Herr der Sonderorganisation.

Und er sagte: Die Armenier sind ein Volk von Händlern und Spekulanten. Sie werden euch einen Gegenvorschlag machen. Und diesen werdet ihr abwägen, um dann eurerseits einen Gegenvorschlag zu machen.
– Logisch, sagte der Müdir.
– Wie wahr, sagte der Wali. Und was für einen Gegenvorschlag auf den Gegenvorschlag der Armenier ... sollen wir machen?

– Nun, das ist so, sagte der Herr der Sonderorganisation. Sie werden den Armeniern sagen: Efendiler. Wir werden die versteckten Waffen gar nicht finden, sondern Ihr werdet sie selber abliefern. Sehen Sie, Efendiler. Das ist so: Wir verkaufen euch viertausend gute Gewehre russischer Fabrikation, Beutewaffen versteht sich. Natürlich auch scharfe Munition. Ihr holt sie im Schutze der Dunkelheit ab, damit es kein Unbefugter sieht. Ihr bringt sie in eure Verstecke, und dann geben wir euch drei Tage Zeit. Während dieser drei Tage werden unsere Münadis euch auffordern, die Waffen abzuliefern, die euch die Russen gegeben haben. Drei Tage lang werden die Münadis sich die Kehle aus dem Hals schreien. Und sie werden auch eine allgemeine Amnestie versprechen, wenn Ihr die Waffen freiwillig abliefert. Wir werden auch Plakate ankleben mit denselben Aufforderungen und denselben Versprechungen. Nach Ablauf der drei Tage werdet Ihr die Waffen aus den Verstecken holen und sie zur Kaserne bringen. Dort warten wir schon auf euch. Wir werden die Waffen zählen und registrieren, und wir werden dem Komitee mitteilen, was wir mitzuteilen haben, nämlich: daß der Aufstand aufgedeckt wurde, die Armenier ihre Waffen freiwillig abgeliefert haben und deshalb amnestiert wurden. Nur die Anführer müssen dann noch verhaftet werden. Aber macht euch keine Sorgen. Wir werden euch die Namen der Anführer bekanntgeben, und sie werden Zeit haben, zu verschwinden. Nun, wie ist es, Efendiler?

– Das ist ein großartiger Vorschlag, sagte der Wali.
– Er ist einmalig, sagte der Müdir.
– Er ist in den Köpfen des Komitees entstanden, sagte der Mann der Sonderorganisation.

– Aber in diesem Falle müßten wir alle Gefangenen laufen lassen?
– Natürlich, sagte der Mann der Sonderorganisation, aber nur, um sie ein paar Tage später wieder zu verhaften.
– Und wie ist es mit dem Versprechen der Amnestie?
– Es wird keine Amnestie geben, sagte der Mann der Sonderorganisation.

– Denn die Armenier werden gar keine Zeit haben, die Waffen, die ihr ihnen verkauft habt, wieder abzuliefern. Weil sämtliche Saptiehs des Vilayets schon am nächsten Tag, nachdem Ihr ihnen die Waffen verkauft habt, ausschwärmen und alle Häuser durchsuchen werden, auch die uns bekannten Waffenverstecke. Ihr werdet die Waffen finden, sie beschlagnahmen und daraufhin alle wehrfähigen armenischen Männer verhaften. Ihr werdet am folgenden Tage die Waffenfunde bekanntgeben, auch die große Menge der Waffen und ihre Herkunft ... und zur gleichen Zeit mit den Massenerschießungen beginnen.

Der Mann der Sonderorganisation lächelte, und ich, der Märchenerzähler, sah ihn lächeln und konnte seine Gedanken lesen: Viertausend Gewehre und die dazugehörige Munition zu einem Billigpreis, der noch festgesetzt wird. Der Wali wird dem Staat das Geld abliefern müssen, aber dieser Wali ist gerissener, als er aussieht. Er wird den Armeniern sicher sechstausend Gewehre verkaufen, aber davon nur viertausend liefern ... und die Differenz der Summe in seinen Taschen verschwinden lassen. Aber was sollte man tun? Es war sowieso zwecklos, diesen Hinterwäldlern aus der Zeit Abdul Hamids und seines korrupten Regimes die Ethik des Komitees beizubringen. Was verstanden sie schon von den Idealen der neuen Führung, ihrem Kampf gegen die Bestechlichkeit, ihrem Sinn für Sauberkeit und Ordnung, ihrer Aufgeschlossenheit und westlichen Orientierung, ihren Zielen von Neuordnung und nationaler Geschlossenheit. Nein. Es hatte keinen Zweck. Diese Unverbesserlichen würden den Staat weiter betrügen und sich auf seine Kosten weiterhin die Taschen füllen. Da man ihre Mitarbeit aber brauchte, war es besser, keine Fragen zu stellen.

– Wenn alles klappt, sagte der Wali, dann kann das Komitee damit rechnen, daß wir noch vor den Feiertagen mit den Erschießungen beginnen. In einigen Wochen ist Ramadan. Wenn die Gläubigen mit dem Fasten anfangen, sollte alles vorbei sein.
– Allerdings, sagte der Mann der Sonderorganisation. Bis dahin müßte längst alles vorbei sein.

– Und wann sollen wir anfangen, die Frauen, Kinder und Greise zu deportieren?
– Nach den Erschießungen, aber noch vor den Feiertagen. Wenn der Ramadan anfängt, müssen die Armenierviertel geleert sein.
– Und wie sollen wir sie deportieren? Zu Fuß?
– Teilweise zu Fuß. Teilweise mit Ochsenkarren.
– Aber so viele Ochsenkarren lassen sich gar nicht auftreiben!

– Lassen Sie sich was einfallen.
– Warum kann man das Pack nicht allesamt zu Fuß aus der Stadt jagen?
– Wegen der Presse und der Konsulate. Vergessen Sie nicht, daß es sich nur um eine Evakuierung oder eher um eine Umsiedlung handelt. Sie soll ordentlich vor sich gehen, menschlich.
– Und wie ist es mit der Verpflegung?
– Solange wir nicht sicher sind, ob die Presse und die Konsulate nicht alles beobachten, wird Brot und Wasser verteilt.
– Und später, wenn die Transporte in den Schluchten des Taurus verschwinden?
– Dann nicht mehr.

– Und was ist mit den Häusern der Armenier? Dem Mobiliar? Und den Kleidern und sonstigem Besitz? Und was ist mit dem Geld und dem Gold und dem Schmuck?
– Wertsachen müssen abgeliefert werden, sagte der Mann der Sonderorganisation, und dies: unter Drohung der Todesstrafe. An Gepäck dürfen die Armenier mitnehmen, was sie tragen oder auf dem Ochsenkarren verstauen können. Wir werden verlautbaren, daß der unbewegliche Besitz nach dem Kriege und nach der Rückkehr der Deportierten zurückerstattet wird.
– Wird denn irgend jemand von diesen Leuten wieder zurückkehren?
– Wir werden dafür sorgen, daß niemand zurückkehrt.
– Dann wird es auch keine Zurückerstattung geben, ich meine: von diesem unbeweglichen Besitz?
– So ist es.«

Und ich, der Märchenerzähler, sage: »Ob sie zurückkehren oder nicht. Ihre Häuser werden noch stehen. Aber es werden andere darin wohnen. Türken und Kurden, vor allem Turkmenen und Muhadjirs, ja vor allem die Muhadjirs, die geflüchteten Moslems aus dem Kaukasus und den im Balkankrieg verlorenen europäischen Provinzen.

– Irgendwann, wenn die Zeit reif ist, hatte der Herr der Sonderorga-

nisation später bei einem Glas Raki zum Wali gesagt, irgendwann werden wir aus den Kurden echte Türken machen. Das geht aber nicht bei den Armeniern. Der Armenier ist ein Fremdkörper in unserem Fleisch, ein zynischer Stachel, der nicht zu belehren, aufzusaugen oder umzumodeln ist, der dem türkischen Wesen ewig fremd und verständnislos gegenübersteht, oder sagen wir so: nicht gegenübersteht, sondern hartnäckig in uns steckt, und dessen einzige Absicht es ist, den Körper, der ihn nährt, zu vergiften.
– Der Müdir hat unlängst etwas Ähnliches gesagt, sagte der Wali, und auch ich habe Ähnliches gedacht.
Der Herr der Sonderorganisation nickte, und dabei lächelte er wohlwollend. Abdul Hamid glaubte noch, daß es genügt, aus den Armeniern Moslems zu machen, um das Problem zu lösen. Wir Jungtürken aber haben von den Europäern gelernt, daß es nicht allein die Religion unserer Staatsbürger ist, auf die wir achten müssen, sondern die nationale Gesinnung, die Rasse und das Blut. Enver Pascha hat versprochen, daß er alle Turkvölker dieser Welt vereinen wird, und er hat versprochen, daß all jene, aus denen man noch Türken machen kann, zu Türken gemacht würden.
– Ja, sagte der Wali.
– Abdul Hamid wußte nichts von diesen neuen Ideen, und so konnte er auch nicht wissen, daß es nichts nützt, Armenier zu bekehren.
– Das nützt nichts, sagte der Wali.
– Die Armenier im Ausland haben bereits die neutrale Presse gegen uns beeinflußt, sagte der Herr der Sonderorganisation, vor allem die amerikanische, und sobald wir mit den endgültigen Maßnahmen beginnen, werden sie noch mehr wüten. Das haben wir erwartet. Aber wir haben sie gewarnt. Und wir haben es ihnen gesagt, bereits vor Monaten: Sollte es dem internationalen Armeniertum gelingen, eines Tages die ganze Welt gegen uns aufzuhetzen, dann wird das die Vernichtung dieser Rasse bedeuten.
– In unserem Einflußgebiet, Efendi?
– Sehr richtig, Wali Bey.«

6

»Einige Wochen vor den Feiertagen konnten Passanten, denen es Spaß machte, entlang der Gefängnismauer in nächster Nähe des Hükümets spazierenzugehen, deutlich die Schreie der Gefolterten hören. Es war nicht das erste Mal, denn soweit die Erinnerung zurückreichte, wurde in türkischen Gefängnissen gefoltert. Aber diesmal klangen die Schreie anders als je zuvor. Es mochte sein, daß es ihnen nur so schien. Die Schreie drangen durch Mark und Bein. Manchmal hörte es sich an, als würde ein Sänger auf seiner Folterbank versuchen, zum Takt eines unmusikalischen Kerkermeisters zu singen, unmanierlich, ohne Kenntnis der Tonleiter. Es gab da verschiedene Schreie: die gurgelnden, langanhaltenden konnten nur von Gefangenen herrühren, denen man etwas in den Mund stopfte, ohne den Schrei ganz zu ersticken, vielleicht hielt irgendein Saptieh nur die Zungenspitze des Gefangenen zwischen seinen Fingern und zerrte ein bißchen daran, aber nicht ernstlich, weil der Gefangene ja die Zunge noch brauchte, bis er die Geständnisse abgelegt hatte, die man von ihm erwartete. Andere Schreie kamen in gleichmäßigen Abständen, so wie Peitschenschläge, und so wußte man: hier wurde auf die nackte Haut geprügelt, wahrscheinlich auf die Fußsohlen. Die Füße der Armenier galten als besonders empfindlich, denn dieses Volk, das sich für ein Herrenvolk hielt und sein Wirtsvolk beherrschen wollte, ging nicht barfuß, wenigstens nicht in der Stadt. Und die Passanten wußten: die Besitzer dieser Füße hatten eine zarte Haut. Das waren nicht die abgehärteten, schwieligen, durch Hornhaut gefeiten Füße der unteren Stände von Bakir, der Türken und Kurden. Diese Füße waren es gewohnt, gutes Schuhwerk zu tragen, sogar Seidenstrümpfe, die zu allem Überfluß auch noch gewaschen und gewechselt wurden. Zimperliche Füße waren das, und zimperlich waren die Schreier. Es gab da natürlich noch andere Schreie, und man brauchte nicht die Universität in Konstantinopel absolviert zu haben, um zu wissen, worum es sich handelte. Besonders Schreie, die durch spitze Gegenstände hervorgerufen wurden, waren leicht erkennbar. Es gab Schreie in allen Tonlagen einer perversen Tonleiter, die aus dem

Jenseits zu kommen schien, vielleicht aus dem Fegefeuer der Hölle ... dumpfe und spitze, schrille und andere, die aus der Tiefe des gepeinigten Körpers kamen, andere nur aus der fleischlosen, verdammten Seele. Manche Passanten schlossen Wetten ab, und sie behaupteten, daß sie genau wüßten, was für Schreie das waren oder was der zuständige Saptieh gerade machte oder was er vorhatte.

Dann wurde es plötzlich ruhig, und man hörte nichts mehr.

Der Herr der Sonderorganisation hatte recht behalten. Nach einigen Tagen der Folter waren die armenischen Notabeln und sämtliche Vertreter der Gemeinde zu allem bereit, auch zu dem Kuhhandel mit dem Waffenverkauf. Sie sahen ein, daß der Wali von Bakir einen Beweis für den geplanten Aufstand brauchte, um das Komitee in Konstantinopel zu befriedigen. Der Wali hatte ein Ende der Folter versprochen und eine allgemeine Amnestie, falls sie die Waffen, die sie nicht besaßen, aber besitzen könnten, freiwillig abliefern würden.
Und wie sollten die Vertreter der Gemeinde ein so großzügiges Angebot ablehnen, zumal die Waffen billig zu haben waren?

Das große Geschäft wurde nachts abgewickelt. Erst als die meisten Bewohner der Stadt, von der es hieß, sie habe tausend und eine Moschee, ihre Öllämpchen ausgeblasen hatten, fing in den Waffenkammern von Bakir hektisches Treiben an. In der Kaserne standen lange Reihen von Ochsenkarren bereit. Sie wurden mit Waffen und Munitionskisten beladen und dann in Richtung der armenischen Mahalle in Bewegung gesetzt. Übermüdete Saptiehs begleiteten den Transport, und auch der schläfrige, dicke Wali ritt ein Stück Wegs mit, sogar der Müdir und der Mutessarif und der Kaimakam und natürlich die Herren der Sonderorganisation. Im armenischen Viertel wußten nur die Eingeweihten von der großen Komödie, die ein Kapitel der armenischen Geschichte abschließen sollte, um ein neues zu beginnen. Die Eingeweihten bliesen zwar die Öllämpchen aus, aber sie legten sich nicht schlafen. Sie waren trotz Ausgangssperre spät nachts auf der Straße, was den Wali und auch die anderen Herren offenbar nicht störte ... sie nahmen die Waffen in Empfang, brachten sie unter Aufsicht der Saptiehs in die Verstecke, trafen sich später im Hause des ehemaligen armenischen Muchtars, gingen dann noch ins Restaurant *Hayastan*, das zwar seit Wochen geschlossen, aber zu dieser ungewöhnlichen Stunde auf Befehl des Walis geöffnet wurde; diejenigen Notabeln, die noch Hände hatten und Beine, denen man nichts abgehackt hatte und die man nicht allzusehr geprügelt oder gar verletzt hatte, die also noch gehen oder humpeln konnten – die trafen sich also, nachdem die Waffen sicher verstaut waren, im *Hayastan* mit den Vertretern der Regierung, tranken Raki mit ihnen, versicherten der Regierung in Konstantinopel ihre Loyalität, ließen sich nochmals die komplexen Gründe erklären, in bezug auf den Kuhhandel mit den Waffen und der allgemeinen Amnestie, zeigten Verständnis, ließen den Wali wieder und wieder Versicherungen aussprechen und prüften dabei die Gesichter der anderen Herren, ließen sich beruhigen, sprachen dann nicht mehr über das Arrangement und erwähnten später nur noch beiläufig, daß sie ihrerseits den Mund halten und die Waffen fristgemäß in drei Tagen abliefern würden.

Aber schon am nächsten Morgen war die Komödie vorbei. Oder: sie fing erst richtig an. Denn am nächsten Morgen, als die Notabeln zum ersten Mal seit langer Zeit ohne Angst erwachten und ihre Frauen streichelten und ihnen sagten, jetzt würde alles gut werden, die Lage habe sich beruhigt, man habe sich mit den Behörden arrangiert, standen die Saptiehs vor den Haustüren. Sie blieben nicht lange vor den Haustüren stehen, denn als bekannt wurde, daß die Waffen gefunden, die Verstecke der Armenier überraschend entdeckt, als es hieß: gerade werden die Waffen aufgeladen, Waffen, die diese Verräter nicht abgeliefert, die sie von den Russen und ihren Hintermännern erhalten hatten, für den Aufstand, der seit langem geplant ist und der ausbrechen sollte, wenn die Russen vor der Stadt standen... als das bekannt wurde, drangen die Saptiehs in die Wohnungen ein.

Ja. Es ging alles sehr schnell. Planmäßig. Schon am selben Tage, an dem man die Waffen fand, begann eine Verhaftungswelle, wie sie die Stadt noch nie gesehen hatte. Es war der 20. Juni 1915, knapp zwei Wochen vor Ramadan, dem Fest des großen Fastens und der inneren Läuterung, das am 2. Juli beginnen würde. Eigentlich hätte man Zeit mit den Erschießungen gehabt, die die Gläubigen während des Fastenmonats nicht beunruhigen sollten, denn der erste Kanonenschuß von der Zitadelle, der wie eh und je das Gebot zum Fasten einleiten würde, war ja noch Tage entfernt. Trotzdem befahl der Wali, schon am nächsten Morgen, bei Anbruch der Dämmerung, mit den Erschießungen zu beginnen. Nicht etwa, daß der Wali es eilig hatte, das war es nicht. Es war nur, weil die Herren der Sonderorganisation wieder abreisen wollten, und sie behaupteten, nicht abreisen zu können, ehe nicht alles vorbei war. Der Wali übergab dem Müdir das Kommando. Und er redete dem Müdir ins Gewissen und machte ihm klar, daß man alle erschießen mußte, die wehrfähig waren. Und wehrfähig waren alle, die einen langen Stock ohne Hilfe ihrer Mütter in der Hand halten konnten, auch jeder, der Zähne hatte, die nicht gerade die ersten waren, oder einen Pinkler, den er nicht nur zum Pinkeln gebrauchte. Jeder war gefährlich, der gefährlich aussah oder in absehbarer Zeit gefährlich werden könnte.

Drei Tage lang wurden die wehrfähigen Männer in Viererreihen, mit Stricken aneinander gefesselt, in den frühen Morgenstunden aus der Stadt geführt. Zur gleichen Zeit schrien sich die öffentlichen Ausrufer die Stimmen aus dem Leib und verkündeten die Sache mit dem Aufstand in Van, den armenischen Freiwilligenbataillonen auf seiten der Russen und die Zusammenarbeit der Armenier in Bakir mit diesen Schurken. Alles sei nun aufgeklärt, das türkische Vaterland in der Stunde der Not von Allah gerettet. Auch die Imams in den Moscheen verkündeten Ähnliches, und die Hodjas sprachen zu den Kindern in den Koranschulen und warnten sie vor dem Teufel, den Djins und den Armeniern. Schreiende Plakate an den Festungsmauern, den Stadttoren und den Mauern der Häuser prangerten die Armenier an, und die Zeitungen überboten sich in ihren Berichten über den armenischen Verrat. In den Straßen von Bakir standen türkische und deutsche Offiziere verlegen beisammen, und die Konsulate der neutralen Nationen schlossen peinlich berührt ihre Fenster.

In den meisten Städten Anatoliens wurden die armenischen Männer vor den Stadttoren erschossen, aber in Bakir war man vorsichtiger.

Da die hohen Berge nicht weit von der Stadt entfernt waren, führte man die Männer ein wenig spazieren, nicht mehr als vierzig Zigarettenlängen, aber auch nicht weniger. Dort, wo die Bergschluchten so tief waren, daß selbst die Saptiehs Angst hatten, über die Klippen zu blicken, dort, wo die Djins mit dem Wind heulten und ein kräftiger Mann nicht ohne Herzklopfen von der Höhe in die Tiefe pinkeln konnte, dort, wo man vorsichtig auftrat und sein Pferd im Zaum hielt, dort erschoß man die Männer. Natürlich wurden nicht alle erschossen, denn die regionsfremden Gendarmerieregimenter, die den Saptiehs von Bakir als Verstärkung zugeteilt worden waren, sagten, man müsse mit Munition sparen, denn die Zuteilung war knapp bemessen, und es wären eben schwere Zeiten – was andere schon vor ihnen gesagt hatten –, diese fremden Saptiehs also säbelten die Männer einfach nieder. Und da waren auch die Einsatzkommandos der Tschettes, die rechtzeitig eingetroffen waren. Und diese Tschettes hatten eine Menge Äxte in ihren Satteltaschen.

Die dummen und trägen Saptiehs von Bakir staunten, als sie sahen, mit welcher Kunstfertigkeit die Tschettes den armenischen Männern mit ihren Äxten die Schädel einschlugen, so, als hätten sie zeit ihres Lebens nie etwas anderes gemacht. Es war auch von Vorteil, daß man die Toten nicht zu begraben brauchte, denn die Schluchten waren das beste Grab. Und weil es so viele waren, die man in die Schluchten zu werfen hatte – da ja nicht alle ordnungsmäßig hinunterpurzelten, sondern befehlswidrig auf den Bergpfaden liegenblieben –, beschloß man, diese toten Hunde den lebendigen zu überlassen. Denn lebendige, wenn auch vierbeinige Hunde, gab es mehr als genug in diesem Land. Nannten doch viele von den Franken die Türkei das Land der herrenlosen Hunde. Nirgendwo auf der Welt, so sagten die Franken, gäbe es mehr herrenlose Hunde als hier. Sie waren zahlreicher als die Aasgeier und fraßen alles Tote in den Gassen der Dörfer und Städte, der Landstraßen und Bergpässe. Das ganze Land gehörte zu ihrem Jagdgebiet, und wenn sie auch nicht schneller waren als die Totenvögel der Luft, so machten sie doch eine bessere Arbeit, weil sie größere Mengen fressen konnten und selten etwas zurückließen.

Die Herren der Sonderorganisation waren erstaunt, daß sich die kurdischen Bergstämme an dem Gemetzel nicht beteiligt hatten.

Meistens waren die Kurden bei ähnlichen Vorfällen gleich zur Stelle, wenn es Stiefel und Kleider als Beute gab.
– Die Kurden warten ab, hatte der Wali gesagt. Vielleicht wollen sie keine Zusammenstöße mit den Tschettes und den vielen fremden Saptiehs aus dem Vilayet Erzurum.
– Wir haben die Bergstämme bereits alarmiert, sagte der Herr der Sonderorganisation, und wir haben sie wissen lassen, daß demnächst Transporte von Frauen, Kindern und Greisen durch ihr Gebiet ziehen werden.
– Das wird es wohl sein, sagte der Wali. Die Kurden warten, bis die Familien der erschossenen Männer durch ihr Gebiet ziehen, weil sie annehmen, daß sie nur von wenigen Saptiehs begleitet werden.
– Ja, das wird es wohl sein, sagte der Mann der Sonderorganisation.
– Auch weil sich die Kurden bei den Frauen, Kindern und Greisen mehr Beute versprechen als von den wehrfähigen Männern, die ja kein Gepäck bei sich haben.
– So ist es, Wali Bey.
– Trotzdem sollte man die Kurden in Schach halten.
– Im Gegenteil, sagte der Mann der Sonderorganisation, wenn wir die Frauen, Kinder und Greise über die Berge jagen, dann sollen die Kurden ruhig unter ihnen aufräumen. Es ist wegen der Auslandspresse und den Konsulatsberichten.
– Was ist damit?
– Nun, ich habe Ihnen das alles bereits erklärt. Und auch die anderen Herren haben es gehört: die Erschießung der Aufständischen war kriegsbedingt. Das können wir verantworten. Das Gemetzel unter den Frauen, Kindern und Greisen aber überlassen wir den Kurden. Die Regierung kann dann sagen, sie hätte nichts damit zu tun.
– Ja. Sie hatten uns das erklärt.
– Na, sehen Sie.
– Und die Übergriffe der Saptiehs ... aber vor allem der Tschettes?
– Auch das habe ich Ihnen und Ihren Leuten unlängst erklärt. Das Komitee weiß, was es macht, und es kennt seine große Verantwortung. Die Saptiehs tun nur ihre Pflicht, und wenn sie ab und zu von der Waffe Gebrauch machen müssen, um die Ordnung aufrecht zu erhalten, dann wird man das im Ausland begreifen. Und die Tschet-

tes? Nun, auch das haben wir Ihnen erklärt: es sind Strauchdiebe und Mörder. Wir mußten sie einsetzen, weil wir zu wenig Leute haben. Was sollten wir tun? Und ist es etwa unsere Schuld, wenn die Tschettes gegen das Gesetz verstoßen? Sie kommen ja aus den Zuchthäusern. Sollen wir etwa jedem von ihnen einen Rechtsgelehrten mitgeben? Das Auge des Gesetzes kann nicht überall sein. Es sind schwere Zeiten, Wali Bey. Und wir mußten die Tschettes einsetzen.

– Und die Deportationen?

– Es gibt keine Deportationen. Muß das etwa auch noch einmal erklärt werden? Na, sehen Sie. Es handelt sich um eine kriegsbedingte Umsiedlung aus strategischen Gründen. Diese Armenierinnen mit ihren Kindern und wackligen Alten werden nur auf eine Reise geschickt. Wozu stellen wir ihnen denn anständige Ochsenwagen zur Verfügung und lassen ihnen ihr Gepäck? Na also. Eine kleine Reise. Es ist nicht mehr und nicht weniger.«

7

»Die wenigen Tage vor dem Fastenmonat Ramadan wurden hier, in Bakir, die Tage der Münadis genannt, denn nie zuvor hatten die Trommler und Ausrufer so viel zu tun, um die Anordnungen der Behörden gegen die geschlossenen Fenster und Türen der Armenier zu brüllen. Die meisten der Ausrufer kannten die Besitzer der Ohren, für die ihre Botschaft bestimmt war, und sie wußten, daß der Armenier immer wach war, von seiner Geburt bis zum Tode, ja, daß er selbst im Schlaf die Unheilsbotschaften hörte, die im Namen Allahs für ihn ersonnen wurden. Aber der Armenier war von Natur aus verstockt und tat so, als nehme er sein Schicksal gar nicht so recht zur Kenntnis, und auch nicht alles, was vorbestimmt war und im Buch des Schicksals stand, dem keiner auf Erden entrinnen konnte. Diese Armenier taten erst so, als hätten sie sich verhört, als ob der Tag der Deportation gar nicht in Allahs Kalender stünde. Die Münadis hörten die Angehörigen der hingerichteten Männer hinter verschlossenen Türen und Fenstern heulen und jammern, und deshalb brüllten die Münadis so laut wie nie zuvor, damit die Klagenden nichts überhörten. Manche Münadis waren gutmütig und hätten den Armeniern gerne geholfen, denn sie hatten in all den Jahren, die Allah ihnen bisher geschenkt hatte, mit den Armeniern Geschäfte gemacht, mit ihnen gehandelt, bei ihnen gekauft, sie hatten ihre Kleider und Schuhe bei ihnen anfertigen lassen, ihre ledernen Geldbeutel, ihre Külahs und Kelims, ihr Kupfergeschirr, ihre eisernen Hausschlüssel, ja, sogar die großen Trommeln und die Schlagstöcke verdankten sie dem Geschick armenischer Hände – und so kam es vor, daß so mancher der Münadis nach der wichtigen Verlautbarung im Namen Enver Paschas, Djemal Paschas und Talaat Beys, überhaupt im Namen des ganzen Komitees für Einheit und Fortschritt..., daß solch ein Münadi rein privat mit dem Besitzer der Ohren sprach, manchmal mit den kleinen Kindern, manchmal mit den Alten, aber meistens mit den Frauen. Und so mancher sagte zu ihnen: Es hat keinen Zweck, um die Männer zu jammern und so zu tun, als hättet ihr die Botschaft nicht gehört. Ihr müßt alle Wertsachen und euer Geld dem Staat geben. Aber der Staat ist großzügig und erlaubt euch, 300 Piaster mit auf den Weg zu nehmen. Also packt eure Sachen zusammen und nehmt 300 Piaster mit auf den Weg. Und wenn ihr noch Gold habt oder Juwelen, die ihr noch nicht abgeliefert habt und auch nicht abliefern wollt, so versteckt es nicht in euren Kleidern oder eurem Haar oder in euren Fotzen oder gar im Hintern, denn sie werden alles finden und es euch wegnehmen. Vergrabt es irgendwo, damit ihr es wiederfindet. – Und viele von den Armenierinnen hörten auf die Münadis und vergruben, was sie dem Staat nicht geben wollten, aber viele taten das nicht, denn sie glaubten, daß man ohne Goldstücke nicht auf Reisen gehen sollte.

Vor den Augen der Konsulatsbeamten vollzog sich in den letzten Tagen vor Ramadan ein seltsames Schauspiel. Es fing schon im Morgengrauen an und setzte sich bis zum Einbruch der Dunkelheit fort. Tausende von Frauen und Kindern und Greisen zogen in langen Kolonnen, in Begleitung einer berittenen Soldateska, durch die Tore der Stadt. Wer keinen Platz auf einem der Ochsenkarren gefunden hatte, ging zu Fuß. Und es kamen ähnliche Transporte aus den umliegenden Dörfern und kleineren Städten, die alle durch Bakir zogen. Es sind Hunderttausende unterwegs, schrieben die Herren der Konsulate an ihre Regierungen. Man siedelt sie alle um. Die Regierung behauptet, es gehe nach Syrien. Die Angaben sind ungenau. Niemand kennt den wahren Bestimmungsort.

Es war selbstverständlich, daß einige Handwerker und Leute, deren Dienste unersetzlich waren, von den Erschießungen und der Deportation ausgenommen waren. Auch ihre Familien, denn diese dienstverpflichteten Leute würden ihre Arbeit nicht ordentlich machen, wenn man ihre Familien verschleppen würde und sie allein übriggeblieben wären. Und da das Handwerk auf diesem Teil der Erde fast ausschließlich in armenischen Händen lag, so kam es oder so trug es sich zu, daß die wichtigsten oder für den Staat unentbehrlichsten bleiben durften. Auch ein paar Reiche durften bleiben, denn der Wali hatte einiges mit ihnen vor, was die Herren der Sonderorganisation nicht zu wissen brauchten.

Ende Juni 1915, es war genau zwei Tage vor Ramadan, ließ der Wali den Besitzer des Restaurants *Hayastan* in seine Amtsstube laden.
– Hajgaz Efendi, sagte der Wali. Ich habe oft bei Ihnen gegessen, und auch der Müdir hat oft bei Ihnen gegessen, und auch der Kaimakam und auch der Mutessarif. Und auch die unteren Dienstgrade, ja ... sogar die Saptiehs und die Münadis haben im *Hayastan* gegessen. Die Küche ist vorzüglich. Es gibt keine bessere Küche.
– Ja, sagte Hajgaz. Meine Frau ist eine gute Köchin, und ich habe meinerseits immer das Beste getan, um die Gäste zufriedenzustellen.
– So ist es, sagte der Wali. Es ist wahrhaftig so. Und Sie haben von keinem, der die Uniform der Regierung trägt, einen einzigen Piaster genommen.
– Warum sollte ich, sagte Hajgaz.
– Und wir haben Sie auch immer beschützt.
– Ja, sagte Hajgaz.
– Das werden Sie doch zugeben?
– Ja, sagte Hajgaz.

– Ich habe Ihr Haus verschont, Hajgaz Efendi, sagte der Wali. Aber Sie glauben doch nicht etwa ernstlich daran, daß ich es nur getan habe, weil ich bei Ihnen gut gegessen habe?
– Nein, sagte Hajgaz.
– Ich hatte meine Gründe.
– Ja, sagte Hajgaz.

– Die Regierung, sagte der Wali, hat mir erlaubt, fünfzig Handwerker und ihre Familien zu verschonen.
– Ja, sagte Hajgaz.
– Ich habe dem Komitee aber geschrieben, daß ich hundert Handwerker brauche, um die Stadt nicht ganz lahmzulegen. Verstehen Sie das?
– Ja, sagte Hajgaz.
– So viele brauche ich aber gar nicht, sagte der Wali. Verstehen Sie das?
– Nein, sagte Hajgaz.

– Nun ja, sagte der Wali. Es ist so. Fünfzig der reichsten Armenier werde ich zusätzlich als Handwerker in meinen Büchern führen. Und wissen Sie, was das bedeutet?
– Nein, sagte Hajgaz.
– Das bedeutet, daß diese Leute überleben können, obwohl sie gar keine Handwerker sind. Verstehen Sie das?
– Ja, sagte Hajgaz.

– Ich habe Sie als Tischler eintragen lassen, Hajgaz Efendi. Sie sind also von nun an ein Tischler.
– Ja, sagte Hajgaz.
– Verstehen Sie was von Tischlerei?
– Nein, sagte Hajgaz.

– Nun, das macht nichts, sagte der Wali. Die Hauptsache ist, wir verstehen uns.
– Warum tun Sie das? fragte Hajgaz.
– Nun ja, warum sollte ich das nicht tun?

Und der Wali sagte: Sie haben eine Menge Gold und Juwelen vergraben, Efendi, sozusagen: vor dem Zugriff des Staates versteckt. Wir wissen aber nicht wo.
– Ich habe gar nichts versteckt, Wali Bey.
– O doch, sagte der Wali. Sie haben sogar eine ganze Menge davon versteckt.

Und der Wali sagte: Jeder Armenier hat vier Verstecke. Wenn ich ihn foltern lasse, dann wird er mir das erste Versteck verraten, um der Folter zu entgehen. Aber in dem ersten Versteck liegen nicht die wirklichen Schätze. Verstehen Sie das?
– Ja, sagte Hajgaz.
– Und wenn ich ihn dann weiter foltern lasse, dann wird er mir vielleicht das zweite Versteck verraten. Aber auch dort sind die wahren Schätze nicht drin.
– Ja, sagte Hajgaz.
– Und vielleicht verrät er mir dann noch das dritte, sagte der Wali. Aber auch dort ist nur der kleinste Teil seines Besitzes.

– Das ist möglich, sagte Hajgaz.
– Der wirkliche Schatz liegt im vierten Versteck, sagte der Wali. Aber das wird er mir nie verraten.
– Ja, sagte Hajgaz.
– Egal, was ich mache, sagte der Wali. Er wird es nie verraten.

Und der Wali sagte: Deshalb hat es wenig Zweck, Sie foltern zu lassen, Efendi. Wahrlich, es hätte wenig Zweck.
– Ja, sagte Hajgaz.
– Ich habe mir deshalb etwas anderes ausgedacht, etwas Wirkungsvolleres, etwas, was uns beiden auch lieber ist.
– Was ist das, Wali Bey? fragte Hajgaz.
– Sie werden mir den Schatz freiwillig bringen, Efendi, sagte der Wali. Sie werden mich sogar bitten, ihn anzunehmen. Sie werden tagtäglich auf Ihren Knien hierherkommen, ins Hükümet, und mich bitten, den Schatz anzunehmen.
– Wie das, Wali Bey? fragte Hajgaz.
– Nun, das ist so und so, sagte der Wali.

Und der Wali sagte: Die deutschen Verbündeten lachen uns aus wegen der üblichen Militärbefreiungssteuer, die zur Zeit vierundvierzig türkische Lira beträgt. Wir nennen sie den Bedel und einst hat jeder Armenier, den seine Mutter geworfen hatte, diesen Bedel gezahlt. Warum also sollte ein Armenier wie Sie, Efendi, nicht den Bedel für die Befreiung von der Deportation bezahlen? Verstehen Sie mich nicht falsch. Dieser Bedel ist nicht offiziell, denn wo kämen wir hin, wenn sich jeder Armenier, den wir erschießen oder in die Wüste schicken wollen, für einen lumpigen Bedel freikaufen könnte? Nein, das geht natürlich nicht.
– Es geht also nicht?
– Wenn die Sache unter uns bleibt – und das rate ich Ihnen –, dann ließe sich da was machen.
– Es läßt sich also etwas machen?
– Ja, Efendi. So wahr Allah mein Zeuge ist, es läßt sich tatsächlich etwas machen.
Und der Wali sagte: Sie zahlen mir täglich vierundvierzig Lira – also den Bedel – in Gold- oder Silbermünzen. Bei Schmuckstücken müßte

man den eigentlichen Wert feststellen und auf die vierundvierzig Lira täglich anrechnen.
– Wie ist es mit Papiergeld?
– Kein Papiergeld, sagte der Wali. Wegen der Geldentwertung.
– Verstehe, sagte Hajgaz.
– Solange es niemand weiß – nur wir beide, verstehen Sie –, solange bleiben Sie und selbstverständlich auch die unmittelbare Familie von der Deportation verschont.
– Ich verstehe, Wali Bey.
– Sie sind jetzt Handwerker, Efendi, ein Tischler, der gebraucht wird. Sie sind doch Tischler?
– Ja, Wali Bey.
– Es ist bedauerlich, daß wir alle armenischen Häuser beschlagnahmen müssen, aber Sie, als Handwerker, dürfen solange in Ihrem Hause wohnen, solange der Staat Sie braucht.
– Ja, Wali Bey.
– Jeden Tag werden Sie, Efendi, Ihre Schatzkammern öffnen, um das Gold und Silber oder den erforderlichen Schmuck zu holen. Sie werden im Laufe der Zeit alle Verstecke wiederfinden, die Sie gegraben haben, um den Staat zu hintergehen. Nach und nach werden Sie alles hervorholen, ohne daß ich Sie foltern oder irgend etwas anderes Unmenschliches tun muß. Ich lasse Sie weder auspeitschen noch sonst etwas. Wir ziehen Ihnen keine Zähne, hacken Ihnen nicht die gierigen Finger ab, oder gar den Schwanz, der ja die Brut zeugt, die man landläufig Armenier nennt. Wir kitzeln nicht mal Ihre Eier. Gar nicht nötig. Jeden Tag holen Sie Ihr Geld oder Ihren Schmuck, verstehen Sie, denn diese Wertsachen bedeuten einen Tag Aufschub und einen Tag Befreiung von der Deportation. Und Sie liefern mir all das freiwillig ab.
– Ja, Wali Bey.
– Wenn der Krieg noch lange dauert, dann werden Sie früher oder später auch das vierte Versteck, das, in dem der große Schatz liegt, ausgraben und mir bringen.
– Ja, Wali Bey.
– So ist es, sagte der Wali.
Und Hajgaz sagte: Ich danke Ihnen, Wali Bey.

– Es ist nur schade, sagte der Wali, daß wir Ihren Bruder Dikran vor einiger Zeit aufhängen mußten.
– Ja, Wali Bey.
– Er war ein guter Schuster. Und gute Schuster werden heutzutage gebraucht. Die Stiefel aller toten türkischen Soldaten müssen dringend geflickt werden, damit die Lebenden sie tragen können. Und auch die Stiefel der Lebenden – besonders nach den langen Märschen – sind meistens in einem schlechten, bedauerlichen Zustand. Sie verstehen, Efendi. Materialien sind knapp. Und ein guter Schuster kann Wunder wirken. Aber wo sollen wir all die Schuster auftreiben, die wir tatsächlich dringend brauchen, da das Handwerk zumeist in armenischen Händen lag?
– Fast alle Schuster waren Armenier.
– Sie sagen es, Efendi.
– Ja, sagte Hajgaz.
– Es ist ein Jammer, sagte der Wali.

– Dieses armenische Pack hatte goldene Hände, sagte der Wali. Alles was diese Hände anpackten, war von Erfolg gekrönt. Der Satan muß ihnen geholfen haben, denn wie wollen Sie es erklären, daß sie alles so perfekt machten. Na, wie? Sehen Sie, Efendi. Sogar ich, der Wali von Bakir, habe meine Stiefel bei einem Armenier machen lassen. Auch meine zivilen Anzüge, sogar meine Uniform. Was der Armenier anfertigte, hatte Stil. Ich würde sagen: eine auffallende und verdächtige Qualität. Aber was macht das schon. Ich habe die armenischen Stiefel gern getragen, und auch die Anzüge und die Uniform. Dieser Mann, der mir die Uniform geschneidert hat, war ein Künstler seines Fachs. Diese Uniform, die ich noch immer trage, macht mich zehn Jahre jünger und zehn Okka schlanker.
– Ja, Wali Bey.
– Trotzdem habe ich ihn erschießen lassen, weil es sich herausgestellt hat, daß bereits zu viele Schneider auf der Liste der zu rettenden Handwerker waren.
– Ich verstehe, Wali Bey.
– Es ist ein Jammer, sagte der Wali.

– Wie ist es mit Ihrem Bruder Sarkis, sagte der Wali. War er nicht Goldschmied?
– Ein Goldschmied, sagte Hajgaz.
– Ich werde nachschauen, ob er auf der Handwerkerliste steht, sagte der Wali.
– Er steht nicht drauf, sagte Hajgaz.
– Und woher wissen Sie das?
– Er wurde mit den anderen erschossen, sagte Hajgaz.
– Es ist ein Jammer, sagte der Wali. Ein tüchtiger Goldschmied.
– Ja, sagte Hajgaz.
– Es wäre gewiß anders gekommen, wenn er Hufschmied gewesen wäre, sagte der Wali. Im Krieg werden keine Goldschmiede gebraucht, wenigstens nicht bei der Kavallerie. Da braucht man Hufschmiede.
– Ja, Wali Bey.
– Die besten Hufschmiede waren Armenier, sagte der Wali. Und es gibt so wenige, die noch da sind. Es ist ein Jammer.

Der Wali bot Hajgaz eine Zigarette an, von der Marke *Amroian*. Es sind die letzten *Amroian*, sagte er, eine preiswerte, aber vorzügliche Zigarette, echte armenische Qualität. Wissen Sie, Efendi, ich habe mir noch einen Vorrat davon angelegt, weil es die Zigarettenfabrik des Armeniers Amroian gar nicht mehr gibt.
– Es ist eine gute Zigarette, sagte Hajgaz.

– Haben Sie irgendeine Nachricht von meinem Bruder Wartan? sagte Hajgaz. Wartan Khatisian?
– Nein, sagte der Wali. Wir vermuten, daß er tot ist, und wir haben ihn bereits abgeschrieben.
– Es wird also keinen Prozeß geben?
– Nein, es gibt keinen Prozeß. Und der Wali sagte: Der Fall Wartan Khatisian war die Idee des Müdirs. Er war davon wie besessen. Und ich bin froh, daß es diesen Fall nicht mehr gibt. Und wissen Sie, Efendi: wenn diese Schwätzer von der Presse mir irgendwelche Fragen stellen, um herauszufinden, was für ein Fall denn das sei, dann werde ich ihnen sagen: Efendiler. Was für einen Fall meinen Sie denn? Etwa den Fall Khatisian? Und ich werde ihnen ins Gesicht

lachen und sagen: Efendiler. Dieser Fall war wie ein türkisches Märchen, von dem man sagt: Es war einmal einer, und es war einmal keiner. – Diesen Fall, Efendiler, den gibt es gar nicht. Und es gab ihn nicht, und es hat ihn auch nie gegeben.

Den Fall Wartan Khatisian, kurz: *Fall Khatisian* genannt, den gibt es nicht mehr, mein Lämmchen.« Das sage auch ich, der Märchenerzähler, zu meinem Schatten.»Und wenn man später, nach dem Krieg – in besseren Zeiten, die vielleicht gar nicht besser sind – mal in den Geschichtsbüchern nachblättern wird, dann wird man nichts darin finden, ich meine: vom Fall Khatisian, oder von einem Wartan Khatisian, von dem ein Verfälscher der Weltgeschichte, eben dieser besessene Müdir von Bakir, behauptet hatte, er habe den österreichischen Thronfolger und dessen Gattin erschossen, damals in Sarajevo. Und ich wette mir dir, mein Lämmchen, daß die historischen Schnüffler von Zeit zu Zeit ihre gewichtigen Häupter schütteln werden, besonders dann, wenn ich, der Märchenerzähler, ihnen zufällig mal im Ohr sitze. Sie werden zu mir sagen: Nein, von diesem Fall Khatisian haben wir noch nie was gehört. Die Türken haben den Armeniern so vieles in die Schuhe geschoben, daß es nun nichts mehr zu schieben gibt. Ein Armenier sollte auch den Erzherzog erschossen haben? Und mit diesem tödlichen Schuß den Großen Krieg ausgelöst? Das glauben wir nicht. Das ist doch völliger Unsinn!
Ich aber werde sagen: Natürlich ist es Unsinn. Aber sehen Sie, meine Damen und Herren. Spielt es wirklich eine Rolle, wenn wir den tausend falschen Anklagen gegen die Armenier noch eine hinzufügen ... damit wir sagen können: es waren einmal tausend Anklagen und eine ...

Ich höre betretenes Schweigen. Die Gedankenstimmen der angehenden Historiker schnattern erregt durcheinander. Einer der Gedanken spricht zu mir: Sehen Sie, Meddah. Alles, was in meinen Büchern steht – den Geschichtsbüchern –, ist doch im Grunde nur eine Aneinanderreihung.
– Was für eine Aneinanderreihung?
– Nun, Meddah: die Aneinanderreihung kleinerer und größerer Massenmorde vom Anbeginn der Zeit an. Und alle sind begründet.

Für jeden gab es einen Vorwand. Und für jeden Vorwand eine Anklage. Ich verstehe jetzt, Meddah, warum es auf eine Anklage mehr oder weniger nicht ankommt.
– Richtig, sage ich.
– Gab es nun den *Fall Khatisian* oder nicht?
– Es ist nicht wichtig, sage ich.
– Und wie ist es mit der Weltverschwörung und mit Satan, der an allem schuld ist?
– Ich weiß es nicht, sage ich.
– Davon steht nichts in meinen Lehrbüchern.
– Nun, sage ich. Das macht nichts.
Und ich wende mich an alle anwesenden Damen und Herren.
– Meine Damen und Herren, sage ich. Sie werden nichts von Satan und der Weltverschwörung in Ihren Lehrbüchern finden, aber suchen Sie mal in Ihren Köpfen. Und denken Sie nach! Oder besser: denken Sie gar nicht erst nach.«

8

»Siehst du diesen schwulen Deutschen, der sich nach wie vor auf der Herrentoilette des Hükümets herumtreibt und den Saptiehs seinen Hintern zeigt – kannst du ihn sehen, mein Lämmchen? Und siehst du auch den anderen Deutschen, den mit der Brille? Und siehst du ihre feldgrauen Uniformen?«
»Ich kann die beiden sehen«, sagt mein Schatten.
»Der mit der Brille hat gerade etwas aufgeschrieben«, sage ich.
»Siehst du, wie er grinst? Jetzt sagt er zu dem Schwulen: Laut unserem Kalender fällt der Ramadan unserer Verbündeten im Jahre 1915 auf den 2. Juli. Und am 1. August soll er zu Ende sein.
– Eine lange Fastenzeit, sagt der Schwule.
– Es ist halb so schlimm, sagte der Bebrillte. Mit einem Kanonenschuß fängt die Fastenzeit an, und mit einem Kanonenschuß ist sie zu Ende. Jeden Tag wird sich dasselbe wiederholen. Am Tage schnüren sich diese Moslems den Gürtel enger, und nach Sonnenuntergang ziehen sie ihn völlig aus. Dann fressen sie sich die Bäuche voll und saufen wie ihre Pferde.
– Und wie ist es mit der Liebe?
– Im Koran steht: Die Weiber sind euer Acker, geht auf euren Acker wie und wann ihr wollt.
– Auch während der Fastenzeit?
– Nein, eigentlich nicht.
– Dann ist die Liebe am Ramadan verboten?
– Sie ist nur am Tage verboten, aber des Nachts ist sie erlaubt.
– Zwischen Sonnenuntergang und Sonnenaufgang?
– Ja.
– Steht das im Koran?
– Im Koran steht: es ist euch erlaubt, in der Nacht der Fastenzeit euren Frauen beizuwohnen.
– Ist das alles?
– Nein. Der Prophet hat auch gesagt: Beschlaft sie jetzt und begehrt, was Allah euch erlaubt.
– Und wie ist es am Ramadan mit der anderen Liebe?

- Welcher anderen Liebe?
- Ich meine nur ... wie ist es mit der Liebe, von der die Frauen ausgeschlossen sind? Darf ein gläubiger Moslem, der zufällig andersrum ist, am Ramadan auch einen Mann besteigen?
- Da müßte man mal den Imam fragen, sagte der mit der Brille.
- Oder einen der Hodjas?
- Ja, oder einen von denen. Die wissen das auch.

Noch nie hatten die Behörden so schnell und gründlich gearbeitet wie in den letzten Tagen vor Ramadan. Es war, als hätte die Allgegenwart der Soldaten des deutschen Kaisers ein wenig vom preußischen Wind in die chaotischen Amtsstuben der verbündeten Türken geblasen. Und so trug es sich zu, daß bereits in der Woche vor den Feiertagen die Stadt Bakir armenierrein war. Nur die paar Handwerker waren geblieben und die wenigen Reichen, die der Wali von den Erschießungen und Deportationen ausklammern konnte. Die deutschen Offiziere mochten fluchen, weil es nichts mehr für ihre Frauen zu kaufen gab, denn die Geschäfte der armenischen Juweliere waren geschlossen. Geschlossen waren die Schneiderwerkstätten, die Buden der Stoff- und Seidenhändler, die Spezereien, auch sämtliche armenischen Läden, die Märchenhaftes anboten für die Augen aus dem Abendland. Alles schien sich in der Stadt verändert zu haben, seitdem die Armenier verschwunden waren. Die Basare waren fast leer, die Straßen und Gassen stiller geworden. Sie rochen auch anders, denn der Märchenduft, den die Deutschen in romantischer Anwandlung so gerne geschnuppert hatten, obwohl er nicht nur nach Süßem und Fremdem und Leckerem, sondern auch nach Abfall und Faulem roch, der fehlte auf einmal. Die Stadt war trist geworden, und trist war auch die gelbe Sonne, die den fremden Soldaten auf die Mützen schien.
- Es ist nur merkwürdig, sagt der schwule Deutsche zu seinem Begleiter. Seitdem die Armenier verschwunden sind, hängt niemand mehr unter dem Tor der Glückseligkeit.
- Ja, das ist merkwürdig, sagt der andere.

Und weil es im Augenblick niemanden gibt, den man aufhängen könnte«, sage ich, der Märchenerzähler, zu meinem Schatten, »des-

halb schlage ich vor, du hängst dich jetzt selber unter den Torbogen.«
»Ich habe aber keinen Hals«, sagt mein Schatten.
»Das weiß ich«, sage ich. »Es ist ja auch nicht meine Absicht, dich wirklich aufzuhängen, nur weil die schwarzen Haken unter dem Tor der Glückseligkeit zufällig leer sind. Ich möchte nur, daß du hier auf mich wartest, damit ich dich wiederfinden kann.«
»Willst du ohne mich wegfliegen?«
»Ja. Ich fliege für eine Zeitlang weg.

Und so flog ich den Transporten der Frauen und Kinder und Greise hinterher, um zu sehen, warum die Ochsenkarren, auf denen sie ordnungsgemäß mit ihrem Gepäck die Stadt verlassen hatten, alle leer wieder zurückgekommen waren.

Schnell fand ich heraus, daß man die Frauen und ihren Anhang nicht gleich erschossen hatte. Nicht mal die alten Männer. Es war nur so, daß die Arabatschis, die verantwortlich waren für die Ochsenkarren, ihre Kunden nur bis zur Kreuzung jener Karawanenstraßen gebracht hatten, von denen eine in die Sumpfgebiete von Konya führte. Ich hörte noch, wie einer der Arabatschis, ein alter Stadtkurde, zu einem der Saptiehs sagte: Weiter fahren wir nicht. Uns hat der Müdir gesagt: Nur bis zur Straßenkreuzung nach Konya.
– Scheißkreuzung, sagte der Saptieh.
– Nach Konya fahren wir aber nicht, hatte der alte kurdische Arabatschi gesagt. Wir müssen die leeren Ochsenkarren nämlich zurück nach Bakir bringen, um sie neu zu beladen.
Und dann kam der Anführer der Saptiehs und sagte: Ja, das stimmt. Schmeißt das Gesindel einfach auf die Straße. Dieses Armenierpack kann auch zu Fuß weiterlaufen.
– Geht es wirklich nach Konya? fragte der Arabatschi.
– Ich weiß es nicht, sagte der Anführer der Saptiehs. Es geht irgendwohin. Ich glaube nach Mesopotamien.
– Aber dann müßt ihr einen anderen Weg einschlagen.
– Ich soll die Leute aber zuerst nach Konya bringen, sagte der Anführer der Saptiehs. Dort soll ich sie abliefern. Und dann geht es wahrscheinlich weiter.

– Nach Mesopotamien?
– Vielleicht dorthin, sagte der Anführer der Saptiehs. Oder auch nicht dorthin. Der Teufel soll dieses Pack holen, das irgendwohin gebracht werden soll, obwohl wir nicht genau wissen, wo das wohin liegt. Und der Anführer der Saptiehs spuckte in weitem Bogen seinen Kautabak aus, und dabei gab er den Saptiehs ein Zeichen mit der Reitpeitsche.

Es ging alles menschlich zu. Auch die Saptiehs, die schon vor einigen Tagen dabeigewesen waren, als die Männer dieser Frauen erschossen und erschlagen wurden, waren erstaunt, daß der Tschausch, der den Trupp anführte, keinen Befehl gab, die Frauen mitsamt ihrer Brut einfach umzulegen, und auch nicht die alten Männer, von denen es hieß, sie seien im Grunde Weiber, denn wirkliche Männer mit einem erregbaren Schwanz waren sie nicht mehr. Ja. Es wäre praktischer gewesen, kurzen Prozeß mit diesen Ungläubigen zu machen, denn was für einen Sinn hatte das, das Gesindel zu Fuß weiterzujagen, mit all dem Gepäck und all den versteckten Wertsachen, die diese Blutsauger ergattert und erhamstert hatten und die dem türkischen Volk gehörten und keinem anderen? Nach Konya? Wozu nach Konya, wo doch die kürzere Strecke nach Mesopotamien über Malatia und über den Euphrat führte?
Als die Saptiehs anfingen, die Leute mit den Lederpeitschen von den Ochsenkarren herunterzujagen und das Gepäck auf die Straße zu werfen, lachten die türkischen und kurdischen Arabatschis. Aber nach einer Weile verging ihnen das Lachen.

Alles ging menschlich zu. Und Allah war Zeuge, daß es nicht die Schuld der Saptiehs war, daß die Armenier so viel Gepäck besaßen, mehr, als sie tragen konnten. Das meiste blieb auf der Straße liegen, nachdem die Saptiehs angefangen hatten, die Leute unter Flüchen und Beschimpfungen weiterzutreiben, und sie auch ein bißchen kitzelten mit ihren Reitpeitschen. Da viele von diesen Armeniern, besonders die ganz Alten, nicht schnell genug gehen konnten, kam es auch vor, daß die Peitschen nicht nur kitzelten, sondern etwas härter zuschlugen. Aber das mußte sein, denn wie sonst sollte man dem Befehl des Weitermarsches Ausdruck verleihen? Auch später, als die ganz Alten und Schwachen zusammenbrachen und man sie erschießen mußte, weil ja keiner zurückbleiben durfte, wenigstens nicht lebendig, war den Saptiehs klar, daß sie im Grunde menschlich mit ihnen verfuhren.

Es war ein heißer Junitag, als ich, der Märchenerzähler, dem allerersten Transport von fünftausend Armeniern hinterherflog. Ich war nicht durstig, denn ich hatte keinen Körper, aber ich hörte das Brüllen der Opfer, die schon am frühen Nachmittag, nach wenigen Stunden Marsch, anfingen, nach Wasser zu schreien. Je länger ich dem Transport hinterherflog, um so mehr fiel mir auf, wie sich die Reihen der Opfer lichteten. Mehr und mehr Alte und Schwache, Kranke und Krüppel, Erschöpfte und Verzagte blieben zurück und wurden von den Saptiehs erschossen. Was habe ich doch gesagt: es war ein heißer Junitag? Gewiß, es war heiß. Und allzulange sollten die Toten nicht auf der Straße herumliegen. Aber Allah, in seiner Weisheit und Voraussicht, hatte vorgesorgt. Denn er hatte die Geier der Luft und die herrenlosen Hunde des Festlands auf die Fersen des Transports gehetzt. Und die waren zur Stelle, um den Toten die Kleider aufzureißen und das Fleisch von den Knochen zu nagen, ehe die Verwesung begann. Denn es war eine große Hitze. Hierzulande ist das so. Im Winter herrscht grimmige Kälte, und der Sommer ist heiß. Und hinter den knurrenden, fauchenden, gefräßigen Hunden und den krächzenden, ganze Happen verschlingenden Geiern schlich der Stadtpöbel aus Bakir und der Pöbel aus den umliegenden Dörfern. Sie hielten Abstand, denn sie wollten sich nicht mit den Saptiehs anlegen. Aber sie fanden das Gepäck auf der Straße, und sie fanden die Reste der Totenkleider, vor allem Kopftücher und anderes, was nicht angefressen war, auch Stiefel und Schuhe. Auch der Pöbel hatte es nicht leicht, denn sie waren fast alle zu Fuß, und auch unter ihnen waren manche, denen das Gehen schwerfiel, und sie mußten sich gegen ihresgleichen verteidigen, wenn es darum ging, wer die beste Beute abkriegte. Sie mußten sich mit Gleichgesinnten herumbalgen, und auch unter ihnen gab es Verwundete und Tote. Ja, wahrlich, so war es: die Ärmsten unter den Moslems waren hinausgezogen, um von den Armeniern zu erben, was ihnen Allah im Staat der Sultane und korrupten Beamten vorenthalten hatte ... jahrhundertelang ...

aber sie kamen zu spät, denn die Saptiehs hatten bereits das Gepäck durchwühlt und die versteckten Wertsachen an sich genommen. Der Pöbel war wütend, und er ritzte die angefressenen und durchbissenen Kleider der Toten noch weiter auf, um die Goldstücke zu finden, von denen es hieß: die Armenier hätten sie eingenäht. Auch die Stiefelabsätze rissen sie auf, und manchmal fanden sie etwas und manchmal auch nicht.

Die Häuser der Armenier waren so lange umstellt, bis die Transporte aus der Stadt waren. Dann fing das Plündern an. Die Behörden hatten verlautbart, daß Häuser und Mobiliar der Ungläubigen nach dem Kriege zurückerstattet würden, und sie taten auch eine Weile so, als würden sie vieles sicherstellen. In Wirklichkeit wurde nichts registriert, und was der Pöbel nicht wegschleppte, behielten die Beamten. Alles von scheinbarem Wert verschwand irgendwo, wo die Augen des Komitees nicht hinblickten.
Die Plünderer waren verwirrt. So manch einer sagte: Sie haben das Gold vergraben, und andere sagten: Nein. Sie haben es mitgenommen. Wir müssen ihnen nach auf die Landstraße. Sie haben es in die Kleider eingenäht und in den Schuhen versteckt. Andere aber sagten: Nein. Der Armenier ist schlau. Sicher hat er das Gold verschluckt. Man müßte ihnen die Bäuche aufschlitzen.

Nein. Nicht alle Moslems hatten die Häuser geplündert. Die Vornehmen unter ihnen waren schon vorher dagewesen, als die Trommler durch die Stadt zogen und jeder wußte, wessen Stunde geschlagen hatte. Sie kauften noch auf, was sie kaufen konnten, für wenig Geld. Viele Armenier gaben den vornehmen Moslems so manches umsonst und baten sie, es aufzubewahren, bis sie zurück seien. Unter den vornehmen Moslems waren auch einige Ungläubige, die ich versehentlich zu den Moslems gezählt hatte, denn ihre Augen hinter geheucheltem Mitleid waren genauso gierig. Einige Griechen waren darunter und einige Juden. Ein Grieche kaufte ein Piano für sieben Piaster, einen lächerlichen Preis. Und ein Jude, der neben dem Griechen stand und den Kauf neidisch wahrnahm, fragte den früheren Besitzer des Pianos, ob er nicht noch eines hätte, und er würde sogar acht Piaster zahlen, aber der hatte kein zweites. Der Grieche klimperte auf dem Piano, was den Juden ärgerte, denn er verstand das Klimpern besser als der Grieche, weil er musikalischer war. Es war einmal eine Zeit, sagte der Jude zu dem Armenier, wo es uns Juden an den Kragen ging, aber diese Zeit ist Gott sei Dank vorbei. Und er erzählte dem Armenier von den Pogromen unter dem russischen Zaren und auch von dem Gemetzel der Kreuzfahrer und den Flammen der spanischen Inquisition.

Einige Wochen flog ich, der Märchenerzähler, in Anatolien herum, dann kehrte ich nach Bakir zurück. Ich knüpfte meinen Schatten vom Henkershaken los – dem unter dem Tor der Glückseligkeit – und ich streichelte ihn und nahm ihn auf meinen Schoß.
Ich bin der Märchenerzähler«, sagte ich. »Nenne mich Meddah.«
Und ich sagte: »Die Märchen, die ich erzähle, sind keine Märchen. Es sind wahre Geschichten.« Und dann erzählte ich meinem Schatten, was ich gesehen hatte.

»Es waren also eine Menge Tote auf der Landstraße?« fragte mein Schatten. »Und die, die noch gehen konnten, lebten weiter?«
»Zwei Tage lang«, sagte ich, »gingen sie auf der Karawanenstraße nach Konya entlang. Sie wurden immer weniger. Oder, um es anders zu formulieren: die Landstraße wurde immer bunter, besät von den Toten am Straßenrand... in ihren vielfarbenen Kleidern und gelben, braunen, roten, schwarzen und blauen Schuhen. Auch die Kopftücher und Schleier der toten Frauen, oft von bester Qualität, sollte man nicht vergessen, und natürlich die krempenlosen Hüte der toten, alten Männer und die schädelschützenden Kopfbedeckungen der kleinen Kinder. Die Toten wirkten wie Meilensteine und Wegweiser, und es war auch so: denn die Regimenter der Saptiehs und Tschettes, die der Kolonne nachsprengten, mußten ja wissen, wo es entlangging, wo die Deportationsroute lag und was für eine besondere Straße das war.

Viele Ersatzregimenter sprengten auf ihren anatolischen Pferden dem Leichenzug hinterher. Aber die meisten warteten schon in den Bergschluchten des Taurus. Denn nach zwei Tagen Fußmarsch, immer der Karawanenstraße entlang, schlugen die begleitenden Saptiehs den kürzeren Weg durch die Berge ein. Auf den Bergpässen, aber auch in den Tälern, warteten schon die Einsatzkommandos der Tschettes.

Ja. Es stimmt. Die Tschettes sind bekannt dafür, daß sie nicht lange fackeln und nicht viel Federlesen machen. Aber sie wollten erst die jungen Frauen besteigen ... und was für einen Sinn hätte es gehabt, die Frauen zu töten, um das, was nicht mehr zappeln und schreien kann, zu erklettern und zu durchdringen? Deshalb töteten sie nur die alten Frauen. Und sie töteten auch die kleinen Kinder und die alten Männer. Den jungen Frauen aber zerrten sie die Kleider vom Leibe, und sie warfen sie auf die furchige, sommerliche Erde, die nicht trocken war, trotz Sonne und Wind und dem Mangel an Regen, sondern feucht und klebrig von der Angst der Frauen, die sich besudelt hatten. Die Tschettes kümmerten sich weder um Pisse noch Scheiße. Sie faßten mit den Händen hinein, und es machte ihnen Spaß. Und sie zeigten den Frauen ihre Männerknorpel, die von roten Fleischwülsten gekrönt und gehäutet und beschnitten waren und mächtig und bedrohlich anzusehen. Manchmal halfen die Tschettes mit den Bajonetten nach, wenn das Männergewächs zwischen den Schenkeln die Öffnung zwischen den anderen Schenkeln nicht fand oder nicht finden konnte, weil die Angst des Opfers die Öffnung versperrt hatte. Auch die Saptiehs kriegten Lust und zogen sich die Uniformhosen aus, und weil sie sich mit den Tschettes nicht anlegen wollten, teilten sie brüderlich unter sich, was die Tschettes übriggelassen hatten.

Es ist kaum zu glauben, wenn ich dir von den Säften der Saptiehs und Tschettes berichte. Sogar die älteren unter ihnen wurden wieder jung. Es war, als würden die Schreie der Frauen und ihre Angst das Blut der Täter erst richtig in Wallung bringen. Ja. Es war heiß und feucht in den Schluchten des Taurus, obwohl die gelbe Sonne nicht immer zu sehen war.

Wo die kurdischen Bergstämme waren? Nun, ich weiß es nicht. Die Behörden hatten sie längst alarmiert, denn ihnen wollte man ja das Gemetzel ankreiden. Sie tauchten irgendwann auf, als die Reste der fünftausend tiefer in das Kurdengebiet gerieten. Plötzlich waren sie da. Sie hatten freie Hand, denn die Behörden hatten ihnen reiche Beute versprochen, und das wußten auch die Wachmannschaften. Zu Hunderten kamen sie aus den Bergnestern, auf Pferden und zu Fuß, johlend und brüllend. Sie knallten mit ihren alten Gewehren in der Luft herum, als wollten sie nicht nur den Opfern, sondern auch den Wachmannschaften Angst machen. Und diese hatten Angst. Keiner von ihnen wollte sich mit den Kurden herumschlagen. Die Kurden tauchten immer nur auf, solange es Tag war, ehe die Sonne in das große, schwarze Zelt geholt wurde. Sie bestiegen alle Frauen, die noch übrig waren. Und sie ritten auf den Frauen herum wie die Wellen des Meeres über den Sandbänken. Manche von ihnen trugen die Frauen weg, andere ließen die Frauen liegen und schlitzten ihnen den Hals durch, weil sie entweder schon tot waren oder so alt aussahen, daß sie sich schämten, es mit ihnen getrieben zu haben.

Die Kurden hatten alle Kleider und Schuhe der Opfer mitgenommen, was die Wachmannschaften nicht störte, denn sie dachten sich, daß es ja Sommer war und sich die Opfer nicht erkälten würden, wenn man sie nackt und barfuß weitertriebe. Und weitergetrieben mußten sie werden, denn in Konya sollte man sie abliefern, damit die Saptiehs aus Konya sie ebenfalls weitertreiben konnten, bis nach Mesopotamien. Und einige, so hieß es, sollten ja in Mesopotamien ankommen, denn es handelte sich lediglich um eine Umsiedlung. Und was für eine Umsiedlung wäre das gewesen, wenn keiner der Umgesiedelten am Bestimmungsort ankommen würde?

Irgendwann«, so sagte ich, der Märchenerzähler, der sich auch Meddah nennt, zu dem Schatten auf meinem Schoß, »irgendwann, mein Lämmchen, fiel es dem Anführer der Saptiehs ein, daß die Nackten Gold- und Wertsachen versteckt haben könnten. Aber wo sollten die Opfer etwas verstecken, wenn sie nackt waren?

So kam es«, sagte ich, der Märchenerzähler, »daß die Saptiehs zuallererst die Haare der Opfer durchsuchten, vor allem die dicken Haarknoten der Frauen. Und da sie nur wenig Gold fanden, rissen sie den Opfern den Mund auf und versuchten, die Finger bis in den

Magen zu stecken, weil sie glaubten, der Magen eines Armeniers sei dazu da, um das Gold vor dem Staat zu verstecken. Sie schlitzten den Opfern auch die Bäuche auf und wühlten in den Gedärmen. Auch die Ausgänge für die Exkremente sowie die Gebärlöcher wurden untersucht, und die Saptiehs und Tschettes steckten ihre Hände hinein. Manchmal fanden sie tatsächlich Gold.

Der Anführer der Saptiehs, der den Rang eines Tschauschs hatte, sagte zu einem der Tschettes: Besonders die armenischen Mütter haben die schlechte Angewohnheit, gutes türkisches Gold zu verstecken, um ihren Bastarden dafür Brot zu kaufen, irgendwann, irgendwo, wenn sie das Gold unbemerkt wieder auskacken können.
– Aber wo gibt es denn Brot zu kaufen, Tschausch Agah? sagte der Tschette. Und wo sollten sie es unbemerkt wieder auskacken, wenn wir die Scheiße jedesmal untersuchen? Und was für einen Sinn hat es, den Bastarden Brot zu kaufen, wo doch alle Bastarde tot sind?
– Nicht alle, sagte der Tschausch. Ein paar sind noch da.

Der Tschausch blieb weiterhin mißtrauisch. Du kennst die Armenier nicht, sagte er zu dem Tschette. Sie sind schlau. Nicht mal ihre Scheiße gibt uns Auskunft über die wahren Verstecke.
– Das ist wahr, sagte der Tschette. Sogar, wenn sie tot sind, haben sie noch Geheimnisse.
– Das ist wahr, sagte der Tschausch. Und es ist auch wahr, daß die Geier und Hunde mehr wissen als wir.
– Wie meinst du das, Tschausch Agah, sagte der Tschette.
– Ich wette mit dir, sagte der Tschausch, daß die Geier und Hunde nicht nur die Bäuche der Toten gefressen haben, sondern alles, was in den Bäuchen drin war ... auch die Goldstücke.
– Glaubst du das wirklich, Tschausch Agah?
– Ja, sagte der Tschausch.
– Dann müßte man alle Geier und Hunde abschießen und untersuchen, sagte der Tschette.
– Das müßte man, sagte der Tschausch.«

Ich redete noch lange mit meinem Schatten, und ich erzählte ihm von den Hunderttausenden, die unterwegs sind, von den Transporten aus

Kayseri und Musch, Trapezunt und Erzingjan und anderen Orten.
»Ein ganzes Volk ist unterwegs«, sagte ich. »Sie werden einfach von den Saptiehs weggeführt. Manche brauchen nicht weit zu gehen, denn sie werden gleich am Stadtrand erschossen oder mit Hacken und Bajonetten niedergemetzelt, andere müssen weiter.«
»Sie kommen also aus allen Richtungen?«
»Aus allen Richtungen«, sagte ich, »obwohl ich nicht genau weiß, wieviele Richtungen es auf der Welt gibt.«
»Und in welche Richtung treibt man sie?«
»In gar keine«, sagte ich. »Das ist es ja eben. Irgendwo hören die Wege auf, das Ziel verschwimmt, man ist nirgendwo.

Und doch muß es ein Ziel geben, denn ich war lange in den Lüften, und meine Augen sehen weiter als die Augen des Steinadlers. Und so habe ich gesehen, daß Überlebende den Euphrat überquerten. Und sie taumelten unter den Peitschenhieben der Saptiehs durch flaches Wüstenland, das so kahl war wie der Schädel des Muchtars von Yedi Su. Dieses Land schien alles verschluckt zu haben, was der liebe Gott wachsen läßt, ja, sogar die Berge hatte es verschluckt und unter dem flachen Sand versteckt. Dort waren Zelt- und Barackenlager. Die wenigen, die dort ankamen, pferchte man dort zusammen, und man ließ sie ohne Essen und ohne Wasser.«

Ich sagte: »Ich habe die Schreie der Durstigen und Hungrigen gehört. Und ich hörte die gelbe Sonne lachen, die unbarmherzig über dem Land stand, inmitten eines wolkenlosen, blauen Himmels. Und ich hörte sie schreien. Und ich sah tote Säuglinge an den trockenen Brüsten ihrer Mütter saugen.«
»Aber tote Kinder können doch nicht saugen?«
»Es sah nur so aus«, sagte ich. Und ich sagte: »Ich habe Mütter gesehen, denen der Wahnsinn aus den Augen leuchtete. Und ich habe gesehen, wie manche von ihnen ihre toten Kinder auffraßen, um ihren Hunger zu stillen, und wie sie das Blut tranken, um den Durst zu löschen.«

Und während ich das alles erzählte, zuckte es zwischen mir und meinem Schatten, und ich dachte: Das ist nur der letzte Gedanke des Thovma Khatisian. Irgend etwas hat ihn beunruhigt.

9

»Ich sehe einen Saptieh in Bakir«, sagte der letzte Gedanke, ». . . einen Saptieh, der anders aussieht als die anderen. Seine Augen sind anders.«

»Ich sehe ihn auch«, sage ich. »Er hat die Augen eines Armeniers, und jeder Türke, der ihm in die Augen schaut, könnte ihn erkennen.«

»Er geht durch das armenische Viertel«, sagte der letzte Gedanke, »an den verlassenen Häusern und den geschlossenen Geschäften vorbei. Seine Augen sind halb geschlossen, aber manchmal reißt er sie weit auf. Er versucht, unauffällig zu gehen, langsam, so, als ginge er spazieren.«

»Wer unauffällig bleiben will, fällt meistens auf«, sagte ich, »denn es ist etwas Gekünsteltes an den Bewegungen dieses merkwürdigen Saptiehs. Er sollte das Unauffällige nicht unterstreichen. Das macht die Leute aufmerksam.«

»Wer ist dieser Mann?«

»Wir werden es gleich sehen, denn er nähert sich jetzt dem Tor der Glückseligkeit. Bald wird er hier sein.«

Der Saptieh mit den armenischen Augen geht immer langsamer. Er scheint müde zu sein, und es hat den Anschein, als wollte er sich irgendwo hinsetzen, um auszuruhen. Aber er kehrt nirgends ein, denn es ist Ramadan, und die Kaffeehäuser öffnen erst, wenn der Kanonenschuß von der Zitadelle das Fasten abbricht. Einer der Kawedschis sitzt auf einem Kissen vor der Ladentür. Und er ruft dem Saptieh zu: He, Saptieh Agah. Allah hat mir frische, grüne Kaffeebohnen geschenkt, und ich habe sie schon geröstet. Sie sind jetzt braun und duftend und lächeln in meinem Sack wie die Augen der Braut hinter dem Schleier. Aber es ist Ramadan, Saptieh Agah. Komm zurück, wenn die Sonne verschwunden ist, und ich mache dir einen Kaffee, der auch die Müden wieder munter macht. Aber der Saptieh lächelt nur und sagt nichts.

Inzwischen haben die Muezzins angefangen, die Gläubigen in die Moscheen zu rufen. Heute ist der 27. Juli nach dem Kalender der Franken. Es sind die letzten Fastentage, und wie das eben so ist: an den letzten Tagen des Ramadan strömen mehr Gläubige zum gemeinsamen Gebet als je zuvor. Die Rufe der Muezzins sind eindringlicher, obwohl sie wiederholen, was jeder weiß: *Allahu Akbar. Gott ist der Größte. Ich bezeuge, daß es keinen Gott gibt außer Allah. Ich bezeuge, daß Mohammed Gottes Gesandter ist. Auf zum Gebet! Auf zum Heil! Allahu Akbar. La Ilah illa'llah. Gott ist der Größte. Es gibt keinen Gott außer Allah.* – Und da es die Feiertage sind und noch dazu Ramadan, höre ich, der Märchenerzähler, daß der Muezzin sein Geleier fortsetzt. Ich höre ihn rufen: Speist, o ihr Gläubigen, die Waisen, die Bedürftigen, die Wandernden und die Abhängigen um Seinetwillen und saget: Wir speisen dich um Allahs Willen, und wir fordern keine Worte des Dankes von dir und keine Gegenleistung.

Der Saptieh mit den armenischen Augen hat das Tor der Glückseligkeit erreicht. Auch unter den Torbögen ist ein Gedränge, aber nicht, weil die Behörden – und dies seit längerer Zeit – wieder mal drei gehängt hatten, und sich die Leute an dem Schauspiel ergötzen wollten, sondern weil die Armen aus ihren Hütten und Höhlen außerhalb der Festungsmauern zum Abendgebet in die Stadt kamen. Der Saptieh bleibt vor dem blinden Bettler stehen, der wie eine Statue dasitzt, eine Hand auf dem Schoß, die andere geöffnet über dem Betteltuch. Der Saptieh steht lange wortlos vor dem Blinden, so lange, bis dieser es merkt und ängstlich mit seinen Händen die Stiefel des Saptiehs abtastet, dann auch die Uniformhose, als wolle er sich vergewissern, wer das ist.

– Ich bin es, sagt der Saptieh. Wartan Khatisian.
– Wartan Khatisian?
– Ja, sagt der Saptieh.
– Wartan Efendi, sagt der Blinde. Allah sei Dank. Du lebst.

Es ist schon fast dunkel. Ich, der Märchenerzähler, sehe, wie der Bettler dem Saptieh ein Zeichen gibt, und ich höre die beiden flüstern, und so flüstere auch ich dem letzten Gedanken etwas ins Ohr. »Paß auf«, sage ich leise. »Dein Vater muß acht geben, denn unter dem Tor der Glückseligkeit sind Spitzel und Halsabschneider und Leute, die andere anzeigen und überhaupt: es ist nicht ratsam, dort lange herumzustehen, besonders, wenn man die Augen eines Armeniers hat.« Und wir drei, mein Schatten und ich und der letzte Gedanke des Thovma Khatisian – wir sehen, wie der seltsame Saptieh dem Bettler den Rücken kehrt und sich vom Strom der Gläubigen hinwegtragen läßt.

»Er geht mit ihnen in eine der Moscheen«, sage ich, »weil er dort, um diese Stunde, am wenigsten auffällt, denn du kannst ja sehen, mein Lämmchen, daß dein Vater nicht der einzige ist, der eine Uniform trägt.«

»Das sehe ich«, sagt der letzte Gedanke. »Mein Vater ist nicht der einzige. Es sind viele Saptiehs und Uniformierte unter den Gläubigen.«

»Ich nehme an«, sage ich, »daß dein Vater sich mit dem Bettler verabredet hat. Sicherlich treffen sie sich bald im Gebethaus oder draußen im Vorhof, wo sich die Gläubigen waschen.

Wir drei beobachten deinen Vater, den falschen Saptieh im Vorhof der Moschee zum Heiligen Mantel, und wir sehen, wie er die vorschriftsmäßigen Waschungen macht, als hätte er das immer schon gemacht, und wir nehmen an, daß er das von Gög-Gög gelernt hatte und den Türken in Yedi Su. Er fällt nicht auf. Auch nicht später in der Moschee beim Gebet. Dein Vater leiert das allabendliche Gebetsritual auswendig herunter, wie die anderen, und er kniet wie die anderen und schreit zu Allah, obwohl ich sicher bin, daß er dabei an Christus denkt. Und so wie die anderen starrt er zuweilen gebannt auf den Rücken des Imams, der vor der Khible steht und spitze Schreie ausstößt und den Namen Allahs ruft. Der Imam drückt die Daumen hinter die Ohrläppchen und spreizt die übrigen vier Finger, und er schluchzt und ruft seinen Gott und fällt auf die Knie und legt die Hände über den Bauch, und später legt er sie über die Knie und verrenkt seinen Körper, und währenddessen blickt er oft seitwärts, als ob er jederzeit den heiligen Khidr sehen könnte oder den Mahdi, der ihm etwas verraten könnte vom Geheimnis des Paradieses.

Nach dem Gottesdienst steht dein Vater verloren im Vorhof der Moschee herum. Einige fromme Türken sprechen ihn an, denn sie glauben, er wäre einer von denen, die keine Familie haben, aber heute nicht in der Kaserne schlafen wollen, vielleicht einer von den fremden Saptiehs, von denen es viele in der Stadt gibt. Einer dieser Türken, ein sehr alter, sagt: Mein Sohn, am Ramadan soll man nicht alleine bleiben. Mein Haus ist für jeden Gläubigen offen. Aber dein Vater schüttelt den Kopf. Er sagt: Ich weiß, daß ich dich verletze, wenn ich deine Einladung ablehne. Aber ich bin bereits eingeladen. Und auch jenen darf ich nicht verletzen.
Dann ... sieht dein Vater plötzlich den Bettler.

Unsere Blicke verfolgen deinen Vater, der langsam neben dem Blinden in den Abend hineingeht. Der Blinde führt ihn mit seinem Stock bis zum Tor der Glückseligkeit, und dann weiter, zur Stadt hinaus, zu den Hütten und Höhlen der Armen.

Die Behausung des Bettlers bestand aus einem einzigen großen, fensterlosen Raum. Im Tonir, den die Türken Tandir nennen, brannte ein lustiges Feuer. Im Raum waren einige Frauen und Kinder, die zur Familie des Bettlers gehörten und die er alle ernährte. Auch sein Enkel Ali war da.
— Dieser Mann ist von den Toten zurückgekehrt, sagte der Bettler. Er ist mein Gast.

Bei jedem Bissen, den die Türken nach dem langen Fasttag essen, sagen sie *Bismillah*. Es war nicht anders bei dem Bettler und seiner Familie. Und auch dein Vater sagte *Bismillah*, obwohl er dabei an Christus dachte. Dein Vater ließ es sich schmecken, und er aß etwas zu hastig, denn er hatte lange nichts im Magen gehabt. Besonders die vielen würzigen Vorspeisen hatten es ihm angetan. Der Bettler füllte immer wieder seinen hölzernen Teller. Eine der Frauen reichte die Sofras herum, und dein Vater schämte sich nicht und nahm sich reichlich. Später saßen sie auf ebener Erde neben dem Tandir, der Bettler hatte die Öllämpchen ausgeblasen, und nur im Widerschein der Tandirflammen sahen sie ihre Gesichter. Auch der Blinde konnte die Gesichter sehen, obwohl er nichts sah, aber es schien deinem Vater, als ob die blinden Augen mehr sahen als alle anderen.

– Es kam unerwartet, sagte dein Vater. Wir ritten hintereinander einzeln über den Bergpaß. Plötzlich eröffneten die Kurden das Feuer.
– Wußtest du, daß es Kurden waren?
– Nein, ich wußte es nicht.
– Ich hatte die Kurden geschickt, sagte der Blinde.
– Ich weiß, sagte dein Vater. Ich habe es später erfahren.
– Vom Sohn des Scheichs?
– Ja, sagte dein Vater.

– Es ging alles sehr schnell. Ehe die Saptiehs zu den Gewehren greifen konnten, waren sie schon tot. Ja, es ging wirklich alles sehr schnell.

– Die Kurden brachten mich dann in das nächste Dorf, ein Dorf, in dem es noch einen Armenier gab, einen Hufschmied, den die Saptiehs am Leben gelassen hatten, weil sie ihn brauchten. Die Kurden töteten auch die Saptiehs im Dorf – es waren nur wenige –, und dann holten sie den armenischen Schmied und befahlen ihm, meine Ketten zu sprengen.
– Die Ketten?
– Ja.
– Haben dich die Bauern gesehen?
– Nein, sagte dein Vater. Es war mitten in der Nacht.
– Und der Armenier? Der hat dich doch gesehen.
– Der Armenier wird mich nicht verraten, sagte dein Vater.

– Später bin ich dort in der Gegend herumgewandert. Die Kurden gaben mir die Uniform eines toten Saptiehs. Und auch ein Paar Stiefel und eine Mütze. Nur die Papiere des toten Saptiehs gaben sie mir nicht.
– Das war ein Fehler.
– Ja, sagte dein Vater. Aber das hing damit zusammen, daß der Sohn des Scheichs eine besondere Wut auf alles hat, was nach Papier und

Stempel aussieht. Der Sohn des Scheichs ließ alle Papiere verbrennen.
– Auch die Papiere der Saptiehs im Dorf?
– Die auch.
– Das ist schade, sagte der Blinde.
– Ja, sagte dein Vater.
– Was haben die Kurden mit den Leichen gemacht?
– Sie haben sie ausgezogen und schmissen die nackten Leiber in die Schlucht.
– War es eine tiefe Schlucht?
– Sie war sehr tief.
– Und die Leichen der Saptiehs im Dorf?
– Die mußte der Armenier verscharren.
– Der Hufschmied?
– Ja, der.

– Und wie willst du ohne Papiere weiterkommen?
– Ich weiß es noch nicht.
– Du müßtest dir neue Papiere beschaffen.
– Ja, das müßte ich.

– Es gibt einen Armenier in Bakir, der falsche Papiere anfertigen kann, sagte der Bettler. Er heißt Kevork Hacobian und ist ein Künstler seines Fachs. Ich weiß auch, wo er wohnt, nämlich in der Filzmachergasse, direkt hinter dem Hamam. Aber ich glaube kaum, daß du ihn findest, denn sie haben alle Männer erschossen und nur ein paar Handwerker und ein paar Günstlinge des Walis übriggelassen. Einige haben sich auch versteckt.
– Vielleicht ist er noch da, sagte dein Vater. Vielleicht steht er auch auf der Liste der Handwerker und Günstlinge?
– Er war Drucker, sagte der Blinde. Und Drucker werden manchmal gebraucht. Vielleicht ist er wirklich noch da.

– Warst du in Yedi Su?
– Nein, sagte dein Vater. Wenn die Behörden mich irgendwo suchen, dann wird es dort sein. Ich nehme an, daß sie dort auf mich warten.
– Niemand sucht dich, sagte der Blinde.

– Woher weißt du das?
– Ich weiß es, sagte der Blinde.

– Du stehst auf ihrer Totenliste, sagte der Blinde. Sie suchen dich nicht mehr.
– Stand das in den Zeitungen?
– Die Zeitungen verschweigen, was sie verschweigen wollen. Aber die Saptiehs im Hükümet und im Gefängnis sind Schwätzer.
– Hast du mit ihnen geredet?
– Ja, Wartan Efendi.
– Und sie haben es dir gesagt?
– Sie haben mir vieles gesagt.

– Eigentlich bin ich nach Bakir gekommen, um meine Frau aus dem Frauengefängnis zu holen, sagte dein Vater. Ich weiß zwar nicht, wie ich das machen soll, aber ich habe mir gedacht, vielleicht fällt Mechmed Efendi was ein.
– Mir ist auch was eingefallen, sagte der Blinde. Und während er das sagte, blickte er deinen Vater gerade ins Gesicht, als ob seine erloschenen Augen wirklich die Spannung in den Zügen des anderen sehen könnten und das Flackern in den armenischen Augen des falschen Saptiehs.
– Ich wußte, daß deine Frau im Frauengefängnis war, sagte Mechmed Efendi. Die Saptiehs haben es mir gesagt. – Als Geisel haben sie seine Frau behalten, sagten die Saptiehs.
– Ja, sagte dein Vater. Meine Frau und das Ungeborene in ihrem Leib.
– So ist es, sagte der Blinde.
– Ja, sagte dein Vater.

– Aber du bist umsonst nach Bakir gekommen, sagte der Blinde, denn du bist für sie alle tot. Auch der Müdir glaubt das. Und der Müdir kann keinen Toten mit einer Geisel erpressen, auch dann nicht, wenn es die eigene Frau des Toten ist, die sein Kind in ihrem Leib trägt.
– Wie meinst du das?
– Die Gefängnisse sind überfüllt, sagte der Blinde, und so haben sie die meisten wieder nach Hause geschickt, auch deine Frau, die als

Geisel nicht mehr gebraucht wird. Es ist praktischer für sie, verstehst du, da die Armenier sowieso deportiert werden. Warum also sollte man sie da nicht zurück in die Dörfer und Städte schicken, wo man sie alle zusammen abholen kann, anstatt sie auf Staatskosten im Gefängnis zu füttern?
– Meine Frau ist also nicht mehr dort?
– Sie haben sie entlassen, sagte der Blinde. Ich war bei den Saptiehs vor dem Tor des Frauengefängnisses. Und da ich nur ein blinder, alter Mann bin, haben sie auch mit mir geredet. Vor allem, als der Ramadan anfing, und den Saptiehs das Gewissen juckte und sie plötzlich den Bettlern Almosen gaben, um Allahs Barmherzigkeit willen, da haben sich ihre Zungen gelöst. Und als ich sie nach deiner Frau fragte, da sagten sie's mir.
– Dann ist sie wieder in Yedi Su, sagte dein Vater.
Und der Blinde sagte: Ja. Sie ist nach Yedi Su zurückgekehrt. Und wenn das Dorf noch nicht geräumt ist, dann ist sie auch noch dort.

– Du kennst das Dorf, sagte dein Vater. Es ist weit und entlegen, und man hat es schon einmal übersehen, als die Hamidijes Abdul Hamids mit Massakern anfingen.
– Das weiß ich, sagte der Blinde. Und wenn es Allahs Wille ist, dann wird man es wieder übersehen. Irgendwann wirst du als freier Mann nach Yedi Su zurückkehren, und du wirst deine Frau wiederfinden und deinen Sohn, der dann vielleicht schon geboren ist.
– Das ist ein schöner Wunsch, sagte dein Vater, und er seufzte und schloß dabei die Augen. Für einen Moment wirkte sein Gesicht glücklich, und nur ich, der Märchenerzähler, wußte, daß er nicht daran glaubte.

Sie sprachen noch über so manches im Laufe des Abends, auch über das Restaurant *Hayastan*, das seit Monaten geschlossen war. Dein Vater versuchte vorsichtig, den alten Mann auszuforschen, um zu erfahren, wer von der Familie in Bakir noch lebte und wer noch in der Stadt war, aber der Blinde, der sonst alles zu wissen schien, konnte ihm hier mit keiner Auskunft helfen. Er sagte nur: Wenn einige von ihnen noch in der Stadt sind, dann lassen sie sich nicht blicken. Irgendwann tauchen sie sicher wieder auf.

Sie schliefen alle auf dem Fußboden, dicht nebeneinander. Dein Vater hatte Alpträume und wachte oft auf. Einmal merkte er, daß der Blinde neben ihm kniete.
– Du hast böse Träume, sagte der Blinde.
– Ich habe von den Gehenkten geträumt unter dem Tor der Glückseligkeit.
– Es sind ihrer drei, sagte der Blinde.
– Sind es Armenier?
– Nein. Zwei von ihnen sind Türken, und einer ist ein kurdischer Hamal.
– Was haben sie verbrochen?
– Sie hatten Armenier bei sich versteckt.
– Ist das verboten?
– Natürlich ist das verboten. Weißt du denn nicht, daß die Münadis im Namen der Regierung verlautbart haben, daß jeder Moslem, der einen Armenier versteckt, wie ein Armenier behandelt wird?
– Nein, das wußte ich nicht, sagte dein Vater.

– Ich habe auch von meinem Bruder geträumt, sagte dein Vater. Erst am letzten Morgen im Gefängnis, kurz bevor mich die Saptiehs abholten, erfuhr ich, daß man ihn aufgehängt hat.
– Dikran, der Schuster?
– Ja, der.

Und der Blinde erzählte ihm die Geschichte von den Stiefeln.
– Ich wußte nicht, daß es die Stiefel deines Bruders waren, sagte er. Erst, als ich sie abtastete, wußte ich es.
– Hast du sie verkauft?
– Nein, sagte der Blinde. Ich habe die Absätze geöffnet, aber es war kein Gold drin. Und auch das Ziegenleder der Stiefel war abgenützt und nicht mehr das beste. Dabei sollen es einmal die schönsten Stiefel in Bakir gewesen sein.
– Ja, sagte dein Vater.
– Ich habe die Stiefel für dich aufgehoben, sagte der Blinde. Du kannst sie morgen früh anziehen.
– Behalte sie, sagte dein Vater.

Dein Vater konnte nicht gleich wieder einschlafen. Immer wieder sah er in der Finsternis die Gesichter der drei letzten Gehenkten, die keine Armenier waren, sondern zwei Türken und ein Kurde. Und spät, in der Stille der Fastennacht, stellte er sich die Frage, ob sie die einzigen waren und ob es nicht andere Türken und Kurden gab, die den Armeniern halfen. Mit dieser Frage schlief er ein.
Am frühen Morgen – es war noch nicht Tag – weckten ihn die Trommeln der Hodjas, die die Gläubigen zum Frühstück riefen. Irgendeiner der Hodjas klopfte mit seinem Stab viermal gegen die Hüttentür. Und dein Vater hörte, noch verschlafen und etwas verwirrt, die Segenssprüche des Hodjas, der zuständig war für seine Schäflein in diesem Armenviertel. Der Hodja draußen vor der Tür schien den Bettler zu kennen. Denn er rief mehrere Mal: O Mechmed, o Mechmed. Das war eine glückliche Nacht. Steh auf, Mechmed. Die Zeit des Fastens ist nah. Allah ist der Größte und Mohammed ist sein Prophet. Gepriesen sei Er, der die Welt erschaffen hat.«

10

»Dein Vater hatte noch nie vor Tagesanbruch ein so reichliches Frühstück gegessen, denn die Moslems aßen am Ramadan ein üppiges Frühstück, damit der Magen tagsüber, während des Fastens, gefüllt blieb. So aßen sie viel, und sie aßen schnell. Denn sobald die Sonne aufging und die Kanone auf dem Zitadellenberg das Fasten wieder einleitete, mußte der Schmaus abgebrochen werden, und man durfte sich nur noch den Mund ausspülen.
Bevor sich dein Vater auf den Weg machte, erzählte er dem Blinden von der Frage, die er sich gestellt hatte, mitten in der Nacht, als er die Gesichter der drei Gehenkten vor sich in der Finsternis sah, drei tote Gesichter, die nie armenische Augen gehabt hatten.
– Viele Moslems helfen jetzt den Armeniern, sagte der Blinde. Man sieht sie nur nicht.
– Man sieht sie an den Galgen.
– Ja, dort, sagte der Blinde.
– Werden es mehr werden?
– Man hat viele verhaftet. Und man wird viele hängen.
– Sind auch bekannte Moslems darunter?
– Einige. Stell dir vor: sogar der Oberschreiber des Müdirs von Bakir.
– Der Oberschreiber?
– Ja.
– Hatte er Armenier bei sich versteckt?
– Nein. Er hat nur einigen falsche Papiere verschafft.
– So was ist gefährlich.
– Du sagst es, Wartan Efendi.
– Schade, daß man ihn verhaftet hat, sagte dein Vater. Papiere könnte ich jetzt gebrauchen.

Unterwegs dachte dein Vater an den Oberschreiber, und er erinnerte sich, daß dieser ihn damals in der Amtsstube des Müdirs zuweilen merkwürdig angeblickt hatte. Wenn man ihn hängt, dachte er, wirst du nicht mehr in der Stadt sein.

Dein Vater erkundigte sich vorsichtig nach dem Armenier, der ihm falsche Papiere besorgen könnte. Aber sie hatten ihn längst abgeholt. Auf den Basaren bekam er andere Adressen, Adressen von Fälschern und Vermittlern, die solche und ähnliche Leute kannten, aber als er an ihre Türen klopfte, stellte er fest, daß keiner von ihnen da war. So beschloß er schließlich, den einzigen Weg zu gehen, der ihm übrig blieb. Er begab sich zum amerikanischen Konsulat.

Der amerikanische Konsul! Ein kleiner, unscheinbarer, älterer Mann. An seinen Handbewegungen und überhaupt der Art, wie er sprach, erkannte sogar mein Schatten, daß er kein Amerikaner aus dem türkischen Bilderbuch war. Auch der letzte Gedanke, der zwischen uns beiden hinter deinem Vater am Vorzimmer und an der Sekretärin vorbei ins Büro des Konsuls tanzte, bemerkte, daß dieser ein seltsamer Amerikaner war. Aber war nicht auch Wartan Khatisian ein seltsamer Amerikaner?

Der ist ein Grieche, der amerikanische Konsul«, sagte ich leise zum letzten Gedanken, und ich sagte es auch zu meinem Schatten. »Ein Grieche ist er, und zwar einer aus Smyrna, einer, der irgendwann mal ausgewandert ist. Er spricht viele Sprachen, auch Türkisch. Und vor allem: er weiß, wie man mit türkischen Behörden umzugehen hat.«
»Und wie ist es mit dem Fall Khatisian?«
»Der liegt nicht im Aktenschrank, sondern griffbereit auf dem Schreibtisch.«
»Er weiß also Bescheid?«
»Natürlich weiß er Bescheid. Seit Monaten hat er vergeblich versucht, etwas für diesen Fall zu tun. Aber wie man weiß: vergeblich.«
»Und die amerikanische Presse?«
»Sie hatte Wind von dem seltsamen Fall bekommen. Und es war ja auch so: wochenlang wurde über den Fall Khatisian berichtet, bis die Kriegsereignisse alles wieder verdrängt haben.«
»Auch die Erinnerung an den Fall Khatisian?«
»Auch die. Tagesnachrichten haben kein Gedächtnis.«
»Und der Konsul?« fragte der letzte Gedanke. »Kannte er meinen Vater?«

»Er ist ihm zweimal begegnet, beide Male im *Hayastan*, wo er Stammgast war und stets einen reservierten Tisch hatte. Er war auch mit dem Wirt befreundet.«
»Mit dem Bruder meines Vaters?«
»Ja, mit Hajgaz.

Und so trug es sich zu, daß der Konsul gar nicht erstaunt war, den Totgeglaubten vor seinem Schreibtisch zu sehen, und noch dazu in der Uniform eines türkischen Saptiehs.
– Hat Sie jemand erkannt, als Sie hereinkamen? fragte er.
– Nein, sagte dein Vater.

– Man hat Sie vergessen, sagte der Konsul. Sie existieren gar nicht mehr.
– Ja, sagte dein Vater.
– Auch die Weltpresse hat Sie vergessen. Sie sind so unwichtig geworden wie alle, die nicht mehr gebraucht werden.
– Das ist gut so, sagte dein Vater. Sie suchen mich nicht mehr.

– Wir können Sie aus dem Land herausschmuggeln, sagte der Konsul. Es wird nicht leicht sein.
– Und meine Familie ... vor allem meine Frau und mein Kind?
– Die nicht, sagte der Konsul.
– Mein Sohn ist noch ungeboren, sagte dein Vater.
– Verstehe, sagte der Konsul.
– Ich kann meine Frau und meinen Sohn nicht im Stich lassen, sagte dein Vater. Irgend etwas werde ich für sie tun, obwohl ich noch nicht weiß, was ich tun werde.
– Ja, sagte der Konsul.

– Ich könnte Ihnen einen neuen Paß besorgen, sagte der Konsul, aber das dauert einige Wochen, weil ich im Augenblick keine Pässe habe. Ich muß sie erst bestellen. Alles braucht seine Zeit. Können Sie solange warten?
– Nein, sagte dein Vater.
– Sie brauchen auch ein Foto.
– Ein richtiges Foto?

– Natürlich ein richtiges.

– Das geht nicht, sagte dein Vater. Und ich kann auch nicht warten. Und ich muß zu meiner Frau. Und zu meinem Sohn. Wir wollen ihn Thovma nennen.
– Thovma?
– Thovma.

– Wo sind die beiden?
– Sie waren im Gefängnis.
– Ich weiß, sagte der Konsul.
– Sie sind jetzt wieder zu Hause.
– Im Dorf also ... wie heißt es doch gleich?
– Yedi Su.
– Yedi Su ... das Dorf der Sieben Wasser?
– Oder der Sieben Brunnen, sagte dein Vater.
Der Konsul versuchte zu lächeln. Wenn das Dorf noch nicht geräumt ist, sagte er, dann haben Sie vielleicht eine Chance, die beiden noch lebend zu sehen ... Ihre Frau und Ihren Sohn.
– Wir wollen ihn Thovma nennen, sagte dein Vater.
– Ja, ich weiß, sagte der Konsul.

– Das Dorf liegt nicht direkt an der Karawanenstraße, sagte dein Vater. Man hat es schon einmal übersehen, damals, während der Massaker unter Abdul Hamid.
– Und Sie glauben, man könnte es noch einmal übersehen?
– Ich weiß nicht, was ich glauben soll, sagte dein Vater.

– Also schön, sagte der Konsul. Sie wollen also in das Dorf zurück. Hören Sie gut zu. Sie wissen doch, was in Van passiert ist?
– Ein Aufstand?
– Es war kein Aufstand, sagte der Konsul. Die Armenier haben sich bloß geweigert, ihre Männer erschießen und die Familien verschleppen zu lassen. Sie haben sich gewehrt, und es ist ihnen sogar gelungen, ihr Stadtviertel eine Zeitlang erfolgreich zu verteidigen. Sie waren natürlich völlig eingeschlossen. Dann aber, im

Mai dieses Jahres, kamen die Russen. Und mit den Russen die armenischen Freiwilligenbataillone. Sie waren sogar zuerst da.
– Die Stadt wurde also befreit?
– Ja, sagte der Konsul. Das war Mitte Mai. Dann aber stießen die Türken wieder vor und eroberten Van zurück. Die meisten Armenier flüchteten mit den Russen, und die wenigen, die zurückblieben, wurden geschlachtet.
– Van, sagte dein Vater.
– Van, sagte der Konsul.
– Und was ist mit Van?
– Die Russen haben es gerade wieder eingenommen. Aber nicht nur das wollte ich Ihnen sagen. Die Russen sind jetzt auf dem Vormarsch. Es soll eine Großoffensive sein. Wenn meine Berechnungen stimmen, dann werden sie im frühen Herbst die ganze Gegend hier überrollen.
– Soll das heißen, daß die Russen Bakir einnehmen könnten?
– Ja, sagte der Konsul.

Und der Konsul sagte: Ich mache Ihnen einen Vorschlag. Holen Sie Ihre Frau und Ihren Sohn, ehe die Saptiehs alle Männer im Dorf töten und ehe sie die Frauen und Kinder und Greise verschleppen. Sie müssen sich aber beeilen. Bringen Sie Ihre Frau und Ihren ungeborenen Sohn in dieses Konsulat. Sie selbst können auch hierbleiben. Keiner kann Sie hier verhaften oder Sie verschleppen. Niemand wird es wagen, Sie hier herauszuholen. Denn dieses Konsulat steht unter diplomatischem Schutz, es ist Territorium der Vereinigten Staaten.
– Und was sollen wir hier machen?
– Abwarten, bis die Russen kommen.
– Bis die Russen kommen?
– Ja.
– Und dann?
– Dann bringen wir Sie, Ihre Frau und Ihren Sohn zu einem der befreiten Schwarzmeerhäfen, vielleicht nach Trapezunt, das bis dahin von den Türken geräumt sein wird, oder wir bringen Sie weiter, bis zu den alten russischen Häfen. Und von dort auf ein amerikanisches Schiff.

– Ja, sagte dein Vater.
Und der Konsul nickte und sagte: Ja. Sie müssen sich aber beeilen. Ich besorge Ihnen ein schnelles Pferd, ein paar Decken und Proviant. Werden Sie sich beeilen?
– Ja, sagte dein Vater.

Trotzdem saßen sie noch eine Weile zusammen, denn der Konsul wollte erst gehen, wenn es dunkelte, um das Pferd zu holen und die Decken und den Proviant. Und er wollte auch nicht, daß dein Vater vor Einbruch der Dunkelheit auf die Straße ging.

– Morgenthau hat alles Mögliche versucht, um Enver Pascha ins Gewissen zu reden, sagte der Konsul. Und Morgenthau ist hier die Stimme Amerikas.
– Ich habe von Morgenthau gehört, sagte dein Vater.
– Auch ein deutscher Pfarrer namens Lepsius hat mit Enver geredet und sich für die Armenier eingesetzt.
– Lepsius?
– Ja, sagte der Konsul. Dieser Lepsius ist ein teutonischer Heiliger. Der deutsche Konsul von Bakir hat mir gesagt, er sei die wahre Stimme der Deutschen.
– Und wie ist es mit der Stimme des Kaisers?
– Das ist die andere Stimme der Deutschen.

– Nur die Deutschen könnten euch Armeniern noch helfen, sagte der Konsul. Sie sind die wichtigsten Verbündeten der Türken. Eine einzige ernstgemeinte Drohung von seiten des Kaisers an die Adresse des Komitees würde genügen, um die Massaker zu stoppen. Aber der Kaiser schweigt. Und auch die deutsche Presse schweigt.
– Man unternimmt also nichts von deutscher Seite?
– Das stimmt nicht ganz, sagte der Konsul. Es gibt Leute wie Lepsius. Und es hagelt auch Berichte der deutschen Konsulate und kaiserlichen Botschaften an das Ministerium in Berlin ... Berichte über die Massaker. Es liegen Bittschriften an das Komitee für Einheit und Fortschritt vor und leise Ermahnungen im Namen des Kaisers und hoher Militärs. Man lächelt im Komitee darüber. Denn in Konstantinopel weiß man Bescheid: die Deutschen wagen keine

drastischen Schritte und haben beschlossen, sich nicht direkt in innertürkische Angelegenheiten einzumischen.
– Also keine wirkliche Hilfe vom deutschen Kaiser?
– Keine Hilfe.

– Diese Deutschen sind ein merkwürdiges Kulturvolk, sagte der Konsul. Manchmal hat es den Anschein, als hätte sich das Gewissen ihrer Dichter und Denker hinter die Monokel der Generäle geflüchtet, um irgendwann in den Stiefelschäften der Soldaten zu verschwinden. Dort wird es dann unbekümmert zertreten.
– Keine Hilfe von ihnen, sagte dein Vater.
– Keine Hilfe, sagte der Konsul.

– Die amerikanische Regierung, sagte der Konsul, hat den Türken zu verstehen gegeben, daß die Fortsetzung der Massaker nicht ohne Folgen bleiben würde, ich meine: in der Frage der Neutralität unseres Landes. Die Türken wissen, daß die Massaker bereits Schlagzeilen in der amerikanischen Presse machen und sogar die Kriegsberichte verdrängt haben. Sie wissen auch, daß Präsident Wilson ungehalten ist und daß unsere Militärs den Präsidenten bedrängen, konkrete Schritte einzuleiten, um die Türken zu bremsen. Aber glauben Sie mir: all das hat wenig genützt. Die Ausrottung der Armenier scheint beim Komitee absoluten Vorrang zu haben. Manchmal glaubt man, sie sei dort wichtiger als die Ereignisse an den Fronten, die Neutralität Amerikas und der Verlauf des Krieges.
– Man kann es nicht begreifen, sagte dein Vater.
– Niemand kann es begreifen, sagte der Konsul.

Der Konsul sagte dann noch: Die Berichte über die Massaker liegen auf meinem Schreibtisch.

– Im letzten Bericht, sagte der Konsul, stand etwas von 25 000 massakrierten Armeniern in der Kemach-Schlucht. Sie liegt am Euphrat. 25 000! Es sind Zahlen, und wir wissen nicht, ob sie stimmen. Das Massaker soll hauptsächlich von Kurden verübt worden sein. Aber auch Saptiehs und Tschettes hatten ihre Hand im Spiel. Und wie berichtet: auch Kavallerieeinheiten der regulären

türkischen Armee. In meinem Bericht steht, daß man die kleinen Kinder einfach in den Euphrat geschmissen hat. Und die Frauen sprangen ihnen nach. Viele Frauen schmissen ihre Kinder auch eigenhändig hinein, weil sie fürchteten, die Kurden würden die Kinder vorher aufschlitzen. Es heißt, im Euphrat schwämmen so viele Leichen, daß die türkischen Kavallerieregimenter auf dem Wege zur Südfront nicht mehr durch den Fluß reiten können, weil die Pferde scheuen und den Soldaten die Kotze aus dem Hals schießt. Es heißt in meinem Bericht, der Euphrat und seine Nebenflüsse seien so rot wie die Blutbäche in den Schlachthäusern größerer Städte. Haben Sie mal solch ein Schlachthaus gesehen?
– Kein so großes, sagte dein Vater. Bei uns im Dorf schlachtete man die Tiere einzeln. Und meistens hinter dem Haus.

So war es«, sagte ich, der Märchenerzähler. »Der Konsul besorgte ein schnelles Reitpferd, auch die Decken, den Proviant und gefüllte Wein- und Wasserschläuche, Chinintabletten und sonstiges, was man auf einer Reise brauchte. Und so kam es, daß dein Vater die Stadt wohlausgerüstet nach Einbruch der Dunkelheit verließ. Eigentlich hatte er alles, was ein Saptieh so brauchte. Nur das Gewehr fehlte und gültige Papiere.

Dein Vater wußte, daß es auffällig war, ohne Gewehr in die Berge zu reiten. Auch die Tatsache, daß er allein war, mußte auffallen, denn die Saptiehs ritten selten allein, und selbst der Saptieh aus Yedi Su wagte sich nicht aus dem Dorf, wenn nicht die Saptiehs aus den Nachbardörfern dabei waren. Aber dein Vater war vorsichtig. Der Konsul hatte ihm ein paar Lappen mitgegeben und einen alten Mehlsack, auch ein großes Messer, um den Sack zu zerschneiden. Und so zerschnitt dein Vater den alten Sack und umwickelte die Hufe des Pferdes. Er ritt die ganze Nacht hindurch. Am Tage schlief er in den versteckten Schluchten. Dein Vater machte es so wie einst die armenischen Fedajis, die legendären Freiheitskämpfer, die von den Kurden mehr gefürchtet wurden als die Daschnaks. Um die Jahrhundertwende war viel die Rede von ihnen, den Fedajis, die auf Schleichwegen über die persische Grenze kamen, um sich an den kurdischen Räubern zu rächen, und sie tauchten immer dann auf, wenn die

Kurden wieder mal ein Dorf überfallen und die Männer erschossen und die Frauen entführt hatten. Auch die Fedajis ritten nur nachts und schliefen am Tage in ihren Verstecken. Und so tauchten sie stets unbemerkt in den Bergen unter.

Dein Vater kam nicht so schnell vorwärts wie beabsichtigt. In schwindelerregender Höhe schlängelten sich die Bergpfade zwischen den kahlen Felsen durch das Kurdengebiet. Das Pferd strauchelte oft und schnaubte vor Angst am Rande der nachtschwarzen Abhänge. Dein Vater hielt die Zügel fest in den Händen, und er redete zu dem Tier, leise, beruhigend und sanft. Zwei Tage und zwei Nächte dauerte die Reise. Der Konsul hatte deinem Vater Zigaretten mitgegeben, aber dein Vater wagte nicht zu rauchen, aus Furcht, die Kurden könnten es bemerken. Am Tage schlief er unruhig, und meistens döste er vor sich hin. Und er ritt die ganze lange Nacht hindurch.

Am Ende der zweiten Nacht war er nicht mehr weit vom Dorf entfernt. Da er ungeduldig war und auch befürchtete, seiner Familie könnte etwas zugestoßen sein, trieb er das Pferd zur Eile an, hoffend, daß er das Dorf erreichen würde, ehe es tagte. Der Tag aber war schneller als die strauchelnden Schritte seines Pferdes auf dem steinigen Serpentinenpfad. Schon dämmerte es jenseits des Dorfes, die Vögel erwachten mit der Natur ringsum und stießen die ersten Lockrufe aus, und die entfesselte Sonne reckte verschlafen ihren feuerroten Kopf über den Horizont. Dein Vater kümmerte sich nicht darum. Und als die Sonne endlich kugelrund und strahlend hinter dem Dorf der Sieben Brunnen aufging, ritt er gegen den neuen Tag. Er vergaß alle Vorsicht, denn ihm war, als riefe ihn seine schwangere Frau. Und auch sein ungeborener Sohn schien zu rufen. Er ritt voller Angst und Unruhe, und da ihn das grelle Sonnenlicht blendete, sah er weder die Rauchfahnen hinter den letzten Hügeln vor Yedi Su noch die vielen Saptiehs und Tschettes, die am Eingang des Dorfes auf ihn warteten.

Die Tschettes wußten, daß ein Saptieh nie ohne Gewehr durch die Berge reiten würde. Dieser aber, der ihnen auf seinem müden, schwitzenden Pferd entgegenkam, hatte keines. Auch die Saptiehs, die mit den Tschettes am Eingang des Dorfes herumstanden, bemerkten das, obwohl sie sich sonst wenig Gedanken zu machen pflegten. Die Tschettes erkannten deinen Vater aber vor allem an seinen Augen, denn armenische Augen erzählen ganz andere Geschichten als die Augen der Türken. Die Tschettes waren Spezialisten, und sie erkannten die Opfer, auf die man sie angesetzt hatte.

Alles, was nun folgte, spielte sich in wenigen Minuten ab, unter dem schweigenden Himmel, der an diesem Morgen wolkenlos war. Die Tschettes packten deinen Vater und rissen ihm die Hosen herunter. Und sie lachten, als sie sahen, daß er unbeschnitten war. Sie faßten sein Glied an, und einer von ihnen zog ein Messer, um es abzuschneiden. Es kam aber nicht dazu, denn einer der danebenstehenden Saptiehs hatte längst das Gewehr angelegt. Und der schoß deinem Vater durch den Kopf. Auch die anderen schossen, und die Tschettes fielen mit Messern über ihn her.«

11

»Als die Kurdin Bülbül, die schon sehr alt war, aber noch rüstig, am späten Vormittag auf ihrem namenlosen Esel ins Dorf ritt, war das, was sie sah, so entsetzlich, daß sie den armenischen Tee, der gewürzt war und duftend, und auch das armenische Lawaschbrot, das sie mit Maulbeersirup bestrichen hatte, also all das, was man hierzulande ein gutes Frühstück nennt, wieder erbrach. Es schoß einfach aus dem alten Magen über den Nacken des namenlosen Esels. Und sie pißte auch vor Schreck und Entsetzen auf die Eselsdecke, auf der sie saß. Eine Zeitlang suchte sie unter den zerstückelten Leichen, von denen viele ohne Kopf waren, nach Bekannten und Freunden, bis sie es aufgab und auf die Hütte am Dorfrand zuritt, wo die einzige Türkenfamilie wohnte, die – so dachte sie – man sicher nicht umgebracht hatte. So war es auch, aber die Türken saßen hinter verschlossenen Türen und Fenstern, und so hartnäckig sie auch klopfte, es öffnete niemand. Dann entdeckte sie den Dorfpolizisten Yüksel Efendi, der hier in Yedi Su seit dem Jahre 1902 seinen Dienst verrichtete, seit jener Zeit also, als der pockennarbige Saptieh Schekir Efendi in den Ruhestand getreten war. Der Saptieh Yüksel Efendi hatte sich anscheinend irgendwo versteckt, aber jetzt, als die Luft rein war, tauchte er auf und stand plötzlich neben ihr.
– He, Yüksel Efendi, sagte Bülbül. Wann ist das alles passiert?
– Gestern nachmittag, sagte der Saptieh.
– Und warum haben sie auch die armenische Kirche niedergebrannt?
– Weil sie die Frauen und Kinder dort eingesperrt hatten, sagte der Saptieh.
– Und du warst dabei?
– Ich war dabei, Bülbül. Aber ich habe nicht mitgemacht. Was sollte ich tun? Die Kerle hätten mich umgebracht, wenn ich etwas gesagt hätte. Später habe ich mich versteckt.
– Und wer hat das alles getan?
– Die fremden Saptiehs haben es getan. Und die Tschettes. Der Saptieh Yüksel Efendi zeigte auf die verbrannte Kirche und dann auf

den Bergpfad am Eingang des Dorfes. Dort oben liegt noch einer. Es ist Wartan Khatisian. Er ist heute in aller Früh zurückgekehrt. Sie haben ihn umgebracht.
– Wartan Khatisian?
– Ja.
– Und er liegt dort oben?
– Ja. Dort oben.

Wartan Khatisian war nackt. Und er blutete aus vielen Wunden. Aber er war nicht tot. Als sie sah, daß er nicht tot war, hatte es Bülbül plötzlich eilig.

Weißt du, mein Lämmchen«, sage ich, der Märchenerzähler, zum letzten Gedanken. »Niemand weiß, warum der liebe Gott den Tod eines Menschen manchmal hinauszögert, den Tod sozusagen auf einen späteren Zeitpunkt verschiebt.«
»Weißt du es nicht, Meddah?«
»Nein.«
»Könnte Gott den Tod nicht für alle Zeiten verscheuchen?«
»Das kann er nicht. Der Tod ist listiger als Gott, und er kommt auf Umwegen immer wieder zurück.«
»Also nur eine Verzögerung?«
»Ja.«
»Und warum wollte der liebe Gott nicht, daß mein Vater dort oben auf dem Bergpfad stirbt?«
»Das weiß ich nicht, mein Lämmchen. Vielleicht hat er noch einiges mit deinem Vater vor. Es könnte sein.«
»Ja. Du hast recht. So könnte es sein.«
»Ja«, sage ich, der Märchenerzähler. »Es muß sogar so sein. Denn wie sollte es anders sein? Sicher hat der liebe Gott noch einiges mit ihm vor. Aber wir dürfen uns nicht den Kopf darüber zerbrechen. Und wir sollten auch nicht danach fragen, ob es ein Wunder war oder bloß Zufall. Tatsache war, daß dein Vater lebte ... trotz allem. Und Tatsache war auch, daß Bülbül es plötzlich eilig hatte, und auch der Saptieh hatte es eilig, denn es mußte rasch geholfen werden.

Die fremden Saptiehs und die Tschettes waren abgezogen. Als Bülbül

mit dem Saptieh Yüksel Efendi und dem Schwerverletzten unten im Dorf ankam, hatten die verschreckten Türken gerade ihre Haustür geöffnet, ihre Spaten geholt und waren im Begriffe, die Toten zu begraben. Der alte Patriarch Süleyman, den die Armenier einst Taschak genannt hatten — wegen seinem Leistenbruch oder dem großen Baumelsack —, der stand vor der Haustür und gab Anweisungen. Als der Alte aber den namenlosen Esel mit dem Schwerverwundeten sah und auch die verhutzelte Bülbül, die den Esel am Strick führte, und auch den Saptieh Yüksel Efendi, der den reglosen Körper auf dem Eselsrücken festhielt — da schien er die Leichen auf den Dorfstraßen zu vergessen, er packte seinen Stock und humpelte ihnen entgegen.
— Es ist Wartan Khatisian, sagte Bülbül zu ihm. Und auch der Saptieh Yüksel Efendi sagte: Er ist es wirklich. Wartan Khatisian!

Sie brachten deinen Vater in die Wohnung der Türkenfamilie.
— Er wird sterben, sagte die Frau des Patriarchen.
— Er wird nicht sterben, sagte Bülbül.
— Er braucht aber dringend einen Arzt.
— Er braucht vor allem Kraft, sagte Bülbül. Und er braucht auch die Hilfe dieses komischen Heiligen, an den er glaubt ... jener, der am Kreuz gestorben ist, weil er zu viel gewußt hat und nicht schweigen wollte ... jener, von dem der Priester Kapriel Hamadian mal gesagt hat: der ist der leibhaftige Sohn Allahs.
— Und was braucht er noch? fragte die Frau des Patriarchen.
— Eine gute Verdauung, sagte Bülbül, ein paar kräftige Rülpser und einen lauten Furz, damit ich weiß, daß seine Lebensgeister noch nicht weggeflogen sind. Alles andere, was er noch braucht, das besorge ich.
— Und was willst du machen, Bülbül?
— Alles Nötige, sagte Bülbül. Dieser da ist nicht der erste, dem ich einige Kugeln aus dem Fleisch und aus den Knochen gezogen habe. Und Messerstiche kann ich auch behandeln. Nur meine Kräuter muß ich noch holen. Die sind oben in der Hütte.

Du siehst, wie dunkel es in der Hütte des alten Taschak ist«, sage ich, der Märchenerzähler, zum letzten Gedanken, »denn sie haben noch

immer keine Fenster eingebaut. Und es ist auch viel Lärm und Gedränge. Trotzdem wohnen jetzt bei dem alten Ehepaar nur noch die Frauen und Kinder ihrer jüngsten Söhne. Alle anderen sind längst ausgezogen, und einige Männer sind im Krieg, auch Gög-Gög, der Kinderfreund deines Vaters, Gög-Gög, der so hieß wie sein Lockruf beim Füttern der Hühner.
Wie man so sagt: sie päppelten deinen Vater wieder hoch. Als er zum ersten Mal wieder die Augen aufschlug, waren die Toten auf den Dorfstraßen längst begraben, die Rauchfahnen hatten sich verzogen, die glimmende Asche war erloschen.
— Er hat die Augen auf, sagte der Saptieh Yüksel Efendi, der mehrere Mal am Tage hier vorbeikam, um nach deinem Vater zu sehen. He, Bülbül. Er hat sie tatsächlich auf. Allah ist mein Zeuge. Aber da Bülbül neben dem Lager deines Vaters eingenickt war, antwortete sie nicht.
— Die Luft ist rein, Efendi, sagte der Saptieh jetzt zu deinem Vater. Sie ist tatsächlich rein, denn diese fremden Saptiehs und Tschettes waren unreiner als die unreinsten Fresser von Schweinefleisch. Und der Saptieh schluckte und rülpste und ließ einen Furz, als hätte er selber Unreines gegessen.
— Sie haben die Kirche nur niedergebrannt, sagte er dann zu deinem Vater, weil sie glaubten, die Frauen und Kinder brennen besser in einer Kirche als auf dem Scheiterhaufen im offenen Feld. Denn auf dem Felde könnte es regnen, und da brennen sie nicht so gut.
— Was für Frauen und Kinder? fragte dein Vater.
— Nun, eben Frauen und Kinder, sagte der Saptieh Yüksel Efendi. Sie hatten sie in der Kirche eingesperrt.
— In was für einer Kirche? fragte dein Vater.
— In eurer Kirche, sagte der Saptieh. Kennst du die Kirche nicht mehr? Der Saptieh schüttelte verwundert den Kopf.
— Nicht alle Frauen und Kinder sind verbrannt, sagte er dann. Sie legten das Feuer nämlich in der Nacht. Und da konnten ein paar Frauen und Kinder unbemerkt aus dem Fenster springen, obwohl die Kirche gar keine Fenster hat.
— Wie war das, Efendi?
— Nun, die Kirche hatte eine Art Luftschacht. Ich nehme an, daß

kleinere Kinder und magere Frauen da vielleicht durchkriechen konnten.
– Und sind sie weggerannt?
– Ja. Die Nächte sind dunkel, auch die Berge sind dunkel in der Nacht, obwohl das Feuer hell gebrannt hat. Und da sind sie eben in die Berge gerannt.
Dein Vater fragte nicht nach seiner Familie, auch nicht nach seiner Frau und seinem ungeborenem Sohn, denn er konnte sich an nichts erinnern. Der Saptieh redete noch eine Weile auf ihn ein, und er sprach von Allahs Wundern, die es möglich machten, daß zuweilen auch schwangere Frauen mit ihren ungeborenen Kindern durch einen schmalen Luftschacht kriechen konnten, und der große, aufgeschwollene Bauch sie nicht hindere, wenn es der Wille Allahs war. Auch Bülbül redete ähnliches. Dann schlief dein Vater ein und hörte nichts mehr und sagte nichts mehr.
– Er hat sein Gedächtnis verloren, sagte Bülbül. Er weiß nichts mehr. Er ist ohne Erinnerung.
– Aber er ist doch ein Dichter, sagte Yüksel Efendi, der Saptieh. Hat sein Priester Kapriel Hamadian nicht mal zu uns gesagt: Die Dichter sind unsere Erinnerung?
– Ja, das hat der Priester gesagt.
– Er kann sein Gedächtnis also nicht verloren haben?
– Ich weiß es nicht, sagte Bülbül.
– Nun... sie haben ihn ganz schön auf den Schädel geschlagen, sagte der Saptieh. Und die Kugeln, die du herausgezogen hast, die waren auch nicht aus Kuhscheiße.
– Sie waren nicht aus Kuhscheiße, sagte Bülbül.

Ab und zu kam einer der Saptiehs aus den sieben Dörfern. Sie hatten bei den Massakern nicht mitgemacht, denn sie taten seit Jahren ihren Dienst in den Dörfern des armenischen Milets und waren den Armeniern freundlich gesonnen. Da nun die Armenier in den sieben Dörfern nicht mehr da waren, langweilten sie sich. Einer von ihnen sagte zu Bülbül: Bald kommen die Muhadjirs, um die Häuser der Armenier zu übernehmen. Wahrscheinlich sind es diesmal Emigranten aus den östlichen Grenzgebieten, die mit unseren Truppen geflüchtet sind. Früher kamen die Muhadjirs aus Mazedonien und

anderen Ländern, die ich nicht kenne. Die Regierung unterstützt sie, weil sie Moslems sind wie wir. Der Saptieh sagte dann noch: Mein Dorf ist so tot wie die Armenier, die mal dort gewohnt haben. Die Djins reden zu mir auch am Tage. Aber die Djins sieht man nicht. Ich bin der einzige Mensch in meinem Dorf, und ich langweile mich.
— Ja, sagte Bülbül. Das kann ich verstehen.
— Wenn die Muhadjirs kommen, wird es nicht mehr so langweilig sein.
— Ja, sagte Bülbül.
— Es ist schlimm, wenn man der einzige Mensch ist, sagte der Saptieh.
— Das ist schlimm, sagte Bülbül. Und sie sagte: Was machst du so den ganzen Tag als einziger Mensch in einem toten Dorf?
— Ich warte auf das Ende der Langeweile, sagte der Saptieh.
— Glaubst du, daß die Muhadjirs auch Karten und Tavla spielen können, so wie die Armenier im Kaffeehaus, mit denen du oft gespielt hast?
— Ich weiß es nicht, sagte der Saptieh. Und ich weiß auch nicht, ob sie mir den üblichen Bakschisch geben, den mir die Armenier immer gegeben haben.
— Das weiß ich auch nicht, sagte Bülbül.
— Es lebte sich gut mit den Armeniern, sagte der Saptieh. Diese Leute wußten, was ein Bakschisch ist, und sie wußten, was sich gehört.

Und als nach einiger Zeit wieder einmal so ein Saptieh ins Dorf kam, einer von denen, die den Armeniern wohlgesonnen waren, sagte er zu Bülbül: Es heißt, daß die Muhadjirs diese Woche kommen. Sie kommen mit Sack und Pack. Und mit ihren Weibern und Kindern und Eltern und Großeltern und deren Eltern und Großeltern und wer weiß mit wem noch. Und mit ihnen werden eine Menge fremder Saptiehs reiten, die sie begleiten und ihnen das Land und die Häuser der Armenier zuweisen werden. Wenn die fremden Saptiehs den Verwundeten sehen und herausfinden, daß er ein Armenier ist, dann werden sie ihn umbringen. Und sie werden auch dich umbringen und die Türken, die ihn pflegen und ihn verstecken. Denn das ist verboten.
— Was sollen wir machen? fragte Bülbül.

– Du solltest ihn wegschaffen, sagte der Saptieh.
– Am besten in meine Hütte, sagte Bülbül, die den Saptieh von früher her kannte. Was hältst du davon? So weit in die Berge reiten doch diese faulen Hunde nicht?
– So weit reiten sie bestimmt nicht, sagte der Saptieh.

Und so band Bülbül mit Hilfe des alten Taschak deinen Vater auf den Rücken des namenlosen Esels. Und Taschaks Frau gab Bülbül noch einen Sack Proviant und einige Decken für deinen Vater mit. Es war ein steiniger Weg bis zu Bülbüls Hütte, und es war ein gefährlicher und schmaler Weg, weil er über die Teufelsschlucht führte, aus der es kein Zurück mehr gab, falls einer abstürzte. Das aber kümmerte Bülbül nicht und auch nicht den namenlosen Esel, der den Weg kannte. Dieser Esel sah genauso aus wie jener andere, der Bülbül gehört hatte, als dein Vater zur Welt kam. Und er war genauso klug wie jener, ein Beweis, daß die Klugheit des Esels keine Ausnahme ist.

Als sie aufbrachen, hüpfte gebrochenes Sonnenlicht über die Schluchten, wie Irrlichter tanzte es vor ihnen her mit all seiner verlockenden Farbenpracht. An den Felsen der Teufelsschlucht zerschellten die Wolken und die Djins pfiffen mit dem Wind um die Wette. Der Esel ging gemächlich. Und Bülbül ging hinterher. Sie ging watschelnd, so wie sie immer ging, mit krummen Beinen und krummem Rücken, den langen Stock in der alten Hand. Manchmal, wenn sie strauchelte, hielt sie sich mit der anderen Hand am Schwanz des Esels fest. Bülbül fluchte den ganzen Weg über leise vor sich hin, und weil das Komitee in Konstantinopel sie nicht hören konnte, schickte sie alle zur Hölle, Enver und Talaat und Djemal, das ganze Triumvirat. Und auch den neuen Sultan, der nur eine Marionette war in den Händen des Komitees. Sie verfluchte die fremden Saptiehs und die Einsatzkommandos der Tschettes und auch die räuberischen Kurden, die sich zwar nicht in Yedi Su, aber in den Nachbardörfern am Gemetzel beteiligt hatten. Sie verfluchte den deutschen Kaiser und seine Gehilfen. Und sie verfluchte die Trommler und alle öffentlichen Ausrufer, die verkündeten, was nicht in Allahs Namen sein konnte. An der Grotte, die man seit jeher die Kurdengrotte nannte und die nicht weit von der Hütte entfernt war, blieb der Esel

aus Gewohnheit stehen. Von hier an wand sich der Bergpfad noch steiler nach oben, den Wolken und dem Himmel entgegen.
Irgendwo liegt der Berg Ararat, sagte sie zu deinem Vater, und dabei zeigte sie mit ihren runzeligen Händen in eine unbestimmte Richtung. Irgendwo, mein Sohn, liegt euer heiliger Berg. Es heißt, daß die Augen eines Adlers ihn von hier aus sehen könnten. Sie grinste eine Weile vor sich hin, dann versetzte sie dem Esel einen kräftigen Fußtritt und zwickte ihn in den Schwanz. Als der Esel anfing, sich wieder schnaufend vorwärtszubewegen, sagte sie: Es ist wirklich nicht mehr weit bis zur Hütte, mein Sohn, Du warst schon oft hier, schon damals, als du klein warst. Erinnerst du dich: du bist auf meinen Knien geritten und hast mit meinen Titten gespielt.
Aber dein Vater konnte sich an nichts erinnern.

Als der namenlose Esel endlich schnaufend vor dem Hütteneingang stehenblieb, bemerkte Bülbül, daß dein Vater das Bewußtsein verloren hatte. Sein Kopf baumelte wie leblos an der schwitzenden Flanke des Esels, die Augen waren zu, der Mund aufgerissen. Das war zu erwarten, sagte Bülbül zu dem Esel. Es ist nichts. Später werd ich ihn wieder aufwecken. Sie spuckte aus und wischte sich über den Mund, und sie streichelte den Esel, den sie vorher in den Schwanz gezwickt und mit den Füßen getreten hatte. Es ist nur schade, sagte sie zu dem Esel, daß er die Hütte nicht sehen kann, denn das hätte vielleicht seiner Erinnerung wieder auf die Sprünge geholfen.
Sie zerrte den Bewußtlosen vom Esel herunter, und sie fluchte, weil der Körper hart auf die Erde plumpste, und sie zerrte ihn fluchend über die Türschwelle. Dann bereitete sie dem Kranken ein weiches Lager, und sie deckte ihn trotz der sommerlichen Hitze mit dicken Lammfellen zu und den Decken, die Taschak ihr mitgegeben hatte, weil sie glaubte, das Wundfieber könne ihm nichts anhaben und auch nicht die Djins, die im Wundfieber geisterten, wenn er gut und ordentlich zugedeckt war.

Als dein Vater am frühen Nachmittag erwachte, hörte er Stimmengewirr, und als er die Augen aufschlug und um sich blickte, erschrak er. Rings um den Tonir saßen drei türkische Soldaten und schwatzten mit Bülbül. Ihre Uniformen waren so dreckig, als wären sie gerade

aus dem Graben gekrochen. Aber Bülbül kam zu seinem Lager und sprach beruhigend auf ihn ein.
– Vor denen brauchst du keine Angst zu haben, sagte sie. Es sind Armenier. Sie waren Soldaten in der türkischen Armee. Im Frühjahr wurden sie hingerichtet.
– Und wieso leben sie? flüsterte dein erschrockener Vater.
– Weil die Türken schlechte Schützen sind, sagte Bülbül. Besonders, wenn sie zu viele auf einmal abknallen wollen. Die drei sind aus dem Massengrab gekrochen, und sie schleppten sich bis hierher, damit ich sie wieder zurechtflicke.
Bülbül lachte, und sie zündete ihren Tschibuk an. Sie hausen in den Bergen, sagte sie, aber sie kommen manchmal noch hier vorbei.

Die Männer kümmerten sich nicht um ihn. Sie tranken Schnaps aus ihren Wasserschläuchen, grunzten bei jedem Schluck, redeten leiser, als ob sie etwas Wichtiges zu besprechen hätten, ließen die Wasserpfeife kreisen, standen dann auf und verließen die Hütte, nichts weiter zurücklassend als ihren Gestank und einen Raum voller Tabakqualm.
Nachdem die Männer fort waren, hatte Bülbül frischen Tezek ins Feuer geworfen. Sie stand jetzt vor dem offenen Herd und war damit beschäftigt, Kürbiskerne in einer rußigen, verbeulten Bratpfanne zu rösten. In ihren weiten Pluderhosen, dem grauen Überwurf aus Sacktuch und der verrutschten, bunten Bauchbinde sah sie den Vogelscheuchen von Yedi Su ähnlich, von denen die abergläubischen Bauern zu sagen pflegten, daß sie in bösen Zeiten zum Leben erwachten. Sie stand ein wenig geknickt, über die Bratpfanne gebeugt, schnuppernd. Ihr Gesicht war leicht gerötet vom Widerschein der Flamme; es wirkte eingesunken unter dem schwarzen Kopftuch und so verschrumpelt wie die armenische Erde im Sommer während der regenlosen Zeit.
Dein Vater lag still auf dem Fußboden, einige Schritte von der Alten entfernt. Seine Augen hatten sich längst an das Halbdunkel und den Tabakqualm gewöhnt, und es hatte nicht lange gedauert, bis er die einzelnen Gegenstände im Inneren der Hütte voneinander unterscheiden konnte: schmutzige Strohmatten auf dem Fuß-

boden, anstelle des Diwans bloß ein paar große, runde Kissen, aus denen die Hühnerfedern herausschauten, eine rohgezimmerte Anrichte, zwei Sitzkissen, mit Ziegenhäuten bedeckt, eine Vorratskammer, türlos und mit Pappelzweigregalen, auf denen allerlei Lumpen verstaut waren, auch Tabakblätter und Lebensmittel, an den Wänden hingen Messingtöpfe und Tonkrüge, Korbtaschen, Wandteppiche und Eselsgeschirr. Er bemerkte auch die kleine Öllampe auf dem Fußboden neben dem Tonir, daneben die noch glimmende Wasserpfeife, deren langer Schlauch sich schlangenähnlich gegen das Feuer des Tonirs streckte.

Ab und zu schweifte sein Blick zum offenen Eingang, hinter dem sich die Umrisse der Berge abzeichneten, undeutlich im Wolkennebel ... schwarzgraue Striche. Draußen, vor der Hütte, liefen die Hühner umher und tummelten sich im spärlichen Gras. Ein großer, gefleckter Hahn saß stumm auf dem Rad eines umgekippten Leiterwagens. Er bemerkte auch zwei schwarze Ziegen, die friedlich am Hütteneingang grasten, ebenso wie der namenlose Esel, den Bülbül nicht angebunden hatte.

Vorhin hatte Bülbül zu den Männern gesagt: Ich kannte mal einen Hahn, der hieß Abdul Hamid. Er gehörte der Familie Khatisian unten im Dorf. Jawohl, Abdul Hamid. Aber meiner heißt anders. Der heißt Enver Pascha.

Die Männer hatten gelacht. Einer von ihnen fragte: Du willst ihm doch nicht etwa den Kopf abhacken?

– Doch, das will ich, sagte Bülbül. Und zwar noch heute.

– Aber warum denn?

– Weil er alt ist und nichts mehr taugt.

– Was ist mit dem Hahn?

– Er kann nicht mehr richtig krähen, und die Küken krepieren vor der Zeit.

– Vor der Zeit?

– Ja. Vor der Zeit.

Die Männer hatten gelacht, aber sie hatten nichts mehr gesagt.

Am Spieß über dem offenen Herd hing ein abgenagter Knochen, dessen Herkunft schwer festzustellen war. Bülbül zog ihn vom Spieß und warf ihn in den Hof hinaus. Dann holte sie zwei runde Brot-

fladen aus der Vorratskammer, tauchte sie in Sesamöl, streute Salz und grünes Würzzeug drauf und gab sie deinem Vater.
– Enver Pascha werde ich später schlachten, sagte sie. Wenn die Männer zurückkommen, werden sie hungrig sein. Sie holte die Bratpfanne mit den gerösteten Kürbiskernen und stellte sie neben das Lager deines Vaters auf den Fußboden. Und sie hockte sich neben der Pfanne hin und grinste deinen Vater an.
– Warum bist du eigentlich aus Amerika zurückgekommen? fragte sie. Wie kann man nur so dumm sein. Drüben wärst du in Sicherheit gewesen. Sie kicherte. Dann sagte sie: Und dieser Prozeß! Und die Zeit im Gefängnis in Bakir! Alles wäre dir erspart geblieben! Dann aber sah sie, daß dein Vater sich an nichts erinnern konnte und auch nicht wußte, daß er in Amerika gewesen war. Und er wußte auch nichts von einem Prozeß und einem Verhör und einem Gefängnis in Bakir.

Gegen Abend begann es zu regnen. Die Tiere suchten Schutz in der Hütte, denn für sie war draußen im Freien kein Unterschlupf da. Zuerst kam der namenlose Esel durch den Eingang gestampft, schnuppernd wie eine große Maus. Ihm folgten die beiden schwarzen Ziegen. Nach und nach kamen auch die Hühner über die Schwelle des offenen Eingangs getrippelt. Zuallerletzt der große, gefleckte Hahn.
Bülbül schürte das Feuer und guckte dabei verstohlen auf den Hahn Enver Pascha, den sie schlachten wollte, weil er alt war. Der Hahn war auf das Dach der Vorratskammer geflogen und beobachtete Bülbül mit zuckendem Kopf, als wüßte er, was sie vorhatte.
Dein Vater nahm sich ein paar Kürbiskerne aus der Bratpfanne, begann sie aufzuknacken und die Schalen in weitem Bogen auszuspucken, so wie die Leute in dieser Gegend das immer gemacht hatten. Er bemerkte, daß Bülbül das Feuereisen weggelegt hatte und mit verschränkten Armen vor dem offenen Tonir stand. Da sich Bülbül nicht bewegte, schien sich der Hahn zu beruhigen. Seine Aufmerksamkeit galt jetzt einer bestimmten Henne, die weißer und größer als die anderen war. Die Henne strich um die Anrichte herum und suchte nach Körnern. Der Hahn hob den Kopf, streckte ihn dann lauernd und plötzlich ... mit einem einzigen, flatternden Satz ... sprang er die Henne an.
Dein Vater lächelte, und er dachte dabei: Es ist ein guter Hahn. Warum

will sie ihn schlachten? Er sah, daß die große, weiße Henne willig die Flügel ausbreitete, sich dabei dicht an die Erde schmiegte und gakkerte, während der Hahn kratzende Bewegungen machte, als wollte er die Henne zerfleischen. In diesem Augenblick packte Bülbül zu. Sie erwischte den Hahn an den Flügeln und hob ihn hoch. Der Hahn stieß einen spitzen Schrei aus. Bülbül ergriff die Holzhacke, die auf dem Fußboden lag, warf den Hahn über die Anrichte, aber so, daß sein Hals über die harte, hölzerne Kante zu liegen kam. Dann hob sie die Hacke und schlug dem Hahn mit einem kräftigen Schlag den Kopf ab.
Dein Vater hörte zu kauen auf. Der Kopf des Hahnes war auf den Boden gefallen und neben sein Lager gekullert. Der Schnabel war weit offen, so, als wollte er noch einmal krähen. Dein Vater stieß den Kopf angeekelt weg und blickte wieder zu Bülbül hinüber. Er sah, daß der Hahn kopflos und wild flatternd auf der Anrichte herumhüpfte. Er verspritzte viel Blut und hatte auch Bülbül bekleckst. An der scharfen Kante der Anrichte rutschte er ab und fiel herunter, auf die große, weiße Henne, die geduckt und vor Entsetzen gelähmt auf dem Boden neben der Anrichte saß, den Schnabel im Staub. Die weißen Flügel der Henne färbten sich rot. Hahn und Henne zuckten. Es sah wie ein letztes Liebesspiel aus.

Bülbül hatte den Hahn Enver Pascha zum Abtropfen an die lange Wäscheleine gehängt. Sie hatte einen runden Waschtrog unter den Hahn gestellt, und das tröpfelnde Blut verursachte ein Geräusch, ähnlich wie der Regen auf dem Hüttendach.
– So haben sie den armenischen Männern von Yedi Su die Köpfe abgehackt, sagte Bülbül zu deinem Vater. So ähnlich.
– Ich dachte, sie wurden erschossen.
– Nicht alle, sagte Bülbül. Einige wurden erschlagen, und die meisten wurden geköpft.
– Warst du dabei?
– Ich war nicht dabei, sagte Bülbül. Der Saptieh im Dorf, der nicht mitgemacht hat, aber dabei war, der hat's mir erzählt.
– Und was hast du gesehen?
– Nicht viel, sagte Bülbül. Als ich am nächsten Morgen ins Dorf kam, sah ich die kopflosen Körper auf der Straße. Und ich habe auch einige

Köpfe gesehen, die weggerollt waren, und die meisten waren nicht mehr zu erkennen.
– Hat man alle begraben?
– Alle.
– Auch die Köpfe?
– Auch die Köpfe.
– Und stimmt das auch mit den Frauen und Kindern?
– Ja, es stimmt. Die sind in der Kirche verbrannt. Sie fügte hinzu: Nicht alle. Einige konnten sich retten.

Als der Regen aufhörte, jagte Bülbül die Tiere mit Flüchen und Fußtritten aus der Hütte. Die drei armenischen Soldaten kamen spät zurück, nachdem Bülbül den Hahn längst gerupft, ausgeweidet und übers Feuer gehängt hatte. Die Männer waren hungrig und blickten begierig auf den brutzelnden Hahn.«

12

»Dein Vater erholte sich. Wochen um Wochen vergingen. Bülbül pflegte und fütterte ihn. Solange es Sommer war, spürte man kaum den Wind, der lau aus den Bergen kam, das Dach der Hütte fächelte, zuweilen kraftlos die vom Alter morschen und knarrenden Bretterverschläge schüttelte und kaum über die Eingangsschwelle bis in den großen, rußgeschwärzten Raum zu dringen vermochte. Im Frühherbst aber wurde der Wind heftiger. Pausbackige Djins bliesen kühle Luft über die Schluchten. Der Wind flüsterte nicht mehr, sondern pfiff um die Hütte, und die Djins, die mit dem Wind ritten, erzählten Geschichten von welkem Laub und sich färbenden Blättern. Als der Winter vor der Tür stand, konnte dein Vater schon ohne Stock gehen. Die Wunden waren verheilt und schmerzten nicht mehr. Nur mit seinem Schädel stimmte etwas nicht.

Da dein Vater alles vergessen hatte, was vorher war... vor dem Schuß in den Kopf und den Schlägen, ja, sogar seinen eigenen Namen nicht mehr kannte – weil er wie ein Kind war, das Fragen stellte und dem man antwortete oder auch nicht, deshalb redete die alte Bülbül mehr über die Vergangenheit, als das sonst ihre Art war. Sie erzählte ihm alles, von den Khatisians, von der Familie, von den Dörflern, beschrieb jeden einzelnen, nannte die Namen seiner Eltern und Großeltern und all der anderen, die zu ihnen gehört hatten. Ja, auch die Namen der Tiere, mit denen er als Kind gespielt. Vor allem prägte sie ihm seinen eigenen Namen täglich ein, bis sie sicher war, daß er kapiert hatte, wie er hieß, und sich den Namen auch merken würde. Bülbül gab sich sichtlich Mühe, obwohl sie oft ärgerlich war über so viel Unverstand und so große Vergeßlichkeit. Im Laufe der Herbstwochen kam öfter Besuch, Armenier, die sich gerettet hatten, Soldaten und andere, auch Frauen und Kinder. Es schien, als wären sie alle aus den Todesschluchten gekrochen. Sie hausten in den Bergen, kamen verstohlen in die Hütte, wenn sie krank waren oder etwas brauchten. Oder sie kamen nur, um Bülbül zu beweisen, daß sie noch lebten. Und sie gingen genauso verstohlen wieder weg, wie sie gekommen waren.

– Sie warten alle auf die Russen, sagte Bülbül zu deinem Vater, die im Anmarsch sind und irgendwann da sein werden.

Einmal kam ein armenischer Priester zu Besuch. Er war der einzige der sieben Dörfer, der überlebt hatte. Als er deinen Vater sah und feststellte, daß er alles vergessen hatte, erzählte er der alten Bülbül die Geschichte von Sodom und Gomorrha und der Frau des Lot, die zur Salzsäule erstarrt war.
– Warum hatte der liebe Gott sie ausgerechnet in eine Salzsäule verwandelt, wollte die alte Bülbül wissen.
– Weil er Mitleid mit ihr hatte, sagte der Priester. Denn sie hatte Schreckliches gesehen, und der liebe Gott wußte, daß ein Mensch, der solches gesehen hatte, mit dieser Erinnerung nicht weiterleben kann.
Bülbül aber traute den Worten des Priesters nicht. Diese Christen reden viel, dachte sie. Sie übertreiben und lügen, genauso wie bei der Sache mit der Heiligen Jungfrau, deren Schlitz nicht geöffnet und durchbohrt worden war, und die doch ein Kind geboren hatte. Diese Christen sind Märchenerzähler. Und dieser Wartan ist zwar ein Christ, aber er ist bestimmt keine Salzsäule. Es ist die Kopfverletzung. Nichts weiter.
– Wie ist das? fragte sie den Priester. Könnte es sein, daß Wartan Khatisian die Erinnerung irgendwo verschlossen hält, vielleicht hinter den Löchern, die diese verdammten Saptiehs und Tschettes in seinen Schädel gebohrt haben? Könnte es sein, daß er sie absichtlich nicht hervorholt, um mich zu ärgern?
– Wenn irgend jemand die Erinnerung hinter den Löchern versteckt hat, sagte der Priester, dann ist es der Wille Gottes.
– Nun ja, sagte Bülbül. Das mag so sein. Und sie grinste eine Weile nachdenklich, ehe sie zu dem Priester sagte: Wir haben denselben Gott, Priester. Vielleicht sollten wir beide zusammen für den Vergeßlichen beten?

Und dann war es soweit. Im Winter stießen die Russen vor. Die Großoffensive hatte längst begonnen und war nur durch das Regenwetter und die schlammigen Straßen verzögert worden. 1916 besetzten die Truppen des Zaren einen großen Teil des anatolischen Landes.

Trapezunt war gefallen und Erzurum und Bakir. Eines Morgens ritt Bülbül hinunter ins Dorf. Und als sie mit dem Esel zurückkam, sagte sie zu deinem Vater: Die Russen sind da.

Im Dorfe Yedi Su wohnten jetzt andere Leute. Viele waren tatsächlich Muhadjirs, moslemische Emigranten, denen die Regierung Enver Paschas die armenischen Häuser versprochen hatte, aber es waren auch Kurden und Türken gekommen, landlose Bauern und dazu Gesindel aus den größeren Städten. Die Russen konnten mit den Leuten nicht reden, aber sie tranken Wodka mit ihnen und sangen im Suff seltsame traurige Lieder, die mehr sagten als verständliche Worte. Die Frauen der neuen Siedler wurden gleich nach dem Einmarsch von den fremden Soldaten vergewaltigt, es hieß, sie seien nicht anders als die Tschettes und die Saptiehs und die kurdischen Räuber, die es mit den Armenierinnen getrieben hatten, ohne um Erlaubnis zu fragen. Und doch stimmte das nicht, denn die fremden Soldaten verschleppten die Frauen nicht und hatten auch keine getötet. Und sie waren gut zu den Kindern und rührten sie nicht an. Die Frauen der neuen Siedler erzählten, daß die Soldaten des Zaren große, blasse Steinpilze zwischen den Schenkeln hätten, die jedes Moos durchbohrten, egal, ob der Mund zu Allah schrie oder nicht. Manche Frauen erzählten, daß es gar keine Steinpilze wären, sondern steife Schlüssel aus Knochen und Haut, die alle versteckten Schlösser öffneten, andere erzählten, es wären häßliche Würmer, die ihren Weg in die Ställe der Frauen gefunden hätten. Die Männer dieser Frauen waren wütend und schworen Rache.

Mit den Russen waren die armenischen Freiwilligenbataillone ins Land marschiert. Sie trugen russische Uniformen. Viele unter den armenischen Freiwilligen hatten ihre ganze Familie während der Massaker verloren. Und so kam es, daß manche von ihnen Rache nahmen und ihrerseits Türken umbrachten, wo immer sie welche fanden. Die meisten aber taten das nicht und sagten zu ihren Leuten, man solle nicht Gleiches mit Gleichem vergelten.«

13

»Im Frühjahr spannte der Türke Taschak seinen Maulesel Osman vor die alte Araba, die schon seit Jahren in seinem Schuppen stand. Und er sagte zu Bülbül und Wartan: Der Maulesel ist kräftig, und die Achse der Araba habe ich mit Mehlpuder bestreut. Ihr könnt jetzt losfahren, um Wartans Frau zu suchen.
– Und seinen Sohn, sagte Bülbül, der sicher inzwischen auf der Welt ist.
– Sollte der nicht Thovma heißen?
– Thovma, sagte Bülbül.

– Meine Frau ist bestimmt nicht in der Kirche verbrannt, sagte Wartan. Einige Frauen sollen aus dem Feuer gesprungen sein. Sie sind in die Berge entkommen. Bülbül hat es mir erzählt.
– Ja, sagte Taschak. Das wird erzählt.
– Wenn sie nicht in der Kirche mit den anderen verbrannt ist, sagte Bülbül, dann könnte sie noch leben.
– Und auch sein Sohn könnte leben, sagte Taschak.
– Sie war aber schwanger, sagte Bülbül. Sie war im achten oder schon im neunten Monat. Ich habe sie noch kurz vorher gesehen. Sie hatte einen dicken, geschwollenen Bauch, zu dick, um mit ihm durch den schmalen Luftschacht zu kriechen.
– Wenn Allah will, sagte Taschak, dann kann auch ein Kamel durch ein Nadelöhr kriechen.
– Das ist wahr, sagte Bülbül.
– Sie war groß und kräftig, sagte Wartan. Bülbül hat sie mir beschrieben, denn ich habe alles vergessen. Und wenn sie groß und kräftig war, dann hat sie sich sicher durchgesetzt. Und ich wette mit euch: sie war unter den ersten, die rechtzeitig durch den Luftschacht krochen.
– Das ist möglich, sagte Bülbül.
– Wir werden sie finden, sagte Wartan. Und wir werden auch meinen Sohn finden. Und ich werde beide erkennen.
– Ja, sagte Bülbül.

Und so fuhren sie los: die alte Frau und der jüngere Mann ohne Gedächtnis, der alle wichtigen Bilder und Erinnerungen verloren hatte.
– Wir werden sie finden, sagte Bülbül. Ich glaube es jetzt auch. Wir werden durch alle Städte und Dörfer fahren. Und wir fahren die Deportationsrouten entlang. Und wir werden die Bauern befragen.
– Ja, sagte Wartan.
– Niemand vergißt deine Frau, der sie einmal gesehen hat, sagte Bülbül. Sie war nämlich sehr groß. Und sie hatte kein Gesicht, sondern nur Augen.
– Ja, sagte Wartan. So hast du sie immer beschrieben.
– Die Bauern werden sich an sie erinnern. Ich werde zu ihnen sagen: Ihr müßt sie gesehen haben. Sie war sehr groß. Ihr Gesicht war verbrannt. Eigentlich hatte sie gar keines. Aber sie hatte große armenische Augen, die größten und schönsten, die ihr jemals gesehen habt.

Sie fuhren aber zuerst nach Bakir, um nach Verwandten zu suchen, denn, falls Anahit überlebt hatte, hätte sie ja nach Bakir flüchten und sich bei den Verwandten verstecken können. Und wenn dies nicht gleich möglich gewesen wäre, dann hätte sie sich bestimmt nach der Befreiung bei ihnen gemeldet. Sie mußten es wissen. Bülbül kannte das *Hayastan*, und sie kannte auch Wartans ältesten Bruder Hajgaz.

In Bakir erfuhren sie, daß die Tschettes und Saptiehs kurz vor dem Einmarsch der Russen sämtliche Armenier, die noch in der Stadt waren, liquidiert hatten, auch die Handwerker, die bis zuletzt gebraucht wurden, und auch die Günstlinge des Walis. Es war am letzten Tage vor der Übergabe der Stadt. Die Russen standen schon vor den Stadttoren – man habe nicht nur die Kanonen der Russen gehört und ihre Maschinengewehre, die hörte man schon seit vielen Tagen, man habe die Russen auch furzen und grölen gehört, wenn die Windrichtung stimmte. Eigentlich waren sie fast da, als die letzten Armenier erschossen wurden. Aber sie waren noch nicht wirklich da. Und dabei waren die regulären türkischen Truppen bereits abgezogen, und nur die Nachhut war noch in der Stadt, die Tschettes und die Saptiehs, die dem Müdir unterstanden, der wiederum dem Wali gehorchte und dem Mutessarif und dem Kaimakam. Als die letzten Armenier an der Festungsmauer getötet wurden, hatten die Behörden schon die Reisekoffer gepackt, und ihre gefederten Yaylis und Arabas mit den gefüllten und kugelsicheren Sandsäcken warteten schon vor dem Hükümet.

Während der Erschießungen vor dem östlichen Stadttor, so erzählten die Leute auf den Straßen von Bakir, seien plötzlich bewaffnete Armenier aufgetaucht. Sie kamen aus den Bergen und trugen türkische Uniformen. Niemand wußte, wer sie waren und woher sie die Waffen hatten. Viele waren es nicht gewesen, vielleicht sieben oder acht. Sie hätten versucht, die Hinrichtung zu verhindern. Einige der Tschettes und Saptiehs wurden von ihnen erschossen. Aber wie gesagt: sie waren wenige, und die vielen Tschettes und Saptiehs hatten sie schließlich erledigt.

Ja. Es ist wahr. Diese bewaffneten Armenier waren nicht umsonst gestorben, denn während der kleinen Schießerei vor dem östlichen Stadttor konnten einige der Opfer flüchten, und diese flüchteten zurück in die Stadt und versteckten sich bei türkischen und kurdischen Freunden. Viele waren es nicht. Aber es waren immerhin einige, und sie würden später ihre Geschichte erzählen können.

Von Wartans Verwandten in Bakir lebte keiner mehr. Die überlebenden Armenier, die allmählich wieder aus ihren Verstecken auftauchten, gehörten nicht zu den Khatisians. Einer von ihnen aber kannte Hajgaz aus dem *Hayastan*, und er kannte auch Wartan, den er einmal dort gesehen hatte.
– Ich habe Sie gleich erkannt, sagte der Armenier zu Wartan. Erinnern Sie sich an mich? Wir saßen mal im *Hayastan* am selben Tisch. Im Sommer 1914. Sie waren jung verheiratet, wenigstens sagten Sie das. Sie waren in Begleitung Ihrer Frau.
– Meiner Frau? sagte Wartan, der sich an nichts erinnern konnte.
– Ihrer Frau, sagte der Armenier.
– Haben Sie sie wieder gesehen? fragte Bülbül. Sie hieß Anahit, und sie hatte ein verbranntes Gesicht und große Augen.

– Ich weiß, wie sie hieß, sagte der Armenier, und ich weiß, wie sie ausgesehen hat.
– Haben Sie seine Frau gesehen ... irgendwann wiedergesehen?
– Nein, sagte der Armenier. Ich habe sie nie wiedergesehen.

Danach fuhren Bülbül und Wartan mit dem Maulesel und ihrer Araba durch die Dörfer und Städte des befreiten Landes. Sie fuhren auf quietschenden Rädern, die trotz des Mehlpuders den gewohnten Lärm machten, den ein zweirädriger Karren mit Rädern, die sich nicht um die Achse drehen, eben macht. Sie fielen weder sonderlich auf noch blieben sie gänzlich unbemerkt. Viele waren unterwegs in ähnlichen Arabas, manche auch zu Fuß oder auf dem Sattel eines Reittieres. Die meisten suchten irgend jemanden. Die Bauern gaben Auskunft, so gut sie konnten. Auch in den kleineren und größeren Städten bemühten sich die Leute, Fragen zu beantworten. Denn es war die Zeit des Fragens und des Suchens. Aber niemand konnte sich an Anahit erinnern. Niemand hatte sie gesehen.

Eines Tages, in einem kleinen Dorf am Ufer des Tigris, sagte eine Bäuerin, daß sie eine Frau gesehen hätte, auf die Bülbüls Beschreibung von Anahit zutraf. Ja. Sie habe gesehen, wie ein Zug von Frauen und Kindern und Greisen durch das Dorf getrieben wurde. Ein Saptieh habe ihr gesagt, daß unter den Frauen einige waren, die sich in den Bergen versteckt hätten, die man aber eingefangen hatte. Eine der Frauen in der Kolonne war ihr aufgefallen. Sie war größer als die anderen Frauen, und sie war schwanger, wahrscheinlich im neunten Monat. Die Frau habe auch ein verbranntes Gesicht gehabt, so ähnlich wie das von Bülbül beschriebene ... und große, schwarze Augen. Einen Schleier habe sie nicht getragen. Den hätte sie wahrscheinlich verloren.
Die Bäuerin zeigte in die Richtung des Tigris. Dort habe man sie hineingetrieben.

Auch an den Ufern des Euphrat bekamen sie ähnliche Auskünfte. Wo früher nur die Köpfe geschüttelt wurden, wurde auf einmal genickt. Irgendein Mensch war immer da, der behauptete, etwas zu wissen. Viele hatten auf den Todesmärschen schwangere Frauen gesehen,

auch Frauen, die größer waren als die anderen und verbrannte, narbige Gesichter hatten, die oft gar keine Gesichter waren, sondern eine Fleisch- und Knochenmasse mit großen Augen.
– An dieser Stelle war der Euphrat rot, sagte eine Bäuerin, wahrscheinlich von dem Blut der kleinen Kinder, die von den Müttern über die Klippen geworfen wurden, und sie fügte hinzu: damit die Tschettes und die Saptiehs und die Kurden sie nicht kriegen. Denn die töteten die Kinder vor den Augen ihrer Mütter. – Eine andere Bäuerin lachte und sagte: Unsinn. Der Euphrat war gar nicht rot von dem Blut der vielen kleinen Kinder, sondern von den Bäuchen der Mütter, die man aufgeschlitzt hatte, ehe sie über die Klippen gestürzt wurden. Die Kinder, sagte die Bäuerin, wären ja lebendig von den Müttern ins Wasser geschmissen worden und wären folglich ohne blutende Wunden ertrunken. – Andere sagten, das stimme nicht ganz, denn auch die Bewacher hätten die Kinder ins Wasser geschmissen, wenn die Mütter nicht schnell genug waren und ihnen zuvorkamen, und sie hätten ihnen vorher die kleinen Hälse durchschnitten.
– Und diese Frau mit dem verbrannten Gesicht? Hat jemand gesehen, ob sie im Euphrat ertrunken ist? – Aber das hatte niemand gesehen. Ein türkischer Bauer sagte: Wir haben überhaupt nichts gesehen. Wir wissen es bloß.

Einmal trafen sie einen turkmenischen Bauern, der sagte, eine Armenierin habe sich während des Massakers in seinem Haus versteckt. Sie war schwanger und kurz nach dem Massaker niedergekommen. Sie lebe immer noch in seinem Haus, schlafe in seinem Bett und habe ein verbranntes Gesicht. Eigentlich habe sie gar kein Gesicht, aber das mache ihm nichts aus, denn sie war gut im Bett und immer gehorsam. Sie besuchten die Frau im Haus des Turkmenen. Wartan hatte Herzklopfen. Sogar Bülbüls altes Gesicht glühte vor Erregung.

Sie war es aber nicht. Nein, sagte Bülbül. Diese Frau ist nicht Anahit. Es ist eine andere.

In den halbnomadischen Kurdendörfern und sogar in den schwarzen Zelten der wilden Bergstämme trafen sie Armenier, die die Massaker

überlebt hatten, und sie waren erstaunt, daß es kurdische Stämme gab, die Armenier versteckt hatten. Einer der kurdischen Beys sagte zu ihnen: Mein Stamm ist ein friedlicher Stamm und hat bei den Massakern nicht mitgemacht, denn ich habe meinen Männern gesagt, daß wir uns da heraushalten.
– Viele der kurdischen Stämme haben aber mitgemacht, sagte Bülbül. Manchmal waren sie noch grausamer als die Tschettes.
– Das kann sein, sagte der Bey. Aber es waren die Beamten der Türken, die ihre Boten in die Berge geschickt hatten, um den Kurden zu sagen, daß es reiche Beute gibt. Und es gibt keine Strafe, haben die Boten gesagt. Die Regierung bürgt dafür. Und die Boten der Beamten erzählten den Beys und ihren Leuten und auch den Hirten auf den Bergweiden von den guten Kleidern der Armenier und dem Schmuck ihrer Frauen, und sie sagten, die Frauen haben Löcher, die mit Honig gefüllt sind.

Auf dem Rückweg nach Bakir trafen sie einen beinlosen Türken. Er war unrasiert und trug eine zerschlissene Uniform.
– Ich habe nichts gewußt, sagte der Krüppel, auch damals nicht, als ich mit der Kavallerie der vierten Armee über den Euphrat ritt. Man hatte uns gesagt, daß es nach Syrien geht. Irgendwo sollten die Engländer stehen und die Franzosen, aber sie waren noch weit weg. Und als wir unsere Pferde ins Wasser trieben, damit sie durch den Fluß schwimmen, da weigerten sich die Pferde und gehorchten uns nicht. Denn der Euphrat war voller Leichen. Die meisten waren Frauen und Kinder. Und das Wasser war so rot wie das Feuer im Tandir. Und damals hatte ich noch beide Beine, weil ich die Beine erst später verlor, an der Front. Und weil ich noch beide Beine hatte, schwamm ich ohne Pferd durchs Wasser. Andere trieben mein Pferd hinterher, das sich sträubte und wieherte wie die alten Pferde auf dem Schlachthof. Und glaubt mir, Freunde, ich habe alles gesehen, und doch habe ich nichts gewußt. Keiner von uns will irgend etwas gewußt haben.

Eines Nachts, auf dem Weg zurück nach Bakir, da stieg Wartan aus, und er sagte zu Bülbül: Ich will nur mal pinkeln. Und ich bin gleich zurück. – Und er kam nie wieder.«

14

»Man war erstaunt im Dorf, als Bülbül allein zurückkam. Als der alte Taschak den Maulesel ausspannte, sagte Bülbül: Wartan ist einfach ausgestiegen und nicht mehr zurückgekommen.
– Das ist merkwürdig, sagte Taschak.
– Dabei hat Wartan gesagt, er müßte nur mal pinkeln.
– Ich verstehe nicht, sagte Taschak, wieso einer so lange pinkeln kann.

Die fremden Bauern im Dorf kannten Wartan kaum, und so hatte man ihn bald wieder vergessen. Nur Taschaks Familie sprach ab und zu noch von ihm, und auch Bülbül. Es wurde wieder ein heißer Sommer, die Lebensmittel wurden knapp im Dorf, und die Dürre und die Heuschreckenplage im ganzen Land machten den Bauern Angst. Heimkehrende Soldaten hatten die Cholera und den Bauchtyphus mitgebracht. Trotzdem kamen die Händler aus der Stadt, um irgend etwas zu verkaufen. Früher sprachen die Händler armenisch, aber die neuen Händler waren Türken und Kurden, und auch einige Juden und Griechen waren dabei. Nur einmal kam ein armenischer Händler. Da lachten die Muhadjirs und sagten: Diese armenischen Händler sind nicht auszurotten. Seht ihr: sie sind wieder da.

Und auch die sommerliche Dürre ging vorüber, und mit ihr die Heuschreckenplage. Einige Bauern starben an der Cholera und am Bauchtyphus. Die Bauern hängten die Kleider der Toten an den heiligen Dorfbaum und waren überzeugt, daß die bösen Geister in den Kleidern der Verstorbenen die Wohnungen der Hinterbliebenen nicht mehr aufsuchen würden. Und auch die Feuerstätte des armenischen Tonirs, den die Moslems jetzt Tandir nannten, würde künftig verschont bleiben und das, was über der Flamme gekocht und gebraten und von den Verwandten des Toten verzehrt wurde. Der Winter kam bald und war so kalt wie immer, und das Frühjahr war wie sonst und wie man es gewohnt war. Das frische Gras und die jungen Blumen und die Knospen der Bäume schienen sich nicht um den Krieg zu

kümmern. Gegen Ende des Jahres 1917 erzählten die Händler von der russischen Revolution auf der anderen Seite des Kaukasus, und sie erzählten von den meuternden Soldaten in der großen Armee des russischen Zaren und so manches mehr.
– Das kann doch aber nicht sein, sagten die Bauern, wir meinen, so was gibt es nicht, daß die einfachen Soldaten ihre eigenen Offiziere totschlagen? Wie ist so was möglich? Wer hat schon jemals gehört, daß ein Knecht den Herrn totschlägt?
– Bald wird es die russische Armee gar nicht mehr geben, sagten die Händler, und wenn das so ist, dann kommen die Türken zurück.

Irgendwie hatten die Händler recht. Und doch kam es anders. Die Türken kamen noch nicht zurück. Die Armee des Zaren war zwar geschwächt, aber auf diesem Teil ihrer Welt doch noch intakt genug, um die festgefahrenen Fronten noch ein Weilchen zu halten. Und als dann noch ein Winter und wieder ein Sommer über das Land ging, kamen die Engländer und Franzosen aus Syrien.

Als im Jahr 1918 die Nachricht von der türkischen Kapitulation das Dorf erreichte, machte sie den Bauern noch größere Angst als die Cholera und der Bauchtyphus, die Dürre und die Heuschreckenplage. Sie hatten nämlich gehört, daß die Russen abgezogen wären, und daß auch die Franzosen und Engländer abziehen würden. Das Land, so sagten die Händler, wäre jetzt von den Armeniern besetzt.
– Aber die Armenier sind doch tot, sagten die Bauern.
– Nicht alle sind tot, sagten die Händler. Die russischen Armenier leben noch. Und auch die türkischen Armenier, die rechtzeitig über die Grenze geflüchtet sind. Und auch hier in dieser Gegend tauchen plötzlich wieder Armenier auf. Sie kommen wie die Djins aus Höhlen und Schluchten und anderen Verstecken. Es sind vor allem die armenischen Freiwilligenbataillone, die sich der Armee des Zaren angeschlossen hatten. Die Russen haben ihnen später die Waffen weggenommen, weil sie selber Angst vor ihnen bekamen, aber sie haben sich wieder Waffen beschafft. Sie sind jetzt überall. Sie wollen hier einen neuen Staat errichten, und den nennen sie *Hayastan*.
– Hayastan? sagten die Bauern. Von diesem Wort haben wir noch nie etwas gehört.

Viele Armenier, die in den Kaukasus geflüchtet waren oder sich bei Türken und anderen versteckt hatten, waren heimgekehrt, um ihren Besitz zurückzuverlangen. In Yedi Su war das nicht der Fall. Es war niemand mehr da, der behaupten konnte, daß er früher hier gewohnt hatte – außer Wartan Khatisian, aber der hatte nichts zurückverlangt und blieb verschwunden.
– Wenn die Armenier hier die Macht übernehmen, sagten die moslemischen Bauern, dann werden ihre Beamten auch nach Yedi Su kommen, und sie werden von uns verlangen, daß wir den Toten die Häuser zurückgeben.
– Auch das Vieh müßt ihr den Toten zurückgeben, sagten die Händler, und überhaupt alles, was ihnen gehört hat.

Und wieder kam es anders. Als das Zarenreich aufhörte zu existieren, hatten sich die Moslems von Aserbaidschan mit den Georgiern zusammengetan. Und sie nahmen auch die Armenier von der russischen Seite in das Bündnis auf und gründeten in dem Vakuum auf der neuen Landkarte einen provisorischen Staat, den sie *Transkaukasische Föderation* nannten. Da sich aber die Moslems mit den christlichen Armeniern und Georgiern nicht vertrugen, und weil auch diese unter sich zerstritten waren und das Anderssein des anderen Volkes ablehnten, deshalb oder aus diesem und auch aus anderen Gründen ging das Bündnis bald wieder auseinander. Die Georgier machten sich selbständig und gründeten ihren eigenen Staat. Und die Moslems und Armenier folgten ihrem Beispiel.

Als die Armenier zum ersten Mal seit vielen Jahrhunderten am 28. Mai des Jahres 1918 ihren eigenen Staat proklamierten, den freien und unabhängigen Staat Armenien, der eigentlich *Hayastan* heißen sollte, aber noch nicht so hieß, da jubelten im Dorf Yedi Su nur die Toten, die vor dem großen Massaker auf eine natürliche Art und Weise gestorben waren. Die Nachricht von der Gründung des armenischen Staates auf der anderen Seite der alten russischen Grenze erreichte das Dorf erst im folgenden Jahr, und erst im Jahre 1920 erfuhren die Bauern Näheres von reisenden griechischen Händlern, die aus dem Kaukasus kamen. Die Händler erzählten, daß der amerikanische Präsident Wilson, von dem es hieß, er sei der mächtigste Padischa auf dieser Welt, mächtiger noch als der Kaiser, der Zar, Abdul Hamid und Enver Pascha jemals gewesen waren ... nun, dieser große Padischa aus Amerika habe den Armeniern versprochen, sie bei den Friedensverhandlungen der Völker zu berücksichtigen, weil kein Volk auf dieser Erde in diesem Krieg so gelitten hatte wie sie. Die Händler sagten, der Padischa Wilson habe den Armeniern in ihrem winzigen, aber freien Staat auf der falschen Seite der Grenze das ganze armenische Land versprochen, alles, was einst zu Hayastan gehört hatte, vor allem das Land auf der richtigen Seite, nämlich der türkischen. Auch den Berg Ararat habe Wilson den Armeniern versprochen, sagten die Händler, sogar die Städte Erzurum und Trapezunt am Schwarzen Meer und Bakir und den größten Teil aller Berge bis hinunter zum Mittelmeer, auch den Landesteil, in dem noch Türken und Kurden wohnten, und auch Zigeuner, Teufelsanbeter und andere Völker. Aber dieses Versprechen, so sagten die Händler, stünde nur auf dem Papier, denn es hieß, zwei große Armeen seien bereits im Anmarsch, um den einstweilen kleinen armenischen Staat zu zerschlagen, ehe die Landkartenzeichner Zeit haben würden, die wirklichen Grenzen des armenischen Staates gewissenhaft festzulegen.

Und so war es auch. Irgendwann kam die geschlagene türkische Armee wieder auf die Beine und trieb die fremden Truppen aus dem anatolischen Land. Sie hatte jetzt einen neuen Führer, der hieß Mustafa Kemal Pascha. Die Händler sagten, daß dieser Kemal nicht nur der Vater und Befreier aller Türken sei, sondern auch ein Eroberer, dessen Truppen bereits die alte russische Grenze überschritten hätten, in der Absicht, die Kaukasusvölker zu befreien, alle die kleinen, neuen Staaten dort in der Gegend, auch den armenischen. Die Händler sagten: Und von der anderen Seite des Kaukasus, aus der entgegengesetzten Richtung, marschieren andere Truppen, die ebenfalls nur befreien wollen. Diese andere Armee, so sagten die Händler, nähere sich ebenfalls der armenischen Grenze, nur eben aus der anderen Richtung, es sei die neue Arbeiter- und Bauernarmee mit ihren roten Fahnen und dem Hammer und der Sichel auf der alten Russenmütze. Diese beiden großen Armeen – die Türken von der einen Seite und die Roten von der anderen Seite – werden den schwachen armeni-

schen Staat einfach zerquetschen. Und weil die Bauern das nicht glauben wollten, denn sie hatten nur wenig Phantasie und konnten sich nicht vorstellen, wie ein Staatsgebilde zerquetscht wird, deshalb nahm einer der Händler das rohe Ei einer jungen Henne in seine großen und gierigen Hände, und er zerquetschte es langsam und genüßlich. So, sagte der Händler. Einfach so.
– Schade um das Ei, sagten die Bauern. Sie verstanden jetzt, was der Händler gemeint hatte, aber es ärgerte sie, denn es war ein gutes Ei einer noch jungen Henne, und die Tat des Händlers war eine mutwillige Vergeudung vor Allahs Augen.

Und einige Monate später, als die Unabhängigkeit des kurzlebigen armenischen Staates schon wieder Geschichte war, ein Nachspiel des Großen Krieges, ein Zwischenfall beim Schachspiel der Friedensverhandlungen und der Festlegung neuer Grenzen – so was braucht Zeit, es dauert, das ist eben so, da kamen wieder Händler aus dem Kaukasus und erzählten den Bauern die Geschichte von den müden Beinen.
– Die Soldaten hatten nämlich müde Beine, sagten die Händler, die Soldaten Kemal Paschas, aber auch die Soldaten der Arbeiter- und Bauernarmee, denn der Große Krieg hatte lange gedauert, und sie waren fast immer marschiert. Die müden Beine der Arbeiter- und Bauernarmee aber waren schneller als die müden Beine der Türken. Und so kam es, daß der kleine, selbständige armenische Staat von den Roten geschluckt wurde, ehe Kemal Pascha einmarschiert war.
– Da haben die Armenier Pech gehabt, sagten die Bauern.
– Nein, sie hatten Glück, sagten die Händler. Denn Kemal Pascha hätte unter ihnen ein großes Gemetzel veranstaltet. Er hätte vernichtet, was überlebt hat, die Reste des armenischen Volkes.
– Und woher willst du das so genau wissen?
– Eine armenische Mutter hat es mir gesagt.
– Was hat sie gesagt?
– Nun, was soll sie denn gesagt haben? Sie hat gesagt: Es ist besser ein lebendiges Kind bei den Roten zu wiegen, als ein totes bei den Türken.
– Hat sie das gesagt?
– Das hat sie gesagt.«

15

»Bülbül hörte erst im Jahre 1921 wieder etwas von Wartan, als einzelne Verwandte der toten Armenier von Yedi Su ins Dorf gepilgert kamen, um vor den Massengräbern auf dem armenischen Friedhof für die Seelen der Toten zu beten. Einer von ihnen war schon sehr alt. Er kannte Bülbül von früher her. Und er hatte auch die Khatisians gekannt, denn er war der Onkel des rothaarigen Schmiedes, der Wartans Pate gewesen war. Der Alte war früher öfter zu Besuch gekommen, und er war bei Wartans erster und auch bei seiner zweiten Hochzeit dabeigewesen. So kam es, daß er nicht nur Anahit gekannt hatte, sondern auch wußte, daß ihr Sohn, von dem Wartan oft gesprochen hatte, Thovma heißen sollte.

Nun trug es sich zu, daß auch Bülbül in den letzten Jahren sehr alt und gebrechlich geworden war und mehr in der Vergangenheit lebte als in der Gegenwart und mit der Wirklichkeit nicht immer zurechtkam. Sie folgte dem Alten auf den Friedhof, und sie setzte sich, nachdem er das Totengebet gesprochen hatte, neben ihn auf die Friedhofserde, die stumm war und ohne das übliche Geflüster der Djins, und beide plapperten viel, weil es so still war, sie plapperten nach der Manier alter Leute, und keiner von ihnen wußte, ob es Wirklichkeit war, was er erzählte, oder ob es Träume waren und Erinnerungen und Vorstellungen, die aus Träumen und Erinnerungen gewoben wurden.

– Ich hätte gern gewußt, ob Anahit den kleinen Thovma gesäugt hat, sagte Bülbül, denn wer sollte ihn gesäugt haben, wenn sie ihn damals entbunden hat ... irgendwo!

– Aber ich habe gehört, daß sie damals in der Kirche mit den anderen verbrannt ist, sagte der Alte, der sich vorzustellen versuchte, wie die Kirche mit den Eingesperrten gebrannt hatte – wo soll sie denn das Kind geboren haben? Haben es etwa die Flammen geboren?

– Wartan glaubt aber daran, daß sie nicht verbrannt ist, sagte Bülbül.

– Sie ist in die Berge geflüchtet, sagte Bülbül. Es hat nur keiner gesehen. Sie ist durch die Flammen gesprungen, und sie hat sich mit dem dicken Leib durch das enge Luftloch ins Freie gezwängt, mit dem Ungeborenen. Und sie hat die brennenden Kleider mit Sand gelöscht. Und später, nachdem sie tagelang in den Bergen herumgeirrt war, hat man sie geschnappt. Und sie wurde in Richtung Syrien und Mesopotamien deportiert. Sie war auf einem Todesmarsch. Und auf irgendeiner Landstraße kam sie nieder. Mit dem kleinen Thovma. Und ich wette mit dir, daß der kleine Thovma lebt, auch wenn seine Mutter später gestorben ist. Dieser kleine Thovma muß ein zäher, kleiner Bursche sein, so zäh wie seine Vorfahren, die lange gelebt haben und sehr alt geworden sind.

– Und Wartan?
– Ich weiß es nicht.
– Ich habe von Leuten, die Wartan gekannt hatten, so einiges gehört.
– Was hast du gehört? fragte Bülbül.

– Er soll sich bei den armenischen Freiwilligen gemeldet haben, sagte der Alte. Aber später, als die Russen anfingen, den Armeniern zu mißtrauen, weil die doch einen eigenen Staat wollten, und das auf dem Gebiet, das die Russen kontrollierten und das die Russen auch behalten wollten, da haben sie die Freiwilligenbataillone aufgelöst. Einige armenische Offiziere, die ihren Soldaten befohlen hatten, die Waffen nicht abzuliefern, wurden verhaftet. Auch Wartan war Offizier, denn er war ein Dichter und konnte lesen und schreiben, und Pläne zeichnen und Landkarten lesen, das konnte er auch. Da haben sie auch Wartan verhaftet und in Ketten gelegt. Er wurde mit den anderen Offizieren nach Sibirien gebracht.

Und dort in Sibirien, sagte der Alte, war er einige Zeit, bis die Revolution ausbrach und die Roten kamen und alle Gefangenen befreiten. Er hat dann bei den Roten gekämpft. Und später tauchte er plötzlich in Eriwan auf, der neuen armenischen Hauptstadt, wo jetzt die Russen die rote Fahne gehißt haben, und er trieb sich eine Zeitlang dort herum. Angeblich soll er auch in Syrien gewesen sein, um die Lager der Deportierten aufzusuchen, weil er doch etwas über seine Frau erfahren wollte und über seinen Sohn Thovma, der längst auf der Welt sein müßte.

Und dann kehrte er wieder nach Eriwan zurück, sagte der Alte. Im Frühjahr dieses Jahres machten die Armenier einen Putsch gegen die Roten, als diese ihre Truppen nach Georgien abgezogen hatten, um die Georgier zur Vernunft zu bringen. Wartan soll führend an dem Putsch beteiligt gewesen sein. Aber der Putsch hatte nur vorübergehend Erfolg, denn die Roten kamen wieder zurück. Es heißt, sie werden dort endgültig bleiben.
– Was heißt endgültig? sagte Bülbül. Hast du in diesem Leben mal irgend etwas gesehen, das endgültig war?
– Eigentlich nicht, sagte der Alte.
– Wir wissen nicht mal, ob der Tod endgültig ist, sagte Bülbül, weil ja die Gläubigen behaupten, es gäbe eine Auferstehung.

– Und wer soll dir das alles erzählt haben? fragte Bülbül.
– Leute, die Wartan gekannt hatten.
– Hat er sie gekannt?
– Nein, sagte der Alte. Die Leute sagten: Der hat niemanden erkannt.

– Und wo soll Wartan jetzt sein? fragte Bülbül.
– Irgendwo, sagte der Alte.«

16

»Irgendwo verlor auch ich, der sich Meddah nennt, die Spur des Wartan Khatisian«, sage ich, der Märchenerzähler, zu meinem Schatten. »Und so blieb mir nichts anderes übrig, als die Spur des anderen aufzunehmen, der eines Tages behauptete, sein Sohn zu sein.«

Und so sage ich, der sich Meddah nennt, zu meinem Schatten: »Bald, nachdem der Weltkrieg zu Ende war – also kurz darauf – bereitete man schon einen neuen Krieg vor. Denn die Historiker wollten dem *Großen Krieg*, den sie nur *Weltkrieg* nannten, eine Nummer geben, damit er in der Schublade aller Kriege nicht verlorenginge. Aber um den *Großen Krieg*, der ein nummernloser Weltkrieg war, den *Ersten* nennen zu können, mußte es einen *Zweiten* geben. Und das war gar nicht schwierig. Man brauchte ihn nicht mal zu erfinden. Denn wie die meisten Erfindungen war auch er längst erfunden, und es brauchte nur einen Vorwand und einen Auslöser, um den Historikern klarzumachen, daß es diesen *Zweiten Weltkrieg* tatsächlich gab und daß sie mit ruhigem Gewissen nun das Wort *Erster* vor den einen und *Zweiter* vor den anderen setzen konnten. Möglich wäre auch die Nummer 1 und die Nummer 2, selbstverständlich mit einem Punkt. Denn alles mußte seine Ordnung haben, und auch die Rechtschreibung mußte stimmen.

Aber ich will ja nicht abschweifen«, sage ich, der Märchenerzähler, »und dir eigentlich nur von der Spur des Wartan Khatisian erzählen, die sich im Wind und der Zeit verloren hatte, und die plötzlich in Gestalt seines Sohnes Thovma wieder auftauchte. Denn diesen Thovma gab es. Es gab ihn wirklich. Niemand weiß, ob er nur ein Geschichtenerzähler war oder ein Irrer, der sich etwas einbildete, das er angeblich zu wissen glaubte. Aber frage mal die Priester und Pfaffen und die Rabbiner und Mollahs und alle anderen, die es von dieser Sorte noch gibt, frage die Heiligen und die Prediger auf den Bergen und in den Tälern. Sie alle behaupten, daß der Glaube das

Wissen sei. Und dieser Thovma glaubte ernsthaft daran. Er glaubte, er sei der Sohn dieses Wartan Khatisian aus dem Dorf Yedi Su, dessen Bewohner verschwunden sind und deren Namen ausgelöscht wurden. Dieser Mann also, der sich Thovma nannte – Thovma Khatisian –, dieser saß nach dem Zweiten Großen Kriege in den Kaffeehäusern von Zürich herum und erzählte den satten und behäbigen Bürgern dieser Stadt seine seltsame Geschichte. Natürlich waren nicht alle Bürger dieser Stadt satt und behäbig. Viele waren es nicht. Und es gab ja auch Armenier, Überlebende des Massakers, Leute mit Erinnerungen und Leute, die vorgaben, keine zu haben – und die hörten diesem Thovma gerne zu. Fast sechzig Jahre lang, so erzählte dieser Thovma Khatisian, habe er Spuren gesucht. Und er würde so lange weitersuchen, bis er wieder eine Geschichte hätte, denn er, so sagte er, wäre ein Waisenkind, eines, das während des Massakers von 1915 auf einer Landstraße geboren worden sei. Er würde immer weiter suchen.

Und so war es auch«, sagte der Märchenerzähler. »Dieser Mann wurde des Suchens nicht müde. Und als er schon selber alt war und fast dreiundsiebzig, da suchte er noch immer.

Er stand kurz vor einem Herzinfarkt. Er spürte ihn schon, denn der Tod hatte schon öfter im Traum an die Tür geklopft. Er saß in einem Kaffeehaus. Und so wie je und stets erzählte er seinem Gegenüber seine Geschichte, die Geschichte, die von Tag zu Tag wuchs, sich oft veränderte, aber immer dieselbe Richtung hatte. Sein Gegenüber aber war ein Armenier.
– Ich habe mal einen Mann gekannt, der Wartan Khatisian hieß, sagte der Armenier. Es ist schon lange her. Dieser Mann konnte nirgendwo Ruhe finden. Er hat nach dem Ersten Weltkrieg in vielen Ländern gelebt und auch öfter die Staatsbürgerschaft gewechselt. Zuletzt besaß er einen Schweizer Paß.
– Einen Schweizer Paß?
– Ja. Allerdings unter einem anderen Namen, denn die Türken hatten ihn mal der Spionage verdächtigt, und er hatte Angst, die Schweizer würden ihm deshalb nicht trauen.
– Wieso nicht trauen?
– Nun ja. Man liebt hier keine Spione.

– Er trug also einen anderen Namen?
– Ja. Der Name Wartan Khatisian war nirgendwo eingetragen. Er hieß aber so. Und er stammte auch aus Yedi Su. Und er erzählte mir von seiner Frau, die ein verbranntes Gesicht gehabt hatte – eigentlich gar kein Gesicht – und nur Augen, sehr große, dunkle Augen. Dieser Wartan Khatisian sagte, ihre Augen hätten einen seltsamen Glanz gehabt – so, als hätte sie Christus gesehen.
– Das ist mein Vater, sagte der Mann, der sich Thovma nannte. Und die Frau mit dem verbrannten Gesicht und dem heiligen Glanz in den Augen, das ist meine Mutter.

Er erhielt eine Adresse. Und er ging am selben Tage hin. Dort aber gab es niemanden, der Wartan Khatisian hieß. Eine ältere Frau öffnete die Tür. Als er den Namen seines Vaters nannte und ihr erklärte, wer er war, sagte sie nur: Hier wohnte mal ein Armenier. Das stimmt. Vor sehr langer Zeit. Es müssen mehr als vierzig Jahre her sein. Da zog so einer hier ein. 1942 war es.
– Also während des Krieges?
– Ja. Während des Krieges ... von dem wir Schweizer ja Gott sei Dank verschont geblieben sind, wissen Sie ... damals wohnte so einer bei meinen Eltern in Untermiete ... hier in dieser Wohnung. Ich war damals noch jung, sehr jung. Richtig. Ich erinnere mich: seine armenischen Freunde nannten ihn Wartan Khatisian, ein Name, den er geändert hatte.

Und die Frau sagte: Dieser Untermieter, dieser Wartan Khatisian, der ja auch anders hieß, dieser ist einige Monate später spurlos verschwunden. Im Frühjahr war es ... im Frühjahr 1943.

Und die Frau sagte: Da kam so ein bärtiger Jude zu ihm und klopfte an seine Tür. Es war einer von den unangenehmen, Sie wissen schon, den orthodoxen, mit Schläfenlocken und Bart und einer Pelzmütze und Knoblauchgeruch ... den ich zwar nicht gerochen habe ... aber ich weiß, daß diese Leute Knoblauch essen. Der kam also. Und klopfte an seine Tür. Und dann gingen die beiden weg.

Wartan Khatisian, sagte die Frau. Der kam noch einmal zurück. Und er sagte mir, er würde nach Polen fahren. Ich weiß nicht, warum.

– Ist er nach Polen gefahren?
– Ich weiß es nicht. Ich weiß nur, daß er einen Reisekoffer packte und sagte, ein Auto würde ihn abholen.

Und so kann man sich nur vorstellen, was geschehen war«, sage ich, der Märchenerzähler, zu meinem Schatten. »Denn manchmal bleibt einem nichts anderes übrig, als die letzte Wahrheit in der Vorstellung zu suchen.«
»Wie war es?« fragt mein Schatten.
Und ich sage: »Nun, es war so und so.«

17

Und so erzähle ich meinem Schatten ein Märchen, weil ich die letzte Wahrheit, die ich suche, nicht kenne.

Nein. Es ist kein türkisches Märchen. Und es fängt auch nicht so an wie alle türkischen Märchen anfangen ... *bir varmisch, bir yokmusch, bir varmisch.* Es war einmal einer, es war einmal keiner, es war einmal... Dieses Märchen fängt ganz anders an, es fängt so an wie ein jüdisches Märchen oder andere, ähnliche Märchen. Deshalb sage ich jetzt:

»Es war einmal ein alter polnischer Jude. Der klopfte an die Tür des Wartan Khatisian, den er kannte, denn er hatte oft mit ihm im Kaffeehaus geplaudert.
– Ich möchte Ihnen ein Geschäft vorschlagen, sagte der Jude.
– Ich bin ein Dichter, sagte Wartan Khatisian. Ich mache keine Geschäfte.
– Auch die Dichter machen manchmal Geschäfte, sagte der Jude. Und dieses Geschäft, das ich Ihnen vorschlagen werde, ist ein ehrliches Geschäft.
– Es gibt keine ehrlichen Geschäfte, sagte Wartan Khatisian.
– Doch, sagte der Jude. Die gibt es.

– Passen Sie auf, sagte der Jude. Meine ganze Familie ist in Polen. Die meisten polnischen Juden sind arm. Aber meine Familie ist eine Ausnahme. Sie ist sehr reich.
– Reich? fragte Wartan Khatisian.
– Ja, sagte der Jude. Sie besitzen Gold und Juwelen und große Koffer, die mit Geld gefüllt sind. Irgendwann wird man meine Familie abholen. Und dorthin, wohin sie gebracht werden, können sie weder das Gold noch die Juwelen oder die Geldkoffer mitnehmen.
– Ja, sagte Wartan Khatisian. Das verstehe ich.
– Sie haben einen Schweizer Paß, sagte der Jude. Ich habe keinen. Deshalb kann ich nicht rüberfahren, um die Wertsachen zu retten.

– Soll ich die Wertsachen retten?
– Ja, sagte der Jude. Genau darum geht es.

Und der Jude sagte: Ich kenne den Schweizer Konsul in Warschau. Man wird Sie im Diplomatenwagen über die Grenze bringen. Mit Ihrem Schweizer Paß werden Sie keine Schwierigkeiten haben, weder mit dem Visum noch sonst mit irgendwas. Sie werden die Juwelen holen und das Gold und die Geldkoffer, und dann wird man Sie im Diplomatenwagen wieder über die Grenze bringen. Keine Angst. Es wird nichts kontrolliert. Nichts wird Ihnen geschehen.

Und der Jude sagte: Sie werden alles umsonst machen. Aus reiner Herzensgüte. Wir geben Ihnen nichts. Weder Prozente noch eine Provision, nicht mal einen Vorschuß. Überhaupt nichts.
– Ja, sagte Wartan Khatisian. Ich verstehe.
– Sie verstehen überhaupt nichts, sagte der Jude. Überhaupt nichts.

Und der Jude sagte: Sie werden die Geldkoffer und das Gold und die Juwelen behalten. Sollten meine Verwandten überleben, dann werden Sie es ihnen nach dem Kriege wieder zurückgeben. Und zwar alles, denn es gibt bei diesem absolut ehrlichen Geschäft keine Provision.
– Und wenn sie nicht überleben?
– Dann gehört alles Ihnen. Alles.
– Wie stehen die Chancen?
– Das ist schwer zu sagen, sagte der Jude. Niemand weiß genau, wohin die Juden in Polen verschickt werden, und ob sie von dort wieder zurückkommen oder nicht.

– Meine Verwandten haben bei diesem Geschäft nichts zu verlieren, sagte der Jude, denn wie sonst sollten sie ihre Wertsachen aus Polen herausschmuggeln?
– Ich werde ihnen alles wieder zurückgeben, sagte Wartan Khatisian. Und sollte nur einer von ihnen überleben, dann werde ich diesem Einen alles zurückgeben, was allen gehört hat.
– Sie haben verstanden, sagte der Jude.
– Wenn sie aber alle tot sind, sagte Wartan Khatisian, wenn keiner

von ihnen überlebt, denn behalte ich die Wertsachen und das Geld. Alles.
– So ist es, sagte der Jude. Sie sind ein Dichter. Sie haben es richtig verstanden.

– Niemand hat bei diesem Geschäft etwas zu verlieren, sagte der Jude. Sie auch nicht.
– Ich habe nichts dabei zu verlieren, sagte Wartan Khatisian.
– Sehen Sie...
– Und was haben Sie davon?
– Machen Sie sich um mich keine Sorgen, sagte der Jude. Wenn auch nur einer meiner Familie überlebt, wird er mich, der an alles gedacht hat, nicht verhungern lassen.
– Und wenn keiner überlebt?
– Dann werden Sie für mich sorgen, Wartan Khatisian.
Der Jude lächelte zum ersten Mal. Ich kenne die Armenier, sagte der Jude. Und ich kenne die Juden. Beide Völker vergessen nie, wer ihnen Leid zugefügt hat. Aber sie vergessen auch nicht, wer ihnen Gutes getan hat.
– Das ist die Wahrheit, sagte Wartan Khatisian.
Und der Jude sagte: Das ist die Wahrheit.

Und so fuhr Wartan Khatisian im Jahr 1943 nach Polen. Im Diplomatenwagen. Mit einem Schweizer Paß. Er kam in eine kleine Stadt, wo man die Juden noch nicht abgeholt hatte. Sie lebten zwar in einem abgesonderten Stadtteil, aber sie waren noch alle beisammen. Schnell sprach sich unter den Juden herum, was er vorhatte. Und da er einen Empfehlungsbrief hatte und gütige Augen, trauten ihm die Juden. Nicht nur die Familie des in Zürich lebenden polnischen Juden gab ihm ihr Geld und all ihre Wertsachen, sondern auch andere gaben ihm, was sie hatten. Und die Kunde von der Mission Wartan Khatisians ging im Lande herum, und von überall, wo die Juden noch lebten, schickten sie Boten zu ihm, die Geld und Wertsachen brachten. Die Juden umarmten und küßten ihn, denn es war ein Geschäft nach ihrem Geschmack. Sie wußten: dieser Armenier ist ein ehrlicher Mann. Denn wenn der Jude in Zürich, der unter den Frommen als Heiliger galt, diesen da geschickt hatte, dann brauchte man nicht zu zweifeln.

– Wenn wir überleben, sagten sie, dann bekommen wir alles zurück. Und wenn nicht, nun, dann eben nicht. Dann brauchen wir es auch nicht mehr. Sie gaben Wartan Schnaps und stießen mit ihm an. Und sie weinten vor Freude über diesen guten Mann und das ehrliche Geschäft.

Der Diplomatenwagen kam pünktlich, um Wartan Khatisian wieder abzuholen. Er packte die Koffer und die Bündel mit den Namensschildern der Besitzer – all das Geld und die Wertsachen – in den Diplomatenwagen und sagte dem Fahrer, daß er nach Warschau fahren müsse, um das Gepäck ins Konsulat zu bringen.
– Übermorgen fährt der Konsul in die Schweiz, sagte er zu dem Fahrer. Dann packen wir alles wieder ein.
– Fahren Sie dann auch in die Schweiz? fragte der Fahrer.
Und Wartan lachte und sagte: Selbstverständlich.

Sie luden das Gepäck im Konsulat ab. Erst als Wartan sich vergewissert hatte, daß dort alles gut aufgehoben und in verschlossenen Schränken und hinter verriegelten Türen war, begab er sich in sein Hotel.

Wartan Khatisian hatte schon lange nicht mehr so gut geschlafen. Als er am Morgen erwachte, stellte er fest, daß seine Papiere fehlten. Er durchwühlte alles, seinen Mantel, seinen Anzug, seinen kleinen Reisekoffer. Es war alles vergeblich. Er rief unten beim Pförtner an, beschwerte sich bei der Hoteldirektion, aber keiner wußte etwas.

Er rief das Konsulat an.
– Schlafen Sie bei offenem Fenster? fragte der Konsul.
– Ja, sagte Wartan Khatisian.
– Und waren Sie die ganze Zeit in Ihrem Zimmer?
– Ich war nur einmal nachts auf der Toilette. Sie ist draußen im Flur.
– Irgend jemand muß es gewesen sein, sagte der Konsul. Irgend jemand war in Ihrem Zimmer. Vielleicht die Putzfrau oder jemand anderes. Wer weiß? Viele Polen leben heutzutage im Untergrund. Sie sind untergetaucht, verstehen Sie, und brauchen dringend neue Papiere.
– Was soll ich jetzt machen?

– Gar nichts, sagte der Konsul. Machen Sie sich keine Sorgen. Wir verschaffen Ihnen einstweilen einen provisorischen Reisepaß. Am besten, Sie kommen gleich ins Büro.

Und so verließ Wartan Khatisian das Hotel, um sich zum Konsulat zu begeben. Zufällig fand zur selben Zeit im selben Viertel, in dem auch sein Hotel lag, eine Razzia statt. Es war nichts Besonderes, da die Neuordner und ihre Helfer nur ein paar Juden aufspüren wollten, vaterlandsloses Gesindel, wie sie behaupteten, das oft falsche Papiere besaß oder gar keine, und das sich zuweilen außerhalb der ihm zugewiesenen Wohnviertel aufhielt. Auch Wartan wurde verhaftet, da er vom dunkelhaarigen Typus war und keine Papiere bei sich hatte. Die Helfer der Neuordner brachten ihn und ein paar andere zum Bahnhof, der ein gewöhnlicher Bahnhof war und ganz in der Nähe des Hotels lag. Alles vollzog sich scheinbar unauffällig vor den Augen der Passanten, und diese kümmerten sich nicht darum, denn sie hatten ordentliche Papiere. Die meisten von ihnen blickten gar nicht hin, andere lächelten und viele grinsten schadenfroh. Auch am Bahnhof, wo größere Menschenmassen unter Bewachung auf ihren Abtransport warteten, verlief alles zügig, ohne viel Aufsehen oder gar Wehklagen und Geschrei, denn die Reisenden wußten, daß es wenig Zweck hatte, die Neuordnung zu stören und die Neuordner zu verärgern.

Die überfüllten, vergitterten Güterzüge verließen den Bahnhof ohne Zwischenfall. Es war erstickend heiß in Wartans Waggon, obwohl es noch nicht Sommer war, aber das kam davon, weil die dicht aneinander gedrängten Menschen den Waggon mit ihrer Körperwärme heizten. Die Leute verhielten sich ruhig, sogar die Kinder. Auch die Säuglinge wagten nicht zu plärren und lutschten stumm an den Brüsten ihrer Mütter. Je weiter sich der Zug von der Stadt entfernte, um so ruhiger wurden die Menschen, denn ihnen war klargeworden, daß ihr Schicksal nicht abzuwenden war. Dies war nicht die Zeit für Beschwerden. Das wußte auch Wartan. Und so sagte er sich: Du könntest dich beim Schweizer Konsul beschweren, aber der Konsul ist nicht hier. Und es ist auch nirgendwo ein Telefon oder ein Postamt. Und die Begleiter dieses Zuges sind nicht ansprechbar.

Wartan sah die polnische Landschaft durchs Gitterfenster, und er erkannte, daß es dieselbe Landschaft war, die er erst unlängst vom Auto aus gesehen hatte. Auch der Duft des jungen Jahres und der helle Himmel waren derselbe. Unter den wenigen Wolken und mit dem scharfen Wind zogen Vogelschwärme dahin. Sie kamen von weit her, und er wußte, daß es die ersten waren, die mit dem Frühling nach Polen zurückkehrten, aber die letzten sein würden, die sie in diesem Leben zu sehen bekamen.

Der Zug fuhr tagelang geradeaus. Wenigstens schien ihm das so. Einige Alte starben vor Hunger und Durst und vor Erschöpfung. Und sie blieben liegen, wo sie gestorben waren. Da es keine Toiletten gab und die Türen auch nie geöffnet wurden, erledigten die Leute ihre Notdurft an Ort und Stelle. Es gab weder Sitz- noch Liegeplätze, und so bekackten und bepißten sich die Reisenden im Stehen. Es schien niemanden zu stören.

Irgendwann blieb der Zug irgendwo stehen. Hier war die Landschaft anders. Hier war Stacheldraht. Und hinter dem Stacheldraht standen große Öfen, die unaufhörlich rauchten. Da die Leute im Waggon hungrig und durstig waren und Halluzinationen hatten, glaubten sie, die Öfen wären eine Brotbäckerei. Und dort, wo es Brot gab, würde es sicher auch Wasser geben.
Irgendeiner der Juden sagte: Man bringt uns in eine Bäckerei.
Ein anderer sagte: Sie haben uns Arbeit versprochen. Wahrscheinlich sollen wir Brot backen.
– Seid ihr alle Bäcker? fragte Wartan.
– Nein, sagte einer der Juden. Aber alles ist erlernbar. Auch das Brotbacken. Man wird uns umschulen.

Der Zug stand lange Zeit auf dem toten Gleis. Nichts ruckte mehr. Auch das Zischen der Lokomotive war verstummt. Da die Türen nicht geöffnet wurden, schnüffelten einige der Juden an dem kleinen Gitterfenster, und einer von ihnen hatte den richtigen Schnüffler. Es riecht merkwürdig, sagte er zu den anderen. Es riecht nicht nach Brot. Jetzt schienen es auch die anderen zu merken. Einer der Juden schrie plötzlich: Es riecht nach Menschenfleisch.

Einige Juden begannen zu weinen, andere zu brüllen. Wartan aber beruhigte sie. Seid ruhig, sagte er. Es gibt keinen Grund zur Aufregung. Hört mir zu. Ich werde euch ein Märchen erzählen.

Und Wartan erzählte ihnen das Märchen von Max und Moritz. Als er geendet hatte, waren die Juden ruhig. Einige lachten sogar. Einer von ihnen sagte: Es ist wirklich nur ein Märchen. Denn so was gibt es doch nicht.
– Aus Max und Moritz wurde Brot gemacht, sagte Wartan. Der Bäckermeister hat die beiden einfach zu Teig verarbeitet und dann in den Ofen gesteckt.
– Ein Märchen, sagten die Juden. Nur ein Märchen.
– Natürlich ist es nur ein Märchen, sagte Wartan.
– Und wer hat es geschrieben?
– Ein Deutscher namens Wilhelm Busch.
– Ein deutsches Märchen, sagten die Juden.

– Diesem Wilhelm Busch sollten wir eines Tages ein Denkmal setzen, sagte einer der Juden, denn er hat uns überzeugt, daß so was bei den Deutschen nur im Märchen vorkommt.
– Wahrlich, sagte ein anderer, der wie ein Rabbi aussah. Dieser Wilhelm Busch sollte der Juden liebster deutscher Dichter sein, denn er hat uns die Angst vor den Deutschen genommen.
Wartan mußte ihnen nochmals die Geschichte von Max und Moritz erzählen und wie das mit dem Brotbacken war. Und die Juden hörten ihm zu, und als er geendet hatte, fingen sie herzlich zu lachen an. Sie hatten keine Angst mehr. Sie waren beruhigt.
Dann wurden die Türen aufgerissen.«

18

»Unter den Seelen der vergasten und verbrannten Juden, die noch am selben Tage auf dem Schornstein des Verbrennungsofens saßen, war auch die Seele eines Türken und die eines Armeniers, der hieß Wartan Khatisian.
– Wie kommst du hierher? fragte Wartan den Türken.
– Und wie kommst du hierher? fragte der Türke.
– Ich war geschäftlich in Warschau, sagte Wartan.
– Bist du ein Geschäftsmann?
– Nein, sagte Wartan. Ich bin ein Dichter.

– Auch ich war geschäftlich in Warschau, sagte der Türke. Und auch ich bin ein Dichter.
– Hast du deine Papiere verloren?
– Ja, sagte der Türke. Ich hatte sie verloren, und während einer Razzia nahmen sie mich einfach mit.

– Worauf warten wir eigentlich? fragte der Türke.
– Auf das Abflugsignal, sagte Wartan.
– Und wohin fliegen wir?
– Ich weiß es nicht, sagte Wartan.

– Eigentlich sollte ein Türke nicht zusammen mit einem Armenier in den Himmel fliegen, sagte der Türke.
– Und warum nicht?
– Wegen des Märchens, das mir der Meddah auf einem der großen Basare erzählt hat.
– Was für ein Märchen? fragte Wartan.
– Eben ein Märchen, sagte der Türke.

Und der Türke sagte: Es war einmal einer. Es war einmal keiner. Es war einmal ...
Es war einmal ein toter Türke, dessen Seele zusammen mit der Seele eines toten Armeniers in Richtung Himmel flog.

– Warum bist du so lustig? fragte der Armenier.
– Weil ich in den Himmel komme, sagte der Türke. Alle gläubigen Moslems kommen nämlich in den Himmel, und zwar ins Paradies.
– Und die Ungläubigen?
– Die kommen in die Hölle.

– Du wirst das Paradies aber gar nicht zu schätzen wissen, sagte der Armenier, denn das Gute kann man nur schätzen, wenn man das Böse kennt.
– Wie meinst du das?
– Nun, ich meine es so, sagte der Armenier. Wer nur einen einzigen Blick in die Hölle geworfen hat, der kann die Freuden im Paradies später doppelt und dreifach genießen, denn er weiß, wie es auf der anderen Seite aussieht.
– Da hast du recht, sagte der Türke. Das leuchtet mir ein.
– Ich bedaure dich, sagte der Armenier, denn du wirst die Wonnen des Paradieses nicht wirklich zu schätzen wissen, weil du ja die Hölle nie erlebt hast.
– Und was soll ich machen? fragte der Türke.
– Ich weiß es nicht, sagte der Armenier. Aber denk mal nach. Vielleicht fällt dir irgend etwas ein.

Und da dachte der Türke nach und sagte: Wie wär's, wenn wir beide die Kleider tauschten. Ich ziehe deinen schwarzen Mantel an und gucke mir für den Bruchteil einer Sekunde die Hölle an, nur, damit ich später weiß, wie es dort ist. – Und du, Armenier ... du ziehst meinen weißen Mantel an, und guckst dir für den Bruchteil einer Sekunde das Paradies an.
– Keine schlechte Idee, sagte der Armenier.

Und so war es. Als die beiden an der Pforte Allahs ankamen, da war der Erzengel Gabriel gerade nicht da. Sein Vertreter, ein junger, unerfahrener Engel, wußte nicht so recht Bescheid.
– Wir haben die Mäntel getauscht, sagte der Türke zu dem Engel. Ich möchte mir nämlich für den Bruchteil einer einzigen Sekunde die Hölle angucken und der Armenier das Paradies. Es wird mir guttun. Denn ich werde nachher im Paradies um so glücklicher sein. Und

auch diesem Ungläubigen wird es guttun, denn er soll wissen, was er verpaßt hat.

Dem Engel war das egal. So kam es, daß er den Türken in die Hölle führte und den Armenier ins Paradies. Und da es kein Zurück gibt von diesen beiden Orten, schmort der Türke für alle Ewigkeit in der Hölle, und der Armenier sonnt sich im Paradies.

– Eine schöne Geschichte, sagte Wartan. Aber warum erzählst du mir das?
– Weil der Türke dem Armenier nicht trauen kann, sagte der Türke. Nicht einmal nach dem Tod.
– Hast du wirklich Angst, mit mir in Richtung Himmel zu fliegen?
– Ja, sagte der Türke. Ich habe Angst.

Die Juden hatten die Geschichte gehört, und sie wußten nicht, was sie davon halten sollten. Einer von ihnen sagte: Da seht ihr's: sogar die Seelen der Toten haben noch Vorurteile. Wenn nicht mal die Seelen einander trauen, was haben wir dann zu erwarten?
Die Juden schimpften eine Weile vor sich hin. Dann aber beruhigten sie sich, denn der liebe Gott gab allen das Zeichen zum Abflug.

Und da erhoben sich alle Seelen und flogen gemeinsam in den Himmel. Nur die letzten Gedanken ihrer sterblichen Körper blieben zurück, denn diese sind unsterblich und irren mit all den Wünschen und Hoffnungen, die einen Menschen im Laufe seines Lebens bewegt haben, ewig auf der Erde herum.

Auch Wartans letzter Gedanke saß auf dem Schornstein des Verbrennungsofens. Nachdem sich alle Gedanken die Flügel geputzt hatten, brachen auch sie auf. Viele der Juden flogen ins Land der Endlöser zurück, weil das ihre Heimat war, andere flogen in andere Länder. Die meisten aber flogen nach Jerusalem.

Wartan hatte den Türken aus den Augen verloren. Er schwang sich hoch in die Lüfte und flog den Juden hinterher, die nach Jerusalem

wollten. Er flog sehr schnell, immer schneller und schneller und holte die Juden schließlich ein.
– Wohin fliegt ihr?
– Nach Jerusalem.
– Jerusalem?
– Ja.
– Fliegt ihr über die Türkei?
– Natürlich. Das ist auf dem Weg nach Jerusalem. Kennst du die Landkarte nicht?
– Ich habe vieles vergessen.
– Was suchst du in der Türkei?
– Das Land Hayastan.
– Hayastan?
– Ja.

Als sie über den Berg Ararat flogen, hörte Wartan eine Stimme. Sie kam aus dem All. Ich werde dir einen Adler schicken, sagte die Stimme. Und auf den Schwingen des Adlers wirst du hinabsteigen.
– Und wenn es nun kein Adler ist, sagte Wartan. Wenn es nur eine Mücke ist, auf der ich hinabsteigen soll, was mache ich dann? Die Fliegen werden die Mücke fressen, und ich werde nie in Hayastan ankommen.
– Ihr Armenier seid ein mißtrauisches Volk, sagte die Stimme. Ihr seid wie die Juden. Kein Vertrauen in die Welt!
– Wie sollten wir denn noch Vertrauen haben? fragte Wartan.
– Da hast du nicht ganz Unrecht.

– Wirst du mir wirklich einen Adler schicken?
– Ja. Einen Adler.

Und Wartan flog auf den Schwingen des Adlers auf den Berg Ararat. Und dann weiter hinab in das weite armenische Land, das da heißt *Hayastan*. Wartan sah, daß er nicht der einzige Gedanke war, der da unten wohnen würde. Überall waren die Gedanken der Armenier. Sie saßen in jeder Blume, auf jedem Grashalm, auf den Knospen der Bäume.

Und der Tag ging zu Ende. Und es ward Nacht. Da stieg ein Geflüster aus den Blumenkelchen auf und aus den Knospen der Bäume. Und Geflüster kam aus dem Gras und überhaupt: aus der ganzen Landschaft.
– Wenn die Armenier des Nachts flüstern, dann kriegen die Türken Alpträume, sagte die Stimme – eigentlich: alle in dieser Gegend.
– Wo sind meine Eltern? fragte Wartan. Wo sind meine Brüder und Schwestern? Wo sind alle, die ich liebte? Und wo ist meine Frau?
– Sie sind hier, sagte die Stimme.

Und plötzlich sah Wartan seine Familie. Und er sah auch seine Frau, die auf einer Blume saß.
– Bist du zu mir zurückgekehrt? fragte Anahit.
– Ich bin zurückgekehrt, sagte Wartan.

Wartan begrüßte alle, die ihm einst lieb waren, dann kam er zu Anahit zurück.
– Es ist ein Jammer, daß unser Sohn Thovma nicht hier ist, sagte er zu Anahit.
– Ein Jammer, sagte auch Anahit. Ich sehne mich so sehr nach ihm.
– Ich hätte ihn gern gesehen, sagte Wartan.
– Jahrelang habe ich von ihm geträumt, sagte Anahit, und ich habe versucht, mir vorzustellen, wie er wohl aussieht.
– Es ging mir genauso, sagte Wartan.

– Eigentlich heißt unser Sohn gar nicht Thovma, sagte Anahit, denn damals, als sie mich in der Kirche verbrannten, da hatte ich einen Traum.
– Was für einen Traum?
– Ich träumte, ich wäre durch die Flammen gestiegen, um Thovma zu retten, den kleinen Thovma in meinem Bauch. Die Flammen berührten mich nicht, weil das, was ich im Leibe trug, heilig war. Es war ein großes Gedränge vor dem einzigen Luftschacht – denn jeder wollte als erster hindurch –, aber die Leute wichen zur Seite, als sie sahen, daß ich schwanger war. Und nachdem ich heil durch die Flammen und trotz meines dicken Bauches mühelos durch den engen Luftschacht gekrochen war, flüchtete ich im Schutze der Nacht. Eine Weile irrte

ich in den Bergen herum, bis mich die Häscher eines Tages einfingen. Und tagtäglich ging die Sonne auf und unter. Und ich träumte von einer Todeskolonne auf einer Landstraße am Ufer des Euphrat. Dort sah ich mich selber, mitten unter den Saptiehs und den vielen unglücklichen Menschen. Ich träumte, die Wehen hätten schon eingesetzt, denn ich war ja im neunten Monat und mußte irgendwo niederkommen. Als es soweit war, legte ich mich einfach auf die Straße. Und einer der Saptiehs ritzte mir mit dem Bajonett den Bauch auf. – Und siehe da: der kleine Thovma kroch heraus. Er war lieblich anzusehen, so klein und verschmiert und unschuldig. Da hörte ich eine Stimme, und die sagte: Dieser da soll nicht Thovma heißen, sondern Hayk.
– Hayk? fragte Wartan. So wie der erste Armenier?
– Hayk, sagte Anahit.

– Es war kein Traum, sagte Wartan. Es war Wirklichkeit.
– Welche Wirklichkeit? fragte Anahit.
– Jene andere Wirklichkeit, die die Flammen nicht zerstören konnten.
– Dann war ich also wirklich auf jener Landstraße?
– Natürlich warst du dort.
– Und ich kam dort nieder.
– Ja, Anahit.
– Und ich habe dir einen Sohn geboren?
– Du hast meinen Sohn geboren.

Es sollte noch viele Jahre dauern, bis Thovma, der nun Hayk hieß, seine Eltern fand. Aber da Gedanken kein Zeitgefühl haben, merkten Wartan und Anahit gar nicht, wieviele Jahre noch vergehen würden. Sie sprachen viel von ihrem Sohn. Und eines Tages hoben beide gemeinsam die Augen zum Himmel. Und siehe da: der letzte Gedanke des Thovma kam angeflogen. Er hieß jetzt Hayk. Er hieß tatsächlich so. Die beiden winkten ihm, und Thovma, der jetzt Hayk hieß, so wie der erste Armenier, erkannte sie gleich.

Hayk küßte und herzte seinen Vater. Dann flatterte er auf seine Mutter zu und setzte sich auf ihre großen Milchbrüste.

– Ich habe dich nie gesäugt, sagte seine Mutter. Du sollst jetzt ganz klein werden, damit ich dir endlich die Brust geben kann.
– Ich bin wieder ganz klein, sagte Hayk. Siehst du es nicht? Und ich trinke deine süße Milch.

Auf einer benachbarten Blume saß ein ehemaliger armenischer Priester. Der sah, wie Anahit, die Mutter Armeniens, ihren verlorenen Sohn gefunden hatte. Hayk wird fruchtbar werden und viele Nachkommen haben, dachte er. Und die Kinder Hayks und ihre Kindeskinder werden das Land bevölkern, das für immer für sie bestimmt war.
Und er dachte diesen Gedanken sehr lange. Und alle anderen Gedanken hörten die Stimme seines Gedankens und dachten dasselbe.«

Epilog

»Du hast noch einmal die Augen aufgeschlagen«, sagte die Stimme des Märchenerzählers im Kopf des Thovma Khatisian.
»Ist es zum letzten Mal?«
»Es ist zum letzten Mal.«

»Wo ist mein letzter Gedanke?«
»Der sitzt noch in deinem Kopf.«
»Und das Märchen?«
»Es war vielleicht kein Märchen.«
»Wie meinst du das?«
»Ich habe dir nur erzählt, wie es sein könnte und möglicherweise sein wird mit dem letzten Gedanken, nachdem er dich endgültig verlassen hat.«
»Wann wird er mich verlassen?«
»Bald.«

Und die Stimme des Märchenerzählers in meinem Schädel wird leiser. Bald wird sie ganz erlöschen, und ich werde nichts mehr hören. Es wird sehr still werden.

Ich weiß, daß mein letzter Gedanke zurückfliegen wird in die Lücken der türkischen Geschichtsbücher. Und weil ich das weiß, werde ich friedlicher sterben als andere vor mir, die das nicht wußten.
– Herr Minister. Ich fliege zurück!
– Wohin, Herr Khatisian?
– In die Lücken Ihrer Geschichtsbücher.
– Aber Herr Khatisian. So was dürfen Sie nicht tun!
– Und warum?
– Weil es mich beunruhigen könnte.

– Es wird so manchen beunruhigen, sage ich, wenn die letzten Gedanken der toten Armenier im Lande Hayastan flüstern.
– Glauben Sie das, Herr Khatisian?

– Ja, Herr Minister.
– Flüstern ist aber ansteckend, sagte der Minister. Das Flüstern der toten Armenier könnte über die Landesgrenze dringen und überall gehört werden.
– Das ist möglich.
– Andere Flüsterstimmen könnten zu flüstern anfangen, auch die, die es nie gewagt haben, laut zu flüstern. Es würde ein großes Geflüster werden, wenn alle, die Opfer waren auf dieser Welt, sich plötzlich mit ihren geflüsterten Klagen melden. Die ganze Welt würde in ihrem Geflüster ersticken. Wo kämen wir da hin? Das darf nicht sein, Herr Khatisian. So mancher von uns würde Bauchschmerzen kriegen, denn die Flüsterstimmen der Opfer stören die Verdauung. Wir könnten nachdenklich werden und würden vom vielen Nachdenken Kopfschmerzen kriegen. Und denken Sie an die Alpträume, die uns den Schlaf rauben würden. Wer will das schon? Und was für einen Sinn hätte es?
– Es muß ja nicht alles einen Sinn haben, Herr Minister, sagte Thovma Khatisian. Und dann hauchte er seine Seele aus.

Glossar

Bei der Schreibung der türkischen und armenischen Worte ist die neutürkische Schreibweise nicht berücksichtigt worden, da es sie vor und während des Ersten Weltkrieges noch nicht gab. Vielmehr benützte ich die vor dem Ersten Weltkrieg in deutschen Übersetzungen gebräuchliche Schreibweise osmanischer Wörter. Einige der osmanischen Wörter, besonders persische und arabische Lehnwörter, sind im Zuge der Neubildung der türkischen Sprache nach 1928 ausgemerzt worden und stehen in keinem modernen Wörterbuch.

Die Handlung und alle Personen in diesem Roman sind frei erfunden, die historischen Hintergründe sind wahr.

Alk *(arm.)*	Geist
Araba *(türk.)*	Kutsche
Arabatschi *(türk.)*	Kutscher
Atschket Louis *(arm.)*	Licht in deine Augen, Augenlicht (Glückwunsch)
Badiw *(arm.)*	Ehre
Bairam *(türk.)*	relig. Feiertag
Baklava *(türk.)*	süßer Kuchen, Süßspeise
Baschi-Bozuk *(türk.)*	Freischärler
Basch-Kjatib Agah *(türk.)*	Herr Oberschreiber
Bedel *(türk.)*	Militärbefreiungssteuer
Bismillah *(türk.)*	im Namen Gottes
Dede *(türk.)*	Großvater
Döschek *(türk.)*	Matratze
Efendi *(türk.)*	Herr, mein Herr
Efendiler *(türk.)*	meine Herren
Ekmek *(türk.)*	Brot
Fedajis *(türk.)*	die Ergebenen
Frank *(türk.)*	Spitzname für Europäer
Frankistan *(türk.)*	Spitzname für Europa
Gatnachpjur *(arm.)*	Milchbrunnen, auch: Milchspeise
Gelin *(türk.)*	Braut
Giaur *(türk.)*	Ungläubiger
Ginka Mair *(arm.)*	Patin
Hadig *(arm.)*	süße Grütze, Pudding
Hafiz *(türk.)*	Korangelehrter
Hamal *(türk.)*	Lastträger
Hamam *(türk.)*	Dampfbad
Harissa *(arm.)*	Eintopfgericht aus Fleisch und Graupen, arm. Nationalspeise
Hars *(arm.)*	Braut

Hayastan *(arm.)*	Armenien
Hodja *(türk.)*	Lehrer
Hükümet *(türk.)*	Regierungsgebäude
Inschallah *(türk.)*	so Gott will
Jorgan *(türk.)*	Decke
Kahvehane *(türk.)*	Kaffeehaus
Kaimakam *(türk.)*	Bezirksgouverneur
Karagös *(türk.)*	türkisches Schattenspiel
Kasah *(türk.)*	Landkreis
Kawedschi *(türk.)*	Kaffeeverkäufer
Kelim *(türk.)*	Teppichvorhang, Teppich
Khible *(türk.)*	Gebetsrichtung
Kismet *(türk.)*	Bestimmung
Konak *(türk.)*	Gebäude
Külah *(türk.)*	spitze Lammfellmütze
Lawasch *(arm.)*	Brot
Madsun *(arm.)*	Joghurt
Magus *(pers.)*	Priester
Mahalle *(türk.)*	ethnisches Stadtviertel
Mahdi *(türk.)*	Heiliger
Maschallah *(türk.)*	Wunder Gottes!
Meddah *(türk.)*	Märchenerzähler
Meron *(arm.)*	heiliges Öl
Mirza Selim *(türk.)*	(vornehmer) Herr Selim
Mobeds *(pers.)*	Priester
Mollah *(türk.)*	relig. Ehrentitel
Muchtar *(türk.)*	Bürgermeister
Müdir *(türk.)*	Statthalter, Polizeichef und Chef der Gendarmerie
Muezzin *(türk.)*	Gebetsrufer
Muhadjir(s) *(türk.)*	Emigranten
Mundsch *(arm.)*	Schweigegebot der jungen Ehefrau
Müstahfis *(türk.)*	Reservisten 2. (auch letzter) Klasse
Mutessarif *(türk.)*	Bezirksverwalter
Namaz *(türk.)*	rituelles Gebet
Nargileh *(türk.)*	Wasserpfeife
Oda *(türk.)*	Wohnzimmer
Oghi *(arm.)*	Schnaps
Okka *(türk.)*	Gewicht
Padischa *(türk.)*	oberster Landesherr
Para *(türk.)*	kleinste Geldeinheit
Patat *(arm.)*	mit Reis und Fleisch gefüllte Krautblätter
Pokhint *(arm.)*	Süßspeise
Raya *(türk.)*	Ungläubiger, auch: Untertan oder Herdenvieh
Raya-Steuer	Steuer für Ungläubige
Rediff *(türk.)*	Reservisten 1. Klasse

Sandschak *(türk.)*	größerer Landesbezirk
Saptieh *(türk.)*	Gendarm
Schapkali *(türk.)*	Hutmann
Schekerli *(türk.)*	zuckersüß
Schekerli-Fest	zuckersüßes Fest, auch Fest der ersten Schritte
Sebil *(türk.)*	gestifteter Moscheebrunnen, auch: kostenlose Wasserverteilung
Selamlik *(türk.)*	Großer Wohnraum, Empfangszimmer, Wohnzimmer
Sinek Kagidi *(türk.)*	Fliegenfänger
Sofra *(türk.)*	Tablett
Stambul	Stadtteil in Konstantinopel
Tavla *(türk.)*	Tricktrack-Würfelspiel
Tebk *(arm.)*	besonderes Ereignis, auch: Massaker
Teskere *(türk.)*	Inlandpaß
Tezek *(türk.)*	getrockneter Kuhmist zum Heizen
Tonir *(arm.)*	Feuerstätte, Ofen
Tschalvar *(türk.)*	Pluderhosen
Tschausch *(türk.)*	Feldwebel im osmanischen Heer
Tschibuk *(türk.)*	Türkenpfeife
Vilayet *(türk.)*	Provinz
Wali *(türk.)*	Provinzgouverneur
Wartabed *(arm.)*	Priester
Yaylis *(türk.)*	bessere Kutsche
Yedi Su *(türk.)*	Sieben Wasser

SERIE PIPER

Edgar Hilsenrath –
»Poet und Pierrot des Schreckens«
Der Spiegel

1137

1164

1256

»In Dantes Inferno geht es nicht höllischer zu. Zum Wolf gewordene Menschen schlagen sich für eine verfaulte Kartoffel, kämpfen brutal und gerissen um einen elenden Schlafplatz.« Der Spiegel

»Hilsenrath ist ein Erzähler, wie ich seit Thomas Mann und dem Günther Grass der Blechtrommel keinen mehr kennengelernt habe.« Südwestfunk

»Dem Romancier Edgar Hilsenrath gelingt in ›Der Nazi & der Friseur‹ scheinbar Unmögliches – eine Satire über Juden und SS. Ein meisterliches Vexierspiel über Schuld und Sühne – Mörder und Gemordete werden identisch, es gibt keine Lösung.«
Der Spiegel

»Bronskys Geständnis... ist ein Alptraum-Report und flagellantische Satire zugleich, geschrieben zumeist im lakonischen, slapstickhaften Dialog der jüdischen Anekdote... Ein bizarres, wüstes Nachtasyl-Personal zieht auf, Penner, Huren, Säufer, Kriminelle, Entgleiste und Entglittene, ein Rinnstein-Inferno. Der alltägliche Wolfskampf um den Dollar und einen Bissen kann zur Posse und zur Tragödie werden.«
Der Spiegel